*Les fils*
de l
est le sept cent quarantième ouvrage
publié chez
VLB ÉDITEUR.

La collection « Roman »
est dirigée par Jean-Yves Soucy.

Ce récit romanesque a été inspiré de l'histoire des frères Oscar et Marius Dufresne et de leurs proches. Certains personnages sont fictifs et certains faits de leur vie privée ne relèvent que de la vraisemblance.

L'auteure remercie la Société de développement des arts et de la culture de Longueuil (SODAC) pour son soutien durant l'écriture de ce roman.

VLB éditeur bénéficie du soutien de la Société de développement des entreprises culturelles du Québec (SODEC) pour son programme d'édition.

Gouvernement du Québec – Programme de crédit d'impôt pour l'édition de livres – Gestion SODEC.

Nous reconnaissons l'aide financière du gouvernement du Canada par l'entremise du Programme d'aide au développement de l'industrie de l'édition (PADIÉ) pour nos activités d'édition.

Nous remercions le Conseil des Arts du Canada de l'aide accordée à notre programme de publication.

# LES FILS DE LA CORDONNIÈRE

De la même auteure

*La porte ouverte*, Montréal, Éditions du Méridien, 1990.
*Les enfants de Duplessis*, Montréal, Libre Expression, 1991.
*Le château retrouvé*, Montréal, Libre Expression, 1996.
*Dans l'attente d'un oui*, Montréal, Édimag, 1997.
*La cordonnière*, Montréal, VLB éditeur, coll. « Roman », 1998.
*La jeunesse de la cordonnière*, Montréal, VLB éditeur, coll. « Roman », 1999.
*Le testament de la cordonnière*, Montréal, VLB éditeur, coll. « Roman », 2000.
*Et pourtant elle chantait*, Montréal, VLB éditeur, coll. « Roman », 2001.

Pauline Gill

# LES FILS DE LA CORDONNIÈRE

*roman*

vlb éditeur

VLB ÉDITEUR
Une division du groupe Ville-Marie Littérature
1010, rue de La Gauchetière Est
Montréal (Québec) H2L 2N5
Tél. : (514) 523-1182
Téléc. : (514) 282-7530
Courriel : vml@sogides.com

Maquette de la couverture : Nicole Morin
Illustration de la couverture : Peder Severin Kroyer, *Hip Hip Hurrah !*, The Bridgeman Art Library

Données de catalogage avant publication (Canada)

Gill, Pauline
Les fils de la cordonnière
(Roman)
ISBN 2-89005-777-1
I. Titre.

| | | | |
|---|---|---|---|
| PS8563.I479F54 | 2003 | C843'.54 | C2003-940119-7 |
| PS9563.I479F54 | 2003 | | |
| PQ3919.2.G54P54 | 2003 | | |

DISTRIBUTEURS EXCLUSIFS :

- Pour le Québec, le Canada et les États-Unis :
  LES MESSAGERIES ADP*
  955, rue Amherst
  Montréal (Québec) H2L 3K4
  Tél. : (514) 523-1182
  Téléc. : (514) 939-0406
  *Filiale de Sogides ltée

- Pour la Belgique et la France :
  D.E.Q. – Librairie du Québec
  30, rue Gay-Lussac
  75005 Paris
  Tél. : 01 43 54 49 02
  Téléc. : 01 43 54 39 15
  Courriel : liquebec@cybercable.fr

- Pour la Suisse :
  TRANSAT S.A.
  4 Ter, route des Jeunes
  C.P. 1210
  1211 Genève 26
  Tél. : (41.22) 342.77.40
  Téléc. : (41.22) 343.46.46




Dépôt légal : 2e trimestre 2003
Bibliothèque nationale du Québec
Bibliothèque nationale du Canada

ISBN 2-89005-777-1

*À tous ceux qui, depuis douze ans, ont contribué d'une façon ou d'une autre à la rédaction de cette saga, je veux exprimer toute ma gratitude. Avec mes complices de ce quatrième tome, Sylvain Guy, scénariste et réalisateur, Marie Lamarche, psychologue, et Julien Bourbeau, maître en études littéraires, je partage le succès de cette publication. Aux lectrices et lecteurs qui, avec moi, seront heureux de rendre hommage à des bâtisseurs d'envergure, je dis merci.*

# CHAPITRE PREMIER

Dix-huit ans après leur exode vers Montréal, même gare. Même train. Même destination. Mêmes passagers Dufresne, à l'exception de Victoire, qu'on vient d'enterrer au cimetière de Yamachiche. En ce 19 septembre 1908, son mari, ses cinq enfants, les domestiques et quelques amis de la famille attendent le train qui les ramènera à Montréal. L'euphorie de 1890 n'est plus. La mort de Victoire l'a balayée.

« Trop vite, ce départ..., dit Oscar, son fils aîné, en prenant place dans le train.

– Trop bête, ajoute Marius, un autre des fils, âgé de vingt-cinq ans.

– Au moins, tu as eu la chance de la côtoyer plus souvent que moi, ces derniers temps.

– La chance ? Ça paraît que ce n'est pas toi qui les as vécus, ces six derniers mois », dit Marius, accablé.

À partir du printemps dernier, le jeune homme avait dû accompagner sa mère à chacune de ses visites chez le médecin. De la salle d'attente, il l'avait entendue hurler sa révolte en apprenant qu'elle ne pouvait espérer plus de trois mois de survie. Un cancer, d'abord logé au sein droit, s'était généralisé. Victoire venait de fêter ses soixante-trois ans. En sanglots, elle avait confié à son fils, sur le chemin du retour : « Je ne peux pas partir maintenant. Cécile est trop jeune. Puis il y a tant de choses qui se mettent en place, cette année… Pour toi et Oscar, surtout. »

Marius, le seul universitaire de la famille, venait d'ouvrir son bureau d'ingénieur, et pour Oscar, le bonheur semblait revenu dans sa maison depuis que Victoire avait obtenu que la garde de Laurette, une petite-nièce, orpheline de mère, lui soit confiée.

« L'été qu'on vient de passer m'a paru plus long que la somme de tous mes hivers », dit Marius. Et se tournant vers la fenêtre, d'où il aperçoit les agriculteurs s'affairer aux récoltes, il ajoute : « Dire qu'il y en a un autre qui va nous tomber dessus avant longtemps. »

Non pas que Marius soit d'un naturel pessimiste, mais chez lui, point d'emballement. Que des sourires voilés d'un soupçon de nostalgie et un humour de pince-sans-rire. Depuis le début du printemps, ce jeune homme aux traits ciselés et aux cheveux d'ébène n'est plus le même. L'impuissance devant la souffrance, sa difficulté à trouver les mots qui apaisent ont atterré ce garçon à qui Victoire portait une attention particulière depuis sa naissance, et pour cause. À ces égards s'était ajoutée l'interdiction d'informer la famille du dernier verdict médical sur l'espérance de vie de sa mère. Non moins accablante était la liste des attentes qu'elle fondait sur lui, « l'enfant exceptionnel », alléguait-elle. « Un jour, je t'expliquerai… », avait-elle promis.

« Elle l'a fait ? demande Oscar, médusé par les révélations de son frère.

– Non. À moins que je n'aie pas saisi certains de ses propos… souvent nébuleux, vers la fin de sa vie. »

Oscar hoche la tête, un sourire sur les lèvres. Marius s'en étonne.

« Maman n'était pas seule à te trouver exceptionnel », explique Oscar.

Marius hausse les sourcils.

« Je vais te faire une confidence…, poursuit Oscar, plus timide qu'à l'accoutumée.

– Il faut bien que notre mère parte pour qu'on se remette à parler de choses personnelles, constate Marius.

– Dire qu'on le faisait si souvent avant que je quitte la maison pour me marier…

– Ça m'a manqué, Oscar. Même si on a huit ans de différence, ça ne paraissait pas. »

Le regard de Marius s'illumine au souvenir des bons moments passés avec son frère aîné.

« Qu'est-ce que tu allais me dire ? demande-t-il pour ramener Oscar au sujet de la conversation.

– J'ai plein de souvenirs qui me rappellent comment on te trouvait spécial…

– Dans quel sens ?

– Tu as toujours fait plus vieux que ton âge et tu apprenais tout dans le temps de le dire. Ce que tu essayais, tu le réussissais. J'enviais ton talent pour le dessin, entre autres. Je n'oublierai jamais ce dimanche après-midi où grand-père Georges-Noël traçait les plans de sa nouvelle écurie. Assis près de lui, tu avais fait un dessin presque parfait de la niche que tu voulais pour Pyrus, notre chienne. Tu ne devais pas avoir plus de six ans. Je revois encore le visage de notre grand-père. Il était si fier de toi.

– De toi aussi, Oscar.

– C'était réciproque. »

Oscar marque une pause.

« Quand je pense, reprend-il, que si grand-père n'avait pas eu sa crise cardiaque je n'aurais probablement jamais quitté Yamachiche. »

Foudroyé un soir de janvier 1890, Georges-Noël Dufresne n'avait pu réaliser son rêve de racheter la propriété de son fils Thomas et d'y gérer le magasin général avec l'assistance d'Oscar. Ce complot entre le jeune homme et son grand-père était né de la volonté de Thomas de voir la manufacture de chaussures de Victoire prendre son essor à Montréal.

« Je pense que la mort de grand-père Dufresne m'a fait plus de peine que celle de mes jeunes frères et sœurs, avoue Marius, la gorge nouée. Il était un vrai père pour nous.

– Même chose pour moi.

– Aussi, de voir maman inconsolable me fendait le cœur. »

Marius se tourne vers la fenêtre. Les vergers regorgeant de fruits mûrs le distraient quelque peu de son chagrin.

À quelques sièges devant eux, Thomas se dirige vers le wagon où sont regroupés les domestiques et les amis de la famille.

« C'est un dur coup pour notre père, dit Oscar en le regardant s'éloigner, la démarche accablée.

– Elle était tout pour lui, sa Victoire.

– De la savoir heureuse, maintenant, le console beaucoup », prétend Oscar.

Marius le regarde, sceptique.

« Il t'a dit ça ?

– Absolument. Il est même persuadé qu'elle l'aimera et l'aidera encore plus que de son vivant... Je n'en pense pas moins.

– J'aimerais en être aussi certain que vous deux.
– Tu doutes de quoi, Marius ?
– Du ciel, de l'enfer et de tout ce qui vient avec...
– Dommage ! Si tu savais comme c'est réconfortant d'être sûr qu'après la mort une autre vie commence. »

De longs soupirs meublent leur silence.

Laissée seule sur sa banquette, Cécile, belle comme l'était sa mère à dix-huit ans, va, à son tour, rejoindre Marie-Ange, servante de la famille depuis plus de trente ans.

« Pauvre Cécile ! s'exclame Oscar dans un soupir plaintif. Une chance qu'elle l'a, notre bonne servante. Une chance surtout que maman, de l'au-delà, saura mieux que nous lui donner la force de passer à travers cette épreuve.

– Tu as d'autres faveurs comme ça à demander à notre mère ? »

De la tête, Oscar fait signe que oui.

« Pour ma femme surtout », révèle-t-il.

Marié depuis neuf ans à Alexandrine Pelletier, fille d'un riche commerçant, intelligente, raffinée mais fragile, Oscar n'est pas très heureux en ménage. Le couple semble stérile et Alexandrine en est si affligée qu'elle a sombré dans l'alcoolisme jusqu'à la venue, en janvier dernier, du bébé Laurette Normandie. Depuis, elle a refermé son univers sur cette enfant, ne laissant que peu de place à Oscar dans sa vie et dans celle de l'enfant.

« Les mariages ne sont pas tous des réussites, lance Marius.

– Tu te trompes, Marius, si tu crois que c'est mon cas. Je ne regrette pas du tout d'avoir épousé Alexandrine. Je l'aime, ma femme. Je déplore seulement qu'elle prenne si mal le fait qu'on n'a pas encore d'enfant à nous.

– Je la comprends...

– Comment ?

– Elle a peut-être peur que la petite ne l'aime pas autant que si elle l'avait portée.

– Pas si on lui donne tout notre amour. »

Marius pince les lèvres.

« Moi, je pense que les liens du sang, c'est plus fort que tout.

– Tu me surprends, Marius. Je ne m'attendais pas à ce que tu raisonnes ainsi. Ça paraît qu'on s'est perdus de vue depuis presque dix ans. Tu ne crois ni au ciel ni à l'enfer et tu doutes que les sentiments soient plus forts que la nature. C'est le propre des ingénieurs, ce scepticisme ?

– Sûrement pas puisque maman aussi prenait ses distances par rapport à ce que prône la religion. »

Oscar va protester quand lui revient le souvenir de discussions entre sa mère et la très dévote Marie-Louise Lacoste, l'épouse de Sir Alexandre Lacoste, conseiller de Sa Majesté. Ces deux femmes étaient liées d'amitié sans pour autant adhérer aux mêmes croyances. Lady Lacoste mettait toute sa confiance dans la prière, alors que Victoire misait sur les ressources de l'être humain. Oscar déplore de n'avoir que peu discuté de ces sujets avec sa mère au cours des dernières années. D'aussi loin qu'il s'en souvienne, son grand-père Dufresne aussi critiquait certaines croyances et pratiques religieuses, et il en fait part à son frère.

« À mon tour de t'envier, dit Marius. Tu as eu le temps de le connaître, toi, ce cher grand-papa. J'avais seulement sept ans quand il est mort, mais ce moment-là, je ne l'oublierai jamais. »

Marius se tait. Il entend encore les appels au secours de sa mère, ses supplications pour que Georges-Noël, qu'elle venait de trouver semi-conscient sur le plancher de sa chambre, lutte jusqu'à l'arrivée du médecin. Et cette émotion qu'elle avait eue dans le regard et dans le geste en prenant sa petite main pour la déposer dans celle du mourant ! « C'est Marius, monsieur Dufresne. Si vous m'entendez, serrez sa main. » Il y était parvenu. Marius découvrait alors qu'on pouvait pleurer sans bruit, sans le moindre sanglot. Que sans notre permission des larmes peuvent couler... Et depuis, tous les chagrins de Marius restent coincés dans sa gorge. « C'est pas drôle d'être fermé de même, déplore son père. Qu'il soit joyeux ou triste, il y a pas moyen de savoir pourquoi. »

Marius ne s'ouvrait guère plus à sa mère, il avait l'impression qu'elle saisissait aussi bien ses silences que ses paroles. En revanche, il regrettait qu'un fossé se soit creusé entre Oscar et lui. Malgré un déni sciemment entretenu de sa part, ce vide lui faisait toujours mal en réalité. Autant il était naguère facile pour Oscar d'aborder son frère préféré, autant, près du cercueil de leur mère, il n'avait pu trouver les mots pour le consoler. Les propos tenus à bord de ce train incitent Marius à croire qu'Oscar pleure plus d'une perte ; celle de sa mère, oui, mais peut-être aussi celles de sa paternité et, du même coup, des bons sentiments qu'Alexandrine lui témoignait. Son empressement à clamer son amour pour sa femme sème des doutes dans l'esprit de Marius. D'ailleurs, l'absence de cette dernière à l'enterrement de Victoire contrastait étrangement avec la présence des autres brus, mais plus encore avec celle de Colombe, l'ancienne fiancée d'Oscar.

Colombe, que Victoire avait prise sous son aile, dans des circonstances nébuleuses, est à bord de ce train et répète aux parents et amis : « M$^{me}$ Victoire a été beaucoup plus qu'une patronne pour moi. Elle a sauvé ma vie et mon honneur. » Elle va et vient près des Dufresne, causant avec Thomas, ses deux autres fils, Candide et Romulus, s'attardant à bavarder avec Cécile et se limitant à poser sa main sur l'épaule d'Oscar à chacun de ses passages. « L'indifférence de mon frère, en la circonstance, pourrait bien cacher un sentiment inavouable », pense Marius.

~

Au cœur de la nuit, l'inconfort tire Thomas d'un sommeil agité. Il enlève ses vêtements. Pour la première fois depuis le décès de Victoire, il dormira dans ce lit aux draps glacés. Du moins, il essaiera. Il cherche la position qui lui procurera un peu de chaleur. Recroquevillé en fœtus, il réclame les bras... de son épouse ou ceux de sa mère ? Il ne sait trop. Les visages de Victoire et de Domitille se succèdent, se superposent et finalement se confondent. Comme s'il fallait que l'une achève l'œuvre de l'autre pour que Thomas devienne l'homme qu'il est. Victoire, de dix ans son aînée, l'a connu alors qu'il n'avait que cinq ans ; elle a d'abord été sa voisine chérie, puis son refuge après le décès de Domitille, et, tout naturellement, elle est devenue son idole, son amante, et la mère de ses enfants. Quand Thomas s'est-il vraiment senti l'époux de Victoire Du Sault ? Il ne saurait le dire. Une certitude s'impose toutefois : l'admiration a toujours été intense. Pour la cordonnière qui a eu l'audace d'exercer un métier réservé aux hommes, pour la femme d'affaires qui a conduit les siens à la réussite, pour la mère et l'épouse toujours présente, pour la femme qui ne s'est arrêtée que quelques heures avant de leur dire adieu. Ce départ imprévu, Thomas ne l'a pas encore accepté. « Pourquoi t'as fait ça si vite, Victoire ? Le meilleur de notre vie était devant nous. Nous commencions juste à prendre du bon temps ensemble. La certitude enfin retrouvée que tu m'aimais pour ce que je suis m'était si douce. Si tu savais comme ton absence me fait mal. Un étau dans ma poitrine, dans ma gorge. Il ne reste qu'un étroit passage… pour les larmes. La même douleur qu'en cette nuit passée au chevet de ma mère agonisante. » Mais ne viendra pas, cette fois, le réconfort qu'il avait alors trouvé dans les bras de Victoire. « Tu pourras toujours compter sur moi, lui avait-elle promis. Tant que je serai en vie », avait-elle précisé. « Pourquoi plus maintenant ? Dis-moi que je ne suis pas dans l'erreur en espérant que tu me guideras encore. Que tu m'aimeras encore. Que tu continueras avec nous, même si on ne te voit plus. »

Pour Thomas, renoncer à croire en cette présence au-delà du visible serait accepter l'idée qu'à cinquante-trois ans il devrait faire route seul. Bien sûr, il y a les enfants, entre autres Cécile, la seule des quatre filles à avoir survécu, cette enfant née alors que Victoire avait atteint ses quarante-cinq ans, cette petite fille que Georges-Noël n'avait pu combler de tendresse que pendant deux mois, avant que la mort l'emporte subitement.

Thomas se sent démuni devant cette jeune femme qu'il ne sait comment consoler. Sur qui il aimerait s'appuyer quelque peu. En qui il aimerait retrouver la jeune femme dynamique et audacieuse que Victoire était à cet âge.

De ses quatre garçons, Oscar, l'aîné, est son préféré. À quinze ans, il a accepté de quitter sa famille, ses amis et sa région natale pour satisfaire les ambitions de son père. Deux ans de *high school* l'ont amplement outillé pour occuper l'emploi de commis-livreur à Montréal, afin d'y étudier le marché de la chaussure et de préparer le terrain pour l'entreprise que son père voulait y implanter.

Puis il y a Candide qui en a déjà plein les bras avec ses jeunes enfants et sa propre manufacture de chaussures, ouverte il y a six ans, au grand déplaisir de la famille Dufresne. Depuis, une réconciliation s'est amorcée. Le décès de Victoire pourrait bien marquer un tournant dans les rapports familiaux, non seulement avec ce fier Candide, mais aussi avec son frère Marius, le plus énigmatique de la famille. Non pas qu'il soit désagréable, mais, passionné de recherches, fasciné par l'architecture et peu intéressé au commerce de la chaussure, il a, dès son jeune âge, emprunté des voies différentes. Thomas aurait tant souhaité partager la relation privilégiée que ce garçon solitaire réservait, croyait-il, à Victoire et à Oscar.

Sur Romulus, récemment marié et de santé fragile, Thomas ne fonde que très peu d'espoirs. Il faudra plus que tous les talents de Laura, son épouse, pour concrétiser ses rêves et répondre aux besoins des nombreux enfants qu'il veut avoir. En plus de se voir verser par la Dufresne & Locke le salaire d'une semaine de soixante heures de travail, il a reçu, de Victoire et Oscar, l'assurance d'un soutien financier pour lui et sa famille, en cas d'invalidité. Thomas n'a pas souscrit à cet engagement, considérant que ce jeune homme devait être stimulé et non protégé. « Une santé, ça se bâtit et ça s'entretient », répétait-il devant Romulus chaque fois que l'occasion s'y prêtait.

La nuit tire à sa fin. Thomas prévoit qu'au cours de la semaine ses enfants viendront à tour de rôle prendre des nouvelles de leur père et de leur jeune sœur.

« Dimanche. Dernier jour de répit avant le retour au travail. Lundi, il faudra faire semblant de croire que la vie continue comme avant, alors que c'est l'absence qui marquera désormais notre quotidien. Plus de repas préparés dans nos boîtes à lunch. Plus de petits mots d'amour cachés parmi nos biscuits. Plus de cet empressement à nous accueillir pour le souper. Plus de tendresse entre ces draps que je n'arrive pas à réchauffer. » Dans la bouche de Thomas, l'avenir prend le goût amer de la privation. Il se lève et va chercher la photo de Victoire sur la commode. Leurs regards se croisent et, aussitôt, refait surface le sentiment de honte contre lequel il s'est battu pendant les quatre heures passées dans le train.

À la sortie du cimetière de Yamachiche où il venait d'enterrer son épouse, Thomas a croisé une femme. Toujours aussi séduisante, la veuve Dorval. Son regard pénétrant, ses lèvres pulpeuses ont ravivé cette passion qu'il croyait éteinte à tout jamais. Ce visage qu'il pensait avoir extirpé pour toujours de son esprit et de sa chair vient le hanter de nouveau. La certitude que Victoire l'accompagne au-delà de la mort l'a réconforté ces jours derniers, mais maintenant elle ne fait plus qu'ajouter à ses remords.

Son regard sitôt détourné de cette photo qu'il replace sur le bureau, il lui semble entendre Victoire murmurer : « Relève la tête, Thomas. Viens, on va s'en parler. »

La main hésitante, il reprend le cadre avec une délicatesse qu'il ne se connaît pas. Comme pour s'excuser. Comme si c'était dans les bras de cette femme qu'il a tant admirée qu'il allait se blottir. « T'as raison, Victoire. Il faut qu'on s'en parle. Un peu tard, peut-être ? Mais il faut que tu saches que le goût m'est souvent venu de tout te raconter, mais… Je l'aurais fait en badinant. Tu le sais, c'est toujours comme ça que j'ai abordé les sujets délicats. Tu te rappelles cette magnifique soirée au jardin Viger, près de la fontaine ? On se sentait si amoureux ce soir-là que je t'aurais tout avoué : ma nuit de débauche à Québec comme mon attirance pour la veuve Dorval. Je t'aurais dit que ça n'avait été que passager. Je le croyais. Sincèrement. Je reconnais aujourd'hui qu'en me déchargeant sur M. Pellerin de la livraison des chaussures au magasin de la belle Marie-Louise, j'avais choisi la facilité. Mais je ne savais faire mieux que fuir dans ce temps-là. Je n'oublierai jamais le jour où on s'est croisés, elle, toi et moi. C'était aussi en sortant d'un cimetière. Je faisais semblant de croire que tu ne pleurais que sur nos enfants disparus, mais je savais bien que tu avais remarqué l'effet qu'une simple poignée de main de cette femme avait eu sur moi. Après avoir quitté Yamachiche pour nous installer à Montréal, l'éloignement aidant, j'ai entretenu l'illusion que ça n'avait été qu'une amourette. Un frisson à fleur de peau. J'étais persuadé que tu avais repris toute la place dans mon cœur. Je le jurerais encore si je n'avais revu l'autre… »

Thomas fond en larmes. À plat ventre sur son lit, la figure enfouie dans un oreiller pour que personne ne l'entende, il ne s'impose plus de retenue. À sa litanie de demandes de pardon s'entremêlent des aveux d'impuissance. L'épuisement brouille sa pensée. Les larmes glissent sur ses joues jusqu'à ce que le sommeil l'emporte de nouveau.

Un bruit familier et une odeur connue montent de la cuisine. Une lueur dorée coiffe les tentures de la chambre. Geste mille fois répété, Thomas étire un bras. Victoire n'est pas là. « Toujours debout la première », pense-t-il. Puis, un instant de lucidité. Victoire ne sera plus jamais là. L'assaille soudain l'envie de refermer les yeux. Comme elle. Pour toujours.

Une voix se fait entendre dans la cuisine… C'est celle de Marie-Ange, la servante, causant avec Cécile. Thomas n'est pas pressé de se trouver en sa compagnie. Depuis le décès de Victoire, elle l'observe comme un détective. Comble de malheur, elle était tout près de lui lorsqu'il a croisé la veuve Dorval en quittant le cimetière. Il reconnaît n'avoir rien à lui reprocher en trente ans de service, sauf cette attitude déplaisante des derniers jours. Un doute traverse son esprit. « Marie-Ange aurait-elle été la confidente de Victoire ? Qu'aurait-elle pu apprendre qui justifie cet air inquisiteur ? » La conscience d'avoir prêté peu d'attention à cette dévouée servante et le sentiment de la connaître si peu le désolent. Ses enfants lui manifestent une grande affection, les amis de la famille la fréquentent avec bonheur et Victoire n'en a toujours dit que du bien. Privée de l'appréciation de son nouveau patron, Marie-Ange pourrait bien choisir de quitter la famille. Cette perspective affole Thomas. « S'il fallait que je ne trouve pas les mots pour la retenir, j'aurais l'impression qu'elle emporte avec elle un pan de notre vie. Il faut qu'elle reste, au moins le temps de me relater ses souvenirs… Ceux de mes enfants tout petits, de mon père qu'elle a côtoyé tous les jours pendant quinze ans, de mon épouse dont elle connaissait peut-être plus que moi les états d'âme. Elle leur a donné à tous une présence dont je les ai privés par mon travail de commis voyageur et par mes ambitions politiques. » Thomas s'inquiète. Il devra trouver le moment propice à un entretien avec Marie-Ange.

Au 452 de la rue Pie-IX, quelqu'un vient de sonner. Thomas tend l'oreille. Il suffit que montent à sa chambre la voix de son fils Oscar et le gazouillement de la petite Laurette pour qu'il se réjouisse. Il s'empresse de se vêtir, brosse son abondante chevelure cendrée, puis va les rejoindre. Les deux hommes s'étreignent longuement. Les mots sont superflus. Bouleversée, Alexandrine les observe, tenant la bambine de neuf mois dans ses bras, privilège qu'elle se réserve, sauf en de rares exceptions. Moins à l'aise avec Thomas qu'elle ne l'était avec Victoire, elle attend qu'il se tourne vers elle pour lui présenter l'enfant et, surprise ! la laisser se jeter au cou de son grand-père. Instants de grande tendresse.

« Se pourrait-il, se demande Oscar, que la mort ne laisse pas que des ruines sur son passage ? »

Il se croit témoin d'un miracle. Cette enfant arrachée à la mort n'a-t-elle pas délivré Alexandrine de la douleur de ne pouvoir enfanter ? Le deuil qui l'affecte l'aurait-il rendue consciente de la possession maladive qu'elle impose à la petite Laurette ? Oscar espère retrouver chez Alexandrine la femme digne, joviale et attentionnée qu'il a épousée.

Il tend les bras à la petite, mais voilà qu'Alexandrine veut l'empêcher de la prendre.

« Va ranger son manteau, plutôt », lui ordonne-t-elle.

Oscar fait la sourde oreille. Pour donner une chance à Alexandrine de se ressaisir. Pour se convaincre que le miracle s'est produit. Mais elle lui retire l'enfant avec une volonté à ne pas contrarier.

S'adressant à son père, Oscar, partagé entre la colère et la tristesse, commente : « On dirait qu'elle a peur qu'on lui fasse mal…

– Ah, les mamans ! Venez ! » les prie Thomas.

Contrairement à ses habitudes, sa longue chevelure ébène retombant en boucles serrées sur ses épaules, Cécile ne fait aucun geste vers Alexandrine et l'enfant. Assise à une extrémité de la table dressée par Marie-Ange pour le petit-déjeuner, elle promène nonchalamment sa cuillère dans sa tasse de thé. Thomas vient glisser son bras sur les épaules de sa fille. « Tu as mangé ? »

Cécile répond d'un signe de tête négatif.

« T'as pas faim ou tu nous attendais ? »

Pas de réponse. Que des sanglots étouffés dans la poitrine de la jeune femme.

Oscar prend place tout près d'elle.

« C'est normal que t'aies pas faim ce matin. Peut-être qu'avant midi tu seras capable d'avaler un morceau de tarte aux pommes. Tu les aimes tant. Puis, il paraît que c'est bon de manger du dessert quand on a de la peine… »

Cécile hausse les épaules sans lever les yeux vers son frère.

« Il nous en reste encore quelques-unes dans la glacière. C'est M$^{me}$ Victoire qui les a faites », dit Marie-Ange, sachant bien qu'elle ne pourra épargner à la jeune fille tous les rappels de sa mère dans cette maison.

Thomas lui lance un regard sévère. Oscar l'a remarqué et vient à la rescousse de la servante : « Je pense que plus vite on fera face à la réalité, mieux ce sera pour tout le monde.

– Facile à dire, rétorque Thomas. Vous autres, les garçons, à part Marius, bien sûr, vous avez votre petite famille, votre chez-vous. Tandis que nous autres… »

Sa voix se brise.

« Prendriez-vous un bon thé chaud, monsieur Dufresne ? demande Marie-Ange avec sa courtoisie habituelle.

– Nous autres aussi », répond Oscar avant que Thomas se soit fait entendre.

Tous s'attablent. Comme Thomas le souhaite, Marie-Ange se montre serviable mais fort discrète. À peine ose-t-elle quelques regards furtifs dans sa direction.

L'intellectuel de la famille ne tarde pas à arriver à son tour. Digne comme un seigneur, réservé même avec les siens, Marius l'est d'autant plus en ce lendemain de l'enterrement de sa mère. Tous, sauf Marie-Ange et Oscar, ignorent encore qu'il a été le seul membre de la famille à connaître le dernier verdict du médecin de

Victoire. Pour des raisons demeurées obscures, elle l'avait choisi. Maintes fois, mais en vain, il s'était résolu à contester ce choix auprès de sa mère. Pourquoi n'avoir pas accordé la préférence à ses frères aînés, Oscar et Candide ? Aurait-il dû s'en considérer privilégié ? D'une certaine façon, ne l'avait-il pas toujours été ? Il se rappelait le soutien que sa mère lui avait apporté quand il avait voulu entreprendre un cours d'ingénieur, alors que, comme le prétendait son père, de l'ouvrage bien payé lui était offert au sein de l'entreprise familiale. Jamais il n'oublierait les propos de Victoire affirmant qu'il avait le droit d'être différent de ses frères et de faire ses propres choix de carrière. Chaque fois que Thomas avait insisté pour qu'il quitte sa table à dessin et aille s'amuser comme ses frères ou ses amis, elle était intervenue, expliquant à son mari qu'il était possible et acceptable d'éprouver plus de plaisir à dessiner qu'à sortir avec des garçons de son âge. Et, plus récemment, elle avait pris sa défense alors que son père le blâmait d'avoir installé son bureau « dans les locaux des étrangers quand il y avait de la place à la Dufresne & Locke ».

Avec son fils Candide, Thomas a eu quelques démêlés, mais il comprenait que celui-ci avait besoin de se démarquer à sa façon et de clamer qu'il pourvoyait seul aux besoins de sa petite famille. Lui-même n'avait-il pas, contre le gré de son père, quitté le collège à seize ans pour travailler au moulin ? N'avait-il pas aussi tenu tête à Georges-Noël qui tentait de le dissuader d'épouser, à dix-huit ans, une femme de dix ans son aînée ? Thomas juge le cas de Marius différent. Le regard perçant et inquisiteur de ce garçon, son intelligence vive, sa prédilection pour le silence l'intimident, l'agacent même à certains moments. Ce matin, Thomas n'est pas seul à observer discrètement Marius. Marie-Ange a changé de cible, délaissant le père pour le fils. Un répit que Thomas apprécie.

On parle peu au cours de ce petit-déjeuner. Oscar le déplore, lui qui, à titre de gérant de l'entreprise familiale, croit de son devoir de rappeler, au fil de la conversation, l'urgence de prendre un rendez-vous avec le notaire Mackay. Il n'appréhende pas moins ce moment de la dissolution de la Dufresne & Locke qu'il n'a redouté celui de l'enterrement. Le nom de la fondatrice doit être retiré des enregistrements où elle est désignée unique propriétaire de l'entreprise qu'elle avait dirigée pendant plus de quarante ans. Jouant d'instinct, Oscar croit la présence de Marius d'autant plus propice à cette démarche que ce dernier, ayant peu travaillé à la Dufresne & Locke, saura inciter son père et ses frères au détachement. Or, à la seule mention du nom du notaire Mackay, Marius quitte brusquement la table et va se réfugier dans le bureau de Victoire. Tous se regardent, médusés. Oscar fait un premier pas pour le rejoindre, mais Marie-Ange l'arrête, le priant de la laisser seule avec lui un instant.

Toute menue sous sa coiffe de servante, Marie-Ange pousse doucement la porte. « C'est moi, Marius. Je peux entrer une minute ? »

Accoudé à la table de travail de sa mère, Marius ne bronche pas. Devant lui, sous un mica protecteur, une dizaine de photos dont celles de chacun des enfants de Victoire, de la petite Laurette, du mariage de ses parents, de ceux d'Oscar, de Candide et de Romulus, ainsi que la carte mortuaire de son grand-père Dufresne.

« Ta mère ne passait pas une journée sans lui demander de vous protéger, dit la servante en pointant du doigt la photo de Georges-Noël.

– Vous savez ça, vous ?

– Elle me l'a dit. Ça me surprend qu'elle ne t'en ait pas parlé. »

Marius hausse les épaules.

« Il y a plein de choses que ta mère aurait dû vous dire avant de partir. »

Marius la regarde d'un air interrogateur.

« Vous n'êtes pas faciles à aborder, vous, les Dufresne, les garçons, surtout.

– Pourquoi vous dites ça ?

– Pense seulement au nombre de fois que ta mère a voulu te confier quelque chose d'important quand tu l'accompagnais chez le médecin et pas une fois tu ne lui as facilité la tâche.

– Elle vous a dit ça ? »

Marie-Ange le lui confirme.

« Je ne vous crois pas.

– Encore plus la dernière fois que tu es allé avec elle...

– Je déteste les mystères...

– Tu ne sais pas de quoi tu t'es privé...

– S'il vous plaît, Marie-Ange, pas aujourd'hui.

– T'as raison. T'as assez de vivre le deuil de ta mère sans que j'ajoute... »

Accablé, Marius enfouit son visage dans ses mains.

« T'as le droit de pleurer, toi aussi, Marius. »

Un long silence fait croire à Marie-Ange qu'elle devrait sortir de la pièce. À peine a-t-elle amorcé le geste que Marius retient sa main.

« Si je le pouvais, murmure-t-il. Je me sens comme un petit gars qui vient de perdre son père et sa mère du même coup. Plein de larmes en dedans qui me brûlent la poitrine, la gorge… »

Marie-Ange caresse son dos.

« Laissez-moi seul maintenant, Marie-Ange. S'il vous plaît. »

De retour dans la salle à manger, la servante trouve Cécile en larmes. C'est que, plus tôt, Thomas s'est levé de table avant d'avoir fini son petit-déjeuner.

« Je vais me préparer pour la grand-messe, a-t-il dit. Il faudrait peut-être que tu en fasses autant, Cécile.

– Vous pensez que j'ai le goût d'aller à l'église ce matin ?

– Ce n'est pas une question de goût, ma fille. C'est ton devoir de chrétienne.

– Maman n'y allait pas tout le temps…

– Elle avait ses raisons, ta mère. Je ne pense pas qu'elle serait fière de t'entendre regimber, ce matin », a-t-il ajouté en se dirigeant vers sa chambre à coucher.

Cécile a aussitôt fondu en larmes… Compatissant envers sa sœur, Oscar plaide toutefois le désarroi de son père : « Écoute, Cécile. On a chacun notre façon d'exprimer notre souffrance. On est tellement habitués à voir papa faire le bouffon qu'on oublie qu'il a le droit, lui aussi, de lever le ton.

– Les mois qui viennent ne seront pas faciles pour personne, dit Marie-Ange. Il ne faudrait pas que vous commenciez à vous faire de la peine avec la mauvaise humeur de l'un puis de l'autre.

– Il ne faudrait pas, confirme Alexandrine. Vous savez comme moi qu'il n'y avait rien de plus précieux pour Mme Victoire que la bonne entente dans la famille. N'est-ce pas, Oscar ? »

Il l'approuve d'un geste de la tête, ajoutant aussitôt : « On devrait rentrer et se préparer, nous aussi. Il ne reste plus qu'une demi-heure avant la messe. »

Oscar embrasse sa sœur et, de la main, salue Marie-Ange. Alexandrine couvre la petite et refuse que son mari la prenne dans ses bras pour gagner leur domicile.

« On se revoit à l'église ? demande Oscar à Cécile avant de partir.

– Ça devrait. »

Marius les y rejoint et, juste avant que la messe commence, Candide, Romulus et leurs épouses s'installent devant eux. À la dernière minute, Oscar vient se glisser à côté de son père, à la place qu'occupait Victoire. Alexandrine est absente, comme à tous les dimanches depuis la venue de la petite Laurette.

L'émotion est grande chez les Dufresne qui, deux jours plus tôt, assistaient dans cette église aux premières funérailles de Victoire. Et quand, au prône, le curé fait mention du « décès de Mme Dufresne, épouse du très respectable Thomas Dufresne, qui laisse dans le deuil, outre son mari, une fille et quatre fils, dont les très connus Oscar et Marius », le chagrin fait place à l'indignation devant le silence sur la carrière remarquable et le travail de pionnière de la disparue. Des regards enflammés se croisent. Douce revanche : pas un membre de la famille Dufresne ne se présente à la sainte table pour recevoir la communion. Thomas souffle à l'oreille de sa fille : « Une bonne occasion pour le curé de faire son examen de conscience… »

Au sortir de l'église, Candide, son épouse à son bras, presse le pas vers la rue Pie-IX où il attend les autres membres de la famille.

« C'est rendu qu'il y a de la politicaillerie jusque dans les sermons, lance-t-il, visiblement offusqué de ne pas avoir été nommé par le curé.

– On n'a rien qu'à ne pas payer notre dîme cette année. Tu vas voir qu'il va se souvenir de nous autres, le curé, propose Romulus qui, mieux que tous ses frères, a appris à ne pas s'en faire avec les bêtises des autres.

– Quand même, il aurait pu dire un bon mot sur maman aussi, intervient Cécile, offensée. Après tout, ce n'était pas une femme ordinaire, Victoire Du Sault.

– T'as raison, Cécile, dit Laura, l'épouse de Romulus. J'en connais pas une seule dans tout Montréal qui a mené des affaires comme elle l'a fait.

– Je vais lui parler cette semaine, à M. le curé, promet Oscar qui entretient une bonne relation avec ce prêtre.

– Vous venez dîner ? demande Thomas en s'adressant à ses fils. Ce n'est pas le temps de changer nos bonnes habitudes…

– Si l'invitation tient, ça nous conviendrait mieux pour le souper, répond Candide.

– Nous aussi, dit Laura. Je pourrais aller aider Marie-Ange à préparer le repas en après-midi. »

Thomas reconnaît la grande délicatesse de Laura et son dévouement exemplaire.

Quant à Oscar, il ne doute pas qu'Alexandrine les rejoigne avec la petite.

« Je tiens beaucoup à ce que vous soyez tous là, au moins pour le souper. J'aurais tellement aimé qu'on passe la journée ensemble », déclare Thomas, la voix chevrotante.

Accrochée au bras de son père, Cécile ne peut retenir ses larmes. Dimanche dernier encore, c'était sa mère qui marchait ainsi près de Thomas. L'absence est cruelle. Le vide, incommensurable. Les mots, inadéquats. Le silence, lourd. Thomas le brise le premier :

« On t'a déjà dit que tu étais aussi belle que ta mère ?

– De toute façon, ce n'est pas vrai. »

Cécile voudrait supplier son père de ne pas s'attendre à ce qu'elle suive les traces de sa mère. Qu'elle remplace la femme exceptionnelle qu'il avait épousée. Elle s'en sent totalement incapable.

« Elle était si forte, si douée et si généreuse… Jamais je n'oserais me comparer à elle, papa. Nous avons toujours été très différentes.

– C'est pour ça que vous vous entendiez si bien. C'était mon cas aussi. »

Cécile, étonnée, s'arrête et fixe son père.

« Bien oui. Elle, entreprenante, bon chef de file, moi, bon second, bon exécutant. Elle, femme d'affaires comme je n'en ai jamais vu, moi, un gars vaillant mais bonasse et naïf. Puis, dans la famille, c'est elle qui avait le tour de parler à ses enfants. Aux cinq. Moi, pas. Je me suis toujours bien entendu avec Oscar, j'ai eu plus d'un accrochage avec Candide. Marius, je n'ai jamais été capable de le saisir vraiment. Puis Romulus… Je me demande toujours s'il est de si faible santé qu'il nous le laisse croire. D'après moi, il s'écoute trop. Ça m'énerve. Puis à toi, ma fille tant attendue, je ne sais comment parler. Ta mère avait commencé à me l'apprendre, mais il me manque encore quelques leçons, comme tu as pu le voir ce matin. Je compte sur toi, ma grande, pour compléter... »

Cécile serre le bras de son père avec une infinie tendresse.

Un couple les dépasse... intentionnellement.

« Que je suis content de vous voir ! s'écrie Thomas en apercevant son neveu Donat Dufresne et Régina, son épouse.

– Vous avez dû être moins content de la façon dont M. le curé a annoncé le décès de ma marraine...

– On aurait dû le prévoir. Victoire a été boudée de son vivant parce qu'elle était une femme dépareillée ; ce n'est pas au lendemain de sa mort qu'on va reconnaître ses mérites. Ça va prendre du temps, puis d'autres femmes comme elle qui n'ont pas peur de brasser les cages pour que les mentalités changent.

– Les filles Lacoste, entre autres, sont bien parties, commente Régina.

– Oui, mais elles sont trop peu nombreuses, les femmes de cette trempe.

– Vous aviez la perle, mon oncle », ajoute Donat, ému.

Thomas l'approuve d'un signe de la tête. Les mots lui manquent.

« Vous venez dîner avec nous autres, lance-t-il, ragaillardi.

– Vous avez déjà assez de toute votre famille, fait remarquer Régina, réservée et délicate comme Thomas les aime. C'est de la besogne pour Marie-Ange.

– Elle est habituée, dit Cécile. Puis Candide et Romulus ne viennent que pour souper.

– Je suis bien prête à donner un coup de main », dit Régina.

Thomas les précède. Dès le portique, un fumet de rôti de porc leur caresse les narines. Sur la table de la grande salle à manger, une douzaine de couverts sont déjà disposés. « On croirait que Victoire n'est pas partie », pense Thomas, qui souhaite ardemment que l'ambiance des rencontres de famille demeure joviale. Désormais, il devra compter sur la collaboration de chacun pour compenser l'absence de son épouse. Le côté bouffon de Romulus lui apparaît tout à coup bénéfique. Thomas constate qu'il a trop peu apprécié l'humour de ce garçon, aveuglé qu'il était par son prétendu manque de virilité. « J'espère qu'il n'en a pas trop souffert », se dit-il, poussant un soupir de regret.

Une surprise de taille les attend à la maison. Pendant la grand-messe, alors que Marie-Ange s'affairait à préparer le dîner, on a sonné à la porte.

« Colombe ! Mais quelle surprise ! Tu ne devais pas retourner à Paris hier ?

– J'ai décidé de prendre quelques semaines de plus, finalement. Je ne pensais pas que la mort de M^me^ Victoire m'affecterait autant... »

Marie-Ange n'oubliera jamais cette nuit pluvieuse d'automne où Victoire ouvrait sa porte à une jeune fille désespérée, enceinte contre son gré.

« Toi aussi, tu étais très attachée à M^me^ Victoire, a dit Colombe, nostalgique. Depuis le temps que tu travaillais pour elle... »

Du coin de son tablier, Marie-Ange s'est épongé les joues.

« Je ne voudrais pas déranger, je venais juste prendre des nouvelles de la famille.

– Reste à dîner avec nous. Je suis sûre que ça va faire grand plaisir à Cécile.

– Oscar sera là ?…

– Peut-être. Ça t'embêterait ?

– Non, non, mais j'évite la compagnie d'Alexandrine… »

Marie-Ange n'a fait aucun commentaire et s'est précipitée vers la cuisine. Colombe lui a emboîté le pas et voilà qu'elle se présente à la famille, affublée d'un tablier et d'une coiffe, prête à servir les convives.

Thomas la salue poliment, sans plus. Bien qu'il ignore, comme tous les autres membres de la famille, que Victoire a risqué la prison à perpétuité pour avoir aidé Colombe à avorter, il a toujours éprouvé une certaine méfiance à son égard. Plus encore après qu'elle a rompu ses fiançailles avec Oscar pour entrer au couvent, d'où elle est ressortie quelques années plus tard. Son succès à Paris comme dessinatrice de mode n'a rien changé aux sentiments de Thomas.

« Ça te va bien, le tablier, lui dit Cécile, ravie de la trouver là.

– Tant mieux ! Tu ne le savais peut-être pas, mais je l'ai fait pendant au moins trois ans, ce travail-là. Je n'ai pas perdu la main…

– Pour qui travaillais-tu dans ce temps-là ?

– Mais… pour ta mère !

– Ah, oui ?

– Je comprends que tu ne t'en souviennes pas. Tu n'allais pas encore à l'école à l'époque. Marie-Ange et moi, nous nous partagions le travail.

– Je pensais que tu avais toujours gagné ta vie dans la haute couture et les dessins de mode.

– Oh, non ! Si ta mère ne m'avait pas poussée et mise en contact avec les bonnes personnes, je n'aurais peut-être jamais fait autre chose que du ménage et de la cuisine. »

Tous se sont tus, touchés par les propos de Colombe.

Pendant qu'elle parlait, Oscar était entré, seul, sans faire de bruit. Adossé au chambranle de la porte de la salle à manger, il écoutait, anxieux, le témoignage de Colombe. « Pourvu qu'elle n'aille pas jusqu'à parler de nos amours… anciennes. »

Leurs regards se croisent.

« Tiens ! Te voilà ! Où sont tes deux femmes ? demande-t-elle.

– À la maison. La petite Laurette dort. Elles vont peut-être venir nous rejoindre plus tard. »

Un malaise se dessine sur le visage de Colombe. Sans dire un mot, elle retourne à la cuisine.

À peine le service est-il commencé qu'Oscar est demandé au téléphone. Après qu'il a nommé les gens présents chez son père, des réponses brèves se font entendre. « Oui. Je comprends. Comme tu veux… », dit-il avant de raccrocher le combiné.

« Elle viendra ou non ? demande Cécile.

– Il paraît que la p'tite ne va pas très bien », trouve-t-il à répondre.

Le mensonge lui est difficile. Colombe devine que sa présence a dissuadé Alexandrine de se présenter. L'inconfort est perceptible sur le visage des convives. Heureusement, il y a Donat et son épouse dont la spécialité est de sortir les gens de l'embarras.

« Grâce au coup de pouce que vous m'avez donné, vous et tante Victoire, on va pouvoir déménager, dit-il en s'adressant à Thomas.

– Je ne pensais pas que vous vous sentiez à l'étroit… »

Donat et Régina échangent un regard complice sous l'œil perspicace de Marie-Ange.

« Je gage que vous attendez un bébé ! »

Donat embrasse son épouse.

« Que je suis contente ! s'exclame Cécile.

– Aussi bien qu'Alexandrine ne soit pas ici, dit Oscar, la sachant incapable de partager ce bonheur.

– Faut pas désespérer, recommande Colombe occupée à le servir. Vous êtes encore jeunes.

– Je ne suis pas de ton avis, rétorque-t-il. Passé trente-deux ans, pour une première grossesse, c'est tard. Très tard.

– Tu devrais voir comme elles sont nombreuses les Françaises qui accouchent de leur premier enfant à cet âge. On se fait des peurs pour rien, par ici. »

Suivent la liste des femmes mortes en couches et celle des enfants mort-nés que l'un ou l'autre des convives a connus. Colombe leur suggère : « Si on s'avisait maintenant de compter le nombre d'enfants nés en bonne santé et celui des mères bien portantes… »

Au grand soulagement de Thomas, la conversation reprend sur un ton plus joyeux.

Personne ne s'attarde après le dîner tant chacun a besoin d'un peu de repos après cette éprouvante semaine. Thomas ne laisse pas partir ses invités sans insister :

« Je veux tous vous revoir pour le souper. Les familles de Candide et Romulus vont être avec nous. »

Étendu sur le lit conjugal, Thomas cherche en vain quelques minutes de sommeil. Dans son esprit, les idées se bousculent. « C'est à moi de reprendre le gouvernail. Il faut que je sois le plus fort, le plus courageux. C'est ce que tu attends de moi, hein, Victoire ? Il faut que je parle à nos enfants. Donne-moi les mots, toi qui les avais si bien. »

Sur le coup de quatre heures, des pas dans l'escalier, puis des voix d'enfants dans le portique annoncent l'arrivée de Candide et de sa famille. Thomas accourt.

« Viens voir ton grand-papa, ma belle Gilberte ! »

La petite de trois ans se lance dans les bras de Thomas.

« T'as encore grandi…

– Ce sera bientôt ma fête de quatre ans, grand-papa.

– Je ne l'aurais pas oubliée !

– Allez-vous me donner un cadeau ?

– Bien sûr que oui !

– Deux ? Vu que grand-maman ne pourra pas me donner le sien… »

Thomas, la gorge serrée, le lui promet d'un signe de la tête. Avec le sérieux de ses cinq ans, Georges réprimande sa sœur : « Maman avait dit de ne pas parler de grand-maman… »

Gilberte va pleurer, mais Nativa intervient : « C'est vrai que j'ai dit ça, mais grand-papa t'aime quand même, ma mignonne. »

La figure cachée dans la longue chevelure bouclée de sa petite-fille, Thomas la serre tout contre lui. Les sanglots secouent ses épaules. L'empressement de Cécile à s'occuper de Marcelle, la dernière-née, lui apporte la distraction souhaitée.

« Toi, Nativa, t'es pas comme d'autres… Tu nous laisses prendre tes bébés.

– S'il fallait, Cécile, que je ne te fasse pas confiance ! Tiens, découvre-la un peu. »

Cécile a fait ses preuves à la garderie mise sur pied par Candide à même les locaux de la Dufresne & Locke du temps qu'il y travaillait. Occupant maintenant le poste de secrétaire, elle déplore de ne pas éprouver le même plaisir. Heureusement, il y a le piano. Du vivant de Victoire, pas un soir ne passait sans qu'elle s'y consacre au moins une heure ; aussi, ses belles-sœurs Nativa et Laura ne quittaient pas la maison Dufresne avant d'avoir obtenu qu'elle accompagne leurs chants au piano. « Toutes deux ont une voix superbe, digne d'être davantage mise en valeur », avait affirmé Victoire.

« Si nos enfants peuvent avoir du talent, on va tout faire pour qu'ils le développent », avaient déclaré les deux jeunes femmes.

Après l'arrivée de Romulus et de son épouse, Oscar se présente, encore une fois seul. Laura s'en inquiète :

« Ta femme n'est pas malade, toujours ?

– Non, non. C'est la p'tite.

– Je vais aller la soigner, cette enfant-là, propose Romulus d'un ton désinvolte.

– Laisse tomber », marmonne Oscar, contrarié.

Donat et son épouse venant de s'ajouter à la famille, Thomas invite tout le monde à passer au salon. L'émotion est intense et, pour s'en distraire, tous concentrent leur attention sur les trois enfants de Candide.

« C'est pour eux autres aussi qu'il faut reprendre notre chemin là où il s'est arrêté mardi dernier, dit Thomas, debout derrière son fauteuil. La meilleure façon de redire à votre mère comment on l'a aimée, c'est de suivre l'exemple de son courage. De continuer d'aller de l'avant pour ne pas avoir de regrets quand notre tour viendra… »

À l'exception de Marius qui fixe ses mains croisées sur ses genoux, tous les regards sont braqués sur Thomas.

« Et c'est dès demain matin qu'il faut s'y mettre. En reconnaissance de ce qu'elle a fait pour chacun de nous, je voudrais qu'on lui promette d'éviter la discorde dans notre famille. Qu'on lui promette de toujours s'entraider. »

Tous acquiescent, sauf Candide qui, les yeux baissés, ne dit mot. Il lui est difficile d'oublier les conflits des cinq dernières années pour ne retenir que ces paroles de Victoire : « Si j'avais à citer un père de famille en exemple, je parlerais de toi », lui avait-elle déclaré en guise de pardon, la veille de sa mort.

« En ce qui me concerne, reprend Thomas, je m'engage à poursuivre le travail de votre mère comme si elle était encore là pour orienter l'avenir de la Dufresne & Locke. Oscar, je te prends à témoin… Autre chose, j'ai décidé de ne pas attendre à mes derniers jours pour me détacher des biens matériels : mis à part les volontés précises de votre mère dans son testament, je vous permets de vous partager ses biens personnels. »

Thomas s'arrête, porte une main à la poche de son veston et en ressort une minuscule boîte qu'il regarde avec émoi. Puis il ajoute d'une voix tremblante : « Sauf son alliance que je n'avais pas eu les moyens d'acheter, mais que mon père avait payée. »

Thomas se rassied, à bout de courage.

Colombe et Marie-Ange, debout dans l'embrasure de la porte du salon, n'ont cessé de promener des regards entendus sur les enfants de Thomas. Nativa l'a remarqué et en est agacée. « Comme si elles en savaient plus que nous, ces deux-là... Je vais en parler à Candide », se promet-elle.

Puis, se tournant vers Donat, Thomas prend un air enjoué et demande : « Te souviens-tu de ce dimanche après-midi où tu m'avais aidé à jouer un tour à Cécile et à sa mère ?

– Quand vous avez acheté votre Crestmobile ?

– Que j'aurais aimé ça que vous m'appreniez à la conduire ! lance Cécile.

– Aurais-tu un peu de temps cette semaine, Donat ? » demande Thomas.

Cécile croit que son père blague.

« Vous n'avez jamais voulu que j'y touche, puis là...

– Oui, ma fille ! Et je te préviens, tu vas en avoir besoin avant longtemps. »

De nouveau, tous les regards sont tournés vers Thomas.

« J'en avais parlé à votre mère, de ce projet-là. Mais je l'avais retardé... à cause de sa maladie. Dès cette semaine, je chercherai une bâtisse à Acton Vale pour ouvrir ma manufacture de chaussures de fermiers. »

Ses fils le félicitent et l'encouragent, mais Cécile ne comprend toujours pas où il veut en venir.

« J'ai pensé à toi, Cécile, comme adjointe. T'as du goût autant que ta mère, puis plus de flair que ton père. »

Cécile tremble. De joie, mais aussi d'appréhension. Thomas sait qu'il ne doit pas chercher en elle les qualités de Victoire, elle l'en a prévenu en revenant de l'église. Son regard croise celui de Colombe qui lui fait signe d'accepter.

« Je peux toujours essayer…

– Tu comprends maintenant pourquoi tu dois savoir conduire une automobile ? »

Oscar est le premier à venir la féliciter. Ses trois frères suivent son exemple. Les femmes attendent leur tour.

~

« Monsieur Dufresne ! Mais je croyais que votre rendez-vous chez le notaire n'était qu'après le dîner. Il n'est que huit heures et demie, dit Alexandrine qui ne cache pas son embarras.

– C'est bien cet après-midi, mais j'aurais aimé dire un mot à Oscar.

– Hum… vous n'avez pas choisi le meilleur moment… »

Thomas s'excuse et s'apprête à sortir de la résidence de son fils lorsque ce dernier s'amène, s'efforçant de sourire.

« Ça ne peut pas mieux tomber, papa. Venez. »

Sur la table de la salle à manger, le déjeuner est servi mais personne ne semble en appétit.

« On vous sert un thé ? » offre Oscar.

Thomas refuse et lui fait savoir qu'il préférerait s'entretenir avec lui. L'agressivité qui flotte dans l'air inquiète le visiteur. Même la petite Laurette, pourtant de si bonne nature, en est affectée et elle refuse d'avaler la trempette au sirop d'érable qu'Alexandrine a préparée.

« Je ne sais pas ce qu'elle a ce matin… Elle doit couver une grippe, dit Alexandrine.

– Un enfant, ça ressent tout », lance Oscar, s'adressant à son père.

Thomas devine que sa présence est souhaitée à cette table et qu'il sera mêlé au différend qui oppose Oscar et son épouse. En est la cause une lettre que Victoire leur a laissée, comme à chacun de ses enfants, dans laquelle elle les presse de nommer un tuteur pour Laurette. Le choix de ce tuteur et la mission qu'Oscar veut lui confier sèment la dissension. Alexandrine n'accepte pas que ce soit Marius, préférant quelqu'un de sa parenté, et plus encore, elle s'oppose au devoir qu'aurait ce tuteur, d'informer Laurette de ses origines véritables, si elle les ignorait encore au moment de commencer ses classes. Oscar appuie les volontés de sa mère. « S'il fallait qu'on meure tous les deux en même temps, imaginez ce qui pourrait arriver à la petite ! Qui lui dirait la vérité ? Et de quelle façon ? J'appréhende le pire », avoue Oscar.

Alexandrine, silencieuse et l'air renfrogné, sort l'enfant de la chaise haute et est sur le point de monter à l'étage des chambres quand son mari la supplie d'attendre : « Pourquoi toujours faire des cachettes, Alexandrine ? Pourquoi ne pas en discuter avec mon père ? C'est un homme de jugement, puis il t'aime bien. »

Alexandrine jette un regard furtif en direction de Thomas.

« S'il y en a un qui était content que tu deviennes ma femme, c'est bien lui », ajoute Oscar pour l'en convaincre.

Thomas le lui confirme d'un geste de la tête, perdu dans le souvenir des fiançailles annoncées entre Oscar et Colombe et de l'aversion qu'il avait ressenti pour cet éventuel mariage.

« Oui, ma fille ! dit-il, un regard aimant posé sur sa bru. Mais je pourrais savoir ce que Victoire souhaitait ?

– Elle suggérait Marius, répond Oscar. Moi, je n'y vois aucun inconvénient, au contraire. »

Les lèvres pincées, Alexandrine trouve diversion dans les jeux de la fillette. Oscar réclame son attention. S'engage une discussion sur la nécessité de révéler à Laurette qu'elle est la petite-fille d'André-Rémi Du Sault, le frère préféré de Victoire, et qu'elle est née d'une de ses filles dont elle porte le nom et de Raoul Normandin. Oscar souhaite l'en informer dès qu'elle sera en âge de comprendre. De plus, il trouve injuste que cette enfant soit privée de la joie de connaître son frère et sa sœur. « D'autant plus qu'on ne sait pas si on pourra lui en donner, nous autres », explique-t-il.

Des flèches dans les yeux d'Alexandrine.

« Comme si elle avait la preuve que ça dépend plus de moi que d'elle si on n'a pas d'enfants…, dit Oscar, accablé.

– Je n'aurais pas pu allaiter la petite si ç'avait été de ma faute, rétorque Alexandrine, cherchant l'approbation de Thomas.

– Je connais rien dans ces histoires de femme, avoue ce dernier.

– Moi, j'ai une autre explication, réplique Oscar. Les nourrices n'ont pas toutes eu des enfants… De toute façon, on va essayer de régler un problème à la fois, et le plus urgent est celui du tuteur. »

L'air rêveur, Thomas sort de sa poche de veston un minuscule boîtier. « À moi aussi, Victoire a confié des tâches », révèle-t-il, ému.

Doucement, il expose un médaillon ivoire à monture d'argent représentant une femme assise, une quenouille à la main, et entourée de deux chérubins.

« Mon père l'avait offert à ma mère pour leurs fiançailles. Victoire en a ensuite hérité, mais elle souhaite qu'on le réserve pour la petite Laurette. »

Le regard accroché au médaillon, il ajoute : « S'il est vrai que les objets ayant appartenu à nos morts nous portent chance, je souhaite que celui-ci ramène la bonne entente et la paix dans votre foyer. »

Oscar le prend des mains de son père, le contemple à travers les larmes qui brouillent sa vue et le presse sur son cœur. Puis, soudain radieux, il dit : « Grand-père me l'avait montré une fois. Il m'avait dit que ce bijou était ce qu'il avait récupéré de plus précieux dans les décombres de l'inondation de 1860. Il disait que c'était un message de sa défunte. Une preuve qu'elle continuait de l'aimer et de l'aider. Je devais avoir sept ou huit ans. Ça m'a beaucoup marqué. J'ai compris alors pourquoi maman exposait toujours à sa vue une bottine de chacun des enfants qu'elle perdait. Je pense que son exemple m'a inspiré l'idée de conserver toutes les lettres que mon grand-père m'écrivait quand je suis venu travailler ici, à Montréal. Je ne l'ai pas regretté. Il y a des choses qu'il me disait que je ne comprends vraiment que maintenant. »

Sur le visage d'Alexandrine, le mécontentement a fait place à la tendresse. Elle écoute son mari, fascinée. Rassuré, Thomas juge opportun de leur laisser vivre cet instant en toute intimité.

La deuxième visite de cette matinée, Thomas Dufresne la réserve à Marius. Non pas à la résidence familiale, mais dans le bureau de son fils, au-dessus de la Banque Toronto, rue Ontario. Marius ne cache pas son étonnement, son agacement même, en apercevant Thomas.

« Je ne veux pas te retarder, moi aussi j'ai du rattrapage à faire. J'aimerais juste avoir ton avis... »

Marius est surpris. N'est-ce pas toujours de son épouse et de son fils aîné que Thomas a réclamé ce genre de service ? Que comprendre sinon qu'il cherche à combler l'absence de Victoire en bonifiant sa relation avec lui ? Marius demeure perplexe. Non pas qu'il s'oppose à une telle tentative, mais le vide creusé par la mort de sa mère lui semble irrémédiable pour tous ceux qui l'ont aimée.

Thomas, assis sur le bord de sa chaise, les yeux rivés au plancher d'érable, aborde le sujet sans ambages :

« J'ai beaucoup réfléchi cette semaine et je pense que la meilleure façon d'honorer la mémoire de votre mère serait non seulement de demeurer solidaires, comme je vous le mentionnais dimanche passé, mais aussi de vous engager dans la société. Comme elle l'a toujours fait. Oscar a déjà un pied sur la scène municipale, moi, j'ai l'intention de me faire réélire marguillier et je verrais bien que tu poses ta candidature comme architecte-ingénieur à la ville de Maisonneuve.

– Vous oubliez que je n'ai pas de certificat d'architecte...

– Ça se suit, un cours d'appoint en architecture. T'as le talent, c'est rien que le papier qui te manque.

– Mais avec ma formation d'ingénieur, je ne suis pas inquiet pour mon avenir.

– Moi non plus, mais la question n'est pas là. »

Thomas se lance alors dans un plaidoyer en faveur d'un engagement social concerté. « Les projets d'embellissement qu'on avait pour notre ville en revenant de Chicago comme d'Europe, il ne faut pas les laisser tomber. On en a déjà parlé avec votre mère… Le modèle du City Beautiful et celui de Garden City sont applicables à notre ville. Je maintiens que la seule façon de les réaliser, c'est de les présenter et de les appuyer, ensemble. Pour ça, il faut jouer un rôle dans toutes les sphères de la société. Se faire élire à différents conseils d'administration, dans tous les domaines : politique, financier et social. Je me présente la semaine prochaine à celui de l'hôpital Notre-Dame, où ta mère a été soignée…

– Ce n'est pas ce que j'appelle "soignée", l'interrompt Marius.

– Les médecins ont fait leur possible, Marius. Son heure était arrivée, je pense.

– Désolé, mais je ne crois pas à la fatalité. Quand les humains développeront plus leur cerveau, on pourra sauver plus de vies », réplique-t-il, indigné par l'impuissance médicale.

Thomas se lève, affligé.

« J'aimerais discuter de ce sujet avec toi, un bon jour. En attendant, est-ce que je peux te demander de réfléchir à ma proposition ? Oscar serait bien content, lui aussi.

– Il vous a dit ça ?

– On en a parlé, hier soir. Tu viens chez le notaire à deux heures ?

– Vous y tenez ?

– Oui, Marius. Ton jugement est solide, puis t'as l'instruction qui nous manque.

– Candide y sera ?
– Il est invité. Comme Romulus et Cécile.
– Cécile ?
– Oui, Cécile. Il faut l'entraîner à suivre les traces de sa mère.
– Ça ne me semble pas sa voie…
– Elle est encore jeune. Tu verras…
– Maman avait déjà trouvé la sienne à cet âge-là.
– À chacun son rythme, Marius. »

Après une poignée de main plus chaleureuse que d'ordinaire, les deux hommes se donnent rendez-vous chez le notaire Mackay.

Thomas se dispose maintenant à rencontrer Candide et à le ramener à des sentiments de solidarité familiale. À son annulaire droit, il porte, depuis dimanche, le jonc de son épouse. Il le regarde, implorant Victoire de mettre les bons mots sur ses lèvres. À la Dufresne & Galipeau, les ouvriers de la chaussure s'activent, des contrats intéressants venant d'entrer de la Nouvelle-Écosse.

« Deux p'tites minutes seulement, réclame Thomas en croisant son fils, visiblement nerveux.
– Comme vous pouvez voir, je suis débordé…
– Aimerais-tu mieux sur l'heure du dîner ?
– Venez à la maison vers midi et quart », consent Candide, non moins agacé.

Thomas juge alors qu'il vaut mieux préparer le terrain avec Nativa. De ce pas, il se rend à la demeure de son fils. Toujours accueillante, sa bru l'invite à dîner. Thomas accepte gaiement. Lorsque Candide rentre du travail et aperçoit son père assis dans le salon avec ses enfants, il lui lance, d'un ton bourru : « Je pensais qu'on s'était entendus pour midi et quart…

– Avec toi, oui. Mais je m'ennuie des enfants quand ça fait cinq jours que je ne les ai pas vus. Puis j'aime bien prendre des nouvelles de ta femme.

– Nous aussi, grand-papa, on aime ça quand vous venez nous voir », déclare Georges aussitôt approuvé par Gilberte.

Quand Thomas aborde la question de la solidarité familiale, Candide explique : « Je n'en veux à personne, je me mêle de mes affaires et j'aimerais que les autres en fassent autant.

– Puis nos projets pour Maisonneuve, qu'en penses-tu ?

– Allez-y. Ce sont vos projets, pas les miens. Je ne vous mettrai pas de bâtons dans les roues, mais ne me demandez pas de m'impliquer. Ça a été un choix réfléchi pour moi d'établir ma manufacture en dehors de Maisonneuve.

– Je respecte ta décision, Candide. Mais je ne voudrais pas que tu nous reproches, plus tard, de t'avoir mis à l'écart.

– Sauf le respect que je vous dois, papa, vous semblez oublier que c'est moi qui me suis retiré de l'entreprise familiale. Vous ne m'avez pas montré la porte... »

Et Nativa d'ajouter :

« On vous aime bien, monsieur Dufresne, mais on tient à conduire notre barque tout seuls, mon mari et moi. On n'a jamais cru que c'était une bonne chose de mêler les sentiments et les affaires.

– Surtout pas dans la famille, précise Candide.

– Je pense que ta mère aurait de la peine d'entendre ça, dit Thomas, chagriné.

– Laissez les morts où ils sont, papa, voulez-vous ? »

Blessé en plein cœur une deuxième fois, Thomas baisse les yeux, reprend son chapeau, embrasse les enfants et s'apprête à quitter la maison, quand Nativa intervient : « Qu'est-ce qui t'arrive, mon mari ? Je ne t'ai jamais entendu traiter les gens de cette manière-là. Toi, si doux, si poli, d'habitude…

– À chacun ses croyances, Nativa. Maman a toujours respecté mes choix de son vivant. Je ne conçois pas qu'elle agirait autrement si elle le pouvait encore.

– Vu comme ça, je suis de ton avis », concède Thomas, en quête d'un terrain d'entente avec Candide.

Et, de but en blanc, il annonce : « Toute la famille se rassemble chez le notaire à deux heures. Veux-tu… »

Candide l'interrompt abruptement : « Ne comptez pas sur ma présence. » Puis, il retourne au travail sans prendre le temps de manger.

Nativa, moins surprise que Thomas, tente de le réconforter. « Votre fils n'est pas reconnaissable depuis la mort de M^me^ Victoire : nerveux, sans appétit, puis rien à dire. Lui qui a toujours été si jasant. »

Thomas l'écoute, trop bouleversé pour ajouter quelque commentaire.

« Faut pas trop vous en faire, reprend-elle. Au lieu de parler de ses soucis, mon mari a le petit défaut de s'en soulager par des gestes et des paroles d'impatience envers ses proches. Il ne le laisse pas voir, mais je vous dis qu'il a beaucoup de peine… Puis des regrets aussi. C'est pire. »

~

Marie-Ange mesure l'ampleur de la mission dont Victoire l'a chargée avant de mourir. Son sommeil en est affecté et sa jovialité naturelle a fait place à une nervosité que les Dufresne ne lui connaissaient pas. Plus encore depuis qu'elle a découvert, dans un tiroir de sa commode, une lettre qu'André-Rémi avait adressée à Victoire en 1883. Elle comprend, en la relisant, que Victoire l'a mise intentionnellement dans sa chambre les jours précédant sa mort. Une pièce à conviction, en cas de doute... La tentation de fuir la hante. Fuir la famille pour ne pas avoir à assumer une responsabilité aux lourdes conséquences. Le soulagement apporté par cette perspective est de courte durée. Viennent l'assaillir la honte de trahir la promesse faite à Victoire, la douleur de quitter sa « vraie famille » et un accablant sentiment de lâcheté. En quête de solution, elle pense soudain à Régina, l'épouse de Donat Dufresne, devenue une bonne amie. Cette dernière est réputée des plus discrètes et de bon jugement, conditions essentielles à la confiance que Marie-Ange peut lui accorder. Un après-midi, elle décide donc de lui rendre visite. Régina l'accueille chaleureusement et l'invite à passer au salon.

« Tu m'inquiètes, Marie-Ange, dit-elle, attristée. On dirait que tu ne t'en remets pas du départ de ma tante Victoire.

– C'est sûr que je trouve ça difficile, mais ce le serait moins si elle avait eu le temps de faire tout ce qu'il fallait avant de partir...

– Je ne vois pas ce que tu veux dire.

– Des choses qu'elle aurait dû apprendre à certains de ses enfants.

– Comment le sais-tu ?

– Elle m'a chargée de le faire, la veille de sa mort. »

Régina semble stupéfaite. Un silence troublant interrompt leurs échanges.

« Je te souhaite autant de courage que de tact, dit finalement Régina.

– Je ne crois pas avoir assez de l'un et de l'autre, avoue Marie-Ange.

– Je vais prier pour toi... »

Des larmes roulent sur les joues de Marie-Ange.

« Si je te disais de quoi il s'agit, t'en chargerais-tu à ma place ? »

Régina se cabre.

« Jamais, Marie-Ange. N'importe quoi pour toi, ma très chère amie, mais pas ça. »

Il y a tant d'émotion et de trouble dans le regard de Régina que Marie-Ange soupçonne qu'elle connaît le secret dont elle est porteuse. Et si l'épouse de Donat Dufresne le connaît, quelqu'un d'autre de la parenté pourrait bien aussi en avoir entendu parler... Le divulguer. Semer la honte. Entacher des réputations. Et quoi encore ?

~

On frappe à la porte du bureau de Thomas, à la Dufresne & Locke. Oscar se présente, souriant comme il ne l'a pas été depuis la mort de sa mère. Il dépose devant son père la lettre qu'il vient de recevoir : une offre de la ville de Maisonneuve à assister à la conférence de Washington sur l'urbanisation, en mai prochain.

« Vous aviez raison, reconnaît-il. Il fallait s'épauler et les faire valoir, nos projets sur l'embellissement de notre ville, pour que les portes s'ouvrent. Vous avez lu ?

L'échevin Charles Bélanger veut me rencontrer. Il va me remettre toute la documentation. Quand je lui ai demandé pourquoi il m'avait choisi, il a répondu… »

Thomas l'interrompt : « À cause de tes voyages aux États-Unis et en Europe.

– En plein ça !

– Votre mère y est pour quelque chose… Mais j'y pense, Marius pourrait peut-être t'accompagner… à ses frais.

– Ça m'a passé par la tête. J'aimerais surtout emmener Alexandrine. Elle aime tant les belles choses, puis ça lui donnerait un petit congé.

– Tu penses qu'elle va accepter ?

– De grosses chances que oui. »

De nouveau, Thomas opte pour le silence. « Elle n'a pas laissé son bébé plus de dix minutes depuis qu'elle en a la garde, comment croire qu'elle pourrait se résigner à s'en séparer pendant quatre ou cinq jours ? » se demande-t-il. Puis il dit à son fils :

« Tu comptes lui en parler…

– Cette semaine. »

Thomas se replonge dans la lecture d'un document placé sur sa table. Son regard s'assombrit.

« Qu'est-ce que c'est ? demande Oscar.

– Je viens de recevoir la copie…

– Je peux la voir ? »

*Nous, soussigné, Thomas Dufresne, manufacturier de chaussures de la ville de Maisonneuve, agissant aux présentes en mes qualités de légataire universel en usufruit, d'exécuteur testamentaire et d'administrateur fiduciaire des biens de la succession de mon épouse, feu*

*Dame Marie Victoire Du Sault, en son vivant de ladite ville de Maisonneuve, aux termes du testament de cette dernière fait devant Mᵉ F. S. Mackay et son confrère, et Ralph Locke, aussi manufacturier de chaussures de la ville de Westmount, déclarons que la société en nom collectif qui existait entre ladite Dame Marie Victoire Du Sault et ledit Ralph Locke sous le nom et raison de « Dufresne & Locke » a été dissoute le quinze septembre mil neuf cent huit, par le décès, à cette date, de ladite Dame Marie Victoire Du Sault.*

« Je me demande si on va finir par s'y faire, dit Oscar, tentant de surmonter sa nostalgie.

– À la condition qu'on continue de bâtir… pour nos enfants. »

Oscar l'approuve d'un hochement de tête.

Il est à mi-chemin entre son bureau et celui de son père quand des pas se font entendre derrière lui, de plus en plus pressés… Ceux d'une femme, il en est sûr. Ceux de Colombe.

« Qu'est-ce que tu fais ici ? lui demande sèchement Oscar, la main sur la poignée de la porte qu'il hésite à lui ouvrir.

– Je ne peux pas me résigner à partir pour Paris sans te parler de quelque chose, répond-elle. Quelque chose d'important, ajoute-t-elle.

– Permets-moi d'en douter…

– Tu me fais de la peine, Oscar Dufresne. Puis, je ne comprends vraiment pas pourquoi. À moins que tu sois encore…

– Entre », finit-il par dire, pressé de l'amener au but de sa visite.

Colombe s'avoue inquiète de son ancien amoureux, de la santé mentale d'Alexandrine et des chances d'épanouissement de la petite Laurette dans un tel contexte. Et qui plus est, elle déclare avoir trouvé une idée pour en finir avec les doutes d'infertilité qui affectent leur couple.

Oscar freine l'élan de curiosité qui monte en lui, préférant jouer d'une prudence et d'une indifférence de bon aloi.

« Tu me feras signe quand t'auras envie de savoir…

– Tu pars quand ?

– Je prends le train pour New York demain midi, puis, de là, le bateau pour l'Europe, précise-t-elle, un brin mélancolique.

– La belle vie, quoi ! »

Colombe n'ajoute rien, tend la joue à Oscar. « Au cas où tu déciderais de me donner de tes nouvelles », lui chuchote-t-elle en glissant dans sa main un papier sur lequel elle a écrit son adresse.

Oscar referme la porte derrière elle, sans plus.

Colombe presse le pas vers la résidence de Thomas Dufresne ; elle veut saluer Cécile et Marie-Ange avant la fermeture des manufactures et, mine de rien, glaner quelques informations concernant Oscar et Alexandrine. De trouver la servante si fatiguée et nerveuse la chagrine. « Qu'est-ce qui t'épuise à ce point ? L'absence de M$^{me}$ Victoire ?

– Oui et non. Plus les conséquences de sa mort…

– Pourrais-tu être plus claire ?

– Je ne peux pas t'en parler, avoue Marie-Ange, au bord des larmes.

– Mais tu m'intrigues, ma bonne amie. Allons ! Parle. Je me ferai muette comme la tombe.

– C'est trop dangereux…

– Aurais-tu oublié que je suis capable de garder un secret ? Ça fait plus de dix ans, puis personne, à part toi et moi, ne sait…

– J'ai besoin d'y réfléchir, Colombe. Je ne suis pas sûre que ce serait une bonne chose.

– Comme tu veux. Mais fais-toi pas mourir avec ça, par exemple.

– Je pense que je vais retourner vivre à Yamachiche, Colombe.

– Oh non ! Fais pas ça. Pas tout de suite en tout cas. Un deuxième grand vide dans la famille, ce serait trop. »

Marie-Ange en convient.

« Tu me l'écriras si tu n'es pas capable de me le dire », lui propose Colombe.

Une voix les fait sursauter.

« Mon Dieu ! Mais qu'est-ce qui arrive, encore ? » demande Cécile debout dans l'embrasure de la porte.

Ni l'une ni l'autre des amies n'ont remarqué sa présence. Marie-Ange s'empresse d'éponger son visage et esquisse un sourire. « Ne t'en fais pas, ma petite Cécile. C'est un surcroît de fatigue qui me met la larme à l'œil comme ça.

– Vous me dites la vérité ? » demande-t-elle, sceptique.

Colombe lui lance un regard inquiet. Cécile ajoute :

« Excusez-moi. De ce temps-ci, je suis sur mes gardes à propos de tout et de rien, et on dirait que j'ai de la misère à faire confiance aux gens, même à ceux que j'aime. »

Se tournant vers Marie-Ange, elle déclare : « J'ai bien de la misère à vous pardonner de ne pas nous l'avoir dit que maman n'en avait pas pour longtemps.

– Je n'étais pas seule à le savoir, Cécile. Ton frère Marius aussi était au courant. Mais ta mère ne voulait pas qu'on en parle… pour ne pas vous faire de peine.

– Et parce qu'elle espérait guérir aussi », ajoute Colombe, qui leur révèle avoir entretenu une correspondance assidue avec Victoire au cours des dix mois qui ont précédé sa mort. « Elle a gardé espoir jusqu'à la fin de l'été. Tu le sais, toi aussi, Marie-Ange.

– Mais les deux dernières semaines l'ont prise au dépourvu, on dirait, conclut celle-ci. Elle se voyait dépérir de jour en jour. Le courage qu'il lui a fallu pour s'y résigner lui a manqué pour faire tout ce qu'elle aurait voulu… »

Cécile s'est laissée tomber dans un fauteuil du salon, la figure nichée dans ses mains. Colombe fait un pas vers elle, mais Marie-Ange lui fait signe de rester à l'écart. « Il n'y a rien que le temps qui peut vraiment guérir ce genre de blessure », dit-elle.

Colombe regarde l'heure et constate que Thomas est sur le point de revenir à la maison. « Il faut que je me sauve, dit-elle.

– C'est ça ! marmonne Cécile. Sauvez-vous, puis gardez tout pour vous autres. Comme avant. »

Les deux amies tentent de l'apaiser, mais elles ne font que provoquer sa colère. « C'est pas juste. C'est moi la fille de Victoire Du Sault, pas vous autres. Ça me révolte de découvrir que vous en savez plus sur elle que moi.

– C'est normal, tu es si jeune, dit Marie-Ange qui aura bientôt quarante-sept ans.

– J'ai dix-huit ans, quand même. Elle aurait dû me parler plus quand elle a su qu'elle allait mourir. Pourquoi elle ne l'a pas fait ? Pourquoi ? Tout ce que j'aurais aimé savoir d'elle… Je la connais à peine plus qu'une étrangère. Vous m'avez volé ma mère, vous deux ! »

Marie-Ange, la gorge nouée, songe une fois de plus à faire ses valises. Colombe le comprend à voir la détermination dans son regard. Aussi la prie-t-elle de la suivre dans la cuisine.

« Laisse passer la crise, Marie-Ange. C'est la peine qui fait parler ainsi. Je suis sûre que Cécile n'accepterait pas que tu les quittes. Va lui dire qu'elle pourra te demander tout ce qu'elle veut au sujet de sa mère et que tu lui diras tout ce que tu en sais. Après tout, je ne serais pas surprise que tu l'aies connue au moins autant que M. Thomas, cette femme-là. C'est toi qui passais tes journées avec elle.

– J'ai peur, Colombe. J'ai peur de ses questions. Des réponses que je devrai lui donner.

– Il y a plus de secrets que je ne le croyais ? »

Marie-Ange le lui confirme.

Colombe regrette de devoir partir pour l'Europe. « J'aurais dû m'accorder un mois de plus… »

Puis, retournant vers Cécile, elle lui offre : « Aimerais-tu qu'on s'écrive ? »

Cécile hausse les épaules, sans plus.

« N'oublie pas que t'as la chance, au moins, d'avoir encore ton père. C'est lui qui peut le mieux t'en parler. »

~

Thomas a prévenu Oscar de son retard à la Dufresne & Locke. Ce matin, quand tout le monde aura déjeuné, il parlera à Marie-Ange. La nervosité de ses gestes et l'inquiétude persistante dans son regard le troublent.

« Mais qu'est-ce qui se passe dans cette maison, ce matin ? demande la servante en voyant apparaître Thomas.

– Je n'ai pas le droit de me lever plus tard que d'habitude, maintenant ?

– Ce n'est pas ça, monsieur Dufresne.

– Explique-toi.

– Cécile est partie sans manger, je ne sais où, puis vous…

– Il est à peine huit heures, Marie-Ange. Vous n'allez pas commencer à vous énerver comme ça pour tout le monde. On est tous des adultes.

– Je veux bien, mais je pense que M^me^ Victoire se serait tourmentée, elle aussi, de voir que Marius… n'est pas venu dormir.

– Comment le savez-vous ?

– Ses souliers, que j'ai vernis hier et déposés à la porte de sa chambre, sont restés là. »

Thomas se dirige vers la chambre de son fils, frappe trois fois, appelle Marius, ouvre et trouve la chambre impeccable, sans son fils. Le front soucieux, il revient vers la salle à manger.

« Vous aviez raison, il n'est pas là. Je passerai un coup de fil à son bureau vers neuf heures, ne vous en faites pas, Marie-Ange », dit-il, impuissant à dissimuler l'inquiétude qui l'a gagné.

Le moment ne peut être plus propice à l'entretien que Thomas a cent fois ruminé.

« Vous êtes fatiguée, ma bonne Marie-Ange. Quelques jours de congé vous feraient grand bien. Décidez quand vous voulez les prendre et je demanderai à Régina si elle peut venir donner un coup de main à Cécile en votre absence.

– Sincèrement, monsieur Thomas, j'ai peur de ne pas vouloir revenir si je pars… »

Thomas est sidéré.

« Vous ne feriez pas ça, Marie-Ange ? Je reconnais que je n'ai pas assez pris soin de vous depuis… Mais je vais me rattraper, je vous le promets. Deux jours de congé, puis une augmentation de deux piastres par semaine, ça vous aiderait ? »

Marie-Ange reste perplexe. La générosité de Thomas la réconforte sans la libérer du poids qui l'oppresse de plus en plus. Elle pose sur lui un regard à la fois si mystérieux et si compatissant qu'il en est troublé.

« Qu'est-ce qui vous fatigue tant, Marie-Ange ?

– M$^{me}$ Victoire n'aurait pas dû partir si vite.

– Je sais. Mais elle n'aimerait sûrement pas qu'on se laisse dépérir parce qu'elle n'est plus là.

– Vous ne pouvez pas comprendre, monsieur Thomas. Vous ne pourrez jamais comprendre », dit-elle, en sanglots.

Thomas est désemparé. Il irait bien la réconforter, glisser son bras sur ses épaules, mais comme il n'a jamais été familier avec cette femme, le geste lui semble déplacé.

« Je sais, Marie-Ange, que vous étiez très attachée à Victoire, mais je me demande si vous ne prenez pas trop à cœur le sort de mes enfants. Peut-être que c'est le lot des femmes, surtout de celles qui…

– … n'en ont pas eu, voulez-vous dire ? Je ne sais plus, monsieur Thomas. Laissez-moi y réfléchir quelques jours encore.

– Vous devriez prendre votre journée pour aller voir vos amies. On va s'arranger ici.

– Non, monsieur Thomas. Pas avant de savoir ce qui advient de Marius et de Cécile », dit-elle.

Marie-Ange file dans la cuisine d'où elle revient avec l'assiette qu'elle a mise au réchaud pour Thomas.

« Vous avez déjeuné ? lui demande-t-il.

– Je n'ai pas le cœur à ça.

– Venez vous asseoir. Ça donne de l'appétit que de manger avec quelqu'un.

– Ça ne serait pas tellement convenable, monsieur Thomas.

– Laissez tomber les convenances. Je crois que nous devrions reconsidérer certaines des habitudes prises ici. Ce serait mieux pour vous que vous continuiez de manger avec la famille, même si ma femme n'est plus là.

– Monsieur Thomas…

– Avouez que ça vous ferait du bien. »

Marie-Ange sourit. Thomas lui offre une des tranches de pain grillées : « Goûtez. C'est bon avec de la confiture de groseilles. »

Voyant qu'elle l'apprécie, il s'empresse d'aller lui chercher un verre de lait.

« Vous allez me gêner, monsieur Thomas… »

La porte d'entrée claque. Marie-Ange se précipite vers le portique.

« Mais où étais-tu passée ?

– J'étais allée avec Donat pour mes pratiques de conduite avant qu'il commence sa journée, répond Cécile, toute fière d'ajouter qu'avec deux ou trois autres leçons, elle pourra prendre la voiture sans accompagnateur.

– Viens manger, ma grande, dit Thomas, avec fierté.

– J'ai une faim de loup. Qu'est-ce que vous nous avez préparé, Marie-Ange ?

– Des crêpes pour toi. »

Cécile prend place à la table et raconte avec enthousiasme sa première expérience de conduite automobile. Soudain, elle se souvient avoir remarqué, à son lever, que les chaussures de Marius étaient demeurées à la porte de sa chambre et, passant du coq à l'âne, elle en fait part à son père.

« Pas vu ? Mais voyons, ce n'est pas normal ! En plus qu'il avait l'air tellement triste au souper, hier.

– J'appelle à son bureau », dit Thomas.

Cécile allait le suivre, mais il lui demande d'attendre dans la salle à manger. Lorsqu'il revient vers les deux femmes, il leur déclare, avec un laconisme révélateur, que Marius a dormi chez un ami et qu'il va très bien. Thomas préfère ne pas leur dire que Marius s'est montré offusqué de devoir, à vingt-cinq ans, rendre des comptes et qu'il en a conclu qu'il était temps de quitter la résidence familiale. « Il y a donc du monde compliqué sur cette terre ! » songe Thomas, pressé maintenant d'aller rejoindre Oscar.

Enfermé dans son bureau, Marius se rappelle avec bonheur la nuit blanche qu'il vient de passer. Il se revoit, adossé à un banc du parc Champêtre, fasciné par les reflets de la lune sur les eaux calmes du fleuve Saint-Laurent. Il aime bien se retrouver à cet endroit quand tous les promeneurs solitaires pensent à rentrer. Espace et paix lui sont alors mieux assurés. Le jeudi soir, rares sont les amoureux qui viennent s'y balader et il s'en porte mieux. Leurs corps enlacés, leurs regards enflammés et leurs serments susurrés le font frémir d'envie. Plus encore depuis la mort de sa mère. Comme si son absence avait creusé en lui un îlot de froidure. Un besoin fréquent de grignoter s'y est ajouté et de le combler ne l'apaise que momentanément. Ce faisceau lumineux sur le fleuve, y parviendra-t-il ? Il était à espérer cette faveur lorsqu'une ombre se dessina au loin. S'approcha. Se précisa.

« Ça ne vous rend pas plus mélancolique, une belle soirée comme ça ? demanda la jeune femme qui n'avait d'arrogant que sa question.

– Qui vous a dit que je l'étais ? riposta Marius avec une douceur inspirée de la beauté des traits de son interlocutrice et de son élégance vestimentaire.

– Mon expérience… C'est l'endroit où les personnes qui souffrent de solitude se réfugient à cette heure-ci.

– Vous êtes de celles-là, donc.

– J'aime causer avec ces gens-là… »

Marius pencha la tête, embarrassé. L'idée de rentrer à la maison lui vint, mais la curiosité l'emporta.

« Vous venez souvent ici ?

– Chaque fois que mon instinct me l'ordonne. »

Marius aime ce laconisme à la limite de la désinvolture.

« Ce serait indiscret de savoir ce que vous faites dans la vie ? osa-t-il demander.

– Je soigne.

– Les maladies… physiques ? »

La jeune femme lui adressa un sourire un brin railleur et répondit :

« Ça paraît que vous n'avez jamais mis les pieds dans un hôpital. Vous sauriez qu'on ne peut pas souffrir physiquement sans que le moral soit touché.

– Je vous demande pardon. J'y suis allé plus souvent qu'à mon tour le printemps dernier. »

La demoiselle au manteau bleu leva les yeux vers lui, l'examina et dit : « Vous avez l'air en bonne santé. Vous avez eu un accident, je suppose. »

Marius se dirigea doucement vers le quai. Elle le suivit.

« Si on s'assoyait sur un de ces bancs », proposa-t-elle.

Un ton si courtois gagna Marius. Deux autres questions suffirent pour qu'il donne les raisons de ses visites à l'hôpital Notre-Dame.

« Mais c'est là que je vous ai vu ! » s'exclama-t-elle.

Marius la regarda avec une moue sceptique.

« Dans l'aile réservée aux femmes qui ont… »

Elle s'arrêta, fixa Marius et ajouta, hésitante : « C'était pour votre mère, si ma mémoire est bonne. »

Marius confirma.

« Je n'oublierai jamais cette femme. Digne et forte même dans sa révolte, dit-elle, émue. C'était votre mère… Comment va-t-elle ?

– Très très bien, je crois.

– Elle s'en est remise ? »

À la réaction de Marius, elle comprit.

« Je suis désolée. »

Puis elle lui tendit la main : « Je m'appelle Jasmine. Et toi ?

– Marius. Marius Dufresne. »

Tous deux causèrent jusqu'à ce qu'une lueur violette se pointât au faîte des arbres, sur la rive sud du Saint-Laurent.

Jamais encore Marius n'était entré au bureau sans avoir fermé l'œil de la nuit. Bien plus, il y était venu sans passer à la maison. Ainsi, il éviterait les questions et les remarques de quiconque aurait observé quelque chose d'étrange chez lui. Il redoutait surtout le regard scrutateur de Marie-Ange qui se plaignait de problèmes d'insomnie depuis le décès de sa patronne.

~

Marie-Ange décide de retourner voir Régina. La conduite de Marius l'inquiète plus que jamais et les conseils d'une amie d'aussi bon jugement lui seraient fort utiles.

Accueillante et courtoise, Régina se renfrogne dès que Marie-Ange expose le but de sa visite.

« Je suis désolée, ma chère amie, mais ne t'ai-je pas déjà dit que je ne m'immiscerais d'aucune façon dans des secrets de famille ? »

Marie-Ange en reste ébahie.

« De qui le tiens-tu, ce secret ? ose-t-elle lui demander.

– Si ça peut te rassurer… C'est mon mari qui l'a appris de sa mère avant qu'elle ferme les yeux pour toujours. »

Médusée, Marie-Ange remonte le fil des trente dernières années : Ferdinand, le jeune frère de Thomas, décédé à vingt-six ans, avait entretenu une longue correspondance avec Victoire pendant son séjour à Montréal. Son épouse, Georgiana, était devenue la meilleure amie de Victoire. Il était donc possible que, témoins ou confidents, Ferdinand et son épouse aient possédé le secret et l'aient transmis à l'un de leurs descendants avant leur mort. Raison de plus pour que Marie-Ange trouve légitime que Donat ou Régina assume la responsabilité qui lui a été, estime-t-elle, indûment confiée. Mais Régina ne le voit pas ainsi : « Les dernières volontés d'un mourant, c'est sacré.

– Si elle avait su que vous étiez au courant, c'est à vous deux qu'elle se serait adressée, j'en suis convaincue.

– Écoute, Marie-Ange. Tante Victoire devait bien se douter que Donat le savait. Des secrets de famille, ça se transmet d'une génération à l'autre, tu le sais bien.

– Je ne l'aurais pas cru.

– Tu as toute ma sympathie et mon soutien moral, lui réitère Régina.

– Et tu ne penses pas que Donat pourrait…

– Il y a très peu de chances, Marie-Ange. C'est à Donat de décider. »

Plus accablée qu'elle ne l'était à son arrivée, Marie-Ange avoue : « Je ne sais plus quoi faire, Régina. M. Thomas ne veut pas que je quitte la maison, mais…

– Tu devrais aller te reposer quelques semaines.

– C'est justement ce qu'il m'a offert. Mais j'hésite.

– Pourquoi ?

– Il a l'intention de te demander si tu pourrais aider Cécile en mon absence… Je trouve que c'est trop pour une jeune femme au début de sa grossesse.

– Si tu savais comme je suis en forme ! Puis, pour toi, je le ferai de bon cœur. »

Régina étreint son amie avec tendresse.

« Va te reposer et quand tu reviendras, on en reparlera, si tu veux. Pendant que je serai chez l'oncle Thomas, j'essaierai d'observer mieux et je pourrai peut-être te dire comment t'y prendre… »

Thomas a dû frapper deux fois à la porte avant qu'Oscar vienne lui ouvrir.

« Excusez-moi, j'étais si concentré sur les rapports de production de la manufacture que je ne vous ai pas entendu. Entrez, papa. Je suis content de vous voir ici. J'ai plein de choses à discuter avec vous.

– On dirait que ça fait des mois qu'on ne s'est pas parlé… Moi aussi, j'en aurais pour tout l'avant-midi, dit Thomas.

– Après ce qu'on vient de passer, ça fait du bien de pouvoir regarder notre avenir avec confiance, déclare Oscar, qui n'a pas remarqué le front soucieux de son père. Vous voulez savoir combien on vend de chaussures par semaine ?

– Je mettrais… pas loin de dix mille.

– Ajoutez-en au moins quinze cents.

– Tu dis bien onze mille cinq cents paires de chaussures par semaine ? »

Oscar invite son père à se pencher sur le rapport reçu du comptable. Les ventes, tant au Canada qu'au Caire, sont des plus encourageantes. L'éventualité d'un nouvel agrandissement des locaux de la Dufresne & Locke n'est pas écartée. Leur associé, Ralph Locke, n'en pense pas moins.

« T'en as d'autres bonnes nouvelles comme celles-là ? » demande Thomas.

Oscar n'attendait que cette opportunité pour lui exposer son nouveau projet.

« Mettre des structures en place pour améliorer les conditions d'hygiène des citoyens et pour leur donner de l'eau potable si on ne veut pas que l'épidémie de typhoïde prenne de l'ampleur.

– Ça fait plus de quatre ans que le Conseil d'hygiène a signalé que notre eau était polluée et qu'il devenait urgent de la filtrer, commente Thomas, un brin désabusé.

– Quand je pense que ce sont les enfants qui sont les plus fragiles, j'en ai des frissons dans le dos.

– Je te comprends. S'il fallait qu'il arrive quelque chose à votre bébé…

– Je pense que, du coup, je perdrais les deux personnes que j'aime le plus au monde… »

Oscar s'interrompt, troublé. Son père n'est pas moins bouleversé par la perspective de perdre ses petits-enfants.

« Mais on n'a pas de temps à perdre à s'apitoyer sur les malheurs qui pourraient arriver. Il faut agir maintenant. »

Oscar déplore que, faute de fonds, on ait cessé d'offrir du lait pasteurisé aux enfants de l'île de Montréal. Le réseau de dispensaires nommé Gouttes de lait, chargé de le distribuer et de donner des conseils aux mères sur les soins à prodiguer aux nourrissons, avait été créé dans l'est de la ville en 1901 ; après moins d'un an d'activité, le service était interrompu et ne devait reprendre qu'en 1904, mais ce réseau ne desservait plus que les secteurs les plus fortunés.

« Les conditions de vie de nos familles ouvrières me préoccupent », confie Oscar. C'est que l'industrialisation rapide de la ville de Maisonneuve a incité nombre de familles à venir s'installer près des usines, créant un problème qui risque de s'amplifier. « Il faudrait multiplier le nombre de logements, les faire plus spacieux, mieux éclairés, admet Thomas.

– Et pourvus d'installations sanitaires, ajoute Oscar.

– Il faudrait plus encore : construire un système d'égouts adéquat.

– Marius pourrait s'occuper de ce dossier-là si je le fais entrer à la ville…, propose Oscar.

– Tu estimes ses chances à quel pourcentage ?

– Très fortes. Surtout depuis que je sais que notre ami Michaud a l'intention de présenter sa candidature comme maire. »

Avec un plaisir toujours renouvelé, les deux hommes partagent leurs souvenirs de la Columbia Exposition visitée en 1893 et les découvertes que leur réservait, cinq ans plus tard, leur voyage en Angleterre et en France. Soudain, Thomas regarde sa montre.

« Je dois passer au bureau de Marius, annonce-t-il, le visage rembruni.

– Mais vous n'aviez pas autre chose à discuter ?… Vous n'allez pas partir comme ça.

– Je me reprendrai une autre fois. »

Thomas laisse un homme inquiet derrière la porte vite refermée.

À l'intersection des rues Lasalle et Ontario, Thomas grimpe l'escalier intérieur, deux marches à la fois. Étonnamment, la porte du bureau de Marius est entrouverte. Thomas pointe le nez dans l'ouverture, frappe… Personne. Il s'avance et aperçoit, éberlué, des croquis de femmes sur la table de travail de l'ingénieur. Il sort vite du bureau, sans avoir été vu, croit-il, mais son fils apparaît dans le corridor.

« Mais qu'est-ce que vous faites ici ? demande Marius que l'appel téléphonique du matin a rendu méfiant.

– J'ai pris une minute en revenant du bureau d'Oscar, s'empresse-t-il de répondre. Il m'a expliqué ses projets. Il y en a au moins un qui risque gros de t'intéresser… »

Marius, suivi de son père, entre dans son bureau et pose une fesse sur sa table de travail, cachant ainsi les feuilles sur lesquelles il a griffonné des portraits de Jasmine. Au prix d'efforts inouïs, il écoute l'exposé de son père. « Ça m'intéresse… J'aimerais en reparler à tête reposée.

– Après le souper ?…

– Pas ce soir, mais après-demain, peut-être. Ah ! J'oubliais. C'est fait.

– Qu'est-ce qui est fait ? demande Thomas, étonné de trouver une telle spontanéité chez ce garçon au naturel si introverti.

– J'ai joint la firme d'ingénieurs-arpenteurs Lacroix & Piché. »

~

Oscar s'arrête chez le marchand de porcelaine pour acheter un bibelot pour Alexandrine et un jouet pour la petite Laurette. C'est ainsi qu'il a appris à gagner les bonnes grâces de son épouse. La fantaisie lui vient de sonner à la porte, comme un livreur de fleurs. « Alexandrine, je t'emmène en voyage », vient-il lui annoncer.

Des pas de course dans l'escalier, une silhouette derrière le rideau de dentelle et voilà qu'Alexandrine ouvre, estomaquée de voir son mari si vite accouru. « Je viens tout juste de téléphoner à ton bureau, dit-elle, en larmes. Monte vite à la chambre de la petite. Elle fait tellement de fièvre que j'ai peur qu'elle ait attrapé la typhoïde. »

Oscar pose la main sur le front de l'enfant et se précipite aussitôt vers le téléphone. « Dr Frenette, venez vite. C'est pour notre fille. » Il entrouvre la porte d'entrée et retourne près de la petite malade.

« Je vais veiller sur elle en attendant que le médecin arrive, offre-t-il à Alexandrine. Va te reposer un peu.

– Je ne la laisserai pas une seconde. J'ai trop peur…

– Calme-toi, ma chérie. Elle sera soignée à temps. »

Agenouillée près du lit de son enfant, Alexandrine prie. « Je vous jure, Vierge Marie, de ne jamais m'en séparer si vous la sauvez », dit-elle d'une voix entrecoupée de sanglots. « Si ma mère était là », pense Oscar qui se reprend et murmure : « De votre paradis, vous pouvez faire quelque chose pour Laurette, maman. Vous ne nous l'avez pas confiée pour si peu de temps. Vous savez que jamais Alexandrine ne s'en remettrait s'il fallait… Grand-père Dufresne, vous qui auriez tout fait pour mon bonheur, venez à notre aide. »

Au rez-de-chaussée, la porte se referme et le Dr Frenette annonce sa présence.

« Montez, docteur, montez vite », crie Alexandrine.

Le médecin pose sa main sur le front de l'enfant, grimace. Il lui soulève une paupière, puis l'autre, aucune réaction. « Elle est consciente, dit-il. Pas de convulsions, madame ?

– Non, non, docteur. Elle gémissait en fin de matinée, n'a rien voulu manger et a même vomi mon lait. Depuis, je n'arrive pas à la réveiller et sa peau est de plus en plus brûlante.

– Presque 104 degrés, dit le médecin en lisant le thermomètre qu'il vient de retirer de l'aisselle de la petite. Il faut vite faire baisser la fièvre. »

Et s'adressant à Oscar : « Des bains d'eau froide jusqu'à ce que le thermomètre descende à 99 degrés. Puis...

– Mais vous êtes fou, docteur. On va la faire mourir, cette pauvre petite ! proteste Alexandrine.

– Si vous ne le faites pas, vous risquez de la perdre, madame Dufresne. Aussi, faites-lui boire beaucoup d'eau. Mais seulement de l'eau bouillie.

– Elle va la vomir, réplique-t-elle.

– Allez-y doucement, elle en gardera un peu. Monsieur Dufresne, allez vite à la pharmacie chercher le médicament que je lui prescris.

– Qu'est-ce que c'est ? » s'inquiète Alexandrine.

Le D^r^ Frenette ne lui répond pas et fait signe à Oscar de le suivre. Dans la chambre, il dit à Alexandrine : « Bon courage. Je reviens demain matin. »

Avant de quitter le domicile d'Oscar, il rédige l'ordonnance, puis explique à Oscar : « Celle-ci, c'est pour la petite. Il faut lui en donner quatre fois par jour. L'autre, c'est pour ta femme. Dis-lui que c'est pour lui donner des forces, mais, en réalité, c'est pour la calmer. Ça fera du bien à tout le monde.

– Merci, docteur. Mais, dites-moi, pensez-vous que c'est la fièvre...

– ... typhoïde ? Trop tôt pour le dire. Tout dépend de la façon dont elle va réagir dans les vingt-quatre prochaines heures. »

Informés de l'épreuve qui frappe le foyer d'Oscar, Thomas et Cécile accourent. « Je vais vous préparer à souper », offre cette dernière. Alexandrine va s'y opposer, mais Oscar lui rappelle qu'elle doit préparer un bain d'eau froide pour Laurette.

« C'est cruel, Oscar, de tremper ce pauvre petit ange dans de l'eau froide quand elle est déjà si malade.

– Il le faut, si on veut la sauver. »

Mais Alexandrine ne peut s'y résigner. En l'absence d'Oscar parti à la pharmacie, Thomas et sa fille lui portent secours.

« On va commencer avec de l'eau tiède, suggère Cécile. Puis, tranquillement, on la refroidira. C'est comme ça que maman faisait avec les enfants de Candide.

– Je ne serais pas surpris que tu deviennes aussi bonne qu'elle avec les malades, dit Thomas.

– Ce qu'elle nous manque, M^me^ Victoire ! » s'exclame Alexandrine, gémissante.

Débarrassée de ses vêtements, la bambine, grelottante, est plongée dans une eau à peine tiède. Pleurs, agitation et cris la ramènent dans les bras de sa mère qui l'enveloppe aussitôt dans un drap. Thomas, désarmé, fait signe à Cécile d'intervenir.

« Je sais que c'est difficile pour toi, Alexandrine. Veux-tu que je m'en occupe ? » lui suggère Cécile.

Alexandrine refuse, pleurant à chaudes larmes avec sa petite pressée tout contre sa poitrine. « C'est pas juste. Pourquoi ça nous arrive à nous autres ? Pauvre petite chérie. Tu ne mérites pas de souffrir. Mon petit ange adoré… »

Thomas s'approche. « C'est un coup à donner, mais il faut que tu laisses Cécile s'en occuper si tu ne veux pas la perdre, ta petite. »

Tremblante, Alexandrine tend l'enfant à Cécile.

« Tu ferais mieux de ne pas rester dans la chambre, conseille Thomas, l'entraînant vers la cuisine. On va aller finir de préparer le souper.

– Pensez-vous que j'ai le cœur à manger ?

– Il le faut pourtant si tu veux avoir la force de soigner notre petite malade. »

Alexandrine hoche la tête de droite à gauche, les mains sur ses yeux bouffis. Oscar entre et, avant même de se rendre à la chambre du bébé, il va vers son épouse à qui il fait avaler un comprimé. Alexandrine est si épuisée et si bouleversée qu'elle l'accepte sans poser de question. Moins de dix minutes plus tard, elle tombe endormie sur le canapé. Oscar la couvre et, pour ne pas que les pleurs de l'enfant la réveillent, il referme la porte du salon, délicatement.

Marius et Marie-Ange arrivent à leur tour. « Je pense que Cécile apprécierait ton aide », dit Thomas en conduisant sa servante à l'étage des chambres. Les yeux rougis, Cécile doit se marcher sur le cœur pour infliger la torture de l'eau froide à un bébé. « C'est assez pour enlever le goût d'en avoir, confie-t-elle à Marie-Ange qui prend la relève avec plus de sang-froid.

– J'ai tellement assisté ta mère dans des occasions pareilles... C'est elle qui m'a appris que, pour se donner du courage, il faut penser à la guérison qui va suivre. Apporte-moi encore un peu d'eau froide.

– C'est pas vrai ! Tu ne penses pas qu'elle a assez souffert comme ça ?

– Dépêche-toi, Cécile. Plus vite on fera, mieux ce sera. »

Marie-Ange est la seule à pouvoir juger du traitement que l'enfant est capable de supporter ; toute la maisonnée le sait et apprécie plus que jamais sa présence dans la famille.

« Il ne faut pas qu'on la laisse partir, dit Thomas, révélant à ses deux fils les intentions de Marie-Ange.

– J'ai mon *mea culpa* à faire, avoue Marius, ému. Je ne suis pas toujours très gentil avec elle. Surtout depuis que maman est partie... Ses sous-entendus et ses airs mystérieux me tombent sur les nerfs. Mais je vais faire attention...

– C'est curieux qu'elle se conduise de cette façon avec toi, dit Oscar. Elle est comme ça avec vous aussi, papa ?

– À vrai dire, non. »

Marius et son frère échangent un regard suspicieux.

De l'étage, on n'entend plus de pleurs. Oscar craint le pire et y monte à vive allure. Plus un mot dans la maison. Des pas de femmes dans l'escalier, puis ceux d'Oscar tenant dans ses bras l'enfant emmaillotée dans une couverture légère. Laurette dort paisiblement ; sa fièvre est tombée de quatre degrés. « On va lui laisser un petit répit, leur annonce Marie-Ange. Mais il faudra recommencer les bains froids si la fièvre remonte. Où est Alexandrine ?

– Chut ! fait Oscar. Elle dort dans le salon.

– Si M. Thomas me le permet, je vais rester pour cette nuit, propose Marie-Ange.

– Moi aussi, enchaîne Cécile.

– Je vais passer la veillée avec vous, annonce Marius.

– T'avais pas quelque chose, toi, ce soir ? lui demande Thomas.

– Oui, mais j'ai annulé, répond-il, un tantinet intimidé.

– Tu peux y aller maintenant que la petite semble hors de danger, dit Oscar.

– Je te remercie, grand frère, mais je préfère rester avec vous autres. Je me mets à ta place… »

L'émotion est palpable autour de la table où tous prennent place, disposés à manger. Oscar demeure dans la berçante de la salle à manger, le regard accroché à l'enfant qu'il tient dans ses bras. La réalisation des projets qu'il a exposés à son père dans la matinée lui apparaît dès lors très urgente.

## CHAPITRE II

Avec un soupir de soulagement, Oscar tourne la dernière page d'une année non seulement de deuil, mais aussi de brouillard et d'appréhension. Cette année 1908 n'a toutefois pas été sans moments heureux. Il y a eu l'arrivée de la petite Laurette dans sa vie, les progrès remarquables de la Dufresne & Locke et l'intérêt enthousiaste des autorités de la ville de Maisonneuve pour ses projets d'embellissement. Une des plus récentes joies a été d'apprendre que Marius vivait une relation amoureuse avec une admirable jeune femme. La famille a fait la connaissance de Jasmine la veille du jour de l'An. « Il n'est pas reconnaissable », ont commenté ses frères. « Je n'aurais jamais pensé qu'une fille pourrait changer son caractère à ce point », a dit Thomas, ravi. Cécile s'est vite liée d'amitié avec Jasmine : « Je suis sûre que maman l'aurait aimée, a-t-elle confié à Oscar. Intelligente, jolie, délicate, puis tellement compréhensive. On dirait qu'elle devine tout... » Oscar a clamé que Marius ne méritait pas moins et qu'il ne pourrait le voir avec un autre genre de fille.

À la mi-janvier, la sérénité semble revenue dans la famille Dufresne, sauf pour Oscar qui, à la fin du mois, se représente comme échevin et qui, de surcroît, appuie son ami Alexandre Michaud qui brigue le poste de maire. Marie-Ange vient ajouter à cette période tumultueuse ce vendredi après-midi où elle réclame de le rencontrer.

« Est-ce que vous souhaitez la présence d'Alexandrine ? lui demande-t-il avant de fixer l'heure du rendez-vous.

– Oh non ! Je veux qu'on soit seuls, toi et moi, et dans un endroit très discret. »

Consterné, Oscar lui avoue :

« Je n'aurais pas pensé que vous aviez de si gros problèmes.

– Ça dépend de la manière que tu vas prendre ce que j'ai à te dire. »

Oscar soupçonne l'existence, chez elle, de sentiments amoureux à l'égard de Thomas. Aussi lui propose-t-il une rencontre en soirée, dans son bureau.

« Que vas-tu dire à Alexandrine ?

– Ne vous inquiétez pas pour ça, Marie-Ange. Cécile, Romulus et Laura doivent venir jouer aux cartes à la maison. Ils comprendront que je profite d'une soirée où Alexandrine est bien entourée pour prendre de l'avance dans mes dossiers. »

Il n'est pas encore huit heures quand Marie-Ange frappe à la porte du bureau. Oscar se montre un peu contrarié.

« Je ne tenais plus en place. Puis, ton père et ta sœur sont partis depuis plus d'une demi-heure », explique-t-elle, manifestement nerveuse.

Oscar l'invite à se détendre.

« C'est pas facile. Si tu savais…

– Ça vous aiderait, un petit verre de…

– … de boisson ? Surtout pas, Oscar. J'ai besoin de tous mes esprits.

– Si vous continuez comme ça, c'est moi qui vais avoir besoin d'un tranquillisant », dit Oscar, un brin railleur.

Marie-Ange est toujours aussi agitée. Oscar quitte son fauteuil de président-directeur de la Dufresne & Locke et va s'asseoir tout près d'elle, dans un des fauteuils d'invités. Puis, sur un ton rassurant, il lui demande :

« Dites-moi d'abord depuis quand vous vivez avec ce problème.

– Quatre mois à peu près avant que ta mère nous quitte. Je gardais espoir que ça s'arrangerait avec le temps, mais elle est partie trop vite.

– Je me trompe ou si ça concerne mon père ? »

Marie-Ange reste bouche bée.

« Je m'en doutais, avoue Oscar.

– Il ne faudrait surtout pas que ça vienne à ses oreilles. J'aimerais mieux mourir plutôt que ton père l'apprenne.

– Vous ne pensez pas qu'il serait mieux que vous quittiez la maison ?

– J'y ai souvent pensé. Je l'ai même suggéré à M. Thomas, mais il ne veut pas que je fasse ça. Il considère que je fais partie de la famille maintenant.

– Vos sentiments sont réciproques ?

– Je le pense, oui.

– Alors, je ne vois pas où est le problème. Vous êtes libres, tous les deux… »

Abasourdie, Marie-Ange dévisage Oscar, puis, soudain, elle est prise d'un fou rire qu'il ne s'explique pas.

« Ça concerne mon père ou non ? riposte-t-il, perplexe, presque humilié.

– D'une certaine façon, oui, mais je ne suis pas amoureuse de ton père et ce n'est pas de lui que je dois te parler. »

Oscar prie Marie-Ange d'aller droit au but.

Redevenant sérieuse, et de nouveau fort embarrassée, elle lui apprend avoir été chargée d'une délicate mission par Victoire et elle l'informe des démarches entreprises auprès de Régina pour s'en dégager. Oscar baigne en plein mystère. Il regarde sa montre avec un rictus d'impatience. Se sentant bousculée, Marie-Ange le prévient : « Tu seras probablement renversé d'apprendre certaines choses au sujet de certains membres de ta famille…

– Des choses cachées ?

– Oui.

– Déshonorantes ?

– J'ai bien peur que oui.

– Concernant qui, en plus de mon père ?

– Au moins trois autres personnes. »

Marie-Ange baisse la tête, ne cesse de frotter ses mains l'une dans l'autre. Son silence en dit long.

D'abord catastrophé, puis ahuri, Oscar se lève, marche de long en large, enfonçant ses talons dans le plancher. Puis, il s'arrête et fixe Marie-Ange droit dans les yeux. « Il faut être malade ou méchante pour inventer des salissures au sujet de ma famille.

– Je te jure, Oscar, que c'est la vérité, crie-t-elle, au bord des larmes. Je serais prête à mourir pour le prouver…

– C'est du délire, Marie-Ange. Vous devriez vous accorder quelques mois de vacances. Peut-être même quitter notre famille pour de bon. Je vais vous prendre un rendez-vous avec un bon médecin. »

Oscar prend le manteau de Marie-Ange et le tient devant elle, pressé de mettre fin à un entretien aussi exécrable. « Mon ami, le Dr Lachapelle, va vous aider », lui dit-il.

L'air est glacial. Comme l'attitude d'Oscar au moment de l'évincer de son bureau, pense Marie-Ange. Elle tient ses mains serrées sur sa poitrine tant elle a mal. Pendant plus de trente ans, elle a béni le sort qui l'a conduite dans cette famille. Aujourd'hui, elle le maudit. Si loin qu'elle regarde devant elle, l'avenir n'est que solitude et désolation. Elle avait cru Oscar foncièrement bon, compréhensif et incapable de dureté. Vers qui pourra-t-elle maintenant se tourner ? La présence de Colombe lui manque. Lui écrire pourrait la soulager, mais que peut-elle lui dire sans trahir le secret… De ne pas l'assumer elle-même, faute de courage, n'est-ce pas déjà assez odieux ?

Seule dans la maison, Marie-Ange se réfugie dans le bureau de Victoire. Assise à sa table de travail, elle hurle son désarroi devant la photo de celle qui en est la cause. « Pourquoi moi, madame Victoire ? M'entendez-vous, au moins, de votre paradis tranquille ? Savez-vous que vous gâchez ma vie ? Le jour que j'ai flairé cette affaire, et pendant toutes ces années où j'ai tremblé pour vous en secret, je croyais souffrir. Si j'avais su alors quels tourments l'avenir me réservait, je vous aurais quittée sans hésiter. Malgré toute l'admiration et tout l'attachement que j'avais pour vous. Pourquoi avoir tant tardé à parler à la personne concernée ? Je vous en supplie, ne pouvez-vous pas, de votre paradis, me décharger de cette responsabilité ? Donnez-moi un signe que vous m'exaucez. »

« Marie-Ange ! Mais qu'est-ce que vous faites ici, ma pauvre ? » entend-elle.

D'épuisement et de chagrin, elle s'était endormie avant que Thomas et Cécile reviennent de leur soirée chez Oscar. Leur étonnement est visible. Leur curiosité et leur inquiétude, non moins.

« Elle te manque à ce point ? lui demande Thomas, la voix mal assurée.

– Vous ne pourriez savoir…

– C'est trop dur pour toi de vivre au milieu de tant de souvenirs, c'est ça ?

– Je ne sais plus, monsieur Thomas. Je ne sais plus. »

Cécile, venue la réconforter d'une main caressante sur son dos, proteste : « Ne nous quittez pas maintenant, je vous en supplie. Ce serait comme si je perdais ma mère deux fois en moins d'un an. »

Marie-Ange est bien consciente que sa présence est encore essentielle au bien-être de Cécile et de son père. De plus, elle a suffisamment réfléchi pour savoir que quitter Montréal pour mieux oublier sa promesse ne lui apportera pas la paix. Si Oscar s'obstine dans son refus de l'aider, elle devra trouver la force et la manière d'honorer sa promesse ou repartir à la recherche d'un autre complice.

« Qu'est-ce que je peux faire pour te soulager ? lui demande Thomas.

– Rien, malheureusement. Rien, sinon que de demander à Oscar et à Marius d'être plus avenants avec moi. »

Au tour de Thomas de croire que Marie-Ange divague ou qu'elle est malade.

« Ce ne sont plus des petits garçons, Marie-Ange..., lui fait-il remarquer, presque moqueur. Tu n'imagines pas, tout de même, que je vais leur dicter leur conduite...

– Vous avez raison, monsieur Thomas. De quoi ai-je à me plaindre ? Je pense que je ferais mieux d'aller dormir. Excusez-moi.

– Repose-toi bien, Marie-Ange. Dors aussi longtemps que tu le pourras, demain matin. On va s'arranger, Cécile et moi.

– Elle devrait prendre congé du déjeuner toutes les fins de semaine, de renchérir Cécile.

– Je suis loin de trouver ça pénible que de préparer votre repas et de le prendre avec vous. C'est ce qui me fait le plus plaisir dans ma journée », dit-elle, les laissant sur ces mots pour monter à sa chambre.

Perplexe, Thomas a du mal à trouver le sommeil.

À quelques pas de sa demeure, son fils aîné aussi ne ferme l'œil qu'au petit matin.

À son retour à la maison, Oscar a semblé si fatigué en dépit des efforts pour n'en rien laisser voir que son père et sa sœur ont aussitôt mis fin à leur visite. De son côté, Alexandrine et ses incessantes interrogations ne l'ont que davantage irrité. Déterminée à ramener son mari à sa bonhomie naturelle, elle y est allée d'une ruse : « Si tu ne veux pas m'expliquer pourquoi tu es de mauvaise humeur, c'est parce que tu es fâché contre moi, a-t-elle dit, boudeuse.

– As-tu quelque chose à te reprocher, Alexandrine ?

– Rien de spécial, non.

– Alors, ne te tourmente pas. J'aimerais que tu comprennes que ça ne te donnerait rien de connaître les problèmes de notre ville, sinon de t'embêter à ton tour.

– Tout à coup que je trouverais une solution…

– Tu veux vraiment m'aider, Alexandrine ? Raconte-moi ce que Laurette a fait aujourd'hui. Il y a rien de mieux pour me changer les idées. Après, on essaiera de dormir. »

Alexandrine l'en avait entretenu moins de cinq minutes que déjà Oscar feignait de dormir. Jamais il n'avait usé d'un tel subterfuge, pas plus qu'il n'avait rudoyé quelqu'un comme il l'avait fait au début de cette soirée. Décidément, les confidences de Marie-Ange l'avaient chamboulé. Indigné, il avait décidé que cette femme serait soignée sans délai et qu'il reléguerait leur rencontre au rang des embêtements qu'on doit vite oublier. Il lui était plus agréable et utile de meubler son insomnie du projet dont il devait discuter le lendemain avec Marius et le conseiller Michaud.

~

Avec l'enthousiasme que lui inspire la fondation d'une union corporative de toutes les municipalités de l'est de Montréal, Oscar a mis de l'ordre sur sa table de travail et il attend l'arrivée de ses deux consorts. Poussé par la curiosité, Marius se présente le premier. Il est d'une gaieté qui justifie les espoirs de son frère. Mais à la mémoire d'Oscar reviennent sans cesse des bribes de son entretien avec Marie-Ange. « À te voir en si grande forme, je présume que tes amours vont de mieux en mieux, lance-t-il à Marius, pour s'en distraire.

– J'espère que ce n'est pas pour me soumettre à ce genre d'enquête que tu m'as donné rendez-vous ce matin, réplique Marius, étonné.

– Ne crains pas, Marius. Ce n'était qu'une taquinerie. D'ailleurs, j'attends quelqu'un d'autre.

– Je le connais ?

– Bien oui, c'est notre futur maire. »

À l'instant, quelqu'un frappe à la porte.

« Papa ! mais quelle surprise ! » s'exclame Oscar, qui l'invite aussitôt à participer à la rencontre.

Thomas accepte. « Le temps de prévenir mon adjoint et je reviens », dit-il.

Alexandre Michaud se joint aux frères Dufresne quelques minutes plus tard.

Une fois Thomas revenu, Oscar expose aux trois hommes assis devant lui le plan qu'il mijote depuis des mois : « J'ai pensé qu'une forme d'union corporative de tout l'est de Montréal serait le meilleur moyen d'assurer le succès des projets d'embellissement non seulement de notre ville, mais aussi de toute cette partie de Montréal. »

Marius intervient : « De toute manière, je ne vois pas comment on pourrait donner à Maisonneuve toute sa valeur si les villes environnantes n'améliorent pas leur aspect. Ce serait comme implanter un jardin fleuri au milieu de terrains immondes… »

La comparaison plaît. Oscar poursuit :

« Ne croyez-vous pas que le temps est venu de travailler dans une perspective d'ensemble et de vision à long terme ? »

En politique municipale depuis quatre ans, Michaud sait que l'idée sera difficile à vendre aux autres municipalités. Il reconnaît toutefois que celles qui sont tenues isolées ne peuvent grandir et prospérer d'une façon satisfaisante et qu'elles progresseraient considérablement si les efforts étaient combinés.

« Et quelles municipalités vises-tu, Oscar ? demande Marius.

– De Maisonneuve jusqu'à Pointe-aux-Trembles, c'est-à-dire Longue-Pointe, Beaurivage, Tétreaultville, Rosemont et une partie de Pointe-aux-Trembles.

– J'ai bien peur, dit Thomas, que ces municipalités accusent Maisonneuve de chercher dans cette fusion un moyen de se sortir de ses difficultés financières.

– J'y ai pensé. J'ai préparé une lettre dans laquelle j'explique aux municipalités qu'elles pourront conserver et employer elles-mêmes les sommes perçues chez elles.

– Lis-nous-la donc », demande Michaud.

Leur faisant grâce du préambule, Oscar passe tout de suite au corps de la lettre :

*Capitalistes, industriels et commerçants s'entendent à dire qu'un brillant avenir est réservé à l'est de Montréal. Si nous unissons nos volontés, toutes ces municipalités pourraient adopter un plan d'ensemble d'amélioration et de protection tel que le tracement de rues et de boulevards en ligne droite et de largeur convenable, la construction d'égouts publics, de conduites d'eau, de lignes de chars urbains, de systèmes d'éclairage, de protection contre le feu, enfin, tous les services publics.*
*De cette façon, les municipalités de la banlieue à l'est de l'île pourraient par elles-mêmes se pourvoir de tous ces services sans être obligées d'attendre le secours de la cité de Montréal qui ne pourrait leur venir en aide*

*que dans un avenir très éloigné. Les municipalités conserveront et emploieront elles-mêmes les crédits perçus chez elle.*

« Et j'ajouterais, dit Michaud : Il importe d'unir nos forces pour aider au progrès de chaque municipalité, pour hâter la réalisation de ses projets, pour faire disparaître le *statu quo* dont les contribuables ont à se plaindre actuellement. »

Tous conviennent que, parmi les municipalités concernées, certaines pourraient jouer un rôle majeur : Longue-Pointe a un pouvoir d'emprunt assez considérable, Pointe-aux-Trembles promet beaucoup puisque la Commission du port, avec l'assentiment du ministère de la Marine, a décidé d'étendre le port de Montréal jusqu'au Bout-de-l'Île.

« N'oubliez pas, reprend Oscar, que la construction d'un canal à la baie Georgienne aura pour effet d'acheminer vers notre port tout le commerce des nouvelles régions de l'Ouest. »

Les trois hommes félicitent Oscar de son initiative et lui promettent leur collaboration. Le candidat à la mairie les guide dans la planification des étapes à franchir : « Le plus urgent, dit-il, est de bien étoffer ce projet pour le présenter à notre gouvernement provincial. Plus il sera alléchant, plus la législature y investira de capitaux. »

Fier de son fils aîné et porté par son enthousiasme communicatif, Thomas s'empresse d'annoncer qu'en mai prochain la manufacture d'Acton Vale ouvrira son propre comptoir de vente. Non moins euphorique, Alexandre Michaud ne va pas quitter les Dufresne sans leur rendre un hommage de circonstance : « C'est d'une équipe de bâtisseurs comme vous que je verrai à m'entourer. »

La porte refermée derrière Michaud, Thomas se frotte les mains de contentement. « Qu'est-ce que je vous avais dit ? Vous voyez bien que c'est en faisant front commun qu'on obtient des résultats. Il parle déjà de vous faire entrer à la ville s'il est élu. »

Ses fils lui donnent raison. Thomas retourne à son bureau d'un pas allègre.

Marius, lui, ne semble pas pressé de quitter son frère. Il s'approche d'Oscar qui, de la fenêtre du deuxième étage de la Dufresne & Locke, regarde le fleuve et ses battures, à perte de vue vers l'est. « Ce que je donnerais pour voir ce que tout cela sera devenu dans quarante ans..., dit-il, l'œil vif et lumineux.

– Tu le verras, Oscar. Même que tu le vois déjà, non ?

– Par moments, oui. Mais je me demande parfois si la population comprendra que c'est pour son bien... »

Dans le regard de Marius passe une détermination qu'Oscar croit reconnaître : « Sais-tu à qui tu me fais penser quand tu me regardes comme ça ?

– Dis-le donc.

– À grand-père Dufresne.

– Tu trouves ? Attends que j'essaie de me souvenir, dit Marius.

– Tu le pourrais ?

– J'avais quand même sept ans quand il est mort. »

La gorge nouée par l'émotion, Oscar se détourne, incapable d'articuler un son.

« Crois-tu que c'est le genre d'homme qui aurait approuvé les rêves qu'on nourrit pour notre ville ? lui demande Marius.

– Je n'en doute aucunement. C'est lui qui m'a donné le goût d'embellir les parterres.

– Raconte. »

Oscar n'a rien oublié de cet après-midi de juin 1889, alors que, nouvellement installé avec sa famille au village de Yamachiche, il a appris de Georges-Noël Dufresne les noms d'une vingtaine de plantes, la manière de les mettre en terre et les soins à leur prodiguer. Depuis, il ne passe jamais dans sa région natale sans aller admirer, entre autres, la grande haie de peupliers qui borde l'allée de leur ancienne maison.

L'exposition de Chicago, la visite des immenses jardins d'Angleterre et ses récentes rencontres avec le frère Marie-Victorin ont avivé cette passion qui se marie harmonieusement à celles de la musique et des beaux-arts. Marius, qui ne se lasse jamais d'entendre Oscar parler de Georges-Noël, l'écouterait encore longtemps.

« Tu es comme lui. Un homme complet, dit-il, admiratif.

– Tu as oublié mon peu d'instruction, réplique Oscar, toujours intimidé par les compliments.

– Ne dis pas ça. Tu les as, tes outils. La différence entre nous deux, c'est que toi, tu as dû les payer, alors que moi, je n'ai eu qu'à les placer dans mon coffre. »

Les deux frères échangent encore quelques souvenirs avant qu'Oscar demande : « Tu viendrais avec moi à Washington si je ne réussis pas à emmener ma femme ?

– Je comprends donc ! Il faut même que je me retienne pour ne pas espérer qu'elle refuse, dit-il, rieur. Mais je souhaite vraiment qu'Alexandrine t'accompagne. Ce serait tellement mieux pour vous deux… »

Marius ne voit pas la nécessité de s'expliquer. Le visage de son frère s'est rembruni et il en est attristé. « J'ai un peu de temps libre aujourd'hui, aurais-tu besoin d'un coup de main ? »

Ne serait-ce que pour se retrouver en compagnie de Marius, Oscar accepte son offre.

Au cœur de l'après-midi, après avoir dressé une liste des éventuels clients de la Dufresne & Locke à l'étranger, les deux frères sont à conjecturer sur leurs supporters municipaux quand on frappe à la porte. « Je vais ouvrir », dit Marius.

De son fauteuil, Oscar le voit, médusé, devant l'autre… qui n'a pas annoncé sa visite.

« Je m'excuse, j'aurais dû appeler avant », dit Marie-Ange.

Visiblement contrarié, Oscar se lève et marche vers elle.

« Je venais juste te porter ça », dit la visiteuse, pressée de faire demi-tour.

Oscar jette un coup d'œil rapide sur l'enveloppe et la lance dans un tiroir de son bureau.

« Tu ne l'ouvres pas ? demande Marius, étonné et surtout intrigué.

– Il y a plus intéressant et plus urgent à faire.

– Comment le sais-tu ?

– Depuis que notre mère n'est plus là, cette pauvre femme ne sait plus comment occuper son temps.

– Qu'est-ce que tu veux dire ?

– Elle invente des histoires et elle voudrait qu'on les croie. »

Marius l'informe du comportement similaire de Marie-Ange à son égard et des propos qu'elle lui a tenus. De nouvelles hypothèses s'échafaudent alors dans l'esprit d'Oscar qui, ébahi, n'en dit mot. « C'est à cause d'elle si, la semaine passée, j'ai quitté si vite la maison familiale pour me trouver un appartement. Je ne pouvais plus supporter son regard braqué sur moi comme sur un être louche », déclare Marius.

« Serait-il parmi les trois autres personnes visées par Marie-Ange ? » se demande Oscar, qui ne trouve mieux pour cacher son trouble que de retourner à la liste des personnes potentiellement favorables à leur projet de fusion.

« Le frère Marie-Victorin, je le placerais en tête de liste, suggère Marius. Cet homme a les mêmes préoccupations que nous sur la qualité de l'environnement.

– Oui, mais ça me surprendrait que ses supérieurs lui permettent de faire de la politique », dit Oscar.

Marius ne partage pas cet avis. « Le frère Marie-Victorin a toujours joui de faveurs exceptionnelles dans sa communauté.

– À cause de sa santé fragile…

– Pas rien que pour ça. Il agit comme un homme du public. De toute façon, il suffira de lui dire que c'est plus une forme d'engagement social et religieux qu'un geste politique qu'on attend de lui. »

Oscar hoche la tête.

« Tu imagines l'influence qu'il pourrait avoir sur le clergé si tu arrivais à le convaincre ? » insiste Marius.

Oscar promet de prendre rendez-vous avec ce botaniste passionné. « Peu importe le résultat de ma démarche, j'ai toujours plaisir à me trouver en compagnie de personnes amoureuses de la beauté sous toutes ses formes. »

Marius esquisse un sourire taquin. Oscar ajoute :

« C'est tentant de jouer sur les mots quand on est en amour, hein, jeune homme ?

– Admets que tu as couru au-devant, dit Marius. Mais pour revenir aux choses sérieuses, savais-tu que vous avez plus d'un point en commun, le frère et toi ?... Son père aussi était commerçant.

– Je le savais. En m'apprenant qu'il s'appelait Conrad Kirouac, il m'a parlé de son enfance, de ses succès scolaires et des ambitions qu'ils ont inspirées à son père.

– Tu as lu ses articles ?

– Non, mais j'aimerais bien le faire.

– Je vais te les apporter demain. Je les ai tous à mon bureau. »

De nouveau, on frappe à la porte. Les deux frères se regardent. Ils attendent. Puis, ils reconnaissent la voix d'Alexandrine : « Plus fort, ma chérie, si tu veux que papa t'entende. »

Oscar accourt, tend les bras à sa fille âgée de quatorze mois. Elle lui saute au cou. Marius n'est pas sans constater que l'enfant va de plus en plus vers son père. Serait-ce qu'Alexandrine lui en donne davantage la possibilité ? Serait-elle donc moins possessive ? Plus intéressée à accompagner son mari à Washington ? La question posée, elle répond : « C'est un bien gros risque à prendre... Trouver quelqu'un de vraiment fiable, pour quatre ou cinq jours, ce n'est pas facile.

– Tu ne fais pas confiance à Cécile, commente Marius sur un ton incisif.

– Pour de courtes périodes, ça irait, mais s'il fallait que la petite tombe malade…

– J'ai une solution ! Jasmine. Elle est infirmière.

– Je ne la connais pas assez, Marius. Puis, il reste trop peu de temps pour que Laurette s'habitue à un nouveau visage.

– Autrement dit, tu ne veux pas aller aux États-Unis.

– Si mon mari acceptait qu'on emmène notre fille, ça me semblerait plus facile », dit-elle, espérant d'Oscar une réaction… qui ne vient pas.

Un malaise se glisse entre les trois adultes. Marius qui, l'instant d'avant, enviait son frère s'en inquiète. « Et pourtant, je crois qu'ils s'aiment vraiment », pense-t-il, plus sensible à la difficulté de maintenir des relations harmonieuses dans un couple depuis qu'il est amoureux de Jasmine.

« Puisque tu es là, Marius, j'aimerais te dire deux mots concernant la responsabilité de tuteur que ta mère voulait te confier pour notre fille, annonce Alexandrine. Je te sais raisonnable et honnête. Je sais aussi que toi et Oscar, vous vous entendez à merveille. De plus, j'ose croire qu'il y aura bientôt une femme à tes côtés pour assurer tous les soins à un enfant au cas où notre fille deviendrait… orpheline. Mais… Comment te dire… ? »

Debout devant sa belle-sœur fort émue, Marius ne laisse rien voir des sentiments qui l'habitent. Puis, soudain stoïque, Alexandrine continue : « Je ne donnerai le droit à personne, pas plus à toi, Marius, de démolir ce qu'on a construit depuis un an. Laurette nous aime comme ses vrais parents et nous l'aimons comme notre propre fille. Je ne vois pas quel bien on lui ferait en lui apprenant… autre chose. Je sais, par contre, qu'on lui ferait beaucoup de peine, et pour longtemps, si… »

De nouveau au bord des larmes, Alexandrine tend les bras à sa fille et la presse contre sa poitrine. Connaissant l'opinion d'Oscar à ce sujet, Marius réplique : « Je comprends tes sentiments, Alexandrine. Je comprends aussi le point de vue de ma mère et de mon frère. Mais sois rassurée, je ne m'interposerai jamais entre vous deux. »

Alexandrine lui adresse un large sourire de contentement.

« Mais je tiens quand même à te donner mon opinion, ajoute-t-il. Je considère qu'il n'y a rien de plus précieux et de plus inviolable que nos origines. S'il est un bien qui nous appartienne dès notre naissance et jusqu'à notre mort, c'est bien celui-là. Qu'on prive quelqu'un de sa vérité me semble… inacceptable, pour ne pas dire plus. »

Un silence glacial s'installe. On n'entend plus que le babillage de l'enfant.

Alexandrine reprend la parole pour annoncer à son mari : « Je venais te dire que nous sommes invités à souper chez Candide et Nativa. Tu ne tarderas pas trop à nous rejoindre si tu ne veux pas essuyer les reproches de ton frère. »

Oscar fronce les sourcils. Alexandrine explique : « Tu ne sais pas encore que Candide ne peut supporter qu'un père de famille fasse attendre sa femme et ses enfants ? »

Le grognement sceptique de Marius la pique. « Tu verras bien un jour…

– Ce jour-là, Alexandrine, je n'aurai besoin de personne pour me dire de faire passer ma famille avant tout le reste. Pour moi, ça va de soi.

– En souhaitant que tu en aies une famille, toi », réplique-t-elle, le regard tourné vers son mari.

Marius est offusqué et il ne s'en cache pas.

« Je ne t'aurais pas crue méchante, Alexandrine.

– Excusez-moi, monsieur l'ingénieur Dufresne. Je ne voulais pas vous offenser. »

D'un signe de la main, Marius salue son frère et quitte le bureau. « La beauté ne rend pas nécessairement plus diplomate », se dit-il.

Marius sent le besoin de faire le bilan de cette journée avant de passer prendre Jasmine. Ils iront faire une balade en berlot sous les réverbères du mont Royal. Il sait que rien ne plaît autant à sa bien-aimée que de voir la lune bleuter la neige, que de respirer l'odeur du jour assoupi sur le haut de cette colline et de le faire en sa compagnie.

Jasmine, toute de bleu vêtue, porte un chapeau bordé d'une fourrure de lapin blanc. Ses yeux ont l'éclat de ce clair de lune. L'harmonie de ses traits n'a rien à envier aux plus beaux portraits et Marius le lui dit avec une ferveur amoureuse. « Et toi, tu as les qualités de ton métier, lui réplique-t-elle. Dans tes yeux, il y a tant d'intelligence et de profondeur que j'ai l'impression d'y lire des siècles de vie. Tout est affirmé dans ton visage, bien ciselé. Rien de flou. Tes doigts longs et fins sont faits pour créer des chefs-d'œuvre. Je le vois. Je le sais.

– Tu en feras, toi aussi..., quand tu me donneras des enfants. »

Baisers enflammés, serments d'amour et promesses de fidélité se mêlent à la féerie de la voûte étoilée.

La confiance de Marius envers cette femme exceptionnelle l'incite, sur le chemin du retour, à lui parler des différends qu'engendre dans la famille l'attitude d'Alexandrine à l'endroit de Laurette. Accablée, Jasmine explique :

« J'ai fait un stage dans une crèche et j'en suis sortie si révoltée que j'ai failli renoncer à mon métier d'infirmière.

– Qu'est-ce qui t'a tant révoltée ?

– Les jugements portés sur les filles-mères, l'interdiction qu'on leur fait de garder leur enfant, mais, plus encore, la quantité de mensonges qu'on débite dans ces maisons-là.

– À quel sujet ?

– Sur les origines de ces enfants, le nom de leur mère, leur nom de baptême. En plus, jamais le nom du père n'est dévoilé.

– Mais de quel droit ? C'est scandaleux !

– Le pire, c'est ce qu'on raconte à la maman qui veut reprendre son enfant.

– Qu'est-ce qu'on leur dit ?

– Qu'il est mort… »

Marius attend la suite, mais Jasmine s'est tue.

« Tu veux dire que c'est faux ou que l'enfant est mort de façon inacceptable ? demande-t-il.

– Il est bien là, son enfant, dans une des salles… à essayer de survivre, privé de tendresse et d'amour. Comme une fleur étiolée, sur le point de se faner avant d'avoir fleuri. »

La jeune femme a dérobé son regard à Marius.

« Tu me rappelles… Ma mère visitait ces endroits et elle a déjà raconté pareilles choses. Je comprends qu'elle se soit battue pour ne pas que la petite Laurette y soit enfermée.

– Mais ça ne doit pas s'arrêter là. Elle a droit à sa vérité, cette enfant-là.

– Le problème est complexe et il repose entre les mains d'Oscar et de son épouse », lui fait remarquer Marius, désireux de changer de sujet.

Jasmine le comprend et n'insiste pas davantage. La beauté cristalline de ce soir de la mi-mars les invite à considérer leur avenir avec l'optimisme propre aux amoureux.

~

Le printemps a rempli ses promesses. Les élections municipales ont comblé les désirs des frères Dufresne. Alexandre Michaud est élu maire, Oscar et son ami Charles Bélanger, échevins, ainsi que de nombreux industriels, dont Robert Fraser, P. Bennett et J. A. Desbien pour ne nommer que ceux-là. M. Marchessault est désigné chef de police, C. A. Reeves voit à la gestion des bâtiments et Gustave Écrement, notaire, demeure secrétaire-trésorier de la ville. Les Dufresne et le nouveau maire sont heureux de ces nominations. Tout de même, ils auront besoin, pour réaliser leurs plans, de l'assentiment non seulement de la majorité du conseil, mais aussi de celui du conseiller juridique, J. L. Morin, de H. Bellerose, inspecteur sanitaire, et du D$^{r}$ Lussier, à l'office de la santé.

Autre élément prometteur, la conférence de Washington, tenue les 21 et 22 mai, porte ses fruits : City Improvement League est fondée dans le but de faire de Montréal une ville propre, bien aménagée et belle. Oscar et Marius voient dans cette démarche tant souhaitée la condition gagnante pour relancer leurs projets d'embellissement. Ils en tracent les grandes lignes, puis les soumettent à leur maire. Oscar base sa confiance sur un article de *La Presse* paru en 1904 qu'il a conservé dans ses archives. Un passage l'avait particulièrement touché. « Écoute ça, dit-il à Marius : *L'expérience a prouvé que la prospérité et le développement d'une ville sont intimement liés à l'industrie et à l'instruction. L'industrie est le secret de l'aisance dans les familles ouvrières et sans l'instruction, l'ouvrier n'est plus qu'un esclave, qu'une machine. Il faut dire aussi que l'artisan instruit peut plus facilement revendiquer ses droits et prévenir les abus des capitalistes.*

– J'estime que l'expérience et un bon jugement peuvent compenser le manque d'instruction, rétorque Marius.

– Je t'avoue que j'envie ceux qui ont les trois…

– Notre mère était de ceux-là, tu ne penses pas ? Dommage que peu de gens l'aient reconnu…

– C'est d'elle, déclare Oscar, que j'ai appris à ne pas attendre de reconnaissance publique. Pour moi, la conscience de faire ce que je crois devoir faire me suffit. »

Retournant à son article de journal, il poursuit : « Tu vois ? Au recensement de 1891, la population de Maisonneuve atteignait à peine mille habitants et, treize ans plus tard, elle grimpait à plus de sept mille. Grâce à quoi, penses-tu ?

– À l'arrivée de nouvelles usines…

– … qui sont venues s'implanter ici pour bénéficier de bonus et d'exemptions de taxes. »

Oscar dresse alors pour Marius la liste des manufactures de chaque quartier : « Dans l'est, on a la manufacture de chaussures Geo. A. Slater et les usines de la Warden and King Company. Dans le quartier du centre sont arrivées la manufacture de portes et châssis Corbeil, la manufacture de tapisserie Watson, Foster and Co., les fabriques de chaussures Laniel & Cie, Dufresne & Locke, Royal Shoe Company et Kingsburry Footwear Company. La partie nord du quartier ouest de Maisonneuve connaît une prospérité incomparable depuis l'installation des nouvelles usines du Canadien Pacifique. La raffinerie de sucre St. Lawrence Sugar, l'Acme Can Works, rachetée par l'American Can Co., la Canadian Spool Coton, les fabriques de biscuits Viau et Pichette, les usines électriques Shawinigan s'ajoutent à toutes les précédentes. Savais-tu, Marius, que ces industries donnent du travail à plus de quinze mille ouvriers ?

– Tant que ça ?

– C'est le dernier recensement qui nous le dit. »

Oscar fait aussi remarquer que, la marche à pied demeurant le moyen le plus courant de se rendre au travail, nombre de familles se sont établies à proximité de ces usines. Des centaines de permis de construction ont été délivrés depuis quatre ans, et tous les logements ont trouvé preneur et à bon prix.

« C'est à nous de poursuivre le travail de l'équipe de 1904, dit Oscar. Elle n'a pas favorisé que le développement industriel, elle a vu aussi à ce qu'il y ait suffisamment de maisons d'enseignement pour donner l'instruction à tous les enfants de Maisonneuve et des environs. »

De fait, les frères des Écoles chrétiennes dirigent déjà le Mont-Lasalle et font construire l'école Saint-Paul de Viauville pour garçons, laquelle vient s'ajouter à l'académie Saint-Joseph tenue par les frères Sainte-Croix. Les filles reçoivent quant à elles instruction et formation de quatre établissements : le couvent des sœurs des Très-Saints-Noms-de-Jésus-et-de-Marie, le couvent Hochelaga, celui de Sainte-Émélie et l'école de Maisonneuve.

« Il faudrait signaler ces progrès à votre prochaine réunion du conseil », suggère Marius.

L'occasion ne pourrait être plus propice ; l'ordre du jour de cette assemblée comporte des sujets qui risquent de soulever beaucoup de contestations. L'essor industriel de la ville, la santé des citoyens, ainsi que l'assainissement et l'embellissement de leur milieu de vie doivent faire l'objet de débats. Oscar et le maire Michaud, de même que Marius dont ils apprécient les conseils, préparent la réunion avec autant de soin que d'appréhension.

« Il faut gagner plus d'adeptes encore à ton projet d'union corporative, souhaite Marius.

– On pourrait se servir de l'exemple des grandes villes américaines qui se sont développées sans planification d'ensemble et qui le déplorent, dit le maire.

– Nos mots d'ordre devraient être désormais : beauté, prospérité et grandeur, suggère Marius. D'ailleurs, c'est Daniel Burnham, maître d'œuvre du " plan Chicago ", qui écrivait : *La beauté sera toujours un meilleur investissement que n'importe quelle autre valeur.*

– Bien avant nous, dit Oscar, les Européens ont compris que, pour assurer la prospérité et le rayonnement d'un pays, il faut offrir à la population des villes saines, adaptées à ses besoins, et qu'un bon agencement de beaux immeubles et de monuments constitue une garantie de réussite. »

Le moment est venu pour Marius de présenter les deux projets que son frère et lui ont concoctés à la suite de leur voyage à Washington : la construction d'un nouvel hôtel de ville et celle d'un parc public d'une facture sans précédent. « L'édifice que nous avons date de trente ans et ne correspond plus à la croissance de notre ville et aux services qu'elle veut rendre », argue Oscar, approuvé par le maire. Compte tenu de l'expansion de la ville vers le nord, il est unanimement souhaité que ce nouvel hôtel soit érigé rue Ontario, entre Pie-IX et Desjardins.

« Pour donner le ton aux autres édifices que nous projetons de construire, dit Marius, je voudrais qu'il soit de style classique, mais avec une colonnade grecque sur la façade, un escalier de marbre, un plancher en tuile mosaïque, et flanqué de deux lampadaires.

– Il ne faudrait pas que le coût de la construction s'élève à plus de cinquante mille dollars », prévient Michaud, qui n'a pas oublié sa première réunion du conseil où le débat avait porté sur la litigieuse question de l'emprunt d'un demi-million pour différents travaux dans la municipalité.

Les frères Dufresne l'exhortent à compter sur l'imminente construction d'une cale sèche pour assister à un autre essor économique de leur ville. Il est prévu que les travaux d'aménagement pour la réparation et la construction des navires, estimés à un million et demi de dollars, requerront un nombre incalculable d'ouvriers et qu'avec une pareille poussée du trafic maritime la population augmentera dans des proportions considérables. Le chiffre d'affaires des industries de Maisonneuve s'élève déjà à plusieurs millions. La raffinerie de sucre St. Lawrence Sugar vient en tête avec plus d'un million, suivie de la Watson, Foster and Co. avec un demi-million et de la Warden and King avec plus de deux cent mille dollars d'évaluation.

« Pour en revenir à l'hôtel de ville que tu aimerais construire, Marius, tu as pensé aux assurances qu'on devra payer pour un édifice d'une telle qualité ? demande le maire.

– Il est possible de négocier avec The Caledonian », dit Oscar, qui voue une grande admiration à Pierre Gauthier, le dirigeant de cette compagnie et le seul agent d'assurances licencié de Maisonneuve.

En plus de collaborer aux progrès de sa ville, cet homme œuvre depuis seize ans au sein de cette institution écossaise où il s'est fait une réputation d'honnête homme incontestée.

Marius y va d'une plaisanterie : « On pourrait toujours faire promettre à Fraser de nous donner sa bourse s'il gagne encore la course avec son champion Harroway. Il se représente avec ses trois meilleures bêtes sur la piste de course Bennett le mois prochain. Onze cent cinquante dollars, ce serait un don appréciable… »

Michaud regarde sa montre et presse les frères Dufresne de passer au deuxième projet. Oscar explique : « Je ne suis sûrement pas le seul à déplorer la disparition du Riverside Park, qui a privé les citoyens de l'accès au fleuve. Il ne leur reste que le parc Viau et je crains qu'on le perde avant longtemps. Il faut trouver comment compenser la perte des rives du Saint-Laurent. »

Sans broncher, le maire écoute son ami Oscar lui faire part de sa vision. « Il est indispensable que nos jeunes familles d'ouvriers et tous les citoyens de notre ville jouissent d'espaces tranquilles, bien aménagés et sécuritaires. Notre parc pourrait s'inspirer du plan d'Olmsted, Park and Boulevard Movement : des espaces verts où se rassembleraient tous les habitants de l'est de l'île de Montréal, à qui on offrirait des activités récréatives dont certaines seraient lucratives pour notre ville. Les profits épongeraient les dépenses encourues et retourneraient en services pour nos citoyens. Ce parc pourrait être relié à d'autres parcs par un beau boulevard… »

Le projet plaît à Michaud, qui suggère qu'on prenne conseil auprès de diverses instances pour le réaliser. Puis, il recommande à son échevin de s'associer dès maintenant à une compagnie d'actionnaires nouvellement formée et qui doit recevoir sa charte au cours de l'été. « Les officiers sont des hommes de prestige. Parmi eux, il y a le sénateur Mitchell, père du trésorier actuel de la province. Au conseil d'administration, on trouve trois membres du cabinet d'avocats Lemieux, Bérard, Murphy et Gouin. »

Oscar se montre hésitant. Michaud ajoute :

« Je te dirai aussi que, parmi les actionnaires, il y a l'avocat de notre ville, trois députés et Jean-Baptiste Mayrand, le beau-frère de Sir Lomer Gouin.

– Le capital de cette compagnie ? s'enquiert Oscar.

– Cinq cent mille, affirme le maire.

– Et le nom ?

– La Compagnie de terrains de Viauville ltée.

– Qui en est le vice-président ?

– Frigon, un honnête homme. »

Sur ce, les trois hommes se quittent, songeurs.

Seul dans son bureau, Oscar réfléchit. Lui qui a horreur de toutes formes de magouilles ne trouve pas facile de différencier, dans les faits, ruse et diplomatie. Une véritable amitié, en politique, peut-elle exister sans être qualifiée de conspiration ? Bien qu'il ait toujours recherché la limpidité, Oscar constate que ses engagements, tant publics que familiaux, le mettent souvent en face d'affaires nébuleuses. Cette pensée lui rappelle de nouveau qu'au fond d'un de ses tiroirs dort la mystérieuse lettre apportée par Marie-Ange. Ne laisser aucune place à la confusion dans sa vie, faire la lumière sur chaque événement à mesure qu'il se présente, telle est sa détermination. Il déverrouille à l'instant le tiroir, y prend l'enveloppe et la palpe. Deux feuilles de papier, au moins, s'y trouvent. L'appréhension monte. Le goût amer que lui a laissé la visite de Marie-Ange lui revient. Le mot « déshonorantes » tambourine à son oreille et fouette son indignation. Comment expliquer que celle qui clame avoir tant d'admiration pour Victoire veuille ternir sa réputation et celle de ses proches ? Colère, répulsion et crainte font trembler ses mains. Son cœur bat la chamade, il renonce. Trêve de raisonnement et de remise en question. En automate, il glisse l'enveloppe dans une plus grande, qu'il adresse à Marie-Ange. Ou il la lui remettra à la prochaine occasion, ou il la jettera à la poste. Finalement, il lui semble plus prudent de la remettre à la destinataire en main propre. Dimanche prochain, avant la grand-messe, par exemple. Il serait temps, de fait, qu'il rende visite à son père et à Cécile sans la présence de son épouse. Les rapports sont tendus entre les deux belles-sœurs depuis qu'Alexandrine a refusé de confier Laurette à Cécile, préférant renoncer à accompagner son époux à Washington.

En se présentant chez son père, ce dimanche matin, Oscar espère convaincre Cécile de faire la paix avec Alexandrine. Comme Marius l'a fait tout récemment en acceptant d'être le tuteur de Laurette aux conditions imposées par sa belle-sœur. « Après tout, c'est aux parents adoptifs de décider de dire la vérité ou non... », a-t-il conclu. Depuis, il revient à Oscar de rallier son épouse à ses vues.

Il n'est pas encore huit heures lorsqu'il frappe à la porte de la maison paternelle. Surprise ! C'est Cécile, bien mise, qui vient ouvrir. « Déjà debout, toi ? s'exclame-t-il.

– Ce n'est pas rare que je me lève avant sept heures, même la fin de semaine. Raison de plus quand Marie-Ange n'est pas là.

– Ah !

– Ça te déçoit ?

– Non, non. Serait-elle... malade ?

– Elle est allée passer quelque temps avec sa mère, à Yamachiche. »

Oscar se surprend à souhaiter qu'elle ne repasse que pour faire ses bagages. Tel n'est pas l'avis de son père, qui ne tarde pas à lui exprimer son inquiétude : « J'espère qu'elle reviendra bientôt. Je ne nous verrais pas ici sans Marie-Ange.

– Pourquoi pas ? Cécile sait cuisiner, maintenant.

– Et le ménage, puis la lessive, puis les courses, qui va s'en occuper ? Cécile n'aura jamais le temps avec son travail à Acton Vale.

– Ce ne sont pas les domestiques qui manquent... »

Thomas l'interrompt : « Des femmes comme elle, il ne s'en trouve plus. »

Oscar se demande si son père ne serait pas amoureux de Marie-Ange. Cécile a assisté à la discussion avec un petit sourire en coin. C'est à elle qu'il s'adresse pour faire diversion : « J'ai quelque chose à te dire de la part d'Alexandrine.

– Pourquoi ne me le dit-elle pas elle-même ?

– À cause de ton attitude envers elle depuis le mois de mai.

– Ce n'était pas la première fois qu'elle refusait de me faire confiance. Celle-là était de trop, déclare Cécile, vexée.

– C'est sa nature d'être méfiante. Elle l'est même envers moi, alors que nous vivons ensemble depuis dix ans.

– Je changerai de manière quand elle m'aura laissé la petite pour plus d'une heure.

– Ta condition est raisonnable, Cécile. Je suis sûre qu'Alexandrine va l'accepter. Elle n'aime tellement pas les malentendus, encore moins les disputes... »

Thomas, jusque-là silencieux, y va d'une observation à l'intention d'Oscar : « Parlant de malentendus, je profite de l'absence de Marie-Ange pour te demander s'il n'y en aurait pas un entre elle et toi. On dirait que tu fais tout pour l'éviter...

– Posez-lui la question.

– Je l'ai fait, justement.

– Puis ?

– Elle ne veut rien me dire, sauf qu'elle me laisse entendre que tu as été dur et injuste avec elle, peu après le temps des fêtes. Je serais bien curieux de savoir pourquoi. Marie-Ange est une personne tellement irréprochable.

– C'est une affaire entre nous deux », trouve-t-il à répondre.

En l'absence de Marie-Ange, Oscar ne sait que faire de l'enveloppe qu'il devait lui remettre : la glisser sous sa porte de chambre ou la rapporter avec lui et prendre connaissance du contenu ? Il va y réfléchir encore.

« Je venais cueillir des lilas pour Alexandrine », dit Oscar, heureux de trouver ainsi à justifier sa brève visite.

Les bras chargés, il rentre chez lui, accueilli par les éclats de joie de sa fille et le sourire radieux de son épouse. « Je me demandais si tu allais penser à nous en apporter, dit-elle. À moins que ce soit Cécile qui a voulu me prouver qu'elle ne m'en veut plus.

– Tu as bien deviné.

– Tu veux dire…

– Elle est prête à tout oublier si tu consens à lui faire garder la petite plus longtemps la prochaine fois.

– J'avais justement pensé aller à la messe avec toi, aujourd'hui.

– Enfin ! fait Oscar en serrant son épouse dans ses bras. Après, je t'emmène au parc Sohmer. C'est l'Harmonie de Maisonneuve qui donne son concert, cet après-midi.

– Mais…

– Le dîner est servi sur place. »

Alexandrine a perdu son enthousiasme. Oscar doit accepter qu'ils repassent à la maison après la messe pour s'assurer que tout va bien, « Si oui, on pourrait aller faire un tour au parc Sohmer », consent-elle.

À la faveur des événements agréables qui modulent son existence, et de nouveau déterminé à ne laisser aucune ambiguïté la ternir, Oscar répond à la lettre reçue de Colombe en décembre dernier. Les progrès d'Alexandrine tant dans son rôle de mère que dans son rôle d'épouse l'incitent à rassurer son amie d'outre-mer.

*Colombe, ma chère amie,*

*Je te remercie de tant de bienveillance ! Je pense que j'avais raison de ne rien bousculer et de miser sur le temps. Alexandrine est moins jalouse de la place qu'elle occupe auprès de la petite. Elle est si fière de cette enfant qu'elle souhaite que tout le monde soit témoin de ses finesses. Nous avons commencé à prendre du bon temps ensemble depuis qu'elle fait pleinement confiance à Cécile pour s'occuper de Laurette. Je ne suis plus inquiet de l'avenir de notre couple et je compte même qu'avant longtemps Alexandrine acceptera de dire la vérité à Laurette, le temps venu de le faire.*

*Merci de ton amitié,*
*Oscar Dufresne*

Un fardeau de moins sur les épaules, Oscar file au bureau de poste pour affranchir sa lettre à destination de Paris. Il se rend ensuite au Mont-Lasalle, la maison mère des frères des Écoles chrétiennes. Il a rendez-vous avec le frère Marie-Victorin. Contrairement à son habitude, le religieux se fait attendre, puis se présente enfin, l'air dépité.

« Encore des problèmes de santé, frère ?

– Si ce n'était que ça…

– Je peux savoir ? » demande Oscar, prêt à différer la discussion qui motivait sa visite.

La honte au front, Conrad Kirouac confie :

« Mes supérieurs ont refusé que je prononce mes vœux perpétuels cette année.

– Vous ne comprenez pas pourquoi, j'imagine.

– Ils doutent de ma vocation.

– Et vous ?

– Pas un instant. Comme si mes activités publiques pouvaient nuire à ma vie intérieure, ajoute-t-il, le menton niché dans ses mains et le regard braqué sur la fougère qui trône dans un coin du parloir. Mais passons au but de votre visite, monsieur Dufresne.

– Ce n'est peut-être pas le bon moment. Je reviendrai un autre jour.

– Au contraire, monsieur Dufresne. J'ai besoin de me changer les idées. »

Pendant plus de deux heures, les deux hommes parlent de leurs ambitions réciproques. Chargé d'enseigner la composition française, l'algèbre et la géométrie, le frère ne cache pas sa prédilection pour la botanique, terrain où il rejoint Oscar. Tous deux passionnés pour la nature, soucieux de la qualité de l'environnement, épris de savoir et citoyens du monde tout en nourrissant une grande ferveur nationaliste, ils se promettent un mutuel appui. « En ce qui me concerne, que je m'appelle Conrad Kirouac ou frère Marie-Victorin, que je sois à Maisonneuve ou à Longueuil, ma promesse tiendra », déclare le révérend frère, annonçant du même coup son transfert au collège de Longueuil.

De son maire, Oscar apprend qu'une charte fédérale vient d'autoriser la formation de la Compagnie de terrains de Viauville ltée. Le sénateur Mitchell en demeure le président, Frigon, le vice-président et Murphy, le secrétaire. Aux trois députés actionnaires et à Alexandre Michaud se sont joints Oscar Dufresne, J.-O. Marchand, L.-A. Lavallée, ancien maire de Montréal, J.-B. Mayrand et Émilien D'Aoust.

À la première réunion des actionnaires, la Compagnie achète du vice-président Frigon une parcelle de terrain au prix de quatre cent cinquante mille dollars, en verse le tiers comptant et promet de payer le reste par versements annuels de vingt-cinq mille dollars. Cette acquisition suscite des doutes chez Oscar, qui en discute avec son frère en présence du maire Michaud. Ce dernier explique : « C'est un modèle qui pourrait être utilisé par Maisonneuve pour acquérir les terrains dont nous aurons besoin pour bâtir notre parc. » Les frères Dufresne estiment que ce procédé demande réflexion.

Oscar se voit de plus en plus sollicité, et cela dans différents secteurs d'activité et même à l'extérieur de la ville de Maisonneuve. Au 71A de la rue Saint-Jacques, Henri Bourassa, un ancien député libéral de Labelle à la Chambre des communes, rêve de réaliser, par la création d'un journal, ce qu'il ne parvient pas à accomplir dans la politique active. De sept ans l'aîné d'Oscar, Henri Bourassa ne néglige pas pour autant l'avis de cet homme qu'il invite à siéger au premier conseil d'administration de son journal.

« Qu'est-ce que tu penserais du *Devoir* comme nom pour ce quotidien ? » lui demande Bourassa.

Sans même laisser le temps à Oscar d'y réfléchir, il lui en explique la raison :

« Un de mes amis, Élie Vézina, a déjà publié, au Michigan, un hebdomadaire de langue française portant ce titre et dont la devise était *Aime Dieu et va ton chemin.* Je trouve qu'aucune autre devise ne pourrait mieux résumer l'esprit du journal que je veux fonder. Je veux un journal qui prône l'indépendance et la liberté. Qui appuie les honnêtes gens et dénonce les coquins. Mon journal fera disparaître de la vie publique la vénalité, l'insouciance, la lâcheté, l'esprit de parti. Il appuiera un gouvernement qui fait preuve de probité, de courage et de largeur de vues. Il faut réveiller dans le peuple, et surtout dans les classes dirigeantes, le sentiment du devoir sous toutes ses formes : religieux, national et civique. »

Respectueux de l'envolée idéologique de son hôte, Oscar attend une pause pour exprimer ses craintes :

« Vous êtes sûr que ce titre va vous attirer des lecteurs ?

– Je sais que je vais faire sourire des confrères, mais j'estime que la notion de devoir public est tellement affaiblie qu'il est urgent de la raviver.

– Ça fait quand même austère, vous ne trouvez pas ?

– Dans mon esprit, le devoir n'exclut pas la gaieté, monsieur Dufresne. Chose certaine, je n'offrirai pas à nos lecteurs le genre de joyeusetés qu'on trouve en abondance dans les journaux à grand tirage.

– Ça ne plaira pas à une certaine catégorie de lecteurs...

– Je n'ai pas la prétention de plaire à tout le monde. Pas plus que de fonder un journal parfait. Mais je veux apporter à notre peuple le meilleur journalisme qui existe, et c'est pour ça que j'ai besoin des conseils des gens de bien comme vous, monsieur Dufresne. »

Touché, Oscar exprime à Henri Bourassa sa reconnaissance et son admiration. Il affirme toutefois ses préférences : « Il me fera plaisir de vous épauler, mais je me sentirais plus à l'aise, pour cette année en tout cas, de rester dans l'anonymat. À vrai dire, je n'ai aucune expérience dans ce domaine. Je ferai mes classes à vos côtés, si vous me permettez… »

Deux semaines plus tard, Oscar reçoit la liste des membres du premier conseil d'administration du *Devoir* : Henri Bourassa, directeur général, secondé par son ami Omer Héroux, entouré de Janvier Vaillancourt, directeur de la Banque Hochelaga, de deux agents d'immeubles, Édouard Gohier et Joseph Girard, du président de la Sauvegarde, Guillaume-Narcisse Ducharme, des entrepreneurs et ex-industriels S. D. Valières et J. Lamoureux, et de L. A. Delorme, secrétaire-trésorier de Laporte, Martin et Cie.

Oscar s'étonne d'y trouver si peu d'intellectuels. Marius, à qui il en fait la remarque, lui répond : « Si tu veux une administration efficace, confie-la à des hommes d'affaires. Pas à des intellectuels. Encore moins à des artistes.

– Ce n'est pas très flatteur pour toi, ce que tu dis là.

– Je sais, mais c'est comme ça. À chacun ses forces. »

Marius est de si belle humeur qu'Oscar croit le moment tout désigné pour lui reparler de la servante de son père. « J'ai appris de Cécile que Marie-Ange doit revenir après le service anniversaire.

– C'est notre père qui va être content ! Mais, fait remarquer Marius, on dirait que ça te dérange encore qu'elle reste dans la famille. Pourtant, tu n'es pas plus en contact avec elle que moi et nos autres frères.

– C'est ce que tu penses, toi. Tu te souviens qu'elle est venue me porter une enveloppe alors qu'on discutait tous les deux dans mon bureau ? Après cela, chaque fois qu'elle me voyait, elle me fixait avec ce regard de petit chien piteux qui a fini par inquiéter Alexandrine.

– C'est indiscret de te demander ce qu'il y avait dans cette enveloppe ?

– Je ne sais pas, je ne l'ai pas ouverte.

– Pas encore ? Mais qu'est-ce que tu redoutes ? »

La question aussitôt articulée, Marius se rappelle que Jasmine lui a posé la même, l'hiver précédent. Est-ce donc que son frère et lui seraient habités par la même peur indéfinie mais non moins tenace ?

« Je l'ouvrirai, bien entendu. Mais quelque chose me dit que le temps n'est pas venu, répond Oscar.

– À mon avis, tu ferais mieux de crever l'abcès plutôt que de te laisser ronger sans savoir… De toute manière, personne ne peut le faire à ta place.

– Je n'en suis pas si sûr que ça. Je pense même que si tu t'étais montré moins distant, c'est à toi qu'elle l'aurait remise, cette enveloppe.

– On perd notre temps, Oscar, à discuter dans le vide, comme ça. Quand tu auras lu ce qu'elle a écrit, on s'en reparlera, si tu veux bien. »

Oscar espère trouver le courage de le faire avant le retour de Marie-Ange.

Déjà plongé dans un autre monde, Marius livre quelques réflexions relatives à ses amours avec Jasmine.

« Une perle de femme… Si tendre à certains moments, et à d'autres, si autoritaire. Elle me fait penser à notre mère.

– Tu es en amour pour de vrai, toi.

– N'importe quel homme qui connaîtrait Jasmine comme je la connais en serait amoureux, soutient-il, le regard lumineux.

– Et de son côté ?

– Ça regarde bien… »

~

Profitant des dernières tiédeurs du mois d'août, Cécile et Alexandrine sont parties promener Laurette au parc Viger avant de la mettre au lit pour la nuit. Deux raisons ont incité Oscar à ne pas les accompagner : le désir de leur favoriser un tête-à-tête bénéfique et l'intention de profiter de ces moments de solitude pour « crever l'abcès », comme l'a conseillé Marius.

La porte de son bureau verrouillée, Oscar prend une grande respiration, fait un signe de croix et pointe son coupe-papier dans le repli de l'enveloppe que Marie-Ange lui a apportée. Quelle n'est pas sa surprise d'y trouver, entourée d'une lisière de papier, une autre enveloppe au papier défraîchi. Sur la bande de papier, un message est écrit, recto verso :

*Parce que tu as douté de ma franchise et de ma lucidité, tu m'as forcé à porter cette lettre à ta connaissance. Je crois que ta mère avait prévu votre réaction et que c'est pour ça qu'elle l'a glissée dans un de mes tiroirs quelques jours avant sa mort. Au moment où tu liras ces lignes, considère que je t'aurai pardonné pour toute la peine que vous m'avez faite, toi et Marius. Je jure devant Dieu et votre mère d'emporter dans ma tombe le secret que je vous confie.*

*Marie-Ange*

La main d'Oscar tremble. Sur la deuxième enveloppe qu'il se prépare à ouvrir, Oscar a reconnu l'écriture de sa mère. Son émotion est extrême. *À toi, ma douce Marie-Ange, au cas où tu douterais du message que je t'ai demandé de livrer… advenant que je parte trop vite pour le faire moi-même.*

La tentation de dissimuler ces papiers ou, mieux encore, de les brûler le submerge. Y résister, c'est courir le risque d'être bouleversé le reste de sa vie par ce qu'il y apprendra. Comme on travaille à rassembler les pièces d'un puzzle, Oscar se remémore la visite de Marie-Ange, ses allusions accablantes, et il les met en relation avec les quelques lignes qu'il vient de lire. Une hypothèse au sujet de Victoire, humainement possible mais inadmissible, effleure son esprit. Penser un seul instant que cette femme aurait pu tromper son mari lui semble la pire offense faite à la mémoire de sa mère.

Après avoir imaginé le pire et l'avoir réfuté, Oscar décide d'en finir avec cette histoire. Il sort les deux feuillets de l'enveloppe, les déplie et constate, ébahi, qu'ils sont adressés à sa mère et signés de la main d'André-Rémi, son frère préféré, le grand-père de la petite Laurette. Cette première découverte le rassure. Le préambule n'est que mots de tendresse et de sincère affection. Oscar s'y attarde, s'en réconforte. Tant et si bien que lui vient le goût de poursuivre sa lecture. Happé par les mots qu'il y lit, abasourdi, il est poussé jusqu'à la fin du texte comme on est entraîné dans un tourbillon.

Pas d'arrêt possible. Que le poids des choses sous la loi de la gravité. Que la somme des ravages après l'ouragan. Que l'effritement de l'univers. Humilié, le cœur brisé par tant de désillusions, Oscar cherche un endroit où il pourrait hurler son désarroi sans retenue. Comme un homme ivre mort, il griffonne deux lignes à l'intention d'Alexandrine, va déposer le papier sur la table du portique et monte dans sa voiture sans autre direction que l'oubli. Il ne s'arrête qu'à l'extrémité est de Viauville, en bordure d'une route isolée. Il sort de sa voiture et marche vers des terres boisées où il pourra s'enfoncer, loin de tout témoin. Là où gémissements, cris de rage et sanglots retournent à la terre. Accroupi au pied d'un arbre, les genoux repliés sur sa poitrine endolorie, la tête échouée sur ses bras croisés, il sanglote. Il a cinq ans. Huit ans. Dix ans. Ses lamentations et ses supplications vont vers les deux êtres disparus qu'il a le plus aimés, le plus admirés, sa mère et son grand-père Dufresne. Des mains d'enfant agrippées à la jupe de la mère. Des appels à l'aide. « Dites-moi que ce n'est pas vrai. Sortez-moi de ce cauchemar. » Détresse, négation et révolte l'assaillent tour à tour sans lui laisser le moindre répit. Après avoir honni le doute toute sa vie, Oscar l'implore à genoux. Il le cherche avec la désespérance du naufragé sans atteindre la quiétude de l'abandon. Tout un pan de l'univers d'Oscar Dufresne, ses valeurs, ses certitudes, vient de basculer. Le ciel ne sera plus jamais aussi bleu, ni l'eau aussi limpide, ni la neige aussi immaculée. La victime n'est pas qu'innocence et l'agresseur n'est pas que cruauté, tel sera son nouveau credo. Il donnerait sa vie pour que jamais ses enfants, sa fille, ne vivent pareille catastrophe.

Oscar doit rentrer à la maison. Comme si de rien n'était. Embrasser son épouse avec la même présence. Lui donner la même attention. Répondre à ses questions sans un vacillement dans la voix. S'endormir avant elle. Se précipiter dans la chambre de sa fille au premier appel. Faire écho à sa gaieté sans grimacer de dépit. Repartir pour le bureau avec le même enthousiasme. Croiser les regards de son père, de ses frères, de Cécile, sans fuite, sans pitié, sans cynisme. Rien ne lui semble plus redoutable que la présence de Marie-Ange. Cette présence qui ravivera sa douleur, même à son insu. « Prétexter un voyage d'affaires urgent, le temps de prendre un peu de recul, de reconsidérer cette histoire. » Cette pensée lui donne le courage de filer vers sa demeure. Il compte sur l'effervescence des préparatifs du voyage pour tromper sa détresse. « Une occasion sans pareille », dit-il à Alexandrine qui a eu le temps de sommeiller avant son retour. « Au plus, trois semaines me suffiront, promet-il à la lueur d'une chandelle qu'il s'empresse de souffler.

– Ne t'inquiète pas pour nous deux, Oscar. Au besoin, je demanderai l'aide de Cécile. Elle est tellement plus responsable depuis que ta mère n'est plus là, dit Alexandrine avec une bienveillance exemplaire.

– Je t'ai laissé de l'argent dans la bibliothèque, à la place que tu connais.

– Tu vas à Paris ?

– Oui, oui, c'est ça », bredouille Oscar.

Dans l'urgence de s'évader, il avait oublié de choisir au préalable sa destination. Sa femme vient de décider pour lui.

« Auras-tu le temps de voir Colombe ? Je lui enverrais des photos de Laurette.

– Je n'en suis pas sûr », trouve-t-il à répondre, désarmé.

« Paris, Colombe, pourquoi pas ? se demande-t-il. Peut-être sentirai-je le besoin de me confier… »

Demain, aux petites heures, il embrassera son épouse et sa fillette, laissera une note au bureau de Ralph Locke, le vice-président, une autre au bureau de son père, puis il se fera conduire aussitôt à la gare où il prendra le train pour New York et, là, un bateau en partance pour la France. Oscar devra faire vite pour échapper à la tentation de rebrousser chemin.

Le départ précipité d'Oscar a plongé Marius dans une vive inquiétude. Par complaisance et par respect, il feint de croire les raisons présentées par Alexandrine, ses propos naïfs et enjoués, les excuses faciles de Thomas, mais il n'a pas les hypothèses de ses frères. Il ne peut s'expliquer le silence d'Oscar. Une faille dans la toile solidement tissée de leur complicité. Voudrait-il se l'interdire qu'il ne peut s'empêcher de présumer l'existence d'un lien entre ce voyage et la fameuse lettre de Marie-Ange. Ce qu'il donnerait pour le rattraper à New York, le rejoindre à Paris ! Si Alexandrine avait pris la précaution de lui demander, au moins, où il allait loger ! Ralph aussi l'ignore. Personne sauf lui, Marius, ne semble s'en inquiéter. À Jasmine, femme de bon jugement et déjà au courant de la conduite mystérieuse de Marie-Ange depuis la mort de Victoire, Marius confie son désarroi. Loin du tumulte de la ville, dans une oasis du mont Royal, ils se sont blottis l'un contre l'autre, sur un banc isolé, adossé à un buisson.

« Tu es certain que ton frère ne t'a jamais rien caché ?

– Je ne pourrais pas le jurer, mais je sais que, s'il n'y avait pas anguille sous roche, il m'aurait prévenu personnellement de son départ. Comme d'habitude, il m'en aurait aussi donné les vraies raisons.

– Tu doutes de celles qu'il a données à sa femme ?

– Je n'en crois pas un mot. Des voyages d'affaires, ça se prévoit et ça se prépare, Jasmine. »

Incapable de complaisance, Jasmine ne trouve pas d'arguments valables pour rassurer son amoureux.

« Qu'il parte juste avant la messe d'anniversaire de notre mère me semble encore plus louche, dit-il.

– De fait, c'est curieux, admet Jasmine.

– Marie-Ange doit revenir chez mon père à bord du train qui nous ramènera de Yamachiche, après la messe d'anniversaire. Si je l'ai déjà fuie, je te garantis que, cette fois, je vais la talonner. Si elle est pour quelque chose dans le voyage d'Oscar, elle devra me l'avouer. Même que je ne la laisserai pas tant qu'elle ne m'aura pas dit tout ce qu'elle tenait tant à me dire, l'automne passé.

– Tu veux mon avis ? Avec ce que tu m'as raconté tantôt, je serais portée à croire, moi aussi, que c'est sa lettre qui a fait partir ton frère.

– Il devait m'en parler quand il l'aurait lue. Du moins, je l'avais invité à le faire.

– C'est étrange tout ça, avoue-t-elle, songeuse.

– Tu as une idée ? demande Marius, suspendu à ses lèvres.

– Pas vraiment, Marius. Je cherche, comme toi. »

À l'église de Yamachiche, ce samedi 11 septembre 1909, la célébration du service anniversaire vient de se terminer. Parents et amis de Victoire y ont assisté, non sans émoi. L'absence d'Oscar soulève questions, hypothèses et soupçons de toutes sortes. L'attitude étrange de Marie-Ange et les attentions dont l'entoure Thomas en amènent certains à se poser des questions et font jaser les autres. Et c'est sans parler des chuchotements auxquels donne lieu la conversation prolongée entre Thomas et la veuve Dorval pendant la réception qui se tient dans la maison familiale des Du Sault. Quelques femmes montrent du doigt Alexandrine et la petite Laurette dont elle ne cesse de vanter les prouesses. Il n'est de Du Sault qui ignore que cette enfant est la fille de Raoul Normandin et de Laurette Du Sault. Marius profite de ce que l'attention de la famille se porte sur la petite et sur les deux enfants de Candide pour accaparer Marie-Ange sans être remarqué. « J'aimerais m'asseoir avec vous, dans le train », lui dit-il tout de go. Marie-Ange écarquille ses yeux rougis, bégaie un acquiescement confus et se reprend : « Ton père aussi m'a offert...

– Rien ne vous empêche d'aller le rejoindre quand nous aurons fini... »

Marie-Ange hoche la tête.

Sitôt monté dans le train, légèrement en retrait des autres membres de la famille, Marius entame la conversation avec la servante sans détour : « Pourquoi Oscar n'est pas avec nous, aujourd'hui ?

– Comment veux-tu que je le sache ? Je suis partie de la maison depuis plus de deux mois.

– Vous savez quand même des choses... La lettre que vous êtes venue lui porter à son bureau, en mars dernier… Aucun lien, allez-vous me dire, avec son départ précipité pour l'Europe ?

– Personnellement, je n'en vois pas, non », affirme-t-elle nerveusement.

Marius braque sur elle son regard perçant, insistant.

« Je ne peux pas croire, reprend-elle, que sa femme et ses associés ne savent pas ce qu'il est allé faire en Europe.

– Des prétextes, n'importe qui peut en inventer… »

Marie-Ange refoule ses larmes. Marius est exaspéré.

« Mais qu'est-ce que vous avez depuis un an ? Un rien vous tire une larme. Vous jouez au mystère, vous vous prenez pour une messagère, et quand on vous demande de parler, vous refusez de le faire. Je vous avoue que je commence à penser comme Oscar…

– Penser quoi ?

– Que vous avez besoin de soins médicaux.

– C'est vous autres qui me rendez malade, Marius. À commencer par ta mère, puis toi, puis Oscar, lance-t-elle, hors d'elle-même.

– Crachez-le, le morceau, une fois pour toutes.

– Je regrette, Marius, mais il est trop tard. J'ai fait ce que j'ai pu. Maintenant, c'est ton frère qui doit continuer.

– Oscar ? »

Marie-Ange se détourne. Du coup, Marius n'a plus aucun doute sur la cause de la fuite d'Oscar.

« Qu'est-ce qu'il y avait dans cette lettre, Marie-Ange ?

– C'est à ton frère que tu devras poser cette question, maintenant. La seule chose que je peux te dire, c'est que ça devra rester entre nous trois. D'ailleurs, tu le souhaiteras quand tu sauras », ajoute-t-elle avant de le quitter pour se rendre aux toilettes.

Dans le cœur de Marius, la compassion a fait place à un vif mécontentement. Envers Marie-Ange, mais envers lui-même aussi. N'est-ce pas lui qui a fui le premier lorsque Marie-Ange lui a fait savoir qu'elle voulait lui parler ? N'est-ce pas lui qui a brandi la menace de ne plus jamais mettre les pieds au domicile familial si elle ne promettait pas de ne plus le harceler avec cette histoire nébuleuse ? Reconnaissant ses torts, Marius sent naître en lui une certaine admiration pour la servante qui a le courage de maintenir ses positions. Aussi, lorsqu'il la voit revenir et s'arrêter pour adresser la parole à Thomas, il comprend mieux l'affection que ce dernier lui voue.

Régina, l'épouse de Donat, qui causait avec son oncle Thomas, cède sa place à Marie-Ange et vient s'asseoir près de Marius. Elle passe vite des banalités au vif du sujet : l'absence d'Oscar pour cette célébration à la mémoire de Victoire. Ainsi, à force de diplomatie, espère-t-elle savoir si Marius a été informé du secret qu'elle partage avec son époux et Marie-Ange. « Comme je le connais, il fallait qu'Oscar ait une sacrée bonne raison pour ne pas revenir pour le 11 septembre, avance-t-elle.

– Qui te dit qu'il n'a pas tout fait pour revenir à temps ? Faut être allé en Europe pour savoir que les bateaux en partance pour l'Amérique sont bondés et qu'on risque souvent de manquer son coup si on n'a pas réservé suffisamment à l'avance », rétorque Marius, on ne peut plus sur la défensive.

Sans perdre de son assurance, Régina y va d'une autre réflexion : « C'est drôle comme le temps est différent selon les événements qu'on vit. Je n'arrive pas à croire que ça fait déjà un an que ta mère est partie. »

Marius ne dit mot.

« J'ai souvent remarqué que les gens qui partaient vite nous laissaient l'impression d'avoir été pris au dépourvu. Pas toi ?

– Je ne me suis jamais arrêté à ça.

– Ta mère, par exemple. Elle aurait eu encore plein de choses à faire.

– Ce n'est pas le cas de tout le monde ?

– Je ne pense pas. Je connais des gens qui espéraient la mort depuis des mois, des années, parfois.

– Chacun son destin, réplique Marius, un peu ennuyé.

– Justement, on pourrait en parler longtemps, du destin. Ce qu'il fait des fois… »

Pas un mot de Marius.

« Penses-tu que c'est toujours pour le mieux, ce qu'il nous ménage ? insiste-t-elle.

– Je n'en ai aucune idée, Régina. J'ai bien d'autres choses à penser.

– Tu devrais y réfléchir de temps en temps. Ça pourrait t'être utile un jour », conseille-t-elle avant de retourner rejoindre non pas son mari, mais Thomas, assis face à Marie-Ange et Cécile.

« Est-elle assez fatigante, celle-là, avec ses petits discours à double sens », pense Marius, en quête d'un siège qui lui permettra de dormir ou de faire semblant pour ne pas être importuné.

À plusieurs banquettes de la sienne, Thomas observe Marie-Ange.

« Tu sembles avoir manqué de sommeil ces derniers temps.

– Vous trouvez ? Pourtant, non. C'est l'inquiétude qui fatigue le plus…

– Ta mère ne va pas bien ? » demande aussitôt Cécile, craignant qu'elle ne leur annonce son départ définitif.

Marie-Ange croise le regard avisé de Régina, se tourne vers la fenêtre et parvient à répondre, la voix chevrotante : « Elle vieillit… »

Cécile la comprend d'appréhender la perte de sa mère et le lui signifie d'une accolade silencieuse. Thomas flaire une autre cause à l'accablement de sa servante.

« Tu ne te ménages pas assez, Marie-Ange. Je ne veux pas te voir faire de conserves cet automne. On a de bonnes épiceries, maintenant…

– Ne m'enlevez pas ce plaisir, monsieur Thomas. Ça va tellement me faire de bien.

– Je vais t'aider, promet Cécile.

– Et ton travail à Acton Vale ? lui demande Thomas.

– Vous me donnerez bien quelques jours de congé…

– Si j'allais faire les miennes avec toi ? » propose Régina.

Le sourire franc de Marie-Ange ne laisse aucun doute dans l'esprit de Régina, la seule personne avec qui elle pourra partager les tourments qui la rongent.

« Tu pourras toujours nous donner un coup de main le samedi, dit-elle en s'adressant à Cécile.

– Tout s'arrange pour le mieux ! » s'exclame Thomas, qui file à son tour vers une banquette où il pourra réfléchir en paix.

Trouvant un siège libre près de Marius, qui semble plongé dans un profond sommeil, il s'y installe pour dormir. Sans qu'il puisse le retenir, un long soupir sort de sa bouche. Douze mois de solitude, et combien d'autres à venir, lui laissent un bleu à l'âme. Après un an de deuil, Thomas s'interroge. Est-ce l'absence de Victoire ou le désir non assouvi d'une présence affectueuse qui le tenaille à ce point ? Les relations cordiales avec ses enfants, le soutien de ses amis, le succès de sa fabrique d'Acton Vale, rien de tout cela ne le rejoint au cœur de cette souffrance qui l'envahit dès que prend place le silence. De voir revenir Marie-Ange le réconforte beaucoup. D'entendre la veuve Dorval lui révéler son amour lui a tiré les larmes. Mais rien ne peut colmater la brèche creusée par l'absence de Victoire. Pas un jour ne s'est passé sans qu'il mesure le besoin de cette assurance qu'elle dégageait, de cette détermination qui lui permettait de n'envisager que la réussite, de cette générosité qui s'exprimait au moindre signe. Pas une nuit ne s'est écoulée sans qu'il se réveille, le bras tendu vers... l'absente. Trop vite, amis et parents éloignés se sont consolés du départ de Victoire, se sont tournés vers d'autres occupations. Thomas constate que sa solitude est maintenant plus grande que pendant ces premiers mois de deuil où il avait l'impression d'entendre sa bien-aimée, de la voir, de la toucher à travers les biens qui lui appartenaient. À la demande des enfants, Marie-Ange a rangé la plupart des vêtements et des objets personnels de Victoire. Thomas en a été chagriné, mais, présumant leurs bonnes intentions, il s'est abstenu de tout reproche. Comment ne pas craindre qu'après l'hommage public qui a été rendu à Victoire, son souvenir ne s'estompe dans la mémoire des gens à mesure que d'autres noms s'ajouteront à la liste des disparus ? Comment ne pas appréhender le jour où seuls ses enfants lui accorderont une oreille attentive au rappel d'événements qui la concernaient ? S'en trouvera-t-il parmi eux qui, dans trois ans, cinq ans, dix ans, essuieront une larme pour elle ? « Le mal de l'absence est d'autant plus grand que l'amour a été profond », pense Thomas, tenté de renoncer à tout autre grand amour.

Dans sa chambre d'hôtel du 11e arrondissement, Oscar angoisse. Sa longue marche aux Champs-Élysées tout comme sa visite à Notre-Dame l'ont distrait sans l'apaiser. L'imminente venue de la nuit l'affole. Le silence et la pénombre lui font perdre le peu de courage et de sérénité qu'il a gagné en assistant à un concert… Pour la troisième fois, il retire son doigt du cadran téléphonique avant d'avoir rejoint la réceptionniste qui pourrait le mettre en contact avec Colombe. « Ne lui parler, se dit-il, que le temps de l'entendre me supplier de trouver quelques minutes pour venir la saluer avant de repartir. Le temps de lui laisser croire que ce sera difficile, mais que j'essaierai… » Demain, peut-être… s'il est capable, ce soir, de résister à la tentation de l'inviter dans un petit café au cœur de Paris. Elle aura reçu la lettre dans laquelle il lui parlait des progrès d'Alexandrine et des espoirs qu'ils suscitaient pour l'avenir. Elle ne se doutera de rien quand il lui demandera de lui parler du temps où elle vivait chez ses parents. C'est avec bonheur qu'elle témoignera des qualités de Victoire et qu'elle répondra à ses questions concernant Marie-Ange.

Sans éveiller le moindre soupçon, il récoltera quelques bribes d'information, d'autres pièces du puzzle qu'il n'arrive pas à compléter depuis qu'il a ouvert l'enveloppe.

Le numéro composé, la sonnerie se fait entendre, une fois, puis deux, puis trois fois avant qu'une voix langoureuse, pourtant bien celle de Colombe, retentisse à son oreille. « Bon-on soir ! Allô ! Qui-i-i est là ?

– Excusez mademoiselle, je me suis trompé de numéro. »

Oscar se sent honteux. Mauviette. « Elle est réveillée maintenant. Je devrais la rappeler tout de suite. Lui dire que je n'avais pas réalisé qu'il était si tard… Elle m'excusera, mettra cela au compte du décalage horaire. Mais si elle n'était pas seule dans son lit ? » Espérant que Colombe ne l'a pas reconnu, Oscar reporte la prise de contact au lendemain.

La nuit s'annonce aussi tumultueuse que les précédentes. Des heures d'insomnie à retourner les mêmes questions dans sa tête, un sommeil agité, des matinées lourdes et grisâtres.

La sonnerie du téléphone le réveille brusquement. À l'autre bout du fil, il entend le standardiste lui annoncer : « Monsieur Dufresne, une dame est à la réception et demande à vous rencontrer. Elle dit avoir un rendez-vous avec vous à neuf heures ce matin.

– Bien, monsieur.

– Vous viendrez la rejoindre dans un de nos petits salons ou dois-je la faire conduire à votre chambre ?

– J'irai la rejoindre dans une dizaine de minutes, monsieur. »

Oscar cherche sa montre. « Huit heures cinquante ! Je rêve ! » pense-t-il en se rendant à la salle de bain, où il s'asperge le visage d'eau froide et questionne l'homme qu'il aperçoit dans le miroir. « Un rendez-vous ce matin, mais je délire. Alexandrine ? Inconcevable ! Marie-Ange ? J'espère que non. Colombe ? Elle ne sait pas plus que les autres où je loge. »

Après une toilette vite faite, Oscar se dirige vers la réception, un journal à la main pour se donner contenance ; un œil furtif vers les petits salons dont les portes sont entrouvertes. Il va pour interroger le réceptionniste lorsqu'il entend derrière lui : « Je suis ici, Oscar. »

Avec tout le sang-froid dont il est capable, Oscar la salue le plus naturellement possible et s'empresse de la conduire dans un des salons réservés aux clients. La porte refermée derrière eux, il n'a ni le temps de poser sa première question ni le temps de s'asseoir que Colombe, resplendissante et joliment vêtue, lui révèle : « J'ai reconnu ta voix, hier soir. Je savais que tu ne me rappellerais pas. J'ai téléphoné à trois hôtels avant de trouver où tu logeais.

– J'aurais préféré que tu me téléphones avant...

– Non, Oscar. Quand un homme agit comme tu l'as fait hier soir, c'est qu'il a des problèmes et qu'il va essayer de fuir. »

Oscar reste bouche bée.

« J'avais l'intuition que tu repartirais pour Montréal aujourd'hui...

– Demain, dit-il, peu sûr de le faire.

– C'est avec ta femme que ça va mal ? » demande-t-elle en s'asseyant dans un fauteuil face à son ex-fiancé.

Apprenant qu'elle n'a pas encore reçu sa lettre, Oscar lui en fait le résumé avec une ferveur excessive. Colombe le sent. « Si c'est la façon que tu as choisie de me demander de ne plus me mêler de ta vie de couple, j'ai compris.

– De toute manière, c'est souhaitable, ne penses-tu pas ?

– Je n'en sais rien. Mais si j'en crois ce que tu me dis, tu voulais me rencontrer… par plaisir ?

– Par amitié, oui, et pour te remettre les photos qu'Alexandrine t'envoie.

– Alexandrine ! Tu es en train de me convaincre qu'elle s'améliore vraiment… Des photos de qui ?

– De la petite. Elle en est si fière qu'elle voudrait que le monde entier la connaisse. Faut dire qu'elle est très éveillée et pas mal jolie, notre petite princesse. Regarde », dit-il en s'approchant de Colombe pour lui montrer les photos.

Leurs genoux se frôlent. Oscar perçoit dans la voix de Colombe un trouble comparable au sien. Le parfum qu'elle porte, le tailleur qui épouse les formes de son corps demeurées effilées, la blouse qui bâille légèrement sur sa poitrine toute menue le ramènent douze ans en arrière. Sa main tremble.

« Tu as raison. Elle est très jolie, cette enfant. Plus elle vieillit, plus elle ressemble à sa mère, tu ne trouves pas ?

– C'est une chance, non ? »

Colombe lève les yeux sur Oscar qui ne peut supporter son regard.

« Ça ne va pas, Oscar Dufresne. Ne me dis pas le contraire. Tes yeux te trahissent, et puis tu trembles…

– Je suis fatigué, ces temps-ci.

– Le travail ou des problèmes ? »

Oscar reprend les photos et les replace dans la poche de son veston. Colombe ne sait que penser de ce geste après avoir entendu qu'Alexandrine les lui donnait. « À moins qu'il veuille lui cacher notre rencontre. »

De cette présomption, Colombe passe vite aux fantasmes. « J'ai pris congé de l'atelier de couture pour l'avant-midi... », lui apprend-elle.

Oscar retire sa montre de sa poche, cligne des yeux et dit : « J'aurais encore un peu de temps...

– On monte à ta chambre ?

– Oh non ! C'est le fouillis total. Mes valises ne sont pas tout à fait prêtes...

– Tu aimerais terminer avant qu'on sorte ?

– Je reviendrai, plutôt. »

Après deux heures de conversation autour d'une table du café Montparnasse, Oscar a l'impression de tourner en rond. Colombe ne lui a rien appris de Victoire ni de Marie-Ange, sinon que leurs confidences ne dataient pas que des dernières années. « J'irais jusqu'à penser que c'est votre servante qui a le plus connu ta mère.

– Quand même pas plus que mon père.

– Je ne parierais pas là-dessus, dit Colombe.

– Tu pousses un peu loin, tu ne trouves pas ? Tu me fais penser à Marie-Ange tout d'un coup. »

Oscar n'a pu cacher le ressentiment qu'il éprouve maintenant contre cette femme. Colombe s'en étonne. « Tu es bien la seule personne qui puisse avoir quelque chose à reprocher à Marie-Ange. Qu'est-ce qu'elle t'a donc fait ? »

Oscar cherche une réponse appropriée. « En réalité, finit-il par avouer, je suis injuste envers elle. Elle n'a pas choisi de nous déplaire.

– De déplaire à qui ? »

Oscar hoche la tête, conscient d'en avoir déjà trop dit. Mais, devant l'insistance de Colombe, il ajoute : « À quelques membres de ma famille.

– Je peux savoir lesquels ?

– Non.

– À toi, c'est évident. Tu m'intrigues, Oscar. Tant d'idées me viennent à l'esprit que…

– Je préfère ne pas les connaître, rétorque-t-il sur un ton auquel Colombe se s'attendait pas.

– Il y a longtemps que je ne t'ai vu dans un pareil état. Pourquoi ne me raconterais-tu pas ce qui t'arrive ?

– Je le voudrais que je ne le pourrais pas, affirme-t-il, profondément troublé.

– Les confidents, ça existe, et les secrets aussi, dit-elle avec cette douceur qu'elle dépose en même temps sur la main de son ami.

– Ma mère a trompé mon père, lance-t-il comme un poison qu'on s'empresse de recracher.

– C'est ça qui te ronge à ce point ? Je ne t'aurais pas cru aussi sévère, pour ne pas dire plus, mon cher ami.

– D'après ce que je vois, d'habiter la Ville lumière t'a vite fait oublier la morale chrétienne », riposte Oscar, scandalisé de l'attitude de Colombe.

Un silence lourd d'incompréhension incite Oscar à prendre congé de Colombe. Elle le retient. « Non, attends. Calme-toi. »

Oscar se rassied, mais sur le bout de la chaise.

« Écoute, ce n'est pas le seul cas d'infidélité au monde ! Et si tu estimes que c'est un péché, j'en connais de bien plus graves. Des péchés qui font bien plus de tort à la société que celui-là. »

Oscar se montre sceptique.

« Tu crois en Dieu ? lui demande-t-elle.

– Bien sûr que oui.

– Penses-tu sincèrement qu'il serait moins clément pour les péchés d'amour ? On nous a appris qu'il pardonnait tous les péchés, sans exception », ajoute-t-elle, troublée par le souvenir de son avortement.

N'a-t-elle pas été amenée à se réfugier dans un couvent pour y expier sa faute toute sa vie durant ?

« J'ai l'impression qu'il y a autre chose que le côté moral de cette affaire qui te dérange. À moins que tu ne m'aies pas tout dit. »

Oscar pince les lèvres. Colombe a raison, mais il estime avoir déjà trop parlé.

« Je peux comprendre qu'on le prenne différemment quand il s'agit de nos proches. Mais n'oublie pas qu'elle était adulte et qu'il n'y a eu aucune méchanceté de sa part. Qu'une faiblesse peut-être. Ou une grande passion…

– Je t'en prie, n'en parlons plus, Colombe. J'ai besoin de temps et de solitude pour accepter tout ça.

– Quand tu voudras, Oscar. Une amie n'est pas là que pour partager de bons moments… »

Colombe se pend à son cou, le fixe droit dans les yeux et lui dit : « Un petit conseil : n'hésite plus avec moi comme tu as fait hier soir. J'ai des antennes pour te repérer… »

Au conseil de ville de Maisonneuve, le maire et plusieurs échevins acclament le retour d'Oscar Dufresne. Nul ne se doute de l'effort qu'il s'est imposé ce soir-là. Mais quel réconfort pour lui d'entendre les délégués des municipalités environnantes, réunis à Maisonneuve, se prononcer unanimement en faveur d'une action commune pour l'embellissement et l'amélioration de l'est de l'île. Au nombre des personnalités qui accueillent chaleureusement le projet, il y a le Dr Arthur Pilon, secrétaire du Comité des citoyens du parc Terminal, qui prend la parole pour expliquer que ce projet d'annexion sourit d'autant plus aux citoyens du Parc que la ville de Longue-Pointe a trop longtemps ignoré leurs demandes de services. Le curé Thibaudeau le seconde, déclarant : « Nous applaudissons de tout cœur à ce principe d'union qui me paraît tout à fait logique. Ce n'est pas dans quarante ans que nous voulons avoir des services comme l'eau, le téléphone et la lumière électrique, c'est maintenant. »

Oscar vibre d'autant plus à ce témoignage que le secret de famille qu'il porte le déshonore face à l'Église catholique.

Les maires de Tétreaultville et de Rosemont sont venus à leur tour approuver l'idée d'une union qui protège en même temps leurs pouvoirs respectifs. Toutefois, le maire de Beaurivage nuance son assentiment : « Les propositions de la ville de Maisonneuve sont très alléchantes, mais je dois consulter le conseil que je représente avant de me prononcer officiellement. »

Or voilà que, dès le lendemain, un des maires les plus influents, Pierre Bernard, de Longue-Pointe, s'oppose à l'union corporative de l'est de Montréal et incite ses homologues des municipalités environnantes à faire de même. Oscar Dufresne est l'homme tout désigné pour réfuter leurs objections. Il a deux jours pour s'y préparer. « Deux jours d'enfer », dit ce dernier, harcelé de questions par Alexandrine à qui il a menti en lui remettant les photos de Laurette, épié par Marius qui sollicite un tête-à-tête dans les plus brefs délais, talonné par le maire Michaud qui appréhende cette réunion.

Le soir de la réunion venu, il n'est pas encore sept heures que déjà la salle du conseil est pleine à craquer. « Les opposants se sont empressés de prendre les meilleurs sièges dans la salle, fait remarquer Oscar.

– Ça ne m'impressionne pas », rétorque Michaud qui veut se montrer serein.

Les rites protocolaires accomplis, le maire salue l'assemblée et entre dans le vif du sujet : « Je tiens d'abord à vous rappeler, comme le mentionnait M. Oscar Dufresne dans la lettre qu'il vous a fait parvenir, qu'il ne s'agit pas d'une annexion sur les mêmes bases que celles choisies par Montréal depuis quelques années. Le but est de réunir tout le territoire concerné sous une même administration tout en réservant à chaque municipalité la gestion des fonds provenant des impôts et des emprunts. »

Les maires des petites municipalités applaudissent, celui de Longue-Pointe demande la parole : « Je comprends ces messieurs de souhaiter une annexion à Maisonneuve. Ils veulent sauter sur l'occasion d'aller chercher toutes les améliorations qu'ils n'ont pas les moyens de se payer. Mais, nous, de Longue-Pointe, nous avons tout à perdre. Pourquoi fusionner avec cette municipalité ? Est-ce que nous ne pouvons pas nous-mêmes diriger le progrès de notre ville sans avoir recours à une ville voisine dont les dettes sont, on le sait, assez élevées ? Je crois que le maire de Maisonneuve veut jouer sur les mots. Il désigne cette fusion par le nom d'union corporative quand ce qu'il nous propose n'est ni plus ni moins que l'annexion de toutes les municipalités de l'est. Et que nous promet le conseil de Maisonneuve ? Rien. Il nous demande de nous annexer d'abord ; ensuite, on étudiera ensemble les travaux à faire, puis il dépensera le montant de l'emprunt pour des améliorations dans les municipalités de la façon la plus convenable. Nous avons un pouvoir d'emprunt de un million quatre cent mille, pourquoi n'emprunterions-nous pas nous-mêmes ? Maisonneuve n'a rien à nous montrer, dans deux ans, son passif dépassera de quarante pour cent son actif. »

Des grognements de contestation se mêlent aux applaudissements. Le maire Bernard a soulevé plus de la moitié de la salle contre le projet de Maisonneuve. « Comprenez-vous, chers confrères, qu'en nous proposant une annexion camouflée la ville de Maisonneuve ne cherche rien d'autre qu'à équilibrer ses finances ? » poursuit-il.

Cette fois, c'est la cohue dans l'assemblée.

Triomphant, Pierre Bernard conclut : « Longue-Pointe serait prête à une annexion... à Montréal. Pas à Maisonneuve. »

Le président de l'assemblée ne parvient plus à maîtriser l'assistance, on ne peut plus divisée. Oscar demande la parole, on la lui accorde enfin. « Je pense que c'est un manque de connaissance et de compréhension du projet qui soulève vos objections, et c'est normal. Je propose que nous nous donnions le temps d'en discuter calmement et de voir la position du gouvernement provincial avant de nous engager. »

La réplique de Thomas Pelletier, oncle d'Alexandrine et maire de Beaurivage, ne pourrait être mieux introduite : « J'abonde dans le sens de M. Dufresne et je maintiens qu'il est prématuré de se prononcer avant d'avoir discuté du projet avec les promoteurs d'abord, ensuite avec les conseillers de nos municipalités respectives. »

Se tournant vers le maire de Longue-Pointe, Pelletier ajoute : « M. Bernard ne veut pas d'une annexion qui nous favoriserait, à Beaurivage, mais il oublie qu'il nous paralyse : une petite municipalité comme la nôtre, encerclée dans une grande comme la sienne, ne peut agir tant que Longue-Pointe n'a pas pris position. Nous sommes toujours les derniers à être servis… quand nous le sommes. Je suis sûr que Beaurivage verrait son sort amélioré avec l'annexion à Maisonneuve. »

Oppositions et approbations se succèdent pendant trois heures, au terme de quoi, Pelletier tient à clore le débat d'une intervention qui pourrait rallier les deux camps : « Les offres de Maisonneuve me paraissent très belles, mais il nous faudra des garanties que les travaux promis seront accomplis.

– Nous vous les donnerons », déclare le maire Michaud, raflant d'un regard l'assentiment de ses échevins.

La salle se vide dans le tumulte. À la demande de leur maire, les conseillers de Maisonneuve demeurent sur place, le temps de fixer la date de la prochaine réunion. Dans le portique, Marius ronge son frein. « Tu me places en tête de ta liste de rendez-vous, exige-t-il de son frère qui, discutant avec Pelletier, allait filer sur Pie-IX en se contentant de lui envoyer la main.

– Compte sur moi. Je te téléphone demain.

– T'as pas deux petites minutes, ce soir ?

– Je suis crevé, Marius. Je risque de me mettre à délirer si je ne vais pas dormir.

– Moi aussi si tu ne m'expliques pas pourquoi tu t'es sauvé en France. »

Interloqué, Oscar écarquille les yeux, hausse les épaules et le salue de nouveau d'un signe de la main, sans plus.

## CHAPITRE III

Au bureau d'Oscar Dufresne, le téléphone sonne sans arrêt.

Des malentendus survenus avec la Montreal Light, Heat and Power Co., qui a décroché, en 1905, un contrat d'exclusivité pour vingt-cinq ans, feront l'objet d'une réunion spéciale du conseil de ville et Oscar doit la préparer avec son maire. La compagnie n'a pas respecté sa promesse de moderniser le système d'éclairage de chaque rue et de réduire le coût des lampes de cent quinze à quatre-vingts dollars. De plus, la qualité des services a décliné et les plaintes du conseil n'ont pas de suites. La tentation est grande de transférer ce contrat à un concurrent, la Dominion Light, Heat and Power Co.

Déjà très active sur toute l'île de Montréal, cette compagnie offre des prix moindres, des équipements de qualité supérieure, et, plus encore, elle promet d'ériger son usine d'électricité à Maisonneuve.

« Rappelle-toi, Oscar, que notre ville doit faire l'impossible pour ne favoriser aucun monopole, dit Michaud.

– Je veux bien, mais je crains qu'on nous accuse de favoritisme si on accorde le contrat à cette compagnie. »

Sa crainte est justifiée, car l'entreprise compte, parmi les membres de son conseil d'administration, Marius Dufresne, le frère d'Oscar, et Ralph Locke, son associé. Les deux hommes déplorent l'absence d'un troisième concurrent de taille. D'un commun accord, ils conviennent de procéder par étapes, d'agir dans la transparence et de donner une dernière chance à la Montreal Light, Heat and Power Co. La Ville avise la compagnie qu'elle demandera aux policiers de faire un rapport sur les lampes défectueuses et qu'elle exigera qu'elles soient immédiatement remplacées, faute de quoi elle résiliera son contrat.

Il tardait à Oscar, malgré sa sympathie pour le maire Michaud et son intérêt pour la question traitée, de retrouver un peu de solitude à la fin de cette matinée mouvementée. Or le téléphone sonne de nouveau : « Enfin, vous revoilà, s'exclame le Dr Lachapelle. J'ai tenté maintes fois de vous joindre.

– Désolé, docteur. J'étais en voyage d'affaires en France. Du nouveau au conseil d'administration de l'hôpital ?

– Là n'est pas l'objet de mon appel, mon cher ami. J'aimerais vous rencontrer pour parler un peu de la patiente que vous m'avez envoyée.

– N'importe quand, Dr Lachapelle. Aujourd'hui même, si vous le souhaitez, dit Oscar, nerveux.

– Impossible aujourd'hui. Mais demain, vers quatre heures. »

Oscar trouve dans ce rendez-vous une raison valable pour différer l'entretien que Marius réclame. Informé, ce dernier proteste et suggère : « On pourrait dîner ensemble, au moins. À mon bureau, si tu préfères.

– Je ne sais plus où donner de la tête, Marius. Crois-moi, tu ne perds rien à attendre à demain soir. J'en ai pour la journée à mettre de l'ordre dans mes dossiers.

– Je patienterai à une condition, Oscar : que tu me dises tout de suite si la lettre de Marie-Ange a un rapport avec ton voyage en France ?

– Pas directement.

– Bon. Je vois que tu ne veux rien dire au téléphone. T'as tes raisons… À demain, Oscar. »

Le lendemain, en dépit d'un horaire surchargé, Oscar prend une heure complète pour dîner avec sa fille et son épouse. Charmée d'un tel témoignage d'attention, Alexandrine reprend, là où elle l'a laissé, le récit des événements survenus en l'absence de son mari. Au relevé détaillé de la cérémonie religieuse de Yamachiche s'ajoutent des faits qu'elle juge de moindre importance, dont la visite surprise de Marie-Ange, la veille.

« Elle va mieux ? demande Oscar.

– Je ne comprends pas ta question. À ce que je sache, c'est sa mère qui était malade, pas elle.

– Je voulais surtout parler de son moral, précise Oscar pour cacher sa bévue.

– De ce côté-là, je t'avoue que ce n'est pas fort. On dirait que c'est elle qui a été le plus affectée par la mort de ta mère.

– Ça m'étonnerait que ce soit ça, riposte Oscar, dans l'espoir d'en apprendre davantage.

– Ça se voit ! On ne peut parler de M^me^ Victoire sans qu'elle essuie une larme ou pousse de longs soupirs.

– Elle venait faire quoi, ici, Marie-Ange ?

– Prendre des nouvelles. De toi, surtout. Comme si elle avait un mauvais pressentiment à propos de ton voyage. Je ne l'avais jamais vue nerveuse comme ça. Je lui ai dit qu'elle devrait consulter un médecin.

– Puis ? demande Oscar, qui juge préférable de taire qu'il est déjà intervenu auprès de Marie-Ange.

– Elle est venue au bord des larmes, comme si je l'avais blessée. Tu devrais en parler à ton père.

– Je vais y penser. »

Sur ce, Oscar quitte la table et embrasse Laurette et Alexandrine. « Il se pourrait que je sois en retard pour le souper », dit-il avant de refermer la porte derrière lui.

La rencontre prévue avec le D$^{r}$ Lachapelle l'obsède. Il y a gros à parier que cet homme de grande sagesse a quelques explications embarrassantes à lui demander. Plus l'heure approche, plus Oscar se sent nerveux. D'autant plus que l'opinion de Colombe quant au fameux secret de famille l'a amené à réévaluer ses convictions. Morale chrétienne étroite, intégrité pharisaïque, étroitesse d'esprit, orgueil camouflé, ses jugements l'ont ébranlé. De quoi le dissuader de tout dévoiler à Colombe, la seule personne avec qui il aurait pu, toutefois, en discuter librement.

D'une dignité à la limite de la préciosité, l'accueil du D$^{r}$ Lachapelle est à l'image de sa personnalité et de ses propos. En d'autres circonstances, Oscar aurait apprécié un tel égard. Mais aujourd'hui, une politesse de mise le retient de prier le cofondateur de l'hôpital Notre-Dame d'en venir au but.

« Vous ai-je déjà dit, mon cher Oscar, que j'ai très bien connu votre mère ?

– Non, docteur, répond Oscar, intrigué.

– Quelle femme admirable dans la souffrance ! Quelle femme exceptionnelle en tout ! »

Oscar s'interroge sur la pertinence de ces détours. Le médecin n'avait-il pas précisé avoir peu de temps à lui consacrer ? Le sexagénaire fixe le dossier ouvert devant lui, hoche la tête et déclare, un sourire aux lèvres : « Il n'y a vraiment pas de hasard. »

Oscar le regarde, perplexe.

« Cela m'a été très utile de l'avoir traitée lors de son hospitalisation chez nous. Ça m'a permis de poser un diagnostic rapide et clair concernant la dame que vous m'avez envoyée, Marie-Ange. Elle n'est ni malade ni menteuse. »

Oscar ne dit mot et ose à peine lever les yeux vers le Dr Lachapelle. Le front soucieux, celui-ci déclare :

« Votre mère m'avait révélé le secret que m'a confié votre servante. Il fallait qu'elle ait une force et une intelligence hors du commun, votre mère, pour vivre ce qu'elle a vécu, dans une société aux mœurs étroites comme la nôtre. »

Après une pause, il ajoute, avec des trémolos dans la voix : « Nous avions le même âge, votre mère et moi. »

L'émotion gagne Oscar, secoué d'apprendre que Marie-Ange ne lui mentait pas, et le rive au silence.

« C'est ce qui m'a permis de lui interdire de se culpabiliser. De lui interdire de croire l'aumônier qui prétendait qu'elle était justement punie par là où elle avait péché, ajoute-t-il, fougueux. Dans sa vie privée comme dans sa vie publique, votre mère est digne d'admiration, mon cher Oscar. Et sa servante de même. »

Le médecin se lève et, fixant Oscar droit dans les yeux, il lui donne congé sur ces paroles : « Je vous sais un homme de tête et de cœur, Oscar Dufresne. C'est la raison pour laquelle je n'ai pas à vous en dire davantage pour que vous sachiez quoi penser de Marie-Ange, de votre mère et de ce qu'il vous reste à faire. »

Oscar lui tend la main, le remercie et s'apprête à quitter le bureau lorsque le Dr Lachapelle le rappelle et, en sa qualité de président du conseil d'administration de l'hôpital Notre-Dame, l'informe de la date de la prochaine réunion et lui réitère sa confiance.

Ces dix minutes d'entretien ont chamboulé Oscar. Il en sort avec le sentiment d'avoir été dépossédé de sa lucidité. « Je rêve ou je suis devenu fou, ma foi », se dit-il, bifurquant vers un parc, non loin de l'hôpital. Dans sa quête effrénée d'un banc isolé, à l'abri de tout regard, il heurte un piéton. « Excu… Mais…

– Bien oui, quel drôle de hasard ! J'imagine, à te voir aller sans regarder personne, que tu ne venais pas ici pour piquer une jasette à qui que ce soit, même pas à ton père, dit Thomas sur un ton moqueur.

– Ce n'est pas dans mon bureau, et encore moins à la maison, que je peux réfléchir sans être dérangé, rétorque Oscar.

– C'est deux gros dossiers à défendre, j'en conviens… », dit Thomas, faisant allusion au projet d'union corporative et au contrat d'électricité avec la Montreal Light, Heat and Power Co.

Mais il constate assez vite qu'il soliloque.

« La p'tite va bien ? demande-t-il.

– En pleine forme. Sa mère aussi, ajoute Oscar, désireux d'en finir au plus vite.

– Je peux pas en dire autant des deux femmes de la maison… »

Oscar s'inquiète : « La petite sœur a des problèmes ?

– Je dirais plutôt que la nervosité puis l'état dépressif de Marie-Ange, c'est pas bon pour Cécile.

– Qu'est-ce qui la met dans cet état, Marie-Ange ?

– Je donnerais cher pour le savoir... », répond Thomas, qui détourne brusquement la tête.

Oscar regarde autour de lui. Rien de particulier. Que de nombreux piétons et des gens de tout âge sur les bancs publics. « Vous avez rendez-vous ?

– Si on peut dire, ouais.

– Un rendez-vous galant, à vous voir endimanché en pleine semaine.

– Il y a bien des raisons de s'endimancher, réplique Thomas, le ton à la blague.

– De toute façon, il faut que je vous laisse », dit Oscar, heureux de trouver l'occasion de mettre fin à la conversation.

Les deux hommes prennent des directions opposées.

Oscar vient tout juste de trouver un banc qu'il reconnaît, de dos, son père, en compagnie d'une dame plutôt bien enrobée, à la tenue et à la démarche élégantes. L'impression d'avoir déjà vu cette femme ne le quitte que lorsque lui revient le souvenir précis de l'enterrement de sa mère, à Yamachiche. Il la revoit, à la sortie du cimetière, s'attarder auprès de son père alors que tous les autres, par respect, ont laissé à la famille le privilège de fermer le cortège. Que Thomas ait choisi cet endroit pour la rencontrer aujourd'hui sent la clandestinité. Qu'il ne lui en ait soufflé mot lui donne raison. « Serait-il aussi cachottier que notre mère ? » se demande

Oscar qui observe toujours le couple, le voit quitter le parc et s'engager dans une petite rue, dans l'espoir, croit-il, d'y trouver enfin un lieu discret. Il l'envie. Ce qu'il donnerait pour se distraire de sa rencontre avec le D^r^ Lachapelle et pour oublier le rendez-vous accordé à Marius ! L'idée lui vient de suivre son père et sa compagne, mais le respect le rive à son banc… le temps que la curiosité l'emporte. Il doit faire vite. Pour les rattraper, mais aussi pour être à l'heure au bureau de Marius. « Ce n'est pas pure curiosité, se répète-t-il en pressant le pas. Je veux éviter de me raconter des histoires, de porter un jugement erroné sur mon père. J'ai besoin de savoir. Tout à coup que… » Ils sont là, dans un petit restaurant, assis l'un en face de l'autre, non loin de la vitrine par laquelle Oscar voit son père de dos. La dame lui roule des yeux langoureux et… voilà qu'elle pose ses mains sur celles de Thomas. Oscar fait demi-tour, doublement récompensé de son audace. Non seulement vient-il de trouver matière à satisfaire la curiosité de Marius, mais il anticipe avec bonheur le jour où, son père se remariant, Marie-Ange devra quitter la famille. Une heure plus tard, il téléphone à sa femme.

« Ma chérie, ne m'attends pas pour souper. Je dois rencontrer Marius pour un travail important et je ne sais pas combien de temps ça prendra.

– Justement, il a appelé ici il y a une heure. Il dit qu'il a essayé de te prévenir, mais que tu n'étais pas à ton bureau, lui annonce Alexandrine.

– Me prévenir de quoi ?

– Jasmine aurait été hospitalisée d'urgence sur l'heure du midi.

– Il t'a dit à quel hôpital ?

– À Notre-Dame. On t'attend pour manger », enchaîne Alexandrine avant de raccrocher le combiné.

~

Assis au pied d'un lit vide, Marius angoisse. Deux heures se sont écoulées depuis que sa bien-aimée a été transportée à la salle d'opération. D'atroces douleurs à la hauteur du rein gauche pourraient nécessiter une ablation. « Vous ne pourrez plus mener une vie normale, ma petite dame, mais comme vous êtes jeune, l'opération a de grosses chances de réussir », lui a dit le médecin. L'état de santé de Jasmine est alarmant.

Marius l'entend encore le prier, avant de quitter sa chambre, de renoncer à leur amour. « Tu es jeune, séduisant et intelligent, Marius. Tu as un brillant avenir devant toi. Tu n'auras aucune difficulté à trouver une femme en santé et qui puisse te donner autant d'enfants que tu le souhaites. Oublie-moi, Marius », le suppliait-elle, en sanglots.

Marius ne peut s'y résigner. Il espère que, dans le cours de l'intervention, le chirurgien découvrira une autre cause aux hémorragies. Il s'entête à y croire pour chasser de son esprit les sombres pronostics émis avant le départ de la malade pour la salle de chirurgie : « Il faut faire vite, elle baisse à vue d'œil. Restez courageux, monsieur Dufresne. On va faire tout ce qu'on peut pour la sauver », a déclaré le chirurgien.

Pour la nième fois, Marius regarde sa montre avec désarroi. Les minutes ont une longueur d'éternité. Il va pour demander des nouvelles au poste de garde lorsqu'il arrive nez à nez avec Oscar. Les deux frères se donnent l'accolade sans rien dire. L'émotion est grande et leurs regards en témoignent. Marius fait signe à Oscar de le suivre. « Des nouvelles de la salle d'opération ? demande-t-il à l'infirmière de garde.

– Un moment, s'il vous plaît, monsieur, répond-elle, au bord de l'exaspération. Je vais essayer une autre fois de savoir... »

Les questions foisonnent dans la tête d'Oscar. Les deux hommes attendent, silencieux. « Tout se déroule dans l'ordre, dit l'infirmière, pressée de plonger le nez dans sa paperasse. On vous informera lorsque madame pourra quitter la salle de réveil.

– Dans combien de temps, pensez-vous ?

– Aucune idée, monsieur.

– Est-elle sortie de la salle d'opération, au moins ?

– Je ne pourrais pas vous dire. Excusez-moi, j'ai des patients qui m'attendent, ajoute-t-elle, agacée.

– On sort, Marius, ou si tu préfères qu'on aille dans la chambre de Jasmine ? » demande Oscar, qui voit son frère aussi accablé qu'à la mort de Victoire.

D'un signe de la main, Marius l'invite à le suivre dans la chambre de la femme qu'il aime, qu'il attend et qu'il se promet d'épouser dès qu'elle sera guérie. Tels sont les propos qu'il tient à son frère, qu'il répète maintes fois, sans faire la moindre allusion à tout ce qui touche Marie-Ange et le voyage d'Oscar en France.

« Même si Jasmine devait rester fragile toute sa vie, même si, en n'ayant qu'un rein, elle ne pouvait me donner d'enfants, je m'y résignerais volontiers pourvu qu'elle soit à mes côtés », déclare Marius.

Oscar ne trouve de réplique convenable.

Marius arpente la chambre, s'arrêtant un instant chaque fois qu'il passe près de la porte, dans l'espoir de voir apparaître une civière. Une infirmière lui demande de la suivre dans le couloir. Oscar entend son frère émettre quelques grognements résignés. Quand Marius revient dans la chambre, il a la mine si défaite qu'Oscar s'affole. « Des complications ? » demande-t-il, craignant même qu'elle n'ait pas survécu à l'intervention.

D'un signe de la tête, Marius le lui confirme.

Son frère espère des précisions.

« Ils ont décidé de la garder en observation encore une couple d'heures. » Oscar consulte sa montre. « Il faudrait bien que j'aille… »

Marius devine qu'il veut rentrer à la maison. Il s'approche de lui et dit : « Je t'en prie, ne me laisse pas tout seul. Alexandrine comprendra. »

Oscar exauce sa prière.

Pour le distraire, il lui parlerait bien du rendez-vous galant de son père avec une admiratrice de la région de Yamachiche, mais il craint que la conversation ne dévie vers le sujet qu'il ne souhaite pas aborder. À l'invitation de Marius, il occupe le seul fauteuil de la chambre et ne sait trop que répondre aux interminables questions de son frère sur le sens de la vie, sur le peu de progrès de la médecine, sur l'impuissance des humains. Il ne saurait dire, lorsqu'il se réveille en sursaut, combien de temps son frère a soliloqué, mais il l'aperçoit penché sur une femme méconnaissable. Jasmine, des tubes dans le nez et dans la bouche, semble sommeiller. Son teint est livide et son visage, émacié. Oscar s'approche du lit, met la main sur l'épaule de son frère et murmure : « Excuse-moi, Marius…

– Ce n'est pas grave, Oscar », répond-il sans se retourner, les deux mains refermées sur celle de sa bien-aimée.

Puis, il lui tend un trousseau de clés. « Voudrais-tu aller faire un tour à mon bureau demain matin pour prévenir mes associés ? Je ne sais pas quand je retournerai au travail.

– Tu fais bien de prendre tout le temps qu'il faudra. C'est dans des circonstances comme celles-là qu'il faut agir pour ne pas se préparer de regrets. Je m'occupe de tout. Bon courage, frérot.

– Une dernière chose : j'apprécierais, Oscar, que tu ne donnes pas de détails à la famille au sujet de cette opération… »

~

Thomas souhaite que Cécile consacre davantage de temps à la manufacture d'Acton Vale. Les commandes se font nombreuses à l'approche des fêtes et il a besoin de ces profits pour réaliser un autre projet : acheter, avec Oscar, la Geo. A. Slater, manufacture spécialisée dans les chaussures de qualité pour hommes et femmes. Tous deux en seraient les principaux actionnaires et Thomas assumerait la présidence de l'entreprise. « C'est à ça que ça sert de vieillir, dit-il à Oscar, pour le convaincre d'endosser ce projet. À cinquante-cinq ans, je me sens plus habile en affaires et pas moins endurant au travail que je ne l'étais à trente ans. »

Oscar le regarde avec un petit air narquois et pense : « Puis, d'être courtisé par des belles femmes, ça ne doit pas nuire non plus », mais il se retient de lui dire.

« Tu ne me crois pas ? Tu vas voir. C'est sûr, par contre, que je vais engager un assistant-gérant à Acton Vale…

– Commençons par penser combien on pourrait offrir pour la Slater et voir si notre prix serait accepté. »

Dans le bureau d'Oscar, les deux hommes analysent les rapports de production apportés par Thomas. « Tu vois, dit-il, entre 1902 et 1906, la Slater est passée de cinquante-deux mille piastres de salaires versés annuellement à cent vingt-cinq mille. C'est plus que le double en quatre ans.

– Oui, mais, au cours des trois ans qui ont suivi, il semble bien qu'elle n'ait augmenté son chiffre d'affaires que de vingt-cinq pour cent.

– Il faudrait savoir à quoi est attribué ce ralentissement, dit Thomas.

– Si vous comparez à la Dufresne & Locke, on est passé de onze mille à cent vingt mille piastres en salaires versés pour la même période, et on vise à atteindre les trois cent mille d'ici juin prochain. »

Thomas propose d'aller rencontrer le gérant de Geo. A. Slater et de vérifier avec lui l'exactitude de ces chiffres. L'œil flamboyant, alerte, il tend la main à son fils. « L'avenir est devant nous, dit-il, laissant croire qu'un nouvel amour pourrait bien se cacher derrière tant d'entrain.

– Comment ça va, à la maison ? demande Oscar.

– Comme sur des roulettes. Marie-Ange remonte la côte tranquillement, puis Cécile n'a plus le temps de se morfondre avec tout ce qu'elle a à faire. Elle est devenue pas mal fiable au volant, tu sais.

– Pas d'amoureux dans sa vie ?

– Ah ! Ce ne sont pas les soupirants qui manquent… Elle est comme sa mère, je pense. Bien difficile. Peut-être qu'il ne s'en fait plus, des perles rares comme moi… »

Loin de le faire sourire, cette plaisanterie a aussitôt replongé Oscar dans l'angoisse du secret qu'il porte.

« Mais, toi, dis-moi donc comment ça va à la maison ? lance Thomas revenu sur ses pas.

– On ne peut demander mieux.

– Puis, au conseil de ville ?

– On est là pour trouver des solutions aux problèmes...

– J'en sais quelque chose... On fait rien que ce qu'on peut, hein ? Bon, je file, moi, si je veux faire tout ce que j'ai prévu pour cette semaine. »

~

Pendant que son père semble flotter sur un nuage, Marius se dirige péniblement vers la fin de cette année 1909. Après un mois d'hospitalisation, Jasmine a pu rentrer chez elle, condamnée au repos complet pour au moins six autres mois. Il n'y a pas que son corps qui soit meurtri, son cœur aussi. Jasmine doit renoncer au grand rêve d'une vie normale avec Marius et quatre ou cinq enfants dans la maison. Qu'elle puisse mener une grossesse à terme s'avérerait difficile, sans compter les dangers pour sa propre vie. Sa douleur est telle que, bien qu'elle soit encore follement amoureuse de Marius, elle accepte rarement de le recevoir. En sa compagnie, elle lui tient ce double langage qui le déchire. « Tu es si doué, si extraordinaire, si beau... Mais si beau que tu ne mérites pas de te priver des joies que je ne pourrai t'apporter. Va vers une femme en santé qui pourra prendre soin de toi, tenir maison et te donner autant d'enfants que tu le souhaites. Des enfants qui te ressembleront, lui répète-t-elle, le soir du 15 décembre, en réponse à sa demande en mariage.

– Je ne te quitterai pas, Jasmine. Tu es ma raison de vivre. Puis, je sais que tu changeras d'avis quand tu seras complètement guérie. Je vais t'attendre le temps qu'il faudra. »

Dans une étreinte passionnée, leurs larmes se mêlent, comme à chacune de leurs rencontres.

Poussé par une foi nouvelle en l'aide des disparus qui l'ont aimé, Marius prie sa mère d'intervenir pour Jasmine. Loin de soupçonner qu'elle ait pu vivre semblable dilemme amoureux, qu'elle ait entendu, un jour, un homme autre que Thomas lui dire : « Je t'attendrai le temps qu'il faudra », il lui explique sa douleur : « Je l'aime tant, Jasmine, que je sacrifierais volontiers mon titre d'ingénieur, mes amis, ma famille même, ma ville aussi, pour en faire ma femme. Je ne suis heureux que lorsqu'elle est près de moi. C'est cela qu'on appelle le grand amour, n'est-ce pas ? Si vous l'avez vécu, maman, vous me comprenez. Je vous prie de guérir Jasmine, pas seulement dans son corps, mais dans son cœur aussi, parce que je sais que ma place est près d'elle. »

Pour tout réconfort, Marius n'obtient de sa bien-aimée qu'une promesse de ne pas rejeter à tout jamais sa demande de l'épouser. Cet espoir le réconforte juste assez pour qu'il puisse, au repas familial du 1er janvier 1910, partager la joie de son frère Romulus, qui sera papa dans un mois, le bonheur de Candide et de Nativa entourés de leurs bambins et l'enchantement de la famille devant la grâce et l'intelligence de la petite Laurette qui fêtera sous peu son deuxième anniversaire.

En l'absence de Marie-Ange, retournée dans sa famille pour le temps des fêtes, Thomas et Cécile ont préparé la réception du jour de l'An dans l'euphorie du nouveau défi à relever. Est-ce pour tromper l'absence d'une amoureuse à ses côtés que Thomas se montre d'une joie exubérante ? Oscar le croirait, tout comme il croit que Cécile réagirait mal si elle apprenait qu'une autre femme risque de prendre, dans la maison, non seulement la place de Victoire, mais aussi celle de Marie-Ange.

Marius, complètement accaparé par la maladie de Jasmine, ne relance pas Oscar au sujet de la lettre de Marie-Ange. Côté entreprise, ce dernier a toutes les raisons de se réjouir. Les ventes, tant à l'étranger qu'au Canada, nécessitent de la Dufresne & Locke la production de plus de douze mille cinq cents paires de chaussures par semaine, ce qui fournit du travail à plus de deux cent cinquante employés. Dans la tête d'Oscar, les projets foisonnent, tant pour l'augmentation de son chiffre d'affaires que pour l'embellissement de sa ville. De quoi le distraire des conflits parentaux qui les opposent, lui et Alexandrine.

Dans son bureau au 71 de la rue Saint-Jacques, Henri Bourassa, un homme qu'Oscar estime beaucoup, jette, pour la centième fois, un regard attentif sur les maquettes et sur les articles du premier numéro du *Devoir.* « Quel courage et quelle foi ont ces hommes ! » se dit-il en parcourant la liste de ses collaborateurs, à commencer par Omer Héroux, son assistant, Paul Leclair, son chroniqueur, Montarville de La Bruère, son chef des nouvelles, ainsi que Georges Pelletier et Donat Fortin, respectivement responsables des nouvelles de Québec et d'Ottawa. Jules Tremblay s'occupera des maigres colonnes sportives et Armand Lavergne, Jean Renaud et Olivar Asselin compléteront l'équipe journalistique. Henri Bourassa s'attarde ensuite à son texte, en première page. Ce texte qui, à lui seul, « déterminera l'avenir du *Devoir* et tracera la mission de tous les futurs directeurs de mon journal », se convainc-t-il.

> *Ce journal n'a pas besoin d'une longue présentation. On connaît son but, on sait d'où il vient, on sait où il va.*
> *Et comme les principes et les idées s'incarnent dans les hommes et se manifestent par les faits, nous prendrons les hommes et les faits à corps et nous les jugerons à la lumière de nos principes.*

Bourassa est fier de son préambule, mais les paragraphes qui suivent ne le satisfont pas pleinement. Condamner le gouvernement provincial actuel en l'accusant de favoriser la vénalité, l'insouciance, la lâcheté, l'esprit de parti, et promettre son appui à l'opposition pour sa probité, son courage, ses principes et sa largeur de vues le placent au cœur d'un débat qui pourrait compromettre la survie du journal. Les élus fédéraux aussi font l'objet de ses critiques. Bourassa les accuse d'avoir sacrifié la justice, le droit et l'intérêt national à l'opportunisme et aux intrigues de partis lorsqu'ils ont traité des problèmes de minorité, de peuplement du territoire national, de l'impérialisme et du régime de la construction du Grand-Tronc-Pacifique. Une nuance, croit-il, pourrait tout racheter :

*Sur toutes choses, fond ou forme, nous n'avons pas songé un instant qu'il serait possible de plaire à tout le monde ni d'atteindre à la perfection. Notre ambition se borne à chercher à faire de notre mieux ce que nous prêchons : le devoir à chaque jour.*
*Nous espérons mériter la bienveillance, l'encouragement et les bons conseils des gens d'esprit et de bien. Quant aux autres, nous n'en avons cure.*

À ces lignes s'ajoute un vibrant appel aux lecteurs et amis du *Devoir* :

*C'est avec des petits ruisseaux que se font les grandes rivières. Nous comptons sur nos amis. Ils peuvent compter sur nous.*

Aux hommes d'affaires, Bourassa promet de ne faire aucune place dans son journal pour l'exploitation et le charlatanisme et il leur offre une clientèle comme aucun autre journal n'en possède. Il appuie ses propos sur la solvabilité des cinq cents actionnaires qui possèdent ce journal, sur l'intérêt qu'il suscitera tant chez les amis que chez les adversaires, de par la vigueur et la variété de ses textes. À cet effet, une mise en garde s'impose, croit-il :

*Décidé à faire un journal absolument recommandable, dont aucun père de famille ne soit obligé de cacher une page ou l'autre à ses enfants, NOUS REFUSONS D'ANNONCER, dans* LE DEVOIR, *les mauvais livres, les théâtres immoraux, les boissons fortes (autres que vins et bières), les médecines brevetées à base d'opium, de morphine, de cocaïne ou d'alcool, les remèdes à guérir tous les maux, et surtout les maladies les plus répugnantes et les plus soigneusement décrites, les réclames de charlatans et de diseuses de bonne aventure, en un mot, tous les négoces ou articles de commerce propres à altérer la santé, à propager le vice et à duper les naïfs. Nous voulons protéger le public, surtout le public ouvrier, contre l'exploitation dont il est victime.*

*Sans doute, nous nous imposons là un sacrifice pécuniaire considérable, mais nous croyons qu'un public intelligent nous en saura gré.*

Le 11 janvier 1910, à Québec, à Montréal et à Ottawa, on s'arrache les trente mille exemplaires de ce nouveau journal *Le Devoir*. Bourassa, ses amis et les actionnaires s'en réjouissent. Mais les attaques de deux autres journaux, *Le Canada* et *Le Soleil*, ne tardent pas. À Oscar qui s'en inquiète, Henri Bourassa répond : « Rassurez-vous, mon cher ami, l'opposition me stimule et la réplique ne sera que plus cinglante. »

Travaillant toujours très tard dans la nuit, Bourassa ne se présente au bureau que vers la fin de l'après-midi ; il fait le tour des troupes encore présentes, le personnel de l'imprimerie et de la salle de rédaction, discutant surtout avec le chef des nouvelles. Omer Héroux et Georges Pelletier demeurent ses principaux conseillers. Dans ce journal, qui dépasse rarement les sept ou huit pages, les résumés de ses propres conférences occupent, il va sans dire, une large place. Au gré des événements sociaux, les propos du directeur peuvent alors soulever la foule ou provoquer une hystérie collective. Or, au lendemain du premier numéro, Bourassa engage une polémique à propos du projet de loi sur la marine présenté par Laurier en faveur d'une flotte canadienne prête à intervenir pour le compte de l'Angleterre. « Lorsque l'Angleterre est en guerre, le Canada est en guerre », a proclamé le premier ministre, provoquant la colère de Bourassa. *Le Devoir* la véhicule et une nouvelle clientèle se manifeste, les jeunes et les étudiants. Le bruit court que, dans les salles d'étude des collèges, on fait circuler *Le Devoir* en cachette, sous la table ou inséré dans un livre. Dans les chambres, des étudiants ont placardé les murs de grandes affiches de Bourassa, de copies d'articles et de phrases percutantes de son journal. Y a-t-il lieu d'y voir des avantages ? Oscar en doute, quelques membres de l'équipe éditoriale aussi, et plus encore certains administrateurs du journal qui craignent que les sautes d'humeur du patron ne fassent baisser les ventes. Pendant qu'Henri Bourassa fait fi des remarques de ses collaborateurs, *Le Soleil* et *Le Canada* l'accusent de vilipender, d'insulter et de calomnier tous ceux qui n'ont pas reçu la « grâce nationaliste ». Non seulement les ennemis extérieurs sont-ils redoutables, mais, à l'interne, l'attitude d'extrémistes tels Olivar Asselin et Jules Fournier décourage les annonceurs éventuels, qui considèrent que leurs propos sont trop agressifs et trop directs. Désolé, Oscar se tient en retrait, sûr que *Le Devoir* ne franchira pas le cap de la première année.

Par ailleurs, au conseil de ville, on se réjouit des succès accomplis. Maisonneuve est reconnue comme le deuxième centre industriel en importance du Québec et le quatrième au Canada. Les exemptions de taxes et l'octroi de bonus aux industriels qui viennent s'y établir ont à ce point favorisé l'essor industriel de cette ville que certains journaux la qualifient de Pittsburgh du Canada. Des projets d'envergure sont soumis à l'assemblée. Le maire est conscient d'en présenter un des plus audacieux : la candidature de Maisonneuve comme hôte de l'Exposition universelle de 1917. Le scepticisme fait vite place à l'enthousiasme lorsque Michaud expose ses arguments : avec ses commodités exceptionnelles de transport, avec ses trois douzaines de grandes industries, dont la United Shoe Machinery Co., la plus grande compagnie de matériel pour cordonniers sur ce continent, avec sa propriété immobilière taxable de dix-huit millions de dollars, Maisonneuve a toutes les chances d'être choisie.

« Le maire de Montréal nous a déjà manifesté son intérêt, annonce Michaud. Je laisserai maintenant à celui qui, parmi mes échevins, a le plus voyagé de par le monde, qui a visité au moins deux expositions universelles, le soin d'expliquer les répercussions économiques d'un tel événement. »

Intimidé par une telle présentation, Oscar Dufresne ne se fait pas moins convaincant. Son discours s'appuie sur les retombées impressionnantes de l'Exposition universelle de Chicago, tenue en 1893, et plus encore sur celle de Paris, réalisée en 1900.

« Ce projet, dit l'échevin Dufresne, a été controversé dès ses débuts. En 1892, le député Delonde suggérait l'événement pour concurrencer le projet allemand d'une exposition la même année à Berlin. À l'époque, on s'interrogeait sur la pertinence d'une autre exposition à Paris. D'autres sujets de préoccupation étaient dans l'air, y compris la fameuse affaire Dreyfus. Et la ville était déjà un immense chantier, avec le début des travaux du métropolitain et les préparatifs en vue des Jeux olympiques de 1900. L'exposition se voulait à l'image du XX^e^ siècle... ou plutôt à l'image de ce qu'on croyait qu'il serait. Elle a attiré cinquante millions de visiteurs et plus de quatre-vingt-trois mille exposants, dont près de la moitié étaient des Français. Parmi les attractions marquantes, les premières projections sur écran géant des films des frères Lumière, le trottoir roulant, baptisé *rue de l'Avenir,* et une utilisation nouvelle de l'électricité, qui permet de faire les premières photographies nocturnes. L'Exposition de Paris a été l'occasion de faire avancer la modernité. On a, pour la première fois, parlé de la possibilité de transmettre des images à distance. »

L'émoi est créé.

Le moment ne peut être mieux choisi pour qu'Oscar suggère même la construction de trains souterrains qui, comme à New York et à Paris, relieraient les points stratégiques de la ville. Quatre personnes seulement trouvent cette dernière proposition intéressante : le maire, l'échevin Bélanger, l'échevin Fraser, de Watson & Foster, et Marius Dufresne. « L'idée est trop avant-gardiste pour la majorité des gens. Elle va faire son chemin, ne t'en fais pas », commente ce dernier au sortir de la séance. Oscar s'en dit conscient et il ne regrette pas d'avoir semé cette idée. Puis, il se retourne vers son frère dont le regard est demeuré assombri. « Jasmine, comment va-t-elle ?

– Sa santé s'améliore. Elle prévoit reprendre son travail la semaine prochaine.

– Ça ne te suffit pas, hein ? »

Marius pince les lèvres, fixe le bout de ses pieds, sans répondre.

« Tu ne perds pas espoir, quand même…

– Parfois, je me demande si c'est de l'aveuglement ou un espoir légitime.

– Elle accepte toujours de te rencontrer ?

– Oui, mais je sens qu'elle fait tout pour qu'on s'éloigne l'un de l'autre.

– Tu t'en détaches ?

– Au contraire. Je suis prêt à renoncer à bien des choses pour faire ma vie avec elle. À ma carrière d'ingénieur, même.

– Ne fais pas ça, Marius. Ça ne changerait rien au problème, tu le sais. »

La tête basse, Marius imprime les semelles de ses bottes dans la neige molle qui borde la rue. Les flocons tombent abondamment sur leurs épaules, poudrant aussi leurs chapeaux de feutre noir. Oscar est tiraillé. Il devrait offrir à son frère quelques moments d'écoute discrète, mais il craint que la conversation ne dévie. Marius n'est pas en état d'entendre les explications qu'il réclamait en septembre dernier.

« Tu as un peu de temps ? » trouve-t-il enfin le courage de dire.

Marius porte son regard d'abord sur sa montre, puis sur Oscar avant de décliner l'invitation.

« Même si je dors peu, depuis quelques mois, je ne te ferai pas veiller pour autant. De toute manière, t'as l'air crevé…

– Je voulais au moins t'annoncer qu'on a un projet pour toi, à la ville…

– Oh ! Je ne suis pas sûr d'être votre homme. »

Oscar est estomaqué. Il ne reconnaît pas le garçon ambitieux et rationnel qu'il a toujours connu.

« J'ai du temps demain après-midi. Ma réunion a été annulée. Je t'attends », dit Oscar en lui tapant sur l'épaule.

Marius hoche la tête. « Je vais voir si je peux me libérer… »

Oscar le regarde s'éloigner, prendre la direction non pas de son appartement, mais de celui de Jasmine, présume-t-il.

~

Malgré l'heure tardive, Marius n'a pas envie de rentrer chez lui. Il marche lentement jusqu'à l'appartement de celle qui a ce pouvoir de le porter au septième ciel comme de le faire descendre aux enfers. Miracle ! une lumière tamisée éclaire suffisamment le petit salon pour qu'il y discerne la silhouette de Jasmine. La crainte de l'offenser retient sa main alors qu'une envie folle de la serrer dans ses bras, ne serait-ce que le temps de lui redire « Je t'aime », lui colle le visage à la fenêtre de la porte. Vêtue de son déshabillé bordeaux, la chevelure éparse et les épaules recouvertes d'un châle noir, Jasmine, calée dans un coin du fauteuil, semble s'être endormie, un livre fort volumineux ouvert sur ses genoux. Marius retient son souffle, tourne délicatement la poignée de la porte. Elle cède. Les pentures crissent un peu, mais ne réveillent pas Jasmine. Marius retire ses bottes, son chapeau et son manteau dans un silence absolu. Sous ses pas, les planches de pin craquent. Marius s'arrête, observe sa bien-aimée à souhait. Quelques pas de plus et il pourrait la tenir dans ses bras, la porter sur le lit et la faire sienne pour la vie. Sans témoin, sans bénédiction d'alliances, mais avec le serment le plus indéniable que deux amants puissent se faire sur cette terre. Un pacte qui défie toute loi. Une fusion à longueur d'éternité.

De peur que le sentiment d'une présence n'éveille Jasmine et que, dans la pénombre, sa silhouette ne l'effraie, Marius s'accroupit sur ses talons. Sa main glisse vers le livre, qu'il lui retire doucement. En connaître le contenu lui indiquerait dans quel état d'esprit sa douce s'est endormie… Il y parvient. « *Le Cantique des cantiques* ? Mais qu'est-ce que c'est ça ? »

*Qu'il me baise des baisers de sa bouche*
*Tes amours sont délicieuses plus que le vin*
*L'arôme de tes parfums est exquis*
*Ton nom est une huile qui s'épanche*
*C'est pourquoi les jeunes filles t'aiment*
*Entraîne-moi sur tes pas. Courons !*

Marius relève la tête, porte son regard sur celle qui a lu ses lignes… en pensant à lui, croit-il. Il tourne la page.

*J'entends mon bien-aimé*
*Voici qu'il arrive*
*Sautant sur les montagnes*
*Bondissant sur les collines*

*Voilà qu'il se tient derrière notre mur*
*Il guette par la fenêtre*
*Il épie par le treillis.*

Sur la page suivante, il lit :

*Sur ma couche, la nuit, j'ai cherché*
*Celui que mon cœur aime.*
*Je l'ai cherché mais ne l'ai point trouvé.*

Saisi par la pertinence de ces mots, Marius regarde autour de lui, écoute. Personne. Aucun bruit. La curiosité l'emporte vers une autre page.

*Que tu es belle, ma bien-aimée,*
*Que tu es belle !*

*Tu me fais perdre le sens*
*Par un seul de tes regards*

« Que de fois je te les aurais répétés, ces mots, si tu ne me les avais interdits, Jasmine. Que d'autres encore tu n'as pas entendus de moi ! » voudrait lui dire Marius s'il était sûr de ne pas la rebuter. Les lui écrire serait-il plus acceptable ? Partir à l'instant ? Qu'elle ne sache jamais qu'il est venu ? Il doit d'abord trouver le titre de ce mystérieux livre. « La Bible ? Je n'aurais jamais cru ! »

Marius se relève doucement et doit vite détourner son regard de sa bien-aimée pour ne pas succomber à l'ardent désir de l'étreindre. Le verrou tourné délicatement, la porte refermée derrière lui, il pousse un soupir de soulagement. Jasmine dort toujours.

Maintes fois il se retourne avant de quitter la rue Boyce pour constater que le carré lumineux se dessine toujours sur la neige, devant l'appartement de Jasmine.

La chaleur tiède de sa chambre, le confort de son lit, l'heure tardive, tout est là pour favoriser un sommeil qui ne vient pas. Ce qu'il donnerait pour trouver dans sa bibliothèque ce fameux livre qui, richement relié, trônait dans celle de ses parents ! Dès demain, il ira, discrètement, l'en sortir et le rapportera chez lui. Du bloc-notes placé sur sa table de nuit, il prend une feuille et tente de transcrire ce qu'il a lu. Les mots s'enchevêtrent, se confondent... La sonnerie du téléphone le fait sursauter. Avec peine, il relève la tête, bouge ses bras et ses jambes engourdis, regarde l'heure, se secoue. « Ici, Marius Dufresne... Pardon ? Mais je rêve !

– Non, Marius. C'est moi qui ai fait un rêve. Un rêve très étrange, dit Jasmine. J'en suis tellement bouleversée.

– Raconte, ma chérie.

– Pas maintenant, Marius. Il est trop tard.

– Comment, trop tard ?

– Tu devrais être au bureau à cette heure-ci. C'est là que j'ai d'abord essayé de te joindre. Je me suis demandé si tu étais malade...

– C'est gentil de te préoccuper ainsi de moi, mais ne t'inquiète pas, j'ai tout simplement passé tout droit.

– Tant mieux ! Pourrais-tu venir me rejoindre vendredi après-midi, vers quatre heures, au Petit Café de la rue Sainte-Catherine ?

– Tu ne penses pas qu'il serait mieux que j'aille chez toi ?

– Non, Marius. Je t'attendrai là.

– Pourquoi pas ce soir ?

– Je ne pourrais pas. J'ai repris mon travail et j'en reviens complètement épuisée. Bonne journée, Marius. »

Trois jours à attendre cette rencontre ! Trois jours à imaginer tous les scénarios possibles, à redoubler d'effort pour se concentrer au travail, à tenter en vain de s'endormir. Au moins ce délai lui permettra-t-il de récupérer la Bible de ses parents et de la parcourir un peu.

Obsédé par les événements de cette nuit exceptionnelle, Marius allait oublier son rendez-vous avec Oscar. « Ça te convient toujours, vers deux heures ? lui demande ce dernier au téléphone.

– Je serai là, Oscar.

– Tu as une bien drôle de voix… Ça va ?

– Oui, oui. Je manque un peu de sommeil, c'est tout.

– Ça ne peut pas mieux tomber, j'ai de quoi te réveiller pour le reste de l'après-midi, mon cher. »

En d'autres circonstances, Marius se serait enthousiasmé. Mais il doit terminer une tâche fort délicate : examiner les plans et juger le travail de l'ingénieur Vanier, un collègue de l'École polytechnique chargé, depuis 1891, d'établir le plan d'urbanisation de la ville de Maisonneuve et d'en superviser l'exécution.

« Je vais être en retard d'une vingtaine de minutes. Je veux finaliser le dossier Vanier pour te le rapporter, explique-t-il à Oscar.

– Très bonne idée ! »

Accueilli avec une courtoisie et une chaleur tout à fait particulières, Marius se méfie. Non pas qu'Oscar se montre rarement cordial dans ses relations avec lui, mais il est d'un naturel plus réservé. Invité à le suivre dans son bureau, il est prié d'en fermer la porte. Il n'est pas aussitôt assis devant Oscar qu'il aperçoit, dans sa bibliothèque, le livre recherché : la Bible. « Serait-ce celle de mes parents ? » se demande-t-il, préoccupé de trouver une raison banale de la lui emprunter.

« Puis, qu'en dis-tu ? demande Oscar.

– De... ?

– Du travail de Vanier, voyons !

– Ah ! Bien sûr ! Un travail minutieux, honnête, professionnel.

– C'est tout ?

– Malheureusement, je ne comprends pas pourquoi il y a de si grands délais entre la présentation du plan d'un chantier et la mise en place de l'équipe de travail.

– Tu as mis le doigt sur le bobo, Marius. Notre maire se demandait si le fait que Vanier a des contrats avec plusieurs municipalités ne nuirait pas à la qualité de son travail pour nous.

– Vous n'allez quand même pas le congédier...

– Non, mais nous avons l'intention de le dégager d'une partie des contrats et de te les confier.

– Je n'aime pas damer le pion à quelqu'un d'autre, tu le sais, Oscar.

– Notre maire pense qu'en voyant l'évaluation que tu as faite de son travail Vanier le suggérera de lui-même.

– Je n'accepterai qu'à cette condition. De toute manière, le travail ne me manque pas chez Lacroix & Piché. »

Oscar hoche la tête.

« Il n'en reste pas moins, dit-il, qu'un poste à la ville de Maisonneuve t'apporterait beaucoup plus d'avantages... Sans compter que, si tu devenais l'ingénieur de la ville, nous pourrions réaliser nos projets plus facilement. »

Marius l'approuve d'un air distrait, les yeux fixés sur un rayon de la bibliothèque.

« Tu ne me sembles pas dans ton état normal, toi, aujourd'hui. Je me trompe ?

– Je te l'ai dit, ce matin. Je manque de sommeil.

– C'est ta belle Jasmine qui te travaille comme ça ? »

Sourd à la question de son frère, Marius se dirige vers la bibliothèque vitrée. « Tu verrouilles ces portes-là, maintenant, fait-il remarquer, contrarié, en tentant de les ouvrir.

– Par précaution, tout simplement. Il y a des livres rapportés d'Europe et des États-Unis qui valent cher. Pour moi, en tout cas. Tu aurais besoin desquels ?

– De deux ou trois, pour l'instant.

– Sers-toi », dit Oscar en lui tendant une clé.

Marius sort un livre que son frère n'aurait jamais cru lui voir entre les mains. « Depuis quand t'intéresses-tu à la Bible ?

– C'est ma blonde qui m'en a donné le goût », répond-il tout en prenant aussi deux ouvrages sur les jardins d'Angleterre.

Quelque peu réticent à le voir partir avec sa Bible, Oscar le prévient : « Prends-en bien soin. J'y tiens beaucoup. C'est celle que maman m'a donnée quelques semaines avant sa mort. »

Non moins ému que son frère, Marius tourne les pages au hasard, sans s'attarder au texte.

« J'aime bien en lire quelques passages chaque jour, avoue Oscar.

– Tu m'apprends ça ! réplique Marius, qui ne cache pas son étonnement.

– Vaudrait peut-être mieux que tu t'en procures une si jamais tu y trouvais un certain intérêt, toi aussi.

– Ça me surprendrait, mais je verrai. Je peux te l'emprunter pour quelques jours, au moins ?

– Si ça peut t'aider à prendre de bonnes décisions… »

Un appel téléphonique d'Alexandre Michaud interrompt leur conversation et semble inquiéter Oscar. Après avoir raccroché, celui-ci lâche : « Ça y est. Ce n'était pas une rumeur. »

Marius dépose ses trois livres sur la table de travail de son frère, disposé à l'écouter.

« Le Parti ouvrier a réussi à convaincre nos gens. Ils ont fondé un club.

– Qu'est-ce que tu crains ?

– Au nombre d'ouvriers concentrés à Maisonneuve, tu imagines la hausse des salaires qu'on devra supporter ? Je sais qu'une certaine augmentation serait justifiable, mais il faut s'attendre à de l'exagération de ce club, comme de bien d'autres. »

Profitant du silence de Marius, il poursuit : « Mais ce n'est pas ce que notre maire redoute le plus.

– Ah, non ?

– On sait que la majorité de nos citoyens est contre la construction de navires de guerre à Maisonneuve.

– Et toi ?

– En principe, moi non plus, je ne l'approuve pas, ce projet. Mais les retombées économiques seraient si avantageuses pour notre ville et nos familles ouvrières que je ne peux me prononcer contre l'avis du maire. »

Le vœu de la Canadian Vickers Ltd. était, depuis 1907, d'établir son usine le long de la rue Notre-Dame et d'aménager l'un des plus grands docks flottants du monde.

Le maire Michaud souhaite qu'Oscar aille rencontrer le président du Club ouvrier pour connaître ses intentions réelles et les moyens qu'il compte prendre pour les concrétiser.

« Je ne veux pas te mettre à la porte, mais j'aurais besoin de l'heure qui reste pour m'y préparer.

– Pas de faute ! » s'exclame Marius, heureux de récupérer quelques instants de solitude.

~

Oscar est sorti plus que rassuré de sa rencontre avec le président du Club ouvrier de Maisonneuve. Quelle ne fut pas sa surprise de découvrir que certains objectifs de ce club né du Parti ouvrier étaient plus que louables : la réduction des prix des billets de tramway pour les ouvriers et, plus encore, la création d'un bureau de placement ! En sa qualité d'échevin, Oscar a promis l'appui financier du conseil municipal. « Sur ce point, nous devançons bien des pays, l'Angleterre, entre autres », a ajouté le président, enchanté de l'accueil d'un des plus importants employeurs de Maisonneuve et, par surcroît, échevin de cette ville.

En route vers sa demeure, Oscar se réjouit du compte rendu qu'il fera à son maire et à ses collègues du conseil.

Marchant la tête haute dans la rue Sherbrooke, il s'arrête un instant, croyant reconnaître, devant lui, la dame qui accompagnait son père, l'automne dernier, dans un restaurant du Vieux-Montréal. Qu'elle emprunte la rue Jeanne-D'Arc, puis la petite ruelle qui débouche sur Pie-IX confirme ses soupçons. « À quelle porte va-t-elle sonner ? » se demande Oscar. Mais voilà que la dame poursuit sa promenade, nonchalamment, ne s'arrêtant nulle part. Le seuil de son domicile franchi, Oscar, le nez collé à la vitre de la porte, aperçoit son père qui, élégamment vêtu, va rejoindre la promeneuse et file avec elle vers la rue Ontario.

« Qu'est-ce que tu surveilles comme ça ? lui demande Alexandrine qui l'a entendu entrer.

– Ah ! Une personne que je croyais connaître.

– Pousse-toi un peu que je voie. Ah ! Mais je te gage que c'est la dame qui ne lâchait pas ton père à Yamachiche, en septembre dernier. Je reconnais sa démarche et sa corpulence.

– Tu crois ?

– Ça ne m'étonnerait pas que ton père pense à refaire sa vie. Pauvre Cécile !

– Je ne comprends pas…

– Tu sais bien que ça va être un dur coup pour elle que de voir une autre femme prendre la place de sa mère.

– Ce serait peut-être bon qu'on la prépare », suggère Oscar, souriant à cette éventualité.

Marius envisage l'avenir avec une appréhension que l'approche de son rendez-vous avec Jasmine intensifie. L'anxiété, qu'il a peine à dominer, a raison de son amour-propre quand il se décide à téléphoner à Oscar à son bureau. Ce faisant, il sait qu'il devra lui avouer son intrusion au domicile de Jasmine, quitte à subir des reproches. « C'était plus fort que moi, explique Marius. Il me semble qu'il n'y a pas un homme qui aime une femme comme j'aime Jasmine qui ne pourrait comprendre ça. »

Le silence d'Oscar au bout du fil en dit long sur son passé amoureux. Comment ne pas revivre, en écoutant ces aveux, les scènes déchirantes de sa rupture avec Colombe ? pense l'aîné. Comment ne pas craindre semblable dénouement en apprenant que Jasmine cherche une consolation dans les Saintes Écritures ? Comment ne pas présumer que, à l'instar de Colombe, un conseiller spirituel lui indiquera la route du couvent ? « Quelle étrange coïncidence, se dit-il, ne trouvant pas les paroles pour réconforter son frère. Faut-il toujours vivre d'abord les déchirures dans l'expérience amoureuse ou si c'est le sort de notre famille ? » Oscar se ressaisit. « Je comprends pourquoi tu voulais m'emprunter ma Bible, mardi.

– Si tu savais ce qu'elle lisait… »

La curiosité d'Oscar est piquée au vif. Marius lui fait la lecture des passages les plus impressionnants.

Oscar est médusé.

« Es-tu toujours là ? demande Marius.

– Oui, oui, je t'écoute.

– Je ne sais pas quoi en conclure.

– Je t'avoue que je ne saurais quoi en penser, moi non plus. Mais si tu veux mon avis, vaut mieux souffrir dans la connaissance que dans l'ignorance. Je vais demander à notre mère de te venir en aide », dit-il avant de raccrocher le combiné.

Espérant avoir procuré un peu de sérénité à son frère, Oscar tente de se distraire du trouble qui l'habite en feuilletant les journaux accumulés dans le panier depuis le début de la semaine. Que découvre-t-il à la deuxième page du *Canada* ? Olivar Asselin et Jules Fournier viennent de quitter *Le Devoir*. Il joint aussitôt son directeur qui, désolé, dit avoir tout fait pour concilier les deux clans qui s'étaient formés entre les modérés et les trop ardents. Bourassa en est d'autant plus déçu qu'il comptait sur la fidélité de son ami Asselin et sur les rentrées d'argent qu'il assurait au *Devoir*. « Le journal tiendra le coup même avec une équipe réduite », affirme-t-il. Oscar n'ose lui exprimer son avis. Il considère qu'après seulement deux mois d'existence du quotidien ces démissions ne sont pas de bon augure. Aussi se félicite-t-il d'avoir refusé de compter parmi les premiers administrateurs.

Le lendemain, jour J pour Marius. Il n'est que trois heures, et personne, à son appartement, ne répond au téléphone. Oscar aurait aimé lui souhaiter une bonne rencontre et tenter de récupérer sa Bible. Il ne s'est pas trompé en présumant que son frère était déjà parti à la rencontre de Jasmine.

Incapable de se concentrer sur quelque dossier que ce soit, Marius a cru judicieux de devancer Jasmine au café de la rue Sainte-Catherine. Il pense que sa démarche, son allure, son costume même pourraient lui donner des indices de la conclusion qu'elle tire du rêve qu'elle a fait. Avec une intention qu'il ne saurait définir, il a soigneusement transcrit des passages émouvants du *Cantique des cantiques* et a glissé les papiers dans une poche de son veston.

Marius a demandé la table placée tout près de la fenêtre qui donne sur la rue. Lorsqu'il décide de donner son nom au serveur, au cas où le téléphone sonnerait pour lui, il en a encore pour quinze minutes à attendre. Pour se distraire, il se fait servir un thé. À quatre heures deux minutes, il commence à s'inquiéter. « J'aurais peut-être dû rester au bureau, tout à coup qu'elle a essayé de me joindre… pour me dire qu'elle souhaitait que je me rende chez elle. Ou pour changer de restaurant. Ou pour remettre le rendez-vous. Pourvu que ce ne soit pas pour l'annuler. » Marius résiste difficilement à la tentation de téléphoner chez Jasmine. Il se donne encore dix minutes, question de se montrer calme et digne. Tenant d'une main le sucrier au couvercle métallique, il y vérifie l'état de sa chevelure, la lisse de quelques petits coups de peigne et ajuste le col de sa chemise… sous le regard amusé de Jasmine. Il va pour s'élancer vers elle lorsque, d'un geste de la main, elle lui fait signe de demeurer assis. « Ne rien brusquer », se répète Marius, non moins contrarié.

« Je suis un peu en retard. Je n'avais pas remarqué que je ne peux pas marcher aussi vite qu'avant quand il fait froid, dit-elle en retirant son chapeau de feutre marine et ses gants de cuir fin.

– Tu as l'air gelée », observe Marius, osant timidement presser les mains rougies dans les siennes.

Jasmine ne s'y prête qu'un court instant. Le peu d'intérêt qu'elle porte à Marius et l'empressement qu'elle met à fouiller dans son sac à main témoignent d'un inconfort réel. « Il faut que je le retrouve », dit-elle, avant de sortir enfin un papier plié en quatre. Marius la regarde, perplexe.

« J'ai écrit mon rêve, explique-t-elle, pour être sûre de me souvenir de tous les détails. »

Marius ne reconnaît pas sa Jasmine d'avant l'opération. Une tristesse profonde l'assaille.

Repoussant de la main les mèches blond châtain qui frôlent sa joue, tout de go elle raconte : « C'était la nuit. J'étais comme dans une grande prairie et tu es arrivé, tout à coup. »

Elle pose enfin son regard sur lui, le temps de deux ou trois phrases.

« Tu avais la tête d'un homme, mais le corps d'une gazelle. Tu étais très lumineux. De grands rayons dorés s'échappaient de toi. Quand l'un d'eux me touchait, il m'apportait une douce chaleur, mais je ne pouvais pas la supporter très longtemps, elle m'aurait brûlée. »

Tournant et retournant un cure-dent entre ses doigts, Marius l'écoute, avide de mots, d'expressions, de signes.

« Tes yeux et ton sourire étaient si beaux ! Ils m'attiraient comme des aimants. »

La voix de Jasmine faiblit.

« Chaque fois que j'essayais de m'approcher de… de cet être, il disparaissait comme un fantôme pour réapparaître plus loin ou derrière moi. Je m'épuisais à vouloir le toucher, le… »

Des larmes gonflent ses paupières. Elle replie son papier, mais le garde dans sa main.

« Tu ne lis pas le reste ? » demande Marius d'une voix à peine audible.

Jasmine secoue la tête. « Ce n'est pas important, parvient-elle à articuler, la voix étranglée par l'émotion.

– Mais ce n'est qu'un rêve, Jasmine.

– Il est trop différent de tous ceux que j'ai faits dans ma vie pour que je le prenne à la légère, riposte-t-elle, reprenant la maîtrise d'elle-même.

– Tu as beaucoup lu pendant ta convalescence… Ce n'est probablement qu'un mélange de tout ça qui revient dans ton sommeil.

– Je ne crois pas, Marius. Ce rêve ne m'a pas quittée depuis…

– Puis ?

– J'aimerais que tu y réfléchisses, toi aussi, dit-elle en poussant le papier vers lui. J'ai le sentiment qu'il nous apporte un message. »

Marius la regarde, stupéfait.

« Je serais curieux de savoir quelle sorte de gens tu fréquentes, ces temps-ci. Ils te mettent de drôles d'idées dans la tête… »

Vexée, Jasmine a quitté sa chaise et replace son chapeau, prête à partir.

« Les gens que je fréquente ? Je sors de chez moi pour me rendre à mon travail et quand j'en reviens, je suis si épuisée que je… »

Sa lèvre inférieure tremble, son regard est devenu terne. Elle lui tourne le dos.

Marius regrette de l'avoir blessée. Il s'élance vers elle, l'enlace avant que le moindre raisonnement ne le lui interdise. « Non, Jasmine ! la supplie-t-il, ne pars pas comme ça. »

La jeune femme sanglote dans ses bras, sous les regards ébahis des clients attablés. Marius la sent conquise. Il en tremble de bonheur.

« Ma douce Jasmine. Viens. Sortons. »

Marius glisse un bras autour de la taille de Jasmine et la conduit à son appartement, d'où ils ne sortiront que le lendemain, en matinée, pour exaucer un grand souhait de Jasmine. En l'honneur de la fête de saint

Joseph et à l'instigation d'un religieux pour le moins marginal, des centaines de personnes se rendent au petit oratoire de bois qu'il a construit, avec des admirateurs, sur le mont Royal et qu'il a agrandi au cours des deux dernières années. Si l'on en croit les rumeurs, ce religieux de la congrégation de Sainte-Croix accomplirait des miracles avec son « huile de saint Joseph ». C'est là que souhaiterait donc se rendre Jasmine.

Sous un ciel clément, Marius accompagne sa bien-aimée à la messe du 19 mars. « Tu remarqueras le portier. C'est lui, Alfred Bessette, de Saint-Grégoire d'Iberville, qui est devenu le frère André et à qui les gens vont demander des faveurs », dit-elle. Sur la trame sonore du glissement des patins sur la neige durcie se détachent les paroles de Jasmine. Des paroles qui se veulent convaincantes. « Tu savais que ce religieux est né la même année que ta mère ?

– Pas du tout.

– Que, parce qu'il savait à peine lire et écrire, il a cherché du travail dans les usines américaines et exercé pas moins de sept ou huit métiers pour gagner sa vie ?

– Jusqu'à quel âge ?

– Jusqu'à l'âge de vingt-cinq ans. C'est à ce moment qu'il a été accepté chez les frères.

– Je ne fais pas le lien avec son engouement pour saint Joseph et son histoire d'huile miraculeuse.

– Il attribue à saint Joseph le fait que, malgré sa santé très fragile, il a pu devenir religieux. Il aurait reçu de lui un don de guérison.

– Tu ne vas pas me dire qu'il fait des miracles, quand même ! s'exclame Marius, sur le point de se désintéresser de cette histoire.

– Libre à qui veut de le croire ou de s'en moquer, réplique Jasmine. Attends de le voir, au moins.

– Excuse-moi, ma chérie. Il m'arrive de faire l'incrédule.

– J'aime te l'entendre dire », riposte Jasmine, rieuse.

Le petit oratoire du frère André est plein à craquer avant même que l'office religieux commence. À l'*Ite, missa est*, plus de cent personnes font la file pour obtenir du frère André secours, guérison ou réconfort moral. Jasmine observe Marius. Il est troublé de voir la joie sur le visage des gens qui sont passés les premiers, et il ne s'en cache pas.

Les quelques heures que les amoureux s'accordent encore avant de se quitter sont empreintes d'une infinie tendresse. De cette rencontre, Marius sort intrigué et Jasmine, satisfaite.

~

« Au bonheur et à l'amour retrouvés ! » s'exclame Oscar, un mercredi soir d'avril, avant de partager le repas familial.

La Bible de Victoire à la main, Marius est venu au bureau de son frère lui annoncer la reconquête de Jasmine. Oscar en est si heureux qu'il propose, geste rarissime, de prendre un verre à la santé des amoureux.

« Si tu veux, mais rien de trop fort. Tu sais que je n'en ai pas l'habitude. »

En attendant que sa boisson lui soit servie, Marius cherche l'endroit où il a placé un signet dans la Bible. « Avais-tu remarqué qu'il y a des annotations à certaines pages ? » demande-t-il.

Oscar fige sur place, un verre à moitié rempli à la main.

« Où ça ? demande-t-il, feignant de l'ignorer.

– À plusieurs endroits du *Cantique des cantiques*, entre autres. Regarde, dit Marius en plaçant le livre ouvert sous le nez d'Oscar.

– Bien oui, je n'avais pas vu, trouve-t-il à répondre, confus.

– Comme ça, ce n'est pas toi qui les as écrites…

– Oh, non !

– Il me semblait que ce n'était pas ton écriture, aussi. Ni dans un cas ni dans l'autre. »

Espérant qu'il refermera ce livre sous peu, Oscar se montre indifférent à la chose et il entraîne son frère vers les deux fauteuils placés près de la fenêtre. Peine perdue.

« On dirait que celle-là est l'écriture de maman, tu ne trouves pas ?

– Ça m'étonnerait…

– Regarde bien, insiste Marius en collant son fauteuil à celui d'Oscar.

– Je ne pourrais pas jurer.

– Ce qui est étrange, c'est qu'on croirait que deux personnes s'écrivaient. »

Oscar affiche une moue sceptique et un battement des paupières désapprobateur. Marius n'en tient pas compte et souligne, de son index, un passage « d'une beauté exemplaire », dit-il. Il le lit à voix haute : « *Elle est un jardin bien clos, ma sœur, ma fiancée ; un jardin bien clos, une source scellée.* »

Et, rapprochant le livre d'Oscar, il poursuit : « Regarde ici ce qui est écrit : *Quand me donneras-tu la clé qui me permettra de le visiter ?* Tu connais cette écriture, toi ?

– Vraiment pas ! Cette Bible a pu appartenir à quelqu'un d'autre qui l'aurait donnée à notre mère », allègue Oscar, soulagé d'avoir enfin trouvé une explication valable.

Marius fronce les sourcils, retourne aux premières pages et réplique : « Je ne pense pas, elle a été éditée en 1852. Puis, c'est notre tante religieuse qui l'avait offerte à maman pour sa première communion. Regarde !

– C'était la mode. »

Oscar s'est levé et va vers le téléphone pour prévenir son épouse : « Dans cinq minutes, au plus tard, on sera là. Ça te convient ? »

Tout dans l'attitude d'Oscar indique un malaise que Marius ne s'explique pas.

« J'ai le temps de te montrer un autre passage, dit ce dernier pour confirmer ses soupçons. Écoute : *J'ai ouvert à mon bien-aimé, mais, tournant le dos, il avait disparu ! Sa fuite m'a fait rendre l'âme. Je l'ai cherché, mais ne l'ai point trouvé. Je l'ai appelé, mais il n'a pas répondu ! Si vous trouvez mon bien-aimé, que lui déclarez-vous ? Que je suis malade d'amour.* On lit deux dates à côté, précise Marius : mai 1865 et décembre 1882. L'écriture des lettres et des chiffres ressemble trop à celle de maman pour que…

– Pas si évident ! l'interrompt Oscar.

– J'ai comparé avec des billets qu'elle me laissait souvent dans ma chambre… »

Oscar hoche la tête, impatient de clore le sujet.

« Il ne faudrait pas faire attendre Laurette plus longtemps, prétexte-t-il en retirant le livre des mains de son frère. Elle est toujours bien en appétit, le soir.

– Dommage que tu ne veuilles pas me la prêter plus longtemps, ta Bible. À moins que je t'en trouve une autre… Une neuve, peut-être, suggère-t-il.

– C'est bien plus simple si tu t'en achètes une à toi. Puis, parle-moi donc de ta visite à la chapelle du frère André », réclame Oscar, chemin faisant vers son domicile.

La conversation se poursuit jusqu'à la salle à manger d'Oscar et suscite un vif intérêt chez Alexandrine, qui affirme : « Il a guéri notre petite de la typhoïde. C'est Colombe qui m'avait recommandé d'aller le voir, tu te souviens, Oscar ?

– Vaguement, oui, répond-il, se sachant observé.

– Les médicaments n'ont sûrement pas nui. À mon avis, le frère André réfuterait la moitié des miracles qu'on lui attribue », dit Marius qui a toujours résisté à la confiance aveugle.

Alexandrine est offusquée.

« Tu aurais dû l'entendre parler de l'huile de saint Joseph que les gens prennent pour une huile miraculeuse, dit Marius.

– Il en disait quoi ?

– En résumé, il expliquait que ce n'était pas un médicament ni un remède mystérieux. Que c'était une huile végétale tout simplement. Qu'aucune force secrète capable d'opérer des guérisons ne s'y trouvait. Il a même ajouté que c'était de l'inconscience et de l'ignorance que de prétendre que cette huile pouvait prendre la place des prescriptions du médecin. »

Alexandrine lui adresse une moue de désapprobation.

« L'huile comme les médailles servent à faire penser au saint en qui on a confiance, c'est le frère André lui-même qui l'a dit, maintient Marius.

– Pourtant, je suis sûre que les miracles existent, réplique Alexandrine.

– Le frère André aussi croit aux miracles. Par contre, il a dit que c'est une intervention exceptionnelle dans la vie des hommes et qu'elle suppose une grande foi.

– Il me semblait aussi », marmonne Alexandrine.

Oscar confie éprouver une admiration particulière pour les gens qui, comme le frère André, font passer l'intégrité et l'humilité avant les honneurs.

« Ce ne serait pas que tu retrouves un peu de toi chez ces gens-là ? fait remarquer Marius.

– Je t'approuve », dit Alexandrine qui se tourne vers son mari, une flamme amoureuse dans le regard.

De peur que Marius ne profite de l'absence d'Alexandrine, occupée à mettre l'enfant au lit, pour revenir sur les annotations trouvées dans la Bible, Oscar propose quelques parties de billard.

« Tu t'es enfin acheté une table de *pool* ! » s'exclame Marius, passionné de ce jeu.

Minuit sonne quand les deux frères décident d'aller dormir.

~

La fièvre du printemps semble s'être emparée de Thomas. Il cumule les charges d'administrateur au sein de différents conseils d'administration, il a agrandi sa manufacture d'Acton Vale, engagé dix autres employés et il prend le train pour se rendre hors de la ville au moins une fois par semaine. Oscar et son épouse le croient amoureux. À l'occasion des dîners de famille du dimanche midi, ses fils, à l'instar de Romulus, le taquin de la famille, ne ménagent pas leurs allusions et badineries sur le sujet. Thomas n'en a que faire, prenant plaisir à jouer avec ses petits-enfants, à les taquiner ou à bercer celui qui a sommeil. Loin de suivre l'exemple des garçons, Cécile et Marie-Ange tentent chaque fois de faire dévier la conversation. En leur présence, Nativa et Laura se montrent réservées.

Une semblable ferveur printanière, mais à saveur politique celle-là, passe dans les discours d'Henri Bourassa qui, après avoir réclamé le rappel de la loi de Laurier sur la politique navale, est demandé à Saint-Eustache pour y expliquer la position des nationalistes. Bourassa attaque le premier ministre du pays avec une férocité sans égale devant une foule délirante. Comme si ce n'était pas suffisant, il écrit dans *Le Devoir* : « *En arrivant à la porte du paradis, la première démarche de M. Laurier sera de proposer un compromis honorable entre Dieu et Satan.* »

Le sarcasme choque les libéraux et leurs chefs, et le clergé est d'autant plus inquiet qu'à l'automne un événement historique de grande envergure se tiendra à Montréal. Sous prétexte de visiter les locaux du journal, des curés, mandatés par M^gr^ Bruchési, ami fidèle de Laurier, rendent visite à Bourassa et lui laissent entendre que le Congrès eucharistique qu'ils sont à préparer pourrait marquer un grand moment dans l'histoire du *Devoir.* Connaissant l'indéniable influence de ce grand orateur sur leurs ouailles, ils lui offrent l'insigne honneur de prononcer un discours à cette occasion.

« On a décidé pour moi du thème de ce discours, j'imagine ?

– Il devra porter sur la religion et la langue », répond le plus brave des délégués.

Craignant son refus, les prêtres promettent d'inciter tous les fidèles à acheter *Le Devoir.*

« Qui d'autre prendra la parole à l'église Notre-Dame ? demande Bourassa.

– Mgr Francis Bourne, archevêque de Westminster, vous précédera. »

Le regard du député-journaliste s'illumine. Les émissaires assurent leur évêque de ses bonnes dispositions.

Dès la semaine suivante, les abonnements au journal se multiplient. « Ces hommes sont des gens de parole », conclut Bourassa.

~

Oscar se sent alourdi par la mission que Marie-Ange lui a confiée. L'urgence de s'en acquitter s'affirme, mais le courage lui manque. Il est bien conscient des prétextes qu'il se donne pour en retarder le moment. Cette fois, c'est la crainte que son frère se soit mépris sur les intentions de Jasmine et que celle-ci refuse de l'épouser qui l'excuse d'attendre encore un peu.

Si Oscar a pu mentir sans regret au sujet des annotations de la Bible, il ne saurait prendre cette liberté face au secret de famille. Penché sur d'autres passages crayonnés du *Cantique des cantiques*, en attendant l'arrivée de Donat, il les analyse pour la nième fois, doutant de moins en moins de l'identité des auteurs.

On frappe à la porte. Il se lève pour accueillir son frère, mais voilà que c'est un messager qui lui tend un télégramme. En provenance de la France. Surpris, Oscar en prend connaissance.

*Cher ami Stop Mes collections sont exposées à Montréal Stop Arrive à la gare soir du 17 juin Stop J'ai très hâte de te revoir Stop Colombe Stop*

On frappe de nouveau à la porte. Oscar a tout juste le temps de glisser le télégramme dans sa Bible et de la ranger dans sa bibliothèque.

Donat, toujours courtois, semble particulièrement intimidé. Son épouse doit accoucher de son troisième enfant en août et il aimerait assurer de meilleurs revenus à sa famille : « Si tu pouvais m'avancer trois ou quatre mille piastres, j'achèterais une petite ferme, rue Bennett.

– Est-ce que ça veut dire qu'on ne pourrait plus compter sur toi comme chauffeur ?

– Je peux facilement faire les deux. Puis, ma femme est prête à m'aider. »

Oscar n'a pas oublié la promesse faite par ses parents de ne jamais laisser les descendants de Ferdinand Dufresne dans le besoin. Sans plus de questions, il signe un chèque de quatre mille dollars, qu'il présente à Donat avec comme seule exigence : « Tu me les remettras quand tu seras capable.

– J'ai prévu te donner vingt-cinq piastres par mois.

– Attends donc un an, au moins. Je ne voudrais surtout pas que tu prives ta femme et tes enfants. Au pire, t'auras eu ton héritage de mon vivant.

– Tu ne peux t'imaginer comme Régina va être contente. Mille mercis, le cousin », dit Donat en lui donnant une généreuse poignée de main.

De nouveau seul dans son bureau, Oscar ouvre son agenda au troisième samedi de juin pour y inscrire la visite de Colombe. Il note : « Arrivée d'un client de France. » L'agenda refermé, il n'a pas pour autant trouvé la tranquillité d'esprit. La possibilité que Marie-Ange soit au courant de la visite de Colombe l'inquiète. Si tel est le cas, une étincelle de bonheur devrait briller dans ses yeux. Histoire d'aller cueillir quelques fleurs pour Alexandrine dans la serre de Thomas, il s'y rend avant d'entrer chez lui. Ni son père ni sa sœur ne sont revenus d'Acton Vale.

« Je suis contente de te voir, Oscar. Comment vas-tu ? lui demande Marie-Ange, des plus courtoises et sans tristesse.

– Bien, Marie-Ange. Bien. »

Plantée devant lui, la servante scrute pendant un moment son regard. Et tout de go, elle conclut :

« C'est donc que tu apprends à vivre avec le fardeau… Tu ne sais pas comme ça me soulage.

– Apprendre à vivre, c'est vite dit.

– Pourquoi ne pas profiter de ces minutes où on est seuls pour s'en parler calmement ? »

Oscar fronce les sourcils, ne sachant que répondre.

« Viens dans la verrière. À cette heure-ci, le soleil y jette une lumière rosée. Ta mère aimait beaucoup venir s'y reposer en attendant le souper, dit-elle, le regard nostalgique. J'apporte des limonades. »

Marie-Ange se montre si affable qu'Oscar exauce ses désirs.

« Tu comptes lui en parler bientôt ? demande-t-elle en lui présentant son verre.

– J'y ai bien réfléchi, Marie-Ange. Je ne crois pas qu'il soit nécessaire de dévoiler cette histoire. C'est vous qui avez promis, pas moi.

– Je sais, mais je t'ai expliqué dans ma lettre pourquoi c'était important de respecter les volontés de ta mère et pourquoi tu es la personne la mieux placée pour le faire.

– Et si je décidais qu'il vaut mieux que ça reste entre nous deux ? »

Marie-Ange pince les lèvres et fixe un rosier en floraison. Les doigts de sa main droite frottent sa main gauche nerveusement.

« N'oublie pas, finit-elle par dire sur un ton affable, qu'on n'est pas seuls à savoir… Donat, sa femme et peut-être même d'autres personnes qu'on ne soupçonne pas. Ça risque de sortir n'importe quand et n'importe comment et devant n'importe qui. Peut-être même devant les personnes qu'on voudrait le plus protéger… »

Oscar ne peut nier la pertinence de cette remarque.

« Il n'y a pas que ça, Oscar. Je te connais trop bien pour savoir que tu ne pourrais, sans remords, aller à l'encontre d'une des dernières volontés de ta mère. Surtout quand on sait quelle affection vous aviez l'un pour l'autre. »

Oscar demeure muet.

« Pour ta mère non plus, ça n'a pas été facile de vivre avec le serment qu'elle avait fait à ton grand-père avant qu'il meure dans ses bras. J'étais là avec elle, après une soirée de fête passée avec mes amies. Que j'ai regretté ma sortie en apprenant qu'elle était seule avec les enfants quand il a fait sa crise cardiaque. Toi, tu venais juste de repartir pour Montréal avec ta tante Georgiana.

Je n'ai oublié aucun instant de cette soirée et de la nuit qui a suivi. Je vois encore ta mère, inconsolable, penchée sur le berceau de sa petite Cécile qui dormait à poings fermés. Elle n'avait que six semaines. J'avais le cœur broyé en pensant à toi qui avait eu tant de mal à quitter ton grand-père, la veille. À ta tante Georgiana aussi, qui était veuve depuis moins d'un an, sur le point de mettre au monde un fils qui ne connaîtrait jamais son père. Je n'avais jamais vécu pareille désolation. »

Oscar sent sa gorge se serrer.

« Ça faisait presque douze ans que je vivais avec tout ce monde-là dans la maison de ton grand-père Dufresne. Si j'en ai vu et entendu des choses ! »

C'est un regard suspicieux qu'il lui lance maintenant.

« L'idée et parfois le besoin d'écrire ces souvenirs me sont souvent venus, mais la peur que quelqu'un trouve mes papiers m'en a toujours empêchée. Je le ferai peut-être quand je ne travaillerai plus pour ton père.

– Ce n'est pas pour bientôt, je crois.

– Oh ! Ça pourrait arriver plus vite que tu penses.

– Ce n'est sûrement pas papa qui vous mettrait à la porte.

– Il n'aura peut-être pas le choix, dit-elle, mystérieuse.

– Vous avez l'intention de partir ?

– Je ne supporterais pas une seule journée de faire ombrage à une autre femme. »

Oscar comprend son allusion et préfère ne pas répliquer. S'informe-t-il de Cécile qu'elle saisit l'occasion de faire de même au sujet de Marius qui, depuis leur dernière discussion, met rarement les pieds à la maison familiale. D'apprendre que ses amours sont reprises avec Jasmine la réjouit.

Craignant que Marie-Ange ne se fasse plus insistante, il annonce son départ : « Je dois y aller si je ne veux pas que mes fleurs soient fanées avant que j'aie eu le temps de les offrir à Alexandrine.

– Tu me promets de ne pas trop retarder ?...

– Je vais essayer, Marie-Ange. »

La rencontre ne l'a pas éclairé au sujet de la visite de Colombe, mais Oscar ne la regrette nullement.

Son regard se pose sur la gerbe de fleurs qu'il transporte avec soin et sa pensée va vers sa mère. « Mais qui était donc cette femme ? Comment expliquer qu'elle ait vécu en marge non seulement des mœurs sociales, mais aussi des préceptes religieux ? » se demande-t-il. Oscar se promet de retourner voir Marie-Ange, la seule qui puisse lui en apprendre davantage au sujet de sa mère.

L'accueil d'Alexandrine est courtois, sans plus, occupée qu'elle est auprès de sa fille. Oscar en profite pour feuilleter quelques journaux de la semaine en attendant de passer à table. « Quelle coïncidence ! » se dit-il en lisant qu'une femme est en voie de devenir la première francophone du Québec à obtenir un baccalauréat ès arts. Que ce soit Marie Gérin-Lajoie ne l'étonne pas. Il déplore que Victoire ne soit plus là pour féliciter la petite-fille de son amie Marie-Louise Lacoste. Revient à sa mémoire le discours que la mère de Marie a tenu au château Ramezay, en avril 1900, émerveillant Victoire, inquiétant Marie-Louise et choquant nombre de personnalités antiféministes. Il est difficile pour Oscar d'oublier que c'est peu après cette conférence qu'il a appris que, souffrant d'une maladie « mystérieuse », Colombe rompait leurs fiançailles et renonçait à l'épouser. La blessure a été si profonde qu'Oscar a cru ne jamais s'en remettre. Était-elle à la mesure de son amour ? L'affirmer l'amènerait à douter qu'il en éprouve autant pour Alexandrine. Mais il se ressaisit, tenté de croire qu'on ne vit qu'une fois le grand amour, mais qu'on peut aimer différemment mais non moins honorablement. Devant l'imminente visite de Colombe, il sent le besoin de se redire son attachement pour Alexandrine, de se remémorer les bonheurs qu'elle lui a fait vivre et d'apprécier sa fidélité. Pour mieux s'en habiter, il se rappelle les chagrins et les déceptions que Colombe lui a causés. Oscar prend la résolution d'exprimer plus d'affection à son épouse, de la complimenter plus souvent et d'accorder moins d'importance aux défauts qu'il lui reproche par ses silences et ses absences. Pour ne plus lui garder rancune pour ses toquades, il doit accepter de lui donner encore du temps.

Ce soir-là, à Marius qui lui demande, taquin, en sortant d'une réunion : « Serais-tu retombé en amour avec Alexandrine pour être si pressé de rentrer chez toi ? » Oscar répond en souriant :

« Qu'est-ce qui te fait dire ça ?

– Ton attitude. On dirait même que tu lui as tout pardonné…

– Elle a droit au pardon comme tout être humain, non ? Puis de te voir si éperdument amoureux, si attentionné auprès de Jasmine est inspirant.

– Il n'y a pas que moi, sur ce plan, qui te donne le bon exemple, réplique Marius, non moins rieur. Candide et Romulus, puis le cousin Donat… Je pourrais t'en faire toute une liste. »

Oscar salue son frère de la main et se précipite vers sa demeure. Il s'est promis d'être entièrement présent lorsque Alexandrine l'embrassera à son arrivée. Quand elle lui racontera les exploits de sa fille dans les moindres détails. Chaque fois qu'elle interrompra sa lecture des journaux et revues. Plus présent dans le quotidien, plus affectueux dans l'intimité, tel est son programme.

Les jours et les semaines s'additionnent, tout à l'avantage d'Oscar et de sa petite famille. L'émerveillement et la gratitude d'Alexandrine lui valent les meilleures récompenses.

Ce climat d'harmonie, qui imprègne la vie de toute la famille Dufresne, semble vouloir dominer à la direction de Maisonneuve. Le conseil de ville a été autorisé à emprunter cinquante mille dollars pour l'achat du terrain, la construction et l'ameublement de l'hôtel de ville, et ce projet entre dans sa deuxième phase. Le 1er juin, la Ville achète dix lots de Watson Foster and Co., pour un peu moins que treize mille dollars. Les premiers contrats sont accordés pour la construction de l'édifice conformément au plan tracé par l'architecte Cajetan Dufort. La surveillance des travaux est confiée à Marius Dufresne. Trois jours plus tard, le gouvernement provincial approuve officiellement le projet de construction du parc de Maisonneuve tel qu'il a été présenté par les frères Dufresne et le maire Michaud. La loi promulguée ce 4 juin 1910 autorise le conseil de ville de Maisonneuve *à acquérir et maintenir à perpétuité un parc public dans les limites de la ville, pourvu que le conseil ne puisse payer, pour le lopin de terre, un prix excédant quinze centins par pied superficiaire. Lors de cette acquisition, la ville de Maisonneuve paiera, de plus, au même prix, à tout propriétaire de terrains riverains ou voisins de rues ou parties de rues enclavées dans ou longeant tel lopin de terre, la portion excédant soixante-dix pieds de largeur desdites rues ou parties de rues formant originairement partie desdits terrains cédés à la ville.*

*L'autorisation ci-dessus devra, avant d'avoir force et effet, avoir été approuvée par le Lieutenant-Gouverneur en conseil.*

*Le conseil ne pourra aliéner aucune partie dudit parc pour qu'il y soit exercé des droits ou privilèges de quelque nature que ce soit.*

Cette loi plaît à la majorité des conseillers de Maisonneuve à qui, en vertu d'une charte qu'ils se sont donnée en 1909, est réservé le choix de la nature, des modes de gestion et de financement des grands travaux. Pour sa part, Oscar accepte difficilement qu'on prive ainsi les propriétaires de leur droit d'approbation ou de désapprobation. « Le conseil devra à lui seul essuyer tous les blâmes si nos projets échouent ou coûtent plus cher que prévu », fait-il valoir devant le maire qui demeure inflexible. Oscar en mesure toute la responsabilité, alors que Marius, enthousiasmé par ces deux victoires, voit leurs rêves d'embellissement prendre forme de façon officielle. Le maire consent à ce que les énergies soient concentrées sur la construction de l'hôtel de ville au cours de l'été, mais il convainc son conseil de demander, dès septembre prochain, des soumissions pour l'achat du terrain prévu pour l'aménagement du parc dont rêvent les frères Dufresne. En sa récente qualité d'ingénieur-architecte-géomètre de la ville, Marius l'approuve sans la moindre réserve. « J'ai mon hôtel de ville, tu auras ton parc, dit-il à Oscar en sortant de cette assemblée.

– J'ai peur que notre maire aille un peu vite…

– Demander des soumissions ne veut pas dire commencer à creuser.

– C'est bien sûr.

– Tandis que j'y pense, Oscar, aurais-tu objection à me prêter ta Bible ? Je te promets de te la rendre demain soir.

– Qu'est-ce que t'as fait de celle que je t'ai offerte ?

– Je l'ai toujours, mais je voudrais retranscrire les annotations. »

Oscar est embarrassé. L'intérêt que son frère porte à ces notes l'inquiète.

« J'en ai parlé à Jasmine et elle aimerait les voir », explique Marius.

Comme il ne peut justifier un refus, Oscar consent et, pressé de retrouver son épouse, il ne s'attarde pas davantage à son bureau.

Marius ne souhaitait pas mieux et il se précipite au domicile de Jasmine. La lampe du salon allumée, la porte déverrouillée, Jasmine s'était assoupie dans son fauteuil. « Enfin, c'est toi, dit-elle, la voix un peu enrouée, en allant vers Marius. Que c'est long ces fameuses assemblées !

– Tu es fatiguée, ma belle. Veux-tu qu'on remette notre travail à demain soir ? »

Avant qu'elle ait le temps de répondre, il ajoute : « Je peux le faire tout seul aussi.

– Je préférerais… J'ai eu une bien grosse journée. »

Marius l'embrasse avec tant d'amour qu'elle en est émue aux larmes. « Je suis très fatiguée, ces temps-ci, explique-t-elle, désolée.

– Pourquoi ne prendrais-tu pas quelques jours de congé ? Je vais te laisser tout ton temps pour te reposer en fin de semaine, si tu veux. J'attendrai que tu m'appelles avant de venir te voir. »

Jasmine s'accroche à son cou avec une fébrilité inhabituelle.

« Tu es sûre que c'est rien que de la fatigue ? demande Marius. Tu me le dirais si tu étais malade ? »

Elle le lui confirme d'un signe de la tête, l'embrasse une dernière fois et l'accompagne jusqu'à la porte en prenant soin de lui remettre la Bible dans laquelle ils devaient transcrire les annotations ensemble.

Marius n'a pas fait dix pas dans la rue Boyce qu'il n'y a déjà plus de lumière au logis de sa bien-aimée.

Bien installé à sa table de cuisine, il n'a pas l'intention d'aller dormir avant d'avoir tout recopié. En ouvrant la Bible d'Oscar, quelle n'est pas sa surprise d'y trouver, entre les pages recherchées, un billet. « Ça ressemble à un télégramme », se dit-il. Le temps de s'en assurer, il en a lu le texte, conscient d'avoir malencontreusement commis une indiscrétion. Il est perplexe. Comment expliquer que Colombe soit sur le point d'arriver à Montréal et qu'il n'en ait nullement entendu parler ? Est-ce un hasard ou est-ce que son frère aîné est le seul à en avoir été avisé ? Si tel est le cas, Colombe serait-elle devenue menaçante pour le couple ? Marius déplore que ce papier lui soit tombé sous les yeux. L'affection et l'admiration qu'il éprouve pour son frère sont telles qu'il se reproche avec véhémence de douter de lui. Soudain lui viennent à l'esprit le voyage d'Oscar en Europe, l'automne dernier, ses raisons nébuleuses, son départ précipité. Marius s'interroge dès lors sur la relation apparemment plus affectueuse qu'Oscar entretient avec Alexandrine depuis quelques semaines. Depuis qu'il a reçu ce télégramme ? Peut-être bien. Et les notes manuscrites dans la Bible ? Si elles étaient de Colombe et d'Oscar ? Dans son appartement, Marius cherche des écrits de son frère, en trouve et les compare pour conclure que son écriture ressemble peu à celles qui apparaissent dans la Bible. La nuit avance et il doit se hâter de terminer ce travail s'il veut prendre quelques heures de sommeil.

Le lendemain, fatigué, troublé, Marius traite ses dossiers tant bien que mal, nerveux à la pensée de rendre à son frère le livre emprunté. Il est quatre heures quarante-cinq lorsqu'il téléphone à Oscar. « Qu'est-ce qu'il t'arrive de bon ? lui demande ce dernier, avec de l'enthousiasme à revendre.

– Avais-tu oublié que je devais te remettre ta Bible ce soir ?

– C'est bien vrai ! Mais je veux te dire que je viens tout juste d'apprendre une très bonne nouvelle de M. Bourassa...

– Qu'est-ce qu'il a bien pu t'annoncer de si réjouissant ?

– Lavergne vient de présenter un projet de loi qui, pour la première fois au Québec, impose l'usage du français et de l'anglais dans tous les documents fournis par des entreprises d'utilité publique.

– Qui est ce Lavergne ?

– Un avocat de formation, nationaliste invétéré, qui s'est signalé dès ses études secondaires par une intelligence à la mesure de sa verve et de son arrogance, comme dit mon ami Bourassa. Il semble qu'au Séminaire de Québec il aurait refusé d'apprendre l'anglais, au désespoir de Wilfrid Laurier.

– Je ne comprends pas en quoi ça regardait Laurier…

– Ce n'est pas d'aujourd'hui qu'on raconte qu'il serait son père biologique… Mais passons. Ce qui est remarquable chez le jeune Lavergne, c'est qu'il n'avait pas vingt ans qu'il participait déjà à des campagnes électorales. Pas étonnant qu'il soit devenu député libéral fédéral de Montmagny alors qu'il n'avait que vingt-trois ans. »

Oscar relate que, grand admirateur de Laurier, Armand Lavergne, fidèle à ses principes, a osé appuyer Henri Bourassa dans sa lutte pour préserver les droits des minorités françaises en Alberta et en Saskatchewan. Malgré l'affection que Laurier lui porte, il l'a expulsé du parti en janvier 1907. Militant-né, Lavergne a abandonné son mandat au fédéral et il s'est tourné vers la scène provinciale, où il a été élu, sous l'étiquette nationaliste, député de Montmagny dès l'année suivante. Lavergne approuve publiquement nombre de positions de Bourassa, dont le refus de participer à toute guerre qui se déroule en dehors du Canada, même quand il s'agit de la mère patrie. « Ce n'est pas dans les tranchées des Flandres que nous irons conquérir le droit de parler français en Ontario », a-t-il osé clamer.

« En plus, dit Oscar, Ottawa a voulu le traîner en cour pour haute trahison, jugeant qu'il méritait d'être fusillé.

– Ah ! fait Marius qui, l'esprit et le cœur bien loin de la cause Lavergne, est pressé d'en revenir au but de son appel.

– M. Bourassa est très fier de lui et on devrait tous l'être, ajoute Oscar.

– Tu as bien raison, mais dis-moi, Oscar, je peux aller te porter ton livre dans une dizaine de minutes au lieu de ce soir ? Je passerai vite, je suis débordé de travail.

– Pas d'offense, je manque de temps, moi aussi. »

Marius en soupçonne la cause : dans moins de trois jours, Colombe devrait être à Montréal. S'il avait vu Marie-Ange s'activer depuis le matin à faire reluire de propreté toutes les pièces de la maison, il aurait compris qu'on l'avait prévenue, elle aussi, de la visite de son amie de Paris. De fait, dans une lettre reçue la veille, Marie-Ange avait appris que Colombe apprécierait loger quelques jours au domicile familial des Dufresne et qu'elle lui réservait une bonne nouvelle. De tels événements étaient devenus si rares au cours des cinq dernières années que, même si Marie-Ange ne pouvait deviner la nature de cette nouvelle, elle en savourait déjà le plaisir. Préparer des plats, se rendre chez la coiffeuse après s'être acheté de nouveaux vêtements, c'était son programme du lendemain.

Thomas ne partage pas son enthousiasme, répétant qu'elle se fatigue outre mesure pour recevoir une personne qui a déjà vécu le quotidien dans la famille. « Je vais en profiter, lui annonce-t-il, pour me payer une petite fin de semaine à Trois-Rivières. Le programme des courses est des plus intéressants, allègue-t-il.

– Je vais recevoir la famille quand même, vous savez.

– Occupe-toi de ta visite, plutôt. J'ai averti les garçons…

– C'est trop de bonté, monsieur Thomas.

– Tu le mérites bien, Marie-Ange », dit-il affectueusement avant de lui donner l'accolade. Sa première.

Marie-Ange en reste le souffle coupé et le regarde s'éloigner. Thomas est frétillant comme un jeune cheval de course et Marie-Ange sourit à la vie. Pour la première fois depuis le départ de Victoire, constate-t-elle.

Oscar, de son côté, se demande comment il préviendra Alexandrine de la venue de Colombe. Il convient que l'achat de quelques pâtisseries, de friandises et de fruits confits constituera un bon préambule. Aux questions de son épouse, il répondra, le plus naturellement possible : « Je viens d'apprendre que Colombe est à Montréal. J'ai pensé qu'on pourrait l'inviter. »

En rentrant, il est surpris de trouver Alexandrine exténuée. « Mais qu'est-ce que t'as fait ?

– Marie-Ange m'a appris ce matin que de la grande visite nous arriverait de Paris demain. Il fallait bien que j'époussette mes bibelots. »

Jamais Alexandrine n'a consenti à ce que la femme de ménage touche à ses objets précieux. Oscar regrette d'autant plus ses achats qu'il ne peut les dissimuler. « Qu'est-ce que tu apportes là ? demande-t-elle en prenant ses sacs.

– De petites fantaisies…

– Tu savais que Colombe s'en venait, puis tu ne me l'as pas dit ?

– Je l'ai appris seulement aujourd'hui, moi aussi, trouve-t-il à répondre, aussitôt honteux de ce mensonge.

– Ah ! Je me demandais aussi pourquoi tu m'aurais caché ça.

– Je peux t'aider à quelque chose ?

– Non, ça va. Cécile a pris congé aujourd'hui ; je lui ai demandé de venir chercher Laurette en attendant le souper. Ça m'a permis de travailler tranquille.

– T'as l'intention de l'inviter, la Parisienne ? demande-t-il, l'air détaché.

– Tu ne penses pas que ça conviendrait ? Surtout que tu n'as pas eu la chance de lui remettre les photos quand tu es allé à Paris, l'automne dernier. »

Oscar est coincé.

« Quand aimerais-tu la recevoir ? demande-t-il à son épouse.

– Dimanche, pour le souper. Qu'est-ce que tu en penses ?

– C'est une bonne idée », répond-il, conscient qu'il est d'une importance capitale qu'il parle à Colombe avant qu'elle ne se présente devant Alexandrine.

A-t-elle mentionné l'heure précise de son arrivée ? Oscar ne s'en souvient plus. Pas plus qu'il ne se rappelle où il a rangé le télégramme.

« J'avais prévu régler quelques papiers avant lundi... Ça ne te dérangerait pas, ma chérie, si je traversais à mon bureau quand la petite sera au lit ?

– Je t'avouerai que ça m'arrange, Oscar. Je suis si fatiguée que je me coucherai en même temps qu'elle, si tu vas travailler. »

À peine passé huit heures, Oscar file vers son bureau. Il fouille en vain les endroits où il a l'habitude de ranger des papiers confidentiels. Il doit remonter le fil du temps pour se rappeler qu'il a glissé le télégramme dans sa Bible au moment de l'arrivée de Donat. Effectivement, il est là, entre des pages du *Cantique des cantiques.* Son soulagement fait vite place à l'embarras quand il se souvient d'avoir prêté sa Bible à Marius, qui n'a pu faire autrement que de le trouver. Comme il regrette de ne pas lui avoir appris la nouvelle, tout simplement. « Plus je lui cache de choses, plus je risque d'éveiller des soupçons injustifiés », pense-t-il. Le besoin de se libérer une fois pour toutes de tout ce qu'il porte de secret resurgit. « Après que Colombe sera repartie », se promet-il.

Comme le message ne précise pas l'heure d'arrivée du train en provenance de New York, Oscar s'empresse de téléphoner à la gare. « Vers dix heures », l'informe-t-on. Hésitation, trouble et détermination le harcèlent tour à tour. Oscar n'a pas le choix. Il doit aller accueillir son ex-fiancée à sa descente du train, chose qu'il s'est juré de ne pas faire, de peur que ce geste ne prête aux commentaires malveillants. Tout bien considéré, il doit prendre le risque. Par contre, il a la ferme intention de se montrer courtois mais distant et de ne prendre avec elle que le temps de s'entendre sur les propos à tenir en présence de la famille, et surtout d'Alexandrine. Reviennent à sa mémoire la visite surprise de Colombe à sa chambre d'hôtel, à Paris, et les sentiments qui l'ont troublé à certains moments de leur rencontre. « Il n'en sera pas ainsi cette fois », se dit-il, s'exerçant, tandis qu'il arpente le quai de la gare, à l'attitude détachée qu'il entend garder. Tout comme lui, d'autres personnes attendent l'arrivée du train. Une voix derrière lui tout à coup l'interpelle :

« Oscar ! Colombe ne m'avait pas dit que tu viendrais la chercher ! »

Surpris, il se tourne vers Marie-Ange dont il a reconnu la voix.

« Je trouvais gentil que quelqu'un l'accueille, bafouille-t-il, hébété.

– Dans ce cas, ce n'est peut-être pas nécessaire que Donat nous attende », dit-elle, cherchant son chauffeur des yeux.

Ce dernier se manifeste avant qu'Oscar ait trouvé comment se sortir de ce bourbier. « Ça ne peut pas mieux tomber ! s'exclame Donat. Régina ne va pas très bien et j'ai promis de revenir à la maison le plus vite possible. Merci, cher cousin. »

Oscar voudrait le retenir, mais pour lui dire quoi ? Ne doit-il pas absolument parler à Colombe, l'avertir de ce qu'elle doit dire, ou plutôt ne pas dire, devant la famille ?

« Tu me sembles nerveux, Oscar. C'est ma présence qui te déplaît ? » lui demande Marie-Ange.

Il hausse les sourcils, ne sachant quoi répondre.

« Je vous laisserais bien seuls, ajoute-t-elle, mais Colombe s'attend à ce que je vienne la chercher.

– Pour l'emmener où ?

– À la maison.

– Ah oui ?

– On dirait que ça aussi, ça te dérange. Ton attitude est pour le moins mystérieuse…

– S'il vous plaît, Marie-Ange, gronde Oscar, offusqué.

– Excuse-moi, Oscar. Je me suis mêlée de ce qui ne me regarde pas. Pour réparer ma gaffe, je te promets de ne dire à personne que tu es venu ici ce soir. »

Oscar la regarde, médusé. De nouveau piégé. Approuver son silence, c'est avouer des intentions ou des sentiments secrets. Dans le cas contraire, comment échapper aux doutes et aux questions d'Alexandrine ?

« Je vous en supplie, Marie-Ange, ne vous racontez pas d'histoire. Je suis venu pour lui parler, tout simplement », trouve-t-il à lui dire.

D'un geste de la tête, Marie-Ange lui fait savoir qu'elle comprend. « Tu pourras nous déposer à la maison… »

Le sifflement du train couvre les derniers mots de la servante, toute fébrile. Oscar se tient légèrement en retrait. Avant que le train s'immobilise, il aperçoit Colombe, debout devant la portière, toujours aussi coquette. Un large sourire illumine son visage. Soudain, l'étonnement. Elle vient d'apercevoir Oscar, qu'elle salue de la main en de petits gestes réservés. Il fait de même. À peine a-t-elle mis le pied sur le quai que Marie-Ange se jette dans ses bras. Les éclats de rire fusent. Les deux femmes se dirigent vers Oscar. « Mais quel honneur ! s'exclame Colombe en lui tendant la main. Je croyais que c'était Donat qui devait venir.

– On lui a donné congé, sa femme ne va pas très bien, explique Oscar, plus serein.

– Elle devrait accoucher au milieu de l'été », précise Marie-Ange.

Assises toutes deux sur la banquette arrière de la voiture d'Oscar Dufresne, les deux femmes se complimentent. « On ne te donnerait même pas quarante-cinq ans. On dirait que tu rajeunis, dit Colombe.

– On fait ce qu'on peut, même si on sait qu'on ne pourra jamais être aussi élégante que les Parisiennes.

– Si tu as la chance un jour de venir à Paris, tu verras qu'il y a beaucoup de pauvreté là aussi. N'est-ce pas, Oscar ?

– Malheureusement, oui. »

Oscar prête une oreille attentive à la conversation qu'elles tiennent sur le siège arrière. Il déplore que le bruit du moteur lui en fasse perdre des bribes. « Peut-être qu'elles font exprès », soupçonne-t-il.

Devant la maison de son père, Oscar va ouvrir la portière et aide Marie-Ange à descendre de la voiture, puis Colombe, qu'il retient par le bras. Marie-Ange, par discrétion, file vers l'entrée. Après quelques chuchotements à l'oreille de la visiteuse, Oscar la libère, mais non sans avoir déposé un baiser sur sa joue. Éberluée, Marie-Ange renonce à comprendre. Plus encore lorsqu'elle voit Oscar laisser les bagages de Colombe à la porte. « Il aurait pu les entrer dans le portique. Lui si galant d'habitude, fait-elle remarquer, mal à l'aise.

– Il est sûrement pressé de rentrer chez lui », dit Colombe, nullement offensée.

~

C'est déjà samedi. Soulagé, Oscar se glisse sous les couvertures. Colombe étant avertie de l'essentiel, il est certain de bien dormir. Or il est tout près de deux heures et il n'a pas encore fermé l'œil. Les paroles et les attitudes de Marie-Ange le préoccupent.

Au domicile voisin, ses valises déposées dans son ancienne chambre, Colombe ne semble pas pressée de s'y enfermer.

« Je brûle de la connaître, ta bonne nouvelle, lui avoue Marie-Ange, après une heure de conversation où il a été question des membres de la famille Dufresne, de leurs rêves, de leurs réussites et de leurs problèmes.

– Ma chère amie, si mes expositions vont bien ici et en Ontario, je prévois que, dans trois ans, peut-être même deux ans, je pourrai revenir m'installer à Montréal.

– Je pensais que tu préférais de beaucoup vivre à Paris, dit Marie-Ange pour cacher l'appréhension qui lui serre la gorge.

– J'aime bien Paris, mais je n'y suis pas allée seulement à cause de mon travail… Je sens que, maintenant, je peux vivre en paix avec mon passé, même ici. »

« Es-tu sûre qu'Oscar peut en faire autant ? » a envie de répliquer Marie-Ange, mais elle se retient.

« À ce moment-là, j'aurai presque quarante ans, continue Colombe. J'estime qu'il ne faut pas attendre trop tard…

– Pour faire quoi ? l'interrompt Marie-Ange.

– Pour se réhabituer… Pour ne pas vieillir loin des siens.

– Je comprends. Moi aussi, j'y songe.

– Ce n'est donc plus vrai que ta véritable famille est ici ?

– Ce ne l'est plus autant, en tout cas, depuis que M^me^ Victoire est partie.

– C'est à elle que tu étais le plus attachée…

– Il n'y a pas que ça. Je suis certaine que M. Thomas va refaire sa vie. Il y en a déjà qui rôdent », dit Marie-Ange avec une pointe de jalousie qui n'échappe pas à la perspicacité de Colombe.

À son tour de croire la servante amoureuse de Thomas.

« La vie ne t'a pas ménagée ces dernières années, j'en conviens.

– C'est la mort de M$^{me}$ Victoire qui a tout chambardé, admet Marie-Ange, des larmes dans la voix.

– Puis ce qu'elle t'a laissé de fardeau... »

Marie-Ange relève la tête et cherche dans le regard de Colombe le sens exact de ses paroles.

« Je ne sais pas tout, mais j'en sais beaucoup..., déclare Colombe.

– Ah ! Non !

– C'est pour le mieux, Marie-Ange. Oscar n'en pouvait plus de garder ça pour lui. »

Marie-Ange est abasourdie.

« Quand je te dis que c'est pour le mieux, c'est que je l'ai raisonné, le beau Oscar. Il dramatisait tellement. Il y a bien pire que ça dans la vie, tu ne penses pas ? »

Marie-Ange l'approuve, mais avec réserve. Et Colombe de reprendre :

« Ce n'est pas un meurtre, après tout. Je serais curieuse de savoir qu'est-ce que le vrai bon Dieu pense de ce genre d'infidélité, moi. »

Le regard de Marie-Ange s'illumine. « Il m'est arrivé, dit-elle, d'imaginer que certaines de nos croyances ne nous viennent pas du vrai bon Dieu, comme tu l'appelles.

– Si tu savais ce que notre chère disparue en pensait... »

La conversation se prolonge jusque vers cinq heures du matin.

Invité au souper que Marie-Ange a préparé en l'honneur de Colombe, Oscar a décliné l'offre, alléguant qu'il recevrait la visiteuse le lendemain. Marius le déplore en secret ; c'eût été une bonne occasion de confirmer ou d'infirmer ses doutes concernant les sentiments de son frère pour la belle Parisienne. Toutefois, que de louanges de cette dernière à l'égard de Jasmine dont elle fait la connaissance. Marius en est très flatté. D'ailleurs, il n'est de membre de sa famille que son amoureuse ne charme.

Ce même soir, en rentrant chez lui, après une autre merveilleuse balade au clair de lune avec sa bien-aimée, Marius trouve un papier collé à sa porte : *Jasmine et toi êtes attendus chez nous pour souper, demain soir. Oscar.* « Ou il fuit les moindres moments d'intimité avec Colombe ou il n'éprouve vraiment rien de répréhensible à son égard », se dit Marius, très heureux de cette invitation. Jasmine, à qui il demande son avis, le lendemain, n'en pense pas moins.

Accueillis cordialement par Alexandrine, Marius et sa fiancée sont ravis de l'atmosphère de gaieté qui règne dans la maison. Adulée, la petite Laurette, qui a presque deux ans et demi, s'en montre digne. La perfection de sa diction et la vivacité de son intelligence charment Colombe, qui le faisait savoir à Oscar à l'arrivée de Marius dans le salon. « Quel beau sujet de diversion que cette petite ! » pense Marius, décelant un certain malaise chez son frère.

Jamais Oscar ne s'est montré aussi dévoué auprès de ses invités qu'à cette réception. Le souper terminé, tout en jouant avec Laurette, Colombe ne rate rien des conversations qui se tiennent dans le salon : les frères Dufresne parlent de leurs projets à la ville de Maisonneuve, tandis qu'Alexandrine se montre fort intéressée à causer de médecine avec la belle et douce Jasmine. Le ton monte quand Alexandrine aborde la question de l'infertilité : « La médecine a-t-elle commencé des recherches pour vérifier la fertilité chez les hommes ?

– Avec le peu d'argent et le peu de chercheurs dont on dispose, c'est difficile d'avancer dans ce dossier », répond Jasmine, embarrassée.

Insatisfaite, Alexandrine s'adresse à Colombe : « J'imagine qu'on est plus avancé en France...

– Sur quel plan ? demande Colombe, qui feint de n'avoir pas entendu leurs propos.

– L'infertilité chez les hommes.

– Sur l'infertilité tout court, il y a quelques tests de dépistage ici, mais davantage en Europe et encore plus à Boston, affirme Colombe.

– Avant qu'ils arrivent au Canada, on a le temps de n'être plus en âge d'avoir des enfants, commente Alexandrine, dépitée.

– Rien ne vous empêche d'y aller, aux États-Unis ou à Paris, si c'est si important pour vous deux. Sinon, les crèches débordent d'enfants », réplique Colombe.

Un silence glacial s'ensuit. Marius regarde sa montre, Jasmine se dit fatiguée, prête à partir. Alexandrine les salue, puis va mettre Laurette au lit.

Leur départ subit laisse Oscar et Colombe seuls, hébétés et intimidés. « Tu m'avais dit qu'elle avait changé..., chuchote cette dernière.

– De fait, elle a beaucoup progressé. Je ne sais pas ce qui l'a mise dans cet état, ce soir.

– C'est évident qu'elle rejette tout le blâme sur toi.

– Elle a ses raisons, Colombe. De toute façon, ce n'est ni la place ni le moment de discuter de ça.

– Quand et où ? Il faut que je te parle, dit-elle rapidement, craignant qu'Alexandrine ne revienne d'une minute à l'autre.

– Appelle-moi au bureau demain après-midi. »

Oscar tient à ce qu'Alexandrine descende pour saluer Colombe.

« Je reviens tout de suite », lui lance-t-il.

Il réapparaît aussitôt, suivi de son épouse qui, du haut de l'escalier, lui souhaite une bonne nuit.

Sitôt qu'Alexandrine a le dos tourné, Colombe s'approche d'Oscar et le serre contre elle dans une étreinte à la limite de l'acceptable.

« Bon courage, mon cher ami. À demain. »

Oscar baisse les yeux, désarmé.

~

Après de multiples tergiversations, Oscar décide d'en finir avec les sous-entendus de Colombe. Alexandrine devant aller souper chez son cousin sans lui – il a prétexté d'une réunion pour s'excuser –, il demande un entretien en tête-à-tête à son ex-fiancée. Elle ne trouve d'endroit plus discret que la chambre d'hôtel où elle loge depuis une semaine. « J'ai une belle suite. On y sera confortables et tranquilles pour discuter », promet-elle.

À sept heures, tel que convenu, Oscar, l'estomac noué, se présente au rendez-vous. Bien que sobrement vêtue, Colombe est ravissante. Sa chevelure nouée en chignon et les quelques mèches rebelles qui ondulent sur ses épaules mettent en valeur un visage finement sculpté, des yeux d'un éclat irrésistible. L'accueil est cordial mais non moins réservé. Comme Oscar le souhaitait. Il devrait pouvoir se détendre. D'ailleurs, Colombe l'y invite en lui offrant un verre de scotch, sa boisson préférée. Elle n'a pas oublié. Il ne s'étonne pas de la voir se verser du sherry. Lui non plus n'a pas oublié.

Oscar a choisi le fauteuil. Elle s'installe sur le canapé, juste devant lui. « On dispose de combien de temps ? demande-t-elle, d'entrée de jeu.

– Bien… pas plus de deux heures, trouve-t-il à répondre, pris au dépourvu.

– Dans ce cas, je n'irai pas par quatre chemins. Est-ce vraiment important que vous sachiez pourquoi vous n'avez pas d'enfants ?

– Dans les circonstances, oui.

– J'avais donc raison. Ta femme est persuadée que c'est toi qui as besoin de traitements. »

Oscar hoche la tête, contraint de lui donner raison.

« Qu'est-ce que tu attends pour la régler, cette question ? »

Le regard braqué sur ses doigts qui s'agitent, il répond : « Il faudrait que j'aille en France ou à Boston passer des tests plus poussés que ceux qu'on offre ici. Sans savoir combien de temps il faudrait que j'y reste…

– Veux-tu vraiment en avoir le cœur net ?

– C'est évident. »

Colombe sourit, le fixe droit dans les yeux et lui dit : « Je me porte volontaire, Oscar. »

Le souffle coupé, submergé par un flot de sentiments et de désirs confus, Oscar implore le secours de la raison. Risque-t-il un regard furtif vers Colombe que, de son regard enjôleur, elle le replonge en plein brouillard.

Il dépose son verre et se lève, n'ayant plus qu'un seul désir : partir au plus vite et oublier l'offre la plus pernicieuse qui lui ait été faite de toute sa vie. Oublier cette femme à tout jamais.

« Je crois que ce que tu avais à apporter de bon dans la famille est derrière toi, Colombe. »

Elle le rattrape d'une main accrochée à son bras, se plante devant lui, intrépide.

« Ne dis pas ça, Oscar. Tu te mens à toi-même. Je sais que tu auras encore besoin de moi… », lance-t-elle avant de lui prendre un baiser qui le chavire.

# CHAPITRE IV

L'été 1910 s'annonce fiévreux pour les Dufresne. De peur de peiner ses proches, Thomas doit constamment user de stratégie pour garder secrètes ses fréquentations avec la belle dame Dorval. « Comprendront-ils que je puisse aimer une autre femme après avoir tant aimé leur mère ? Peuvent-ils imaginer ce que deux ans de solitude représentent dans la vie d'un homme de cinquante-cinq ans ? Seraient-ils plus indulgents s'ils savaient que j'ai dû me faire violence, il y a vingt-cinq ans, pour repousser les avances de cette belle et jeune veuve ? »

Ne trouvant réponse à ces questions, Thomas choisit de visiter Marie-Louise plus souvent qu'il ne l'invite à venir à Montréal. Encore là, il invente un prétexte pour chacun de ses séjours à Trois-Rivières. Or la crainte d'être reconnu au hasard de ses sorties avec la veuve Dorval le poursuit sans cesse. Il admet toutefois qu'après deux ans de veuvage officiel, il serait normal qu'il fréquente une autre femme sans avoir à se cacher.

Marius, qu'il ne voit pas à son goût, est encore préoccupé par la santé de Jasmine. Fréquemment, les yeux de sa bien-aimée se voilent d'une lassitude qu'il ne lui connaissait pas. Malgré un été des plus cléments, son teint demeure livide. Pire encore, son besoin de sommeil empiète de plus en plus sur les moments d'intimité qu'ils souhaiteraient s'accorder. Marius s'en ouvre à son frère aîné, qui ne peut le rassurer. Torturé lui-même, Oscar ne trouve personne qui puisse, sans le juger ni le condamner, compatir à la douleur que lui cause l'absence de Colombe. Sa révolte devant le pouvoir et la fascination qu'elle exerce sur lui ne suffit pas plus à le distraire de cette femme que ses multiples responsabilités à la ville de Maisonneuve. Et pourtant, des combats de première importance ont été menés sur la scène municipale depuis juin dernier. Les opposants à la construction d'un chantier naval sur leur territoire ont perdu la bataille : la Canadian Vickers Ltd. a commencé à construire sur les territoires de Longue-Pointe, de Maisonneuve et sur la propriété de la Commission du havre. Cette défaite a été compensée toutefois par l'adoption de la loi Lavergne qui rend le bilinguisme obligatoire dans les documents publics.

L'agitation ne se limite pas à la scène politique. Le clergé montréalais vit une effervescence sans pareille en ce 1er septembre 1910, jour d'ouverture du Congrès eucharistique organisé par l'archevêque de Montréal, Mgr Paul Bruchési. L'église Notre-Dame est pleine à craquer. Les fidèles s'entassent non seulement dans les escaliers, les tribunes, la nef et les allées, mais aussi sur les trottoirs et le parvis de la cathédrale. Deux discours sont particulièrement attendus en cette soirée : celui de Mgr Francis Bourne, archevêque de Westminster, et celui de l'éloquent directeur du *Devoir*. Une fois présenté par Mgr Bruchési, l'archevêque d'Angleterre entame, d'une voix pondérée, une entrée en matière de circonstance, après quoi il souligne le rôle de l'Église dans un pays comme le Canada. Les têtes se lèvent, des regards se croisent, l'indignation est palpable lorsque l'orateur expose sa pensée sur les relations entre la langue et la religion. La foule est atterrée quand il déclare qu'on ne peut dissocier la langue anglaise et la religion catholique et que les efforts pour protéger et encourager le français en dehors du Québec deviendront, avant longtemps, vains et inutiles. Des auditeurs fondent en larmes dans l'église, alors qu'à l'extérieur on reprend ces propos avec indignation. Et l'archevêque de poursuivre : « *Si la puissante nation que le Canada deviendra devait être gagnée et gardée à l'Église catholique, cela ne s'accomplira qu'en faisant connaître à une grande partie du peuple canadien, dans les générations qui vont suivre, les mystères de notre foi par l'intermédiaire de notre langue anglaise.* »

Représentants du clergé, lords, nobles et bourgeois anglais gardent les yeux baissés.

« *Qu'on me permette de résumer ma pensée, poursuit le prélat, toujours fidèle à son texte. Dieu a permis que la langue anglaise se répandît dans tout le monde civilisé et elle a acquis une influence qui grandit toujours. Tant que la langue anglaise, les façons de penser anglaises, la littérature anglaise, en un mot, la mentalité anglaise tout entière n'aura pas été amenée à servir l'Église catholique, l'œuvre rédemptrice de l'Église sera empêchée et retardée.* »

Les fidèles attendent la riposte. Les proches et les amis de Bourassa, dont Oscar Dufresne, la souhaitent cinglante. « Ta mère doit se retourner dans sa tombe », souffle Thomas à l'oreille de son fils aîné. Dans le chœur aussi, on chuchote. M^gr^ Langevin, évêque de

Saint-Boniface, se penche vers Henri Bourassa et lui dit : « Vous n'allez pas laisser cela là, monsieur Bourassa ? » Après les discours de Thomas Chapais et celui d'O'Sullivan, un magistrat new-yorkais, Bourassa monte en chaire avec une assurance indéfectible. De partout, dans l'église et à l'extérieur, on retient son souffle. Le sténographe se prépare à noter non seulement le discours, mais aussi les réactions de la foule. Le directeur du *Devoir* salue les dignitaires et les fidèles et il amorce, sans texte, l'allocution attendue : « *Depuis deux jours, dans des séances mémorables, des apôtres de l'Église universelle vous ont énoncé les vérités de la foi et prêché le culte de l'Eucharistie : des chefs de l'Église canadienne ont rendu un témoignage à la religion vivante de leur peuple ; des prélats étrangers ont glorifié les magnificences du Congrès de Montréal ; les hommes d'État canadiens ont assuré au représentant du chef de l'Église catholique qu'ici l'État s'incline devant le magistère suprême de l'Église.*

« *Qu'on me permette de prendre, ce soir, une tâche plus humble, mais non moins nécessaire, à moi qui ne suis rien, à moi qui sors de cette foule, à moi qui n'ai qu'une parcelle du cœur des miens à présenter au pape.* »

De longues acclamations s'élèvent de la nef, des allées et des escaliers.

L'orateur, après avoir exhorté ses concitoyens à confesser leur foi dans leurs actes publics, réclame la création d'une organisation syndicale catholique et met ses auditeurs en garde contre l'infiltration du laïcisme dans l'enseignement. Ces propos lui valent de généreux applaudissements. Empruntant ensuite un ton de circonstance, Bourassa s'adresse directement à Son Éminence : « *Permettez qu'au nom de mes compatriotes je revendique pour eux cet honneur : nous avons, les premiers, accordé à ceux qui ne partagent pas nos croyances religieuses la plénitude de leur liberté dans l'éducation de leurs enfants. Nous avons bien fait ; mais nous avons acquis, par là, le droit et le devoir de réclamer la plénitude des droits des minorités catholiques dans toutes les provinces protestantes de la Confédération.* »

L'auditoire fait entendre une longue ovation.

« *Nous avons acquis par les traités, que dis-je ? Nous avons acquis par l'éternel traité de la justice, scellé sur la montagne du Calvaire dans le sang du Christ, le droit d'élever des enfants catholiques sur cette terre qui n'est anglaise aujourd'hui que parce que les catholiques l'ont défendue contre les armes en révolte des anglo-protestants des colonies américaines.* »

Les acclamations montent de partout.

« *Laissons à l'un et à l'autre, comme à l'Allemand et au Ruthène, comme aux catholiques de toutes les nations qui abordent sur cette terre hospitalière du Canada, le droit de prier dans la langue de leur race, de leur pays, la langue bénie du père et de la mère.* »

Cette fois, ce sont des applaudissements frénétiques qui permettent à l'orateur de reprendre son souffle.

« *Permettez-moi, Éminence, de revendiquer le même droit pour mes compatriotes, pour ceux qui parlent ma langue, non seulement dans cette province, mais partout où il y a des groupes français qui vivent à l'ombre du drapeau britannique…* »

Une bonne partie de l'assistance s'est levée et acclame l'orateur.

« *De cette petite province de Québec, de cette minuscule colonie française, dont la langue, dit-on, est appelée à disparaître, sont sortis les trois quarts du clergé de l'Amérique du Nord…* »

De nouveau, on applaudit. Thomas s'étonne de voir quelques prêtres rassemblés dans le chœur en faire autant.

« *Nous ne sommes qu'une poignée, c'est vrai ; mais ce n'est pas à l'école du Christ que j'ai appris à compter le droit et les forces morales d'après le nombre et par les richesses.* »

Marius applique l'analogie à la petite équipe des avant-gardistes de Maisonneuve et il imagine qu'un jour ces ovations leur seront adressées.

Le discours terminé, le cardinal Vanutelli, ambassadeur du pape, s'avance et vient présenter ses félicitations à Henri Bourassa. La foule s'est excitée, de jeunes prêtres trépignent, d'autres agitent des mouchoirs, des évêques frappent du pied. On s'embrasse dans l'église et sur le parvis, en sortant. On rit, on pleure, on chante. À l'instar de Louis-Joseph Papineau, son grand-père, Henri Bourassa vient d'incarner l'âme de son peuple.

Oscar Dufresne, comme tous ceux qui ont prédit que le quotidien de la rue Saint-Jacques ne ferait pas long feu, se ravise. Il n'est pas le seul à revenir sur son opinion, puisque Mgr Bourne va s'expliquer avec Bourassa sur la nature de son discours. « Ce serait une calamité, dit-il, si la langue française devait perdre la moindre parcelle du terrain qu'elle occupe. Mais peut-être serait-ce encore un plus grand malheur qu'il se développe dans le Dominion un peuple immense de langue anglaise, si ce peuple devait être entièrement non catholique. Un tel peuple se développe à l'heure qu'il est ; et, d'une manière ou d'une autre, il faut que la foi lui soit prêchée et qu'elle soit maintenue chez lui dans sa propre langue, comme elle est prêchée et devra continuer de l'être parmi vous dans votre propre langue. »

Le frère Marie-Victorin, avec qui Oscar discute de l'événement quelques jours plus tard, déclare : « Ils sont nombreux, tant parmi les membres du clergé que parmi les citoyens, à déplorer que les discours du Congrès aient été axés sur la question de la langue au lieu de glorifier et de promouvoir la dévotion à la sainte Eucharistie.

– Par contre, mon révérend frère, plusieurs estiment que ce discours reste la plus haute expression de l'esprit qui anime les grandes campagnes, à la fois patriotiques et religieuses, menées par *Le Devoir* et son fondateur. Ce journal ne s'est jamais si bien vendu depuis sa fondation. »

Sur les ailes de ce succès, Bourassa se paie le luxe d'un correspondant à Paris, Joseph Dagenais, alors directeur de *La Libre Parole*. Des membres de l'équipe éditoriale et plusieurs sympathisants du *Devoir* souhaitent une célébration à grand déploiement en l'honneur de son fondateur. Ce dernier ne consent qu'à souligner le premier anniversaire du *Devoir*, alléguant que, dans un journal comme celui-là, les idées comptent plus que l'argent et qu'on doit vite se tourner vers l'avenir. Des dossiers lui tiennent à cœur, entre autres celui de la compagnie de tramway de Montréal qui, bien qu'omniprésente dans l'île, cherche à agrandir son territoire sans consultation et malgré les protestations de groupes de citoyens. Depuis sa fondation en 1861, nombre de modifications ont été apportées à sa charte dont, tout récemment, l'autorisation de construire un système de chemin de fer souterrain. Bourassa lutte fermement contre l'instauration de tout monopole et, sur ce sujet, il peut compter sur l'appui des conseillers de la ville de Maisonneuve.

Un malaise s'insinue toutefois dans l'équipe des échevins, et Oscar Dufresne est personnellement visé : tel qu'il avait été prévu, le conseil a demandé des soumissions pour l'achat du terrain destiné à l'aménagement d'un parc. Or une seule proposition a été présentée : Mendoza Langlois a offert un terrain de près d'un million cinq cent mille pieds carrés situé à l'ancienne ferme Bennett. Le conseil municipal l'a acceptée, a lancé un emprunt de deux cent vingt-deux mille cinq cents dollars pour l'acquérir, et l'approbation du gouvernement provincial est venue sans difficulté. Quelques semaines plus tard, par une résolution du conseil votée majoritairement, le conseil propose à la Viauville Land Co. de lui acheter un terrain, lequel est adjacent au premier, mais deux fois plus grand, au même prix unitaire. Oscar craint les accusations de conflits d'intérêts de la part de la population le jour où elle découvrira qu'au nombre des actionnaires de cette compagnie se trouvent trois dirigeants de la ville, soit le maire Michaud, l'avocat Morin et lui-même. Il en discute avec Marius, venu le saluer ce lundi matin avant de se rendre à son bureau. « Le conseil a fait un appel d'offres et n'a obtenu que cette soumission, lui rappelle Marius ; il fallait bien trouver un moyen d'acquérir l'espace nécessaire pour aménager un parc qui en vaille la peine. À part ça, si des accusations sont portées, elles vont viser le conseil de ville, pas un individu. Il suffira de sortir le procès-verbal pour prouver que certains échevins, dont toi, se sont opposés à cet achat.

– N'empêche que c'est la réputation de tous les membres du conseil qui va en être entachée.

– À mon avis, dit Marius, on ne peut prendre d'engagement social sans y sacrifier un peu de son image. »

Oscar l'admet, sans se dérider toutefois. « On ne pourrait pas faire l'unanimité autour des grandes causes, au moins ? Comme celles du progrès et de la qualité de l'environnement ?

– Je le souhaiterais aussi, Oscar. Mais cela ne peut se faire qu'à la condition que les gens aient le goût d'être informés et qu'ils soient capables de voir à long terme. Et ça, tu ne peux l'obtenir de tout le monde. »

D'un hochement de tête, Oscar lui donne raison.

« Je me trompe ou si tu n'es pas dans ton assiette, ces temps-ci ?

– Ça passera comme le reste, répond Oscar.

– Comme certaines personnes qui viennent et qui repartent...

– Qu'est-ce que tu veux dire ?

– Colombe. Elle t'embête ferme, cette fille-là ?

– Elle m'embêtait... avec sa manie de vouloir s'immiscer dans nos affaires. Mais j'ai été clair là-dessus avant son départ, déclare-t-il, conscient d'exprimer ce qu'il aurait souhaité faire.

– Imagine ce que ce sera quand elle va revenir pour de bon.

– Quoi ? »

À la fois étonné et contrarié, Oscar nie l'information de son frère.

« T'as qu'à demander à Marie-Ange. C'est elle qui en a parlé.

– Oublie ça ! » rétorque-t-il, visiblement ébranlé.

Oscar poursuit, avec l'intention de changer de sujet de conversation : « Parlant responsabilité, j'ai décidé d'acheter la majorité des parts de la Slater Shoe.

– Bravo ! C'est notre père qui va être content.

– Il va être ici dans une quinzaine de minutes. As-tu le temps de l'attendre ?

– J'aurais aimé, mais j'ai tellement à faire depuis que la construction de l'hôtel de ville est commencée. »

Marius n'a fait que quelques pas sur le boulevard Pie-IX lorsqu'il tombe sur Thomas.

« T'as l'air en forme, mon garçon !

– Vous aussi », répond Marius, à peine courtois tant il est agacé de se faire nommer ainsi à son âge.

Thomas perçoit le malaise et soupçonne les problèmes de santé de Jasmine d'en être la cause. « Comment va ta belle infirmière ? demande-t-il.

– Plutôt bien.

– Je souhaite que ça dure. Tu la salueras pour moi.

– Avec plaisir. Vous m'excuserez, je suis en retard », dit Marius, laissant à son père un sourire réconfortant.

Déjà ravi de la bienveillance de Marius, Thomas souscrit avec bonheur à la décision d'Oscar de se porter principal actionnaire de la Slater Shoe. L'idée d'en faire une entreprise spécialisée en chaussures de qualité pour hommes et dames lui sourit. « C'est avec plaisir que j'en assumerai la présidence », dit-il, pressé de passer aux formalités d'usage.

Oscar s'excuse de ne pouvoir en causer davantage : « Le maire m'attend pour préparer un protocole d'entente avec la Montreal Light, Heat and Power. Elle nous traîne en cour pour avoir finalement accordé le contrat d'éclairage de la ville à sa rivale, la Dominion Light.

– Pour combien de temps, le nouveau contrat ?

– Dix ans, avec exclusivité à compter de janvier prochain.

– À ce que je sache, vous aviez signé un contrat de vingt ans avec la Royal Electric.

– Il y a des chances pour qu'on puisse l'invalider. Puis, même si on n'y parvenait pas, on pourra se féliciter d'avoir fait un autre geste contre la multiplication des monopoles.

– Et contre la surenchère des coûts », ajoute Thomas, ravi.

« Marius, je dois prendre des vacances si je veux commencer la nouvelle année du bon pied », déclare Jasmine, un dimanche soir de la mi-décembre, en revenant du Readoscope.

Sa marraine, une femme dans la cinquantaine, fortunée, l'a invitée à sa résidence sur le bord du lac Elgin, en Ontario.

« Pourquoi aller si loin ? riposte son amoureux. Comme si je ne pouvais pas prendre soin de toi aussi bien que ta tante. Et mieux encore, probablement. »

Marius enlace Jasmine, une supplication dans le regard.

« Mieux, parce que moi, je t'aime plus que personne au monde. »

Ses paroles sont vaines.

« Parce que moi, je veux prendre soin de toi pour le reste de mes jours. »

Jasmine niche sa figure au creux de son épaule, muette.

Marius devine qu'elle ne changera pas d'idée. « Je pourrai aller te rendre visite au moins, à Noël ou au jour de l'An ? »

Autre faveur refusée. « Il est possible que ma tante m'emmène en Floride, explique-t-elle.

– Ah, non !

– Tu me manqueras beaucoup.

– Et toi, donc ! »

Tous deux se dirigent lentement, silencieusement, vers le domicile de Jasmine. Marius voudrait que cette balade ne s'arrête jamais. Que les flocons de neige qui se déposent en douceur sur leurs vêtements soient de bon augure. Que demain, avant l'aube, ils se jurent fidélité, là, dans l'église du Très-Saint-Nom-de-Jésus, devant laquelle il a ralenti le pas, levé son regard vers la cime du clocher, porté la main de Jasmine sur son cœur. « C'est pour toi qu'il bat. Maintenant et pour le jour où tu me diras oui. »

Candidement, Jasmine l'entraîne vers le parvis et tous deux vont s'agenouiller devant la lampe du sanctuaire, symbole de l'indéfectible fidélité. « Que Dieu nous vienne en aide, murmure-t-elle en se signant de la croix.

– Que Dieu nous unisse pour la vie », réplique-t-il avec ferveur.

Après quelques instants de recueillement, Jasmine et Marius s'engagent, bras dessus, bras dessous, dans l'allée principale. Leurs pas sont cadencés et leurs regards, éloquents d'amour. Avant de franchir le portique, Marius se tourne vers la nef. « Un jour, dit-il, ému, tout un cortège nous suivra. » Jasmine lui sourit amoureusement. Ses yeux se mouillent.

À la promesse de lui écrire, elle ajoute celle de revenir vers le 5 janvier. Marius aspire à ce jour et à celui de la Saint-Valentin : « Ce sera en même temps notre Noël et notre jour de l'An à nous deux. Rien qu'à nous deux. »

Leur étreinte a l'intensité d'un adieu.

Marius trouve du réconfort à marcher la nuit lorsque la neige tombe ainsi avec lenteur et générosité. En traversant le boulevard Pie-IX, il croit apercevoir de la lumière chez Oscar. « À cette heure, ce n'est pas bon signe », se dit-il, luttant contre l'envie d'aller sonner à la porte ou de téléphoner une fois rentré chez lui.

Le lendemain matin, il n'est pas encore huit heures qu'il joint Alexandrine par téléphone. « Comment va Laurette ?

– Elle va très bien, notre petite princesse. Mais dis-moi, c'est une invitation à déjeuner que tu quêtes pour appeler si tôt ? dit Alexandrine, la voix faussement enjouée.

– Ce n'est pas de refus, même si ce n'était pas la raison. »

Marius se méfie de l'entrain avec lequel Alexandrine l'a invité. À son arrivée, les yeux bouffis de sa belle-sœur et les traits tirés de son frère ont de quoi l'inquiéter.

« Viens t'asseoir », dit Oscar en lui désignant une place à la table où quatre couverts ont été dressés.

Laurette vient de terminer son repas et Alexandrine, un sourire de politesse sur les lèvres, s'excuse de devoir leur fausser compagnie : « Je vais emmener la petite dans la salle de jeux. Il faudrait surtout pas qu'elle comprenne vos allusions.

– Tu fais bien, Alexandrine. Vaut mieux être prudents, dit Oscar.

– Mais qu'est-ce qui vous arrive ? demande Marius dès que sa belle-sœur a quitté la salle à manger.

– Un téléphone imprévu, hier après-midi. Un revenant, je dirais. »

À deux semaines de Noël et trois ans après la mort de sa femme, Raoul Normandin, apparemment remis de sa longue dépression nerveuse, a repris contact avec ses deux autres enfants et il veut aussi voir sa benjamine. Prise de panique en entendant la voix de Raoul, Alexandrine l'a aussitôt interrompu, le priant de rappeler quand son mari serait de retour du travail.

« Quand je suis arrivé, à cinq heures et demie, je l'ai trouvée en pleurs, serrant la petite contre elle comme si quelqu'un avait tenté de la lui enlever. Même si elle ne comprenait pas ce qui se passait, Laurette était toute bouleversée.

– Mais qu'est-ce qu'il lui a dit, Raoul ?

– Il n'a eu que le temps de se nommer. Alexandrine a conclu qu'il voulait reprendre sa fille.

– Il serait dans ses droits, fait remarquer Marius.

– C'est ça qui est le pire.

– Je me suis toujours demandé pourquoi vous ne l'aviez pas adoptée légalement.

– Tu ne te souviens pas ? Quand cousine Émeline nous a amené la petite, Raoul n'était pas en état de prendre une décision aussi importante. Après, lorsqu'on a su qu'il allait mieux, Alexandrine n'a pas voulu qu'on entreprenne cette démarche-là. Elle avait pour son dire qu'il suffirait à Raoul, comme pour bien d'autres parents veufs, de savoir que sa fille est entre bonnes mains. Elle prétendait même qu'on gagnait à se faire oublier. Comme si un père pouvait oublier un de ses enfants…

– Peut-être que vous vous énervez pour rien, il ne demande peut-être qu'à avoir de ses nouvelles. Qu'à la voir.

– Peut-être, mais le problème est que ma femme ne veut pas qu'il se présente à la petite comme étant son père. »

Marius ne peut retenir sa remarque : « Je vous avais prévenus que tôt ou tard ça vous causerait des problèmes.

– J'ai toujours été de cet avis, Marius.

– Qu'est-ce que tu vas faire ?

– Parler à Émeline d'abord, puis à Raoul. »

Au tour de Marius de raconter sa soirée de la veille, avec non moins d'émotion. Oscar lui apporte toute l'empathie espérée et lui offre ses services.

« Si je peux, de mon côté, faire quelque chose pour vous deux, n'hésitez pas », dit Marius en revenant d'embrasser sa belle-sœur et l'enfant qui s'en donnait à cœur joie avec ses jouets.

Une main tendue à son frère, Oscar réplique : « C'est quand la vie nous bardasse qu'il faut se serrer les coudes. »

Ce jour-là, accoudé à sa table de travail, Oscar déplore de ne pouvoir se concentrer pleinement sur ses dossiers. Vers huit heures du soir, la fatigue l'incite à gagner son domicile. Mais avant de rejoindre son épouse, il doit trouver non seulement les mots pour la consoler, mais aussi les arguments pour la convaincre de préparer la petite à faire la connaissance de son vrai père. Il la retrouve penchée sur la fillette, ne se rassasiant pas de la regarder dormir. Après avoir tendrement déposé deux baisers sur les joues de la bambine, Oscar prie Alexandrine de le suivre. Un bras passé à la taille de son épouse, il la conduit dans leur chambre. Assise sur le bord de son lit, Alexandrine avoue, la voix chevrotante : « Il n'y a rien qui pourrait m'arriver de pire au monde que de perdre cette enfant-là.

– Pourquoi penser que tu vas la perdre ? Raoul ne veut peut-être que la connaître.

– J'ai téléphoné à Émeline aujourd'hui. Elle m'a appris qu'il avait tenu à ce que sa fille Madeleine sache qu'il était son père, il fera pareil pour Laurette. Je passerai le reste de ma vie dans la honte s'il me demande ça, dit-elle en cachant son visage dans ses mains.

– Je t'avais prévenue, Alexandrine. Marius aussi.

– La vie n'est que misère après misère », dit Alexandrine en sanglots.

Oscar la prend dans ses bras et lui promet d'aller lui-même parler à Raoul.

« Je vais tout lui expliquer… Mais il y a une chose que j'aimerais savoir avant. Serais-tu prête à dire à Laurette que nous ne sommes que ses parents adoptifs si Raoul promettait de nous la laisser ?

– Je voudrais te dire oui, Oscar. Je voudrais te dire que, s'il ne me restait que la honte et que je n'avais pas à vivre le déchirement de la perdre, j'accepterais. Mais je n'en suis pas capable. C'est comme si, sur ce point, je ne pouvais faire marche arrière. Quand tu penses que j'ai réussi à l'allaiter, cette enfant-là. C'est une part de ma vie que je lui ai donnée. Une part de mon sang, de ma chair. Elle est mienne maintenant. J'aimerais mieux mourir, Oscar. Mourir. »

Ne sachant plus comment la consoler, Oscar la serre dans ses bras et lui promet de ne jamais l'abandonner.

« Peux-tu comprendre, reprend-elle, que par un seul de ses regards, par un seul de ses mots d'amour, cette enfant me donne le paradis ? Sa façon de me dire maman me rend folle. Rien au monde ne pourrait me procurer ce bonheur-là.

– Même pas moi ?

– Ce n'est pas pareil, Oscar. Tu es un mari admirable, mais… Il n'y a rien qu'une mère qui pourrait t'expliquer ça. Chaque matin, j'attends son réveil avec impatience pour accueillir son premier sourire. Pour la voir tendre ses bras vers moi et me faire sentir toute sa joie de me retrouver près de son lit, à l'attendre. Ses caresses sont si chaudes, si vraies, si gratuites. Il ne se passe pas un jour, pas une heure sans qu'elle m'émerveille. Elle est ma raison de vivre, cette enfant. Je n'aurais jamais le courage de revivre un quotidien fade et inutile comme celui que j'ai vécu avant qu'elle entre dans ma vie.

– Je ne savais pas à quel point la présence d'un enfant pouvait être aussi essentielle dans ta vie. Je te promets de faire tout ce que je peux, ma chérie. Tout.

– La menace de la perdre m'a fait prendre conscience que je ne pourrais plus vivre sans elle.

– Et si on avait nos propres enfants, à nous, tu t'en consolerais ?

– Tu as trouvé un spécialiste ? s'écrie-t-elle, ébahie.

– Il paraît qu'en Europe la médecine serait plus avancée sur ce point. Je pourrais m'organiser pour consulter tout en y allant pour mon commerce.

– Comme tu me fais plaisir, mon amour ! Mais… tu n'as pas peur que je sois trop vieille ? Trente-sept ans…, demande-t-elle, le premier élan de joie passé.

– Maman en avait quarante-quatre quand Cécile est née.

– Même si on pouvait avoir un ou deux enfants, reprend-elle après quelques instants d'espoir ravivé, je pense que je ne serais pas moins en deuil le reste de ma vie s'il fallait qu'on m'enlève Laurette.

– On va y aller étape par étape, veux-tu ? Promets-moi seulement de t'efforcer de rester calme en attendant des réponses définitives. Laurette mérite bien ça, hein ? »

D'un signe de la tête, elle acquiesce et se glisse doucement dans les bras de son mari. Le sommeil l'emporte, mais Oscar veille toujours. Il n'y a pas que la rencontre avec Raoul qui le tracasse. Advenant que la preuve lui soit donnée qu'il n'est pas stérile, Alexandrine acceptera-t-elle de se remettre en question ? Trouvera-t-on pourquoi ils n'arrivent pas à avoir d'enfants ? Advenant un échec, n'est-il pas dangereux qu'Alexandrine sombre de nouveau dans l'alcool ?

~

Après deux jours de réflexion, Oscar se décide à téléphoner à sa cousine Émeline, belle-sœur de Raoul, mariée en secondes noces à Henri Sauriol.

Émeline Du Sault avait déjà deux enfants, une fillette de quatre ans et un garçon de deux ans, lorsqu'elle a pris chez elle Madeleine, l'aînée des enfants de Raoul. Jamais elle n'a caché ses vraies origines à l'orpheline. Aussi a-t-elle toujours déploré qu'Alexandrine ne fasse pas de même et qu'elle refuse que les deux sœurs se fréquentent.

« Si je pouvais connaître les intentions de Raoul, lui dit Oscar.

– Je n'en sais absolument rien, mon pauvre ami.

– On me dit qu'il va souvent te rendre visite depuis quelques mois. Ça me surprend qu'il ne t'ait pas parlé de ses projets quant à Laurette.

– Admets que votre situation est bien différente de la mienne. Raoul a toujours été le bienvenu chez nous et jamais je n'aurais osé cacher la vérité à Madeleine, tu le sais.

– J'ai bien essayé de convaincre Alexandrine de faire de même, mais tu connais notre histoire...

– Je suis désolé, Oscar. Mais c'est un problème qui doit se régler d'abord entre toi et ta femme, puis avec le père de Laurette. »

De son côté, joint par téléphone, Raoul propose de rendre visite à Oscar et Alexandrine en présence de sa fille Laurette.

« Je pense qu'il vaudrait mieux pour tout le monde que je te rencontre seul à seul d'abord, et ailleurs que chez nous, Raoul.

– Es-tu en train de me dire, Oscar, qu'il serait arrivé quelque chose à ma fille ? Émeline m'a pourtant dit qu'elle allait très bien.

– Émeline t'a dit la vérité, Raoul. C'est de ma femme que je voudrais te parler. »

Le rendez-vous est fixé au lendemain soir, à la résidence de Raoul Normandin.

Troublé par les réponses d'Émeline, Oscar sent le besoin d'en discuter avec Marius avant de rentrer chez lui.

« À ton appartement », suggère Oscar, par prudence.

Dans leur poignée de main passe la confiance mutuelle que se vouent les deux frères. Préoccupés par des problèmes personnels, Oscar et Marius apprécient que les activités administratives de la ville soient suspendues pour quatre semaines consécutives. « D'ici là, dit Marius, j'espère que ma belle Jasmine me sera revenue resplendissante de santé. Je n'aurai jamais eu aussi hâte que le temps des fêtes soit passé.

– Je me demande vraiment quelle sorte de Noël on va vivre, Alexandrine et moi…, dit Oscar.

– Je ne connais pas Raoul aussi bien que toi, mais je serais porté à croire qu'il se montrera compréhensif. Il a tellement souffert, cet homme-là, depuis trois ans.

– C'est justement ce qui m'inquiète. La souffrance n'a pas le même effet sur tout le monde. Certaines personnes s'en sortent plus humaines, d'autres, plus aigries.

– C'est vrai. Puis ça, on le sent dès les premiers contacts.

– Il y a une chose qui m'amène à penser qu'il a pu prendre la bonne voie, continue Oscar : après un long séjour à l'hôpital, il aurait fait un genre de cure dans une maison tenue par des religieux.

– Ça ne peut sûrement pas nuire », admet Marius, le regard distrait.

Les deux hommes gardent un silence respectueux. Marius se lève et va vers la fenêtre, exhalant un long soupir. « Si j'étais sûr, au moins, que c'est rien que pour se reposer qu'elle s'en va…

– Je ne suis malheureusement pas bon conseiller en la matière. J'ai été tellement échaudé.

– Avec Colombe ?

– Oui, avec Colombe. »

Marius revient vers son frère et le prie de lui parler de ce chagrin d'amour. « Ça va me distraire. Allez, raconte. »

Oscar se frotte les mains, un peu troublé mais non moins enchanté de cette requête. Tenté par l'avant-goût d'une libération. La seule qu'il puisse s'accorder pour l'instant.

« Elle a été mon premier amour, dit-il, le regard fixé sur ses mains jointes. Il y a bien eu, auparavant, mon amourette avec Florence, la jeune sœur de tante Georgiana, mais je m'y complaisais seulement parce que c'était flatteur d'avoir une blonde qui t'admire. J'avais seize ans et j'étais venu occuper mon premier emploi à Montréal. À la demande de papa. J'étais commis et livreur. Elle était belle, Florence, et elle chantait merveilleusement bien. Il y a eu aussi les demoiselles Lacoste. Mais celle que j'aurais aimée, Justine, ne m'a jamais témoigné la moindre attention. Puis, une longue histoire avec Laurette. Comment t'expliquer ?

– Laurette ? La mère de ta petite ? demande Marius, renversé.

– Une grande affection existait entre nous deux depuis qu'elle venait passer ses étés chez nous, en campagne. On a grandi, on est devenus des adultes, et ça ne pouvait plus continuer comme ça, entre cousins au premier degré. Mais elle se fichait de toutes ces interdictions sociales et religieuses. Elle aurait voulu qu'on se marie. Ç'a été très dur à vivre. Autant de la voir désespérée que de repousser ses avances répétitives.

– Tu l'aimais, toi aussi ?

– Oui, mais pas autant qu'elle m'aimait. Ça n'a jamais été très clair en moi ce que je ressentais pour elle.

Quand je pense que je me retrouve avec sa fille… qui va peut-être rester la mienne. »

Oscar lance un regard d'espoir vers son frère.

« Avec Colombe, c'était clair ? demande Marius.

– Le premier soir que je l'ai vue, elle m'a reviré comme un gant. Je n'ai jamais vraiment su pourquoi ni comment elle est arrivée chez nous, mais elle était là, un matin, assise à notre table, triste et timide, mais avec une dignité qui m'interdisait de la croire misérable. Sa présence et sa personne demeuraient mystérieuses, sauf pour maman qui en prenait soin comme on manipule un vase fragile. Je me rends compte que ce sont les mêmes aspects qui m'ont attiré vers Alexandrine : un filet de fragilité enrobé de raffinement, d'intelligence et de mystère. J'aime la subtilité féminine et Dieu sait qu'elle en a, elle aussi. »

Oscar s'arrête. « Mais qu'est-ce que je suis en train de dire là ? s'écrie-t-il, humilié d'avoir glissé dans des confidences aussi intimes.

– Tu me racontes tes amours avec Colombe, répond Marius le plus naturellement du monde. C'est elle qui s'est dévoilée la première ?

– Elle m'avait donné suffisamment de signes pour que je comprenne qu'elle espérait une invitation à sortir avec moi. J'ai attendu qu'elle n'habite plus chez nos parents. Par l'intermédiaire de Lady Lacoste, un grand couturier français l'avait engagée comme dessinatrice de mode. Ça lui a permis de se prendre un bel appartement. On a tenu notre relation secrète pendant quelques mois, parce qu'on se doutait bien que papa n'approuverait pas nos fréquentations. De fait, à partir de ce jour-là, il a exprimé plus ouvertement sa méfiance à l'égard de Colombe, et il en éprouve encore, je pense.

– À tort ou à raison ?

– Je ne saurais dire. »

Oscar marque une pause, sans doute pour réfléchir à la question, puis il reprend :

« On s'est montrés ensemble pour la première fois à l'occasion d'une visite à l'érablière de Pointe-du-Lac. Le prétexte de lui faire connaître un coin de la vallée du Saint-Maurice s'y prêtait bien, sans compter l'atmosphère qui a toujours imprégné la Chaumière, rappelle Oscar, nostalgique.

– L'atmosphère…

– Oui. Tu n'as jamais remarqué ? Maman aussi le ressentait. On en a déjà parlé, tous les deux.

– Tu la décrirais comment ?

– Quelque chose d'enveloppant, de profond, de mystérieux même. Comme si les murs de cette maison avaient gardé le parfum de moments exceptionnels. Privilégiés.

– À ta connaissance, y en a-t-il eu ?

– Au moins un, et pas le moindre. C'est là que grand-père Dufresne avait caché un coffret pour maman. »

Sa voix se brise. Marius laisse passer quelques secondes et le relance :

« As-tu vu ce qu'il y avait dans ce coffret ? »

Oscar lui fait signe que oui. « Des lettres pour maman et de l'argent pour moi et pour d'autres de la famille. »

Après une autre pause chargée d'émotion, il reprend : « Je t'en parlerai une autre fois… Ce serait trop long, allègue-t-il.

– Tu me le promets ?

– Ne crains pas. Quand le temps sera propice.

– Puis, avec Colombe ?

– On avait les mêmes goûts pour la beauté sous toutes ses formes : la musique, le théâtre, la peinture, les spectacles… Que de belles soirées on a passé au château Ramezay ! »

Oscar pince les lèvres. Plus un mot. Qu'un long soupir plaintif.

« On devait se fiancer à Noël. Après quatre semaines sans nouvelles d'elle, elle m'a écrit pour me dire qu'une grande épreuve nous frappait. Que je devais l'oublier à tout jamais.

– Pourquoi ?

– Elle avait appris, à la suite d'une intervention chirurgicale, qu'elle ne pourrait me donner d'enfants, dit Oscar.

– Tu ne t'es pas résigné sur-le-champ, j'espère, dit Marius.

– Oh, non ! J'ai tout fait ce qu'un homme amoureux peut faire. Mais comme elle avait décidé d'entrer au couvent, j'ai été forcé par ses supérieures de me retirer de sa vie.

– C'est vrai, je me souviens qu'elle est allée au couvent un bout de temps… Mais quand elle est revenue dans le monde, tu ne l'aimais plus ?

– J'avais fait la connaissance d'Alexandrine… Mais même sans ça, je ne pense pas que je serais retourné vers elle.

– Par peur d'être abandonné une autre fois ?

– Peut-être, mais ce n'était pas la seule raison.

– En tout cas, je peux me tromper, Oscar, mais je pense qu'elle t'aime encore.

– J'espère que tu te trompes. Tu sais comme moi qu'on n'a pas grand pouvoir sur les sentiments des autres.

– Tu me diras que je vais trop loin si je te demande si toi, tu l'aimes encore, ose Marius.

– De toute façon, j'ai choisi Alexandrine, je l'aime et c'est avec elle que je veux faire ma vie. Justement, il serait temps que je rentre à la maison.

– Comment te remercier, grand frère ! Je comprends maintenant pourquoi tu es si sensible à ce que je vis avec Jasmine », dit Marius.

Une chaude accolade clôt leur entretien.

En route vers son domicile, Oscar s'arrête à son bureau et s'accorde cinq minutes pour voir si des messages n'y auraient pas été laissés. Parmi la dizaine de notes rédigées par sa secrétaire, une vient d'Henri Bourassa et il juge urgent d'en prendre connaissance. Le directeur du *Devoir* lui envoie la copie d'un poème d'Albert Lozeau et précise que ce poète aimerait publier ses textes dans son journal. « Toi qui aimes tant la poésie, veux-tu me donner ton opinion sur la valeur de ce texte ? » réclame Bourassa. Oscar en est réellement flatté. Ce poème titré *Intimité* le séduit dès les premières lignes. Oscar le lit en entier et s'empresse de téléphoner à Marius. « C'est plus que du hasard, déclare Oscar. On dirait que Lozeau l'a écrit exprès pour toi. Écoute ça :

*En attendant le jour où vous viendrez à moi,*
*Les regards pleins d'amour, de pudeur et de foi,*
*Je rêve à tous les mots futurs de votre bouche,*
*Qui sembleront un air de musique qui touche*
*Et dont je goûterai le charme à vos genoux...*
*Et ce rêve m'est cher comme un baiser de vous !*
*Votre beauté saura m'être indulgente et bonne,*

*Et vos lèvres auront le goût des fruits d'Automne !*
*Par les longs soirs d'hiver, sous la lampe qui luit,*
*Douce, vous resterez près de moi, sans ennui,*
*Tandis que feuilletant les pages d'un vieux livre,*
*Dans les poètes morts, je m'écouterai vivre ;*
*Ou que, songeant depuis des heures, revenu*
*D'un voyage lointain en pays inconnu,*
*Heureux, j'apercevrai, sereine et chaste ivresse,*
*À mon côté veillant, la fidèle tendresse !*
*Et notre amour sera comme un beau jour de mai,*
*Calme, plein de soleil, joyeux et parfumé !* »

Oscar attend une réaction, qui ne vient pas.

« Tu es toujours là, Marius ?

– Oui, oui.

– Touchant, n'est-ce pas ?

– Aussi beau et même plus que certains passages du *Cantique des cantiques*, répond Marius, la voix émue.

– Je souhaite que ce poème se réalise pour toi. Je te le garde.

– Sais-tu si Lozeau les a publiés, ses poèmes ?

– Si ma mémoire est bonne, *L'âme solitaire,* dont je viens de te lire un extrait, aurait été publiée chez Beauchemin, il y a bien de cela deux ou trois ans.

– Merci Oscar, merci beaucoup. J'en prends note. »

Réconforté d'avoir apporté un peu de paix et d'espoir à son frère, Oscar n'en espère pas moins pour son épouse en l'informant des démarches qu'il a faites et du rendez-vous obtenu avec Raoul. L'enfant mise au lit, Alexandrine rejoint son mari encore attablé devant sa tasse de thé.

« Tu te demandes comment convaincre Raoul, hein ? Je vais te dire à quoi j'ai pensé, annonce-t-elle.

– Je veux bien t'écouter, mais attends-toi à ce que je doive lui dire la vérité en ce qui te concerne.

– Autant que possible, non, Oscar. J'en serais tellement humiliée.

– Je te comprends, ma pauvre chérie, mais je ne pense pas pouvoir m'en exempter. Essaie de te mettre un seul instant dans la peau de Raoul. Quelle raison aurait-il de renoncer à son titre et à ses droits de père ? »

Alexandrine s'est remise à pleurer.

« On en a, des droits, nous aussi, répond-elle enfin. On l'a sauvée de la crèche, on lui a donné autant d'amour que si elle avait été notre propre fille. On lui achète ce qu'il y a de meilleur en nourriture, en vêtements, en jouets...

– Tout cela est vrai, mais on aurait pu le faire tout en admettant qu'elle est la fille de ma cousine. »

Alexandrine est atterrée.

« Il n'est pas trop tard, tu sais, reprend son mari. On ira graduellement, en tenant compte de ce qu'une fillette de trois ans peut absorber sans être perturbée.

– Toute la ville va finir par le savoir..., réplique-t-elle.

– Je sais, Alexandrine, que ce que je vais te dire va te choquer, mais il faut regarder la vérité en face : tu t'es entêtée dans ton choix, tu n'as écouté personne, maintenant il faut que tu en assumes les conséquences. »

Après avoir passé une partie de la nuit à tenter de raisonner et de consoler sa femme, Oscar entre au bureau si fatigué qu'il s'empresse de régler les dossiers urgents pour s'évader au mont Royal. Il va pour s'y rendre, en début d'après-midi, lorsqu'il reçoit un appel de son ami Henri Bourassa : « Ne perds pas ton temps à analyser le poème de Lozeau, recommande-t-il. Je lui ai demandé de m'en soumettre d'autres. Mon équipe trouve ce poème-là trop larmoyant. Pas assez viril.

– À chacun son goût, mon cher ami. Vous m'excuserez, on m'attend », lui répond Oscar, contrarié et pressé de prendre de l'air.

Donat, qui le conduit au mont Royal, lui fait remarquer : « Il va falloir que tu penses à te reposer de temps en temps, cher cousin. Tu n'as vraiment pas bonne mine.

– C'est passager, Donat, ne t'en fais pas pour moi. Ce dont j'ai le plus besoin actuellement, c'est de silence.

– J'ai compris. Tu l'auras. Dis-moi seulement à quelle heure tu veux que je revienne te chercher.

– Pas avant quatre heures. S'il te plaît, tu avertiras ma femme pour ne pas qu'elle s'inquiète, si jamais elle appelle au bureau. »

Le froid est mordant. Le vent, insolent. La neige, résistante sous ses pas. Le soleil, absent depuis près d'une semaine, a du mal à réduire la surface glacée. Les pistes piétonnières semblent attendre les promeneurs. Quelques calèches aussi. Oscar emprunte un sentier qui l'éloigne de l'observatoire. Qui le plonge dans l'absence. Ne plus voir pleurer. Ne plus entendre supplier. Ouvrir grands ses yeux, ses oreilles, ses poumons, son cœur sans craindre de devoir les refermer pour leur épargner une trop grande douleur. Recréer en lui cette oasis de paix qu'il avait crue à l'abri de tout assaut, les grands espaces qui s'étalent devant lui l'y exhortent. Raoul, Colombe, Alexandrine, Marius, Laurette, Marie-Ange y ont tour à tour pénétré et, insidieusement, l'ont envahie. Aussi limpide que le bleu du firmament lui apparaît l'urgence de déloger les intrus un à la fois, sans faux-fuyant, avec pour seule arme la vérité. La sienne, la leur. La priorité donnée au cas de Raoul, il verra ensuite à régler chacun des autres problèmes selon leur importance et selon les solutions dont il dispose.

L'esprit plus libre, Oscar goûte davantage l'air qu'il hume à pleins poumons. Le courage lui revient de même que la ferme détermination de ne laisser personne profaner son havre de paix. « Encore dix minutes pour consolider mes positions », se dit-il en jetant un coup d'œil à sa montre.

~

La posture d'un caporal, une langueur dans le regard, Raoul Normandin accueille Oscar Dufresne à son domicile. Même ameublement, même décoration qu'il y a trois ans, mais plus une seule photo sur les murs et les buffets. Tout ce qui pouvait lui rappeler Laurette Du Sault, son épouse, a disparu. Le piano est fermé. La clé est demeurée dans la serrure. Une atmosphère de froide sérénité imprègne toute la maison.

« Je me réhabitue tranquillement à venir dans cette pièce, dit Raoul en invitant Oscar à le suivre au salon.

– Je comprends que ça puisse être très difficile…

– Surtout quand on perd, de cette façon, la perle des femmes… J'ai préparé du thé, tu en veux ?

– Avec plaisir, il fait si froid ce soir.

– Tiens, prends ce fauteuil-là, tu seras plus à ton aise pour déposer ta tasse », dit Raoul.

Il se rend à la cuisine, puis revient avec un plateau contenant un service à thé argenté.

« Un cadeau de noces, dit-il en servant la boisson bouillante. Je ne pensais pas être capable de le ressortir du vaisselier… C'est comme tout le reste, ajoute-t-il en promenant son regard dans la pièce. La vie s'est vidée de tout son sens quand ma Laurette est partie. Un trou noir, sans fond. »

Oscar l'écoute, osant à peine quelques signes de la tête.

« Pendant ma convalescence, j'ai découvert un outil de guérison que je n'aurais jamais soupçonné. Viens voir. »

Sur les murs de la cuisine, des natures mortes et des croquis inachevés sont exposés. Dans un coin de la pièce, face à la fenêtre, un lutrin porte une toile au fond bleuté qui annonce un coucher de soleil. Sur la moitié de la table, des pinceaux et un coffret de peinture à l'huile.

« C'est devenu mon atelier, pour mes temps libres.

– Tu as repris ton travail de publiciste ?

– Une vingtaine d'heures par semaine seulement. Je dois respecter mon rythme. »

Oscar ne reconnaît plus cet homme jadis fougueux, autoritaire et sans détour.

« On m'a appris que la meilleure façon de rebâtir sa vie était de la laisser s'exprimer dans une forme d'art quelconque. Je commence à le croire, avoue-t-il, un sourire timide sur les lèvres.

– Je t'admire Raoul. Sincèrement.

– J'essaie juste de m'en sortir, tu sais. De rebâtir les ponts… Avec ma famille, mes amis, mes enfants.

– Tu en es où, actuellement, par rapport à tes enfants ? demande Oscar, confiant.

– J'ai dû faire le deuil temporaire de mes enfants pour arriver à faire celui de ma femme. »

Oscar anticipe la suite.

« Avec mon fils, ç'a été plus facile. Ça s'est fait en même temps qu'avec mes frères et sœurs. Je pense même, s'il le souhaite, le reprendre avec moi dans un an ou deux.

– Puis tes filles ? »

Raoul secoue la tête, visiblement embarrassé.

« Au début de l'été dernier, j'ai commencé à revoir ma petite Madeleine. Ça se passe bien. Mieux que je l'espérais. Émeline m'a beaucoup facilité les premières approches. Mais je t'avoue que j'appréhende encore ma première rencontre avec la petite dernière. À certains jours, je m'en sens la force et j'ai l'impression qu'il faudrait que ça se fasse avant longtemps. À d'autres, pas du tout. Trop d'émotions sont encore prises là, dit-il en portant la main sur son cœur. Quand je pense que je ne l'ai jamais vue, cette enfant-là ! Quand elle est née, j'étais tellement désespéré de voir partir ma femme que c'est comme si le bébé n'avait plus d'importance. Puis, quand j'ai réalisé que je l'avais perdue, ma Laurette, je suis tombé dans un genre de folie… La pleine noirceur. Je ne me souviens pas des six mois qui ont suivi sa mort. Je me suis réveillé à l'hôpital, j'avais sauté deux saisons. Tu comprends que je reviens de loin… C'est pour ça que j'aurais aimé voir ma petite un peu de loin pour commencer, au cas où le choc serait trop grand.

– Qu'est-ce que tu crains le plus ?

– Qu'elle ressemble beaucoup à sa mère. Alors là, je ne sais comment je tiendrais le coup. »

Raoul se cache la figure, sort un mouchoir de sa poche et s'éponge les yeux.

« Excuse-moi. »

Touché en plein cœur, Oscar cueille sur la paume de sa main la larme qu'il n'a pu retenir.

« Elle lui ressemble ?

– Je te dirais qu'elle tient plus des Du Sault que des Normandin, pour l'instant. Mais ça peut encore changer.

– Je ne sais pas quoi souhaiter, dit Raoul, redevenu mi-rieur.

– Qu'elle reste aussi belle et adorable qu'elle l'est depuis sa naissance, non ? »

Les deux hommes sourient. Avec réserve, toutefois. L'intimité de l'entretien impose l'économie des gestes et des mots.

« Il y a une autre chose aussi dont je ne suis pas arrivé à me débarrasser complètement. C'est la peur des jugements. Surtout de ceux de la parenté de Laurette. Des gens si exemplaires… »

Oscar ne sait que répliquer. « S'il savait ! » se dit-il en pensant, entre autres choses, à la vie prétendument irréprochable de sa mère, Victoire Du Sault.

« Personne ne peut se permettre de faire la morale aux autres, finit-il par répondre. Pas plus les Du Sault et les Dufresne que les Normandin. Puis, si ça peut te rassurer, je te dirais qu'on a eu tellement de peine de ce qui t'arrivait qu'on n'avait pas envie de te condamner… T'aurais dû voir maman… »

Après un long silence, Raoul prend la parole : « Laurette m'a dit que tu avais été son premier amour… C'est vrai ? »

Décontenancé, Oscar baisse les yeux, confirme d'un geste de la tête.

« C'est une des raisons pour lesquelles j'ai été content d'apprendre que ma petite était chez vous. Je me suis dit qu'il n'y avait pas de hasard... »

Oscar attend la suite en retenant son souffle.

« Je ne sais pas ce que l'avenir nous réserve, mais j'espère que peu importe le temps qu'elle vivra avec toi et Alexandrine, elle ne vous apportera que du bonheur.

– Si tu savais ! Elle est devenue la raison de vivre de ma femme. Et moi, je l'adore, cette enfant-là. C'est pour ça qu'Alexandrine ne peut se faire à l'idée de la voir partir autrement que pour se marier. »

Au tour de Raoul de devenir songeur.

« Je comprends..., dit-il d'une voix à peine audible. On verra, avec le temps. Ce qui compte pour moi, c'est de faire sa connaissance, puis, tranquillement, de rétablir un lien paternel avec elle. J'ai du rattrapage à faire...

– C'est là que ça risque d'être difficile.

– Qu'est-ce que tu veux insinuer ? »

Oscar doit en arriver à des aveux dont il est si honteux qu'il en perd ses moyens. Avec l'aide de Raoul, il les livre d'abord à la miette, puis les mots déferlent et c'est avec le sentiment d'une délivrance qu'il dépeint l'état dans lequel Alexandrine se trouverait s'il fallait qu'il exige que la vérité soit tout de suite révélée à l'enfant.

« Je ne sais qu'en penser, Oscar. Ça demande réflexion, c'est tout ce que je peux te dire pour l'instant. »

La mine déconfite d'Oscar lui inspire une parole indulgente : « S'il existe une solution qui ferait l'affaire de tout le monde, sois sûr que je la prendrai. Mais je ne vois pas comment… Il reste que je ne crois pas devoir ni pouvoir renoncer à mon titre ni à mes droits de père auprès de mes enfants. »

Oscar se sent déchiré. Il devrait partir, tout a été dit, mais il tente une dernière démarche : « J'ai deux faveurs à te demander, Raoul.

– Je t'écoute.

– D'abord, qu'on ne précipite rien. Puis, qu'on s'entraide pour trouver la meilleure solution…

– … la meilleure solution pour la petite », de préciser Raoul.

Oscar quitte le domicile de Raoul Normandin, accablé. Il ne peut rentrer chez lui, faire face aux questions insistantes de sa femme avant d'avoir décanté ses idées. Mais où se réfugier par un froid aussi glacial ? Il est presque dix heures. La rue Adam est déserte. Il la suit jusqu'au boulevard Pie-IX qui lui paraît non moins désert. À sa droite, une oasis s'offre. « Il y a peu de chances pour que quelqu'un se trouve dans cette église à cette heure-ci et par un temps pareil », se dit-il. Les traces de pas encore visibles dans l'escalier pourraient bien remonter à quelques heures. Entré dans le portique, Oscar hésite, adossé à la porte qui ouvre sur la nef. La poignée grince. Quelqu'un va sortir.

« Toi ? Ici ? À cette heure-là ? s'écrie Oscar en apercevant Marius.

– Avant que Jasmine parte en vacances, on est venus ici, vers la même heure…

– Ah ! Je comprends.

– Mais toi, qu'est-ce qui t'amène ? Ta rencontre avec Raoul aurait été si difficile ?

– Complètement imprévisible...

– Au lieu de te morfondre ici tout seul, pourquoi ne viendrais-tu pas me raconter tout ça chez moi ? »

L'acquiescement vient sans la moindre hésitation. « Il ne faudrait pas que je tarde trop, quand même. Alexandrine doit m'attendre avec impatience.

– À ta convenance... »

Intentionnellement, Oscar insiste sur la crainte qu'éprouve Raoul d'être mal jugé par la famille Dufresne, entre autres. Ensemble, les deux frères préparent le compte rendu qu'Oscar devra faire à sa femme. Ne pas tout révéler et y aller par bribes, voilà ce dont ils conviennent pour ménager Alexandrine.

En entrant à la maison, Oscar s'étonne. Toutes les lumières sont éteintes et le lit conjugal est vide. Sur la pointe des pieds, il se rend à la chambre de Laurette. Alexandrine s'est endormie, allongée près de sa fille qu'elle tient enlacée. « Je suis béni des dieux », se dit Oscar qui espérait tant une bonne nuit de sommeil.

À son réveil, les paupières à demi-closes, il aperçoit, assises sur le bord du lit, son épouse et l'enfant s'amusant à le chatouiller sur les bras. Une joie mêlée de la douleur appréhendée de ne plus voir cette fillette près d'eux l'oppresse. Comme un appel de détresse, une prière monte à ses lèvres et il balbutie : « Mon Dieu, laissez-la-nous.

– Qu'est-ce qu'il dit, papa ? demande Laurette.

– Bonjour, mon petit trésor », répond Oscar en la pressant sur sa poitrine.

Le temps de quelques mignardises et Alexandrine rappelle à son mari qu'il est sept heures et qu'il doit lui réserver du temps avant de se rendre au travail.

« Avec plaisir, ma chérie », lui dit-il.

Qu'il y consente de si bonne grâce la déstabilise, mais elle se reprend vite et met de côté les arguments irréfutables qu'elle avait préparés pour le contraindre à lui raconter sa soirée.

La jovialité d'Oscar, tout au long du déjeuner, la désarme. Elle voudrait bien n'y voir qu'un heureux présage, mais elle redoute la déception. Fait rare, elle presse la fillette de terminer son repas et la confie aussitôt à la servante en précisant : « Mon mari et moi avons besoin de tranquillité pour une bonne demi-heure. » Puis, elle ferme les portes de la salle à manger.

« Je sais quel courage il t'a fallu hier soir, mon pauvre chéri, dit-elle en lui versant du thé.

– Je croyais, moi aussi, que ce serait très difficile…

– Tu ne me dis pas qu'il a accepté ! s'exclame Alexandrine, euphorique.

– S'il te plaît, laisse-moi le temps de t'expliquer. Tiens, viens t'asseoir. »

Elle pousse un profond soupir et promet, d'un signe de la tête, les mains croisées sur ses genoux, de garder son calme.

« Il faut que je te dise d'abord que cet homme est méconnaissable. Si l'épreuve aigrit bien des personnes, elle en sanctifie d'autres. Et Raoul est de celles-là.

– Où veux-tu en venir ?

– Il aura besoin de notre aide…

– De notre aide ? demande Alexandrine, inquiète.

– Il a tellement peur du choc que ça pourrait lui faire de voir sa fille. Surtout s'il lui trouve une grosse ressemblance avec sa défunte.

– Je ne me suis jamais arrêtée à penser à ça.

– Moi non plus, je t'avoue.

– On pourrait peut-être commencer par lui donner des photos de la petite, suggère-t-elle.

– Puis, ensuite, il pourrait l'observer de loin, sans qu'il ait à lui parler, ajoute Oscar.

– Sans qu'elle le voie, non plus », réclame Alexandrine, déjà encline à s'affoler.

Oscar prend ses mains dans les siennes et, tout attentionné, il lui apprend : « Hier soir, Raoul et moi, on s'est engagés à ne rien précipiter et à s'entraider de part et d'autre... On n'est pas des ennemis, Alexandrine. Personne ne veut de mal à l'autre. On cherche ensemble la meilleure solution.

– Mais on la connaît, nous...

– Celle qui ferait notre bonheur, oui.

– Et qui ferait aussi le bonheur de Laurette, insiste-t-elle.

– Peut-être as-tu raison, mais j'ai promis, en ton nom aussi, d'y aller étape par étape, dans la plus grande honnêteté. Pour l'instant, nous sommes à la première...

– Quelles photos on choisit de lui montrer ?

– On fera ça ce soir, j'ai du travail qui m'attend ce matin. »

Oscar embrasse son épouse et va pour sortir lorsqu'il se ravise et revient sur ses pas : « La prochaine fois, je te parlerai de tout ce qu'il a souffert, Raoul, depuis trois ans. Inimaginable ! Je lui lève mon chapeau. »

Ces paroles, croit-il, inciteront Alexandrine à s'oublier un peu pour considérer la souffrance de Raoul.

Au bureau, Oscar n'a pas terminé ses appels téléphoniques qu'il en reçoit un de sa femme : « Je viens d'avoir une bonne idée concernant les photos de la petite : Donat nous emmène au studio du photographe Dumas, rue Sainte-Catherine. On a rendez-vous à deux heures.

– Excuse-moi, ma chérie, je suis un peu pressé. On pourra en causer au dîner…

– Je t'appelais justement parce que je pars dans quelques minutes. Je vais magasiner chez Dupuis et Frères avec la petite. Tant qu'à devoir lui acheter de nouveaux vêtements pour les fêtes, autant les lui faire porter pour la séance de photos.

– Mais…

– … ne te fais pas de souci, Marie-Ange a offert de venir avec nous. À ce soir, mon amour ! »

Inutile d'ajouter quoi que ce soit, Alexandrine a déjà raccroché.

L'idée vient alors à Oscar d'aller dîner avec son père. Comme Thomas travaille à la Slater Shoe le vendredi, le moment ne pourrait être mieux choisi. Il lui donne un coup de fil.

« Avec plaisir, répond Thomas. Ça va faire deux semaines qu'on ne s'est pas parlé…

– Sans compter qu'il y a de ces semaines où il se passe plus de choses que dans toute une année.

– C'est ton cas, toi aussi ?

– J'exagère un peu…

– Je téléphone à Marie-Ange pour qu'elle ajoute un couvert, dit Thomas. Depuis que j'ai mon commerce à Acton Vale, je mange si peu souvent à la maison que ça me manque. »

Que la servante soit témoin de leur conversation contrarie Oscar. Mais comme il sait qu'elle est sur le point de partir avec Alexandrine et Laurette, il consent à rencontrer son père au domicile familial.

Thomas est d'une jovialité contagieuse en s'attablant avec son fils.

« Tu vois, Oscar ? Malgré le peu de temps que ça lui donnait, Marie-Ange nous a fricoté un ragoût comme pas un restaurant aurait pu nous en servir.

– À ce que j'entends, vous ne la changeriez pour personne d'autre, votre servante.

– Tu ne me le fais pas dire !

– À moins de trouver une autre perle rare qui ferait plus encore… », insinue Oscar, l'œil taquin.

Et Thomas de répliquer du tac au tac : « Ça m'en ferait deux ! »

Les deux hommes badinent jusqu'au moment de prendre leur dessert. Thomas annonce alors : « J'ai pris des informations concernant nos exportations de chaussures à l'étranger. J'ai l'intention de faire une percée du côté de l'Algérie.

– L'Algérie ?

– Pourquoi pas ? C'est bien moins loin qu'au Caire où on vend déjà. »

Thomas envisage d'y exporter d'abord les productions d'Acton Vale et de la Slater Shoe, puis, si l'expérience est concluante, d'ajouter celles de la Dufresne & Locke.

« Il n'y a pas de mal à tenter notre chance », convient Oscar.

Thomas, le regard vainqueur, y va d'une autre primeur : « Je savais que tu serais ouvert à ma proposition. Même que j'en étais tellement sûr que j'ai prévu un petit voyage à quatre vers le mois de mai ou juin.

– À quatre ?

– Oui. Toi, ta femme, ta sœur et moi.

– Hein ! Mais où ça ?

– En Algérie, voyons ! »

Le visage d'Oscar s'est rembruni. Thomas ne comprend pas.

« T'avais prévu aller ailleurs en 1911 ?

– Non, pas du tout. Mais avec ce qu'on vit par rapport à Laurette, on n'a pas le goût de s'éloigner. »

Oscar relate les événements des derniers jours, mais son père, d'un optimisme indéfectible, présume que la menace de perdre la garde de Laurette sera passée d'ici quelques mois et qu'Alexandrine voudra bien confier la bambine à Marie-Ange. « Je lui en ai parlé, elle s'en ferait un plaisir. »

Oscar dodeline de la tête. Thomas ajoute :

« Puis, je tiens à offrir cette récompense à Cécile pour son bon travail à Acton Vale. Ça la consolera, au moins temporairement, de ne pas avoir d'amoureux.

– Ce n'est qu'une question de temps, estime Oscar. Celui qui la mérite ne l'a pas encore rencontrée.

– C'est à elle que tu devrais dire ça. Moi, je me tue à lui répéter qu'il n'y a pas de presse. Je lui donne l'exemple de sa mère, qui n'a rien perdu à attendre d'avoir ses vingt-huit ans pour marier l'homme dépareillé que je suis. »

Les rires fusent et les blagues sur la valeur de Thomas se succèdent.

Redevenu sérieux, Oscar lui demande pourquoi Marius ne serait pas de ce voyage.

« Je ne crois pas que la ville de Maisonneuve lui donne un congé d'un mois avec tout ce qui promet d'être en chantier au printemps.

– C'est vrai. Par contre, ça lui aurait peut-être fait le plus grand bien.

– Ça ne va pas, lui ? Depuis quand ? »

Oscar constate qu'il est le seul de la famille à être informé du congé forcé de Jasmine.

« Tu crains vraiment, toi, pour la santé de Jasmine ? demande Thomas.

– Marius est très inquiet et je pense qu'il a raison.

– Pauvre garçon… Encore une chance que tu es proche de lui. Sa mère n'est plus là, puis moi, bien, je n'ai jamais su lui parler. Ce que je donnerais pour comprendre ce qui accroche entre nous deux ! »

Oscar pince les lèvres, embarrassé.

« En as-tu une idée, toi ? demande Thomas.

– Si j'avais un conseil à vous donner, ce serait de ne pas vous acharner. Vous devriez vous satisfaire du fait qu'il n'y a pas de ressentiment entre vous deux.

– Du ressentiment ? Il ne manquerait plus que cela ! Qu'est-ce que je lui ai fait de mal, à ce garçon, à part être maladroit avec lui ?

– Vous n'avez rien à vous reprocher, papa. On ne peut pas avoir les mêmes affinités avec tous ses enfants. »

Thomas demeure perplexe. Une fois de plus, il a l'impression qu'Oscar connaît des choses qui lui échappent au sujet de Marius.

« Pour être franc avec toi, Oscar, je suis un peu jaloux de toi. De ta facilité à gagner la confiance de tout le monde. C'est de ta mère que tu tiens ça, tu sais.

– Et moi, j'envie votre optimisme et votre humour », riposte Oscar, quittant son père sur ces mots.

À cinq jours de Noël, Alexandrine passe récupérer ses photos au studio d'Albert Dumas. Sa satisfaction est entière. « Quand Raoul verra combien on s'aime, la petite et moi, il renoncera à nous séparer », pense-t-elle en contemplant la photo sur laquelle la fillette l'embrasse. Sa conviction est telle qu'elle s'arrête au bureau de son mari pour les lui montrer. Oscar les regarde attentivement. Silencieusement. Alexandrine frétille.

« Elles sont magnifiques, hein ? lance-t-elle, à bout de patience.

– Elles sont très réussies, en effet, mais…

– Mais quoi ?

– À part une, je ne pense pas qu'elles seraient de nature à aider Raoul.

– Au contraire. Je pense qu'elles vont l'aider à prendre la bonne décision. N'est-ce pas ce que nous voulons ? »

Oscar porte les mains à son visage, se frotte les yeux, découragé.

« Écoute-moi, Alexandrine. On va essayer, tous les deux, pendant deux minutes, de se mettre à la place de Raoul. Des circonstances malheureuses l'ont coupé de ses enfants pendant plus de deux ans. Il s'en est sorti et il veut reprendre contact avec eux. Ce sont ses enfants. Il espère de tout son cœur de père qu'il pourra rattraper le temps perdu. Réparer les torts que son absence a pu causer à ses enfants. Tu me suis ? »

Alexandrine fait signe que oui, mais son visage exprime une tristesse profonde.

« Lui présenter ces photos-là, c'est, à mon avis, lui dire que ses espoirs, en ce qui concerne sa benjamine, sont vains. Ses efforts, inutiles.

– Honnêtement, Oscar, c'est ce que je souhaite, réplique-t-elle avec une froideur et un aplomb qui stupéfient son mari. C'est lui ou moi. Eh bien ! ce sera moi. Charité bien ordonnée commence par soi-même. C'est écrit dans l'Évangile. »

Alexandrine reprend les photos d'un geste brusque, les enfouit dans son sac à main et quitte le bureau sans même saluer son mari.

Le 23 décembre, à midi, Oscar reçoit un appel téléphonique de Raoul. « T'aurais une petite demi-heure à me consacrer ? demande-t-il d'une voix accablée.

– Bien sûr, Raoul. J'imagine que la quinzaine qui vient ne sera pas facile pour toi... Tu veux que j'aille chez toi ?

– S'il te plaît. À l'heure qui te convient.

– J'arrive », promet Oscar.

De toute évidence, Raoul a pleuré. Oscar le suit dans la cuisine sans qu'un mot soit échangé entre eux. De la main, Raoul lui désigne les photos étalées sur la table. À l'insu de son mari, Alexandrine lui a envoyé quatre photos du studio Dumas, dont celles qu'Oscar jugeait inacceptables.

Accoudé à la table, les poings fermés sur les tempes, Raoul a le cœur déchiré. « Tout ce que j'ai perdu à ne pas être là ! C'est moi, son père, qu'elle embrasserait comme ça si je m'étais secoué à temps. Si tu savais, Oscar, comme je m'en veux. Si on pouvait donc reprendre des pans de notre passé. Comment veux-tu qu'on s'attache à la vie quand elle nous maltraite comme ça ?

– Aimerais-tu que je les rapporte à la maison, ces photos-là ?

– Tu peux bien. De toute façon, elles sont gravées dans ma mémoire pour le reste de mes jours.

– Je suis désolé, Raoul. Vraiment désolé. Il y a quelque chose que je pourrais faire pour te soulager un peu ? »

Raoul hoche la tête de gauche à droite.

« Si je te donnais un peu d'argent…

– Non, Oscar. Je me sens déjà tellement en dette avec toi.

– Je ne te parle pas d'un prêt.

– L'argent ne peut remplacer la compréhension ni sauver de la solitude.

– Je pensais t'avoir clairement exprimé ma compréhension…

– Je t'en ai cru capable, l'autre soir, mais ces photos-là me disent le contraire…

– Alexandrine a cru bien faire. Je ne savais pas qu'elle te les avait envoyées », se résigne-t-il à dévoiler.

Raoul lève la tête et lit la déception et la détresse dans le regard de son visiteur.

« Tu as mes deux numéros de téléphone. Tu peux m'appeler n'importe quand. Si je peux t'aider à surmonter ta solitude… », offre Oscar.

En partant, il laisse sur la table un billet de cinquante dollars. Raoul ne dit mot, ne bouge pas.

~

L'ambiance de Noël fait sa place aux fenêtres et devant nombre de maisons québécoises. Oscar Dufresne, qui n'a ni l'esprit ni le cœur à la fête, constate, non sans une certaine rogne, que son domicile ne fait pas exception. « De quel droit Alexandrine a-t-elle commandé ces décorations », se demande-t-il, peu disposé à la tolérance depuis son passage chez Raoul. Il n'a pas tourné la poignée de la porte qu'il a envie de faire demi-tour. Un air de Noël se fait entendre du salon où il découvre son épouse et la fillette dansant au milieu de la pièce. Laurette tape des mains et rit à gorge déployée. Oscar recule pour ne pas être vu. Il ne pourrait interrompre la fête sans priver Laurette d'un plaisir légitime. De nouveau, il s'avance. « Papa ! Papa ! » s'écrie la fillette, heureuse de l'apercevoir. Alexandrine ne s'arrête pas, elle non plus, et invite son mari à entrer dans la danse. De centrer son attention sur l'enfant aide Oscar à dominer sa mauvaise humeur.

Durant tout l'après-midi, il ne peut se soustraire à cette ambiance, forcé de jouer à accrocher une guirlande, à fixer des boucles de satin rouge dans le sapin ou à préparer la crèche de Noël. Une fois que la décoration du salon est terminée et que Laurette, qui tombait de fatigue, est endormie, Alexandrine vient se pendre au cou de son mari pour lui dire, épuisée mais ravie : « Tu vois. On ne pourrait jamais vivre tant de bonheur si la petite n'était pas là. »

Oscar se contente de hausser les sourcils.

« Mais qu'est-ce que tu as ?

– Ce n'était pas nécessaire de faire ça aujourd'hui, trouve-t-il à répondre.

– Mais on est en retard par rapport aux autres années… »

Il n'y avait pas pensé.

« Tu es fatigué ?

– Beaucoup. Par toutes sortes de choses. »

Rares sont les fois, en onze ans de mariage, où Oscar s'est montré aussi maussade.

« C'est la manufacture ou le conseil de ville qui te tracasse ?

– Ça et ta façon, depuis quelque temps, de ne pas tenir compte des autres », gronde-t-il en se laissant tomber dans un fauteuil.

Alexandrine pose sur la table le vase de cristal qu'elle allait épousseter et vient s'asseoir près de son mari.

« Ah ! je ne tiens pas compte des autres, tu crois ? riposte-t-elle. Mais je n'ai fait que ça, dans ma vie. Trop, d'ailleurs. Et c'est toi qui me pressais de trouver ce qui me rendrait heureuse. Maintenant que je le sais et que je me l'accorde, tu me le reproches ? Je ne te comprends plus, Oscar Dufresne.

– Au fond, ce que je veux te dire, c'est que je n'accepte pas que tu agisses à ta guise, sans tenir compte de mon avis, en ce qui concerne Raoul.

– Ah ! C'est ça !

– On avait fait un pas en avant avec lui, tu viens de nous faire reculer de deux pas. Ne te surprends pas si ça tourne mal.

– Tu l'as vu ? demande-t-elle, troublée.

– Oui, et je t'assure que c'est toi qui aurais dû être là pour constater les dégâts », répond-il en lançant les photos sur la table.

Alexandrine croise les bras sur sa poitrine, l'air boudeur. Puis, soudainement, elle se lève, court à sa chambre et s'y enferme jusqu'à ce que Laurette s'éveille.

Au domicile d'Oscar Dufresne, les paroles prononcées en cette fin d'après-midi s'adressent exclusivement à Laurette. Les sourires aussi. Comme aux jours de grisaille, Alexandrine va se coucher, ce soir-là, en même temps que l'enfant. Désemparé, Oscar tente en vain de joindre Marius. Il tourne en rond, incapable de se concentrer sur rien, jusqu'à ce qu'il voie passer une ombre sur la galerie. Il court ouvrir la porte avant que le visiteur ait le temps d'agiter le heurtoir.

« Marius, c'est le bon Dieu qui t'envoie ! s'écrie Oscar en lui donnant l'accolade.

– Si ce n'est pas le bon Dieu qui reçoit d'aussi belle manière, je me demande qui c'est !

– Ne fais pas de bruit, Alexandrine et la petite sont couchées.

– Déjà ?

– Ouais. Ça ne va pas bien...

– Raconte-moi ça », dit Marius en accrochant son manteau à la patère.

Oscar va pour fermer la porte intérieure quand il aperçoit nul autre que Raoul Normandin, gravissant les marches de sa maison : « J'ai essayé d'appeler, mais c'était toujours occupé, explique-t-il.

– Mais qu'est-ce qui t'amène de si urgent ?

– J'ai changé d'idée, Oscar. Je veux reprendre les photos.

– Avec plaisir. Attends, je vais les chercher », dit Oscar, laissant Raoul dans le portique.

À Marius, qui ne comprend rien à la situation, il fait signe de patienter, puis il retourne vers Raoul.

« Elle dort ? demande ce dernier.

– La petite ? Oui.

– Si c'est pas trop demander, je voudrais la regarder dormir, une minute. Juste une minute.

– Hum… Entre, je vais voir ce que je peux faire », dit-il en le conduisant au salon.

Oscar le prévient de la présence de Marius et des confidences qu'il lui a faites à son sujet. Puis il avoue : « Je suis très embêté, Raoul. Personnellement, je ne vois aucun inconvénient à ce que tu jettes un coup d'œil sur la petite, mais Alexandrine est couchée et je ne voudrais pas que ça se fasse à son insu.

– Tu es sûr qu'elle dort ? » lui demande Raoul.

Oscar consulte son frère du regard.

« Tu devrais aller voir », conseille Marius.

Oscar met du temps à revenir. Raoul prête l'oreille, le regard anxieux. Il se tourne finalement vers Marius : « C'est bon signe, tu crois ?

– Je ne saurais dire… Surtout pas quand Alexandrine est concernée.

– Tu ne l'apprécies pas, ta belle-sœur ?

– Je dis seulement que c'est une femme imprévisible. Ça ne lui enlève pas ses qualités. »

Le silence se réinstalle au salon. Les coudes appuyés sur ses cuisses, le visage caché dans ses mains, Raoul n'est que longs soupirs. Des pas dans le haut de l'escalier le font se lever de son fauteuil. Oscar apparaît. Il porte dans ses bras la bambine plongée dans un profond sommeil.

« C'est à la condition qu'elle ne se réveille pas », chuchote-t-il en s'approchant de Raoul.

Une main sur la bouche, Raoul ne voit plus sa fille qu'à travers les larmes qui brouillent sa vue. De son index, il caresse la petite main potelée, les cheveux dorés, puis détourne la tête. Des sanglots lui secouent les épaules. D'un geste de la main, il salue les frères Dufresne et disparaît dans le portique où il enfile en vitesse ses bottes et son manteau. La porte claque. Oscar demeure au milieu du salon, décontenancé. Marius s'approche à son tour. « Je comprends que ça lui crève le cœur, dit-il en contemplant l'enfant.

– Moi aussi », murmure Oscar sans détacher son regard de Laurette.

Il va déposer l'enfant dans son lit, se rend dans sa chambre et vient retrouver Marius. « Je me sens épuisé comme si j'avais passé vingt-quatre heures sans dormir, dit-il en se laissant choir dans un fauteuil.

– Je comprends, tu viens de réussir un travail d'Hercule. »

Oscar sourit.

Un résumé des événements de la journée fait comprendre à Marius qu'Alexandrine se sentait coupable face à Raoul, raison pour laquelle elle a consenti à ce qu'il voie la fillette. « À la condition qu'elle n'en ait pas connaissance », a-t-elle exigé.

« Peux-tu prévoir la prochaine étape ? demande Marius.

– Pas pour l'instant. Après une bonne nuit de sommeil, peut-être. Mais je t'avoue que je commence à en avoir assez d'être toujours pris entre l'écorce et l'arbre.

– Entre Raoul et ta femme ?

– Ouais.

– Puis ça risque de durer longtemps.

– Je le sais. S'il n'y avait que cette histoire-là, au moins.

– Ça va mal à la ville ou à la manufacture ?

– Non, non, il n'y a pas de problèmes là. »

Oscar se frotte les yeux, visiblement exténué. Compatissant, Marius n'ose pas insister et se limite à supposer qu'il s'agit de Colombe. « Je te laisse te reposer, Oscar. Si t'as le goût de me parler demain, n'hésite pas. Sinon, on se revoit avec la famille le 25 au soir ?

– Je ne suis pas sans penser que ce Noël ne sera pas plus joyeux pour toi que pour moi.

– Il y a pire, riposte Marius en lui tapant sur l'épaule. Bonne nuit ! »

Après le départ de son frère, Oscar retourne au salon, éteint les lumières et s'allonge sur le canapé. Il espère, à la faveur du silence et de l'obscurité, mettre un peu d'ordre dans ses pensées. Tant il était sûr qu'Alexandrine avait fait une erreur en envoyant sa sélection de photos à Raoul, tant il doute maintenant de son jugement. Le comportement de Raoul lui semble naturel, mais que leur réserve-t-il ?

« Avais-tu peur qu'il revienne ? s'entend-il demander par son épouse qui le découvre là, le lendemain matin.

– Qui ça ? dit-il, abasourdi, accablé par une nuit où les déplaisirs de la veille sont venus hanter ses rêves.

– Normandin, voyons ! »

À voir ses traits tirés, Oscar devine qu'Alexandrine n'a guère mieux dormi que lui. L'embarras se lit dans ses gestes et dans son regard fuyant. Trouvera-t-il le temps et la manière de ramener la paix et un minimum de bien-être dans leur relation ? Oscar sait qu'il lui incombe d'entreprendre cette démarche.

L'avant-midi est consacré aux emplettes, et Oscar en revient plus calme. Le temps s'est, lui aussi, radouci : le soleil a fait monter le mercure, le vent est tombé et la neige est assez abondante pour permettre la glissade en traîneau. « Je vous emmène toutes deux au mont Royal », annonce Oscar, approuvé par le sourire lumineux d'Alexandrine qui s'empresse de transmettre la bonne nouvelle à sa fille. « Pas de dodo aujourd'hui, ma princesse. On va jouer dehors avec papa et maman. »

Préoccupé de distraire son épouse et de faire plaisir à sa fille, voilà qu'Oscar se laisse prendre au jeu et y trouve un réconfort indescriptible. « On ne joue pas assez souvent, confesse-t-il à Alexandrine, sur le chemin du retour.

– Tu as raison. Qui sait combien de temps elle sera encore avec nous ? »

« Mes meilleurs vœux pour une année de bonheur, mon cher amour ! »

Marius est médusé. C'est la voix de Jasmine au bout du fil.

« Où es-tu, ma chérie ? Où es-tu ?

– Chez ma tante, voyons.

– Tu reviens bientôt ?

– Dans une semaine, peut-être bien, dit-elle d'une voix brisée.

– Tu n'es pas bien, Jasmine ? Tu pleures ?

– J'aimerais tellement te serrer dans mes bras...

– Dans une dizaine d'heures, je peux être là, tu sais.

– Non, Marius. Je dois me montrer raisonnable. Tu vas bien, toi ?

– Impossible d'être heureux quand tu es si loin.

– Il le faut pourtant, mon amour.

– Dis-moi que je pourrai aller te chercher à la gare dans une semaine. Promets-le-moi, je t'en supplie.

– Je ferai tout mon possible, Marius. Tu me manques tellement.

– C'est vrai, ma chérie ? Tu ne pouvais me faire plus beau cadeau. Je t'espère à chaque seconde. Guéris vite, mon amour.

– Je t'aime tant », balbutie-t-elle avant de raccrocher.

Marius court vers sa table à dessin, attrape un papier et s'empresse d'y noter les paroles de Jasmine. Il découpe le texte et le colle à sa poitrine, savourant la douce illusion de tenir sa bien-aimée dans ses bras. Fermer les yeux, ne plus entendre que les palpitations de son cœur sur le sien, ne plus sentir que son souffle chaud sur son cou, demeurer là, sans bouger, tout à cette présence fluide mais si enveloppante.

Pendant que Marius s'enferme dans cette oasis de rêve, son père s'inquiète. Il s'arrête chez Oscar dans l'espoir de l'y trouver.

« Je lui ai téléphoné, pas de réponse. Je suis allé sonner à sa porte, personne. Je trouve ça bien curieux.

– Ou il dort profondément, ou il veut la paix, suppose Oscar.

– Marius, dormir à onze heures du matin ! Personne ne me fera croire ça.

– À moins que Jasmine revienne aujourd'hui, dit Alexandrine.

– On n'a pas à s'inquiéter, juge Oscar. S'il n'a pas donné de ses nouvelles en fin d'après-midi, on y verra. »

La sonnerie du téléphone les fait sursauter. Oscar s'empresse de répondre. Le maire Michaud offre ses vœux de santé et de bonheur à Oscar et à toute sa famille.

« Il veut absolument me rencontrer le 3 au matin. Il paraît qu'on a des dossiers urgents à traiter, puis de bonnes nouvelles à apprendre, dit Oscar ravi.

– Si ce n'était de Marius, on pourrait dire que l'an 1911 s'annonce bien pour nous tous, dit Thomas. Tes entreprises vont de mieux en mieux, celle de Candide et les miennes aussi, la famille va encore s'agrandir, puis on a un beau voyage en perspective. »

Thomas a éveillé l'intérêt d'Alexandrine : « C'est Laura ou Nativa qui attend un autre bébé ?

– Laura. Il faut une petite sœur à Jules. »

Une tristesse que Thomas n'a pas de mal à comprendre assombrit le regard de sa bru.

« Il y a combien d'années que tu n'as pas fait de voyage avec ton mari ? » lance Thomas pour la décider.

L'idée de passer le mois de juin en Algérie avec Oscar, Thomas et Cécile ne reçoit pas l'accueil souhaité. « Vous avez l'air d'oublier, monsieur Dufresne, qu'on a une enfant, nous autres. À moins que vous pensiez qu'elle pourrait faire le voyage ?

– Oh ! Mon Dieu, non ! »

Devant l'air accablé de son épouse, Oscar nuance : « Ce n'est pas l'idéal, mais ce n'est pas impensable. Plus d'une fois j'ai vu des parents prendre le bateau pour l'Europe avec leurs enfants, surtout à cette période de l'année. »

Compte tenu des événements des derniers jours, Oscar sait qu'il serait inadmissible, aux yeux de son épouse, de s'éloigner de l'enfant et pour si longtemps. Bien que surpris, Thomas passe outre et poursuit ses pronostics pour une nouvelle année prometteuse. « La Dufresne & Locke fait travailler plus de cinq cents ouvriers, fabrique trois mille paires de chaussures par semaine et a payé trois cent mille dollars de salaires en 1910. Imagine si on exportait en plus en Algérie… »

Comme ces perspectives d'avenir sont loin des préoccupations de Marius qui les rejoint au domicile familial en fin d'après-midi, pour le souper du Nouvel An. Seuls les vœux portant sur ses amours trouvent un écho dans son cœur. Perspicace, Cécile lui tient compagnie et lui pose une foule de questions au sujet de Jasmine. « Où est ton amoureux, toi, aujourd'hui ? lui demande-t-il, redevenu taquin.

– Sous la jupe de sa maman », s'empresse de répondre Romulus qui ne rate jamais une occasion de badiner.

Se tournant vers son père, il ajoute : « Si elle fait comme maman, elle va devoir attendre encore dix ans avant de se voir accompagnée d'un mari.

– Tu aurais pu trouver mieux, comme blague », fait remarquer Candide, très chatouilleux sur tout ce qui se rapporte à Victoire.

Malgré des divergences d'opinions fréquentes avec sa mère au cours des dernières années, Candide vouait une très grande admiration à Victoire et elle le lui rendait bien. Est-ce à dire que Romulus n'en éprouvait pas autant ? Elle avait dû le défendre si souvent contre les railleries de ses grands frères qui ne croyaient pas au sérieux de ses problèmes de santé et qui l'accusaient de chercher ainsi à se faire chouchouter. À l'instar de sa mère, Oscar n'en avait jamais douté. Aussi avait-il promis de ne jamais le laisser dans le besoin. Récemment, il lui avait proposé d'emménager à la campagne, là où l'air est plus pur et où il pourrait trouver un travail de bureau à mi-temps. Dans la région de Saint-Hilaire, sur la rive sud de Montréal, de nombreuses propriétés situées au cœur des vergers se vendaient à des prix fort abordables. « J'achèterais le domaine, lui avait dit Oscar, et tu l'habiterais avec ta petite famille à la seule condition de l'entretenir et de voir à la cueillette des pommes. » Laura devrait sacrifier beaucoup pour le mieux-être de son mari : fille de ville, elle en aimait tous les aspects. Aussi, par quoi remplacerait-elle les revenus tirés de ses cours de piano et de chant ? De plus, trouverait-elle des amies aussi complices et avenantes que Nativa, l'épouse de Candide ? Toutes deux avaient des goûts et des valeurs similaires, et elles éprouvaient le même plaisir à jouer leur rôle de mère. Laura rêvait d'avoir autant d'enfants que sa belle-sœur.

Entouré de ses cinq enfants, de ses trois brus et de ses six petits-enfants, Thomas regrette que Victoire ne soit plus là. Il imagine le bonheur qu'elle aurait à accueillir Georges, Marcelle, Gilberte et Bernard, âgés de deux à sept ans, et Jules, le fils de Romulus, qui va fêter son premier anniversaire de naissance. Que penserait-elle de Laurette qui, à peu près du même âge que sa cousine Marcelle, se plaît tout autant aux jeux de ses cousins, au grand déplaisir d'Alexandrine ? « Ce n'est pas chez nous qu'elle a appris à jouer avec des camions, pourtant, dit cette dernière à Thomas, presque humiliée.

– Ça va faire une fille débrouillarde », riposte-t-il, la priant de ne pas intervenir.

Marius aussi regrette l'absence de sa mère. Elle qui a toujours trouvé le mot pour exprimer sa compréhension. Elle qui savait être là au bon moment, sans s'imposer. Dans les soupirs de Cécile passe cette même nostalgie.

Marie-Ange s'active à devancer les besoins de tout le monde sous le regard reconnaissant de Thomas. Donat, son épouse Régina et leurs trois enfants sont considérés comme des membres de la famille tant qu'ils s'y plairont. Dans ses moments de répit, Marie-Ange chuchote avec Régina, ce qui a le don d'agacer Oscar vers qui elles lancent de temps en temps un regard furtif. « Je suis sûr qu'elles causent du secret de famille », pense-t-il, au bord de l'exaspération. En quête de quelques moments de vraie paix, il leur tourne le dos. Une table de joueurs de cartes est en train de s'organiser. Il fera partie de l'équipe.

« J'aimerais qu'on se parle au cours de l'après-midi, demain », souffle-t-il à l'oreille de Marius avant de retourner chez lui avec son épouse et sa fille.

~

Il est à peine neuf heures, ce matin du 3 janvier 1911, quand le maire Michaud réclame Oscar à son bureau. « J'ai des choses urgentes à discuter avec toi, puis des papiers importants à te montrer. »

Le premier concerne une promesse d'acheter à la Viauville Land Co. un terrain au prix de quatre cent vingt-huit mille dollars pour l'aménagement du futur parc de Maisonneuve, et de le payer comptant.

« Ça me semble un prix exagéré… Il n'y aurait pas un peu de surenchère là-dessous ? Montrez-moi donc les papiers. »

Oscar les considère attentivement, sourcille et exprime sa désapprobation : « J'espère que le conseil n'acceptera pas ça.

– Mais on respecte la limite de quinze centins par pied superficiaire.

– Peu importe, c'est scandaleux que ce même terrain ait été vendu trois fois la même journée et qu'il soit parti de trois cent cinquante mille piastres pour grimper à presque quatre cent trente mille.

– Ça va être au conseil de trancher », réplique Michaud d'un ton impératif.

Une diversion s'impose pour apaiser Oscar. Le maire exhibe des coupures de journaux devant lui.

« Tu vois ? Maisonneuve est classée deuxième ville industrielle en importance au Québec et sa population est passée de huit cents habitants, en 1888, à dix-huit mille aujourd'hui.

– Ça, c'est encourageant !

– Les industries établies sont prospères et d'autres pourraient bien s'ajouter au cours de l'année.

– Je sais, oui », répond Oscar, presque indifférent.

Michaud y va alors d'un sujet cher à son échevin. Devant lui, il étale un papier qui témoigne du succès de Lavergne. Deux articles figurent dorénavant dans le Code civil de la province de Québec : l'article 1682 c., stipulant que toutes compagnies de chemin de fer, de navigation, de télégraphe, de téléphone, de transport et de messageries sont tenues d'imprimer en anglais et en français billets des voyageurs, bulletins d'enregistrement des bagages, dépêches télégraphiques, formules de contrats et avis de règlement ; l'article 1682 d., fixant à vingt dollars l'amende exigée pour toute infraction à cette loi.

Oscar demeure réservé. Le maire lui rappelle alors que d'autres projets visant à favoriser le développement des industries font l'objet des travaux parlementaires, dont celui des relations commerciales avec les États-Unis. Depuis 1909, tout pays étranger devait accorder aux États-Unis les mêmes réductions douanières qu'il accordait aux autres pays. Mais voilà que le gouvernement du Québec décidait, l'année suivante, d'interdire l'exportation vers les États-Unis du bois de pulpe coupé sur les terres publiques. Quelques mois plus tard, Laurier reprenait les négociations pour établir une réciprocité commerciale entre les deux pays.

« Une entente a été déposée au sujet de la réciprocité commerciale avec les États-Unis et n'attend que la ratification du parlement du Canada et du Congrès américain, lui signale le maire.

– Ça m'étonnerait que ce soit une réciprocité sans limites.

– Qu'elle s'applique à tous les produits naturels de la ferme, comme le blé, les légumes, les animaux de ferme, ce n'est déjà pas mal, fait remarquer Michaud. Mais ce qui nous intéresse surtout, c'est le tarif réduit sur les produits agricoles légèrement transformés comme les marinades, les biscuits, les conserves, etc. Tu vois d'ici les profits de nos industries comme la Sugar Lantic, la biscuiterie Viau, l'Acme Can Works, sans parler de toute notre production maraîchère ? Il faut profiter de ce climat de prospérité pour aller de l'avant dans nos projets d'embellissement. »

Sur ce point, Oscar lui donne raison.

« La prochaine réunion du conseil sera une de nos plus importantes. Je compte sur toi pour aller chercher l'assentiment du plus grand nombre de conseillers possible.

– Tu le sais, Michaud, je ne suis pas le plus doué pour la cabale. »

La déception se lit sur le visage du maire.

« Parles-en au moins à ton frère et à ton ami Bélanger », demande-t-il avant qu'Oscar ne quitte son bureau.

Les jours passent et Marius est toujours sans nouvelles de Jasmine. Finalement, le 20 janvier, il reçoit un télégramme. L'état de santé de Jasmine s'est détérioré au point qu'elle ne peut, pour l'instant, prendre le train pour Montréal. Atterré, Marius n'a plus qu'une idée en tête : traiter les dossiers les plus importants à la ville de Maisonneuve et chez Lacroix & Piché, puis partir rejoindre sa bien-aimée en Ontario.

« Je prends le train pour Cornwall, annonce-t-il à Oscar. Je devrais être de retour dans deux ou trois jours.

– Que se passe-t-il ? s'étonne Oscar.

– Jasmine est au plus mal. Je la ramène à Montréal. Son médecin sera en mesure de mieux la soigner, puis je serai près d'elle dans tous mes temps libres », explique Marius avant de confier à son frère certains suivis téléphoniques.

Jasmine n'est prévenue de la visite de son amoureux qu'une heure avant son arrivée. L'infirmière que sa tante Mary a engagée il y a une dizaine de jours est encore auprès de la malade lorsqu'il se présente. Courtois envers cette parente qui l'accueille chaleureusement, Marius ne se montre pas moins pressé de voir sa bien-aimée. Il ne peut cacher sa stupéfaction en entrant dans la chambre de la malade. Les douleurs et les hémorragies causées par la prolifération de pierres dans son rein ont miné sa beauté angélique. Son teint est livide et ses yeux sans éclat. Sous les regards émus de sa tante et de l'infirmière, Jasmine, clouée au lit depuis cinq jours, tend les bras vers Marius. Tous deux n'ont de voix que pour les sanglots qui s'échappent de leur poitrine. « Je ne te quitterai plus, ma chérie. Demain matin, je te ramène chez nous », parvient-il à lui dire.

Dans la main de Jasmine pressant celle de son amoureux passe une volonté inébranlable de s'accrocher à l'espoir.

« Ton médecin est prévenu de ton retour, lui chuchote Marius. Il va venir te voir dès notre arrivée à la maison. »

Jasmine acquiesce par de petits gestes de la tête. Les larmes coulent sans arrêt sur ses joues émaciées et vont se perdre dans sa chevelure éparse.

L'infirmière au visage plus que rondelet tente de rassurer Marius : « *She is very…*

– … affaiblie, intervient Mary.

– *Ya. But since three days, she eats better.*

– Marius Dufresne, dit ce dernier en tendant la main à l'infirmière pour se présenter.

– Edna Sauriol, répond-elle avec un fort accent.

– Vous n'auriez pas de la parenté à Montréal ?

– *Sure ! Many uncles and aunts.*

– Henri Sauriol, marié en secondes noces à Émeline Du Sault, vous le connaissez ?

– *Sure ! He is my uncle. Each summer, I go to Montreal* », dit-elle, ravie.

Mary explique : « Ses parents sont de bons amis. Ils sont les seuls Sauriol à habiter l'Ontario. Tous les autres membres de leur famille sont demeurés au Québec. Je connais Edna depuis qu'elle est toute petite. C'est une jeune femme au cœur d'or. »

Marius esquisse un sourire poli en pensant : « Comme la plupart des grosses femmes. »

Bien qu'il soit passé dix heures, Marius refuse de manger. « Si vous n'y avez pas d'objections, j'aimerais passer la nuit près de Jasmine », demande-t-il. Mary accepte, mais insiste pour qu'Edna dorme quand même dans la maison. « Ce serait plus prudent », explique-t-elle.

Les mille et une recommandations de la tante et de l'infirmière sont superflues pour Marius qui n'aspire qu'au moment de tenir entre ses bras, en toute intimité, l'être qu'il chérit le plus au monde. La porte refermée derrière les deux femmes, Marius et Jasmine s'accordent une étreinte où se mêlent amour passionné, chagrin et angoisse. Aux serments de fidélité succède l'espoir que, dans un avenir proche, ils puissent s'unir pour la vie. « Je n'attendrai pas ce jour, dit Marius. Ici, à cet instant même, je demande à Dieu de nous unir. Tu veux être ma femme, mon amour ?

– C'est mon désir le plus cher, répond Jasmine, abandonnée tout contre sa poitrine.

– Le 14 février, si tu es suffisamment remise, nous serons seuls à savoir que c'est notre deuxième mariage, dit-il.

– Mais il faut des témoins, il me semble.

– Il y en a plein la chambre, Jasmine. Tu ne les vois pas ? Ma mère, mon grand-père Dufresne, mes petites sœurs, mon petit frère Napoléon, ma tante Georgiana.

– Tous ceux que nous portons dans notre cœur, d'ajouter Jasmine.

– C’est ça, mon bel amour. »

Se souvenant de certains versets du *Cantique des cantiques*, Marius lui déclare avec une passion inégalée :

*« Que tu es belle, ma bien-aimée,*
*Que tu es belle !*
*Tu me fais perdre le sens*
*Par un seul de tes regards. »*

Et Jasmine d’enchaîner :

*« Tes amours sont délicieuses plus que le vin*
*L’arôme de tes parfums est exquis*
*Ton nom est une huile qui s’épanche*
*C’est pourquoi les jeunes filles t’aiment*
*Entraîne-moi sur tes pas. Courons ! »*

Marius reprend :

*« Que tu es belle, ma bien-aimée, que tu es belle !*
*Tes yeux sont des colombes derrière ton voile.*
*Tes cheveux comme un troupeau de chèvres*
*Ondulant sur les pentes de Galaad.*
*Tes lèvres, un fil d’écarlate,*
*Et tes discours sont ravissants. »*

Et Jasmine de répondre :

*« J’entends mon bien-aimé*
*Voici qu’il arrive*
*Sautant sur les montagnes*
*Bondissant sur les collines.*

*« Voilà qu'il se tient derrière notre mur*
*Il guette par la fenêtre*
*Il épie par le treillis.*
*Sur ma couche, la nuit, j'ai cherché*
*celui que mon cœur aime.*
*Je l'ai cherché mais… »*

Tous deux s'étreignent. L'instant est sublime. Un long silence le vénère.

Marius replace les oreillers sous la tête de sa bien-aimée, caresse son visage et dépose un baiser sur son front. « Je vais me laver et je reviens près de toi », murmure-t-il.

Vêtu de son kimono, il s'allonge à ses côtés. Une lampe à la lumière tamisée lui permettra de discerner le moindre signe d'inconfort sur le visage de la malade. Accoudé sur son oreiller, Marius la regarde dormir. Son amour pour elle lui triture le cœur. Comment, à la vue de ce visage décharné, ne pas s'inquiéter de l'avenir, de leurs projets, de leur amour ? Espérances et désespoir se croisent. La volonté de demeurer confiant ne les quitte pas.

À ces préoccupations s'ajoute celle de trouver quelqu'un qui tienne compagnie à sa bien-aimée en son absence. Quelqu'un qui lui plaise et qui soit d'une fiabilité à toute épreuve. Le nom de Marie-Ange lui vient à l'esprit, mais il le rejette, pour des raisons qu'il ne saurait nommer. Aussi s'en remet-il au choix que fera Jasmine.

À l'aube, le claquement d'un fil électrique sur un mur de la maison et le sifflement du vent à la fenêtre réveillent Marius. Il contemple Jasmine, toujours endormie. Son teint a repris des couleurs. Quand elle ouvre les yeux, il y trouve une lueur de mieux-être. Sa voix est sans parole. Son regard, éloquent d'amour. Son cœur, fou d'espoir.

Il est sept heures et Marius prévoit que les préparatifs du départ seront assez longs. Aussi profite-t-il du petit-déjeuner pris au lit avec sa bien-aimée pour aborder quelques questions prioritaires : « Advenant que ton médecin n'exige pas que tu sois hospitalisée, as-tu pensé qu'il te faudrait quelqu'un à la maison ?

– Oui, j'y avais pensé, mais je crains que celle que j'aimerais avoir près de moi quand tu ne seras pas là ne soit pas disponible.

– Tu n'en vois qu'une ?

– Oui, et c'est Marie-Ange. Cette femme sait tout faire et elle m'inspire une très grande confiance.

– Tu n'en vois vraiment pas d'autres ?

– Je n'ai pas envie d'en chercher d'autres avant de savoir si elle peut venir. Juste le temps qu'il faudra pour que je me reprenne en main, précise-t-elle, sachant bien que ce choix déplaît à Marius. J'aimerais même que tu lui téléphones avant qu'on parte…

– Mais pourquoi est-ce si pressant ?

– Je lui dirais où est la clé de mon appartement pour qu'elle aille faire un peu de ménage et qu'elle change les draps de mon lit. »

Le bon plaisir de Jasmine primant ses vagues réticences, Marius joint son père au téléphone. « Quant à moi, je n'y vois pas d'objections. Je peux me passer de Marie-Ange quelques jours, quelques semaines, même. Je vais voir si elle est d'accord. »

Marius n'a pas à attendre la réponse très longtemps : elle est brève et positive.

« Pourriez-vous me rendre un autre service ? demande Marius.

– Volontiers, mon garçon.

– Réservez-nous une ambulance à la gare pour sept heures.

– Ta belle Jasmine est malade à ce point ?

– C'est plus par précaution », allègue Marius pour rassurer son père.

Pour le voyage à bord du train, Mary a réservé un lit d'appoint. Le départ doit se faire à dix heures du matin. « Pourquoi ne pas attendre demain ? suggère Mary. La poudrerie s'intensifie… Je n'ai qu'à donner un coup de fil à la gare… »

Marius n'accepte pas que leur départ soit différé. Plus encore, il insiste pour que le transport de la maison à la gare se fasse en ambulance. « C'est très dispendieux, fait remarquer Mary.

– C'est ma décision et c'est moi qui en supporterai les frais », tranche-t-il.

Moins de vingt minutes plus tard, avec deux hommes en blanc à l'intérieur, l'ambulance est à la porte de la demeure de tante Mary. Les adieux sont bouleversants entre Mary et sa nièce. Marius fulmine contre le pressentiment qui l'assaille : ces deux femmes se voient pour la dernière fois. « S'il fallait que je paie de la vie de Jasmine mon entêtement à revenir à Montréal aujourd'hui, je ne me le pardonnerais jamais », pense-t-il en voyant la tempête se lever après dix minutes de route.

S'adressant au conducteur de l'ambulance, Marius demande : « C'est plus sécuritaire qu'une voiture ordinaire, ces petits autobus là, hein ?

– *It's the best, sir. Don't be afraid.* »

Non loin de là, une voiture a quitté la route. L'ambulance s'arrête. « *This is a must. Maybe somebody is wounded.*

– Il ne faudrait quand même pas rater notre train », répond Marius en regardant sa montre.

Après avoir pris contact avec les passagers infortunés, l'ambulancier-conducteur remonte dans sa voiture et informe Marius de son intention de tenir compagnie aux enfants en détresse tant qu'un autre automobiliste ne viendra pas les secourir.

Marius s'impatiente. Jasmine pose une main sur son bras et lui dit : « Un jour, ça pourrait être un de nos enfants qui a besoin d'aide…

– Je veux bien, mais pour ça, il faut sauver ta vie d'abord.

– Je ne suis pas en si grand péril, mon chéri. »

Ayant saisi le sens de leur conversation, l'ambulancier auxiliaire se propose pour attendre, près des enfants et de leurs parents, l'arrivée des secours. Marius s'y oppose : « Je préfère qu'on attende encore un peu, monsieur. S'il fallait qu'on aille dans le fossé, nous aussi, on ne serait pas trop de trois hommes pour s'en tirer. » L'ambulancier accepte la proposition moyennant que les couvertures de laine soient prêtées aux enfants.

Dès qu'apparaissent les phares d'un camion, Marius voudrait que l'ambulance démarre. Le conducteur lui fait savoir qu'ils ne reprendront la route que lorsqu'il sera sûr que les victimes sont hors de danger. « *We can wait about seven minutes…* »

Est-ce le froid, l'inquiétude ou la faiblesse ? Jasmine ne parvient plus à maîtriser ses tremblements et ses lèvres commencent à bleuir. Quand Marius le constate, il s'affole : « Il faudrait d'autres couvertures, messieurs, puis du chauffage.

– *No more blankets. The children have taken...*

– Dans ce cas-là, on part tout de suite, ordonne Marius.

– *As you like, sir. The persons in the car are safe now.*

– Vous n'avez pas l'air de vous rendre compte, messieurs, que vous risquez la vie de ma femme actuellement ! gueule Marius, à bout de nerfs. »

Le conducteur avertit son assistant et l'ambulance reprend aussitôt la route. Marius a retiré son manteau de chat sauvage et en a couvert Jasmine, qui grelotte toujours. Les mots se font rares tant la tension est grande. À leur arrivée à la gare, les ambulanciers s'empressent de sortir la civière.

Le vent est glacial. Comme les salutations de Marius en remettant au conducteur les cinquante dollars réclamés.

Jasmine est transférée dans un fauteuil roulant. On la conduit au salon réservé aux voyageurs de marque, et pour cause, le train ne peut partir avant que des passagers en provenance de Toronto ne soient arrivés. Le personnel de la gare s'affaire autour de la malade. Boissons, sandwichs, gâteaux et couvertures chaudes lui sont apportés avec une courtoisie belle à voir. Quand, après une heure de retard, le train se met enfin en branle, Jasmine ne peut exprimer son soulagement tant elle se sent épuisée. « Tu vas pouvoir dormir enfin », lui dit Marius en la bordant.

## CHAPITRE V

Une pneumonie double est venue aggraver l'état de Jasmine. Malgré deux semaines de soins assidus à la maison, l'infection persiste et la fièvre refuse de tomber. Jasmine est vidée de ses forces.

« J'aimerais bien vous dire le contraire, monsieur Dufresne, mais je ne peux vous donner beaucoup d'espoir. Vous voulez en parler avec elle ou est-ce que vous préférez que je le fasse ? » demande son médecin en quittant la chambre de la malade, ce matin du 3 février 1911. Catastrophé, Marius nie ce pronostic et s'oppose énergiquement à ce que sa fiancée en soit informée. Il verse au Dr Morin les honoraires requis pour sa visite, en se disant qu'il doit au plus vite trouver un médecin plus compétent.

Dehors, il fait un vent à écorner les bœufs. Le temps de laisser sortir le médecin, une lame de neige s'est formée dans le portique. Tout contribue à nourrir l'exaspération de Marius. Par-dessus le marché, Marie-Ange tarde à se présenter au domicile de Jasmine alors qu'il est attendu à une réunion à l'hôtel de ville de Maisonneuve. Un appel téléphonique chez son père lui apprend que Régina, au deuxième mois de sa grossesse et prise de vomissements incessants, a sollicité l'aide de Marie-Ange pour ce vendredi et pour toute la fin de semaine. Il sait qu'il ne peut compter sur Alexandrine tant elle fuit toute personne atteinte de la moindre maladie d'apparence contagieuse, de peur que sa fille ne soit contaminée.

Une fois de plus, Marius ne peut se rendre ni au travail ni à sa réunion. Chez Lacroix & Piché, on se montre indulgent, mais il en va tout autrement pour le maire, joint par téléphone : « Si ça continue comme ça, tu vas prendre autant de retard que Vanier, commente-t-il sur un ton de reproche.

– Si j'étais méchant, je vous souhaiterais de vivre, ne serait-ce qu'une seule journée, ce que je vis depuis deux mois, monsieur le maire. La vie de quelqu'un qu'on aime, ça n'a pas de prix comparé à un travail qu'on peut reprendre n'importe quand. D'autant plus que l'architecte Cajetan Dufort est un homme sérieux et des plus consciencieux. »

Michaud soupire, puis s'excuse.

Marius retourne près de Jasmine.

« Je regrette de te causer tant de problèmes, mon cher amour. Si mes prières sont exaucées, ça ne devrait plus s'éterniser, dit la malade, haletante.

– Moi aussi, je garde espoir que tu guériras bientôt.

– Que je sois délivrée… avant longtemps. D'une manière ou d'une autre.

– Je vais te trouver un meilleur médecin, ma chérie. Oscar a de bonnes relations à l'hôpital Notre-Dame. Je lui en parle dès aujourd'hui. »

Les larmes coulent sur le visage blafard de Jasmine.

« Il ne faut pas perdre courage, ma chérie. Ça se guérit, une pneumonie », dit Marius d'un ton qu'il veut convaincant.

L'angoisse l'étreint. Sa grand-mère et son oncle Ferdinand n'avaient-ils pas été emportés par cette maladie, elle, à trente-trois ans, et lui, à vingt-six ans ?

Ses mains comme un lys ouvert sur le visage de sa fiancée, Marius laisse son regard se perdre dans le sien, prêt à la suivre jusque dans la mort si c'est elle qui doit triompher.

« Rien ne nous séparera, lui murmure-t-il.

– Dieu nous a unis pour la vie et… au-delà de la mort, mon amour.

– Pour la vie, ma chérie. Pour celle des enfants que nous voulons voir grandir près de nous. »

Jasmine ne peut retenir ses sanglots. Des sanglots d'intenses douleurs. De cruelles déchirures. Marius les ressent au plus profond de son être. Il se sent aspiré avec elle dans un gouffre de désespoir. Est-il une main qui se tende vers eux ? Seule la perspective d'une mort douce, instantanée, se présente à son esprit. « Libératrice, la mort. Si elle nous emporte tous deux », pense-t-il.

Marius s'allonge près de sa fiancée. Entre deux vagues d'une mer déchaînée, il se laisse prendre par cet instant de quiétude. D'illusion. De douce illusion. Il prie Jasmine de l'y rejoindre. Elle y consent. Le temps que, de nouveau, le sentiment d'une lutte inutile les ramène au cœur de la bourrasque. Les épuise. Ils s'endorment.

Le heurtoir fait sursauter Marius. Jasmine l'interroge du regard. Il se précipite vers l'entrée.

« J'arrive du bureau du maire, dit Oscar. Est-elle si mal ?

– C'est le ciel qui t'envoie ! s'exclame Marius, désespéré. J'ai besoin du meilleur médecin de Notre-Dame. Tu le connaîtrais ? »

Aussitôt, Oscar téléphone au Dr Lachapelle. Marius court rassurer Jasmine et revient près de son frère.

« Il nous envoie quelqu'un », dit Oscar.

De nouveau, on frappe à la porte. Marie-Ange, à bout de souffle, explique : « Régina va un peu mieux et puis Donat est revenu à la maison. Je suis disponible même pour la fin de semaine, si tu veux, Marius. Je ferai du ménage et puis la cuisine et…

– Ça va, Marie-Ange, l'interrompt Marius. Ne vous énervez pas comme ça.

– Est-ce que notre malade a bien dormi cette nuit ? s'inquiète-t-elle.

– Très peu. Un médecin va venir dans une demi-heure, à peu près. Il faudrait la préparer, la prie Marius.

– Je m'en occupe. »

Passant par la cuisine, elle est surprise d'y trouver Oscar. Il y a toujours la même insistance dans le regard qu'elle pose sur lui.

Accoudés à la table, silencieux, les frères Dufresne attendent l'arrivée du médecin. Marie-Ange court de la salle de bains à la cuisine, de la cuisine au chevet de la malade. Le temps lui manque. Eux s'impatientent.

Quand, enfin, des pas se font entendre dans l'escalier extérieur, Marius se précipite vers le portique. Oscar s'avance, mais ne fait guère plus de trois pas. De voir le Dr Lachapelle, surtout en présence de Marie-Ange, le fige sur place. « On jurerait une machination », se dit-il, constatant aussitôt qu'il en est lui-même l'instigateur. « Vous n'auriez pas dû, par un froid pareil, trouve-t-il à dire au Dr Lachapelle en lui tendant la main.

– C'est par respect pour la mémoire de votre mère que j'ai décidé de venir examiner moi-même votre malade, rétorque-t-il en regardant tour à tour Oscar et son frère.

– Je vous en suis très reconnaissant, docteur Lachapelle.

– Où puis-je me laver les mains ? » demande le médecin, qui sent l'impatience de Marius.

Au moment d'entrer dans la chambre de la malade, le médecin se tourne vers Marie-Ange et Marius.

« Vous nous laissez seuls, s'il vous plaît », exige-t-il.

L'embarras est palpable entre les trois personnes qui se retrouvent dans la cuisine. Plus encore pour Oscar, qui va finalement se réfugier dans le salon. Marie-Ange prend prétexte d'une lessive à faire pour s'éclipser à son tour.

La porte de la chambre s'ouvre enfin, et Marius se dirige en toute hâte vers le médecin, mais c'est Marie-Ange que ce dernier réclame. Marius en est offusqué et son frère, fort intrigué. Dix longues minutes s'écoulent encore avant que le Dr Lachapelle ne revienne vers eux. Il jette un regard rapide sur l'un et l'autre, hoche la tête, visiblement embarrassé.

« Vous savez…

– Vous me conseillez de l'hospitaliser ? demande Marius, qui appréhende le pronostic.

– Ce serait mieux, oui. On pourrait la soulager plus facilement. L'aider à respirer aussi. Mais…

– Mais quoi, docteur ? Dites-moi tout. C'est ma fiancée.

– C'est que, si le traitement ne fait pas effet, ce sera compliqué…, elle souhaite mourir chez elle. Vous le saviez ? »

Marius écarte cette question, préoccupé de savoir si Jasmine aurait plus de chances de guérir si elle était à l'hôpital.

« Je pense que oui. À mademoiselle de décider. Rappelez-moi n'importe quand », dit le Dr Lachapelle avant de partir.

Marius se laisse tomber dans un fauteuil du salon, la figure enfouie au creux de ses mains. Jamais il n'a senti la fatalité si près de lui. Si menaçante. L'ultime combat est engagé. Comme arme, il ne dispose plus que de la détermination à ne reculer devant rien pour sauver la femme de sa vie. Encore faut-il que Jasmine se porte complice. Sans un mot à son frère, qui, depuis son arrivée, lui offre une présence empathique mais des plus discrètes, il va vers sa bien-aimée.

« Je viens tout juste de finir », dit Marie-Ange, empressée de lui laisser toute la place.

Finir quoi ? Il n'en sait rien et ne s'en soucie pas. Seul lui importe le regard de sa fiancée. Il y plonge le sien, en quête d'un signe. Celui de la volonté de s'accrocher. Il n'y trouve qu'une immense lassitude empreinte d'une tendresse angélique. Sur le point de sombrer dans le découragement, il se ressaisit. « Je me battrai seul, s'il le faut, mais je la sauverai », se jure-t-il.

« C'est la dernière journée que tu passes à souffrir comme ça. Le docteur dit qu'à l'hôpital ils ont ce qu'il faut pour te soulager, murmure-t-il en caressant la chevelure de Jasmine. Je vais appeler pour qu'on te réserve une chambre. »

La malade est sans voix. Dans ses yeux, Marius ne lit qu'un abandon à la limite de l'indifférence.

« Tu veux bien ? »

Jasmine consent d'un battement de paupières, d'un faible signe de la tête. Marius l'embrasse avec une tendresse infinie.

Il va retrouver Marie-Ange dans la cuisine et lui demande de préparer la malade. Il rejoint ensuite Oscar, à qui il explique :

« L'examen médical l'a beaucoup fatiguée. Veux-tu la saluer avant qu'on parte pour l'hôpital ? »

Oscar entre dans la chambre sur la pointe des pieds, enveloppe la main de Jasmine dans les siennes, la gorge nouée. Il parvient enfin à lui souhaiter chance et courage. Le souvenir déchirant de ses deux jeunes sœurs décédées du même mal en très bas âge refait surface sans ménagement. Révolté contre la tyrannie de la mort, Oscar fonce dans la tempête, dents et poings serrés.

Alexandrine, qui l'accueille pour le dîner, ne pourrait, si attentionnée soit-elle, mesurer la douleur de son mari. Oscar souffre du chagrin de son frère préféré et craint le pire pour lui. Il tente de s'en distraire en feuilletant les quotidiens, mais ce qu'il y lit ne fait qu'aviver sa détresse. Que, sur la scène fédérale, on appréhende une rupture de l'union entre le Canada et la Grande-Bretagne, qu'on brandisse la menace de l'annexion du Canada aux États-Unis, que Laurier, au contraire, croie que le projet de réciprocité permettrait au Canada de se développer plus rapidement tout en demeurant une colonie fidèle, rien de tout cela ne trouve d'écho en lui. Tout combat lui semble futile.

Laurette mise au lit pour sa sieste, Alexandrine vient rejoindre son mari affalé dans un fauteuil du salon, *Le Devoir* sur les genoux. Elle se place derrière lui, caresse sa poitrine et commence à lire par-dessus son épaule. « Tu as vu l'article sur la question de l'eau filtrée ? lui demande-t-elle.

– Non.

– Tu le liras. Je suis contente d'apprendre que la Water & Power s'est engagée à nous donner enfin une eau de qualité, mais ça me choque de voir que Maisonneuve ne l'aurait probablement pas obtenue si elle avait été seule à l'exiger. Il a fallu que les bourgeois anglophones de Westmount exercent des pressions pour que ça passe. À ceux-là, on ne refuse rien.

– C'est le problème des petites banlieues face aux entreprises privées. C'est une des raisons pour lesquelles on travaille à ce que Maisonneuve devienne une ville aussi prestigieuse que Westmount, explique Oscar.

– Vous avez du chemin à faire, la p'tite équipe du conseil de ville », lance Alexandrine.

La réflexion fouette Oscar qui allait sombrer dans une léthargie qui, en convient-il, ne servirait la cause de personne. Se secouant, il sort et se dirige vers son bureau pour s'occuper du projet d'exportation en Algérie et voir aux dossiers les plus urgents de Marius, comme ce dernier lui a demandé.

Sitôt qu'il arrive à la Dufresne & Locke, sa secrétaire le prévient : « Il y a un monsieur qui vous attend depuis plus de quinze minutes...

– Il s'est nommé ?

– Non, il a dit qu'il était de la parenté et qu'il n'avait pas à prendre de rendez-vous. »

Oscar tend le cou vers la petite salle d'attente. « Ça va, dit-il. Je lui donne quelques minutes et je reviens vous voir. On aura beaucoup de pain sur la planche, la semaine prochaine », l'avise-t-il. Puis il invite le visiteur à entrer dans son bureau et à s'asseoir.

Soucieux de ne pas déranger, Raoul dit tout simplement à Oscar que d'avoir vu la petite Laurette l'a d'abord bouleversé, mais que, finalement, il ne le regrette pas. « C'est comme si elle prenait tranquillement sa place dans mon cœur de père », confie-t-il.

Oscar retient son souffle.

« Je me sens prêt à ce qu'elle le sache, que je suis son père », ajoute-t-il, d'un ton posé.

Oscar ne dit mot.

« Je sais. Ta femme n'est probablement pas prête.

– C'est ça.

– Dans combien de temps, penses-tu ?

– Ça dépend. Ça pourrait aller plus vite si tu décidais de nous laisser quand même la garde de ta fille…

– Je t'avoue, Oscar, que, pour l'instant, je ne peux rien promettre.

– De mon côté, je vais commencer à préparer Alexandrine. Ça ne sera pas facile. »

Les deux hommes réfléchissent en silence.

« Il faudra être patient, Raoul.

– Je me demande si de voir ma petite de temps en temps ne m'aiderait pas à attendre, dit Raoul, visiblement tiraillé.

– Peut-être bien que ton médecin pourrait te conseiller…

– Mon médecin ? Je le vois de moins en moins souvent et je m'en porte mieux…

– Pourtant, il devrait être la personne la mieux placée pour t'aider à prendre de bonnes décisions.

– Tu ne peux pas comprendre », dit Raoul, le visage assombri, prêt à repartir.

Oscar l'accompagne jusqu'à la sortie de l'édifice. « Ne te gêne pas pour me téléphoner, Raoul, si tu penses que je peux t'être utile.

– Tu es bien comme ta mère, toi », dit Raoul en lui serrant la main.

Oscar retourne à son bureau et se laisse tomber dans son fauteuil. Où trouver un peu de répit ? En compagnie de son frère Marius ? Habituellement, oui, mais pas depuis que Jasmine est malade. L'idée lui vient de se tourner vers son père. Justement, le vendredi ne pourrait mieux s'y prêter. Mais, pour l'instant, la priorité va au travail de bureau et il doit faire des efforts pour retrouver sa motivation.

Thomas, au courant du drame qui se joue autour de Laurette depuis sa naissance, écoute attentivement les confidences d'Oscar et fait preuve d'une lucidité remarquable. Ses considérations éveillent chez son fils un nouvel espoir.

« Pourvu que je parvienne à communiquer mon espoir à ma femme », se dit-il alors qu'il rentre chez lui.

« Tu as bien mis du temps à te libérer, aujourd'hui, fait observer Alexandrine qui l'attendait pour souper.

– Ah ! C'est que je me suis arrêté chez mon père en sortant du bureau.

– Regarde-moi donc, toi. »

Alexandrine lui pince le menton et scrute son visage. « T'as quelque chose qui t'agace ?

– Moins que cet après-midi, avoue Oscar. Mon père m'a été de bon conseil.

– C'est à quel sujet ?

– Raoul.

– Qu'est-ce qu'il veut encore, celui-là ? »

Oscar l'informe de sa requête et s'empresse d'ajouter :

« Ce n'est pas parce qu'il se ferait connaître auprès de Laurette comme son vrai père qu'il voudrait nécessairement la prendre avec lui. »

Alexandrine s'affaire à servir le potage sans dire un mot. Oscar risque une observation qu'il croit rassurante :

« Si Raoul finit par reprendre son garçon, il va avoir une petite idée de ce que c'est que d'élever un enfant quand il n'y a pas de femme à la maison.

– C'est impensable ! renchérit Alexandrine. Surtout pas une petite de l'âge de Laurette !

– Il y a une autre chose à laquelle mon père m'a fait penser. Comme Raoul est encore suivi par son médecin, il n'est pas dit qu'il obtiendra, un jour, la garde de ses trois enfants. »

Alexandrine se détourne et se rend à l'évier pour se rafraîchir le visage. Oscar l'y rejoint, passe son bras à sa taille, prêt à l'écouter.

« Dans ce cas-là, dit-elle, pourquoi ne pas attendre ? On n'aura peut-être jamais à parler à la petite de Raoul Normandin.

– Je comprends. Mais le contraire aussi peut arriver. Imagine qu'un jour Raoul décide de la reprendre et que le médecin le juge apte à le faire, il faudrait qu'elle soit préparée. »

La crise de larmes qu'Oscar croyait pouvoir éviter éclate. Il faut du temps et de multiples arguments pour calmer Alexandrine. Le moment de lui présenter l'alternative proposée par Thomas ne peut être plus propice, croit Oscar.

« Si Raoul promettait de nous laisser la petite, accepterais-tu qu'on lui dise qu'il est son père ?

– J'en verrais encore moins la nécessité », rétorque Alexandrine.

Oscar est désarmé.

« Tu veux savoir le fond de ma pensée ? lance-t-elle. Une seule chose pourrait me faire changer d'avis. »

Son regard se pose sur son mari. Un regard accablant.

« Ta guérison... »

Oscar est catastrophé. Le temps de reprendre son souffle, il lui demande : « Et si c'était toi qui avais besoin de soins ?...

– Je n'ai pas de raisons de douter de moi », soutient Alexandrine, convaincue que le seul fait d'être menstruée tous les deux ou trois mois est une preuve de sa fertilité.

Oscar secoue la tête, sans plus. Elle continue :

« On n'a pas de temps à perdre, tu sais. La quarantaine va nous attraper avant longtemps... »

Exaspéré mais réservé, Oscar prétexte un besoin urgent de se délier les jambes pour sortir de chez lui et filer vers il ne sait où. Le froid le saisit. Il l'affrontera jusqu'à ce qu'il ait retrouvé son calme. Une longue marche le long des quais pourrait lui être bénéfique, croit-il. Quelques promeneurs s'y sont hasardés. L'un avec son chien, l'autre tirant un traîneau, la plupart en solitaire, comme lui. Emmitouflé dans ses fourrures de chat sauvage, il réfléchit. Une seule issue s'offre à lui,

Colombe. Elle a parlé des progrès de la médecine européenne devant Alexandrine lors de sa dernière visite à Montréal. Un détour par Paris à l'occasion du voyage en Algérie est pensable. Il ne reste plus qu'à prendre les informations et les rendez-vous nécessaires. Ces démarches se feront dans la discrétion la plus totale.

D'un pas ferme, de l'énergie à revendre, Oscar remonte le boulevard Pie-IX. Il passe devant son domicile sans s'y arrêter. De son bureau, il téléphone à son épouse pour l'informer de sa décision : « Comme j'ai à me rendre souvent en Europe pour le commerce, j'ai pensé aller consulter dans une clinique de Paris pour…

– Enfin ! s'écrie-t-elle. Je suis tellement contente que tu aies pris ta décision.

– Je devrai probablement m'absenter quelques semaines.

– Mais ça vaut la peine, Oscar. Imagine s'ils arrivaient à mettre le doigt sur le bobo et te traiter !

– Ça ne te dérangerait pas trop si je restais à mon bureau ce soir pour m'avancer dans mes dossiers ?

– Pas du tout ! »

~

Au matin du 14 février 1911, ainsi que Marius et sa fiancée l'avaient anticipé en décembre dernier, parents et amis ont formé cortège derrière eux, à l'église du Très-Saint-Nom-de-Jésus. Un funeste destin a toutefois déjoué le rêve de ces deux amants.

Vendredi soir, Jasmine est morte dans les bras de Marius, un homme qui n'a plus de larmes tant il a pleuré depuis Noël. Les éloges exprimés à l'égard de sa bien-aimée devraient adoucir son chagrin, mais ils ne font que creuser davantage le vide laissé par son départ. Son regard, d'habitude si perçant, a perdu tout éclat. On n'y lit que lassitude et détresse. Tante Mary et Edna Sauriol, l'infirmière, sont venues aux funérailles avec l'intention de s'attarder un peu auprès de Marius. Être là, prêtes à écouter et à consoler, prêtes à respecter aussi ses besoins de silence et de solitude, voilà ce qu'elles lui offrent en partageant avec lui, pour quelques jours encore, le domicile de Jasmine. D'ici deux semaines, il devra être rendu au propriétaire. Or Marius tient à mettre lui-même la clé une dernière fois dans la serrure. Les deux femmes, impuissantes à lui épargner cette nouvelle déchirure, supplient Oscar d'intervenir. « Vaut mieux le laisser aller au bout de sa peine, maintient ce dernier. Marius est fort et bien entouré.

– *Your brother is a special man. Very special* », répète Edna.

Oscar ne lui demande pas de s'expliquer ; il se fout de son opinion.

Après leur départ, Oscar veille de plus près sur Marius. Il ne s'était pas trompé dans ses prévisions quant à la manière dont son frère vivrait son deuil. Le travail et la solitude sont devenus son pain quotidien.

« Ce n'est pas bon pour toi, lui rappelle Oscar, venu frapper à la porte de son logement en début de soirée.

– Prouve-moi qu'il y a mieux à faire quand la vie a perdu son sens.

– Je te comprends, Marius. Mais tu sais bien que la révolte ne te mènera à rien. La mort fait partie de la vie, en quelque sorte.

– Pas à n'importe quel âge, Oscar, et pas dans n'importe quelle circonstance, réplique-t-il en replaçant sur sa table à dessin les ébauches de plans qu'il a tracées. Ne viens pas me dire que tu n'as jamais trouvé la vie injuste, toi aussi. »

Se rappelant de douloureux moments de son enfance, Oscar ne saurait le contredire.

« Tu t'arraches les yeux à travailler à la chandelle. Tu as l'électricité pourtant, remarque Oscar, pour faire diversion.

– La lumière tamisée me convient mieux.

– Tu as des problèmes avec tes yeux ?

– Pas avec les miens. Avec ceux des autres.

– Qu'est-ce que tu veux dire ? demande Oscar.

– T'es-tu déjà arrêté à évaluer ce que tu peux retirer de bon de tout ce que tu entends dans une journée ? La décimale qui mérite d'être retenue ? Non, hein ? »

Oscar sait qu'il n'a pas à répondre.

« Tu ne peux pas t'imaginer toutes les niaiseries qui me sont venues aux oreilles depuis un mois, sans parler des imbécillités que j'ai entendues au cimetière.

– Quelles imbécillités ?

– Des racontars à travers sympathies et condoléances. Je n'ai pas le cœur à parler de ça ce soir. Mais compte sur moi, il y a des abcès qui vont crever avant longtemps.

– Tu m'inquiètes », avoue Oscar.

« S'il fallait que Marius ait appris le secret de famille n'importe comment et par n'importe qui, je m'en voudrais pour le reste de mes jours », pense-t-il, anxieux. Marius ne lui cache pas ses sentiments :

« Je déteste savoir que des gens se tourmentent pour moi. C'est pour ça que je ne veux voir personne. Au moins, au travail, chacun se mêle de ses affaires, puis quand je trace un plan, je sais d'où je pars et où je m'en vais.

– Ouais ! Dans ce cas, je pense que la proposition que je venais te faire pourrait t'intéresser », glisse Oscar.

Marius lève un sourcil, l'air sceptique.

« Prendre la place d'Alexandrine… pour le voyage en Algérie. Plus la date du départ approche, plus elle trouve des raisons de ne pas venir. »

Marius ne desserre pas les dents, se limitant à affirmer son refus d'un signe de la tête.

« Ça serait bon pour toi.

– Bon pour moi ? Non, Oscar. Faites-moi une liste de ce que vous aimeriez que je fasse en votre absence, puis partez en paix. Ça, ce sera bon pour moi, comme tu dis. »

Oscar penche la tête, fort attristé. Il devrait se retirer. Son frère le souhaite, il le sent.

« Ça ne t'intéresse pas de savoir ce qui nous arrive ? ose-t-il d'une voix feutrée.

– Excuse-moi, Oscar. Qu'est-ce qu'il y a encore ?

– Tout va bien, Marius. Essaie de te reposer un peu, quand même, recommande Oscar en remettant son manteau.

– Non, attends. »

D'un geste de la main, sans même se retourner, Oscar le salue, sans plus. Non pas qu'il reproche à Marius de se replier sur lui-même, mais il craint que l'épreuve ne l'aigrisse. Presque vingt-huit ans. Il se rappelle qu'à cet âge il vivait, lui aussi, une période très difficile. L'alcoolisme dans lequel tombait son épouse pour se consoler de ne pas avoir d'enfants l'humiliait et le chagrinait profondément. L'arrivée de Laurette à leur foyer a redonné à Alexandrine sa dignité et sa joie de vivre. Leur relation de couple devenue plus harmonieuse, Oscar éprouve de nouveau des sentiments amoureux pour son épouse. Mais l'apparition de Raoul et l'affirmation de ses droits et de ses intentions ne risquent-elles pas de saccager ce bonheur à peine reconstruit ? À elle seule, cette pensée trouble la paix d'Oscar.

~

Informée du refus de Marius d'aller en Algérie à sa place, Alexandrine avait gagné son mari à l'idée d'emmener Laurette avec eux. Mais voilà qu'elle s'angoisse maintenant en songeant aux dangers auxquels elle expose la fillette. Les tempêtes en mer et les risques de contagion l'effraient. C'est qu'Alexandrine n'a pas traversé l'Atlantique depuis près de treize ans.

« Les bateaux sont de plus en plus sûrs, et on soigne aux petits oignons les passagers de première et de deuxième classe, lui explique Oscar. En plus, je vais demander à notre médecin de nous préparer une trousse complète de médicaments.

– Ça ne règle pas tout… J'espère que Marius reviendra sur sa décision », conclut-elle.

Rentrant d'une réunion du conseil, Oscar se voit dans l'obligation de mettre fin à cet espoir. En sa qualité d'ingénieur de la ville, Marius a présenté un projet qui a soulevé l'enthousiasme du maire et de ses échevins. Considérant que les travailleurs et leurs familles méritent eux aussi de bénéficier de soins hygiéniques et de détente, il a proposé la construction, sur le boulevard Morgan, d'un édifice qui abriterait un bain public et un gymnase.

Marius souhaite un édifice comparable à la Grand Central Station de New York, construite en 1903. Il en a discuté avec Wilfrid Vandal, un architecte diplômé de l'Université McGill qui a complété sa formation à l'École des beaux-arts de Paris. Leurs goûts se rejoignent. Cet édifice sera orné de candélabres et de balustrades et on y fera aménager une fontaine et des terrasses.

Séance tenante, un emprunt de trente mille dollars a été autorisé à cette fin. Déjà tenu de surveiller les travaux de construction de l'hôtel de ville, Marius a une raison supplémentaire de ne pas s'absenter, d'autant plus qu'il ne reste que vingt jours avant le départ pour l'Algérie.

Dans la perspective de ce voyage, Cécile et son père sont en pleine euphorie. Tel n'est pas le cas d'Oscar et de son épouse. La nervosité et les précautions excessives d'Alexandrine, qui a décidé, finalement, de confier Laurette à Marie-Ange, exaspèrent son mari. Oscar, de plus, est soucieux ; il vient tout juste de recevoir, à son bureau, une confirmation de la possibilité de passer, lors de ce voyage, le test de fertilité prévu. D'autre part, l'attitude de Marius le tracasse. Sa tristesse, sa tendance à l'isolement et, plus encore, ses allusions mystérieuses aux paroles entendues à l'enterrement de Jasmine ne sont pas de nature à le rassurer.

Venu au bureau de la Dufresne & Locke pour prendre connaissance des tâches qui lui seront confiées, Marius note tout avec une minutie exemplaire. Pas un sourire, toutefois. Qu'une grande courtoisie. La même qu'il réserve aux étrangers. Oscar en est fort peiné. « Et si une confidence en amenait une autre ? » pense-t-il. Avant que Marius manifeste son intention de repartir, Oscar se risque :

« Garde ça pour toi, mais je veux que tu saches que je passerai quelques jours en France, au début de mai.

– Ah bon, fait Marius, qui se remet aussitôt à sa lecture.

– J'ai décidé de me soumettre à des tests… pour en finir avec cette histoire de stérilité, trouve-t-il le courage de confier.

– Je te souhaite que ça marche, répond son frère sans lever les yeux de ses papiers.

– Sincèrement ? » demande Oscar.

La question surprend Marius. Il lève enfin la tête. Sur son front, une interrogation. Sur ses lèvres, un certain dépit. Oscar perd patience.

« Je ne te comprends plus, Marius. Je sais que tu vis un grand deuil, mais je ne vois pas en quoi ça t'autorise à t'enfermer dans ta coquille et à me traiter comme un étranger. »

Marius pousse un long soupir, se dirige lentement vers la porte, manifestement embarrassé. « Excuse-moi, Oscar. C'est le charivari dans ma tête. Je pense qu'il n'y a que le temps qui puisse m'aider à y voir clair. Va faire ton voyage et peut-être qu'à ton retour j'aurai débroussaillé tout ça.

– Je le souhaite de tout cœur, Marius. Qu'on redevienne comme avant…

– Pour autant que ça peut être possible… »

La remarque va droit au cœur d'Oscar. Après une longue accolade, il se sépare de son frère, plus affligé qu'à son arrivée. Il avait toujours cru que sa relation avec Marius était inaltérable. Depuis leur enfance, jamais la moindre dispute. Que des complicités. Qu'une grande affection.

Quelque temps plus tard, à la veille de son départ, dans la pile de dossiers qu'il lui confie, Oscar glisse une note :

*Comme il est difficile de ne jamais décevoir. Au nom de l'attachement et de l'admiration que je te porte, j'implore ton pardon. Ton grand frère, Oscar.*

La traversée a été splendide. Alexandrine connaît, sous le soleil éclatant de l'Algérie, un pur ravissement. La compagnie de Cécile l'enchante. Bien que venus principalement pour traiter de l'exportation de leurs chaussures avec les commerçants, Thomas et son fils prennent toutefois le temps de se laisser séduire par deux attraits touristiques. Ceux-là mêmes qui attirent les deux femmes qui les accompagnent. Ils commencent par visiter la villa Georges, à Alger, une résidence ayant appartenu à des Anglais, mais rachetée par le délégué principal du Touring Club de France à Alger, M. Weddell, un amateur d'art musical et d'architecture musulmane. Il avait acquis cette villa située sur le boulevard Télemly dans un dessein très précis : y faire construire, au centre, un salon mauresque dans lequel il ferait installer un orgue gigantesque.

« Il faut que je note ça », dit Oscar entendant le guide expliquer que cet orgue, enchâssé dans une ébénisterie mauresque finement ouvragée, compte vingt-six jeux, trois claviers et pédales complètes et qu'il pèse six tonnes.

« Dommage que notre visite ne coïncide pas avec la date d'inauguration », déplore Cécile en apprenant que, pour la circonstance, M. Weddell a réservé les services du grand musicien Camille Saint-Saëns, déjà âgé de soixante-quinze ans. « J'ai une de ses pièces musicales dans mon cahier de musique », ajoute-t-elle, émue de penser qu'elle aurait pu le rencontrer et l'entendre jouer.

Alexandrine est impressionnée par le fait que, dans ce grand salon, une troupe de comédiens choisis par M. Weddell jouent des pièces de théâtre. L'attention d'Oscar est attirée par un petit salon aux vitraux et aux colonnades superbes que le guide désigne comme le café maure.

Thomas visite la villa plutôt amusé par ce qu'il définit comme une démesure. Il regarde sa montre, impatient de quitter ce lieu pour se diriger vers le site du ballon captif à bord duquel ils survoleront la ville d'Alger. Une certaine appréhension se mêle à l'euphorie dès que le ballon s'élève pour atteindre une altitude de plus de cinq cents mètres. De là, ils peuvent apercevoir le boulevard du Télemly et celui du Front de Mer ainsi que l'Amirauté. La vue d'une bordure de la mer Méditerranée et un aperçu du désert du Sahara provoquent l'excitation extrême des passagers. « Je ne serais venu que pour ça que j'aurais fait un beau voyage », s'exclame Thomas, souhaitant qu'une telle invention soit mise à la portée des Canadiens.

Pendant que Thomas et Oscar vaquent à leurs occupations de commerçants de chaussures, Alexandrine et Cécile prennent plaisir à visiter les boutiques, à participer aux fêtes organisées par l'hôtel et à côtoyer les enfants du pays. Aussi le départ d'Oscar, qui doit être absent quatre ou cinq jours, ne contrarie aucunement Alexandrine. « Prends le temps qu'il faut, mon chéri. Pourvu que tes consultations donnent des résultats clairs et que tu nous rejoignes sur le navire pour le retour, c'est tout ce que je souhaite, lui dit-elle la veille de son départ pour Paris.

– Je ne suis pas inquiet pour toi. Cécile est très agréable en voyage et papa t'accompagnera partout. D'ailleurs, c'est lui qui a ton billet de retour. »

Alexandrine l'embrasse amoureusement. « Quelque chose me dit qu'on a raison d'espérer que tout ira pour le mieux à l'avenir », lui murmure-t-elle, émue.

~

Heureux de se retrouver au cœur de Paris, Oscar prend une chambre au même hôtel où il a logé il y a deux ans. De là, il doit entrer en contact avec Colombe. Bien qu'il désire en finir avec cette histoire d'infertilité, il est tenté pendant un moment de faire marche arrière tant le trouble la perspective de revoir cette femme. Niée et combattue pendant plus de treize ans, l'attirance qu'il éprouve envers son ex-fiancée semble vouloir prendre sa revanche. « Acte médical », a dit Colombe pour faire taire les hésitations qu'il exprimait dans sa dernière lettre. « Supercherie », soupçonne-t-il de sa part. « Déloyauté », entend-il du plus profond de sa conscience en pensant à son épouse.

Colombe jubile en entendant sa voix au bout du fil. À la suggestion d'accourir vers lui à l'instant, Oscar répond : « C'est seulement demain le rendez-vous à la clinique ?

– Oui, mais rien ne nous empêche de passer un peu de temps ensemble aujourd'hui… »

Colombe lui propose une promenade dans un parc du 13e arrondissement. Pourquoi ce parc au lieu de celui qu'ils connaissent, tout près de l'hôtel où il loge ? La question vient trop tard à l'esprit d'Oscar.

Près d'un cerisier, une femme coiffée d'un magnifique chapeau marron est assise, un magazine à la main. La luminosité de ce matin de mai lui prête une aura couleur de pêche. « C'est elle ! » se dit Oscar, à vingt pas du banc où elle l'attend. À dessein, il traîne les pieds sur la chaussée granuleuse. Elle se retourne. Pas un signe de surprise. Qu'un large sourire. Son tailleur sable, divinement ajusté, et ses souliers à talons hauts lui donnent un profil de mannequin. « Elle n'est pas moins belle qu'avant. Plus séduisante, même. D'apparence plus jeune qu'Alexandrine », constate-t-il. Au baiser de Colombe, il offre ses joues, dignement.

« Tu me sembles en pleine forme, lui lance-t-il.

– Je ne peux en dire autant de toi, mon cher ami. La traversée a été difficile ?

– Un charme. Mais comme je t'écrivais dans ma lettre de février, l'hiver qui vient de passer ne nous a pas ménagés : la mort de Jasmine, les revendications de Raoul Normandin, les réactions d'Alexandrine, et j'en passe. »

Sur chaque sujet de préoccupation, Colombe manifeste son intérêt, brièvement, non moins pressée qu'Oscar d'en venir au but de leur rencontre.

« Tu as un rendez-vous, demain, mais on ne fera guère plus que t'apprendre que, depuis deux ans, les recherches n'ont pas progressé. Elles auraient été suspendues, me dit-on, considérées comme non prioritaires. On ignore quand elles seront reprises. Il semblerait même qu'à Montréal on peut faire aussi bien qu'ici, maintenant. Par contre, on m'a dit que, dans quatre ou cinq ans, Boston aura mis un nouveau test à la disposition des hommes…

– Quatre ou cinq ans ? On a déjà si peu de temps à perdre…

– C'est ce que je pense », réplique-t-elle, un accent victorieux dans la voix.

La nervosité reprend Oscar. Les doutes l'assaillent. Seul le frottement de ses semelles sur la chaussée brise le silence.

« Sors-le, ce qui te trotte dans la tête, s'écrie-t-elle, lasse d'attendre.

– Excuse-moi, mais je ne suis pas sûr que tu me dises la vérité au sujet des tests. »

Colombe le défie d'entrer à l'hôtel et de téléphoner à la clinique en question.

« Aussi, qui me dit que tu es vraiment…

– … fertile ? Pour toutes tes questions, j'ai des preuves écrites. Tu veux les voir ? »

Rebroussant chemin, Colombe entraîne Oscar dans un quartier résidentiel non loin du parc, là où elle habite. Son appartement est luxueux, tout y est en ordre. Une odeur de muguet flotte dans l'entrée et dans le salon où elle invite Oscar à s'asseoir. Sur les murs du corridor qui mène aux chambres et à la cuisine sont épinglés des dessins de mode et des diplômes d'honneur. Lorsque Colombe revient vers Oscar, une limonade à la main et des enveloppes sous le bras, il regrette de s'être montré si sceptique. Elle prend le veston qu'il tient sur son bras, va le suspendre à un crochet, puis elle retire son chapeau et sa veste. Oscar fixe les enveloppes, impatient d'en connaître le contenu.

« Celle-ci, dit-elle, je l'ai reçue la semaine dernière, vois-tu. C'est le rapport que j'ai obtenu sur les recherches en infertilité. »

Oscar le parcourt rapidement après avoir aperçu le sceau de l'Institut de recherches dans le coin supérieur gauche de la lettre. La deuxième enveloppe provient de Boston et la lettre est rédigée en anglais. Oscar porte attention aux chiffres, sans plus. Colombe disait vrai. Il reste deux autres enveloppes, de plus petit format. L'une, jaunie et écornée, l'autre, mieux conservée ou plus récente. Colombe les garde sur ses genoux, son regard s'y attarde.

« De quoi s'agit-il ? demande Oscar, incapable de mater sa curiosité.

– Les rapports des interventions médicales que j'ai subies, dit-elle, la voix chevrotante.

– Tu n'es pas obligée de me les montrer, tu sais. Je voulais seulement être sûr que…

– Je suis apte à avoir des enfants, Oscar. Même si, en 1896, on m'avait dit le contraire. Je l'ai découvert à mes dépens », ajoute-t-elle, émue.

Un long silence suit cette déclaration.

« Il y a trois ans, j'ai rencontré un homme bien, avec qui j'aurais peut-être pu trouver le bonheur. Non, inutile de te raconter tout ça. Mais si j'avais su que j'étais enceinte, j'aurais fait plus attention à ma santé. Je ne l'aurais pas perdu… », dit-elle d'une voix à peine audible.

Oscar ne doute pas de sa parole. Aussi repousse-t-il délicatement les papiers qu'elle lui tend. Colombe les reprend tous et va les porter dans une autre pièce. Sa chambre, présume-t-il. Lorsqu'elle revient, de nouveau souriante, elle lui offre un « café allongé ».

« Pardon ? » fait-il, ébahi et confus.

Elle s'amuse du quiproquo et explique : « C'est une boisson chaude dans laquelle on met plus de lait que de café. »

Colombe approche son fauteuil, qui est face à celui d'Oscar. Au plus petit étirement de sa jambe, leurs genoux se frôlent. Près d'eux, une petite table pour y déposer leurs tasses.

« En ce qui me concerne, c'est le temps idéal pour faire le test », annonce-t-elle, prenant Oscar au dépourvu.

Son regard fuit celui de Colombe. Le dilemme est de taille. Tant il souhaite ne pas être la cause de l'infertilité de son couple, tant il redoute les conséquences d'un test positif.

« Mais s'il fallait que tu...

– ... que je tombe enceinte ? Il y a deux solutions. »

Oscar attend. Il les devine, mais il préfère qu'elle les nomme.

« Ou je me fais avorter, ou je... »

Oscar ne cache pas son effroi.

« De quoi as-tu peur ? demande-t-elle.

– De la souffrance. Pour toi surtout, mais pour moi aussi.

– Si tu fais allusion à l'avortement, je sais à quoi m'attendre.

– J'imagine qu'un avortement provoqué est beaucoup plus douloureux qu'un accident...

– J'ai connu les deux », avoue-t-elle.

La stupéfaction d'Oscar est palpable. Il retient mille questions. Elle le voit à son front qui se crispe, à son regard qui s'affole.

« C'est vrai, reprend-elle, que celui que j'ai souhaité a été le plus douloureux, physiquement. Il faut dire que j'étais bien jeune. Tu veux savoir ? »

D'un signe de la tête, il la prie de poursuivre.

« J'avais dix-sept ans.

– Mais… Mais tu étais…

– Oui, j'étais chez tes parents quand c'est arrivé. »

Les coudes appuyés sur ses cuisses, la tête nichée entre ses mains, Oscar se sent foudroyé. Il tente, en dépit du flux d'émotions qui le submerge, de recoller les événements de cette période tumultueuse. L'arrivée de cette jeune fille mystérieuse à leur domicile familial sans qu'il sache comment ni pourquoi avait excité sa curiosité. L'expression de tristesse qui passait parfois sur son visage, aussi. Oscar se souvient clairement de la particulière bienveillance de sa mère à l'égard de Colombe. De cette complicité qui se devinait à leurs regards entendus. Mais jusqu'où avait pu aller cette complicité ? Oscar refuse de l'imaginer même.

« Elle n'a reculé devant rien, ta mère, pour m'aider », confie Colombe.

Le silence est lourd. Colombe pousse un profond soupir.

« Jusqu'à risquer la prison à vie… »

S'il avait encore cinq ans, Oscar poserait ses mains sur ses oreilles pour ne plus entendre.

« Comme elle n'est plus là, c'est aux siens que je dois exprimer ma gratitude. Par les moyens qui me sont donnés. Dans le secret, s'il le faut. »

Puis, se rapprochant d'Oscar, elle prend ses mains et les enveloppe dans les siennes. « Ta mère a sauvé mon honneur et ma vie, elle mérite bien que je fasse quelque chose pour son fils…

– Sûrement pas aujourd'hui, Colombe. Je veux retourner à mon hôtel. J'ai besoin de solitude, dit-il, pris de vertige.

– Il nous reste encore deux jours », lui rappelle-t-elle avec douceur.

Tête basse, Oscar quitte l'appartement de Colombe. Dans les rues qui l'en éloignent, il marche comme un robot, à l'affût d'un taxi qui le conduise à son hôtel. Il n'a plus qu'une idée en tête : gagner sa chambre et dormir.

Après une demi-heure d'efforts infructueux, et faute de somnifères sous la main, il demande qu'on porte un litre de scotch à sa chambre. N'ayant pas l'habitude de l'alcool, il présume qu'il en faudra peu pour que le sommeil le gagne. Sitôt qu'un engourdissement se fait sentir dans son cerveau, il laisse tomber sa tête sur le dossier de son fauteuil, ferme les yeux et savoure la détente qui s'installe enfin. Il finit par s'endormir, mais son sommeil est agité. À peine sorti d'un cauchemar où il cherche à s'évader d'une prison, il tombe dans un autre où il essaie de sauver un enfant en danger de mort. Cette fois, c'est la sonnerie du téléphone qui l'importune jusqu'à ce qu'il la reconnaisse et décroche l'écouteur.

« Oscar ?… Est-ce que je suis à la chambre de M. Oscar Dufresne ?

– Oui, oui.

– Je peux lui parler ?

– J'écoute, mais qui êtes-vous ? demande-t-il, articulant péniblement chaque syllabe.

– Oscar, qu'est-ce qui t'arrive ?

– Ah ! Mais c'est toi, Colombe ? Je m'étais endormi… Où es-tu ?

– Ça ne va vraiment pas, Oscar. Qu'est-ce que tu as ?

– Je t'expliquerai une autre fois. Laisse-moi dormir », mâchonne-t-il avant de raccrocher.

Oscar se traîne jusqu'à son lit et s'y laisse choir tout habillé.

Il ne saurait dire ni le jour, ni l'heure, ni l'endroit où il se trouve quand il entend frapper à la porte. Avec insistance. Avec impatience.

« J'arrive ! j'arrive ! » crie-t-il, tentant de soulever ses paupières alourdies et de trouver le bouton de la lampe de chevet.

En passant devant le miroir de la commode, il sursaute et rougit à la vue de sa chevelure hirsute et de son air débraillé. « Qui est-ce ? demande-t-il en peignant ses cheveux de ses doigts encore engourdis.

– Ouvre, Oscar. »

La voix de Colombe a sur lui l'effet d'une douche froide.

« Tu m'attends une seconde ?

– Non, Oscar, ouvre-moi.

– Une minute, je reviens », la supplie-t-il.

Il va au lavabo se rafraîchir le visage. Un coup d'œil sur sa montre lui révèle qu'il a perdu contact avec la réalité pendant sept ou huit heures. Lorsque, enfin, il permet à Colombe d'entrer, il reconnaît sa chambre d'hôtel. La jeune femme qui se précipite vers lui, affolée, déclare : « T'as failli me faire mourir d'inquiétude, Oscar. Depuis quatre heures cet après-midi que j'essaie de te rejoindre… »

Colombe s'arrête soudain. « Tu as bu ? Toi ! Oscar Dufresne ! » s'écrie-t-elle en apercevant la bouteille de scotch.

Oscar se gratte la tête, non moins ébahi de constater qu'il a ingurgité le tiers de la boisson à lui seul. Colombe murmure, sans le regarder :

« Je n'aurais pas dû te dire toutes ces choses ce matin. C'était trop en une seule fois. »

Levant la tête vers Oscar, elle explique :

« Par contre, je considère que ce sont des choses que tu as le droit de savoir..., d'autant plus que toi, tu connais le secret de famille. »

Il la regarde, médusé, concentrant toutes ses énergies à rassembler les morceaux du puzzle qu'il a découvert en matinée. Il s'inquiète lorsqu'elle se rend vers le téléphone et décroche.

« Qu'est-ce que tu fais ?

– Je demande qu'on nous apporte une carafe de café », répond-elle.

En attendant le garçon, Colombe fait les cent pas dans la chambre. Affalé dans son fauteuil, Oscar masque sous l'apathie une fébrilité à fleur de peau. « Tu m'étourdis, dit-il.

– Ce ne serait pas plutôt ce que t'as bu qui t'étourdit ? »

Faisant fi de la question, Oscar va ouvrir lui-même au garçon qui frappe à la porte et prend le plateau qu'il dépose sur une petite table circulaire tout près de la grande vitrine. Il verse le café et tend une tasse à Colombe. Tous deux boivent en silence jusqu'à ce qu'Oscar se mette à parler :

« Il y a presque trois ans, j'ai vécu le deuil d'une femme nommée Victoire Du Sault, ma mère, une femme que j'ai admirée et beaucoup aimée. Aujourd'hui, je dois faire le deuil d'une autre femme. Celle que je n'ai pas connue. Et ça me crève le cœur, confie Oscar, au bord des larmes. Malgré ce que toi et Marie-Ange m'avez appris d'elle, je n'arrive pas à retracer un portrait complet de ce qu'elle était vraiment. Des liens me manquent, il me semble. Je me revois avec elle, à la Chaumière, après la mort de grand-père Dufresne, quand elle m'a demandé de monter au grenier pour prendre le fameux coffret de métal. Même si j'avais presque seize ans, je n'ai pas saisi toute l'importance de cette découverte ni l'intensité de l'émotion que ma mère pouvait ressentir.

– Quelle découverte ? demande Colombe à mi-voix.

– Une lettre de mon grand-père, puis de l'argent laissé pour moi et… »

Sa voix s'est cassée.

« Comme je regrette, reprend-il, d'avoir manifesté une certaine réticence à ce qu'elle me confie des choses à ce moment-là. Non par manque d'intérêt, mais parce que j'étais mal à l'aise. Ça n'a pas été la seule fois, hélas, et je n'ai pas été le seul à refuser d'entendre ce que notre mère aurait aimé nous dire. Marius a fait de même à plusieurs reprises. Il m'en a déjà parlé. Et moi qui en voulais à ma mère de s'être confiée à Marie-Ange !… Ce qu'elle a dû vivre de solitude et de souffrances, cette pauvre femme ! »

Une pause incite Colombe à se livrer à son tour.

« J'ai tellement craint, après ma rupture avec toi, qu'elle maudisse le sort qui m'avait placée sur votre route que j'ai préféré m'éclipser pendant plusieurs années. J'avais l'impression de n'avoir été qu'une porteuse de malheurs pour ta famille, alors qu'elle avait été non seulement mon refuge, ma consolatrice, ma protectrice, mais encore ma rampe de lancement dans la vie.

– Je me demande si toi et Marie-Ange n'êtes pas les deux personnes qui l'ont le mieux connue, ma mère.

– Je le crois, Oscar. Libre à toi maintenant d'accepter ou de refuser d'entendre ce que nous pourrions t'en dire. »

Oscar l'approuve d'un signe de la tête. Il ose enfin lever son regard sur Colombe, s'y attarde, s'y plaît. Ses yeux le subjuguent encore malgré la tristesse qui les voile. Le sourire qu'elle lui renvoie le réconforte. Le séduit. L'hypnotise, même. Leurs mains se cherchent. Leur désir est partagé. Dans un tourbillon où la raison bat en retraite, Oscar entraîne Colombe sur le lit, pose les mains sur ses seins qu'il dégage du chemisier qui bâillait sur sa poitrine, les contemple, en remplit son regard pour mieux savourer le parfum de sa peau rosée. Sa bouche glisse lentement vers le ventre, les mains, les cuisses de la femme que son désir débridé a tôt fait de dénuder. Oscar enveloppe le sexe de Colombe comme un joyau longtemps cherché et enfin trouvé. Elle ouvre ses bras et ses jambes, s'offre à l'homme qu'elle attend depuis vingt ans. La nudité de leurs corps suscite des aveux. C'est l'extase. Abandon absolu. Sans retenue. Extase d'une nuit. Catharsis de quelques heures.

L'aube surprend les amants et leur injecte une lucidité..., insoutenable.

Oscar s'affole. « Infidèle, tricheur, menteur, profiteur », lui crie sa conscience. Abject à ses propres yeux, indigne de la confiance d'Alexandrine, de l'admiration des siens, il referme les yeux. La main de Colombe vient se poser doucement sur sa poitrine.

« Tu regrettes ? »

Il exhale un long soupir en guise de réponse. L'étreinte de Colombe apaise son angoisse. Un baume. Une question le hante, plus angoissante que la veille.

« Qu'est-ce qu'on fait si tu deviens enceinte ?

– Je n'ai pas le droit de revenir sur ma parole, Oscar.

– Ce qui veut dire ?

– Que je dois faire ce que tu souhaites.

– Les solutions sont si déchirantes que je préférerais avoir fait tout ça pour rien.

– Pour rien ? Regarde-moi, Oscar Dufresne. N'avons-nous pas vécu cette nuit des moments dont nous avions été injustement privés ? Ne les méritions-nous pas ? Il y a longtemps que j'ai compris que nous ne pouvons rien contre le destin. Il n'a pas permis que je sois ta femme, mais il nous a consenti quelques heures de pure délectation. Des heures à jamais gravées dans ma mémoire, sur mon cœur et dans ma peau », dit-elle, émue et ravie.

L'homme étendu à ses côtés l'écoute, sans voix tant il est chamboulé. En quoi la permission qu'il s'est donnée cette nuit est-elle plus acceptable que celle que s'est accordée sa mère trente ans plus tôt ? Il s'en ouvre à Colombe. L'intransigeance avec laquelle il reprochait à sa mère une telle faute se nuance, bien qu'il ne comprenne toujours pas ce qui a pu l'amener à tromper Thomas. Quelqu'un en connaît-il le motif ? Régina, peut-être bien ? Mais la réalité qu'il vit en ce moment le rattrape, l'accapare et l'angoisse. « Quand je pense à toutes les douleurs qui t'attendent si le test est positif, je regrette... Je trouve même que c'était trop te demander, Colombe. Je n'aurais pas dû accepter.

– Ne dis pas ça, Oscar. Il faut avoir le courage d'aller au bout de nos doutes et de vivre avec les réponses qui viennent.

– Je t'admire, Colombe. Tu es une de ces femmes fortes…

– Ta mère m'en a donné l'exemple tant de fois. »

De nouveau séduit, Oscar succombe à l'invitation de Colombe :

« Pourquoi ne pas s'accorder un peu de réconfort, une autre fois ? Une dernière ? » suggère-t-elle, sitôt exaucée.

« De toute façon, ça devait arriver un jour », conclut-elle.

Ce 15 mai 1911, Oscar a le sentiment de n'être plus l'homme qu'il était la veille. Qu'il avait été pendant trente-six ans. Voudrait-il méconnaître cet être nouveau, le semoncer ? Une agréable sensation d'affranchissement l'en empêche. Cette affirmation de lui-même à l'encontre de l'interdit a bâillonné sa conscience. « La vie sait mieux que nous ce qui nous convient », se souvient-il pour avoir tant de fois entendu cette phrase de la bouche de sa mère. S'impose le sentiment que cette nuit dont vibre encore sa chair a cristallisé son devenir. Son destin est désormais lié à la femme qui tient sa main posée sur son ventre. Oscar se tourne vers Colombe. Leurs regards traduisent semblable ivresse. La douceur de leurs caresses apaise un peu l'angoisse qui commence à lézarder leur quiétude.

« As-tu pris ta décision ? murmure Colombe, le coude enfoncé dans son oreiller, la tête posée dans sa main.

– Oui. Et elle est irrévocable. »

Colombe va pour s'affoler quand elle découvre dans le regard d'Oscar une douceur qui contraste étrangement avec le ton de son affirmation.

« Je n'ai pas le droit de t'imposer un choix, Colombe. Pas après ce que tu viens de faire pour moi.

– Je l'ai souhaité, Oscar. Surtout pour toi, mais aussi pour moi. »

Devrait-il encore douter de l'honnêteté de Colombe ? Oscar s'y refuse.

« J'ai souvent porté des jugements injustes sur toi. Je te connaissais mal. Je considère que tu as eu ta part de fardeaux dans la vie. Je n'irai pas t'en imposer un autre. »

Colombe croit rêver. « Moi aussi, je te connaissais mal, avoue-t-elle. Le meilleur de toi-même, je ne le découvre qu'aujourd'hui.

– Il y a deux choses toutefois qui me tiennent à cœur.

– Dis, Oscar, je t'en prie.

– Si tu portes un enfant de moi, tu me le fais savoir le plus tôt possible, mais ne m'informe pas de la décision que tu auras prise. »

Colombe l'écoute, retenant son souffle. Le visage d'Oscar se rembrunit. Ses yeux se mouillent. « Si tu gardes cet enfant, traite-le avec tout l'amour que je lui porterais », parvient-il à dire avant d'étouffer un sanglot.

Oscar quitte le lit. Lorsqu'il revient vers Colombe, il a revêtu son costume de ville, prêt à partir. La trouvant encore au lit, il file vers la fenêtre qui donne sur ce quartier de Paris soigneusement aménagé, implorant cette nature verdoyante de l'abreuver de son énergie, priant le ciel azuré de lui faire l'aumône de sa limpidité. Que le chêne lui communique sa force. Jamais encore il n'en aura éprouvé un besoin aussi impérieux. Dans quelques heures déjà, il lui faudra oublier Colombe. Dans deux ou trois mois, la réponse viendra. Il faudra l'assumer. La perspective d'une preuve de fertilité le bouleverse toujours profondément. L'affole. Oscar se réfugie seul dans le petit salon attenant à sa chambre d'hôtel. Lorsque Colombe vient le rejoindre, gracieuse et sereine, il a trouvé un peu de quiétude. « Nous devrions aller prendre notre petit-déjeuner ensemble, suggère-t-elle.

– Je pense qu'il vaudrait mieux qu'on se quitte maintenant.

– Je peux comprendre que tu aies besoin de solitude maintenant que tu as livré le fond de ton cœur. Mais j'aimerais avoir ce privilège, moi aussi.

– Pardonne-moi, Colombe. Je suis de cette race qui retombe vite dans l'égoïsme. Je veux bien qu'on s'accorde encore un peu de temps, mais pas à l'hôtel. Par prudence, ajoute-t-il en voyant l'air surpris de Colombe. Il y a plein de petits cafés tout autour. »

Colombe quitte l'hôtel avant Oscar, comme il le souhaite. Il est tout près de dix heures et l'animation dans les cafés est telle qu'ils doivent marcher une bonne demiheure avant de trouver celui qui peut leur offrir un espace discret. Les cafés et les croissants servis, Colombe confie : « Je suis très touchée, Oscar, du respect que tu me témoignes. Seul un cœur magnanime est capable d'un tel geste. Par contre, que la décision me revienne signifie, je suppose, que je devrai en assumer seule toutes les conséquences… C'est lourd.

– Non, Colombe. Je tiens absolument à ce que tu me tiennes au courant de ta santé. Que tu me dises si tu es heureuse. Et advenant que le test soit positif, je t'enverrai de l'argent… Tu me diras si tu as besoin de plus. »

Colombe demeure bouche bée. Oscar poursuit :

« Tu auras besoin d'aide. Soit pour un congé de maternité, soit pour… prendre tes responsabilités. Je te promets mon soutien financier et je souhaite de tout cœur que tu trouves le réconfort moral qu'il te faudra aussi. »

Colombe baisse les yeux pour mieux refouler l'envie folle de se lancer dans les bras d'Oscar et de le supplier de ne plus la quitter.

« S'il n'y a pas de grossesse de mon côté, te donneras-tu une autre chance ? lui demande-t-elle.

– Non, Colombe. Je considère cette expérience comme finale et je verrai à convaincre Alexandrine de se rendre aux désirs de Raoul. C'est avec elle que le travail va commencer sitôt que je saurai… Dans un cas comme dans l'autre, ce ne sera pas facile, avoue-t-il dans un long soupir.

– Pas plus qu'il ne sera facile pour moi de choisir entre l'avortement et la responsabilité d'élever notre enfant, sans toi. »

Oscar, qui allait prendre une gorgée de café, dépose sa tasse. Le mot a été prononcé et il oppresse sa poitrine. Tête baissée, yeux braqués sur le morceau de croissant qu'il n'a plus le goût d'avaler, Oscar pressent quelle serait sa douleur s'il apprenait qu'un enfant de lui existe quelque part dans le monde sans qu'il puisse jamais l'entendre dire « papa ». Sans qu'il puisse jamais le prendre dans ses bras, lui tendre la main.

« Tu auras au moins la consolation de lui témoigner ton amour et de recevoir le sien », aimerait-il répondre à Colombe.

« Heureusement, enchaîne-t-elle, j'ai de bonnes amies, ici et à Montréal.

– Le temps est venu de se dire adieu, Colombe.

– Pourquoi ce ne serait pas au revoir, si je ne suis pas enceinte ?

– On verra, Colombe. Pourquoi faudrait-il le décider aujourd'hui ?

– Tu as raison, Oscar. Plus que jamais le temps est devenu notre maître. »

D'un commun accord, les mots étant superflus, tous deux s'interdisent une dernière étreinte. Aussi se saluent-ils d'un simple geste de la main avant de prendre chacun une direction opposée.

Oscar ne peut s'empêcher de regarder derrière lui avant de tourner le coin de la rue. Colombe a eu la même idée au même moment. Un dernier sourire, un dernier geste d'au revoir.

L'instant suivant le ramène à son épouse. La joie de le retrouver, l'amour qu'elle lui porte, aussi, la feront courir vers lui dès qu'elle l'apercevra sur le quai. Un serrement à l'estomac, une brûlure au ventre, Oscar a moins de vingt-quatre heures pour s'endimancher le cœur. À son programme, il inscrit visites de musées, cinéma et magasinage. Tout pour se distraire des jours précédents.

~

Telles qu'Oscar les a anticipées, les retrouvailles ont de quoi tromper l'observateur le plus perspicace. Alexandrine y va d'une étreinte de jeune mariée.

« Ça n'a pas été trop douloureux ? » s'empresse-t-elle de s'enquérir.

– Pas vraiment, trouve-t-il à répondre, aussitôt bombardé de rappels de sa nuit d'amour.

– Tu as l'air fatigué, mon chéri, fait-elle remarquer en caressant son visage, son regard de lynx braqué sur celui d'Oscar.

– C'est de la bonne fatigue. J'ai voulu profiter du peu de temps libre que j'avais pour visiter quelques musées et marcher dans Paris. »

Oscar a le sentiment que cette réponse relancera la conversation vers des propos moins compromettants. De fait, jamais il ne s'est autant réjoui d'entendre Alexandrine lui raconter anecdotes sur anecdotes, dans les moindres détails. Mais il faudrait plus encore pour qu'il ne s'angoisse pas à la seule pensée de répondre à ses séductions, la nuit venue, de l'embrasser passionnément avant de lui faire l'amour. Heureusement, il y a l'obscurité et l'obligation d'être plus discret dans une cabine de navire.

Dans l'espoir qu'Alexandrine sombrera dans un sommeil profond avant qu'il la rejoigne au lit, Oscar s'attarde à observer le firmament étoilé en sirotant la consommation qu'il s'est fait servir en début de soirée. Plus silencieux que son ombre, il pénètre dans la cabine, se déshabille et se glisse entre les draps avec des précautions infinies… Peine perdue, Alexandrine ne dort pas.

« Viens, mon chéri. Je ne pense pas qu'il y ait sur ce navire mari plus attentionné que toi », lui murmure-t-elle.

Déjoué, Oscar ne dit rien, se contentant de déposer un baiser sur sa joue pour lui signifier son intention de dormir sans tarder.

Deuxième déroute, Alexandrine le prend avec voracité, mène le jeu et mendie caresses, baisers et serments d'amour. Comme hors de son corps, le cœur trituré, Oscar fait les gestes nécessaires, prononce les mots attendus et amène cette amoureuse à l'orgasme. Plus observateur qu'acteur. Dégoûté de lui-même.

À la gare Windsor, Donat et son épouse, Marie-Ange et la petite Laurette viennent accueillir les voyageurs. Les retrouvailles entre Alexandrine et sa petite sont des plus touchantes. L'enthousiasme de Cécile est délirant. Thomas le partage non sans une certaine réserve ; l'intérêt des Algériens était manifeste, mais aucun contrat n'a été signé. Un peu à l'écart, Oscar se fait discret, attendant que son tour vienne d'embrasser sa fille.

« Vous êtes tous invités à la maison », leur annonce Marie-Ange.

Oscar espérait que son épouse, toujours soucieuse de ne pas déranger le sommeil de Laurette, déclinerait l'invitation. Mais, dans son euphorie, Alexandrine accepte de bon cœur, condamnant son mari à les suivre et à se mettre au diapason des autres. Aussi s'estime-t-il récompensé lorsqu'il constate, en entrant au domicile de Thomas, que ses frères et ses belles-sœurs les y ont précédés. Sur la grande table de la salle à manger, le couvert est dressé et une odeur de soupe de légumes embaume la maison.

« On se croirait à Noël, dit Oscar en s'adressant à Marius, dont le moral semble s'être amélioré pendant leur mois d'absence.

– C'est l'idée de Marie-Ange. Qu'est-ce qu'elle ne ferait pas pour plaire à notre père !

– En voilà une qui réussit à ne pas décevoir, rétorque Oscar, faisant allusion à la note qu'il avait laissée dans ses dossiers à l'intention de son frère.

– La déception fait partie de la vie, Oscar. Tant celle qu'on vit que celle qu'on fait vivre aux autres.

– Plus on peut l'éviter, mieux c'est, quand même.

– L'éviter ? reprend Marius, pensif. Je n'ai jamais considéré la déception comme une offense. C'est une contrainte. On n'a pas à s'en excuser », ajoute-t-il, un sourire entendu sur les lèvres.

À l'autre bout de la table, Candide et Nativa écoutent Thomas raconter ses anecdotes de voyage avec un respect à la limite de l'ennui, alors que Romulus s'en amuse et badine. Tous trois avouent être peu disposés à s'imposer la fatigue, les risques et les coûts d'un voyage à l'étranger.

« Mais c'est comme un bon mets, réplique Thomas. On ne peut pas l'apprécier si on n'y a jamais goûté.

– Moi, je rêve de voyager à la grandeur de la planète, déclare Donat. J'espère en avoir les moyens avant de mourir.

– Je te comprends ! lance Romulus, un brin ironique. Tu dois commencer à être étourdi à force de tourner en rond depuis quinze ans dans les mêmes quartiers.

– Au moins, je gagne ma vie, riposte Donat avec une pointe de ressentiment.

– Fâche-toi pas, le cousin. Je te taquinais. »

Les fils de Ferdinand, en raison de la précarité de leur situation financière, manifestent une susceptibilité à fleur de peau dès qu'un descendant de Thomas, leur oncle paternel, effleure le sujet. Ils gardent une grande reconnaissance à Victoire et à son mari qui ont promis de ne jamais les laisser dans le besoin, mais ils n'en sont pas moins humiliés. Plus fière encore, Régina a juré que l'emprunt que son mari a obtenu du fils aîné de Thomas pour acheter une ferme serait le seul.

Oscar écoute et observe sans parler. Il sait fort bien qu'il serait facile pour Régina de clouer le bec aux cousins fortunés en évoquant l'intégrité des parents de Donat. Privilège dont les descendants de Thomas et de Victoire ne pourraient se prévaloir s'ils connaissaient le secret de famille. Cette petite altercation donne à Oscar l'occasion qu'il souhaitait pour prendre congé de la famille. Alléguant la fatigue du voyage, il part avec Laurette, laissant à Alexandrine la liberté de rentrer quand bon lui semblera.

Penché sur sa fillette maintenant âgée de trois ans et demi, Oscar se sent habité d'un sentiment nouveau. Un instant, il imagine que cette enfant est faite de sa chair, de son sang. Tout son être vibre et une chaleur intense monte en lui. Une ivresse encore jamais éprouvée l'habite. « Serait-ce, se demande-t-il, que mon rêve de vivre la paternité serait sur le point de devenir réalité pour moi ? À Paris ? Dans le secret le plus absolu ? » Lui vient à la mémoire une confidence d'Alexandrine, avant l'arrivée de Laurette dans leur vie : « Vous, les hommes, ne semblez pas saisir la différence entre ce qu'on ressent devant un enfant qu'on a conçu dans l'amour et attendu jour après jour et ce qu'on ressent devant un enfant qu'on décide de prendre pour sien. Dans le premier cas, c'est une plénitude qui va de l'épiderme jusqu'au plus profond de l'être. Si tu savais comme ma chair et mon cœur en ont soif ! » Ce soir, ces mots prennent tout leur sens dans l'esprit d'Oscar. Jamais encore il ne s'était arrêté à imaginer le bonheur éprouvé à reconnaître en son enfant la fossette qu'on porte dans son menton, la forme de ses doigts, le même sourire. Il s'en faut de peu qu'il ne déplore de ne pas être né femme. Il attribue à l'intelligence du cœur la prise de conscience de cette réalité qui lui avait jusqu'à maintenant échappé. « À moins qu'elle ne relève de l'instinct », pense-t-il, hanté par cette nuit fatidique à Paris, inquiet de la femme qui y est restée.

Il est encore dans la chambre de Laurette, assis sur le bord de son lit à la regarder dormir, lorsque Alexandrine revient. Non moins étonnée que ravie, elle prend place près de lui, un bras glissé autour de sa taille. « Penses-tu qu'elle va toujours être aussi belle ? demande Alexandrine, un sourire radieux sur les lèvres.

– J'en suis sûr. Je la vois, jeune femme. Elle va être ravissante.

– Comme sa mère ?

– Comme sa mère, oui.

– As-tu déjà essayé d'imaginer le visage qu'aurait l'enfant qui serait de nous ?

– Non, répond Oscar, forcé de mentir. Mais je voudrais qu'il te ressemble…

– … mais qu'il ait ton intelligence et ton caractère », enchaîne Alexandrine.

Oscar l'enveloppe d'un regard qu'il voudrait amoureux et suggère : « Si on lui donnait une chance de naître, à cet enfant-là…

– Je croyais que tu étais fatigué.

– Je me suis reposé auprès de la petite. »

Pour la première fois depuis son départ d'Europe, pour la première fois depuis qu'il a serré Colombe sur son cœur, Oscar enlace son épouse avec désir. Il s'en étonne. Le souvenir de Colombe, venu effleurer son esprit, lui rappelle qu'il peut encore espérer vivre un grand bonheur avec Alexandrine. Qu'il n'est peut-être pas si loin le jour où il entendra battre le cœur de son enfant dans le ventre de son épouse. Qu'à ce moment, il lui sera peut-être plus facile de se pardonner d'avoir trompé Alexandrine.

Tôt le lendemain, Oscar se remet au travail avec une ardeur décuplée, cherchant à oublier son infidélité. Ce souvenir, encore frais, pèse sur sa conscience. Il ne s'attendait pas à ce que Marius, venu frapper à la porte de son bureau, l'y ramène abruptement : « Tandis qu'on est seuls, dis-moi, est-ce que ça a été compliqué ton test... médical, à Paris ?

– C'est... Ce n'est jamais simple avec les Français.

– Est-ce indiscret de te demander... les résultats ?

– Non, non. Mais je ne sais pas au juste quand je les recevrai, répond Oscar, manifestement embarrassé.

– Excuse-moi. Comme tu m'en avais glissé un mot avant de partir, je pensais que tu voudrais m'en reparler.

– Ce n'est pas le bon moment, tout simplement, Marius. Une autre fois, si tu veux bien. »

Oscar s'empresse de questionner son frère sur sa santé, sur son moral, sur les dossiers traités en son absence et sur l'évolution des projets d'embellissement de leur ville. Marius le rassure en ce qui le concerne, mais se montre plus loquace sur le sujet des travaux de construction de l'hôtel de ville.

Après avoir fait le tour des dossiers, Marius s'apprête à sortir, mais il revient sur ses pas.

« J'allais oublier de te dire que cousine Émeline invite toute notre famille à un dîner champêtre dans son jardin, samedi prochain.

– Sais-tu qui elle a invité dans la parenté des Du Sault ? demande Oscar.

– Non. Mais je ne vois pas ce que ça change pour nous.

– Je n'imagine pas ma femme se retrouver face à face avec Raoul…, explique Oscar. Je vais m'informer », décide-t-il.

Marius est à peine engagé dans la rue qu'Oscar téléphone à Émeline et apprend que Raoul et plusieurs Du Sault de Yamachiche comptent parmi les invités. S'il tait son inquiétude quant à la présence de la parenté de Yamachiche, il ne cache pas son embarras quant à celle de Raoul. « Ça m'étonnerait qu'il vienne, dit Émeline pour le rassurer. Il est encore si solitaire, ce pauvre homme. Mais, si tu veux mon avis, je pense que l'occasion ne pourrait être mieux choisie de mettre Raoul en contact avec sa fille de façon toute naturelle.

– Je doute que ce soit bon pour lui, fait remarquer Oscar.

– C'est à Raoul d'en juger, non ?

– Pour Alexandrine non plus, ajoute-t-il sans prêter attention à ce que son interlocutrice lui a dit.

– Il faudra bien qu'un jour Laurette sache que sa prétendue cousine Madeleine est sa grande sœur et que Raoul est son père.

– Je sais, mais elle n'est pas encore prête, Alexandrine.

– Le sera-t-elle un jour ? demande Émeline manifestement sceptique.

– J'ai encore confiance. Nous y travaillons sérieusement. »

Que d'urgences cet entretien vient placer à l'agenda d'Oscar ! La première l'amène à sonder Raoul et à s'assurer qu'il se conduira avec Laurette comme avec n'importe quelle autre fillette, qu'il ne dira rien devant elle qui pourrait semer le doute…

« Laurette n'a que trois ans et demi, mais si tu savais comme elle est perspicace, explique-t-il au bout du fil.

– Ne crains pas, Oscar. Si je vais à cette fête, c'est pour profiter discrètement de sa présence et m'approcher un peu d'elle. »

Quelque peu tranquillisé à ce sujet, Oscar peut s'attaquer au deuxième dossier urgent. Il téléphone à Régina et lui dit : « J'aimerais te rencontrer avec ton mari.

– C'est à quel sujet ? s'enquiert-elle, méfiante.

– Ne crains pas, ce n'est aucunement menaçant pour vous.

– Je te sais bon comme du bon pain, mais je craignais que tu nous demandes un remboursement de ton prêt », avoue-t-elle, soulagée.

Oscar exprime sa préférence pour un entretien vers neuf heures, « quand les enfants seront endormis ».

À l'heure dite, Oscar se rend chez ses cousins. Invité à prendre place autour de la table, il suggère plutôt le petit salon, plus en retrait et dont on peut fermer la porte. Sa nervosité témoigne du sérieux de la rencontre.

« Je serais tenté, dit-il, de vous faire jurer de me dire la vérité, mais je sais bien que je n'en ai pas le droit. »

Donat et son épouse échangent un regard entendu. Oscar poursuit :

« Des rumeurs d'une gravité rare courent dans la famille. Je ne peux pas laisser faire ça plus longtemps. C'est pour ça que je suis venu vous voir.

– Tu crois qu'on y serait pour quelque chose ? demande Donat.

– Je pense que vous pourriez m'éclairer. »

Donat fronce les sourcils. Régina esquisse une moue. Oscar craint de manquer de courage. Il sait pourtant que, s'il recule cette fois, il lui sera encore plus difficile de se reprendre.

« C'est au sujet de ma mère », parvient-il à articuler.

Régina braque son regard sur ses doigts qui se croisent et se décroisent, alors que Donat, calé dans son fauteuil, se gratte le menton.

« C'est vrai ou c'est pas vrai ce qu'on dit d'elle ?...

– À quel sujet ? demande Donat, des plus prudents.

– Au sujet de mon frère Marius. »

Donat confirme d'un signe de la tête. Oscar ne se montre pas surpris.

« Il ne faut pas les mal juger, ose dire Donat d'une voix incertaine.

– Donat a raison, intervient Régina. Si on avait été à leur place, on n'aurait peut-être pas fait mieux. »

Oscar ne bronche pas. Donat explique : « Ma mère m'a raconté ce que mon père lui avait appris avant de mourir. »

Un signe d'intérêt de la part d'Oscar l'incite à poursuivre : « Il paraît que tante Victoire et Georges-Noël Dufresne étaient très amoureux et qu'ils devaient se marier, mais que, pour une raison qu'on ne connaît pas, ils en auraient été empêchés. Puis, lorsque ton père a eu ses dix-huit ans, il a demandé ta mère en mariage et il lui a promis que la petite maison de l'érablière serait prête pour les recevoir à la fin de l'automne. Ils se sont donc mariés en octobre, mais ton père, qui travaillait au moulin de la Rivière-aux-Glaises, n'a pas eu le temps d'isoler la maison pour l'hiver. Les jeunes mariés sont donc allés habiter avec Georges-Noël. Comme mon oncle Thomas ignorait l'histoire d'amour entre Victoire et son père, il n'a pas cru nécessaire, malgré les pressions de ta mère, de quitter la maison paternelle pour s'établir à la Chaumière.

– Il passait ses semaines sur la route, ton père, continue Régina. Ce n'était pas humain pour ta mère. N'empêche qu'elle l'aimait, son mari, tante Victoire. Ce n'est pas parce qu'elle a eu une faiblesse qu'elle était dévergondée, oh, non ! »

Oscar demeure muet, les yeux rivés au plancher.

« Je dirais, renchérit Donat, qu'elle a été plus malchanceuse que bien d'autres qui ont toujours su choisir le bon moment et qui ne se sont jamais fait prendre.

– D'un autre côté, ajoute Régina, on ne peut qu'admirer celui que d'autres traiteraient de bâtard. Marius est un homme intelligent, bourré de talents et de qualités.

– Sois sûr que jamais on ne divulguera ce secret, promet Donat.

– Ce n'est pas de nous que Marie-Ange l'a appris, jure son épouse, navrée.

– Je sais, dit enfin Oscar. Si je n'avais en ma possession une lettre de ma mère, je me permettrais de douter de ce que vous a raconté tante Georgiana, tant je n'arrive pas à imaginer...

– Ma mère et la tienne étaient deux grandes amies, rappelle Donat.

– Tante Georgiana était la meilleure amie de ma mère, ça, c'est vrai. Elle m'en a souvent parlé », confirme Oscar.

Les souvenirs meublent le silence qui se prolonge jusqu'au moment où, de nouveau accablé, Oscar confesse : « Ce que je donnerais pour que Marius ne l'apprenne jamais !

– Tu n'es pas obligé de le lui dire, observe Donat.

– Je n'ai pas le choix. D'abord, c'est la volonté expresse de ma mère. Ensuite, ça risque de lui venir aux oreilles n'importe comment et n'importe quand. L'idéal serait que je le lui apprenne avant la fête chez Éméline. Mais je ne sais pas si je trouverai l'occasion et le courage de le faire d'ici dix jours.

– Tu crains sa réaction ? suppose Donat.

– Et combien !

– On va prier pour vous deux, promet Régina, visiblement épuisée.

– Je vous laisse vous reposer maintenant », dit Oscar, aspirant, quant à lui, à la solitude la plus totale.

~

Le samedi fatidique arrive. Oscar n'a pu parler à Marius que pour les affaires de la ville de Maisonneuve. Dans le jardin joliment aménagé d'Éméline Du Sault et d'Henri Sauriol, la famille de Thomas Dufresne est présente, plus une douzaine d'invités venus de Yamachiche et une vingtaine du côté des Sauriol. Parmi ces derniers, une jeune femme s'est empressée de venir au-devant de Marius. Thomas reconnaît la garde-malade de Jasmine, Edna Sauriol. Il comprend alors qu'ils s'isolent tous les deux dans un coin du jardin pour bavarder. Oscar ne pourrait souhaiter mieux, croyant ainsi son frère à l'abri de toute parole malencontreuse. À peine a-t-il détourné son regard qu'il aperçoit Raoul, chaleureusement accueilli par Émeline et nombre de Du Sault de Yamachiche. Le veuf Normandin ne va pas tout de suite saluer Alexandrine, occupée à pousser Laurette sur la balançoire, mais il regarde constamment dans leur direction, tandis qu'il cause avec ceux qui l'entourent. Oscar en ressent un certain agacement, puis de l'inquiétude. Aussi juge-t-il opportun de prendre congé de son cousin Thomas Du Sault pour aller retrouver son épouse. Cécile le suit. « Tu as vu Raoul ? chuchote-t-il à l'oreille d'Alexandrine.

– Non. Il est là ? demande-t-elle, déjà troublée.

– Reste calme. Je lui parlerai quand je sentirai que le moment est propice », dit Oscar.

Puis, il demande à Cécile de ne pas quitter son épouse. Marie-Ange les rejoint à point nommé. Oscar va saluer la parenté de Yamachiche, sans perdre de vue le père de Laurette. « Mais on jurerait qu'il fait exprès pour ne pas que je l'approche », se dit-il, devenu plus préoccupé de lui que de Marius. Ce dernier a plus d'une raison de préférer la compagnie des Sauriol et Oscar s'en trouve rassuré.

Il est en train de converser avec Gustave Du Sault, de Yamachiche, lorsqu'il voit Raoul prendre la main de sa fille Madeleine et se diriger vers Laurette. « Excuse-moi, je pense que ma femme m'appelle », dit-il à son cousin.

Il se hâte vers son épouse, mais Raoul l'a devancé et, sans même saluer Alexandrine, il s'adresse à sa benjamine :

« Aimerais-tu venir jouer avec elle dans la maison ? » lui demande-t-il.

Alexandrine s'oppose aussitôt :

« Pourquoi ne pas jouer dehors quand il fait si beau ?

– C'est que Madeleine fait un peu de fièvre et il est préférable qu'elle évite le soleil.

– Ah, je comprends, fait-elle, désarmée.

– Je vais avec toi, Raoul, propose Oscar. Ça nous donnera l'occasion de bavarder un peu. »

Raoul consent, prend une des mains de Laurette et place l'autre dans celle de la petite Madeleine. Oscar les suit, penaud. À peine sont-ils entrés dans la maison qu'Alexandrine les rejoint.

« Excuse-moi, Raoul, mais il vaudrait mieux pour Laurette qu'elle ne soit pas en contact avec quelqu'un qui fait de la fièvre... Elle pourrait attraper sa maladie.

– Mais elle n'est pas contagieuse, riposte Raoul.

– Je sais, mais je ne veux pas prendre le risque », insiste-t-elle.

Alexandrine se penche aussitôt vers sa fille et tente de la convaincre de rendre à Madeleine la poupée que celle-ci lui a prêtée et de la suivre à l'extérieur. Laurette résiste et pleure. Oscar et son épouse se consultent du regard, indécis. Raoul avoue :

« Je ne suis pas habitué à tant de précautions avec les enfants. Je suis désolé.

– Laissons-les jouer un peu, quand même », suggère Oscar qui, l'air embarrassé, s'en retourne dans le jardin.

Raoul et Alexandrine se côtoient pour la première fois depuis la naissance de Laurette. Même s'ils centrent leur attention sur les fillettes, leur malaise est palpable.

Leurs regards se fuient. La mère est aux aguets. De deux ans l'aînée de Laurette, Madeleine se montre généreuse et maternelle, ce qui rassure Alexandrine quelque peu. Le plaisir des deux enfants est indéniable. Raoul agrémente leurs jeux de ses questions, mimes et commentaires. S'adressant à Laurette, il demande :

« Tu aimerais ça, avoir une grande sœur pour jouer ? »

La petite lui répond d'un large sourire, le regard pétillant.

« Je pense que ton papa nous attend pour rentrer à la maison », annonce brusquement Alexandrine.

Ne donnant pas le temps à Laurette de dire au revoir à Madeleine et au « gentil monsieur », elle saisit sa main et l'entraîne dehors. Dans le jardin, Oscar, Marie-Ange et Cécile les attendaient impatiemment. « Tu vois, ça s'est bien passé..., conclut Oscar.

– Avec ou sans toi, je veux rentrer tout de suite à la maison, déclare intempestivement Alexandrine, hors d'elle-même.

– Mais...

– Ce n'est ni le moment ni l'endroit pour en discuter. Où est Donat ? »

Oscar ne juge pas à-propos de suivre Alexandrine. À ceux qui l'interrogent sur ce départ précipité il répond : « La petite ne va pas très bien ces jours-ci. » Il lui tarde toutefois de trouver le moment et la manière de parler à Raoul. Avant qu'il y soit parvenu, une petite-cousine de Yamachiche l'aborde :

« Je me trompe ou si c'est la plus jeune des filles de notre cousine Laurette qui était avec ta femme ? »

Bien que contrarié, Oscar ne lui cache pas la vérité.

« Et celle-là, c'est ma plus vieille, dit Raoul qui s'est approché sans qu'Oscar l'ait vu venir. Elle a cinq ans.

– Justement, elle a cinq ans, riposte Oscar, choqué de cette imprudence. Tu devrais… »

Raoul l'interrompt, pose la main sur son épaule et dit en s'adressant à la cousine :

« Pour l'instant, les petites sont des cousines…, tu comprends ? »

Oscar ne trouve plus aucun plaisir à cette fête. Après avoir remercié cordialement les hôtes, il cherche Marius du regard, mais ne le voit nulle part. Il en conclut que son frère est déjà parti. L'idée lui vient alors d'aller frapper à sa porte avant de rentrer chez lui. Une première tentative demeure sans réponse. Oscar s'étonne, car la fenêtre du salon est ouverte. Il s'en approche : « Marius, c'est moi, Oscar. Ouvre-moi si tu es là. J'ai besoin de te parler. »

Pas un son ne lui parvient. Après quelques secondes, il entend le grincement de la porte d'entrée. Elle est entrouverte. Du seuil, Oscar voit son frère se diriger vers la cuisine d'un pas lourd, ne portant plus de son costume de l'après-midi que son pantalon de ville et sa chemise blanche dont il a défait le col.

« Ça ne va pas, toi non plus ? » demande-t-il.

Marius tire une chaise à l'intention d'Oscar et il prend place au bout de la table. Les coudes sur la nappe de lin, il couvre son visage de ses mains d'artiste.

« C'est l'Ontarienne qui t'a replongé dans cet état ? s'enquiert Oscar.

– C'est la personne qui peut le mieux me parler de Jasmine.

– Je comprends, dit Oscar, taisant le fait que Marie-Ange aussi est bien placée pour le faire.

– On dirait que, lorsque le destin s'acharne contre toi, tu ne récoltes que des problèmes, dit Marius.

– Je croyais que ça allait bien au travail.

– Plutôt bien, oui. Mais ce n'est pas ce qui rend heureux ou pas de vivre ; c'est ce qu'on ressent en dedans. »

Oscar le fixe, désemparé.

« Depuis que je suis tout petit, continue Marius, j'ai l'impression de rouler dans l'existence comme dans une charrette aux roues carrées. Pourtant, quand je regarde ma vie, je ne trouve rien qui me donne raison de me sentir de même. »

Oscar hoche la tête, essuie les gouttelettes de sueur qui perlent sur son front.

« Tu me croirais si je te disais que j'ai peut-être une explication ? » demande-t-il à Marius dont le regard devient aussitôt suppliant.

Avant de poursuivre, Oscar prend le temps d'informer Alexandrine qu'il s'est arrêté chez Marius. « Ça pourrait être long », la prévient-il au téléphone.

Les questions se bousculent dans la tête de Marius. Lorsque son frère revient s'asseoir dans la cuisine, il lui rappelle :

« Tu m'as laissé savoir, tantôt, que ça n'allait pas très bien pour toi. C'est à cause de Raoul ?

– Indirectement, oui. Mais je t'en parlerai un autre jour.

– Ça prouve, une fois de plus, qu'il n'y a pas de liberté en dehors de la vérité », conclut Marius d'un ton sentencieux.

Oscar est estomaqué.

« D'où, peut-être, le grand malaise que tu éprouves, dit-il d'un seul souffle, de peur que jamais si belle occasion de parler ne lui soit de nouveau offerte.

– Qu'est-ce que tu veux insinuer, Oscar ?

– Tu parlais de vérité…

– Oui.

– Il semble qu'il y aurait des erreurs dans celle qu'on croyait posséder, lance Oscar, plus gaillard.

– Je ne te suis pas, avoue Marius, avec une fébrilité teintée d'angoisse.

– D'une certaine façon, je suis presque aussi concerné que toi.

– Explique-toi, bon Dieu. Tu m'énerves. »

Oscar faiblit. Les mots lui manquent et il craint la réaction de Marius.

« Ce que je vais te dire va peut-être te fâcher, mais promets-moi d'essayer de rester calme.

– Tu m'inquiètes à la fin, grand frère.

– C'est plus ou moins exact ce que tu viens de dire…

– Que je suis inquiet ?

– Non. Que nous sommes frères.

– Quoi ?

– En réalité, nous sommes demi-frères, toi et moi.

– C'est de par ta mère ou de par ton père ?

– C'est de par ton père, Marius.

– Moi ? »

Marius écarquille les yeux, fait une moue, puis éclate de rire. Il se lève, se rend au salon, en revient, puis déclare, amusé : « Je te savais pince-sans-rire, Oscar, mais je n'aurais jamais pensé que tu étais aussi doué pour le théâtre.

– Reviens t'asseoir, Marius. Ce n'est pas une blague. Toi et moi n'avons pas le même père.

– Je descends d'un colporteur anonyme, j'imagine ?

– Tu te trompes, Marius. J'ai rarement vu plus respectable, comme père.

– Thomas Dufresne a toujours eu cette réputation, réplique Marius, plus sérieux.

– Comme ton père. »

Marius reprend sa place au bout de la table. Le regard fixe, le teint blafard, il écoute en silence les révélations que lui fait Oscar d'une voix à peine audible.

« Je n'arrive pas à le croire..., finit-il par articuler, la gorge nouée.

– Moi non plus, je n'arrive pas à le croire, dit Oscar, les yeux rivés sur une fleur brodée dans la nappe. D'autant plus que j'ai eu la chance de bien le connaître, grand-père Dufresne. »

Marius se lève, pousse sa chaise brutalement et fuit dans sa chambre dont il claque la porte. Oscar tremble. De peur et d'épuisement. De la cuisine, il croit entendre gémir son frère. C'en est trop. Il arrache du calendrier une page sur laquelle il écrit :

> *Quoi qu'on ait dit, quoi que tu en penses, tu seras toujours mon frère préféré. J'aurai toujours du temps pour toi.*
>
> *Oscar*

Oscar quitte le domicile de Marius, sachant bien que ce n'est pas auprès d'Alexandrine qu'il trouvera le soutien dont il a besoin. Colombe lui manque. Il n'y a que Marie-Ange avec qui il pourrait parler de la conduite de Raoul et du secret de famille. Elle le reçoit, l'écoute et le réconforte avec tant de douceur qu'une demande de pardon monte à ses lèvres. « Mais il n'y a pas de quoi, dit Marie-Ange.

– Oh, oui ! Je vous ai tellement mal jugée depuis trois ans.

– Oublie ça, Oscar. Garde tes forces pour aider Marius. C'est loin d'être réglé avec lui...

– Il y a de quoi ! Que ma mère ait trompé mon père, c'est vraiment regrettable, mais qu'elle l'ait trompé avec... »

Le mot ne sort pas. Rien que de prononcer son nom lui semble une profanation.

« Je ne peux pas accepter ça », confie Oscar en quittant Marie-Ange comme un condamné.

À son retour à la maison, Oscar est accueilli avec empressement par son épouse et par Cécile qui avait cru bon de lui tenir compagnie. La présence de celle-ci, bien que fort appréciée, n'a pas pour autant libéré Alexandrine d'une crainte à la limite de la paranoïa.

« On ne pourra plus jamais faire confiance à cet homme », estime-t-elle en parlant de Raoul.

Oscar se sent vidé de toute son énergie. Son entretien avec Marius l'a chamboulé. Il suggère donc à son épouse de laisser passer un peu de temps sur l'incident de l'après-midi. Elle s'y résigne difficilement. Pour la réconforter, Oscar ne peut trouver mieux que les photos que son père a prises au cours de leur voyage en Algérie. Il les regarde avec elle, minutieusement. Tout ce qui peut le distraire de Colombe, de Marius et de Raoul s'avère bienvenu. Les dossiers de la Dufresne & Locke et ceux de la municipalité ne font pas exception.

~

Marius ne cesse de le fuir. Inquiet et chagriné, Oscar décide d'aller frapper à son bureau. Il est quatre heures et demie. « Je peux te prendre quelques minutes ? demande-t-il d'un ton bienveillant.

– Une petite demi-heure », consent Marius sans lever les yeux des dossiers qui couvrent sa table.

Oscar y porte attention, se montre curieux, élogieux même, mais Marius reste froid. Comme pressé d'en finir, il invite son frère à en venir au but de sa visite.

« Dans ce cas-là, je vais te dire sans détour que je crois savoir pourquoi tu me fuis.

– Prends le temps de t'asseoir, dit Marius, voulant se racheter.

– Ce n'est pas nécessaire, rétorque Oscar. Je trouve qu'il serait temps que tu me dises ce que tu en penses plutôt que de me punir comme si j'étais coupable de… »

Debout, les mains à plat sur sa table de travail, Marius l'interrompt : « Je trouve ça bien triste de voir que t'as cru toutes ces histoires qui ne tiennent pas debout. Je savais que plein de gens jalousaient notre mère, puis toute notre famille, mais je n'aurais pas cru que la méchanceté humaine pouvait aller si loin.

– Mais… »

Marius le coupe de nouveau : « Tu m'as déjà donné de précieux conseils, Oscar. À moi aujourd'hui de te recommander d'oublier toutes ces bêtises et d'essayer de pardonner ceux qui les ont inventées.

– J'ai des preuves, Marius.

– T'es trop naïf, mon cher Oscar.

– Tu demanderas à Marie-Ange et à Donat…

– Je n'ai pas de temps à perdre avec de telles imbécillités. »

La révolte imprégnée dans chacun de ses gestes, Marius prend des documents, son veston, les clés de son bureau et invite Oscar à quitter les lieux.

« Dis-moi au moins qui t'en avait parlé », le supplie Oscar avant que son frère, engagé dans la rue Ontario, ne file son chemin.

Pour toute réponse, il obtient une simple salutation de la main.

« La paix ne semble pas de ce monde », se dit Oscar en pensant au vent d'animosité qui souffle sur la scène fédérale. La question de la réciprocité commerciale entre le Canada et les États-Unis soulève des débats sulfureux. Le premier ministre Laurier, qui a suspendu les travaux de la Chambre pour deux mois, les reprend en juillet, mais ministres et députés sentent vite qu'ils sont dans une impasse. Le Parlement est dissous le 29 juillet et des élections sont prévues pour le 21 septembre. *La Presse* se fait l'écho des nationalistes du Québec et recommande de voter en faveur de Laurier. *Sinon*, y écrit-on, *au lieu de la réciprocité que le cultivateur et l'ouvrier canadiens attendent depuis si longtemps, nous resterons dans le statu quo si âprement défendu par les trusts. Alors, au lieu d'un premier ministre canadien-français, nous aurons un premier ministre qui ne comprendra rien à nos aspirations… Tout vote donné contre Laurier est un vote donné pour Borden. Un vote contre l'autonomie canadienne ; un vote contre la réciprocité ; un vote contre le prestige canadien-français.*

Les adversaires de Laurier clament très haut que, s'il est élu, il imposera la conscription pour sa marine. Le premier ministre sortant riposte en taxant ces déclarations de tactiques insidieuses et malhonnêtes et en prédisant que l'alliance entre Borden et Bourassa « conduira aux guerres de races, aux divisions intestines ».

Oscar ne peut approuver son ami Bourassa qui parcourt la province pour parler de conscription, de sang et de traîtrise afin de dissuader les Québécois de reconduire Laurier au pouvoir. Une conversation téléphonique lui donne l'occasion de lui exprimer son opinion : « Sauf le respect que je vous porte, monsieur Bourassa, je vous dirai bien humblement que certains des propos que vous tenez sur ce sujet ne sont pas dignes de votre intelligence et de votre prestige.

– Le peuple a droit à la vérité.

– Vous êtes sûr que ce n'est pas l'esprit partisan qui vous dicte vos discours ? »

Et son interlocuteur de se lancer dans un vibrant plaidoyer en faveur de Borden sans qu'Oscar parvienne à le convaincre de nuancer ses propos.

~

Oscar lutte contre une morosité qui prend prétexte de tout pour l'envahir. Trois mois se sont écoulés depuis sa nuit fatidique avec Colombe et il n'a encore reçu aucune nouvelle d'elle. Toutes les lettres et tous les télégrammes envoyés sont demeurés sans réponse. Oscar est au bord de l'affolement. « Marius avait bien raison de me traiter de naïf, pense-t-il. Je n'aurais jamais dû faire confiance à cette femme. »

Au premier jour de septembre, sa secrétaire lui apporte une enveloppe dactylographiée et sans adresse de retour. Avant de l'ouvrir, Oscar verrouille la porte de son bureau et fait savoir à sa secrétaire qu'il ne veut pas être dérangé. Le souffle court, la bouche sèche, il insère délicatement son coupe-papier sous le rabat de l'enveloppe. Il en sort une feuille de papier qui contient un message pour le moins laconique :

*Mon cher Oscar,*

*Sans l'ombre d'un doute, tu peux contribuer à la postérité des Dufresne.*
*C'est ici que nos routes se séparent.*
*Sois heureux.*
*Adieu !*

*Colombe*

Oscar s'enfonce dans son fauteuil. Tour à tour, joie, angoisse et déchirements lui étreignent le cœur. Il voudrait crier, rattraper le temps, voler vers Paris pour retrouver celle qui porte son enfant. La remercier. La protéger. Et si l'enfant n'est déjà plus en son sein, la soigner. La réconforter. Rien de cela ne lui est possible. L'impuissance l'étrangle.

« Je dois m'absenter pour le reste de l'après-midi », annonce-t-il à sa secrétaire. Oscar ne trouve d'endroit plus discret et plus propice à la réflexion que la chapelle du frère André. Il tient à s'y rendre seul, libérant Donat de son travail de chauffeur. Il a du mal à se concentrer sur la route. Les charrettes vont à un rythme de tortue, les éclats de rire des piétons l'indisposent. Il lui tarde d'atteindre le mont Royal. Le portique de la petite chapelle franchi, l'odeur de l'encens et le scintillement des lampions l'apaisent. Quelques dames âgées sont agenouillées devant la statue de saint Joseph. Souhaitant qu'elles n'aient pas l'oreille trop fine, à pas de loup, il se dirige vers les derniers bancs d'une allée latérale. Il s'agenouille. Le visage caché dans ses mains, il laisse monter sa douleur. Sans tricher. Il devrait se réjouir d'être fertile si ce n'était que les conséquences, tant pour lui que pour Colombe et Alexandrine, tournent au cauchemar. Plus qu'il ne l'avait cru, l'idée de renoncer définitivement à Colombe, la perspective de ne plus jamais la voir le torturent. La perte de l'enfant conçu en son sein, leur enfant, plus encore. « Comment ai-je pu imaginer vivre heureux en sachant que, quelque part sur cette planète, un enfant est privé de son père ? Tôt ou tard, il me cherchera, me condamnera peut-être, et avec raison. Comment oublier les souffrances de Colombe advenant qu'elle ait choisi l'avortement ? Ne ressent-elle pas, elle aussi, ce vide creusé dans tout mon être, dans ma chair, dans mon cœur, dans mes insomnies ? N'était-ce pas excessif comme prix à payer pour les besoins d'Alexandrine ? Pour le bonheur de Raoul ? Pour que la vérité soit rendue à Laurette ? » Un doute atroce, comme une vision fulgurante, lui traverse l'esprit : Alexandrine n'enfantera jamais et Raoul ne pourra jamais entendre Laurette lui dire papa. Risque inutile et téméraire que celui qu'il a pris en mai dernier à Paris. La prise de conscience d'un destin familial l'anéantit.

Oscar s'assoit et lève son regard vers le sanctuaire où brûle jour et nuit, inlassablement, une flamme ardente. « Dieu notre Père, si vous existez, si vous m'entendez, ravivez ma foi en votre miséricorde et en votre amour illimité. Venez à mon secours. Éclairez-moi pour que je trouve les mots justes avec Alexandrine. Donnez-lui la force nécessaire pour agir avec honnêteté, humilité et détachement. À Raoul, donnez la patience, la tolérance et le courage. »

Un prêtre se dirige vers le confessionnal. Oscar s'y présente. Sa confession est laborieuse. « Je m'accuse d'avoir trompé mon épouse. Je n'avais pas que de mauvaises intentions, mais j'ai éprouvé du plaisir... »

Les soupirs du prêtre sont éloquents.

« J'implore le pardon de Dieu notre Père.

– Ce n'est pas suffisant, mon fils. Je ne peux vous absoudre d'une faute aussi grave que si vous en avez le ferme repentir et que vous prenez la résolution de ne plus jamais la commettre.

– Je promets de résister désormais à cette tentation, d'où qu'elle vienne.

– Vous ferez trois chemins de croix et vous réciterez votre chapelet tous les jours de votre vie afin que Dieu, dans son immense miséricorde, pardonne vos péchés et vous admette dans son paradis à l'heure du jugement éternel. »

Un frisson traverse le dos du pénitent. « Tous les jours de votre vie », « jugement éternel ». Ces paroles tambourinent dans sa tête comme un anathème. Oscar regrette sa confession. De nouveau agenouillé, il tente de reconquérir la parcelle de réconfort que lui avait apportée son dialogue avec Dieu le Père. Bien que plus dévot que ne l'était sa mère, tout comme elle, il bascule maintenant dans la méfiance à l'égard de ceux qui se disent représentants de Dieu. « On juge l'arbre à ses fruits, se répète-t-il, pour s'en justifier. La paix de Dieu, ce prêtre ne me l'a pas donnée, contrairement à ce qui est proclamé dans les Écritures. »

Dépité, Oscar quitte la chapelle non sans avoir allumé un lampion au pied de la statue de saint Joseph. Il doit retourner vers Alexandrine qui, depuis juillet, ne passe pas plus de trois jours sans le questionner au sujet de ses tests de fertilité, inquiète des résultats qui tardent à arriver. Oscar s'interdit de l'en informer tant qu'il ne se sentira pas outillé pour le faire. Ce soir, il tentera de l'en distraire. Justement, il a trouvé dans les quotidiens de la semaine de quoi l'intéresser. « Nous venons de perdre une bataille importante comme Canadiens français, annonce Oscar, arrivé juste à temps pour souper.

– Laquelle, cette fois ? demande son épouse.

– L'égalité des chances pour les enfants de toutes les classes sociales de se faire instruire. »

À l'instar de Victoire, tous deux avaient donné un appui inconditionnel au député et journaliste Godfroy Langlois ainsi qu'aux groupes réformistes qui, depuis une dizaine d'années, militaient pour obtenir l'uniformité et la gratuité scolaires, de même que l'élection par le peuple des commissaires catholiques. Or Mgr Bruchési et son clergé diocésain s'y opposent énergiquement, craignant de perdre de leur autorité au profit de l'État. Ainsi, après avoir mis en échec le projet de loi Langlois, Lomer Gouin a créé une commission d'enquête présidée par le sénateur Raoul Dandurand, mais il rejette la majorité des propositions.

« Notre premier ministre du Québec s'est menotté en promettant à Mgr Bruchési, lors de son accession au pouvoir, de n'apporter aux structures scolaires aucune modification qui limite le pouvoir attribué à l'Église », explique Oscar.

La fusion des commissions scolaires de l'île de Montréal, propre à favoriser une plus grande équité, bien qu'elle ait été approuvée majoritairement, n'est pas mise en application à cause de la ferme opposition de Mgr Bruchési et de son clergé.

« Je ne comprends pas qu'un personnage si intelligent s'oppose à l'instruction. Il n'a pas l'air de réaliser que s'il est évêque aujourd'hui, c'est d'abord et avant tout parce qu'il a eu la chance de se faire instruire, dit Alexandrine.

– Justement, il est bien placé pour savoir ce que donne l'instruction. Il sait que les fidèles instruits sont moins dociles et moins naïfs que les ignorants. Puis, il a tellement peur que les laïques enlèvent le contrôle des écoles au clergé.

– Candide et toi, vous êtes chanceux d'avoir les moyens de faire instruire vos enfants.

– Tant que je vivrai, tous mes neveux et nièces qui le voudront auront cette chance. C'est le plus bel héritage qu'on puisse leur donner, déclare Oscar.

– Tu parles comme si tu prévoyais n'avoir jamais à payer pour nos propres enfants », fait remarquer Alexandrine, dépitée.

Oscar joue l'étonné et réplique avec toute l'assurance dont il est capable : « Pour l'instant, il n'y a que Laurette, mais on ne connaît pas l'avenir…

– T'es encore sans nouvelles de Paris ? »

Oscar pince les lèvres et hoche la tête.

« Ce n'est pas normal, ça. Tu devrais me donner le nom de ton médecin et l'adresse de la clinique… J'ai plus de temps que toi pour m'en occuper, propose Alexandrine.

– Donnons-leur encore une dizaine de jours, le temps qu'ils répondent à la requête que j'ai envoyée il n'y a pas longtemps. »

Oscar se lève de table, embrasse Laurette et prétexte un besoin de se dégourdir les jambes pour quitter la maison et ne revenir que tard en soirée. Habituée à ce que son mari soit très souvent en réunion ou occupé au bureau, Alexandrine ne lui en tient plus rigueur. Qu'il dîne à la maison de temps en temps et qu'il s'absente rarement pour le souper, cela la satisfait, d'autant plus qu'elle peut compter sur sa présence les samedis et les dimanches.

Ce soir-là, assise dans le solarium après que Laurette s'est endormie, Alexandrine réfléchit. Ce n'est pas un enfant, mais bien trois ou quatre qu'elle aimerait border chaque soir. Pour la première fois, elle s'aventure à imaginer que son mari n'a pas de problème de stérilité. Qu'il s'agit plutôt d'une incompatibilité pour laquelle la médecine ne peut rien. Qu'adviendrait-il alors de la promesse faite à Oscar de dire la vérité à Laurette ? Pour avoir tant souhaité que ces tests soient positifs, voilà qu'elle en découvre les désavantages. D'autre part, elle vit de plus en plus mal la réapparition de Raoul dans la famille et la proclamation de ses droits. Le regret l'assaille. Il lui semble tout à coup plus confortable de ne pas connaître les causes de leur problème. Mais il est trop tard. « Je me suis tendu un piège », se dit-elle, prise soudain d'une envie folle de fuir au bout du monde avec l'enfant de Raoul.

Le 21 septembre 1911, Wilfrid Laurier est défait et Robert Laird Borden obtient la majorité des votes, avec un appui massif de l'Ontario. Henri Bourassa, de la fenêtre de son bureau, rue Saint-Jacques, s'écrie devant la foule rassemblée en cette fin de soirée : *Je le dis ce soir,* Le Devoir *sera indépendant du gouvernement conservateur comme il l'était du gouvernement libéral. Indépendants nous fûmes, indépendants nous sommes, indépendants nous resterons.* Oscar et plusieurs membres du conseil d'administration déplorent que, par de tels propos, Bourassa se mette à dos le gouvernement et les annonceurs. Il n'en a pas les moyens. Le journal fait à peine ses frais malgré les sommes importantes souscrites, entre autres, par Ducharme, le président de la compagnie d'assurances La Sauvegarde. Certains considèrent même que *Le Devoir* déroge à sa mission initiale, n'étant plus un médium d'information, mais un journal d'appoint au service de la popularité de son fondateur. « Bourassa se veut le point de mire du *Devoir* », affirment des proches. Bien qu'il croie toujours en la mission de ce journal et soit dévoué à son ami Bourassa, Oscar en ressent un profond malaise.

~

Exception faite de la manufacture Dufresne & Locke qui fait encore des progrès enviables, rien n'est facile dans la vie d'Oscar Dufresne. L'épreuve qui vient de frapper Donat et son épouse le bouleverse. Régina a perdu son quatrième enfant après huit mois de grossesse. Alexandrine compatit à sa douleur, intensément. Presque maladivement. De retour avec son époux de la cérémonie des Anges, elle lui confie, en pleurs :

« Je ne connais rien de plus cruel que de perdre un enfant de cette manière. C'est à se demander si le Dieu juste dont on nous a tant parlé existe vraiment. »

Oscar tente de la consoler en se montrant attentif et tendre. Il sait que toute parole faisant appel à la raison serait vaine. Il ne trouve meilleur réconfort que de lui réserver son après-midi et sa soirée.

La température est superbe et les couleurs d'automne sont des plus chaleureuses. Oscar lui propose une balade du côté de Terrebonne, à l'île du Moulin. Alexandrine grimace. « Qu'est-ce qui te ferait plus de bien, d'abord ?

– Je n'ai le goût de voir personne. J'aimerais être seule avec toi…

– Dans un bel hôtel ? »

Le sourire d'Alexandrine lui vaut mille mots. Laurette est confiée à Marie-Ange et, à l'hôtel Windsor, une chambre des plus luxueuses attend Oscar Dufresne et son épouse. Ils s'y retrouvent au cœur de l'après-midi et y passeront la nuit.

À l'insu d'Alexandrine, Oscar a demandé qu'une bouteille de champagne soit apportée à leur chambre vers quatre heures. Ce geste éveille la méfiance de son épouse. « On a quelque chose à fêter ou… ou un autre deuil à faire ?

– C'est curieux que tu me demandes ça, dit-il en versant du précieux élixir dans les deux coupes.

– Tu as reçu une réponse de Paris ? »

Oscar prend le temps de s'asseoir face à son épouse et de trinquer. « À notre avenir, dit-il.

– Tu m'inquiètes, Oscar. Parle.

– Quelle réponse souhaites-tu ?

– La vraie. »

Oscar vient s'installer à ses côtés, pose une main sur ses genoux et, d'une voix calme, lui dit :

« Tu sais, Alexandrine, que les tests soient positifs ou négatifs, on aura des choses à discuter.

– Dans la négative, on ne change rien pour Laurette, dit-elle.

– C'est ce que tu souhaites, mais il faudra voir avec Raoul... D'autre part, des tests positifs remettraient un certain nombre de choses en question », fait-il valoir.

Alexandrine s'oppose fermement à l'idée de subir, à son tour, des examens médicaux. « Il ne faudrait pas rejeter une troisième possibilité », dit-il.

Alexandrine fronce les sourcils.

« Les médecins m'ont confirmé qu'il n'est pas rare qu'un couple connaisse une sorte d'incompatibilité sur ce plan-là.

– J'y avais pensé », riposte Alexandrine, une moue aux lèvres.

Oscar se tait.

« Je ne sais plus si je veux le savoir, avoue-t-elle, enfin. Dans un cas comme dans l'autre, c'est si compliqué... »

Dans les bras de son mari, elle s'abandonne comme une enfant.

« On n'est pas obligés d'en parler aujourd'hui, suggère-t-il. Pourquoi ne profiterions-nous pas de ces bons moments de détente pour essayer d'être rien que bien ensemble ? Comme ça, sans plus. »

La proposition plaît à Alexandrine. Ragaillardie, elle tend sa coupe vide. « Service, garçon, s'il vous plaît.

– Avec plaisir, belle dame ! »

Cette joyeuse complicité se prolonge au-delà du souper qu'ils prennent dans la somptueuse salle à manger de l'hôtel. Alexandrine se complaît dans le luxe et la vie mondaine. Bien que timide et modeste, Oscar se prête à ce jeu quand il y va du bonheur de son épouse. Ce soir-là, il parvient à lui faire l'amour sans que le souvenir de Colombe vienne trop le distraire. Il s'en réjouit quand, après un long silence, Alexandrine lui confie : « Je n'ai probablement aucune raison de penser ça, mais il m'arrive de me demander si tu n'en aimerais pas une autre plus que moi. Une moins exigeante, plus jeune, plus belle…

– Faut pas laisser des pensées comme ça gâcher ta vie », dit-il, espérant qu'une dernière étreinte dissipera les doutes d'Alexandrine.

## CHAPITRE VI

Le froid et l'humidité font claquer des dents. « Je suis de plus en plus comme ta mère quand le mois de novembre se pointe, dit Thomas en revenant avec Oscar de la cérémonie liturgique de la Toussaint.

– J'avais remarqué. Je me demandais même s'il n'y avait pas autre chose… Des histoires de cœur, par exemple, lance Oscar, mi-rieur.

– Qu'est-ce que tu vas chercher là, rétorque Thomas sur le même ton.

– Vous n'avez que cinquante-six ans et vous en paraissez encore moins. Je ne serais pas surpris que trois ou quatre petites veuves rôdent…

– Pas tant que tu penses, Oscar.

– C'est vrai qu'il suffit qu'il y en ait une, un peu spéciale, pour que vous ne voyiez plus les autres. »

L'œil inquisiteur, Thomas reste bouche bée. La crainte d'avoir été aperçu avec la veuve Dorval à Montréal effleure son esprit. Même s'il est veuf depuis trois ans, maintenant, il ne souhaite pas que ses enfants le voient courtiser une autre femme.

Désireux de changer de sujet, il aborde la question de leurs affaires. La diversion réussie, Thomas poursuit avec une confidence qui étonne Oscar : « Marie-Ange m'inquiète. Elle est mystérieuse depuis une couple de mois. Triste, aussi. Puis, chose qu'elle n'a jamais faite, elle me fuit. »

Oscar est sidéré. Comment ne pas soupçonner qu'en la circonstance elle ait eu des nouvelles de Colombe ? Que l'éloignement et l'impuissance affligent profondément les deux femmes ? Bien qu'aussi tourmenté que son père, Oscar n'en veut rien laisser transparaître. Il tente alors de banaliser la situation. « Elle est peut-être fatiguée, ou bien elle s'imagine qu'elle a perdu sa place...

– Perdu sa place ? Explique-toi, Oscar.

– Elle ne vous est plus aussi indispensable qu'avant...

– Oscar, ne mêle pas les choux et les radis. Marie-Ange sait très bien que je ne pourrai jamais trouver mieux qu'elle à la maison, puis dans la famille. Elle connaît mieux mes enfants que je ne les connais moi-même. Elle ne vous a pas mis au monde, mais presque.

– Vous avez cherché à savoir ce qu'elle a ?

– Plusieurs fois. À l'en croire, ce sont des idées que je me fais. Puis, chaque fois que j'aborde la question, elle change de sujet ou trouve mille prétextes pour s'esquiver. »

De nouveau, le silence règne. À quelques pas de sa demeure, Thomas reprend : « Puis, tant qu'à me plaindre, je vais vider mon sac aujourd'hui.

– À votre aise, papa.

– Marius aussi m'inquiète. Pour les mêmes raisons. Je peux comprendre que son deuil le rende mélancolique, mais je ne m'explique pas qu'il me fuie, lui aussi.

– Je vais essayer de lui parler. »

Oscar se demande alors si son frère ne serait pas plus enclin à croire le secret de famille qu'il ne veut le lui laisser voir. « Qu'il entende Régina lui en exprimer sa vision. Ça l'aiderait à se libérer de sa révolte », pense-t-il en se fondant sur sa propre expérience.

Poursuivant leur conversation, Thomas annonce qu'il passera la fin de semaine qui vient à Trois-Rivières. Pour Oscar, le moment ne pourrait être mieux désigné pour un tête-à-tête avec Marie-Ange.

Au cœur de la matinée du samedi, il la retrouve dans la cuisine à préparer les pâtisseries pour le dîner familial du lendemain. De toute évidence, cette visite impromptue la contrarie. « Comme tu peux voir, Oscar, je suis en pleine besogne.

– Mais vous pouvez, tout en bavardant, continuer à rouler votre pâte.

– Je n'ai pas que les repas à préparer. Le ménage, les courses…

– Ça vous arrangerait que je vous amène faire votre marché ?

– Franchement, non, Oscar. J'ai ma petite routine et j'aime bien prendre mon temps.

– Bon, j'ai compris. Vous souhaitez que je m'en aille. C'est quand même surprenant de votre part…

– Avoue, Oscar, que vous avez couru après, toi et Marius. Vous m'avez évitée tant que vous avez pu après la mort de votre mère.

– C'est vrai qu'on n'a pas toujours été corrects avec vous. Mais je pensais que vous nous compreniez d'agir ainsi. Moi, pour la charge que vous m'avez mise sur les épaules et Marius, pour ce que vous aviez à lui apprendre.

– Parlons-en de Marius ! Il est pire que jamais, celui-là, depuis quelques mois.

– Il a dû faire des liens entre votre insistance à essayer de lui parler après la mort de maman et le secret qui le concerne. Mettons-nous à sa place… »

Accablée, Marie-Ange pousse un soupir plaintif et s'attarde visiblement à tourner une longue cuillère de bois dans une marmite de confiture de pommes.

« Vous êtes très fatiguée de ce temps-ci, n'est-ce pas ? Papa s'inquiète à votre sujet.

– Les tracas épuisent bien plus que l'ouvrage, mon garçon.

– Vous ne devriez pas vous tourmenter comme ça. »

Marie-Ange se contente de hocher la tête.

« Votre santé, elle ?

– Bien.

– Qu'est-ce que je pourrais faire pour vous soulager ? » demande Oscar, le plus innocemment possible.

Marie-Ange le dévisage. Une colère dans son regard.

« Pour me soulager ? Moins j'en sais, mieux je m'en porte », lance-t-elle, laconique.

Un frisson parcourt le dos d'Oscar. Derrière ces mots, il lui semble avoir entendu : « C'est impardonnable d'avoir trompé ta femme. »

Lui tournant le dos, elle dit, plus sereine : « Aussi, je te demanderais de ne plus me poser de questions. Si ça peut rassurer ton père, dis-lui que je n'ai aucun reproche à lui faire. »

Alerté par les propos de la servante, Oscar passe à son bureau voir si du courrier en provenance de Paris y est entré la veille. Hélas, la dernière lettre de Colombe, datée de la fin août, demeure sans suite. Six mois…

Six longs mois à imaginer les choix de Colombe, à se torturer. L'enfant, si elle le porte encore, naîtra bientôt. Avant la Saint-Valentin. « Quelle désolation, se dit-il, imaginant Colombe laissée à elle-même. Personne près d'elle pour la réconforter, la soulager, la féliciter. » Puis lui apparaît pour la première fois la possibilité qu'il se trouve un homme à ses côtés. Qu'elle ait un amoureux. Oscar ne comprend pas qu'il n'y ait jamais pensé. Que Colombe ne l'en ait pas informé, si tel est le cas. Un vif sentiment de jalousie l'assaille. « De quel droit cet homme pourra-t-il se permettre de prendre mon enfant sur son cœur ? » Plus que d'être laissé dans l'ignorance, plus que l'éloignement, la perspective que Colombe ait désigné un père, autre que lui, pour cet enfant le déchire. Le révolte. Tente-t-il de faire appel à la raison ? Les émotions la refoulent. D'une main tremblante, Oscar griffonne quelques lignes qu'il adresse à Colombe :

*Chère amie,*

*Je dois t'avouer qu'il m'est très difficile de m'en tenir à ma promesse de ne plus chercher à savoir... Je suis si inquiet qu'il m'arrive même de douter que tu sois encore vivante. Dis-moi au moins si tu te portes bien. As-tu reçu l'argent que je t'ai envoyé en septembre ? En as-tu besoin de plus ?*
*J'espère de tout mon cœur que tu es plus heureuse que je ne le suis.*
*Que Dieu te protège, ma chère Colombe,*

*Oscar*

À l'insu de son mari, Alexandrine se lance dans une collecte d'informations tant d'ordre médical que d'ordre juridique. Suprême déception, elle apprend qu'il est possible qu'elle n'ait pas d'ovulation. Que, dans de tels cas, des procédés de nature expérimentale sont appliqués, à la condition que le conjoint soit fertile. Que le pourcentage de réussite est très faible et que les coûts sont élevés. Sans présumer de la réaction d'Oscar, Alexandrine renonce à de telles expériences. Plus que la charge financière, les déceptions auxquelles elle s'expose, vu son âge, lui font trop peur. En son for intérieur, elle se surprend à souhaiter l'infertilité chez son mari. « Ce serait tellement plus simple comme ça », pense-t-elle. Mais la conscience des droits de Raoul vient aussitôt déloger sa quiétude. Les démarches qu'elle entreprend auprès des hommes de loi sont souvent infructueuses et toujours laborieuses. Les avocats consultés ne savent trop comment appliquer, dans son cas, les quelques articles de la loi sur l'adoption. « Le dossier que nous avons consulté à la crèche Saint-Vincent-de-Paul précise bien que cette enfant y a été amenée par sa tante maternelle, Éméline Du Sault Sauriol, pour une période indéterminée. Elle n'a pas été confiée à l'adoption et des sommes d'argent devaient être ajoutées à celle qui avait été versée lors de son admission », lui apprend-on. De plus, certains avocats ne cachent pas leur étonnement en découvrant les procédés d'Alexandrine, d'autres se permettent même de la réprimander. Profondément humiliée, elle sort plus troublée de chaque consultation. Comme elle regrette à présent de n'avoir pas écouté son mari lorsqu'il souhaitait une adoption légale, six mois après la naissance de Laurette ! Son entêtement à faire croire qu'elle avait porté cette enfant, son refus de concevoir qu'un jour Raoul revendique ses droits et la peur maladive de perdre la garde de la fillette se retournent contre elle. Le temps aussi. Plus Laurette vieillira, plus il lui sera difficile de faire marche arrière. Pour la première fois, Alexandrine en prend pleinement conscience. À ces ennuis s'ajoute un tel besoin de se confier qu'elle dresse la liste de ses confidents potentiels. Elle en compte moins de dix. De cette liste, elle raye d'abord le nom de son mari, puis celui de Cécile, la jugeant trop jeune, et celui du frère André, dont elle appréhende les reproches. Elle biffe aussi les noms de ses belles-sœurs, redoutant leur jugement et leur indiscrétion. Finalement, il ne reste qu'un seul nom. Elle hésite à le conserver. Non par crainte d'être incomprise ou trahie, mais pour ne pas abuser d'une personne déjà très sollicitée. Alexandrine a beau se creuser la tête, elle ne trouve mieux que Marie-Ange pour la conseiller sans qu'elle ait à trop se livrer.

« Me parler dans l'intimité ? Ma pauvre amie, je suis débordée cette semaine. Le grand ménage d'automne, les conserves, le nettoyage et le rangement des vêtements d'été, en plus de l'ordinaire, j'en ai plein les bras », lui répond Marie-Ange.

Plus que déçue, Alexandrine est vexée. Marie-Ange use de prétextes pour lui refuser cette faveur, elle en est convaincue.

« Je vais voir ce que je peux faire et je te rappelle », promet la servante devant le silence de son interlocutrice.

Sitôt le combiné raccroché, Marie-Ange se laisse tomber dans un fauteuil. Devant la photo de Victoire, elle gémit : « Mais qu'est-ce que j'ai fait au bon Dieu pour qu'ils viennent tous se réfugier dans mes bras ? Mon pauvre cerveau manque de compartiments pour recevoir les problèmes de l'un et de l'autre. Ce ne sont pas mes enfants, M^me^ Victoire, ce sont les vôtres. Ce ne sont pas non plus mes protégés, mes amis, mon mari. Ce sont les vôtres. J'ai à peine cinquante ans et il m'arrive déjà, M^me^ Victoire, de souhaiter vous rejoindre tout de suite au paradis. Je vous en supplie, apportez-moi un peu de paix et beaucoup de force. Depuis votre départ, mes frêles épaules sont accablées de vos tourments, de vos fardeaux. Je n'ai pas votre endurance, M^me^ Victoire. Je n'ai pas choisi non plus votre genre de vie. Je n'ai demandé qu'à être votre servante. Me vient la tentation de vous accuser d'abuser de moi, M^me^ Victoire. »

Marie-Ange s'endort, là, dans le salon. Candide, qui a gardé l'habitude d'entrer par la cuisine, aperçoit, sur la table, les restes du déjeuner, alors qu'il est dix heures passées. « Marie-Ange, Marie-Ange, où êtes-vous ? » demande-t-il, parcourant le rez-de-chaussée pour arriver enfin au salon. Par courtoisie, il tient à lui annoncer en personne la naissance d'une autre petite fille qu'il nommera Fernande. Si c'était la seule raison de sa visite cependant, il ferait demi-tour, mais Nativa, son épouse, qui s'inquiète tant pour elle-même que pour son bébé, a réclamé une faveur : « Marie-Ange vous a presque tous vus naître, a-t-elle dit à Candide. C'est en elle que j'ai confiance pour ce que j'appelle des problèmes de femme… Voudrais-tu aller me la chercher ? »

À l'effleurement d'une main sur la sienne, Marie-Ange sursaute. « Excuse-moi, Candide. Je suis venue répondre au téléphone et je me suis endormie. Je m'en viens paresseuse sans bon sens.

– Ne dites pas ça, Marie-Ange. Vous êtes épuisée. Ça se voit. Vous devriez prendre des vacances.

– Pas de ce temps-ci, mon pauvre garçon. Si tu savais tout ce que j'ai à faire !

– Je vais parler à mon père. Il a les moyens de payer quelqu'un pour vous aider. Vous n'avez quand même plus vingt ans.

– Je préfère me débrouiller seule.

– De toute manière, papa aurait dû vous donner de l'aide après le départ de maman. »

Marie-Ange ne se rebiffe pas davantage.

« Comment va ta petite famille, Candide ?

– Justement, je venais vous annoncer que Nativa m'a donné une très belle fille, encore une fois. Curieusement, la petite est née le onzième jour du onzième mois à onze heures. Puis on est en 1911. N'est-ce pas spécial ?

– Elle aura une destinée hors du commun, cette enfant-là. Tu sauras me le dire. Puis sa mère ?

– Pas si mal, mais inquiète, quand même. Je ne voudrais pas abuser de votre bonté, Marie-Ange, mais vous êtes la personne qui pourrait le mieux la rassurer.

– Je comprends ça, Candide. Qu'est-ce que je ne ferais pas pour un père de famille dépareillé !… Allons-y tout de suite si je veux revenir à temps pour préparer le souper. »

Moins d'une semaine plus tard, l'intervention de Candide auprès de Thomas a porté ses fruits. Une demoiselle Dorval, approchant de la trentaine, est engagée pour les travaux ménagers et pour toute tâche que Marie-Ange voudra lui confier. « Désormais, Brigitte Dorval est sous tes ordres, dit Thomas. Puis ne tarde pas à lui montrer à cuisiner. Comme ça, tu pourras prendre des vacances quand tu voudras », ajoute-t-il.

Marie-Ange s'empresse de vérifier les talents culinaires de sa jeune collaboratrice et d'en faire part à son patron. « Dans une dizaine de jours, je pourrai la laisser seule », estime-t-elle dans la perspective de s'accorder quelques jours de répit avant d'entreprendre les préparatifs de Noël. Cela assuré, elle ne peut toutefois partir en paix. Alexandrine a réitéré sa demande. Or qu'elle la rencontre avant son congé ou à son retour, le problème reste entier. « Où trouver l'énergie pour écouter des questions auxquelles je ne pourrai pas répondre franchement ? se demande Marie-Ange. Parviendrai-je à demeurer sereine ? Comment, dans un élan de compassion, ne pas trahir mes promesses ? Comment, maintenant que je sais…, ne pas inciter fortement cette femme à croire en la possibilité d'avoir ses propres enfants ? »

« Marius ! Mais quelle agréable surprise ! s'exclame Oscar. C'est la première bordée de neige qui te fait sortir ?

– Je dirais plutôt que c'est une décision que je viens de prendre, riposte Marius, les épaules et la chevelure saupoudrées de neige.

– Assoyons-nous, le prie son frère en lui désignant les fauteuils près de la fenêtre de son bureau.

– Je te remercie, mais je n'ai pas le temps. C'est que j'ai reçu une invitation de la tante de Jasmine pour le temps des fêtes et j'ai envie de l'accepter. Penses-tu que la famille serait choquée ?…

– Ce n'est pas tant la réaction de la famille qui m'inquiète que ta santé morale, Marius.

– Entre deux maux, on choisit le moindre, non ?

– J'imagine que l'infirmière Sauriol... va vouloir te rencontrer, elle aussi.

– C'est Edna Sauriol son nom », précise Marius, agacé.

Après un moment de silence, Oscar lance :

« Il n'y aurait pas un peu de fuite derrière ta décision ? »

Désarmé, Marius s'interroge avant de répondre :

« Même s'il y en avait... La fuite protège celui qui n'est pas d'attaque pour affronter l'ennemi.

– Tu considères ton deuil comme un ennemi ?

– Il n'y a pas que ça. J'ai besoin de changer d'air.

– Si c'est ce que je t'ai appris qui te dérange comme ça, je peux comprendre.

– Il n'y a rien que je déteste autant que les potins.

– C'est loin d'être un potin, Marius.

– Tant qu'il n'y a pas de preuves, c'en est un, riposte Marius, qui retient sa colère.

– Il y en a, mais tu refuserais de les croire.

– Des faux, ça existe aussi. »

Oscar hoche la tête, découragé. Marius profite de ce répit pour prendre congé.

« Attends une minute. Tu voulais des preuves, tiens, apporte ça avec toi, en Ontario. Tes quelque six heures de train te donneront le temps d'en prendre connaissance », dit Oscar en lui remettant les deux pièces à conviction : la lettre de Victoire et celle qu'André-Rémi lui avait envoyée en 1883.

Il s'en faut de peu que Marius ne lance les deux enveloppes sur le bureau de son frère.

~

Oscar, chargé d'expliquer à ses proches les motifs de l'absence de Marius, a été agréablement surpris de leur attitude. « Pourvu que ça lui fasse du bien », souhaitait-on unanimement. Autre fait réjouissant, les réunions familiales du temps des fêtes ont retrouvé leur gaieté d'avant le décès de Victoire. Marie-Ange, tonifiée par son séjour à Yamachiche, a promis à Alexandrine de la rencontrer après la fête des Rois. Les familles de Candide et de Romulus se portent bien et Régina se remet tranquillement de la perte de son bébé. À ces éléments favorables s'ajoutent la présence de la pétillante demoiselle Dorval et la visite de la douce et charmante Marie-Louise, sa mère.

Une fois de plus, Thomas s'est montré astucieux en engageant la fille de cette dame qu'il fréquente presque en cachette, une veuve, commerçante de Trois-Rivières, chez qui il livrait des chaussures dans les années quatre-vingt. Celle-là même qui, après les funérailles de Victoire, l'avait entraîné à l'écart à la sortie du cimetière de Yamachiche. Depuis, il lui a donné quelques rendez-vous à Montréal, mais il préfère la visiter à Trois-Rivières. Oscar a été témoin de quelques-unes de leurs rencontres. Et Marie-Ange, plus encore. Tous deux ont donc une bonne raison d'échanger des sourires entendus devant la remarquable jovialité de Thomas en cette période des fêtes. Oscar se permet même de croire qu'un passé amoureux rattrape son père et la veuve Dorval... Quoi de mieux pour excuser Victoire de ses errances et calmer ses propres remords ?

L'année 1912 commence donc sous d'heureux auspices. À la direction de la ville de Maisonneuve, on se réjouit du règlement par arbitrage d'une bataille judiciaire qui a duré deux ans avec le distributeur d'électricité de la ville, la Montreal Light, Heat and Power Co. Le contrat avec l'entreprise concurrente, la Dominion Light, Heat and Power Co., est annulé et un nouveau est conclu avec la première pour une durée cumulative de trente ans. En retour, la compagnie s'engage à installer des lampes de première qualité au coût annuel de soixante-deux dollars et cinquante cents. Une formule a été adoptée pour dédommager la Dominion Light, Heat and Power : l'entreprise est autorisée à poursuivre ses activités à Maisonneuve, à l'exception de l'éclairage des rues et des places publiques, et elle recevra une compensation pour la différence de prix entre ses lampes et celles de la Montreal Light, Heat and Power, soit une somme annuelle de cinq mille quatre cents dollars jusqu'à la fin du contrat.

Oscar et nombre d'échevins voient dans ce règlement non seulement un gain sur le rapport qualité-prix de l'éclairage de leur ville, mais aussi une victoire contre le monopole que la Montreal Light, Heat and Power tente d'imposer. De leur côté, les dirigeants de la Dominion Light, Heat and Power, dont Marius Dufresne et Ralph Locke, auront fort à faire pour réfuter les accusations de conflit d'intérêts.

Oscar n'a pas l'intention de forcer Marius à lui rendre les lettres personnelles qu'il lui a confiées avant Noël. Envers lui comme à l'égard d'Alexandrine, il est déterminé à faire preuve de tolérance et de souplesse. Il ne s'attendait pas à devoir agir de même aussi avec Raoul, qui l'apostrophe au téléphone :

« Je me demande quoi penser de vous, des gens que je croyais bien éduqués.

– Explique-toi, Raoul.

– Je pense que c'est à toi et à ta femme plutôt de s'expliquer. »

Oscar le prie d'en venir au fait.

« Même si je ne suis pas de la haute société, on m'a au moins appris à remercier les personnes qui me font un cadeau. »

Désemparé, Oscar lui avoue ne pas comprendre ses allusions.

« Elle l'a reçu, au moins ?

– De quoi et de qui parles-tu, Raoul ?

– Je ne te reconnais pas, Oscar. Depuis quand joues-tu l'innocent comme ça ? Ne viens pas me dire que tu n'as pas vu le cadeau que j'ai fait livrer, dans une boîte, pour ma fille…

– Quand ça, Raoul ? demande Oscar, estomaqué.

– Mercredi le 27 décembre. Dans la matinée.

– Je n'étais pas à la maison, mais ma femme y était, pourtant. »

Raoul commence à douter de l'honnêteté de son messager.

« Il va avoir à répondre de ses actes, celui-là, et pas plus tard qu'aujourd'hui, jure-t-il.

– Attends, Raoul. Dis-moi d'abord, qu'est-ce qu'il y avait dans la boîte ?

– Une poupée. Une magnifique poupée. Presque aussi grande que ma fille. Sur la boîte, j'avais écrit, en grosses lettres : À M. Oscar Dufresne, pour Laurette.

– Donne-moi jusqu'à demain matin, Raoul. Je vais voir à éclaircir ça », dit Oscar, humilié, prêt à inculper non pas le messager, mais bien Alexandrine.

« Comment a-t-elle pu me cacher ça ? » se demande-t-il, lui qui n'a rien remarqué de particulier chez Alexandrine depuis cette présumée livraison. En entrant à la maison, en cette fin d'après-midi, il la trouve joyeusement occupée à fabriquer une couronne dorée qu'elle ajuste à la tête de Laurette en prévision de la fête des Rois. « Regarde, papa ! Je vais être une reine ! s'exclame l'enfant en s'élançant dans ses bras.

– Tu seras une reine à la condition que la fève soit cachée dans ton morceau de gâteau », précise Oscar malgré l'interdiction que lui en fait sa femme, un doigt posé sur la bouche.

Laurette fait la moue.

« Tu seras la princesse si tu n'es pas la reine », s'empresse de lui promettre Alexandrine.

Oscar lui lance un regard désapprobateur.

« Pourquoi faire de la peine à cette enfant ? Elle aura bien assez de toutes celles qu'on ne pourra pas lui épargner, riposte-t-elle.

– Qu'on fasse tout pour qu'elle soit heureuse, d'accord, mais pas aux dépens de la vérité, Alexandrine.

– Tu exagères, mon chéri ! Reine ou princesse, qu'est-ce que ça peut bien changer à son âge ?

– Peut-être pas grand-chose cette fois-ci, mais cette habitude que tu as prise de lui ménager la vérité va trop loin. »

Cette remarque sent le reproche et Alexandrine est incapable d'en recevoir sans fondre en larmes. Pour épargner la fillette, toujours, elle fuit vers sa chambre à coucher et s'y enferme toute la soirée. « Tu veux aller la border ? Elle te réclame », lui dit Oscar au moment de mettre la petite au lit.

Alexandrine passe devant son mari sans même lui faire l'aumône d'une parole ou d'un regard. Oscar n'en est pas surpris et il est déterminé à briser ce silence le soir même. Il devine sans peine qu'elle s'attardera près de l'enfant comme chaque fois qu'elle a du chagrin. Elle pourrait même tenter d'y passer la nuit.

De fait, une heure plus tard, Alexandrine n'est toujours pas sortie de la chambre de Laurette. Oscar tourne doucement la poignée de la porte, entre sur la pointe des pieds et trouve son épouse couchée tout habillée, endormie aux côtés de Laurette qu'elle tient enlacée entre ses bras. Il dégage l'enfant et murmure :

« Viens, Alexandrine. On va dormir dans notre chambre. »

Péniblement, soutenue par son mari, elle sort du lit et clopine vers sa chambre.

« Je vais te préparer un chocolat chaud pendant que tu fais ta toilette », lui dit-il sur un ton doux mais ferme.

Sans attendre son assentiment, il file à la cuisine. Sur un plateau d'argent, celui qu'elle réserve aux grandes occasions, Oscar dépose un bol de bouillon de poulet, une tasse de chocolat chaud et une assiette de biscuits assortis. Avec des précautions infinies, il porte le tout à leur chambre.

« Tu n'aurais pas dû prendre ce plateau-là, Oscar. Je le garde pour les grandes circonstances, fait-elle remarquer, une moue aux lèvres.

– Justement, c'est une grande circonstance. »

Alexandrine écarquille les yeux, prête à le blâmer.

« C'est le début d'une nouvelle vie pour nous deux », annonce Oscar en déposant le plateau sur une petite table.

Puis, il avance un fauteuil et invite son épouse à y prendre place. Alexandrine n'est plus que méfiance. Oscar s'assoit devant elle et annonce, les mains croisées sur la table : « À partir de ce soir, notre vie sera beaucoup plus simple, plus belle et plus honorable. »

Alexandrine fronce les sourcils.

« Pour ça, il ne faut pas plus d'argent, ni plus de temps, ni plus d'intelligence, ajoute Oscar. Par contre, il faudra plus de complicité entre nous, plus de vérité, surtout. »

Le nez au-dessus de sa tasse, Alexandrine avale de toutes petites gorgées.

« Je peux compter sur toi ? » demande Oscar.

La réponse tarde à venir.

« Tu sais bien que je ne signe pas de chèque en blanc… Explique-toi.

– Comme tu veux, Alexandrine. J'aurais préféré t'épargner des retours en arrière peu agréables, mais… »

Des larmes glissent sur les joues de son épouse.

« L'as-tu encore, la poupée qu'il a achetée pour Laurette ? »

Décontenancée, Alexandrine se lève brusquement et se jette à plat ventre sur son lit. Oscar la rejoint, pose une main caressante sur ses épaules et dit :

« Le passé est derrière nous, maintenant, ma chérie. L'important est d'essayer de mieux faire à l'avenir, d'accord ? »

D'un signe de tête, elle lui exprime son assentiment.

Oscar la force à se tourner vers lui et la somme de s'expliquer.

« Je lui ai dit que c'était le père Noël qui l'avait apportée, avoue-t-elle.

– Pourquoi m'as-tu fait croire que c'était toi qui l'avais achetée, cette poupée-là ? Combien d'autres mensonges comme ça m'as-tu racontés, Alexandrine ?

– Je ne voulais pas que tu te choques. J'ai pensé que, quand elle serait grande, on pourrait lui dire..., répond-elle, en larmes.

– Quand ça ? fait Oscar, indigné.

– Un peu avant la vingtaine, peut-être. »

Consterné, Oscar doit l'informer de sa conversation avec Raoul Normandin.

« Qu'est-ce que je vais lui dire, maintenant ? Je veux bien essayer une fois de plus de sauver ton honneur, mais pas à n'importe quel prix.

– Dis-lui que je ne voulais pas décevoir la petite tandis qu'elle croit encore au père Noël, le supplie-t-elle.

– Et Raoul, dans tout ça ? Mets-toi à sa place.

– Je n'en peux plus de me mettre dans sa peau, crie-t-elle, la voix entrecoupée de sanglots. Je vais mourir à force d'être déchirée comme ça.

– Je comprends, Alexandrine, que tu sois torturée sans bon sens. C'est pour ça que je voudrais qu'on en finisse avec cette situation ambiguë.

– Je ne peux pas croire que tu n'admettes pas que certains mensonges sont nécessaires. Préférables même. »

Au tour d'Oscar de se voir confronté à ses propres tricheries. Comme il lui donnerait raison, ce soir !

« On aurait pu clarifier la situation dès l'automne passé, dit-il.

– Comment ça ?

– J'aurais dû insister pour te le dire, ce soir-là, à la chambre d'hôtel, que je pouvais... te donner un enfant. »

Alexandrine s'est redressée, des flèches dans les yeux.

« Je ne te crois pas ! Tu mens ! »

L'accusation soulève la colère d'Oscar. Il a envie de lui crier : « Ne me pousse pas au pied du mur, Alexandrine, parce que tu vas les avoir, les preuves. Je suis capable de la retrouver, Colombe. De lui prendre mon enfant et de te le mettre sous les yeux. Il aura bien quelques-uns de mes traits. Sinon, je sais que sa mère se ferait une gloire de te dire qu'il est de moi. »

Un lourd silence s'est installé et Oscar ne sait comment recréer l'atmosphère conciliante du début de cet entretien. Inutile d'espérer un geste de son épouse, il le sait d'expérience. Au bout de quelques minutes, Alexandrine lui signifie sèchement sa volonté de se mettre au lit.

« Je suis épuisée, dit-elle. On reprendra ça un autre jour. Bonne nuit. »

Il n'en fallait pas davantage pour fouetter l'indignation d'Oscar. Il sort de la chambre et s'enferme dans le boudoir, où il consulte l'horaire des bateaux en partance pour l'Europe. « Il devrait naître en février, se répète-t-il en pensant à son enfant. En mars, je pourrai le voir, si... si elle l'a gardé et si je les trouve. En avril, il y aura la traversée sur le *Titanic*, ce formidable navire de la White Star Line qu'on a mis presque trois ans à bâtir. » *Départ de Montréal au début de mars, retour vers le 10 avril à bord du* Titanic, note-t-il dans son agenda.

Tôt le lendemain matin, Donat doit le prendre à son bureau pour le conduire à la gare Windsor.

« Des billets pour New York, le 10 mars, s'il vous plaît.

– Combien, monsieur ? lui demande l'agent.

– Hum, trois. Dites-moi, ils sont remboursables avant quelle date ?

– Dix jours avant votre départ, monsieur. »

Oscar fait ensuite réserver trois places en deuxième classe sur le transatlantique de la Cunard, réputé pour sa vitesse, ainsi que les billets de retour sur le *Titanic*.

Malgré le vent glacial qui vient de se lever, Oscar demande à Donat de le laisser à trois coins de rues de son bureau. Il a besoin de marcher. La colère qui l'habite y trouve son compte. Dirigée d'abord contre Alexandrine, elle se nourrit maintenant de dépit contre lui-même. Que de gestes il se reproche au nom de la bonté ! Que de décisions il a prises par indulgence ! Il n'y voit plus là que mollesse. Que lâcheté. « Tu exagères. Regarde tes réussites en affaires », lui semble-t-il entendre de la bouche de Colombe à qui il aimerait tant se confier en ce moment. Oscar est forcé de lui donner raison quand, de retour au bureau, il trouve, sur sa table de travail, une pile de chèques qui attendent sa signature pour être distribués aux employés et une vingtaine d'autres, prêts à être endossés. Les progrès de l'entreprise sont tels qu'ils lui permettront de dépasser les trois cent mille dollars de salaires versés l'année précédente et d'embaucher une centaine d'autres ouvriers. « T'as au moins quelques raisons d'être fier de toi, Oscar Dufresne », se dit-il, reconnaissant qu'il a su mener à bien l'entreprise léguée par sa mère, que son dévouement à la ville de Maisonneuve ne passe pas inaperçu, que ses initiatives comme ses projets d'embellissement sont appréciés. « Le travail est le meilleur remède à bien des maux », ripostait Marius quand on lui reprochait ses excès. Ce matin, Oscar est disposé à goûter à cette médecine. Il est déterminé à percer davantage le marché extérieur des chaussures avec la Dufresne & Locke, à s'investir plus encore dans la réalisation des projets municipaux et à prendre moins à cœur les problèmes familiaux. « Plus de travail et moins de compassion », se dit-il, convaincu qu'il s'en portera mieux. À son agenda, il place en priorité une visite à Marius et le téléphone promis à Raoul.

L'ingénieur Dufresne reçoit son frère avec un plaisir modéré. Oscar s'y attendait et fait mine de ne pas s'en rendre compte.

« Qu'est-ce que tu travailles de bon, ces temps-ci ? » demande-t-il en désignant les deux feuilles de plans qui occupent sa table.

Ravi de découvrir que tel est le but de la visite d'Oscar, Marius retrouve son enthousiasme.

« Faut que tu voies ça, Oscar. »

Marius étale avec délicatesse une feuille qui couvre en entier sa table de travail.

« Qu'est-ce que t'en dis ?

– Superbe, cet édifice. Mais c'est quoi ? demande Oscar, ébahi.

– Un marché public, Oscar. On le bâtirait face au boulevard Morgan.

– Avec des tourelles ?

– Oui, monsieur. Quatre tourelles. En plus, le dôme central que tu vois ici sera en verre teinté, pour laisser passer la lumière du jour.

– Wow !

– Je l'ai travaillé avec notre ami, l'architecte Dufort. On a prévu suffisamment d'abris extérieurs pour tous les cultivateurs des environs. »

Fébrile comme on ne l'avait pas vu depuis la maladie de Jasmine, Marius explique le plan de cet édifice dans les menus détails. Bien qu'Oscar l'écoute avec admiration, des sillons réapparaissent vite sur son front.

« Quelque chose ne va pas ? lui demande Marius, presque repentant.

– Ne t'en fais pas, ça va aller.

– Des tracas au sujet de... »

Oscar lui raconte la mésaventure de la poupée offerte par Raoul.

« Vous avez un sérieux problème entre les mains, vous autres », lance Marius, l'humeur soudain orageuse.

Oscar le regarde, consterné. Il est vrai que Marius a toujours clamé que la vérité est le bien le plus précieux. Que personne n'a le droit d'en priver qui que ce soit. Soutiendrait-il encore qu'aucune raison ne justifie de tromper Laurette sur ses origines ? La réaction de Marius incline Oscar à croire qu'il a lu les lettres révélant les siennes. Serait-ce qu'un doute, sinon une certitude, se serait installé dans son esprit et qu'il en ressentirait tout le poids ?

« T'as une solution ? lui demande Oscar.

– Non, puis je ne veux même pas m'arrêter à en chercher une.

– Ton attitude sent la revanche, Marius.

– Bon. Excuse-moi, Oscar, mais j'ai du travail à faire.

– Attends, Marius. Tu ne m'as pas parlé de ton séjour en Ontario…

– Une autre fois. Je n'ai pas le temps aujourd'hui. »

Oscar le quitte encore plus convaincu des vertus du travail. « J'aurai mon parc et peut-être même le grand boulevard dont je rêve pour le relier au mont Royal », se répète-t-il. Il étale sur sa table le plan initial que Marius en avait tracé avec lui. Le parc existant ne mesure que cent cinquante acres ; il ne pourrait donc rassembler tout l'est de l'île et répondre à la vocation récréative et culturelle qu'Oscar voudrait lui donner. De ses documents de voyage, il sort des notes et des illustrations sur le Park and Boulevard Movement de Frederick Law Olmsted. « C'est exactement ça que je verrais. Un grand boulevard qui passerait par le parc La Fontaine et qui traverserait la ville d'est en ouest jusqu'au mont Royal. Les résidants de l'ouest auront le goût d'emprunter ce boulevard si notre parc leur offre des attractions que le leur n'a pas. » Oscar voit un jardin de plantes s'harmoniser à un aquarium, à des cascades d'eau, à des lacs artificiels que les visiteurs pourront contempler de la vitrine ou de la terrasse d'un café japonais ou d'un café chantant. Aux friands d'action et de défis, il offrira des pistes de course, un hippodrome et un autodrome. Pour les assoiffés de culture et de spectacles, il fera aménager des galeries d'art, des amphithéâtres, des musées et une bibliothèque. Un monument à la gloire du sieur de Maisonneuve y serait tout désigné, considère-t-il. La nécessité d'agrandir le parc récemment emménagé s'avère donc incontournable. Oscar craint toutefois l'opposition de plusieurs échevins sur ce point. « Il faut, convient-il, que je leur prouve que ce nouveau projet sera des plus rentables. » Il ne résiste pas à la tentation de téléphoner à Marius.

« C'est notre rencontre de ce matin qui m'a donné le goût de remettre ce projet sur ma table, lui annonce-t-il, reconnaissant.

– Je passe en fin d'après-midi », promet Marius.

Le temps manque à Oscar pour fignoler son ébauche. Elle n'inspire pas moins Marius qui, enthousiaste, propose un ajout à ce futur parc : un casino. « Mais, précise-t-il, il va falloir l'agrandir d'au moins trois fois sa dimension actuelle. »

Oscar se frotte le menton, redoutant la réaction du conseil de ville.

« On a déjà un emprunt de plus de six cent mille pour le parc existant…

– … excepté que tu n'avais pas présenté toutes les activités lucratives dont tu viens de me parler. Imagine les sommes d'argent que rapporteront, entre autres, le casino, les pistes de course, les hôtels luxueux qu'on pourrait y ajouter. Puis l'Exposition universelle, dans cinq ans, si Montréal maintient son offre. Ce ne sera pas un problème pour payer les intérêts et rembourser les prêts. »

Oscar réfléchit en silence. Il lui semble primordial que les revenus servent à améliorer la qualité de vie et la culture des habitants de Maisonneuve. « Il faudrait qu'une large part des revenus engendrés par les diverses activités du parc de Maisonneuve soit versée aux institutions de charité, aux hôpitaux, aux maisons d'éducation et aux refuges. »

Marius regarde son frère et sourit. « Tu as vraiment l'âme missionnaire, toi. Je pense que si l'Église avait permis le mariage des prêtres tu te serais fait curé. »

Visiblement mal à l'aise, Oscar ne sait que répliquer. Marius le juge-t-il à ce point incapable de célibat ? Il voudrait le nier, mais force lui est d'admettre qu'il éprouve une grande attirance pour la femme en général. La beauté féminine le hante. Que de fois il est demeuré hypnotisé devant une toile l'illustrant !

« Je voudrais bien me sentir aussi vertueux que tu m'imagines, mais ce n'est pas le cas, dit-il enfin.

– Des petits péchés secrets, peut-être bien ? » réplique Marius, coquin.

La tentation est forte pour Oscar de lui faire part de l'angoisse qui le tenaille depuis près d'un an. Marius le remarque à son regard soudain rembruni. « Tu ne serais pas un peu scrupuleux, Oscar ?

– Pourquoi tu dis ça ?

– Parce que je m'imagine dans ta situation et je…

– Tu me connais mal, Marius, si tu penses que j'irais aux femmes.

– Pas à n'importe quelle, mais peut-être serais-tu intéressé par les petites Parisiennes, par exemple… Écoute, de quoi je me mêle ? Excuse-moi, Oscar. Je me sauve, ne te dérange pas », dit Marius, laissant derrière lui un homme quelque peu troublé.

« Étrange, cette allusion à Colombe… Qu'est-ce qui peut bien avoir mis Marius sur cette piste ? » se demande Oscar, aussitôt tiré de ses pensées par la sonnerie du téléphone. À l'autre bout du fil, Raoul s'étonne de ne pas avoir eu de nouvelles, comme Oscar le lui avait promis.

« Je n'aurais pas quitté mon bureau sans te rappeler, Raoul, répond-il.

– Puis, ton enquête ?

– Je préfère t'expliquer ce qui est arrivé de vive voix.

– Ce qui veut dire que mon messager n'est pas à blâmer ?

– Exactement, Raoul. Je pourrais te rencontrer demain soir ?

– Comme tu le souhaites.

– À mon bureau ou chez toi, Raoul ?

– Je suis toujours à pied... Ça m'arrangerait que tu viennes... Vers sept heures et demie, ça t'irait ? »

Le rendez-vous pris, Oscar n'a pas pour autant l'esprit en paix. Son épouse doit en être informée. Comment réagira-t-elle ?

Oscar se rend à son domicile d'un pas aussi ferme que la détermination qui l'habite. Alexandrine a dû le deviner, car pressée de se mettre à table, elle se montre peu loquace, se limitant à raconter les quelques bons exploits de Laurette dans l'apprentissage de la lecture. Le repas terminé, Oscar la prévient :

« J'aimerais bien qu'on puisse discuter tranquilles quand la petite sera couchée.

– Je peux savoir à quel sujet ?

– Une sortie qu'il serait bon qu'on fasse ensemble. »

Alexandrine, qui adore les sorties inattendues, pousse un soupir de soulagement. Quand, plus tard, elle rejoint son mari, elle est en pleine euphorie. La tâche s'avère, de ce fait, encore plus délicate pour Oscar. Non seulement la décevra-t-il, mais il risque aussi de lui imposer un lourd fardeau.

D'entrée de jeu, il lui annonce :

« Raoul m'attend demain soir, chez lui. Je voudrais que tu viennes avec moi et que tu t'expliques au sujet de la poupée.

– Mais je ne demande pas mieux, mon chéri. »

Oscar ne peut cacher son étonnement.

« Si tu savais comme je l'attendais, cette occasion de lui montrer à quel point je l'aime, cette enfant-là, ajoute-t-elle.

– Tu penses qu'il va interpréter tes entorses à la vérité comme des marques d'amour ?

– J'ai mon idée, Oscar. »

Alexandrine résiste aux instances de son mari qui aimerait, dès ce soir, juger de la pertinence de ses intentions.

~

« Vous deux ! s'exclame Raoul en leur ouvrant. Tu ne m'avais pas prévenu, dit-il à Oscar sur un ton de reproche.

– J'aurais peut-être dû, mais je crois que personne n'est mieux placé que l'accusée elle-même pour s'expliquer… »

Le choc passé, Raoul les accueille cordialement. Oscar, inquiet de la tournure que peut prendre cette rencontre, écoute d'une oreille distraite les commentaires de Raoul sur les toiles suspendues aux murs de son salon. Alexandrine, en revanche, semble s'y intéresser.

« Tu en as d'autres ? » lui demande-t-elle.

Charmé par l'intérêt qu'elle manifeste, Raoul lui en montre une dizaine, dont une sur son chevalet, inachevée. Alexandrine blêmit devant la fillette au visage identique à celui de Laurette qui s'élance vers un père Noël lui tendant les bras. Raoul a prêté ses propres traits à ce personnage masculin. Seule la barbe blanche l'en distingue.

« Celle-là, jamais je ne la vendrai. Même si je n'avais plus rien à manger », dit-il, ému.

Se sentant forcée de s'exprimer, Alexandrine déclare d'une voix à peine audible : « L'enfant lui ressemble beaucoup, mais je ne comprends pas… »

Raoul attend patiemment la suite.

« Pourquoi t'être déguisé en père Noël ? reprend-elle, fuyant le regard de Raoul.

– Elle comprendra tout quand elle vieillira. »

Oscar les rejoint sur ces entrefaites et reste non moins ébahi en apercevant la peinture. « Tu as l'intention de faire quoi avec cette toile ? demande-t-il.

– Elle lui revient.

– Quand ?

– Moi, je ne le sais pas, mais vous, oui.

– Si on allait en discuter au salon ? » suggère Oscar.

Alexandrine semble avoir perdu toute assurance. Oscar aussi. Par contre, Raoul affiche un calme désarmant.

« Vous veniez d'abord pour m'expliquer, au sujet de la poupée… », rappelle-t-il.

Oscar dirige son regard vers son épouse.

« Oui, oui, dit-elle, un sourire poli sur les lèvres. C'est que, justement, je tiens à ce que Laurette vive ses joies d'enfant intensément et aussi longtemps que ça lui conviendra. Je ne veux pas que les adultes la forcent à perdre sa candeur avant le temps. Il faut voir briller ses beaux grands yeux quand on parle du père Noël. Elle pense que c'est de lui que vient la poupée... »

Raoul a blêmi. Il porte une main à son front.

« Écoute, Raoul, continue Alexandrine, tu vas comprendre. C'est un peu la faute à Laurette. Quand elle a trouvé le cadeau sous l'arbre, elle s'est mise à crier : " Maman ! Maman ! Venez voir ce que le père Noël m'a apporté. " Je l'avais rarement vue aussi heureuse ! C'est ce que je recherche tout le temps pour cette enfant-là. Qu'elle soit heureuse. Rien d'autre. »

Les deux hommes ont baissé la tête. Oscar est médusé.

« Tu aurais quand même pu me faire savoir que le cadeau avait été livré », lui reproche Raoul.

Oscar lui donne raison. Puis, pressé de tourner la page, il remarque :

« Tu ne sembles pas en grande forme, mon cher ami.

– Le temps des fêtes est dur pour les gens qui ont presque tout perdu, Oscar... Ce que j'aurais donné pour voir mes trois enfants assis à ma table, ne serait-ce que pour un repas ! » confie-t-il.

Le couple Dufresne l'écoute, ne sachant que dire.

« Je me demande combien de temps encore il me faudra attendre mon tour d'être choyé par la vie... comme vous l'êtes.

– Il faut que tu prennes soin de ta santé d'abord, lui conseille Oscar. Ça coûte cher de faire vivre trois enfants de nos jours.

– Chez nous, Laurette ne manquera de rien », intervient Alexandrine, que son mari fusille du regard.

Elle en fait fi et poursuit :

« Les meilleurs soins, l'instruction et surtout l'amour qu'on aurait aimé donner à nos enfants si… c'est elle qui recevra tout ça. »

Le silence des deux hommes l'incite à continuer.

« Tu es tout de même chanceux d'avoir deux autres enfants », fait-elle valoir.

Raoul veut répliquer, mais il est incapable d'articuler un son. Alexandrine se lève, fière de son audace, et signifie à son mari son désir de partir. Consterné, Oscar la dévisage, forcé de lui emboîter le pas. Il reste muet sur le chemin du retour. Il ne sait que penser. Ou son épouse vient de lui faire entendre qu'elle le croit toujours stérile ou elle a joué la comédie pour mettre Raoul de son côté. Les deux hypothèses l'indignent au point qu'il décide d'abandonner entre ses mains tous pourparlers concernant Raoul et ses droits sur Laurette.

~

En revenant du marché, le lendemain, Alexandrine se confie à Marie-Ange qui s'y trouvait aussi. Elle n'avait pas prévu la réaction de la servante.

« Je te trouve audacieuse de vouloir tenir seule le gouvernail d'un si gros bateau, commente cette dernière.

– Je croyais être mieux comprise par une femme, riposte Alexandrine, offusquée. Mais au fait, ce n'est pas à ce sujet que je voulais te parler, Marie-Ange. Tu savais que mon mari était allé en France pour des examens médicaux ?

– Ça changerait quoi que je le sache ou non ? Dis-moi donc plutôt où tu veux en venir.

– Tu crois à ça, toi ?

– Aucune idée, Alexandrine. Je ne suis pas médecin, moi.

– Moi non plus, mais un petit quelque chose me dit que... »

Alexandrine hésite, cherche ses mots. Marie-Ange se montre imperturbable malgré l'appréhension qui l'assaille.

« J'ai le sentiment que mon mari ne me dit pas toute la vérité.

– Tu ne t'attends quand même pas à ce que je joue au détective.

– Non, mais j'aurais aimé avoir ton opinion, Marie-Ange. Tu connais Oscar depuis presque trente ans...

– À part t'offrir ma sympathie, je ne vois pas ce que je pourrais t'apporter de plus. »

Alexandrine pointe sur son amie ses yeux de lynx. Le malaise de Marie-Ange est trop apparent pour qu'elle ne flaire un secret bien gardé.

« Bon. Merci, Marie-Ange. Tu m'as donné la réponse que j'attendais. En novembre, tu refusais de me rencontrer et aujourd'hui, tu esquives mes questions. J'ai donc raison de douter... Je ne te retiens pas plus longtemps, Marie-Ange », lui dit-elle avec un sourire des plus équivoques.

Désolée de la tournure de cette conversation, Marie-Ange s'excuse, alléguant la fatigue.

Les deux femmes se quittent fort perplexes.

Malgré un froid sibérien, Marie-Ange tient à marcher encore un peu. Une grande lassitude l'accable. Un trop lourd fardeau sur ses épaules que celui des problèmes de l'un et l'autre Dufresne, en plus de ceux que Colombe lui confie. Le visage enfoui dans son col de fourrure, elle peut laisser libre cours à ses larmes comme à ses gémissements. L'envie d'abandonner la famille Dufresne la reprend. Deux choses la retiennent, toutefois : l'impression d'être devenue une étrangère à Yamachiche et, surtout, les attentes de Colombe. Dans sa dernière lettre, elle lui écrivait :

*Je compte me réinstaller à Montréal dans quelques mois. En avril, plus précisément. Je dois d'abord régler nombre de questions. J'espère de tout mon cœur ne pas être forcée de revenir. J'aurai vraiment besoin de toi, ma chère amie, tu comprends ?*

La venue du printemps, qu'on attend généralement avec bonheur, prend l'allure d'un cauchemar pour Marie-Ange. La visite d'Oscar, l'air inquisiteur, n'a pas de quoi la soulager. « Vient-il de lui-même ou est-ce qu'il est l'émissaire de son épouse ? » se demande-t-elle.

« J'ai l'intention d'aller à Paris en mars et d'y emmener mon épouse », lui annonce-t-il.

Marie-Ange le regarde, attend la suite. Elle ne vient pas.

« Tu veux que je te souhaite un bon voyage ? ironise-t-elle. C'est fait. Bon voyage, Oscar ! »

Visiblement surpris, il l'en remercie et enchaîne :

« Si Alexandrine choisissait de ne pas emmener Laurette, la garderiez-vous ?

– Combien de temps seriez-vous partis ?

– Une quarantaine de jours…

– Vous reviendriez quand ?

– Vers le 15 avril…

– À la mi-avril ! s'exclame Marie-Ange, livide, presque affolée.

– Excusez-moi. Je ne pensais pas que ça vous embêterait de garder une enfant de quatre ans pendant un mois.

– C'est que… c'est que j'avais d'autres projets », trouve-t-elle à répondre, le regard fuyant.

« Je parierais que c'est avec Colombe », se retient-il de dire. Il se permet toutefois d'insister.

« Ça m'étonne. Mon père m'avait dit que vous seriez libre comme l'air, au printemps.

– Je pourrais l'être… Laisse-moi y penser quelques jours », demande-t-elle, troublée.

Sitôt la porte refermée derrière Oscar, Marie-Ange se réfugie dans sa chambre, en verrouille la porte, attrape une feuille de papier à lettres et griffonne en toute hâte une dizaine de lignes auxquelles elle ajoute, en conclusion :

*À toi de juger si ton voyage ne devrait pas être déplacé. Bon courage et bonne chance, ma chère Colombe.*

Cette fois, Oscar sort de sa visite avec la certitude que Marie-Ange est en communication avec Colombe. « Au moins, elle vit encore », se dit-il pour se consoler d'ignorer tout le reste. Tentera-t-il d'en apprendre davantage ? L'attitude de la servante lui laisse peu d'espoir. S'il a déjà tant apprécié la discrétion de cette femme, aujourd'hui, il souhaiterait qu'elle fasse exception pour celui qui l'a libérée d'une lourde tâche. À la seule pensée de réclamer ce privilège, il se sent maquignon. Et pourtant, l'enjeu est de taille. Dans trois semaines, il devra décider s'il annule ou non son voyage. D'ici là, il lui faut trouver une façon plus respectueuse d'approcher Marie-Ange. Plus subtile mais non moins efficace. Il devra aussi fournir au conseil d'administration de la Dufresne & Locke une justification de ce voyage ; il pourrait présenter des motifs sérieux ou invoquer le désir de prendre des vacances en Europe avec son épouse. Partir sans Alexandrine serait l'idéal, mais il craint ses soupçons. Elle l'accompagnera donc jusqu'à l'hôtel. Qui trouvera-t-il pour lui tenir compagnie et pour visiter Paris avec elle pendant ses absences ? De son bureau, le lendemain, Oscar téléphone chez son père.

« Bonjour, Marie-Ange ! Comment allez-vous, ce matin ?

– Bien. Très bien. Mais que me vaut ton appel si tôt ? demande-t-elle, méfiante.

– J'ai quelque chose à vous offrir, Marie-Ange. Je m'en veux de ne pas y avoir pensé, hier…

– Mais quoi donc ?

– Pourquoi ne viendriez-vous pas avec nous à Paris ?

– Moi ? À Paris ?

– Pourquoi pas ? J'ai le goût d'offrir ce voyage à ma femme et comme je devrai la laisser seule souvent pour mes affaires, j'ai pensé que vous pourriez lui tenir compagnie.

– Mais…

– Il me semble, de plus, que ça conviendrait qu'on vous offre ce cadeau en reconnaissance de tout ce que vous avez fait pour la famille.

– Je ne suis pas si naïve que tu le penses, réplique-t-elle. Tu veux m'utiliser à quoi, au juste ?

– Mais qu'est-ce que vous allez croire, Marie-Ange ? J'admets que ça m'arrangerait que vous accompagniez Alexandrine, mais je suis sincère aussi quand je vous dis que vous méritez ce voyage.

– Je vais être honnête avec toi, Oscar, je n'ai pas la moindre envie d'aller en Europe. Même que ça me serait un fardeau.

– Bon. Comme vous voulez. Je pensais vous faire plaisir… J'apprécierais que vous ne parliez pas à Alexandrine de ce voyage, au cas où je l'annulerais. »

Marie-Ange le lui promet.

« Comme tu es rusé, mon cher Oscar », se retient-elle de lui dire avant de raccrocher le combiné.

« Que je suis gauche ! Une fois de plus, j'ai sous-estimé la perspicacité de cette femme », constate Oscar.

Dès lors, il renonce à toute autre tentative de lui soutirer des informations au sujet de Colombe. « Je le ferai, ce voyage, et c'est à Cécile que j'offrirai mon troisième billet », conclut-il, confiant ainsi de charmer les deux femmes qui feront la traversée avec lui.

Un obstacle de taille l'attend. Alexandrine adore voyager, mais, cette fois, elle ne partira pas sans sa fille. Avant même qu'il ne soit question de confier Laurette à Régina ou à une de ses belles-sœurs, elle prévient son mari :

« J'ai le goût de le faire, ce voyage, et j'estime que la petite est assez vieille pour venir avec nous. Tu avais même consenti à ce qu'elle nous accompagne en Algérie, l'année dernière », ajoute-t-elle, déterminée à ne faire aucun compromis.

À juste titre, plus d'un soupçon l'assaille. Des soupçons inavouables. Alexandrine est persuadée que son mari lui cache les vrais motifs de ce voyage. Elle va même jusqu'à penser qu'il a pu comploter avec Raoul qui profiterait de leur absence pour voir Laurette et lui révéler ses origines. Ses doutes s'intensifient lorsqu'elle demande à Oscar de voir le programme de ses rencontres d'affaires.

« Il n'est pas complètement arrêté, bafouille-t-il, incapable de dissimuler son embarras.

– J'aimerais quand même m'en faire une petite idée.

– Pourquoi donc ? De toute manière, tu ne pourrais pas m'accompagner chez les clients, surtout pas avec Laurette, dit-il.

– Je n'en avais aucune envie. Je voulais seulement savoir de combien de jours nous disposions pour visiter la ville ensemble.

– Je pourrai regarder ça avec toi la semaine prochaine. D'ici vendredi, je devrais avoir fixé tous mes rendez-vous… »

Bien sûr, Oscar rendra visite à ses fidèles clients, ne serait-ce que pour se donner bonne conscience. Mais là n'est pas sa priorité. Conscient de manquer à sa promesse, il n'est pas moins déterminé à tout faire pour retrouver Colombe. Pour avoir de ses nouvelles. Pour entendre sa voix. Et peut-être davantage. Son cœur le désire, sa chair l'appelle. Pour étouffer ses remords, il allègue le silence total de cette femme depuis la fin de l'été et, plus encore, l'attitude provocatrice d'Alexandrine qui l'a amené, sous le coup de la colère, à planifier ce voyage. À cela s'ajoutent le regard soucieux de Marie-Ange, son silence, sans compter ses faux-fuyants, qui lui font craindre le pire pour Colombe. Qui sait, elle est peut-être en proie à une détresse physique et morale, l'enfant est peut-être malade.

Comment expliquer autrement que ses derniers messages télégraphiques soient demeurés sans réponse ? À moins qu'elle ait changé d'adresse ou de nom... Oscar n'en serait pas surpris. Colombe avait eu recours à ce subterfuge lorsqu'elle s'était réfugiée chez les Dufresne. Cette hypothèse vient saper le peu d'espoir qu'il lui restait. Oscar ne se résigne pourtant pas à baisser les bras. « Je ne serai tranquille que si je vais jusqu'au bout », se dit-il, plus tourmenté de jour en jour. Marius l'a remarqué et il est déterminé à lui en faire révéler la cause. Oscar tente de se soustraire aux confidences, mais aucune excuse n'est valable aux yeux de son frère. « Tu choisis l'heure et le lieu du rendez-vous, mais tu ne pars pas sans m'avoir réservé un moment », le somme Marius. De son côté, Thomas, qui a accordé un congé à Cécile sans la moindre hésitation, n'est pas sans s'interroger sur la pertinence des raisons qu'Oscar a données au conseil d'administration de la Dufresne & Locke. Motifs crédibles, pour la plupart justifiés, mais non urgents. D'où sa suggestion de reporter le voyage à l'automne, alors que de nouveaux modèles de chaussures seront prêts à être présentés. « Il faut préparer le terrain au moins six mois d'avance », a expliqué Oscar, appuyé par cinq des six administrateurs.

Thomas ne peut rater l'occasion d'en causer devant Marie-Ange à Alexandrine venue leur rendre visite.

« Pourquoi tenez-vous à partir si tôt ? Pourquoi ne pas attendre en mai ou juin, au moins ? demande-t-il.

– Vous devriez poser la question à mon mari, monsieur Dufresne. C'est lui qui a choisi cette date.

– C'est sûrement toi qui as exigé d'emmener la petite, en tout cas.

– Ça, oui. Et personne ne me fera changer d'idée.

– N'empêche qu'elle aurait été bien plus en sécurité ici, avec nous autres », dit-il, cherchant dans le regard de Marie-Ange une approbation qui ne vient pas.

Les deux femmes manifestent un certain malaise.

« Avec l'aide de Mlle Dorval, puis la mienne les fins de semaine, ça n'aurait pas été une corvée, hein, Marie-Ange ? »

De nouveau, le silence. Alexandrine le rompt :

« De toute façon, monsieur Dufresne, j'ai été bien claire avec mon mari : j'y allais à la condition qu'on emmène Laurette. Déjà que ce sera plus difficile quand elle aura commencé l'école, ajoute-t-elle, pour dissimuler ses véritables motifs.

– Qu'est-ce que c'est que cette urgence d'aller en Europe ? Elle vient d'avoir quatre ans. On n'y a pas mis les pieds avant la vingtaine, nous autres, puis ça ne nous a pas empêchés de réussir.

– Vous ne comprenez pas, monsieur Dufresne. Il faut profiter du temps qu'elle est petite. Ça passe tellement vite. D'autant plus que je ne sais pas si j'aurai la chance de revivre ça une autre fois », dit-elle, de nouveau au bord des larmes.

Thomas secoue la tête.

« Je vous trouve donc compliquées, des fois, vous, les femmes. Ma bru refuse de prendre de belles vacances seule avec son mari, puis toi, Marie-Ange, tu passes à côté d'une occasion unique de faire un voyage en Europe. »

L'une et l'autre sont condamnées au silence, ne pouvant dévoiler les motifs cachés de leur décision. Marie-Ange semble si accablé que Thomas lui avoue :

« Je n'aime pas ça, te voir fatiguée et préoccupée comme tu l'es depuis l'automne, Marie-Ange. Je pensais, en engageant M^lle^ Dorval, que tu pourrais t'accorder du bon temps à volonté.

– J'aimerais que vous me croyiez, monsieur Thomas, quand je vous dis que vous n'avez pas à vous tourmenter. Vous n'avez aucun reproche à vous faire.

– C'est plus fort que moi, Marie-Ange. Des fois, je me demande si tu ne nous caches pas une maladie grave. »

Puis, se tournant vers Alexandrine, il demande : « Tu la trouves en forme, toi, notre Marie-Ange ? »

Alexandrine hoche la tête et ne dit mot, ne voulant déplaire ni à l'un ni à l'autre.

Thomas n'est pas sans penser qu'à l'instar de Victoire nombre de femmes taisent leurs douleurs. Il craint d'autant plus de perdre Marie-Ange, une femme qu'il admire et à qui il est fort attaché, qu'il n'est pas sûr d'épouser un jour celle qu'il courtise en cachette. En fait, il aurait profité de l'absence de Marie-Ange pour inviter chez lui la veuve Dorval. Ces trois semaines de vie au quotidien leur auraient permis de mettre leur apparente compatibilité à l'épreuve. La flamme amoureuse que Marie-Louise a jadis allumée en lui resurgit lors de leurs rencontres, mais elle ne suffit plus à rassurer l'homme qu'il est devenu. La tentation de comparer la veuve à Victoire est tenace. Finira-t-elle par s'estomper ? Le désir en est vif, mais l'espoir, faible. « C'est normal, tu l'as eue dans la peau dès l'âge de douze ans », se répète-t-il pour calmer ses doutes. Lorsque la raison vient à sa rescousse, il comprend que jamais la veuve Dorval ne pourra être la confidente, la mère, l'épouse et l'idole que Victoire a été pour lui. Il accepte aussi que ce deuxième amour puisse être différent du premier. Moins fougueux. Moins entier. Plus mature et plus nuancé. Des compromis s'imposent et il se sait capable d'en assumer un certain nombre ; il a derrière lui l'heureuse expérience de trente-cinq ans de vie commune avec une femme d'affaires. Par contre, Marie-Louise a, depuis cinq ans, accroché son tablier, pouvant vivre aisément de ses économies. Thomas craint qu'en l'épousant elle n'exige qu'il fasse de même. Or ses responsabilités sociales et son travail de commerçant et de manufacturier le passionnent trop pour qu'il y renonce. « Le travail, c'est la santé », répète-t-il à qui veut l'entendre. En outre, Marie-Louise a signifié sa préférence pour un domicile commun à Trois-Rivières. Sur ce point non plus Thomas n'a pas l'intention de céder.

~

À cinq jours de son départ pour l'Europe, Oscar tombe sur Marius en sortant de l'hôtel de ville. « Quel heureux hasard ! s'exclame Marius. J'en ai pour trois minutes, Oscar. Tu m'attends ?

– Bien, je...

– Tu me l'as promis », lui rappelle Marius.

Oscar regarde sa montre. L'idée lui vient de proposer à Marius un souper en tête-à-tête dans un restaurant.

Un endroit public permet une certaine intimité, mais les balises qu'il impose lui conviendraient bien ce soir. Marius s'en étonne : « Depuis quand aimes-tu fréquenter les brasseries et les restaurants, toi ?

– On est sûrs de ne pas se faire déranger…

– Il n'y a pas endroit plus paisible et plus discret que mon logement. Puis, ça ne peut pas mieux tomber, j'ai cuisiné un bon rôti de veau hier soir », dit Marius.

Désarmé, Oscar doit céder aux instances de son frère. Peu loquace, tous deux se rendent à grands pas à la rue Ontario. Marius invite son frère à s'asseoir et file dans la cuisine.

« Je n'ai pas très faim », le prévient Oscar en le voyant se démener du poêle à la table.

Marius dépose son chaudron et se plante devant son frère, les deux mains à plat sur la table.

« Qu'est-ce qui ne va pas, Oscar ? T'as pas faim. Ça fait des mois que tu te promènes les sourcils en accents circonflexes. Tu nous évites tant que tu peux et, quand tu ne le peux pas, tu ne parles plus que de la pluie et du beau temps. En plus, tu décides d'aller en Europe deux fois en dedans d'un an, sans qu'on en comprenne trop la nécessité. Qu'est-ce qui te ronge de même, veux-tu bien me le dire ? »

Le visage caché dans ses mains, Oscar soupire longuement.

« C'est difficile avec ta femme ?

– Par rapport à la petite, oui, mais j'ai décidé, pour un bout de temps, de laisser Alexandrine s'arranger elle-même avec Raoul… On verra bien.

– Si ce n'est pas ça qui te mine de même, c'est quoi alors ? La manufacture va bien ? »

Oscar le lui confirme d'un geste de la tête.

« Je ne vois plus qu'une chose, dans ce cas-là. »

Oscar lève les yeux sur lui, en attente.

« T'es malade...

– Pas du tout, répond-il, prêt à étaler les heures de travail cumulées en une semaine.

– Je ne voulais pas dire physiquement. »

Oscar est sans voix.

« Ton cancer, à toi, n'est pas comme celui de maman. Il t'attaque le cœur et il a un nom. »

Ne pouvant nier, Oscar demeure muet.

« Qu'est-ce qui arrive avec Colombe ? »

La réponse tarde. Marius se dit qu'il a tout son temps. Lui-même n'a plus faim. Oscar avoue enfin :

« Je ne le sais pas, Marius. C'est ça qui est le pire.

– Vous avez toujours continué de communiquer entre vous ?

– On a repris ces dernières années.

– Pas parce que tu l'aimes encore, Oscar ? Tu ne jouerais pas comme ça avec le feu, toi si raisonnable ! Si honnête !

– Ce n'est pas tout à fait ça, Marius.

– Ah ! Je pense comprendre : elle s'accrochait, ça, tout le monde le sait, tu as essayé de la raisonner et, comme ce n'était pas suffisant, tu as exigé une rupture totale et définitive. Maintenant, tu as peur qu'elle soit en train de mourir de chagrin. C'est ça ? »

La tentation est forte pour Oscar de lui donner raison. Il ne risquerait pas de le décevoir, ni même de le scandaliser et, du coup, l'interrogatoire prendrait fin. Il entend déjà Marius lui servir les consolations de circonstance. Or il n'en saurait que faire. Il aurait trompé une autre personne qui lui accorde sa confiance et il repartirait plus accablé qu'il ne l'est. Le mépris de lui-même et la honte ajouteraient à ses inquiétudes.

La souffrance est manifeste sur le visage d'Oscar. Marius tire une chaise et s'assoit près de son frère. Il fait montre de patience et veille à ne pas le forcer à parler avant qu'il ne s'en sente capable. Dans un effort suprême, Oscar balbutie :

« C'est elle qui a fait les frais de mes tests de fertilité...

– Tu veux dire qu'elle a payé pour toi ?

– De sa personne, oui. »

Marius est sidéré. Il se lève, file dans le corridor et, adossé au mur, il tente de se ressaisir. Le silence est propice à l'empathie et les deux frères Dufresne se l'accordent. Oscar souffre horriblement de la déception causée à Marius. « Comme s'il n'avait pas assez de celle que lui impose la défaillance de notre mère », pense-t-il.

Dérouté, Marius n'imagine pas moins la déchirure au cœur de son frère, le poids sur sa conscience et la honte qui l'habite.

« Qu'est-ce qu'il advient de l'enfant ? demande-t-il en revenant près d'Oscar.

– Je ne le sais pas, répond-il d'une voix étouffée de chagrin.

– Tu ne sais pas ! Mais c'est infernal, cette histoire ! »

Oscar réalise qu'il gagne à s'expliquer. Comme pour expier un passé dont il n'est pas très fier, il ne se ménage pas et raconte, sans la moindre tricherie, ce qui l'a amené à vivre cette aventure avec Colombe.

Marius l'écoute sans l'interrompre une seule fois tant son émotion est intense. Sa prétendue filiation à

Georges-Noël et les aveux d'Oscar ont un nom commun : fatalité. Une fatalité née de la vengeance d'un amour sacrifié. Les victimes de cette fatalité méritent-elles d'être honnies, et son fruit, méprisé, rejeté ? Complètement chamboulé, Marius quitte la pièce une autre fois. La solitude l'aide à retrouver son équilibre.

Lorsqu'il revient près d'Oscar, celui-ci croit l'apaiser en lui faisant une autre révélation : « J'ai laissé à Colombe le choix de garder ou non l'enfant.

– Comment as-tu pu faire ça ?

– S'il est une décision que je ne regrette pas, c'est bien celle-là. Je considérais que c'était déjà très cher payé que... »

Les hommes se taisent de nouveau. Marius parvient à mettre de côté sa situation personnelle pour ne considérer que le problème d'Oscar. Il en mesure toute la gravité. Soudain, un doute lui vient à l'esprit. « Je ne voudrais pas te blesser, Oscar, mais j'ai peur que tu te sois fait complètement manipuler par cette femme.

– Comment ?

– Elle peut bien t'avoir fait croire qu'elle était enceinte de toi pour te soutirer de l'argent... ou pour t'enlever à Alexandrine.

– Tu la connais bien mal, Marius. Et si c'était le cas, elle n'aurait pas tant tardé à m'informer et elle n'aurait pas écrit dans son unique lettre de six lignes : "C'est ici que nos routes se séparent." »

Marius, bien qu'encore sceptique, n'ose le contredire.

« J'imagine que tu refuses de penser qu'elle ait pu écrire ça pour que tu la cherches davantage. Elle connaît les hommes...

– C'est impossible, Marius. Elle a été trop honnête avec moi en mai dernier pour faire une chose pareille trois mois plus tard. »

L'absence de réplique incite Oscar à réfléchir à la remarque de son frère. Ne lui a-t-il pas déjà reproché d'être naïf ? Il ne se résigne pourtant pas à croire qu'il a pu être manipulé, qu'il devrait interpréter autrement les attitudes et les paroles de Colombe. Serait-ce que l'inquiétude qu'il vit depuis dix mois lui serait plus supportable que le sentiment d'avoir été floué ? Quoi qu'il en soit, un tel doute envers Colombe lui semble des plus abjects.

Comme s'il lisait dans ses pensées, Marius lui demande : « Si jamais tu ne retrouves pas Colombe, te permettras-tu de repenser à ce que je viens de te dire ?

– Peut-être, oui. Je verrai. Mais il y a une autre chose qui me chicote... J'ai l'impression que Marie-Ange sait tout de Colombe et qu'elle lui a promis de n'en souffler mot à personne. »

Marius hausse les épaules, sans plus. Le repas est prêt et il a retrouvé l'appétit. Oscar, toutefois, refuse de manger. « Tu es trop tendu ?...

– C'est ça, oui. »

Visiblement accablé, Oscar prend son manteau, mais revient vers son frère. « Il me reste une chose à te dire avant de partir. »

Marius a déposé ses ustensiles sur la table et il attend. « À cause de tout ce que je viens de te raconter, je me sens si indigne... »

Sa voix s'étrangle. Il se ressaisit et reprend : « ... indigne de la confiance que certaines gens me donnent. Surtout toi et Alexandrine.

– Personne n'est à l'abri de tout reproche. On a chacun nos petites tricheries, dit Marius, un sourire aux lèvres.

– Même toi ?

– Je comprends donc ! Pour te donner un exemple, j'ai dit que c'était la tante de Jasmine qui m'invitait pour le temps des fêtes, mais, en réalité, c'était son infirmière. J'ai logé chez la tante parce que ça allait de soi...

– Elle t'intéresse, l'infirmière ?

– Pour autant qu'elle me parle de Jasmine, oui. Mais je ne crois pas aller plus loin avec elle. »

Marius ne peut répondre aux sentiments amoureux que M$^{lle}$ Sauriol éprouve pour lui. La grande bonté, l'humour et la simplicité de celle-ci lui plaisent, mais pas son apparence physique. « Jasmine était si belle que toutes les autres femmes que je rencontre me paraissent ternes », avoue-t-il.

Ce soir-là, le sommeil tarde à venir pour les deux frères Dufresne. Chacun de son côté, ils cherchent un moyen de tirer des informations de Marie-Ange. Dans deux jours, toute la famille sera réunie chez Thomas pour un dernier souper avant le départ des voyageurs. Marius compte bien parler à Marie-Ange avant ce rassemblement.

Le jour du souper familial venu, totalement étrangère aux préoccupations de son mari, Alexandrine laisse libre cours à son exubérance. « Rien qu'à penser qu'on revient sur le navire le plus luxueux de la White Star Line, j'ai déjà hâte au 10 avril », dit-elle pendant le souper.

Les belles-sœurs l'envient, alors que Marie-Ange, l'air soucieux, se confine à la cuisine et ne réapparaît que pour servir le thé. Oscar questionne ce comportement.

« T'as remarqué qu'elle cherche à nous éviter aujourd'hui ? demande-t-il à Marius qu'il croise à l'étage des chambres en revenant des toilettes.

– Elle a sûrement de bonnes raisons de le faire.

– Qu'est-ce que tu veux dire ? »

Marius regarde autour de lui. Personne dans les environs.

« J'ai appris quelque chose qui te concerne… Il faut que tu le saches avant de partir. Quand Marie-Ange a dit que Colombe reviendrait vivre à Montréal, tu ne la croyais pas, tu te souviens ? C'était la vérité. Vers la mi-avril… »

Oscar le dévisage, catastrophé.

« Ne me demande pas comment je l'ai su et par qui, je ne te le dirai pas », le prévient Marius.

« Pourquoi Colombe revient-elle ? Seule ou pas ? » Ces questions et tant d'autres affluent dans l'esprit d'Oscar qui se voudrait n'importe où plutôt qu'au milieu de sa famille.

« Sais-tu sur quel bateau ?

– Non.

– On t'a défendu de me le dire ? soupçonne Oscar.

– Je te jure que tout ce que je sais, c'est qu'elle s'embarque le 10 avril.

– Dans ce cas-là, dit Oscar, dès mon arrivée en Europe, je vais questionner les compagnies transatlantiques. »

Rarement Marius a-t-il vu son frère aussi nerveux.

« Je voudrais bien faire quelque chose pour toi, mais… »

Oscar l'interrompt :

« Oui, tu le peux. Si tu as des informations sur le jour de son départ et sur le navire qu'elle prendra, envoie-les-moi. Aussi, j'apprécierais que, pendant notre absence, tu viennes faire ton petit tour ici plus souvent qu'à l'habitude.

– Pour toi, je le ferai. »

~

Le mois suivant, le lundi 15 avril 1912, c'est la consternation.

Pour les dirigeants de la White Star Line. Pour le monde entier. Le navire qui effectuait sa première traversée vers New York avec quelque deux mille cinq cents passagers à bord, dont neuf cents employés, a sombré. Moins de la moitié a survécu au naufrage, rapportent les stations de radio.

Un télégramme est rapidement expédié à Thomas Dufresne :

> Ne vous inquiétez pas Stop Laurette a été malade Stop N'avons pu prendre le *Titanic* Stop Reviendrons sur un navire de la Cunard dans trois ou quatre jours Stop Oscar Dufresne Stop

Dans leur chambre d'hôtel, Alexandrine et Cécile multiplient les prières de reconnaissance à Dieu et à Laurette qui leur ont épargné une telle catastrophe. Avec une attention minutieuse, elles veillent la fillette en attendant la visite du médecin. L'espoir renaît. Laurette respire mieux, son teint se ravive et elle demande à manger. Oscar ne peut rester confiné dans cette chambre. Dans le hall de l'hôtel, il trouve un fauteuil à l'écart pour ruminer en toute tranquillité. Dans son cœur, reconnaissance et angoisse se disputent la place. Il est seul à savoir que Laurette n'était pas assez malade pour les empêcher de prendre le *Titanic*. La panique d'Alexandrine lui a fourni l'alibi qu'il cherchait depuis près d'une semaine pour ne pas revenir à bord du bateau où risquait de se trouver son ex-fiancée. Mais la possibilité que Colombe et son enfant aient pris ce navire lui fait vivre un véritable cauchemar.

Colombe s'était-elle vraiment embarquée sur le *Titanic* ? Serait-elle du nombre des survivants jusqu'alors identifiés ? À l'affût des moindres nouvelles, Oscar va de l'espoir à l'affolement, impatient de voir publier la première liste des rescapés. Présumant que cette liste sortirait en Europe bien avant d'arriver au Canada, il n'est pas pressé de rentrer à Montréal. Devant l'avalanche d'appels, la White Star Line a diffusé un communiqué disant qu'une première liste des passagers et des rescapés sera publiée dans deux jours, soit la veille même du départ des Dufresne.

Ce matin-là, il n'est pas sept heures que, assis dans un fauteuil du hall d'hôtel à Cherbourg, Oscar surveille la livraison des journaux. Trois grands quotidiens arrivent presque en même temps. Oscar réclame un exemplaire de chacun, pestant contre le préposé et sa lenteur à déficeler les paquets et à placer les journaux sur leurs présentoirs respectifs. Juste le temps de déposer une poignée de monnaie sur le comptoir de la réception, il se sauve avec les trois journaux. Pour la cinquième journée consécutive, le *Titanic* fait la manchette de chacun. Oscar dépouille le plus volumineux, à la recherche de la liste des passagers la plus exhaustive. Elle apparaît à la sixième page, précédée d'une mention imprimée en caractères gras : **La liste qui suit n'est pas définitive. D'autres noms seront sûrement ajoutés à la liste des survivants (identifiés en caractères italiques).**

Oscar file directement à la lettre J, ne s'arrêtant qu'aux noms accompagnés de la mention *child* ou *infant.* Il s'arrête, sidéré. « Mrs. Johnston and William (child) », lit-il. Il se sent oppressé. Ces noms sont écrits en caractères normaux. Donc, ces personnes ne sont pas classées parmi les survivants. Elles sont peut-être mortes noyées ou ont péri gelées dans les eaux glaciales, ce qui revient au même. Ou, pire encore, elles ont été laissées sur le pont faute de place dans les canots de sauvetage pour les voyageurs de troisième classe. Oscar imagine sans peine la douleur et la frayeur de cette femme et de son enfant. Pensée insupportable. Déchirante. D'une cruauté jamais vécue. Des sanglots secouent ses épaules. Sa poitrine veut éclater.

« On peut vous aider, monsieur ? » demande un employé de l'hôtel venu vers lui.

Oscar fait signe que non. Il lève les yeux, regarde autour de lui et aperçoit sa sœur assise non loin, qui l'observe, depuis il ne sait quand. Pour ne pas embarrasser son frère, Cécile se replonge dans le journal qu'elle tient sur ses genoux. Oscar en fait autant. Il revient à la liste des passagers pour découvrir que, sur les cinquante enfants dont elle fait état, seize seulement figurent parmi les rescapés. « Et si Colombe avait voyagé sous un faux nom ? » pense-t-il tout à coup. Il entreprend de noter les noms de chacun de ces enfants, en éliminant ceux qui sont accompagnés de plus d'une personne qui porte le même nom de famille. Il n'en est qu'à la lettre B lorsque deux noms attirent son attention : « Miss Bowen et *David Bowen* (child) ». Le nom de l'enfant est écrit en caractères italiques, mais pas celui de celle qu'il suppose être sa mère. Ce qui laisse croire que David Bowen est orphelin. Qu'il figurera probablement dans la liste des enfants non réclamés. « Si, par hasard, c'était mon fils ? » De nouveau, une douleur atroce le déchire. Les scénarios se bousculent dans sa tête. Dans un de ceux-ci, il part à la recherche de cet enfant, s'en porte père adoptif… La réalité, celle des complications qui en découleraient, le rattrape et l'incite à ne pas prendre de décision pour l'instant.

Oscar poursuit sa lecture et est de nouveau alerté : deux autres noms de femmes apparaissent : « *Mrs. Anna Hamalainer and infant, Mrs. Elizabeth Mellinger and infant* », écrits, ceux-là, en caractères italiques. Des rescapés. Oscar les inscrit dans son petit carnet, qu'il glisse dans la poche intérieure de son veston. Il a l'intention de se renseigner sur ces voyageurs. Il examine les listes publiées dans les deux autres quotidiens, mais ne trouve rien de plus.

L'urgence de prendre contact avec le siège social de la White Star Line le tire de son accablement. Une première tentative échoue, les liaisons téléphoniques sont difficiles. « Revenez dans une heure », lui conseille le préposé de l'hôtel. Cécile, qui observait son frère de son fauteuil, saisit l'occasion de s'en approcher : « On devrait aller déjeuner tandis qu'il n'y a pas trop de monde », suggère-t-elle en s'accrochant à son bras. Oscar y consent, même s'il doute de pouvoir avaler quoi que ce soit.

« Des gens que tu connais auraient péri ? lui demande-t-elle, bouleversée de l'avoir vu pleurer.

– Les prénoms ne sont pas tous écrits au long, répond Oscar, le regard fixé sur un menu qu'il ne lit pas.

– Tu reconnais des noms de famille ?

– Quelques-uns, oui. Il semble aussi que le capitaine se serait suicidé…

– Comment le savent-ils ? demande Cécile.

– La radiotélégraphie. Des messages de détresse ont été captés venant du *Titanic* par des navires qui se trouvaient dans les parages la nuit du naufrage.

– Quelle catastrophe ! Des centaines de morts !

– Il est encore trop tôt pour préciser leur nombre, mais quand on sait qu'il n'y avait de canots de sauvetage que pour la moitié des passagers, tu peux t'imaginer… »

Oscar est sans voix. Lorsque le garçon vient prendre la commande, il demande un verre de jus et une tasse de thé, sachant fort bien qu'il ne pourra rien avaler d'autre.

Quelques minutes plus tard, Alexandrine et Laurette entrent dans la salle à manger. Laurette, au bord de la panique, se lance dans les bras d'Oscar.

« Mon petit papa, je vous cherchais… », dit-elle, pendue à son cou.

Oscar l'étreint, parvenant à peine à retenir ses larmes.

Laurette le sent, quitte les bras de son père qu'elle fixe, troublée.

« Maman ! On dirait que papa a pleuré ! »

Alexandrine s'empresse de s'asseoir près d'Oscar dont elle prend la main et dit :

« Ton papa est très fatigué, puis…

– Puis il a de la peine pour tous les petits enfants qui sont morts dans le naufrage du navire », enchaîne Cécile.

Oscar quitte la table sans promettre d'y revenir. Seul dans sa chambre, il peut laisser sa détresse éclater sans retenue. Sa vie vient de basculer. Plus jamais il ne regardera la mer sans frissonner de peur. Plus jamais il ne verra un enfant monter à bord d'un bateau sans trembler pour sa vie. Plus jamais il n'oubliera… Il cherchera tant qu'il ne saura pas avec certitude ce qu'il est advenu de Colombe et de l'enfant qu'il lui a donné.

Le lendemain, à bord d'un paquebot de la Cunard Line, le couple Dufresne, leur fillette et Cécile voguent vers l'Amérique.

~

Sur une mer calme, à bord du *Mauretania*, la traversée vers New York s'effectue sans problème, mais la morosité et l'inquiétude se lisent sur tous les visages. Même en sachant que le navire compte un nombre suffisant de canots de sauvetage, les passagers ne sont pas rassurés.

La veille du départ, la radio a annoncé que près de quinze cents corps gisaient dans les eaux glacées de l'océan Atlantique, à cent cinquante kilomètres au sud des grands bancs de Terre-Neuve. Un premier bateau, le *Mackay-Bennett*, est parti d'Halifax le 18 avril au matin avec, comme cargaison, des blocs de glace, des produits pour embaumer et des cercueils. Il sera rejoint par deux autres pour tenter de repêcher les cadavres. On cherchera à les identifier le plus rapidement possible.

Arrivé au port de New York le 27 avril avec son épouse, sa sœur et l'enfant qui, officiellement, les a sauvés du naufrage, Oscar lit dans le journal, qu'il s'est procuré sitôt débarqué, que le premier de ces navires, arrivé sur les lieux du naufrage le 20 avril, a repêché cent quatre-vingt-dix corps et que les deux autres en ont sorti cent trente-huit. Certains ne portaient sur eux aucun indice qui puisse faciliter leur identification. On attendra jusqu'au début de mai, après quoi on devra enterrer les corps non réclamés.

Oscar est affolé à la pensée que ceux de Colombe et de son enfant puissent être de ceux-là. Il donnerait cher pour pouvoir se rendre sur place. Or le *Mackay-Bennett* doit repartir pour Halifax dans moins de douze heures avec cent vingt et un corps non réclamés qu'on enterrerait au cimetière Fairview, au sommet d'une colline. Oscar comprend qu'il lui est impossible de s'y rendre à temps, tout comme il ne pourrait trouver aucun prétexte à cette démarche. Le journal précise que certains des survivants conduits à New York sur le *Mauretania* ont décidé de rentrer chez eux par train et que d'autres logent dans des hôtels environnants en attendant le secours de leurs proches.

En supposant que Colombe ait survécu, Oscar n'a pas trop des quatre heures d'attente avant de prendre le train pour mener sa recherche auprès des réceptionnistes de ces hôtels. Sitôt les billets achetés et les sièges réservés, il recommande à son épouse et à sa sœur de ne pas s'inquiéter s'il ne devait les rejoindre qu'une demi-heure avant le départ pour Montréal.

« Je vais faire les boutiques pour amasser le plus de documentation possible sur la tragédie », leur fait-il croire.

Au personnel de chaque hôtel situé à proximité du port, il déclare être à la recherche de trois femmes qui étaient à bord du *Titanic* avec leur enfant : Mrs. Bowen, Johnston, Hamalainer et Mellinger. Aucun de ces noms ne figure dans les registres des cinq hôtels qu'il a le temps de visiter. À chacun de ces établissements, il s'attarde quelque peu à jeter un coup d'œil aux personnes présentes dans le hall et à celles qui y entrent. Ose-t-il pousser ses recherches jusque dans la salle à manger, il s'en voit évincé, gentiment mais fermement.

L'heure avance et Oscar doit se hâter. Il lui reste juste assez de temps pour acheter quelques journaux avant de prendre le train pour Montréal. Alexandrine commençait à s'inquiéter et Laurette est au bord des larmes.

« On avait peur que vous ne reveniez plus, papa, s'écrie-t-elle en courant vers Oscar.

– Mais voyons, ma jolie ! Tu sais bien que papa revient toujours », dit-il en la serrant dans ses bras.

Sur le quai de la gare, ils sont plus de cent cinquante personnes à s'entasser pour se protéger du vent qui souffle fort ce jour-là. Les commentaires sont unanimes : « Une chance qu'on n'est pas en mer… » Le mot *Titanic* est sur toutes les lèvres. Qu'il soit en Europe ou en Amérique, sur mer ou sur terre, Oscar vit la même hantise : trouver Colombe, obtenir la liste complète des noyés et des rescapés. À bord du train, à l'agent qui en parcourt les allées avec son chariot de journaux, il demande un exemplaire de chacun. L'agent les lui remet non sans esquisser un sourire narquois en s'apercevant que ce voyageur les a déjà sur ses genoux.

Pas plus loquace que pendant la traversée, Oscar a le nez constamment plongé dans un journal, soit pour en relire les colonnes, soit pour réfléchir en toute tranquillité. Les intermèdes qu'il s'accorde avec Laurette sont les seuls qu'il prolonge à souhait. La candeur de cette fillette de quatre ans, l'amour qu'elle lui témoigne, l'intelligence qu'elle démontre le réconfortent. Il imagine qu'un jour il pourrait lui présenter un petit frère ou une petite sœur d'adoption, si « l'enfant » a vu le jour, s'il se trouvait à bord du *Titanic*, s'il a été sauvé et si lui, Oscar Dufresne, parvient à le retrouver. Le cas échéant, il compte sur la grande sensibilité d'Alexandrine pour obtenir sa complicité. Elle accepterait, dans de telles circonstances, d'adopter un enfant qui ne leur est pas apparenté.

Laurette endormie, Oscar ose aborder le sujet avec son épouse. « Je me demande si on trouvera un foyer convenable pour les enfants que ce naufrage a rendus orphelins, dit-il en levant les yeux au-dessus de son journal.

– Ils n'ont pas fait monter toutes les femmes et leurs enfants dans les canots de sauvetage ?

– Pas tous, non. En plus, il semble que certains enfants voyageaient avec leur père ou leur grand-père... Les journaux rapportent que certaines femmes seraient tombées à l'eau. D'autres auraient choisi de mourir plutôt que de se séparer de leur mari.

– C'est horrible ! Je n'aurai pas assez du reste de ma vie pour remercier le bon Dieu de nous avoir épargnés. »

Oscar l'approuve d'un geste de la tête.

« Tu vois, reprend-elle, que j'avais raison de tenir à emmener la petite...

– Il paraît que de jeunes enfants de moins de deux ans n'ont pas encore été réclamés, continue Oscar comme s'il n'avait pas entendu la remarque.

– Ce n'est pas surprenant, c'est à peine s'ils savent dire leur nom au complet à cet âge-là.

– C'est triste de penser que ces enfants pourraient tomber entre les mains de n'importe qui.

– Ou être conduits dans des orphelinats..., ajoute Alexandrine.

– Malheureusement, oui.

– Au moins, ils seront logés, nourris et soignés, conclut-elle.

– J'espère que de bonnes familles les prendront. »

Oscar attend une réplique. Elle ne vient pas.

« J'aimerais bien qu'on soit de celles-là, annonce-t-il, cherchant le regard de son épouse.

– T'as sûrement pas pensé qu'un jour la parenté de l'enfant pourrait le réclamer... Je ne voudrais pas vivre un deuxième cauchemar.

– Cette fois, on ferait les choses en bonne et due forme », précise Oscar.

La remarque vexe Alexandrine.

Les passagers se disposent à dormir quelques heures. Dans les wagons-lits, il n'y a plus que des lumières tamisées au plancher. Cécile ne demande pas mieux que de partager sa couchette avec Laurette. Le couple Dufresne s'installe dans la sienne. Oscar se tourne vers son épouse, l'enlace avec tendresse. Alexandrine tarde à s'abandonner. Mais les mots d'amour qu'elle avait soif d'entendre ont raison de ses réticences. Caresses et paroles la grisent de bonheur. Un nouvel espoir de maternité naît dans son cœur.

« Cette nuit, ça a été exceptionnel. Comme jamais dans treize ans de mariage. Je pense que c'est un signe », confie-t-elle à son mari, à leur réveil.

Oscar ne tente pas cette fois de la mettre en garde contre une autre déception. Il a besoin de l'enthousiasme de son épouse pour supporter l'angoisse qui le tenaille. S'étonnera-t-on de sa fougue en pareille circonstance ? « La gratitude pour avoir échappé au drame du *Titanic* la justifiera », croit Oscar.

~

À la gare Windsor, ce lundi midi 29 avril, Marius précède tous les parents et amis venus accueillir les voyageurs. Il contourne Alexandrine pour se précipiter vers Oscar. Leur accolade, vibrante, se prolonge. Marius chuchote à l'oreille de son frère :

« Ce que j'aurais donné pour être près de toi... »

Le moment propice à un tête-à-tête est vivement souhaité.

Thomas ne cache pas son émotion. Des trémolos dans la voix, il dit :

« C'est comme si j'avais pressenti que ce voyage-là était dangereux... Mais l'important est que vous soyez revenus tous les quatre sains et saufs. Venez à la maison qu'on fête ça.

– Pas très longtemps, précise Oscar. Laurette a mal dormi la nuit dernière et ses parents aussi sont fatigués... »

Dans la salle à manger familiale, le couvert est mis pour sept personnes. Est-ce à dire que Marie-Ange et M^lle^ Dorval ne prendront pas leur repas avec la famille ? La question est posée à Thomas, qui la pose à sa servante.

Occupée à réduire les pommes de terre en purée, Marie-Ange lui répond : « Nous avons mangé avant que vous arriviez… Il est déjà deux heures, vous savez.

– Vous allez quand même venir vous asseoir avec nous autres.

– Oui, oui, monsieur Thomas. Aussitôt que le service sera complété », promet-elle.

Oscar et Marius échangent un sourire entendu. De toute évidence, Marie-Ange a du mal à supporter leurs regards.

Jugeant que la réjouissance devrait l'emporter sur la morosité, Thomas tente de parler affaires : « Puis, nos clients, à Paris, ça promet ?

– Pour l'automne ? J'ai bon espoir, répond Oscar.

– Pas de commandes fermes ?

– Pas tellement. Vous les connaissez, ils argumenteraient encore si je les avais écoutés. Je devrais recevoir de leurs nouvelles la semaine prochaine », dit-il, taisant qu'il a l'intention de compléter les démarches à peine entamées pendant son séjour à Paris.

Voyant le peu de succès de cette intervention, Thomas se met à parler des nouveautés :

« Je suis allé visiter l'usine Air Liquide, rue Rouen, la semaine dernière. Une merveille ! Je n'aurais jamais imaginé tous les pouvoirs et les usages qu'on peut faire de l'oxygène : en médecine, pour l'éclairage, pour la coupe des métaux, pour la soudure, et j'en oublie. Je comprends que, depuis un an, la Warden King & Son ait doublé sa production de fournaises, outillée comme elle l'est maintenant. »

Seuls les hommes s'intéressent aux propos de Thomas. Cécile et Alexandrine pressent Marie-Ange et

Brigitte Dorval de venir les rejoindre à table. Aussitôt, deux clans se forment. Oscar changerait bien le sien. Il n'écoute que d'une oreille les propos de son père et de Donat, plus intéressé à ce que dit Marie-Ange qu'il regarde à la dérobée. Le repas terminé, Oscar se lève de table le premier et dit :

« Excusez-nous, Laurette est très fatiguée, puis Alexandrine et moi avons aussi besoin de dormir un peu. »

Son regard croise celui de Marius. D'un battement de paupières, ils conviennent de se téléphoner en fin d'après-midi.

Vers cinq heures, alors que son épouse et Laurette sont plongées dans un profond sommeil, Oscar prend l'initiative de la rencontre :

« Je serai chez toi dans une dizaine de minutes. Le temps de laisser une note à Alexandrine, au cas où elle se réveillerait », dit-il à Marius au téléphone.

Son frère l'attendait avec impatience. Sans louvoiements, dès qu'Oscar franchit le seuil de son logement, Marius entre dans le vif du sujet :

« Lui as-tu parlé ?

– Je ne l'ai pas trouvée. J'ai cherché une dame Colombe Johnston, mais, depuis l'automne dernier, ce nom n'existe plus dans les registres téléphoniques. Je me suis quand même présenté à son domicile. Ceux qui l'habitent maintenant disent ignorer totalement la nouvelle adresse de M^me^ Johnston. À les entendre, ils ne l'auraient même jamais vue. Elle avait quitté le logement lorsqu'ils sont venus le visiter. J'ai reconnu ses meubles. Il semble qu'elle les avait vendus par téléphone aux nouveaux locataires.

– Tu as abandonné tes recherches…

– Oh, non ! Je ne pouvais pas m'y résigner.

– Qu'est-ce que t'as fait ? demande Marius, impatient.

– Quelque chose de risqué… »

Marius s'inquiète.

« J'ai signalé sa disparition à une dizaine de postes de police.

– Mais sous quel prétexte ?

– J'ai dit que je craignais que sa vie soit en danger. J'ai dû expliquer un peu… J'avais une photo d'elle, je l'ai fait reproduire en dix exemplaires et je leur en ai donné chacun une. Ils devaient me laisser un message à la réception de l'hôtel s'ils la retrouvaient avant mon départ de Paris. Sinon, c'est à mon bureau, ici, qu'ils devront me contacter.

– Pas de réponse nulle part ?

– Rien. Depuis que les listes de passagers du *Titanic* sortent dans les journaux, je suis porté à croire que j'étais sur une mauvaise piste. Colombe a pu changer de nom, comme à son arrivée dans la famille en 1890.

– Puis ?

– Dans la liste des passagers, il y a des noms qui me mettent le cœur à l'envers », confie Oscar en sortant de la poche de son veston une page de journal pliée en six.

Marius s'approche et l'examine avec lui. Toutes les mentions *infant* sont soulignées en rouge et celles qui sont accompagnées d'un nom de femme sont suivies d'un crochet.

« Comme tu peux voir, il resterait au moins trois possibilités, dit Oscar en expliquant qu'il a rayé le nom Mellinger après avoir découvert sur une liste plus récente que cette femme n'était pas seule avec son enfant.

Demeurent les noms de Mrs. Johnston et de son enfant, apparemment rescapés, ceux de Mrs. Anna Hamalainer et son enfant, sauvés, et, enfin, les noms de Mrs. Bowen et de David, son enfant.

– La mère de David n'aurait pas survécu », suppose Marius en notant que seul ce nom n'est pas imprimé en caractères italiques.

Oscar échappe un long soupir plaintif. Un gémissement qui se passe de paroles. « C'est ça qui te torture le plus, hein ? demande Marius.

– Je remuerais la terre entière pour le trouver…

– Sans même savoir si…

– Je le reconnaîtrai si c'est mon fils. L'instinct, ça ne ment pas. »

Marius supplie son frère de ranger ce papier et de l'écouter.

« Ça ne peut pas continuer de même, Oscar. Réalises-tu que tu risques de passer des années à te tourmenter sans raison ?

– Comment, sans raison ?

– Tu n'as jamais eu de preuves sûres que Colombe était enceinte de toi. Admettons que, sur ce point, elle t'ait dit la vérité, tu ne sais même pas si elle l'a gardé, ton enfant. Tu ne sais pas non plus si c'est un garçon ou une fille. Tu ignores son nom, son prénom. Tu ignores tout ça.

– Tu ferais mieux à ma place ?

– Ce n'est pas ce que je veux dire, Oscar. Écoute, j'ai une suggestion à te faire. La seule démarche que j'estime valable et à notre portée, c'est de…

– … questionner Marie-Ange ?

– C'est ça. »

Marius propose qu'ils la rencontrent tous les deux, en dehors du domicile familial.

« Je suis prêt à lui en faire moi-même la demande. »

Oscar fronce les sourcils.

« Je sais ce que tu penses. Ce ne sera pas facile, mais je te promets d'y aller avec toute la délicatesse dont je suis capable, Oscar. Fais-moi confiance. En attendant, essaie de faire le vide dans ta tête.

– C'est facile à dire…

– C'est essentiel, Oscar. Tout ce que tu t'imagines est peut-être complètement faux. Colombe est peut-être mariée. Ce qui expliquerait qu'elle ait changé de nom, de domicile et qu'elle ait vendu tout son mobilier… Et combien d'autres hypothèses tu pourrais ajouter. »

Oscar approuve son frère, le remercie et rentre chez lui, complètement vidé. Un zombie ! Il ne prend même pas la peine de monter à sa chambre. Il est presque minuit et il estime qu'il sera confortable sur le canapé du salon pour les quelques heures de sommeil qu'il a l'intention de s'accorder. Les propos de Marius ont mis le fouillis dans sa tête. Les doutes sur lui-même l'envahissent dès qu'il se retrouve allongé. « Comment ai-je pu me monter un tel scénario et n'imaginer que celui-là ? » Oscar constate que les émotions ont un pouvoir insoupçonné sur sa raison. Il n'est pas l'homme qu'il pensait être. Du moins, il ne l'est plus depuis mai 1911. Un enchaînement d'événements a tissé autour de lui une toile de mensonges, de duperies et d'angoisses inavouables. La vie simple et limpide pour laquelle il avait opté en épousant Alexandrine n'a été qu'un mirage. Il y a un an à peine, n'a-t-il pas résolu, dans la chapelle du frère André, de chasser toute confusion de sa vie, de renoncer à tout subterfuge ? N'est-ce pas en voulant clarifier une fois pour toutes la cause de la stérilité de leur couple qu'il a été de nouveau piégé ?

Oscar sent la fatalité peser sur lui. Le sens de la vie lui échappe. Un accablant sentiment d'impuissance l'envahit. « Qu'est-ce que ça donne de se battre ? » se demande-t-il. Sur la table derrière le canapé, une photo de Victoire sur laquelle une veilleuse jette une lumière tamisée. En une fraction de seconde, Oscar fait une tout autre interprétation de l'infidélité de sa mère. Un combat contre le destin. Contre son inéluctable pouvoir. La fulgurante réalité de la condition humaine.

Cet instant de froide lucidité a chassé toute lourdeur de son esprit. L'insomnie s'installe pour durer jusqu'au lever du soleil, il le sent et se lève aussitôt. Encore deux pas et il se trouvera devant le buffet où, derrière une porte verrouillée, sont rangées une vingtaine de bouteilles de spiritueux. La tentation est forte de se verser un verre de scotch. Le souvenir de la cuite prise à sa chambre d'hôtel en mai dernier l'en dissuade. Dans quelques heures, il aura besoin de toute sa raison et de tout son sang-froid pour répondre aux questions d'Alexandrine.

## CHAPITRE VII

Ce matin de mai exhale un parfum de renaissance. Alexandrine en a emprunté la fraîcheur et la vivacité. À son époux elle confie, pétillante : « Ça ne peut pas être autre chose… Je ne sens plus mon corps de la même façon. Un petit être m'habite, j'en suis sûre. Il me parle déjà… »

Oscar aimerait partager son enthousiasme, mais il n'y parvient pas. Un peu moins de trois semaines se sont écoulées depuis la nuit exceptionnelle, à bord du train qui les ramenait à Montréal… Bien qu'il pense qu'Alexandrine s'illusionne, son bonheur est si beau à voir et sa joie le distrait si bien de ses angoisses qu'il aimerait ne pas leur porter atteinte. Mais une question s'impose : « Qu'advient-il de ta promesse au sujet de Laurette ?

– Il faut attendre de voir si je rendrai ma grossesse à terme et si notre enfant survivra, d'abord. Aussi, je ne serais pas surprise qu'en la circonstance Raoul voie des avantages à nous laisser Laurette, répond Alexandrine.

– Quels avantages ?

– Entre autres, celui de grandir avec un petit frère ou une petite sœur. Ça m'a tellement manqué… »

Alexandrine refuse de dévoiler les autres avantages qu'elle a l'intention de présenter à Raoul, le temps venu. Cette réserve déplaît à Oscar. L'inquiète aussi.

Si sa vie familiale lui cause plus d'un ennui, ses fonctions à la ville de Maisonneuve lui procurent une satisfaction sans pareille. Le plan d'un marché public de style beaux-arts est chaleureusement accueilli par les conseillers et leur maire. Ils ont convenu unanimement de l'ériger sur le boulevard Morgan. Cette construction grandiose fera l'objet d'un vote officiel à la prochaine assemblée du conseil de ville. « Compte tenu de l'importance que ce projet donne aux agriculteurs, il a toutes les chances de plaire à la population », considèrent les frères Dufresne.

Si tout va bien de ce côté, Oscar n'est pas moins tourmenté au sujet de Colombe. Marius lui a appris qu'il n'a pu tirer les vers du nez à Marie-Ange, celle-ci étant en repos hors de la maison familiale pour un temps indéterminé. Cette trêve imposée, bien qu'elle soit éprouvante, oblige Oscar à prendre du recul, ce qui, en fin de compte, lui est bénéfique. Certes, la question du sort de Colombe le hante toujours et il craint encore le pire, mais il envisage à présent diverses hypothèses. L'idée que Colombe soit encore en Europe n'est plus écartée. Même qu'Oscar la privilégie à toute autre. La quiétude qu'elle lui apporte abrège ses insomnies.

À l'instar d'Alexandrine, Thomas exulte : les voyageurs sont revenus sains et saufs d'Europe, les autres membres de sa famille semblent mener leur vie allégrement, son commerce d'Acton Vale a doublé son chiffre d'affaires, la Dufresne & Locke vient encore d'accroître ses exportations et, qui plus est, le séjour de Marie-Louise, en l'absence de Marie-Ange, a été des plus réjouissants. Son hymne à la vie ne connaît qu'un bémol, la froideur soudaine de Cécile à l'égard de M$^{lle}$ Dorval. Thomas n'est pas sans soupçonner que Marie-Louise Dorval en soit la cause principale. Les visites de cette dernière se sont rapprochées depuis six mois et son intérêt pour Thomas est manifeste. Cécile les a observés. La possibilité que les sentiments de cette veuve trouvent un écho dans le cœur de son père l'inquiète, la dérange, lui déplaît même. Cécile ne se sent pas à l'aise d'aborder ce sujet avec son père. Il le faudrait pourtant. Les occasions de causer en toute intimité avec Thomas ne manquent pas, elle le sait. Le trajet entre Montréal et la manufacture d'Acton Vale favorise on ne peut mieux leurs échanges. En ce dernier lundi de mai, d'entendre Thomas siffloter depuis qu'il a pris place dans le train la disposerait à le questionner, mais elle n'en a pas le courage, car il ne s'arrête que pour exprimer son admiration devant le vert tendre des champs, les feuilles naissantes qui s'accrochent aux branches et les rivières qui ont repris leur course avec ferveur. Ils sont à quinze minutes de la manufacture lorsque Cécile se ressaisit et l'interrompt.

« J'aimerais donc ça avoir le cœur à chanter comme vous, dit-elle enfin.

– T'as qu'à regarder cette belle nature, puis tu ne pourras pas faire autrement.

– Je la trouve belle, la nature, pour autant que j'ai des raisons de me réjouir.

– Tu n'en manques pas de ce temps-ci, hein ! dit-il, pressé de se remettre à siffler.

– J'en connais qui ont bien plus de raisons de s'inquiéter que de chanter. »

Thomas plisse le front. Il se tourne vers sa fille et demande :

« Tu ne parles pas de toi, toujours ? »

Cécile baisse les yeux.

« On me cache quelque chose ?

– Ça se pourrait, papa. En tout cas, je ne pardonnerai à personne de faire de la peine à Marie-Ange.

– Marie-Ange ! Qu'est-ce qui lui arrive ?

– Elle ne mérite pas de perdre sa place à la maison, papa.

– Il n'en est pas question non plus. J'ai engagé Mlle Dorval pour l'aider. Pas pour la remplacer.

– Puis sa mère, elle ? Vous ne voyez pas son jeu ? »

Thomas éclate de rire.

« Marie-Louise n'en voudrait jamais, de sa place, ma pauvre Cécile.

– Qu'est-ce que vous en savez ? Elle essaie bien de prendre celle de maman… »

La remarque le fouette comme une rafale d'hiver.

« C'est loin d'être fait, trouve-t-il à répondre.

– Je voudrais bien vous croire, mais rien qu'à vous voir aller, on dirait que vous êtes en amour.

– En amour ou non, si un jour Marie-Ange nous quitte, ce sera sa décision personnelle, lui jure Thomas.

– Peut-être parce qu'elle n'en pourra plus de…

– De quoi, Cécile ? »

Elle détourne son visage, ne sachant comment avouer à son père qu'elle éprouve une vive antipathie pour cette femme qui enrobe son autorité du velours de sa voix.

« Je me demande ce que vous lui trouvez de si aimable…, lance Cécile.

– J'aimerais savoir de qui tu veux parler.

– Vous le savez très bien.

– Si c'est de Marie-Louise, je te dirai qu'elle gagne à être connue.

– Je n'ai pas envie de la connaître.

– Tu as tort. C'est une femme d'une grande générosité, toujours de bonne humeur et honnête jusqu'au bout des doigts en plus de ne pas être compliquée. Crois-moi, ce genre de femme là ne court pas les rues de nos jours. »

Cécile se contente de hausser les épaules. Son silence et son attitude rébarbative troublent la quiétude de Thomas. Il n'aurait pas imaginé que, plus de trois ans après la mort de Victoire, Cécile oppose une telle résistance à l'idée qu'il refasse sa vie. Quant à Marie-Ange, il n'a pas cherché d'autres raisons à son accablement que celles qu'elle a bien voulu lui donner : « Les troubles de la cinquantaine… »

~

Depuis son dernier voyage en Europe, Oscar a pris l'habitude d'arriver tôt à son bureau afin d'y dépouiller les journaux tant francophones qu'anglophones. Les gros titres font l'unanimité ce matin, annonçant la publication d'une liste modifiée des passagers du *Titanic.*

*Certains considérés comme disparus ont été retrouvés et d'autres sont décédés quelques jours après le naufrage.*

Un journaliste déclare avoir recueilli des témoignages affirmant que des enfants ont été volés à bord des canots de sauvetage. Affolé, Oscar téléphone à Marius.

« Aurais-tu le temps de passer à mon bureau avant de commencer ta journée ?

– Qu'est-ce qui t'arrive, Oscar ? Il est à peine sept heures trente.

– Je viens de lire le journal. Des nouvelles au sujet des…

– … passagers du *Titanic*. J'aurais deviné. J'arrive. »

Oscar compare les listes des différents journaux pour constater qu'elles sont en tout point identiques. Vers huit heures, il tente vainement de joindre par téléphone le journaliste qui a signé l'article traitant du vol d'enfants. Il essaie pour la énième fois quand Marius entre dans son bureau.

« Quand je te disais que c'était possible, dit Oscar en mettant le texte sous le nez de son frère.

– Comme de raison, tu as imaginé que ton enfant pourrait être de ce nombre et tu as oublié qu'il n'existe peut-être pas », lui rappelle Marius.

Oscar ne peut nier.

« Je pense que c'est ce matin qu'on va tirer l'affaire au clair une fois pour toutes, dit Marius. Ça a assez duré. Tu peux te libérer après le dîner ?

– Je peux annuler mon rendez-vous…

– J'en fais autant. Vers dix heures, je téléphonerai à Marie-Ange. Je vais lui demander de venir nous rencontrer, tous les deux. »

Le domicile de l'ingénieur leur semble le meilleur endroit.

« Tu penses qu'elle va accepter ? demande Oscar, sceptique.

– Je ferais peut-être mieux d'aller la voir. Je te rappellerai. »

L'attente est pénible. Le téléphone sonne enfin. Ce premier appel n'est pas celui qu'Oscar attendait. Le deuxième non plus. Ainsi en est-il de toute la matinée. Au bureau de Marius comme à son appartement, nulle réponse. « Ce silence est de mauvais augure », pense Oscar. Son anxiété est telle qu'il prévient Alexandrine : « Je n'irai pas dîner à la maison. J'ai un dossier urgent à terminer.

– Tu veux que je t'envoie porter quelque chose ?

– Non, merci. Je passerai peut-être en après-midi. »

Oscar se promène de la fenêtre à la table de travail. Le sang tambourine sur ses tempes. Des sueurs glissent sur son front. On frappe à la porte. « Enfin ! Mais qu'est-ce que tu faisais, Marius ? »

Oscar s'arrête en voyant le regard bouleversé de son frère.

« On s'en va à mon appartement, dit Marius d'une voix éteinte.

– Elle vient à quelle heure ?

– Elle ne viendra pas. On sort d'ici. »

Pas un mot, chemin faisant. Que de profonds soupirs. Que de longues enjambées rue Ontario. Comme si Marius voulait dépasser le temps. Le narguer. Fuir les dernières années et se retrouver dix ans, vingt ans plus loin. Oscar, à bout de souffle, n'a plus d'énergie pour l'interroger.

« Assieds-toi, je reviens dans un instant », dit Marius, avant de se diriger vers la salle de bains pour s'éponger le visage. Oscar l'attend dans la cuisine. Les coudes sur la table, il pose ses mains sur son visage pour mieux se calmer. Marius revient enfin et lui explique que, malgré deux heures de pourparlers et de recours à la douceur, il n'a pas réussi à convaincre Marie-Ange de le rencontrer et de répondre à ses questions. Cependant, elle a finalement consenti à livrer quelques informations concernant Colombe.

« Qu'est-ce qu'elle t'a appris ? demande Oscar, impatient.

– Pas mal de choses, quand même. Attends-moi un peu… »

Marius se rend dans le salon et en rapporte une bouteille de scotch. Sans demander l'assentiment d'Oscar, il remplit deux petits verres.

« Tiens, prends ça.

– J'ai l'estomac vide, fait remarquer Oscar.

– À plus forte raison.

– C'est si grave que ça ? »

Marius hoche la tête, avale une gorgée de scotch et incite son frère à faire de même.

« Moins que tu le pensais, à mon avis. Tu t'étais trompé sur bien des points.

– Les deux sont vivants, c'est ça ?

– Là-dessus, t'as raison. Colombe était à bord du *Titanic*… avec son bébé, et les deux ont été sauvés, dit Marius, avant d'avaler une autre gorgée.

– Il y avait encore des erreurs sur la dernière liste des passagers ?

– Non, Oscar. C'est dans ta tête qu'il y en avait.

– Arrête de me faire languir !

– D'accord. Mais écoute-moi bien. D'après ce que Marie-Ange m'a laissé entendre, t'en as pas d'enfant, Oscar. Arrête de t'imaginer qu'un enfant pourrait être le tien quelque part sur la terre. »

Oscar est sidéré. Dans sa tête, c'est le fouillis. Dans son cœur, une plaie s'ouvre. Celle de la confiance trahie. Reviennent à sa mémoire les mises en garde de Marius.

« T'avais donc raison, marmonne-t-il. Je n'aurais pas dû faire confiance à cette femme. »

Le visage caché dans ses mains, Oscar vit son naufrage. Sa naïveté et son imagination l'ont poussé au bord de l'abîme. Il n'a de pensées que pour se mépriser. Marius pose une main sur son épaule et dit : « Je dois aussi te prévenir de quelque chose. Il te faudra beaucoup de courage et de fidélité à toi-même pour passer à travers. »

Visiblement terrassé, Oscar le prie de s'expliquer.

« Colombe a pris le bateau pour ne plus retourner en Europe. Elle est venue s'installer définitivement à Montréal, comme l'avait déjà annoncé Marie-Ange.

– Je m'attendais à pire que ça. Je m'y ferai, répond Oscar.

– Son mari devrait la rejoindre au cours de l'été, enchaîne Marius.

– Son mari ?

– Oui, M. Mellinger, le père de son bébé.

– Le père de son bébé ! Mais le mien ?

– Ou Colombe n'a jamais été enceinte de toi, ou elle a mis fin à sa grossesse…

– Mais qui te dit que ce n'est pas mon enfant ?

– Marie-Ange… Colombe aurait eu une grossesse très difficile, aurait été hospitalisée pendant des semaines pour accoucher finalement avant terme. Les médecins craignaient pour la vie des deux. Colombe et son mari auraient décidé de venir habiter Montréal dès qu'elle serait capable de faire la traversée.

– J'ai l'impression de sortir d'un cauchemar pour entrer dans un autre. »

Un long silence s'installe dans la cuisine pendant que les deux frères vident leurs verres de scotch. Soudain, Oscar est pris d'un fou rire. Marius s'inquiète d'abord, puis éclate de rire à son tour. « C'est ton scotch qui fait effet ? » lui demande-t-il.

Se tordant toujours de rire, Oscar nie d'un geste de la tête. « C'est…, c'est l'ironie du sort, parvient-il à dire. Deux fois… Berné deux fois en un an par le destin. Non mais, vaut mieux en rire. »

Marius l'écoute, l'observe, médusé.

« Il faut que je te dise quelque chose, continue Oscar à travers ses esclaffements. Je suis allé pour rien, à Paris…

– Quoi ?

– Pour mes tests, oui. Alexandrine pense qu'elle est enceinte.

– Non !

– Ce n'est pas tout. As-tu réalisé… ? demande Oscar, amusé.

– Réalisé quoi ?

– Toi et moi, ce qui nous arrive ? Avec Marie-Ange ? Elle nous a pris pour des pigeons voyageurs… avec ses messages à livrer. Moi à toi et toi à moi. »

Marius secoue la tête et sourit.

« Qu'est-ce qu'on fait, maintenant ? demande-t-il.

– On trinque à la folle du logis, puis à la bêtise humaine ! s'exclame Oscar en levant son verre.

– À la folle du logis, puis à la bêtise humaine », répète Marius en versant une autre rasade de scotch dans leurs verres.

Un peu grisé, Oscar réfléchit tout haut. « Non mais, ça n'a pas d'allure d'être naïf comme je le suis à trente-sept ans ! Un enfant ! On dirait que, de ce côté-là, je n'ai pas vieilli. On dirait que je n'ai appris qu'à prêter de bonnes intentions aux autres. Maudite imagination !

– Ne la maudis pas, Oscar. Sans elle, tu n'aurais pu concevoir des projets comme ceux que t'as pondus pour notre ville.

– C'est vrai. Ça me fait penser à une phrase que notre grand-père Dufresne..., en tout cas, mon grand-père, disait : " L'imagination, c'est comme une jument. C'est fait pour être bridée. " »

Marius demeure bouche bée. Son silence est éloquent. Navré, Oscar juge que, sous l'effet du scotch, il est peut-être allé trop loin.

« Bon, il serait temps que je retourne au bureau, dit-il en tirant sa montre de la poche de son pantalon.

– Tu ferais mieux de manger un peu...

– Je vais passer à la maison », répond-il, soucieux d'accorder à Marius le temps de digérer ce rappel de sa véritable filiation.

Oscar laisse derrière lui un homme soucieux.

En entreprenant de libérer son frère, Marius ne s'attendait pas à être mis, ce même jour, face à sa propre réalité. Curieusement, la façon avec laquelle Oscar l'y a ramené a quelque chose de fascinant. De confortable, même. « Notre grand-père... Un peu plus et Oscar le désignait comme mon père », se dit Marius qui, à son tour, se surprend à rire. Il fixe son verre de scotch, lui attribuant l'aisance avec laquelle il considère à présent une possibilité qu'il nie fermement depuis un an. « Si j'avais à dessiner le plan de ma vie, je crois qu'à certains égards il ressemblerait à un labyrinthe. Celui d'Oscar aussi. Et qui sait s'il n'en est pas ainsi de notre mère ? » Le goût de percer le mystère de cette femme qu'il a tant admirée surgit. « Que d'occasions ratées, se souvient-il. Je pense qu'on fuit ce qu'on ne pourrait endosser », conclut-il, conscient qu'à vingt-neuf ans, les épreuves aidant, il a gagné en souplesse et en ouverture d'esprit. Lui vient la tentation de lire les deux lettres qu'Oscar lui a remises, mais le déni et la révolte que lui inspirent les défaillances de sa mère sont encore trop présents pour qu'il y succombe. Du travail l'attend et il en est fort aise.

« Je ne te reconnais plus depuis que tu es revenue d'Europe, fait remarquer Brigitte Dorval à Cécile, après le souper.

– Je ne suis plus une enfant, Brigitte. Ça m'a pris du temps, mais j'ai fini par découvrir votre petit jeu…

– Si quelqu'un te joue dans le dos, Cécile, ce n'est pas moi. Je fais le travail qui m'est demandé, je me plais avec ta famille, mais j'aime bien trop ma liberté pour embarquer dans quelque magouille que ce soit.

– Il y a longtemps que tu sais au sujet de mon père et de ta mère ?…

– Je suis au courant pour autant qu'on m'en parle. Comme je n'aime pas qu'on se mêle de ma vie privée, je ne fouille pas dans celle des autres.

– Tu ne m'as pas répondu.

– Qu'est-ce que ça changerait ? C'est leur affaire s'ils s'aiment. À l'âge qu'ils ont, quand même, Cécile, on ne va pas commencer à diriger leur vie.

– Tu ne comprends pas ce que ça peut faire quand on a perdu sa mère et que…

– Tu te trompes, Cécile. Ce n'est pas moins éprouvant quand on perd son père. J'avais cinq ans quand je l'ai vécu et laisse-moi te dire que je m'en souviens encore. »

Le regard de Brigitte perd cette flamme que Cécile croyait inextinguible.

« Je ne voudrais pas être méchante, Cécile, mais tu gagnerais à perdre tes habitudes d'enfant gâtée. Tu aurais avantage à laisser faire les autres et à te contenter d'organiser ta vie. »

Sous le choc, Cécile reste sans voix. Trop pertinents pour être réfutés, les conseils de Brigitte donnent matière à réflexion.

~

Ce samedi après-midi, assise dans le jardin près d'un lilas en fleur, Marie-Ange en hume le parfum tout en se remémorant les bons moments vécus au cours des dernières semaines. Déchargée de nombre de tâches ménagères et libérée des fardeaux qui l'accablaient à l'égard de Marius et d'Oscar, elle consacre beaucoup de son temps à épauler Colombe et elle s'y plaît vraiment. Auprès du petit Samuel, surnommé Sam, elle se sent revivre. « C'est comme si c'était mon petit-fils », a-t-elle avoué à Colombe, qui en a été ravie. C'est vers eux que sa pensée est tournée lorsque Cécile se présente dans le jardin.

« Quelle belle photo ça donnerait, s'exclame cette dernière en trouvant la servante assise là, un tricot de laine bleu ciel sur ses genoux.

– Viens, ma belle enfant, s'écrie Marie-Ange, qui se hâte de cacher le tricot dans un sac.

– Vous savez tricoter ?

– Je l'ai appris très jeune et je constate que ça ne s'oublie pas.

– Qu'est-ce que vous faites ?

– Ah ! Un petit bonnet.

– Je ne savais pas qu'une de mes belles-sœurs était enceinte... C'est laquelle ?

– C'est pour une de mes nièces », répond-elle sèchement.

Malhabile à mentir, Marie-Ange a peur que Cécile n'insiste. Aussi s'empresse-t-elle de l'inviter à faire le tour du jardin avec elle.

« Je pense que maman doit être pas mal contente de voir que vous prenez bien soin de ses plantes...

– On est un brin nostalgique, aujourd'hui ? fait remarquer Marie-Ange.

– Il y a de quoi. Ça fait même pas quatre ans qu'elle est partie, puis... »

Cécile lui fait part de son entretien avec Brigitte, de ses observations et de ses craintes. « Je te comprends, ma petite Cécile, mais il faut que tu admettes que ton père a le droit de satisfaire ses besoins affectifs. Je trouve qu'il s'est montré déjà pas mal raisonnable.

– Il est entouré de gens qui l'aiment.

– Mais ce n'est pas pareil, Cécile. Tu comprendras le jour où un jeune homme te mettra le cœur à l'envers...

– Vous parlez comme si vous étiez passée par là, dit Cécile.

– J'aurais pu si ma jeunesse n'avait pas été brisée par... un père... dépravé. »

Cécile n'aurait jamais imaginé…

« Mais, reprend Marie-Ange, ça ne m'empêche pas de comprendre les autres. Au nombre de confidences que j'ai reçues, c'est comme si j'avais vécu une vingtaine d'histoires d'amour.

– Chanceuse, va !

– Ça te manque, hein ?

– Je ne les trouve pas intéressants, les gars de mon âge. Trop jeunes de caractère.

– Se pourrait-il que mademoiselle Cécile Dufresne soit trop sérieuse ? Qu'elle n'ait pas encore fait le deuil de sa mère ? Qu'elle ne sache pas prendre du plaisir ? Jouer sa vie ? »

« Faire le deuil », cette phrase tant de fois entendue la rebute encore profondément. Marie-Ange lui tend les bras. Comme avant. « Pour moi, tu seras toujours l'enfant chérie de M^me^ Victoire. La fille qu'elle a tant désirée. Sa récompense, comme elle disait. »

D'un commun accord, toutes deux décident de passer le reste de l'après-midi dans le jardin à évoquer des souvenirs de Victoire Du Sault. « Vous pouvez continuer à tricoter, lui suggère Cécile. J'aimerais l'apprendre.

– Tu fais bien, ma belle. Tu en auras peut-être besoin d'un petit bonnet dans une couple d'années. L'amour, ça prend souvent par surprise.

– Vous vous moquez de moi, Marie-Ange. Mes frères disent que je ne me marierai pas avant vingt-huit ans. Comme maman.

– Si j'étais toi, je les déjouerais…

– Mais ça ne se fait pas de même, Marie-Ange. C'est sérieux, le mariage.

– Tu ne lui feras pas de peine, à ta mère, même si tu te maries plus jeune qu'elle, tu sais. »

Cécile a quitté sa chaise et se dirige vers un îlot de géraniums bordé de myosotis dont les pétales bleus commencent à s'épanouir. « Tu connais le nom commun de cette plante ? lui demande Marie-Ange.

– Je ne savais même pas qu'elle en avait un.

– Ta mère m'a appris qu'elle en avait même trois : oreille-de-souris, herbe-d'amour et ne-m'oubliez-pas. »

Cécile rit enfin à gorge déployée. « Vous en connaissez d'autres, comme ça ?

– Oui, les hémérocalles, par exemple, sont appelées belles-d'un-jour ; le fusain, tu sais, le genre de charbon qu'on utilise pour dessiner, on l'appelle bonnet-de-prêtre ou bonnet-carré, à cause de la forme de ses fruits.

– Celui-là aussi, c'est maman qui vous l'a appris ?

– Non. C'est ton grand-père Georges-Noël ; il en connaissait encore plus que ta mère. Dommage que tu ne l'aies pas connu, dit Marie-Ange, le regard nostalgique.

– C'est ce qu'Oscar me dit souvent. Et de la manière que maman m'en parlait, il était exceptionnel, cet homme-là.

– Je te souhaite d'en trouver un semblable. »

Le lendemain, fidèle à la tradition, toute la famille de Thomas se regroupe autour de la même table pour le dîner du dimanche. Cécile attendait ce moment avec une exceptionnelle fébrilité. Elle porte à Régina ainsi qu'à ses trois belles-sœurs une attention toute particulière, cherchant dans les yeux de chacune l'étincelle, le signe d'une grossesse. Or toutes quatre se montrent pétillantes, enchantées d'avoir été si chaleureusement accueillies. Comme elle le fait depuis la mort de Jasmine, espérant ainsi distraire quelque peu Marius de cette absence, Cécile prend place à la table près de lui. Sitôt assise, elle lui chuchote à l'oreille : « Tu saurais, toi, laquelle des quatre attend un bébé ? » Marius hausse les épaules, affichant l'indifférence, simulant l'ignorance. Même si Oscar ne lui a pas expressément demandé de ne pas dévoiler la grossesse d'Alexandrine, il ne desserrera pas les dents.

« C'est que j'ai vu Marie-Ange en train de tricoter un bonnet de bébé… », insiste Cécile, sans plus de succès.

De l'autre côté de la table, Oscar a entendu les derniers mots de sa sœur et il fixe Marius, le regard interrogateur.

« Je t'expliquerai plus tard », lui souffle Marius à travers les conversations des adultes et les jacasseries des enfants.

Prétextant le manque de pain sur la table, Marius file dans la cuisine, où Marie-Ange se confine depuis l'arrivée de la famille. « Qu'est-ce que vous avez dit à Cécile ?

– Rien de ce que tu penses. Mais absolument rien, dit-elle, offensée.

– Le bonnet, c'est pour qui ?

– J'ai dit que c'était pour une de mes nièces.

– Elle ne vous a pas cru… »

Croisant Oscar dans le jardin, avant que le dessert soit servi, Marius s'informe : « Marie-Ange est déjà au courant pour ta femme ?

– Ça m'étonnerait qu'Alexandrine lui en ait parlé… Qu'est-ce qui te porte à croire ça ? »

En apprenant l'histoire du tricot, Oscar devine qu'il est destiné à l'enfant de Colombe. « Quelle ironie du sort ! s'exclame-t-il, agacé.

– Ne me dis pas que tu doutes encore que Mellinger soit le père…

– Oui, ça m'arrive encore. Comme s'il fallait que je parle à Colombe pour être sûr…

– Je ne voudrais pas te blesser, Oscar, mais pour un homme qui cherche la paix, je ne comprends pas ton entêtement à douter. Comme si tu souhaitais que ce soit ton enfant malgré toutes les complications que ça pourrait t'apporter. »

Cécile apparaît, se glisse entre ses deux frères et confie, un brin nostalgique : « Vous êtes chanceux de si bien vous entendre, vous deux. Si j'avais une sœur, au moins. »

Oscar passe un bras autour de ses épaules et lui répond : « Je te comprends, Cécile. Dire que tu aurais eu trois grandes sœurs si elles n'étaient pas toutes mortes.

– Maman a dû avoir de la peine…

– Je la vois encore pleurer sur le cercueil blanc de la petite Laura. C'est un souvenir qui restera toujours gravé dans ma mémoire.

– T'as des belles-sœurs, au moins, dit Marius, pour réconforter sa sœur.

– Marie-Ange ne compte pas moins qu'elles pour moi, riposte Cécile.

– Vos desserts sont servis, entrez », crie Brigitte Dorval de la fenêtre du solarium.

Se tournant vers sa sœur, Oscar dit : « J'aimerais bien te parler avant la fin de la journée.

– On ira faire une promenade cet après-midi », propose Cécile.

Outre le plaisir de causer avec sa sœur, de répondre à ses questions sur Victoire, Oscar sort de cet entretien libéré de tout doute sur la discrétion de Marie-Ange. Cécile semble même ignorer le retour de Colombe à Montréal. Après avoir tant admiré cette femme, comment Cécile réagira-t-elle lorsqu'elle apprendra la nouvelle ? De qui lui viendra-t-elle ? Ne cherchera-t-elle pas à la rencontrer ? Oscar s'inquiète.

~

La Dufresne & Locke et le rôle d'échevin à la ville de Maisonneuve, voilà deux sphères d'activité dans lesquelles Oscar puise fierté et contentement. À l'assemblée régulière du conseil du 19 juin 1912, le projet du marché public est accepté unanimement. Marius jubile, les félicitations pleuvent. Le conseil statue :

> *Que les travaux en soient commencés immédiatement et faits à la journée par les employés de la ville de Maisonneuve sous la surveillance conjointe de l'ingénieur de la ville, de M. Octave Germain, le président du Comité de l'hôtel de ville & Licences, et de M. Jos Du Sault.*

Moins d'un mois plus tard, le conseil de ville discute de la construction des boulevards Pie-IX et Morgan. Ce projet, cher à Oscar Dufresne, nécessite, affirment plusieurs échevins, une réglementation concernant la construction des édifices le long de ces boulevards.

Oscar en convient lui aussi, mais il n'approuve pas toutes les restrictions qu'impose le nouveau zonage. À la sortie de l'hôtel de ville, Marius le croise. « Je m'attendais à te voir triompher plus que ça. Qu'est-ce qui ne va pas, Oscar ?

– J'appréhende la réaction des citoyens lorsqu'ils apprendront, par les journaux, qu'aucune manufacture, fabrique ou usine quelconque ne pourra à l'avenir être érigée sur le boulevard Pie-IX.

– Mais on pourra encore en construire entre la rue Notre-Dame et le fleuve Saint-Laurent, et de la rue Ontario jusqu'aux voies de chemin de fer du Canadien Pacifique et du Canadien Nord.

– Remarque qu'il n'y a presque plus de terrains disponibles dans ce quadrilatère-là. Par contre, j'approuve qu'on y interdise les clos de bois puis les cours à charbon.

– Je suis d'avis que plusieurs n'apprécieront pas non plus qu'on exige que les maisons d'habitation, tout comme les magasins, aient au moins deux étages de hauteur et qu'elles soient construites en pierre ou en brique. Mais c'est essentiel à l'harmonie du boulevard, tu ne penses pas ?

– Pour ça, oui, mais je trouve abusif qu'on interdise les escaliers extérieurs sur les façades des bâtisses. »

Pendant que les deux hommes font route ensemble vers leurs résidences respectives, Oscar ne cesse de grogner. « Il me semble qu'on va un peu trop vite dans l'acceptation des projets.

– Tu m'étonnes, Oscar.

– J'ai l'impression qu'on agit comme si la ville était riche. Tu sais que le service de la dette représente un peu plus de la moitié de notre budget avec ces deux projets-là ?

– Oui, mais le total des taxes foncières ne le couvre pas ?

– Ce n'est pas suffisant. Il faudrait augmenter l'évaluation foncière. Puis, on ne peut pas faire ça.

– Pourquoi pas ? demande Marius.

– Parce que c'est la classe pauvre qui en souffrirait le plus. L'évaluation des terrains bâtis étant plus forte que celle des terrains vacants, le fardeau retomberait sur le dos des petits propriétaires qui se sentiront justifiés de hausser les loyers.

– Tu me fais réaliser que les exemptions de taxes accordées aux grands industriels ne sont pas sans inconvénients. Je dirais même qu'il y a une forme d'injustice là-dedans, constate Marius.

– Je t'avoue que je ne me sens pas très à l'aise dans tout ça. Notre manufacture fait vivre quelques centaines de familles ouvrières, mais il n'en reste pas moins qu'on se retrouve devant une mauvaise répartition des richesses.

– On n'était quand même pas pour refuser les avantages que Maisonneuve nous offrait en venant nous établir chez elle. Toutes les autres entreprises les ont acceptés sans scrupule.

– Je sais, mais il va falloir réviser notre administration municipale, considère Oscar. »

Les échanges de vues se poursuivent au sujet des exemptions de taxes et des privilèges concédés aux propriétaires de grands terrains vacants. « À bien y penser, tu as raison. Il faudrait cesser de leur accorder des conditions spéciales de taxation, à ceux-là, dit Marius.

– Tu t'inclus ?

– Bien sûr. Déjà qu'on a des conditions de revente en or avec le projet du parc, entre autres. »

Marius ne veut pas quitter son frère avant de savoir où il en est dans sa vie privée. « Alexandrine voudrait qu'on répande la nouvelle, mais je lui conseille d'attendre un peu. Les fausses couches ne sont pas rares entre trois et quatre mois. Surtout à son âge.

– Il n'y a pas de honte à perdre un enfant », commente Marius.

Oscar l'approuve du bout des lèvres, il le sent.

« Si tout va bien, la naissance est prévue pour quand ?

– Pour janvier, Marius. Le même mois que la naissance et la mort de grand-père Dufresne… »

Marius avale sa salive, secoue la tête, médusé. Il remet à une autre rencontre les questions qui lui viennent à l'esprit.

« Tu as reçu l'invitation de la cousine Émeline pour son pique-nique annuel ? demande Oscar de but en blanc.

– Oui. J'ai l'intention d'y aller. Toi aussi ?

– Je ne sais pas encore. Alexandrine ne veut pas venir.

– Toujours pour la même raison ?

– Raoul est en train de devenir sa deuxième obsession, déclare Oscar. Elle a toujours peur de le rencontrer quand on sort.

– À compter de janvier, ça devrait rentrer dans l'ordre puisque…

– Pas sûr. Alexandrine mijote un plan pour gagner la garde de Laurette.

– Tu ne le connais pas, j'imagine ?

– C'est ça. Mais toi, sais-tu si l'infirmière Sauriol va être là ?

– Aucune idée, dit Marius en détournant la tête.

– Pourquoi le cacher ? Tu agis comme si t'avais le béguin pour elle, lui fait remarquer Oscar.

– Changement de propos, c'est demain que les Anglais viennent visiter nos industries ?

– C'est juste et j'ai encore de petites choses à mettre au point à ce sujet », dit Oscar avant de prendre congé de son frère.

~

Le grand jour venu, après avoir visité le port à bord du *Sir Hugh Allan*, les délégués anglais descendent au quai King-Edward, où les attendent le maire Michaud, ses échevins et de nombreux amis. La visite des industries, entre autres la Montreal Locomotive Works, la Canadian Steel, la United Shoe Machinery et la Lawrence Sugar Refineries, qu'on inspecte dans les moindres détails, est si longue qu'il ne reste que peu de temps pour la tournée des manufactures de chaussures, dont la Dufresne & Locke. Les industriels anglais ne manifestent pas moins leur émerveillement devant l'essor de ce secteur industriel.

Marius déplore toutefois que l'intérieur du nouvel hôtel de ville, où se donne le banquet, ne soit pas entièrement terminé. Les organisateurs ont tenté de compenser par un éclairage à giorno et des décorations de verdure et de fleurs naturelles dans la salle de réception. À entendre les exclamations des invités en entrant, Marius conclut que l'effet est réussi.

Il revient au maire de Maisonneuve de proposer tout d'abord « les santés du Roi », après quoi le *God save the King* est entonné. Dans son allocution, le maire Michaud fait remarquer, avec une fierté non dissimulée, que leurs visiteurs anglais ont refusé une autre invitation, privilégiant celle du conseil de Maisonneuve. « Le souvenir que vous emporterez, dit-il, sera, je pense, agréable à chacun de vous. Et, de notre côté, si quelques-uns d'entre vous manifestent le désir de venir s'établir parmi nous, nous serons très heureux de vous recevoir. »

De nombreux applaudissements couvrent les dernières paroles du maire.

Au tour de l'échevin Fraser de porter un toast à la santé des visiteurs. « Je suis particulièrement flatté, déclare-t-il, de voir au milieu de nous un représentant de la maison Maxim, Vickers and Sons, actuellement engagée dans la construction de notre cale sèche. »

Sa déclaration ne reçoit pas les applaudissements qu'il attendait. C'est que, malgré les revenus prévus, les citoyens, soucieux de préserver l'intégrité des rives du fleuve Saint-Laurent, n'ont pas approuvé ce chantier naval. Fraser se ressaisit et poursuit : « Il me fait plaisir, messieurs, de vous déclarer qu'il y a à peine quelques années, les rues manufacturières que vous venez d'emprunter n'étaient que d'immenses champs de verdure et que notre ville prospère n'était qu'un petit village ignoré. Nous avons aujourd'hui une population de trente mille âmes, composée de différentes nationalités où les Canadiens français dominent. Mais il me fait plaisir ici de mentionner que c'est à eux particulièrement que vous devez la réception de ce soir et qu'aucun peuple dans tout l'Empire n'est plus loyal au Trône de l'Angleterre que les Canadiens français. »

Des grognements de protestation se font entendre parmi les applaudissements. Oscar parierait que son ami Henri Bourassa ne s'en est pas privé.

« Je suis persuadé, messieurs les hôtes, enchaîne l'échevin Fraser, que lorsque vous retournerez en Angleterre, vendredi prochain, vous emporterez avec vous le meilleur souvenir du peuple canadien-français. »

Enfin, des acclamations frénétiques.

Les délégués industriels d'Angleterre sont invités à prendre la parole. L'un d'eux, le major Savage, maire de Wansted Essex, promet qu'à son retour il parlera des manufactures de Maisonneuve qu'il juge immenses et parfaitement outillées. « Je déplore, dit-il, que les membres de notre délégation ne soient pas plus nombreux à Maisonneuve et je suis persuadé qu'ils le regretteront eux-mêmes quand nous leur dirons ce qu'ils ont perdu en ne visitant pas la ville de Maisonneuve que je considère comme la plus intéressante ville manufacturière que nous ayons visitée depuis notre arrivée au Canada. »

Le maire Michaud lance un regard malicieux en direction de William Rutherford, maire de Westmount, mais il a tôt fait de s'en repentir. Quand la parole est accordée à M. Rutherford, ce dernier déclare : « Je ne connaissais pas suffisamment Maisonneuve. À Westmount, nous croyions posséder la ville la plus moderne de l'île de Montréal, mais ce soir mes illusions sont complètement disparues. Je dois vous demander une faveur, et je profite de l'occasion qui se présente pour le faire : je désire, avec la permission de votre conseil, envoyer ici les architectes de la ville de Westmount afin qu'ils viennent puiser chez vous des idées pour construire un palais municipal aussi merveilleusement dessiné que le vôtre. N'importe quelle ville aurait le droit d'être orgueilleuse de posséder un tel monument. » Les applaudissements fusent, on échange des poignées de main, on multiplie les courbettes, principalement devant l'architecte Cajetan Dufort et le maître d'œuvre, Marius Dufresne.

Les lendemains de ce banquet demeurent imprégnés de l'enthousiasme et de la fierté laissés par le discours des industriels anglais et par celui, non moins mémorable, du maire de Westmount.

Les frères Dufresne s'en attribuent une part, bien qu'Oscar demeure préoccupé par l'endettement de la ville et par le juste mécontentement de certains citoyens.

~

À cette raison de se réjouir s'ajoutent l'apparence d'un nouvel amour dans la vie de Marius et la grossesse annoncée d'Alexandrine. Oscar a été témoin du rapprochement entre l'infirmière Sauriol et son frère au pique-nique d'Éméline. À cette même occasion, il a dû excuser l'absence d'Alexandrine. « Y paraît que vous attendez du nouveau ? » ont demandé les cousins, étonnés mais heureux de cette nouvelle. Des tantes ont émis un doute : « À cet âge, il est rare de rendre à terme une première grossesse… » Romulus a eu sa vision. « Après avoir mis treize ans à fignoler le moule, si c'est pas un chef-d'œuvre qu'elle va mettre au monde, j'en veux rien », a-t-il dit, moqueur. Candide a exprimé son soulagement : « Je vous plaignais d'être privés d'une belle petite famille… Si vous n'en avez rien que deux, c'est toujours mieux que pas un. » Cécile jubile. Déjà, Alexandrine lui confie Laurette plus souvent et elle multiplie les prétextes pour réclamer son aide. Après une des siestes de sa belle-sœur, Cécile lui chuchote sa première confidence : « J'ai le sentiment que ce sera bientôt mon tour d'être heureuse. J'ai rencontré, dans une assemblée de manufacturiers de chaussures, un certain M. Renaud, de la J. B. Lefebvre. Galant, beau et d'aplomb, ce monsieur.

– T'a-t-il remarquée, au moins ?

– Il regardait souvent dans ma direction pendant la réunion. Puis, après, il est venu me demander pour qui je travaillais.

– C'est tout ? Pas fort, comme signes.

– Attends, ce n'est pas tout. Il m'a demandé, presque tout bas : " Vous auriez le temps de prendre une marche avec moi avant le souper ? "

– T'as dit oui, j'espère ?

– Bien non, voyons ! Marie-Ange m'a toujours dit qu'il ne convenait pas à une jeune fille d'accepter la première invitation d'un homme, même quand il lui plaît. Surtout quand il lui plaît.

– Ce n'est sûrement pas ta mère qui t'aurait conseillé ça ! » commente Alexandrine.

Cécile hausse les sourcils, étonnée.

« Ta mère ne se souciait pas tellement du protocole…

– Je pense que oui, moi. Tu ne peux pas prétendre ça, tu ne l'as pas connue quand elle avait mon âge, réplique Cécile, offusquée.

– Tu pourras toujours en parler à ton père… »

Cécile en a bien l'intention.

Dès le lendemain, à bord du train qui les emmène à Acton Vale, l'occasion lui en est donnée. Thomas en est très amusé. Souriant aux champs de verdure qui bordent la route, au soleil qui s'annonce fidèle pour toute la journée, il prend plaisir à parler de Victoire :

« Ta mère ne faisait rien comme les autres filles de son âge. Rien qu'à penser qu'elle exerçait un métier d'homme à seize ans, puis qu'elle menait sa business toute seule, ça te donne une idée ?

– Mais avec les garçons, elle était comment ? »

Thomas s'esclaffe.

« Je pourrais plus te dire comment les garçons étaient avec elle.

– Comment ? demande Cécile, sa curiosité piquée.

– À ses genoux, ma petite fille.

– Puis elle ?

– Indépendante comme pas une.

– Comment vous avez fait pour la gagner ? Vous aviez pourtant dix ans de moins qu'elle.

– C'est peut-être ça qui a joué, en plus de mon charme naturel, avoue Thomas, un air de jeunesse au visage.

– Vous étiez audacieux...

– Tu as l'autre partie de la réponse, Cécile. C'est mon audace, comme tu dis, qui l'a séduite.

– Vous n'avez jamais eu peur de la perdre ?

– C'est plutôt elle qui aurait pu avoir peur de perdre son jeune mari, répond Thomas, railleur.

– Qui aurait pu ou qui aurait dû avoir peur ?

– Mais... Mais qu'est-ce que tu t'imagines, Cécile. Je blaguais, allègue Thomas, désarmé.

– Elle est plus jeune que maman, la mère de Brigitte ? lui demande Cécile à brûle-pourpoint.

– C'est possible. S'il y a une chose que je ne retiens pas, c'est bien l'âge des gens ! dit-il pour cacher son embarras.

– Vous devez bien en avoir une petite idée…

– Elle est sensiblement de mon âge, je dirais.

– Brigitte m'a dit que ça fait longtemps que vous vous connaissez… »

Thomas lui dérobe son regard, cherchant une réponse acceptable. Jamais le trajet de Montréal à Acton Vale lui a semblé aussi long.

« C'est vrai ou c'est pas vrai ? insiste Cécile.

– C'est aussi vrai que faux. Je l'ai connue comme commerçante. On a été en relation d'affaires pendant quelques années.

– Quand ça ?

– T'étais pas au monde dans ce temps-là, ma chère enfant. On habitait le village de Yamachiche. »

La conversation s'arrête, chacun s'absorbe dans ses pensées, lui dans ses rêveries, elle dans ses hypothèses.

De peur qu'elle ne poursuive son enquête, Thomas y va d'une diversion : « Elle était donc belle, notre maison de Yamachiche ! J'en ai vu des superbes dans le bout de Saint-Hyacinthe, mais je n'en ai jamais vu une pareille. Le terrain était grand et tellement bien aménagé. C'est ton grand-père qui s'en occupait… »

Devenu tout à coup volubile, Thomas continue sur sa lancée. Cécile a pris un air boudeur, laissant son père soliloquer. Elle présume qu'elle pourrait en apprendre davantage de Brigitte, mais le peu d'affinité qu'elle éprouve à son égard la tient loin d'elle. « La veuve me semble tout à l'opposé de maman, même physiquement, pense-t-elle, contrariée. C'est comme l'infirmière Sauriol. Elle et Jasmine, c'est le jour et la nuit. Ça ne se peut pas que Marius et papa soient vraiment amoureux de telles femmes. »

Pour les dirigeants de Maisonneuve, la grande rentrée automnale a une odeur de fenaison. Le statisticien en chef du Dominion du Canada, Archibald Blue, a déclaré, le 25 septembre 1912, à l'assemblée annuelle des manufacturiers, que Maisonneuve occupe la première place au Canada pour la valeur par tête de ses produits industriels, avec une somme de vingt et un millions de dollars. *Le Devoir* consacre une page entière à cette nouvelle, précisant que *les manufacturiers établissent leurs grandes industries à Maisonneuve, la « Pittsburgh du Canada »*. Il fait aussi l'éloge de la cale sèche, décrite par le Duc de Connaught, comme la plus grande de l'Amérique du Nord avec ses trois mille ouvriers. Un encart invitant les gens à venir placer leur argent à Maisonneuve et un autre encourageant les ouvriers de tout métier à venir y gagner des salaires supérieurs font écho au titre de la page : *Maisonneuve « la Pittsburgh du Canada ». C'est une ville d'ouvriers, gouvernée par eux et pour eux. Jouissez de la vie et prospérez.*

Oscar apprécie que, dans cette même page, il soit précisé que Maisonneuve s'engage à construire *à ses frais le boulevard Pie-IX, le plus grand de l'est de l'île, partant du Saint-Laurent et s'étendant jusqu'à la rivière des Prairies.* La Ville promet de consacrer plus d'un million et demi de dollars pour les rues et autres améliorations.

Alexandre Michaud et son équipe profitent de cette publicité louangeuse des journaux et de l'influence qu'elle exerce sur les citoyens pour faire progresser le projet de construction du futur parc. Mais ils doivent préalablement manifester leur souci de la justice et du mieux-être des citoyens. Ainsi, des trottoirs seront construits dans l'est de la ville et la charte sera modifiée de façon à inscrire sur la liste électorale les compagnies à fonds social. Quant à la construction du nouveau parc, l'envergure de ce projet et les capitaux nécessaires à sa réalisation incitent le conseil de ville à créer une commission indépendante pour gérer cette entreprise. Cette commission, appelée la Commission du parc de Maisonneuve, sera composée de trois membres nommés pour cinq ans et recevra tous les pouvoirs pour embellir et administrer ce parc. Elle sera, de ce fait, autorisée à emprunter jusqu'à un million de dollars pour aménager les six cents acres prévus par Marius Dufresne. Or de nombreux citoyens et quelques échevins craignent que ce projet favorise la spéculation foncière. Les promoteurs, dont Oscar et Marius, allèguent que les espaces consacrés à l'aménagement du futur parc ne pourraient être mieux utilisés. Mal desservi par les transports publics et ferroviaires, le nord-est de la ville est peu propice à un développement résidentiel, comparativement à sa partie sud. Mais que des personnages politiques tels que le sénateur Mitchell, J. B. Mayrand, beau-frère de Sir Lomer Gouin, et les députés Robillard, Ouellet et Tourville soient impliqués dans les ventes et reventes des terrains nécessaires à la construction de ce parc exacerbe la méfiance et l'indignation des contribuables.

Après les heures de gloire de cet été 1912, le climat de l'automne est sulfureux.

Menant une campagne contre le projet de construction de ce parc, Octave Germain fait circuler une pétition et convoque une assemblée publique des citoyens de la ville. Son intervention afflige d'autant plus Oscar que cet échevin a toujours encensé ses initiatives. Il est stupéfait d'entendre M. Germain réclamer, au cours de cette assemblée spéciale, que ce projet soit d'abord soumis à l'approbation des contribuables et, de plus, que le conseil démissionne pour faire approuver sa conduite par l'électorat. L'échevin soutient que ce projet a été conçu par quelques spéculateurs qui ont acheté l'appui de certains membres du conseil.

Outré par ces allégations diffamatoires contre le conseil, l'échevin Fraser demande que le maire dépose une motion de censure contre M. Germain. Or, comme ce dernier ne comprend pas l'anglais, il exige de M. Fraser qu'il traduise ses propos en français. La tension monte, les positions se durcissent et l'échevin Fraser répond qu'en tant que représentant de l'élément anglais il n'est pas tenu de parler en français. Humilié et insulté, M. Germain demande au maire l'autorisation de convoquer sur-le-champ une assemblée dans une salle voisine afin de discuter du projet du parc. La permission ne lui est accordée que si les partisans de la création de la Commission du parc sont aussi admis aux discussions. Non seulement les adversaires du projet approuvent-ils leur présence, ils la réclament. « Le conseil doit se justifier des accusations portées contre lui », maintiennent-ils. Intervenant sans cesse et coupant la parole aux conseillers, un certain M. Duval prend à partie le maire Michaud et Oscar contre qui il porte des accusations sensationnelles : « Le projet du parc n'est qu'un *scheme*, une combine au profit des spéculateurs que vous êtes. » Le maire Michaud prie M. Duval de se taire ou de quitter la salle. Ce dernier répond : « C'est vous qui sortirez au mois de février. » Des assistants applaudissent.

Assis au fond de la salle, Thomas croit revivre une des dernières séances de son conseil municipal de Yamachiche, alors qu'en sa qualité de maire il proposait de faire construire un système d'aqueduc et une caserne de pompiers. Il voudrait bien intervenir, mais il sait que les adversaires d'Oscar auront vite fait de l'accuser de parti pris. Enfin, un manufacturier, Napoléon Dufresne, se lève : « Je parie cinq cents dollars contre tout-venant que messieurs Michaud et Dufresne seront réélus aux prochaines élections. » Oscar attend que les applaudissements cessent pour prendre la parole : « Monsieur Duval et vous tous ici présents, je vous annonce que je prends la responsabilité du bill tel qu'il sera présenté à la législature et je saurai prouver, en temps et lieu, que, loin de couvrir un *scheme*, le bill du parc, quand il sera bien connu du public, tournera tout à l'avantage de ceux qui l'ont conçu. Je suis disposé à discuter de la chose avec tous les citoyens qui le souhaiteront. »

Marius entend les applaudissements des partisans et craint une remarque des adversaires. Il attribue à la timidité de son frère le lapsus qu'il vient de commettre en prédisant que le bill tournerait à l'avantage de ceux qui l'ont conçu. Et comme tous les assistants semblent avoir compris le sens de cette intervention, il s'interdira de lui en faire la remarque à la sortie de l'hôtel de ville. L'assemblée se disperse et l'échevin Germain file en douce, n'ayant recueilli qu'une signature pour sa pétition.

Les autres membres du conseil de ville et leur architecte conviennent de se retrouver le lendemain soir pour réviser une dernière fois le texte qui sera présenté à l'Assemblée législative. « Le préambule est capital », souligne Marius. Les conseillers le retravaillent et s'entendent sur une dernière version : *Attendu qu'il est urgent et dans l'intérêt du public d'aider les hospices, hôpitaux, maisons d'éducation, maisons de refuge et institutions de charité qui donnent actuellement ou donneront à l'avenir leurs services aux malades et aux pauvres de la municipalité ; attendu que la ville de Maisonneuve possède un parc d'une étendue considérable, qu'il est aussi d'intérêt public de l'embellir et de l'organiser comme le sont les parcs des grandes villes de l'Europe, pour en retirer un revenu qui serait attribué en totalité à la ville et aux œuvres de charité mentionnées ci-dessus…* Oscar émet un doute quant à la pertinence d'annoncer, dans ce document, leur intention de recevoir dans leur ville l'Exposition universelle de 1917. L'accent étant mis sur la création de la Commission du parc de Maisonneuve, tous s'entendent pour ne pas en faire mention maintenant.

Moins de trois semaines plus tard, la loi est sanctionnée et Oscar est nommé président de la Commission avec, comme bras droit, James Morgan, propriétaire d'un grand magasin qui porte son nom et d'une propriété de vingt-huit pièces sur la rive nord du fleuve. Le troisième commissaire est nul autre que L. J. Tarte, une idole de Thomas et l'un des dirigeants du journal *La Patrie*. Chaque année, les commissaires verront à verser la moitié des recettes de la Commission à la cité de Maisonneuve et l'autre moitié aux hospices, hôpitaux, maisons d'éducation, maisons de refuge et institutions de charité, comme promis, *suivant les besoins de ces institutions, ce dont les commissaires seront les seuls juges.*

Une autre victoire attend les administrateurs de la ville de Maisonneuve le 21 décembre 1912 : à l'occasion de l'ouverture officielle du nouvel hôtel de ville, la municipalité passe du statut de ville à celui de cité. De plus, dans sa nouvelle charte, une clause a été modifiée de façon à autoriser la cité *à acquérir de gré à gré, ou par voie d'expropriation, et maintenir à perpétuité comme parc public les terrains acquis pour compléter le parc de Maisonneuve.* Une autre a été supprimée, celle qui imposait une limite quant au prix que la municipalité pourrait payer.

Oscar apprécie cette liberté, mais il ne craint pas moins les abus. Tarte ne s'en fait pas un problème de conscience, alors que Morgan se donne le temps d'y penser, préoccupé par les préparatifs de son départ pour les Bermudes.

~

Désolé d'avoir consacré si peu de temps à sa famille depuis le début de l'automne, Oscar compte bien se reprendre. À quelques jours de Noël, il ferme ses dossiers d'échevin, délègue les tâches secondaires de la Dufresne & Locke à Ralph Locke, le vice-président du conseil d'administration, déterminé à s'accorder dix jours de vacances. Quelle n'est pas sa surprise, en annonçant la nouvelle à Alexandrine, de l'entendre lui avouer ne pas avoir trop souffert de son absence tant elle a été absorbée par l'achat des meubles, de la literie et des vêtements du bébé attendu vers la mi-janvier. D'une question à l'autre, Oscar apprend de son épouse qu'elle n'a pas encore consulté de médecin. « Je ne vois pas pourquoi, je suis en pleine forme. La maternité, ce n'est pas une maladie, riposte-t-elle.

– Il serait temps quand même que tu subisses un examen et que tu choisisses l'hôpital où tu veux accoucher.

– J'ai prévu faire ça tout de suite après le jour de l'An.

– Je t'accompagnerai », lui promet Oscar, heureux de pouvoir enfin afficher sa paternité.

L'idée lui vient de consacrer sa première journée de congé au magasinage. D'abord chez Morgan, où il achète pour son épouse le plus beau déshabillé en magasin. La vendeuse lui conseille aussi une *flannelette gown*, généreusement froncée sur la poitrine et de couleur assortie au déshabillé. À cela il doit ajouter, pour le confort de madame après l'accouchement, un *heavy reversible shawl wrap*, qu'il paie quatre dollars. Pleinement satisfait de ces achats, Oscar se dirige vers le rayon des cosmétiques pour acheter un parfum et des produits de beauté pour Alexandrine. « Le choix en valait le détour », se dit-il devant le comptoir des parfums dont une jolie jeune fille lui fait l'éloge. Plus d'une quarantaine de variétés, allant de cinquante sous à un dollar vingt-cinq l'once, lui sont offertes. Il hésite entre le *Mimosa* et la *Peau d'Espagne*, sur laquelle son choix s'arrête finalement. Reste à choisir le flacon, un *Gold Label Perfumes*, et le boîtier, qu'il paiera un dollar cinquante. Des poudres et des crèmes complètent la liste des présents à offrir à la future maman. Le reste de la journée est consacré à l'achat de cadeaux pour Laurette au magasin Dupuis Frères. L'ambiance est féerique avec les musiques de Noël qui sortent des haut-parleurs. Les clients sont pressés mais joyeux. Le rayon des jouets semble le plus populaire. Oscar est charmé de voir des enfants éblouis devant l'abondance des jouets exposés. Il regrette de ne pas avoir emmené Laurette. « Il serait temps que je commence à la sortir avec moi », se dit-il, réalisant qu'elle aura bientôt cinq ans. Cette prise de conscience jette une ombre sur le plaisir qui l'habite : le moment fatidique de l'entrée à l'école et, par le fait même, du choix du nom qu'elle devra porter l'inquiète. Alexandrine dit avoir gagné Raoul à l'idée qu'il attende la naissance de son enfant avant de prendre quelque décision au sujet de Laurette. Mais qu'en est-il vraiment ? Qu'en sera-t-il si tout va comme souhaité avec l'enfant qu'elle porte ? Oscar se reproche d'avoir manqué de vigilance dans cette affaire. « Je me suis trop laissé prendre par mon travail », se dit-il. Aussitôt, il prend la résolution de contacter Raoul avant Noël. Ainsi préoccupé, il heurte, en passant, une maman qui pousse un landau. Tandis qu'il se confond en excuses, il aperçoit, dans une allée voisine, une femme qui lui semble être Marie-Ange. Il veut aller la saluer quand, de loin, il remarque qu'elle aussi pousse un landau. Il cherche à voir lequel de ses neveux et nièces s'y trouve. Plus il avance, plus sa vue se brouille. Il ne reconnaît pas ce bambin à qui il donnerait moins d'un an. Un petit garçon aux cheveux roux bouclés. Son front, sa bouche lui rappellent quelqu'un. Il fige sur place. Pour sûr, c'est le fils de Colombe !

Peut-être le sien aussi. Ses jambes tremblent. Il voudrait s'approcher davantage, mais sans être vu de Marie-Ange. Le sang bat à ses tempes. Les bras chargés, il la suit le plus discrètement possible. Elle bifurque vers une allée qui l'éloigne de lui. Il attend la prochaine occasion, ne la perdant pas de vue. Elle se dirige vers la sortie. « Non. Pas tout de suite ! » crierait-il. Les genoux fléchis, il se met à la suivre, mais il est vite arrêté par une voix amusée qui jaillit derrière lui. « Oscar ! Mais à quoi joues-tu, veux-tu bien me dire ?

– Quel drôle de hasard ! s'exclame Oscar, avant de bombarder sa sœur de questions pour ne pas avoir à expliquer sa conduite.

– Tu magasines avec moi ? lui demande-t-elle après avoir répondu à son interrogatoire.

– J'aimerais bien, mais c'est tout le temps que je me suis donné », trouve-t-il à répondre, pressé de partir sur les traces de Marie-Ange.

Oscar ne veut pas rater cette chance exceptionnelle de connaître l'adresse de Colombe. Devant le magasin, il scrute les alentours. À droite, à gauche, nulle trace de Marie-Ange. « Elle a dû prendre un taxi, conclut-il. À moins que, constatant un oubli, elle ne soit revenue dans le magasin… » Oscar fait demi-tour et rejoint sa sœur en moins de deux minutes. « J'ai repensé à mon affaire. Je vais t'accompagner, lui annonce-t-il. On s'est accordé si peu de temps depuis notre voyage en Europe.

– Alexandrine n'est pas avec toi ?

– Il ne fallait pas. Regarde les sacs que j'ai là. C'est pour elle, tous ces cadeaux.

– Tu dois avoir hâte qu'il arrive, ce bébé-là, hein ?

– J'ai surtout hâte que l'accouchement soit passé. J'ai un peu peur pour elle… à cause de son âge.

– Qu'est-ce qu'il en dit, son médecin ?

– Je ne sais pas, répond-il, gêné d'avouer qu'Alexandrine n'a pas encore subi d'examen médical, mais j'ai consulté de mon côté et on considère sa grossesse comme une grossesse à risque.

– Pourtant, je n'ai jamais vu ta femme aussi en forme.

– Moi non plus, mais je vais demander qu'elle ait le meilleur médecin de l'hôpital. »

Constamment préoccupé de revoir Marie-Ange dans une des allées du magasin, Oscar passe d'un jouet à un autre sans s'arrêter à aucun, sans en acheter un seul. Lasse de le prier de l'attendre, Cécile finit par le libérer : « On dirait que t'as pas l'esprit au magasinage, fait-elle remarquer.

– J'en fais depuis l'ouverture des magasins, quand même. Pour un homme pas habitué, c'est pas mal, tu ne penses pas ?

– En tout cas, moi, je sais quoi acheter aux enfants…

– Si t'as pas fini en fin de journée, on pourrait se reprendre.

– Je ne pourrai pas demain. J'ai promis d'aider Marie-Ange et Brigitte aux préparatifs de Noël.

– Ça va mieux comme ça, avec Brigitte ?

– Non, mais j'ai accepté de les aider pour faire plaisir à Marie-Ange. Elle a tellement à faire, cette brave femme. »

Oscar fronce les sourcils, prêt à la contredire pour l'inciter à parler, mais sa découverte plus tôt lui a déjà apporté un début de réponse. Résigné à l'idée que Marie-Ange lui a échappé, il salue Cécile et se dirige vers la sortie.

Bouleversé, peu disposé à rentrer chez lui, Oscar est tenté de se présenter au bureau de Marius. Il se ravise en imaginant les réactions que provoqueraient ses confidences. « Tu t'es encore construit un château de cartes », lui semble-t-il entendre. Il marche donc en direction du fleuve, en quête de solitude. Le froid et le souvenir de ses illusions du printemps dernier le ramènent à la raison. « Rien ne me prouve qu'il s'agisse du bébé de Colombe et rien ne m'interdit de penser que Marie-Ange puisse aider d'autres familles que la mienne. Dans quelques semaines, je pourrai, sans l'ombre d'un doute, serrer dans mes bras un enfant qui sera vraiment le mien », se dit-il, souhaitant dès lors oublier Colombe pour le reste de sa vie. Cette espérance l'aide à rentrer chez lui. Il est accueilli joyeusement par Laurette qui saute à son cou et par Alexandrine qui le couvre de glaçons argentés. « Regarde comme il est beau, ton papa », dit-elle à Laurette qui s'amuse aussi à pendre des glaçons tantôt au nez d'Oscar, tantôt à ses oreilles. « Ne te fatigue pas trop, dit-il à son épouse en l'embrassant.

– C'est plutôt reposant, tu sais, de jouer comme on l'a fait tout l'après-midi. Et toi, t'as trouvé ?

– Trouvé quoi ? demande-t-il, déjà distrait par la pensée de Marie-Ange.

– Ton magasinage…

– Oui, oui. Presque tout, dit-il. Avec une couple d'heures demain après-midi, je devrais avoir terminé. »

Alexandrine s'approche et lui chuchote à l'oreille : « Tu ne m'en voudras pas si je ne te fais pas de gros cadeaux cette année, mon chéri. Avec toutes les dépenses pour le bébé…

– Loin de là, ma chère. Mon plus beau cadeau, tu es sur le point de me le livrer », lui répond-il, ragaillardi, en fixant le ventre de sa femme, bombé comme un ballon.

Oscar inscrit à son emploi du temps du lendemain une autre séance de magasinage, mais après une rencontre avec Raoul. S'il en croit Alexandrine, il n'y aurait pas lieu de s'inquiéter, mais tel n'est pas son avis. « Comment s'annoncent les fêtes pour toi, cette année ? demande Oscar à Raoul, joint par téléphone tôt dans la matinée.

– Rien de bien excitant.

– Je pourrais passer te voir tantôt ?

– Bien sûr, Oscar. Je croyais que tu m'avais relégué aux oubliettes... »

Ces paroles qu'Oscar attribue en partie au tempérament plutôt pessimiste de Raoul ne le chagrinent pas moins. Il en comprend tout le sens lorsque, après quelques minutes d'entretien, Raoul lui apprend qu'Alexandrine lui a offert une allocation mensuelle.

« Mais pourquoi ?

– Pour que je puisse reprendre mon fils et ma fille aînée...

– Mais en quel honneur ?

– Sûrement dans l'espoir que leur présence me contente et me fasse renoncer à prendre ma petite.

– Tu l'as acceptée ?

– Non. Si je l'accepte un jour, ce ne sera pas sans qu'Alexandrine remplisse mes conditions.

– Je peux savoir lesquelles ? demande Oscar.

– Qu'elle dise la vérité à Laurette, d'abord. Puis, si plus tard ma fille voulait vivre avec moi, qu'elle lui en laisse la liberté.

– Elle refuse, si je comprends bien.

– Elle ne veut pas se prononcer avant son accouchement. Je vais l'attendre.

– Pourquoi ne m'en as-tu pas parlé ?

– C'est à Alexandrine que tu devrais poser la question », réplique Raoul.

Oscar le quitte, confus. Bien qu'il désapprouve les procédés de son épouse, il est forcé de reconnaître son intelligence et son habileté à atteindre ses buts. N'a-t-il pas abandonné lui-même cette affaire voilà près d'un an ?

~

À la fin de janvier de cette année 1913, Alexandrine jette autour d'elle un regard désespéré. Après avoir été le point de mire de toutes les fêtes familiales, après avoir été comblée de présents pour l'enfant sur le point de voir le jour, elle vit ce qu'elle considère comme la pire épreuve de son existence. Sa plus grande humiliation. Le médecin, consulté le 8 janvier, avait raison. Alexandrine n'était pas sur le point d'accoucher. Son ventre était vide. Sa grossesse était imaginaire.

De fait, au cours des dix derniers jours, presque tous les signes d'une grossesse normale se sont estompés. On craint qu'elle ne sombre dans une profonde dépression. Le médecin lui impose le repos complet et estime qu'un séjour à l'hôpital Notre-Dame pourrait accélérer sa guérison. Laurette est donc placée en pension, pendant la semaine, au Jardin de l'enfance situé au coin de La Fontaine et Pie-IX. Mince consolation s'il en est, Oscar n'entend que des éloges au sujet de cette fillette que l'on qualifie de surdouée et à qui on reconnaît une éducation exemplaire. Les activités qui sont proposées plaisent à l'enfant au point qu'elle en réclame de semblables les fins de semaine. À ces plaisirs s'ajoute celui cent fois exprimé de se voir entourée d'amies.

« Raoul doit en être informé », maintient Oscar malgré les protestations d'Alexandrine. Nerveux comme il l'a rarement été, Oscar attend Raoul à son bureau cette fois. L'air glacial, celui-ci semble déjà sur la défensive. Avec toute la diplomatie dont il est capable, Oscar lui expose la situation, implorant sa clémence à l'égard d'Alexandrine. Visiblement peu enclin à la lui accorder, Raoul répond :

« À force de s'inventer des histoires, elle s'est prise au piège.

– Qu'est-ce que je dois comprendre ? demande Oscar, accablé.

– Que j'ai l'intention d'en profiter pour voir ma fille plus souvent.

– Tu ne lui diras quand même pas…

– N'aie crainte. Pour l'instant, je vais me présenter comme le papa de Madeleine.

– Tu penses que Laurette va se souvenir d'elle ?

– Je vais l'emmener avec moi. »

Oscar est atterré.

« J'admets que tu es dans ton bon droit, Raoul, mais je ne peux m'empêcher de craindre que ça dérape…

– Si tu veux qu'on parle de dérapage, alors là, on en aurait long à dire par rapport à ta femme.

– Je t'en prie, Raoul, donne-lui au moins une petite chance de remonter la côte.

– Que je vous donne des chances ? C'est moi qui en ai besoin, pas vous autres. »

Sur ce, Raoul se lance dans un bilan des péripéties et malheurs qu'il a vécus depuis la mort de son épouse. Oscar l'écoute avec aménité, puis avoue s'être toujours senti fort tiraillé entre l'attitude de son épouse et les droits qu'il lui reconnaît.

Un tableau se superpose constamment à celui que brosse le père de Laurette. Parler des droits de Raoul, c'est aussi évoquer ceux qu'il pourrait bien avoir sur le fils de Colombe.

Les deux hommes réfléchissent en silence, après quoi Raoul dit : « Qu'elle ne craigne rien pour l'instant. On ne frappe pas sur celui qui est déjà par terre. »

Cette promesse rapportée à Alexandrine n'a pas l'effet escompté. Sa méfiance est tenace et Oscar se demande même si elle ne la nourrit pas sciemment. Il pose la question à son médecin traitant. « La crainte morbide de perdre la garde de cette enfant est moins éprouvante que la honte… », explique-t-il à Oscar.

Affligé par tant de problèmes familiaux, Oscar s'est peu investi dans la campagne amorcée en vue des élections municipales. Il est même fortement tenté de se retirer. Son maire et l'échevin Bélanger, assurés d'être réélus, le supplient de ne pas poser un tel geste. « Tu es un pilier dans l'administration et le progrès de notre ville, Oscar. Tu dois au moins mener tes projets à terme. Après, tu pourras te retirer si tu le souhaites encore. » Marius lui tient le même langage, ajoutant qu'il vaut mieux s'occuper à des choses constructives en attendant que l'orage passe. « De toute manière, lui fait-il remarquer un soir qu'Oscar est venu souper avec lui, Laurette ne semble pas moins heureuse au Jardin de l'enfance qu'ici. Je dirais même qu'elle est moins timide et plus taquine qu'avant.

– Les religieuses m'ont dit que, même si elle n'a que cinq ans, elle est prête à commencer sa première année.

– Sous quel nom est-elle inscrite ? Laurette Dufresne ? »

Oscar le lui confirme d'un signe de la tête et ajoute, penaud : « Ce n'est pas le temps de contrarier Alexandrine.

– Tu pèses bien les conséquences de ce geste, Oscar ?

– Je sais, Marius, mais on ne guérit pas d'une obsession du jour au lendemain…

– Puis Raoul, là-dedans ? »

Après avoir relaté à son frère leur dernier entretien, Oscar conclut :

« Je peux tout juste empêcher la marmite de sauter.

– Il y a une question qui me brûle les lèvres, Oscar. Tu es libre d'y répondre. J'aimerais savoir si les sentiments amoureux résistent aux difficultés comme celles que tu vis avec Alexandrine depuis dix ans.

– Tu en doutes ?

– Ça me fait peur, avoue Marius.

– Pour moi ou pour toi ?

– Pour nous deux, Oscar. Pour l'être humain en général. La pitié, c'est si sournois et si déshonorant. »

Marius repousse son assiette au centre de la table, visiblement troublé.

« Je pense que la pitié s'installe quand il n'y a plus d'admiration, dit Oscar après un bon moment de réflexion.

– Tu en as encore, de l'admiration ?

– Je crois que oui. »

Gardant un silence respectueux, Marius attend des explications. Touché de cette attention, Oscar lui confie : « Tu sais, Marius, il faut vivre avec Alexandrine pour savoir que cette femme est d'une fidélité à toute épreuve. »

Marius sourcille.

« Je veux dire que, quand elle donne sa confiance et son affection, elle ne connaît plus de barrière. Dans le cas de Laurette, par exemple, elle l'a considérée dès le départ comme son enfant, elle s'est toujours comportée avec elle comme si elle était sa propre fille.

– Tu ne trouves pas que c'est un amour un peu trop possessif ?

– C'est l'envers de la médaille, hélas ! Il n'en demeure pas moins qu'elle est admirable aussi sur bien d'autres points. C'est une femme entière, Alexandrine. Elle n'a toujours dit que du bien de moi et de toute ma famille. Ses bonnes manières, sa courtoisie, sa passion pour tout ce qui incarne la beauté me plaisent beaucoup.

– Comment excuses-tu certains de ses comportements… que je juge inacceptables ?

– Je ne la crois pas méchante, Alexandrine. Elle a souffert dans sa jeunesse de certaines choses qui expliquent ses faiblesses… »

Oscar marque une pause.

« Je vais t'avouer une autre chose, Marius. Je ne me suis jamais habitué à sa beauté. Ce n'est pas négligeable dans la vie d'un homme que d'avoir à ses côtés, n'importe où, n'importe quand, une femme élégante, raffinée, délicate et amoureuse. »

Marius, fort songeur, se limite à un hochement de tête.

~

Ses mésaventures familiales incitent Oscar à demeurer très discret sur sa vie privée. Auprès de ceux qui n'en savent presque rien, il peut s'en distraire et goûter un peu de répit. C'est ainsi que, prié par le directeur du *Devoir* de venir à son bureau pour une affaire grave et urgente, il s'y rend avec empressement. Un homme aux traits tirés et au regard sombre l'accueille et lui apprend d'une voix éteinte : « Notre journal est en péril, monsieur Dufresne.

– À ce que je sache, M. Ducharme a souscrit des sommes importantes depuis deux ans.

– Ce n'est pas suffisant. *Le Devoir* ne fait pas ses frais.

– Un gros déficit ? demande Oscar.

– Dans les dizaines de milliers de dollars, monsieur Dufresne.

– Il faut aller se chercher des appuis…

– Ce ne sont ni les conservateurs ni les libéraux qui vont nous en donner.

– Sauf le respect que je vous dois, monsieur Bourassa, vous ne les avez pas tellement ménagés…

– On ne dirige pas un journal pour ménager les crapules, rétorque le fondateur, prêt à s'enflammer.

– Vous savez qu'on accuse l'équipe du *Devoir* de mordre la main qui la nourrit ?

– Personne ne va m'acheter, monsieur Dufresne. J'ai clamé dès la fondation du *Devoir* que ce journal appuierait les honnêtes gens et dénoncerait les coquins, et ce n'est pas parce qu'on connaît des problèmes financiers que je vais y renoncer. »

D'autres actionnaires aussi ont conseillé Bourassa. Tous conviennent, finalement, de fonder une nouvelle compagnie. À la demande expresse des imprimeurs Beaudet et Mercier, ainsi que des comptables et d'Hurtubise, courtier en assurances, l'Imprimerie populaire ltée remplacera désormais la Publicité comme société éditrice du *Devoir.* Par contre, certains administrateurs, tel Janvier Vaillancourt, directeur de la Banque d'Hochelaga, se voient forcés, par quelques annonceurs conservateurs qui ont fourni de l'argent lors de la fondation du *Devoir,* d'abandonner leur aide financière. Siégeront au nouveau conseil deux anciens : Bourassa, fondateur, et Ducharme, de la Sauvegarde. S'y ajouteront Oscar Dufresne, Edmond Hurtubise, Philippe Delongchamps, Louis-Narcisse Ducharme, Georges Pelletier et Omer Héroux.

Malgré cette déroute, à la mi-février, Bourassa détient la moitié, plus une, des actions de l'Imprimerie populaire ltée. Le fondateur directeur du *Devoir* a donc le contrôle de la compagnie et les actionnaires reprennent confiance. La nouvelle charte stipule que *le conseil d'administration exerce toute autorité sur l'administration des journaux et autres entreprises de la compagnie, mais la direction complète et absolue des journaux reste confiée au directeur actuel, M. Henri Bourassa, qui a seul le pouvoir d'engager ou de congédier tout rédacteur ou employé de la rédaction.*

*Le fonds social est fixé à cinq cent mille dollars divisé en cinq mille actions de cent dollars chacune, sujet à l'accroissement dudit fonds social en vertu des dispositions dudit acte.*

*Le Devoir* sauvé de la faillite, Oscar peut consacrer un peu de temps à la campagne électorale municipale.

Les prédictions se confirment : Michaud, Bélanger, Fraser et lui-même sont réélus.

Oscar entrevoit ce deuxième mandat comme l'événement déterminant de sa carrière en politique. La réalisation des projets en chantier vient en second, une saine administration de la cité de Maisonneuve l'emportant. Le défi est de taille. Pour avoir souhaité un nouveau parc avec des centres d'attraction uniques au Canada, Oscar a ouvert la voie à une spéculation foncière déjà amorcée. Son titre de président de la Commission du parc de Maisonneuve ne lui confère, hélas, aucune autorité pour négocier l'achat des terrains ; en vertu du nouveau régime, la Ville s'est réservé le privilège de les acquérir pour les transférer ensuite à la Commission. Heureusement, d'autres projets, plus modestes mais non moins chers à son cœur, font l'unanimité. Après la réussite de la fondation des Gouttes de lait, œuvre de Justine Lacoste et de M^me^ Huguenin, après l'obtention de l'eau filtrée, Maisonneuve remporte une autre victoire contre la mortalité infantile : dans quelques mois, un laboratoire installé dans le sous-sol de l'hôtel de ville pourra procéder à la pasteurisation du lait. « Sauvons nos petits enfants », ce tract diffusé depuis près de vingt-cinq ans par le Conseil d'hygiène, porte ses fruits en la cité de Maisonneuve, alors que la ville de Montréal est encore privée de laboratoire bactériologique. Oscar déplore que sa mère ne soit plus là pour applaudir à ce progrès et féliciter les militantes, dont Irma Levasseur, la première femme médecin du Québec qui a véhémentement dénoncé le fait que les hôpitaux catholiques refusaient les enfants de moins de cinq ans. Non sans émotion, il entend encore sa mère lui parler de Justine

Lacoste et de ses collaboratrices, M$^{mes}$ Leman, Caroline Béique, Joséphine Dandurand et Marie Thibaudeau, ces femmes riches, qui, comme elle, ont dû demander d'être relevées de l'incapacité juridique qui est le lot, depuis 1866, de toutes les femmes qui prennent mari. Oscar n'est pas loin de penser comme Thaïs Lacoste, qui écrivait au terme d'une bataille juridique : *Messieurs les hommes, jaloux de leurs droits, ne voulaient pas, sans se faire prier un peu, les partager avec nous...*

Pour favoriser l'accès à la rive sud du fleuve, la compagnie Québec-Lévis Ferry, qui a présenté une soumission pour mettre sur le Saint-Laurent un bateau-passeur qui relierait Maisonneuve à Longueuil, est sur le point de signer un contrat. Une assemblée du conseil se tient, ce soir du 8 mars 1913, pour étudier les dernières propositions de la compagnie. Celle-ci s'engage donc à faire circuler un ou des traversiers sur le fleuve Saint-Laurent en suivant la route la plus courte entre, d'un côté, le quai Sutherland, situé au pied du boulevard Pie-IX, et, de l'autre, le quai du gouvernement, dans la ville de Longueuil. Le service devra être rapide et continuel de six heures à neuf heures le matin, de onze heures à une heure et demie, et de quatre heures à sept heures en fin de journée. En dehors de ces heures d'achalandage, la compagnie Québec-Lévis Ferry s'engage à fournir un service à toutes les quatre-vingt-dix minutes. Le tarif du passage ayant fait l'objet de contestations, la compagnie promet de *ne pas charger plus de cinq centins par passage par voyage ; elle devra vendre ses billets au taux de dix pour vingt-cinq centins. Ladite compagnie ne devra pas charger plus de vingt-cinq centins (25 ¢) par voyage pour chaque automobile, y compris le chauffeur ; pas plus de quarante centins (40 ¢) pour chaque voiture de charge, à cheval ; soixante-quinze centins (75 ¢) pour chaque voiture de charge à deux chevaux, aller et retour.* Il a aussi été convenu qu'on ne demanderait pas plus de vingt-cinq sous à un passager qui prendrait le traversier en dehors des heures de pointe ou qui voudrait demeurer sur le bateau dans ces intervalles.

Le conseil de Maisonneuve accepte ces propositions à la majorité.

De son côté, la ville versera à la Commission du Havre une somme de trois cents dollars pour l'aménagement d'une descente dans son quai en vue de faciliter l'accostage du traversier ; à cette somme s'ajoutera une prime de deux cent cinquante dollars pour l'établissement et le maintien de ce service durant la saison 1913. Les contestations s'élèvent lorsque le maire annonce que plus de deux mille dollars devront être consacrés à l'amélioration des quais du Havre. Pour justifier cette dépense, il invoque la nécessité de combler de pierres concassées les cavités existant à plusieurs endroits et de faire un chemin de macadam pour les piétons et les voitures. Les échevins Bélanger et Fraser considèrent que les dépenses engagées seront vite remboursées par l'achalandage de ce traversier. Oscar les approuve, ajoutant que la circulation sur l'unique pont qui relie les deux rives du fleuve en sera allégée, sans parler du plaisir, pour les passagers, de se promener sur l'eau.

Marius incite ses concitoyens à regarder les progrès incessants des anciennes et des nouvelles industries établies à Maisonneuve pour demeurer optimistes. « Prenez, par exemple, la fabrique de boîtes de conserve, l'American Can Co. Après moins de trois ans d'activité, elle emploie déjà cent soixante-quinze ouvriers et la fonderie Warden and King Limited en engage quatre fois plus. »

~

Pâques arrive trop vite, trop tôt pour Oscar Dufresne.

À peine est-il sorti de la profonde mélancolie dans laquelle l'a plongé l'anniversaire du naufrage du *Titanic* qu'il se voit contraint d'annoncer deux mauvaises nouvelles à Laurette. En la ramenant du Jardin de l'enfance il la prévient d'abord de l'absence d'Alexandrine à la maison. « Maman doit rester encore quelques jours à l'hôpital, lui dit-il.

– Où est-ce qu'elle s'est fait mal ?

– Bien... à la tête, répond-il, désarmé.

– Avec quoi ?

– Je t'expliquerai ça une autre fois. Parlons plutôt de ce qu'on fera demain. Tu sais que tu as cinq jours de congé ?

– Oui. Il me l'a dit.

– Qui te l'a dit ?

– Le papa de mon amie Madeleine. »

Oscar s'inquiète : « Il est allé te voir dernièrement ?

– Il vient souvent, le papa de Madeleine. Je le trouve très gentil. Vous, papa ?

– Oh, oui, ma mignonne. Il est très gentil, mon cousin Raoul.

– S'il est votre cousin, ça veut dire que Madeleine est ma cousine ?

– Si tu veux, oui. Mais c'est encore plus joli de l'appeler ton amie », lui suggère Oscar, souhaitant que la fillette ne parle pas de Raoul devant Alexandrine, lors de la visite qu'elle doit lui faire le jour de Pâques.

Invité à souper chez Thomas avec sa fille, Oscar s'arrête à son domicile, le temps de déposer les bagages de Laurette et de téléphoner au médecin d'Alexandrine. Celui-ci lui promet de donner à sa patiente les médicaments qui la rendront sereine et souriante pendant la visite de sa fille. Rassuré, Oscar s'apprête à sortir avec sa fille pour se rendre chez Thomas quand le téléphone sonne. Il demande à Laurette de l'attendre dans le portique, puis va répondre. « Aller dîner chez toi samedi ? Avec Laurette ? »

Raoul insiste, annonçant que, pour la première fois, ses trois enfants seraient assis à sa table.

« Ça me met bien mal à l'aise..., confesse Oscar. Et comment vas-tu les présenter les uns aux autres ?

– Par leurs prénoms. Roger, Madeleine et Laurette, tout simplement.

– Et s'ils te posent des questions à mon sujet ?

– Je dirai que tu es le papa de Laurette..., en attendant de pouvoir dire que tu n'es que son père adoptif. »

Oscar accepte finalement l'invitation. Au fond de lui-même, il saisit les besoins et les désirs de Raoul.

Au domicile des Dufresne, l'atmosphère est tendue, malgré la jovialité exemplaire de Thomas. Marie-Ange a dû s'absenter pour une urgence dont Brigitte ne connaît pas la nature, semble-t-il. Il est naturel que Cécile prête main-forte à cette dernière, bien que cela la contrarie. Les plats servis, Oscar offre de la remplacer après le souper pendant qu'elle amusera Laurette. Cet échange de services fait l'affaire des deux. Seul dans la cuisine avec Brigitte, mine de rien, il s'informe :

« T'as aucune idée de la personne chez qui Marie-Ange est allée ?

– Je le saurais que ça ne changerait rien. Les plats étaient tous au feu quand elle est partie.

– Je me suis mal fait comprendre, Brigitte. Je ne veux pas dire que le souper était moins réussi. Je m'inquiète pour elle.

– Elle n'était pas malade. Juste pressée après avoir reçu un coup de fil.

– Tu ne sais pas qui l'appelait ?...

– Non, puis c'est pas de nos affaires. »

Oscar quitte la cuisine et va vers Cécile à qui il annonce : « On part. C'est l'heure du bain pour Laurette.

– Il n'est que huit heures dix.

– Je sais, mais c'est important qu'elle conserve les bonnes habitudes prises au pensionnat, allègue-t-il.

– Parlons-en des habitudes des pensionnats ! Tu les aimes, toi ? riposte Cécile.

– Pas toutes, mais plusieurs sont très valables.

– Tant mieux pour toi ! » lance-t-elle avant de disparaître dans sa chambre.

Thomas l'a observée, silencieux mais non moins contrarié. « Ça ne sera pas facile, dimanche », chuchote-t-il, le regard rivé au plancher.

Oscar avoue ne pas comprendre. « C'est que j'avais prévu profiter de notre souper de famille pour annoncer...

– Déjà ? Vous feriez ça à l'été ?

– Non, non. C'est juste une forme de fiançailles. Pour officialiser nos fréquentations. Le mariage à Noël prochain, peut-être... Si tout va bien.

– Bon, c'est votre droit », commente Oscar sur un ton quelque peu acerbe.

« Tout le monde autour de moi a des droits », se dit-il avec l'impression d'être défavorisé. Les sorties secrètes de Marie-Ange, la maladie d'Alexandrine, la place grandissante que prend Raoul dans la vie de Laurette et le mystère qui entoure la vie de Colombe et de son enfant, tout ça l'irrite. « Je pense que je deviens grognon en vieillissant, dit-il à Marius joint par téléphone.

– C'est la somme de tes déceptions qui te rend de même ?

– Je pense plutôt que c'est de ne pas savoir.

– Tu veux dire ?...

– Par rapport à ma femme, le temps de guérison, si elle guérit. Puis Raoul, avec la petite. Cécile qui regimbe parce que notre père veut refaire sa vie. Puis Marie-Ange qui part en coup de vent en pleine préparation du souper pour se porter au secours de qui, penses-tu ?

– Elle t'obsède encore, la belle Colombe, hein ? Tu t'imagines quoi, cette fois ?

– Peut-être qu'un des deux est malade...

– T'as l'air d'oublier qu'elle a un mari, cette femme-là.

– Es-tu sûr qu'il est près d'elle ?

– De toute façon, je pense que ce n'est pas notre problème, Oscar. »

Plus un mot au bout du fil. Qu'un long soupir.

« Si j'étais sûr qu'elle ne vit pas seule avec le bébé, au moins, reprend Oscar.

– Tu voudras toujours en savoir plus, rétorque son frère.

– Tu pourrais vérifier auprès de Marie-Ange, puis me dire si j'ai raison de m'inquiéter... »

Marius hésite, grogne et, finalement, consent : « C'est parce que c'est toi qui me le demandes... Mais n'oublie pas que Marie-Ange n'est pas obligée de me répondre...

– Tu comptes lui parler quand ?

– Pas ce soir, tout de même, Oscar. Je suis occupé...

– Oh, tu n'es pas seul ? Je m'excuse, Marius. »

Oscar raccroche l'écouteur, plus inconfortable qu'il ne l'était. Il éteint toutes les lumières du rez-de-chaussée, se cale dans un fauteuil du salon et essaie de se ressaisir. L'obscurité brouille son raisonnement sans l'apaiser. Il n'y a plus que Laurette qui puisse le réconforter. À pas feutrés, il se rend dans sa chambre et est surpris de la voir lui tendre les bras. « Tu ne dors pas, ma chérie ?

– Je ne me sens pas bien, papa.

– Où as-tu mal ?

– Là, puis là », répond-elle en pointant sa poitrine et sa gorge.

Oscar pose une main sur son front. « Ça ne peut pas être la grippe, tu ne fais pas de fièvre.

– C'est comme si j'avais quelque chose de pris dans ma gorge, papa.

– Une grosse peine, peut-être ? dit Oscar en la serrant fort sur sa poitrine.

– Reste avec moi, papa.

– Ta maman te manque beaucoup, je comprends, ma chérie.

– Puis, je n'ai pas d'amies, ici, ajoute-t-elle en pleurant. J'ai froid partout, papa. »

Douleur de l'absence. Du vide. Celle que pourrait bien ressentir Alexandrine. Celle que son désespoir cause autour d'elle. Ce vide, Oscar le ressent aussi. Creusé par le silence de Colombe, sa présence éthérée.

Oscar va chercher une couverture de laine dans la lingerie, emmaillote la fillette, puis s'allonge à ses côtés et s'endort.

Des éclats de lumière dorée sur le pied du lit et au-dessus de la fenêtre les sortent du sommeil. Comblé de câlins par l'enfant, Oscar ne peut résister à lui annoncer : « J'ai une belle surprise pour toi aujourd'hui.

– Maman revient à la maison ?

– Pas encore, mais demain, on va lui rendre visite à l'hôpital.

– Je veux qu'elle revienne ici, maman. Je n'aime pas aller là-bas. Ça me fait mal dans la gorge, comme hier soir.

– On en reparlera, veux-tu ? Mais ce midi, on est invités tous les deux chez quelqu'un de très gentil.

– Il va y avoir des amis de mon âge ? »

La réponse affirmative la précipite hors de son lit, vers sa garde-robe. « Je peux mettre cette robe-là ? demande-t-elle, désignant celle qu'il lui a achetée pour Noël.

– C'est un peu chaud, du velours, en avril, mais…

– Je veux celle-là, papa, j'ai souvent froid. »

Passant devant le miroir de sa chambre, Laurette se regarde et fait la moue. « Il n'y a personne ici pour me coiffer…

– Tu veux une boucle de satin dans tes cheveux ? Je suis capable de faire ça, tu sais.

– Ah, oui ? Mais pourquoi c'est toujours maman qui me peigne quand elle est ici ?

– Parce que c'est elle qui tient à le faire. Puis, elle réussit bien, n'est-ce pas ? »

Laurette grimace sous les coups de peigne. « Je te fais mal ?

– Un petit peu, papa.

– Je vais faire plus attention. Tiens, comme ça. »

La fillette retrouve son sourire jusqu'au moment crucial où son père doit saisir une mèche de cheveux sur le dessus de sa tête et l'attacher avec un élastique avant d'y nouer un ruban de satin. « Il faut toujours tirer un peu plus fort pour passer l'élastique, allègue Oscar.

– Maman ne me fait jamais mal, elle. Puis, elle n'est pas droite, ma boucle. »

Oscar recommence. Le résultat le satisfait, mais la fillette n'est pas contente. « On demandera à ta tante Cécile de faire des retouches avant d'aller dîner », conclut-il. De passer à la maison paternelle lui permettra de voir Marie-Ange et d'en apprendre peut-être un peu plus... En entrant chez son père, Oscar est frappé par l'ambiance qui y règne. Thomas leur fait un accueil réservé, Cécile n'accourt pas pour les saluer et pas un bruit de voix ne vient de la cuisine. Questionné au sujet de Marie-Ange, Thomas rappelle à Oscar que celle-ci est libérée à l'occasion des grandes fêtes depuis qu'il a engagé Brigitte Dorval. « Savez-vous si elle est partie pour Yamachiche ?

– Aucune idée. Demande à Brigitte, peut-être... »

Sur ces entrefaites, Laurette, qui s'était précipitée vers la chambre de Cécile, réapparaît, toute fière de sa coiffure.

« Mais où tu t'en vas comme ça, ma jolie ? lui demande son grand-père.

– Jouer avec mon amie Madeleine. On y va, papa ? »

Thomas fronce les sourcils, lance un regard interrogateur vers son fils sans obtenir la réponse souhaitée.

« On s'en reparlera », se contente de dire Oscar, pressé par sa fille de se rendre chez Raoul.

« Il n'y a plus rien à comprendre », pense Thomas en le regardant s'éloigner.

Cécile est enfermée dans sa chambre depuis que son père lui a appris que Marie-Louise arriverait en début d'après-midi. Ce silence hostile lui est insupportable. « Ouvre-moi, Cécile. Il faut qu'on se parle.

– Ce n'est pas barré », entend-il.

Thomas pousse doucement la porte, s'arrête dans l'embrasure en apercevant sa fille penchée sur une photo de Victoire qu'elle tient sur ses genoux. Elle a pleuré. « Tu te demandes comment elle prend ça, hein ? »

Un acquiescement de la tête, un sanglot et plus rien. Thomas vient s'asseoir sur le bord du lit. « Ça va faire cinq ans bientôt, rappelle-t-il à sa fille.

– Pour moi, c'est comme si c'était arrivé hier. »

Ébranlé, Thomas passe un bras autour des épaules de Cécile, envahi par ce sentiment d'impuissance qu'il a toujours ressenti devant la souffrance des femmes. Au visage attristé de sa fille se superpose, comme dans un brouillard, celui de sa mère, Domitille. Sa mémoire lui renvoie l'image d'une jeune femme alitée, au teint blafard et au regard terne, ses bras vite tendus vers quiconque se présentait, pour combler… « Si vous saviez comme je me sens seule, parfois. » Cri du cœur de Cécile ou cri de détresse de Domitille, là aussi, c'est la confusion. Un souhait ardent monte en Thomas : « Que la vie réserve à ma fille un sort plus heureux. »

« Je pensais qu'avec ton travail, puis la présence de la famille et de Marie-Ange, tu ne pouvais pas t'ennuyer, dit-il.

– C'est pire depuis qu'on est revenus d'Europe. Marie-Ange passe beaucoup de temps en dehors de la maison.

– Je ne savais pas », avoue Thomas, perplexe.

Il retire son bras, prend sa tête dans ses mains, les coudes posés sur ses cuisses. Un dialogue a été entamé, mais il ne sait comment le poursuivre. Les mots restent emprisonnés dans sa gorge et les gestes qui parleraient le fuient. L'humour, la seule défense qu'il connaisse contre la surcharge émotive, ne convient pas. Thomas suffoque. Cet instant de silence l'apaise toutefois. Il se lève et, appuyé au chambranle de la porte, il avoue : « La vie est drôlement faite, tu sais. Je voudrais la prendre sur moi, ta solitude, que je ne le pourrais pas. Comme s'il fallait que chacun apprenne par lui-même à l'apprivoiser ou à la chasser. »

Cécile lui a tourné le dos. « À quelle heure qu'elle doit arriver… ? demande-t-elle, évitant de prononcer le nom de celle qui a remplacé sa mère dans le cœur de Thomas.

– D'après ce que je vois, même si ce n'est que pour le souper, ce sera toujours trop tôt pour toi. »

~

À quelques dizaines de rues de là, trois personnes attendent impatiemment leurs visiteurs. Raoul a mis la table, Madeleine surveille derrière le rideau de dentelle et Roger prend des biscuits à la dérobée. « Viens vite voir, Roger ! Ils arrivent ! crie la fillette.

– Ah, mais elle a l'air d'un bébé, s'exclame-t-il, voyant Laurette tenir la main d'Oscar.

– T'es pas fin ! Je la connais, moi, Laurette, puis je te dis qu'elle n'est pas un bébé. Elle sait plus de choses que toi, tu verras. »

Fier de ses sept ans, Roger toise sa sœur, qui tourne les talons et se précipite à la porte avant même qu'Oscar ait soulevé le heurtoir. Les deux fillettes se sautent au cou. Oscar salue Raoul et s'avance dans le portique pour tendre la main à Roger qu'il voit pour la première fois. « Tu es donc grand pour ton âge, mon garçon.

– Je vais avoir huit ans, monsieur », précise Roger, dont les yeux bleus ont l'éclat qu'il aimerait trouver dans le regard de son fils, si fils il a.

Oscar n'a pas prévu le trouble qui l'envahit, la brûlure qui, de son ventre, monte, fait battre son cœur et gonfle ses paupières. Il serre les poings et, pour reprendre le contrôle de ses émotions, il scrute la toile suspendue à l'entrée du salon. Jamais Oscar n'aurait cru qu'il en viendrait à envier Raoul. Pour ce dernier, ses trois enfants évoquent les valeurs qui lui tiennent le plus à cœur. Plus que le succès, plus que la renommée et combien plus que la richesse, la simplicité, le sens de la gratuité et la transparence lui semblent désirables. « C'est ma plus belle journée depuis le décès de ma femme », déclare Raoul en servant à Oscar un verre de scotch.

Celui-ci remercie son hôte de sa courtoisie, mais il se voit contraint de refuser l'apéritif. « C'est Samedi saint…, allègue-t-il.

– On ne pourra pas être ensemble pour Pâques, alors j'ai pensé qu'on pourrait fêter par anticipation. »

L'émotion de Raoul est telle qu'Oscar ne saurait lui refuser ce geste de complicité.

« Au bonheur de chacun, souhaite Raoul en levant son verre.

– À la santé et au bonheur de chacun, renchérit Oscar, préoccupé d'Alexandrine.

– Parlant santé, comment va ta femme ? »

Par politesse, Oscar donne une réponse banale, présumant que Raoul ne serait pas fâché d'apprendre qu'Alexandrine soit déclarée inapte à prendre soin de Laurette.

Le repas est empreint d'une gaieté enfantine. Les deux hommes y prennent plaisir. Oscar apprécie moins que les deux fillettes baissent la voix chaque fois qu'il s'approche d'elles. « Je ne sais pas si toutes les petites filles ont cette manie de jouer au secret, dit-il à Raoul, mi-sérieux.

– Je te dirais que oui. J'en connais même des grandes qui ne l'ont pas perdue », riposte Raoul.

La remarque n'est pas moins cinglante que pertinente. Oscar parvient difficilement à cacher sa contrariété et il prend prétexte d'une visite promise à Candide pour annoncer son départ imminent. Laurette bougonne et Madeleine rouspète : « Papa a dit qu'on jouerait tout l'après-midi.

– Tu peux me la laisser, suggère Raoul.

– Une autre fois, peut-être. Ses cousines l'attendent... »

Raoul n'en croit pas un mot. Tournant le dos aux fillettes, il murmure : « Ce n'est pas facile de faire confiance, hein ? Et pourtant, vous me le demandez à tous les jours. Allez ! Je ne vous garderai pas de force. »

Attristé, Oscar baisse la tête et plaide : « C'était une première fois. Donne-moi le temps de m'habituer. »

Le lendemain, fait étrange, Laurette manifeste le désir de voir Alexandrine à l'hôpital. « Ta maman est encore très fatiguée. Il faudra que tu sois très gentille et que tu écoutes papa, lui recommande Oscar, chemin faisant.

– Elle va mourir, ma maman, dit Laurette, au bord des larmes.

– Mais non, ma chérie. Elle va guérir. Dans quelques semaines, elle pourra revenir à la maison.

– Madeleine a dit que moi aussi, je n'aurai plus de maman. »

Oscar est estomaqué. Il soupçonne Raoul ou Émeline d'avoir commis une des pires indiscrétions. Il ne saurait la leur pardonner.

« Écoute, ma jolie, si le médecin dit qu'elle va guérir, c'est lui qu'il faut croire. Madeleine a sûrement mal entendu. »

Avant d'entrer dans la chambre d'Alexandrine, Oscar demande à une infirmière de la prévenir et de la préparer si c'est nécessaire. « S'il vous plaît, assurez-vous qu'elle a eu ses médicaments pour cet après-midi. »

Lorsque, après une dizaine de minutes, l'infirmière revient vers Oscar, elle sème un doute dans son esprit. « Il serait peut-être préférable que vous y alliez seul, pour commencer… On s'occupera de cette belle demoiselle en attendant.

– J'avais demandé qu'on fasse le nécessaire, garde.

– On l'a fait, monsieur Dufresne. Mais le médicament n'a pas donné tout l'effet escompté. »

Oscar se précipite dans la chambre d'Alexandrine. Coquette dans son déshabillé de satin émeraude, de son fauteuil elle lui sourit. Oscar en est agréablement surpris.

À peine a-t-il le temps de l'embrasser qu'elle demande : « Où est la petite ? Tu ne lui as pas laissé apporter sa valise toute seule, quand même ? »

Oscar déchante. Forcé de n'en rien laisser voir, il doit, de plus, composer avec l'imaginaire maladif de son épouse.

« J'irai chercher sa valise plus tard, si elle en a besoin, répond-il, apparemment impassible.

– Mais qu'est-ce qu'elle fait qu'elle n'entre pas ?

– Je vais la chercher, mais seulement si tu me promets de ne pas insister pour qu'elle reste avec toi aujourd'hui.

– Le docteur veut. Il me l'a promis. Elle dormira avec moi.

– Ça ne serait pas bon pour notre petite Laurette. As-tu pensé à toutes les maladies qu'elle pourrait attraper s'il fallait qu'elle passe ses nuits dans cet hôpital ? Il y a plein de contagieux sur l'étage », trouve-t-il à dire.

Une larme glisse sur la joue d'Alexandrine.

« Tu ne la laisses pas sortir dehors, hein ? Raoul la guette…

– Je la surveille jour et nuit, Alexandrine. Faut pas t'inquiéter.

– Je veux la voir tout de suite.

– Tu vas être de bonne humeur avec elle ? Tu me le promets ? »

D'un signe de la tête, elle acquiesce.

Oscar n'est pas long à revenir avec la fillette. En la voyant, Alexandrine s'élance vers elle, l'enlace et répète en pleurant : « Viens, ma petite chérie. Tu es avec maman, maintenant. Pour toujours, ma petite chérie. Pour toujours, rien qu'avec ta maman. »

Oscar ferme la porte de la chambre, s'approche de son épouse, tente doucement de dégager Laurette qui a l'air effrayée. Pour l'apaiser, il lui dit : « Ta maman s'est beaucoup ennuyée de toi, ma jolie. C'est pour ça qu'elle pleure comme ça. »

De toutes ses forces, Alexandrine s'accroche à sa fille. Oscar craint une crise. Discrètement, il appuie sur un bouton, pour demander de l'aide. Presque aussitôt deux infirmières accourent. Avec douceur, elles ramènent Alexandrine à la raison, puis expliquent à Laurette que sa maman doit se reposer.

Après avoir réconforté Laurette du mieux qu'il le pouvait en de telles circonstances, Oscar passe la nuit près d'elle. Il la regarde dormir, s'imprègne de la sérénité qu'elle dégage pour se persuader qu'elle ne demeurera pas perturbée par la névrose d'Alexandrine et les insinuations subtiles de la famille Normandin.

À la suite de ce regrettable incident les médecins d'Alexandrine envisagent une thérapeutique différente. La permission de passer quelques jours par semaine chez elle lui est accordée, et ces séjours sont graduellement prolongés. À la mi-juin, le trio Dufresne est enfin reformé. Laurette continue de fréquenter, de jour, le Jardin de l'enfance, mais, chaque soir, Alexandrine la ramène à la maison. Sa médication ne semble avoir que des effets bénéfiques. C'est ainsi qu'elle apprend sans paniquer qu'il arrive à Laurette d'être invitée chez Raoul pour jouer avec Roger et Madeleine. Par ailleurs, elle s'attribue le mérite d'avoir amené Cécile à se réjouir du projet de Thomas d'épouser la veuve Dorval l'hiver prochain. Même si ces progrès sont en grande partie imputables aux médicaments, Oscar en est si heureux qu'il voit lui-même à ce que son épouse les prenne régulièrement.

Lorsque, au milieu de l'été, éclate la crise contre le Canadien Pacifique, Oscar est tenté d'avaler un de ces miraculeux tranquillisants. Une assemblée spéciale du conseil de ville a été convoquée pour interdire à cette puissante compagnie de chemin de fer de construire un nouveau tronçon qui traverserait la ville de Maisonneuve pour relier le quartier Hochelaga au quartier de Longue-Pointe. Le dilemme porte sur la légitimité du droit de propriété d'une ville sur ses rues. En sa qualité de juriste, l'avocat de la ville l'a confirmée et en a informé le vice-président de la compagnie, M. McNicholl. Le conseil de ville n'accepte pas que le Canadien Pacifique construise une voie ferrée de cinq milles de long au beau milieu de la ville, obstruant les rues et dépréciant les propriétés avoisinantes. Son plan doit être corrigé. Mais quelle n'est pas la surprise de certains échevins de découvrir, ce premier samedi d'août, qu'en dépit de l'avis donné en juin, la compagnie a mis son projet à exécution. Avec la même désinvolture, sous les yeux des officiers du Canadien Pacifique, les conseillers font sauter à la dynamite les piliers de ciment que la compagnie a fait ériger sur la rue Bourbonnière. Traqué par les journalistes, Oscar affirme : *Notre maire, mes collègues et moi sommes décidés à tout pour empêcher le Canadien Pacifique de s'emparer de nos rues.* Et s'emportant, il y va d'une déclaration belliqueuse : *Nous sommes décidés à employer la force armée pour protéger notre territoire contre les empiétements du Canadien Pacifique. Nous ferons arrêter quiconque essaiera, de sa part, de travailler dans nos rues sans notre consentement. Et cette menace n'est pas vaine, croyez-le, ainsi que la compagnie a dû s'en apercevoir lundi dernier alors que nous lui avons fait parvenir un protêt en bonne et due forme par l'entremise de notre notaire, Me Gustave Écrement.*

Marius croit rêver en lisant *La Patrie* de ce 7 août au matin. « Je n'aurais jamais pensé que mon frère était capable d'une telle colère. Ou cet événement lui sert d'exutoire, ou il est plus attaché que je ne l'ai cru à l'aspect esthétique de notre cité. »

# CHAPITRE VIII

Les dirigeants de la cité de Maisonneuve triomphent. À la rentrée d'automne, le maire a commandé rien de moins qu'un banquet pour célébrer une autre victoire : les habitants des municipalités de Sault-au-Récollet, Côte-de-la-Visitation et Longue-Pointe ont signé une pétition en faveur d'une annexion à Maisonneuve.

« Notre ville fait l'envie de ces trois municipalités. Et plus encore, de par le Canada, notre ville est reconnue comme étant à l'avant-garde en matière d'embellissement et de zonage », déclare le maire Michaud dans son allocution.

Les convives manifestent leur fierté.

« Et pour cause, elle sera désormais désignée Jardin de Montréal. »

Il attend que cessent les applaudissements puis continue, le torse bombé.

« Cette renommée, nous la devons aux initiatives de notre équipe. Dans trois ans, au plus, Maisonneuve aura son marché public et son bain public ; elle accueillera dans son parc tous les citoyens de l'île de Montréal ; ils admireront nos larges boulevards et l'harmonie des édifices qui les bordent. Bientôt, nous atteindrons notre objectif : harmoniser productivité industrielle et qualité de l'environnement. Il n'est donc pas étonnant que des municipalités voisines désirent bénéficier de l'essor économique de notre ville et contribuer à la réalisation des projets qui en feront une ville unique en Amérique du Nord. »

Autre motif de réjouissance, le 13 août, une séance spéciale du conseil a eu lieu au cours de laquelle Oscar, secondé par Charles Bélanger, a proposé une résolution :

> *Attendu que la cité de Montréal, par son conseil, se propose d'avoir une exposition universelle ;*
> *Attendu que la cité de Maisonneuve doit encourager ce mouvement et coopérer dans l'organisation de cette exposition ;*
> *Il est résolu que ce conseil déclare à la cité de Montréal qu'il est prêt à coopérer dans cette exposition et il lui offre le terrain dont elle peut disposer pour le temps de cette exposition universelle.*

Cette assemblée marquait un triomphe remarquable pour la cité de Maisonneuve. Des félicitations particulières sont ensuite adressées à certains échevins, principalement à Oscar Dufresne et à Charles Bélanger pour leur travail acharné et, tout récemment, pour leur lutte soutenue contre le Canadien Pacifique. Non seulement les officiers de police ont-ils reçu instruction d'arrêter les travaux de construction de la voie ferrée du Canadien Pacifique dans Maisonneuve, mais la ville de Montréal leur donnait son appui.

La compagnie du Canadien Pacifique, si puissante soit-elle, voyait les rêves d'une petite équipe de bâtisseurs canadiens-français supplanter ses intérêts financiers.

Cette victoire a rempli Oscar de fierté. Il en discute un soir avec son père venu le saluer en rentrant d'Acton Vale. Thomas évoque semblable retentissement dans une poursuite intentée par des « p'tits Canayens franças ». « Après trois procès menés par notre ami Nérée Le Noblet Duplessis, ta mère et moi avons obtenu gain de cause contre la compagnie de chemin de fer qui avait, par accident, incendié la ferme de mes beaux-parents. La compagnie a dû verser sept cents dollars en dédommagement aux Du Sault, à part le remboursement des frais d'avocat.

– Je m'en souviens… J'avais cinq ans, je pense. Je vois encore les grandes lames de feu qui sortaient du toit de la grange. Puis maman qui pleurait. On était en plein été et on avait passé la soirée à crever de chaleur dans la maison. Toutes les fenêtres devaient rester fermées pour ne pas que la fumée entre. »

Thomas revient de loin dans ses souvenirs quand il reprend la parole. « Ça prouve que, quand on est honnête puis qu'on se tient debout, on est capable des mêmes succès que les bourgeois anglais. »

Autant Oscar a été gêné de la façon dont *La Patrie* a décrit sa conduite et rapporté ses paroles lors du conflit avec le Canadien Pacifique, autant il est fier aujourd'hui des résultats obtenus.

Après le départ de son père, Oscar poursuit sa réflexion. Il constate que rares ont été les occasions où il a permis à sa colère de s'exprimer. Que de fois il s'est interdit de hausser le ton avec Alexandrine pour ne pas l'affliger ! Le goût lui en vient encore quand il la voit s'apitoyer sur son sort, le cœur et les yeux fermés à tant d'occasions de bonheur. Il se demande alors ce qu'il a fait ou n'a pas fait pour qu'elle vive de si grands désarrois.

Après tout un été de dévouement à son égard, de soins infinis, à la mi-octobre, Oscar doit hospitaliser son épouse pour la énième fois. Laurette ne reviendra donc à la maison que pour les fins de semaine. Si la fillette ne semble pas trop en souffrir, tel n'est pas le cas d'Oscar. Trop de vide dans cette maison. Trop de temps pour penser. Pour s'inquiéter. Pour se souvenir. De Colombe. De leur nuit à Paris, dans cette chambre d'hôtel où il s'était abandonné. De son regard à l'instant des adieux. De l'atroce peur de l'avoir perdue dans le naufrage du *Titanic.* Naufrage de son premier amour. Naufrage de son rêve de paternité, peut-être bien. Douleur non moins profonde depuis qu'il la sait à Montréal. Depuis qu'il ne sait plus rien d'elle ni de lui. « Est-ce mon fils ou non ? Est-elle toujours mariée ? De la savoir heureuse me ferait tant de bien », pense-t-il.

Il est neuf heures et il pleut de cette pluie d'automne qui transit le cœur. Oscar croit le moment idéal pour joindre Marie-Ange par téléphone. « Avant qu'elle n'aille dormir », se dit-il. Déception, c'est Brigitte qui répond.

« Marie-Ange vient tout juste d'arriver. Un instant, s'il vous plaît. »

« Quelle belle entrée en matière », pense Oscar qui ne savait trop comment l'aborder. Les quelques secondes d'attente sont bienvenues. La voix saccadée, Marie-Ange le salue, Oscar lui répond :

« Mais quelle idée de sortir par un temps pareil !...

– Ah ! Bonsoir, Oscar. Comment va ta femme ? s'enquiert-elle, manifestement mal à l'aise.

– Mieux que moi, j'espère...
– Tu es malade ?
– Ça ne va vraiment pas, Marie-Ange. Je suis inquiet sans bon sens. Vous savez de qui... »
Plus un son ne parvient à son oreille.
« Je ne veux pas vous mettre dans l'embarras, Marie-Ange. Je voudrais seulement que vous me disiez si elle est heureuse. »
Encore le silence au bout du fil. De longs soupirs.
« Dois-je conclure qu'elle n'est pas bien ?
– Non, non, Oscar. Elle a bonne santé et elle est bien logée.
– Son mari ?
– Son travail l'amène à voyager beaucoup, mais ça va. »
Ces informations, si minces soient-elles, le réconfortent et le disposent à dormir. Le cafard l'a quitté. Une présence nébuleuse, à la manière d'un fantôme, se fait sentir. Il la laisse s'affirmer. Surgit, indéniablement, le sentiment d'être lié à Colombe par un même destin : deux solitudes insoupçonnées.

Depuis la fin de l'été, Cécile fait preuve d'un dévouement exemplaire à la maison. Elle va jusqu'à dispenser Brigitte de certaines tâches pour lui permettre de sortir. « Elle mijote quelque chose », se dit Marie-Ange. Quand, un soir de novembre, Cécile la réclame à sa chambre, elle comprend que la jeune femme est prête à se confier.
« J'aimerais travailler avec vous, ici.
– Mais il n'y a pas d'ouvrage pour trois...

– Je le sais, mais j'aimerais que vous m'appreniez encore plein de choses que…

– Et ton poste à Acton Vale ?

– Ça fait déjà cinq ans que je fais ce travail. J'ai besoin de changement. Papa sait bien que je ne passerai pas ma vie à sa manufacture.

– Travailler à la maison ? Pourquoi ferais-tu ça, Cécile ? Donne-moi les vraies raisons.

– Je veux rester en ville.

– T'as quelqu'un en vue ? »

Cécile est heureuse de répondre par l'affirmative.

Le regard de Marie-Ange se rembrunit.

« Écoute-moi bien, Cécile. Je pense que tu devrais d'abord en parler à ton père. Tu as des projets, mais je dois te dire que j'en ai, moi aussi, et que j'ai l'intention de…

– … vous n'allez pas partir, Marie-Ange ! s'écrie Cécile, alarmée.

– Ce sera mieux pour tout le monde, crois-moi.

– Je ne vous comprends pas. Vous avez toujours dit qu'on était votre famille. Pourquoi voulez-vous partir ?

– Tu ne sembles pas réaliser que je n'ai plus vingt ans, que ton père va refaire sa vie et que…

– Je le savais ! Elles vont avoir réussi à vider la maison, ces deux-là », lance Cécile.

Marie-Ange n'a pas à lui faire préciser sa pensée pour deviner qu'elle parle de Marie-Louise et de sa fille. Elle attend que Cécile se calme pour lui demander de ne souffler mot à personne de son intention de quitter la famille Dufresne.

« Ce serait quand ?

– Après les fêtes.

– Vous retournez à Yamachiche ?

– Non, Cécile. Il y a une personne qui a besoin de moi à Montréal.

– Je la connais ?

– Je te le dirai quand je serai déménagée.

– Vous me le promettez ? »

Les deux femmes s'engagent à la discrétion.

Seule dans sa chambre, Cécile n'a pas sommeil. Les projets de Marie-Ange ravivent en elle la douleur des ruptures. Celle de la mort de sa mère. Celle qu'elle se prépare à vivre avec son père. Les avis de ses frères sur le remariage de Thomas l'ont mise face à ses véritables motifs de s'y opposer : égoïsme, jalousie, possessivité. Cinq ans se sont écoulés depuis la mort de Victoire. Cinq ans de tendres attentions et de privilèges de la part de Thomas. Cécile y avait pris goût. Elle les croyait acquis. Or, depuis quelques mois, une femme allume une étincelle dans les yeux de Thomas, mérite ses égards, partage son temps avec celui de sa famille. Ce droit à un nouvel amour, Cécile ne peut le contester. Prendre ses distances lui semble moins douloureux que de se les voir imposer. Quitter, dans un premier temps, la manufacture d'Acton Vale, ensuite la maison familiale lui apparaît souhaitable. « J'aimerais mieux revenir travailler en ville », se propose-t-elle de dire à Thomas. Aussi, Gaspard Renaud, lui-même dans le commerce de la chaussure, l'intéresse et elle aurait ainsi plus d'occasions de le rencontrer.

Pour la troisième journée consécutive, Cécile affiche une mauvaise mine et obtient congé pour le reste de la semaine. Ses intentions sont claires. La veille, elle a appris qu'Oscar doit embaucher une autre secrétaire après les fêtes. Elle sollicitera ce poste. Prié de la recevoir en matinée, Oscar écoute sa sœur :

« Après ma journée à la Dufresne & Locke, je viendrais habiter chez vous. Comme ça, je tiendrais compagnie à ta femme quand tu as des réunions, le soir, sans compter que Laurette ne serait pas obligée de coucher au couvent si Alexandrine devait être de nouveau hospitalisée. »

Ravi, Oscar n'appréhende pas moins la réaction de Thomas.

« Il ne faut pas te tracasser au sujet de papa. Je ne serais pas surprise qu'il se sente soulagé. D'abord, il n'aura pas de misère à trouver une fille d'Acton Vale pour me remplacer, puis, mieux que ça, il pourra recevoir Marie-Louise à la maison quand il voudra.

– Je ne pense pas qu'il prenne la nouvelle de cette façon. Il tient beaucoup plus à toi que tu ne le penses. Tu comptes lui en parler quand ?

– Le plus tôt possible, mais j'aimerais que tu sois là quand je vais le faire. Tu pourrais lui expliquer… »

Oscar sourit.

« Ma chère petite sœur, tu seras beaucoup plus fière de toi si tu vas jusqu'au bout de ta démarche. »

L'occasion s'offre sur un plateau d'argent le soir même. Entré tard d'Acton Vale, Thomas semble soucieux. « Faut que je te parle, Cécile.

– Après votre souper ?

– Non, maintenant. Je n'ai pas faim. »

Thomas étant revenu tard de Trois-Rivières la veille au soir, Cécile comprend qu'il est très fatigué. Chose rare, son père la prie de le suivre dans le bureau de Victoire. Au regard interrogateur de sa fille, il répond en fixant la photo de sa femme : « Je vais avoir besoin d'elle…

– Ça ne va pas bien à…

– Ni à la manufacture ni ici, répond Thomas.

– Qu'est-ce qui se passe ?

– C'est toi qui peux me le dire, Cécile. T'as plus le cœur à l'ouvrage à Acton Vale et tu as une face de carême aussitôt que tu entres à la maison. Tu compliques la vie de tout le monde depuis quelque temps.

– Je m'excuse, papa. Je ne croyais pas…

– Qu'est-ce que t'espères, Cécile ? Je ne peux quand même pas te laisser organiser ma vie. »

Cécile parvient à ne pas verser une larme.

« On a retardé notre mariage à l'automne prochain, mais j'ai bien l'intention de recevoir Marie-Louise ici, tant que je voudrai, sans que tout le monde se sente mal à l'aise.

– Vous avez raison », chuchote Cécile.

Thomas est désarmé.

« Vous êtes chez vous ici, papa, et vous avez bien le droit d'y vivre heureux.

– Toi aussi, si tu y mets de la bonne volonté.

– Je voulais justement vous dire que, depuis l'été, je cherche une solution… Je pense avoir trouvé la meilleure. »

Quelque peu sur ses réserves, Thomas l'invite à s'expliquer.

« Quand est-ce que vous pourriez me remplacer à Acton Vale ?

– Tu ne veux plus travailler avec moi ? Mais tu vas faire quoi ? lui demande Thomas, décontenancé.

– Revenir travailler en ville. Oscar a besoin d'une autre secrétaire. Il est prêt à m'engager.

– T'as tout organisé sans m'en souffler un mot ? Je n'aurais jamais pensé t'intimider tant que ça.

– J'ai essayé de vous laisser voir que je souhaitais passer à autre chose, mais… »

Thomas est navré.

« Je savais que nous, les hommes, on a de la misère à parler avant que la marmite saute, mais je ne savais pas que certaines femmes avaient le même problème. »

Cécile reste sans voix. Elle a vu son père affligé par la mort de Victoire, mais rarement elle l'a vu ainsi consterné.

Thomas pousse un soupir, relève la tête et déclare comme un aveu : « C'est vrai que je me ferme les yeux, parfois, pour ne pas voir… Puis nous autres, les hommes, on ne sait pas lire entre les lignes. Je voudrais bien comprendre pourquoi.

– Parce que vos mamans ne vous l'ont pas appris », répond Cécile, un sourire taquin sur les lèvres.

Tous deux jettent un regard chaleureux sur la photo de Victoire.

Le temps est venu pour Cécile d'annoncer sa deuxième décision : « J'ai l'intention d'habiter chez Oscar après les fêtes. »

Cette fois, Thomas n'y voit que des avantages.

~

Il faut moins de trois semaines à Thomas pour trouver une remplaçante à Cécile. « Mais tu peux finir l'année, si tu veux. Je te laisse le choix.

– Alexandrine doit sortir de l'hôpital vers la fin de la semaine. Je pense qu'Oscar apprécierait que j'emménage chez lui le plus tôt possible. »

Après deux jours consacrés à l'initiation de sa remplaçante, Cécile revient à Montréal pour de bon. Elle ne prend guère plus de temps à vider sa chambre et à s'installer chez Oscar.

Rassurée et charmée par sa présence, Alexandrine ne se lasse pas de lui exprimer sa reconnaissance. Chaque soir, après le souper, elle lui demande de passer au petit salon pour jouer du piano. Cécile s'y plaît d'autant plus qu'elle adore jouer sur cet instrument convoité à l'Exposition universelle de Paris et qu'Oscar a finalement décidé d'acheter. « Rien qu'à voir les belles décorations peintes à la main sur ce meuble, ça m'inspire. J'ai l'impression de mieux jouer que sur mon propre piano », dit-elle, au grand bonheur d'Alexandrine.

Avec le départ de sa fille, Thomas se sent plus à l'aise d'inviter Marie-Louise à passer la quinzaine des fêtes chez lui. Dès lors, les visites de Cécile se font brèves et plus rares. Ainsi en est-il de Marius qui allègue toujours être attendu ailleurs. Thomas est intrigué. Tente-t-il d'en chercher la cause auprès d'Oscar que, curieusement, comme tous les membres de la famille, ce dernier déclare n'en rien savoir. Oscar est persuadé que son frère cache quelque chose lorsque, quelques jours plus tard, Marius lui emprunte de nouveau la Bible de Victoire.

« Tu en as une, à ce que je sache ? lui fait remarquer Oscar.

– Oui, mais je ne sais plus où je l'ai mise », répond Marius, pressé de retourner chez lui.

Oscar ne le croit pas.

Fidèle à la tradition, toute la famille Dufresne vient dîner chez Thomas, en ce premier dimanche de février 1914. Chose inhabituelle, toutefois, Marie-Ange n'est pas affublée de son tablier et elle se laisse servir tout comme les membres de la famille. Avant que les desserts soient distribués, elle demande la parole : « Grâce à M^me^ Victoire, à vous, monsieur Thomas et grâce à chacun de vous, j'ai vécu plus de trente belles années de confort, de bonheur et d'amour. Je vous quitte, riche de tout ce que chacun m'a apporté. Je vous en suis très reconnaissante. »

L'émotion est palpable autour de la table.

« J'ai fait tout ce que j'ai pu pour que vous soyez heureux. Je pense même que je vous ai aimés avec un cœur de mère. »

Sa voix tremble, mais elle se ressaisit. « Je sais bien que je n'ai pas toujours été à la hauteur… », ajoute-t-elle en jetant un regard furtif vers Oscar et Marius.

Des protestations sont chuchotées autour de la table.

« Vous avez été exemplaire, Marie-Ange, clame Candide, appuyé par tous.

– Je ne vous oublierai jamais. Même et surtout dans l'au-delà.

– Vous n'êtes pas malade, toujours ? demande Nativa.

– N'ayez crainte, je vais très bien. Je prends justement un mois de vacances…

– Un voyage ? présume Romulus.

– Où ? » demande Cécile.

Un tantinet intimidée, elle avoue : « Vous allez être surpris, mais j'ai le goût, comme plusieurs d'entre vous, de connaître la vie à la manière européenne. »

Plusieurs applaudissent. Cécile a le cœur gros. Oscar est renversé. « Colombe est derrière cette décision », se dit-il. Marius n'en pense pas moins. Thomas, sachant que la même opportunité lui avait déjà été offerte, n'y comprend rien. Il rumine en silence.

« Vous revenez vers quelle date ? demande Laura.

– Je ne sais pas. J'ai décidé de me laisser guider par les circonstances.

– C'est l'idéal », dit Thomas qui n'a pas encore ouvert la bouche.

S'adressant à Brigitte, qui s'est montrée fort discrète, Romulus dit : « C'est ta maman qui va venir t'aider, je suppose.

– Je n'ai besoin de personne, riposte-t-elle, visiblement vexée. Si Marie-Ange a fait le travail toute seule pendant plus de trente ans, je ne vois pas pourquoi je ne pourrais pas y arriver. J'ai bien moins d'ouvrage qu'elle en avait.

– Elle a déjà fait ses preuves, mon Romulus », intervient Thomas.

Légèrement en retrait, Alexandrine est demeurée muette. Dans son regard parfois absent, aucune lumière. Qu'une grande nostalgie. Assise devant elle, Régina l'a remarqué.

« Ça ne va pas ? lui demande-t-elle.

– La vie est drôlement faite. On dirait que, parce que je viens d'en gagner une, il faut que j'en perde une autre », répond-elle en regardant Cécile et Marie-Ange à tour de rôle.

Marie-Ange l'a entendue et s'approche d'elle : « Je ne te laisserai pas tomber, Alexandrine. Je te donnerai de mes nouvelles dès mon retour.

– Tu vas loger où, maintenant ?

– Ne te fais pas de souci pour moi, Alexandrine. J'ai de très bonnes amies. »

Oscar se doute du nom d'une de ces soi-disant bonnes amies.

« Votre départ est prévu pour quel jour ? ose-t-il lui demander.

– Dans deux semaines, répond-elle, évasive.

– Ça nous ferait plaisir de vous accompagner à la gare, propose Alexandrine, croyant exprimer les intentions de son mari.

– C'est gentil, mais ça ne sera pas nécessaire », dit Marie-Ange, pressée de filer dans la cuisine.

Au même moment, Marius se lève de table et salue la maisonnée d'un geste de la main. Il s'apprête à sortir quand Oscar le rattrape dans le portique. « Je suis sûr que tu penses comme moi, Marius.

– Tu ne feras pas de bêtise, cette fois ? gronde-t-il, craignant qu'il n'épie les allées et venues de Marie-Ange d'ici son départ pour l'Europe.

– Je ne sais pas ce qui me retient.

– T'as de la dignité ou t'en as pas ?

– Je jurerais que Marie-Ange part avec Colombe. Je voudrais juste savoir si elle retourne s'installer en Europe... »

Marius a compris, mais il rechigne. « Je vais voir ce que je peux faire », dit-il.

~

L'attente est longue pour Oscar qui, depuis la nouvelle du départ prochain de Marie-Ange, ne va pas en ville sans tendre le cou pour voir s'il ne reconnaîtrait pas Colombe. Qui ne trouve que peu d'intérêt aux conversations. Qui espère, à chaque appel téléphonique, entendre la voix de Marius lui apportant l'information demandée. C'est au prix de maints efforts qu'il parvient à se concentrer sur la préparation d'une rencontre importante avec les dirigeants de la ville de Montréal. « C'est ton projet, lui a dit le maire Michaud. Il n'y a pas mieux placé que toi pour les convaincre. »

Maisonneuve ayant déjà accordé à Montréal le droit d'agrandir le parc Hochelaga jusqu'à la rue Bourbonnière, on s'attend à ce qu'en retour la ville de Montréal homologue la ligne du boulevard Saint-Joseph, de la rue d'Iberville jusqu'au boulevard Pie-IX. Au cours d'une rencontre officielle, Oscar, accompagné de son maire et de l'avocat de Maisonneuve, Me Morin, tente de convaincre les représentants de la ville de Montréal des retombées positives de ce projet. Pour ce faire, il évoque deux points : « Le prolongement de ce boulevard permettrait de rejoindre les deux plus beaux parcs de l'île de Montréal. Aussi, avec les conditions qu'on vous propose, le risque de spéculation serait réduit au minimum. »

Après quelques minutes de discussion à huis clos, le maire et les commissaires de Montréal annoncent leur assentiment. En retour, ils demandent le droit d'égoutter les canaux de l'extrême est de Rosemont dans le grand égout de la ville de Maisonneuve. À une assemblée spéciale tenue le lundi suivant, Maisonneuve donne son consentement, *sujet à l'approbation de l'ingénieur de la ville.* « Je me charge de lui apporter le document », propose Oscar qui ne veut pas rater cette occasion de rencontrer son frère seul à seul.

Par bonheur, il y a de la lumière au domicile de Marius. Oscar sonne une fois, deux fois… « Il s'est probablement endormi sur le sofa », se dit-il. Il frappe donc à la fenêtre du salon. Marius se présente enfin, visiblement ennuyé : « Ah, c'est toi ? Entre, je suis au téléphone. » De la cuisine où il s'assoit, Oscar l'entend chuchoter… des mots doux, des mots d'amour. Marius raccroche et revient dans la cuisine d'un pas nonchalant.

« Je te dérange, dit Oscar.

– Ça arrive à tout le monde, un jour ou l'autre.

– Bon, excuse-moi. Tiens, c'est le protocole d'entente avec Montréal. Ça prend ta signature.

– Je l'examinerai tantôt, puis je passerai leur porter demain », dit Marius en allant déposer le document sur sa table de travail.

D'abord hésitant, Oscar décide de le suivre.

« Qu'est-ce que t'as appris au sujet de Colombe : elle part pour de bon ou non ?

– Parce que tu penses que je le sais ! riposte Marius, entraînant son frère vers la sortie.

– Ça paraît. Dis-le-moi, et je te laisserai tranquille. »

Marius se gratte la tête, retourne à la cuisine, tire une chaise et invite son frère à s'asseoir.

« Je ne sais pas si la nouvelle va te réjouir, mais pas moi, annonce-t-il.

– Elle ne reviendra pas, c'est ça ?

– C'est ce que j'aurais souhaité, pour ton bien. Pour ta paix. »

Oscar pousse un long soupir de soulagement.

« Je peux comprendre que la famille de son mari les réclame de temps en temps, dit-il, un sourire sur les lèvres. Ils sont partis pour longtemps ? »

Marius hausse les épaules.

Oscar comprend qu'il n'en saura pas davantage ce soir. En sortant de la cuisine, du coin de l'œil, il aperçoit sa Bible sur la table du salon.

« T'en as fini ? demande-t-il.

– Pas tout à fait. »

Oscar l'interroge du regard. Marius le salue de la main, sans plus.

Deux semaines complètes se sont écoulées avant que les deux frères se revoient. Cette fois, c'est Marius qui a pris l'initiative de la rencontre ; il a prévu y consacrer une bonne partie de l'après-midi. Au téléphone, sa voix est enjouée, triomphante même. Oscar reconnaît que ce côté imprévisible de Marius ne lui déplaît pas. À deux heures pile, Cécile, maintenant réceptionniste à la Dufresne & Locke, le prévient : « Un très gentil et très galant monsieur demande à vous voir, monsieur le directeur.

– Faites entrer, répond Oscar sur un ton aussi badin.

– Il a les bras chargés. Pouvez-vous lui ouvrir ? » demande Cécile, amusée.

De fait, Marius porte un sac à la main gauche et deux rouleaux sous le bras droit. Il dépose les papiers sur la table d'Oscar, mais il garde le sac près de lui, laissant croire qu'il contient quelque chose de précieux. À peine a-t-il pris place devant son frère qu'il demande : « Tu n'as rien à boire ici ?

– Tu blagues, Marius ! Ma journée de travail est loin d'être terminée.

– Je ne pense pas que tu aies le temps ni l'idée de travailler quand je t'aurai tout dit…

– Bon, faut-il que je prévienne Cécile qu'on ne veut pas être dérangés ?

– Absolument. À moins que ce soit notre père… »

Oscar consent à servir un petit verre de scotch à son frère.

« Je ne bois jamais seul, tu devrais le savoir, dit Marius. Puis, de toute façon, tu auras probablement raison de trinquer quand tu verras ce que j'ai préparé.

– T'as le don de m'intriguer, toi », répond son frère en versant de ce précieux liquide ambré dans un deuxième verre.

Marius sort les deux plans de leur emballage, en met un de côté et demande à son frère de lui faire un peu plus de place.

« T'as constaté comme moi l'état lamentable de notre caserne de pompiers, dit-il en déroulant son papier. Je verrais mal recevoir une exposition universelle dans notre ville avec un équipement aussi désuet…

– Il doit bien dater de plus de vingt-cinq ans, il a été acheté la même année que notre père a fait construire celui de Yamachiche quand il était maire.

– Regarde bien ce que je souhaiterais, dit Marius, exhibant d'abord un croquis de l'édifice.

– Mais… Ça ressemble plus à un temple qu'à un poste de pompiers.

– De fait, je me suis inspiré d'un temple qu'on a déjà visité dans l'Illinois. Une des œuvres de Frank Lloyd Wright. »

Devant la mine perplexe d'Oscar, il ajoute : « Ce n'est pas parce qu'un édifice a une vocation utilitaire qu'il ne peut pas avoir une belle architecture. J'ai demandé l'avis de l'architecte Vandal.

– Puis ?

– Il m'approuve, même s'il dit n'être pas tellement attiré par ce style. Je vais le tracer sans lui. »

Marius n'a qu'une modification à apporter au plan de Wright : la tour à boyaux. En construisant le poste de pompiers sur le terrain de l'ancienne caserne, à l'angle des rues Notre-Dame et Létourneux, il pourra facilement lui conférer les dimensions de quarante-huit pieds de large sur cent soixante de profond.

« Sa charpente sera d'acier et de béton armé et le revêtement de trois de ses murs en calcaire, avec la façade en brique chamois, explique Marius, l'allure fière. Les escaliers intérieurs seront de marbre, leur rampe en fer forgé et leur main courante en chêne sculpté. La tour principale mesurera tout près de quatre-vingt-dix pieds.

– Puis les camions ?

– Cette fois, on ne lésinera pas sur l'outillage. Ils seront des plus modernes », promet Marius.

Quand Oscar redoute la réaction du conseil de ville, son frère affirme posséder des arguments fort convaincants.

Le premier plan rangé, Marius s'empresse d'exposer le deuxième. « Celui-là, je ne l'ai pas fait pour la Ville », annonce-t-il, l'air altier.

Oscar avale une gorgée d'élixir. Son frère, deux.

« La première construction, ici, en avant, sera pour nous cinq… »

Oscar grimace et avoue ne pas saisir. Marius précise :

« Vous êtes trois, non ? Avec Edna et moi, ça fait cinq…

– Ne me dis pas que tu…

– Au mois de juin, oui. Edna est folle de joie.

– Edna ? Edna Sauriol ? Tu maries Edna Sauriol ?

– Qu'est-ce qu'il y a, Oscar ? Tu réagis comme si c'était un déshonneur.

– Non, non. C'est que je… je n'aurais pas cru que c'était ton genre.

– Tu la connais ? riposte Marius, vexé.

– En réalité, non. Je n'ai vraiment rien à dire de ton choix…

– Elle a les qualités de cœur de Jasmine…

– Tu es prêt maintenant à aimer une autre femme qu'elle ? » demande Oscar d'une voix feutrée.

Marius penche la tête, fixe son scotch et soupire. Il agite son verre comme s'il pouvait en sortir des mots qui traduiraient le trouble qui l'habite. Il lève les yeux vers son frère et, d'une voix chancelante, il avoue : « Sincèrement, Oscar, je pense qu'un grand amour ne se vit qu'une fois. Quand on a eu la chance de le connaître, il faut accepter, après, de… »

Cette phrase inachevée parle haut de résignation. Du moins Oscar l'entend-il ainsi. « C'est la raison qui l'emporte sur le cœur ? ose-t-il avancer.

– Ce n'est pas si tranché que ça… Tu devrais le savoir… »

Décontenancé, Oscar détourne son regard. Il recule au fond de son fauteuil, relâche la tête dans un geste de profonde lassitude. La lassitude d'un long combat. Celui où, tour à tour, le cœur et la raison marquent un échec ou une victoire. Il ne saurait dire lequel triomphera dans sa vie. De toute façon, il lui semble que nulle victoire ne vient sans un fragment d'échec.

« Je me demande, dit Marius, brisant ce lourd silence, si ce n'est pas héréditaire… »

Cette fois, le souffle coupé, Oscar reste bouche bée. Marius s'explique.

« Héréditaire, oui. Notre mère n'a pas été épargnée si on en juge par les annotations qu'on a trouvées là-dedans, reprend-il, sortant de son sac la Bible de Victoire. Je sais maintenant qui répondait à ma mère. J'ai comparé les écritures. »

Un autre moment de silence se glisse dans la conversation. Marius reprend : « J'ai le sentiment qu'elle, toi et moi formons une sorte de trinité, marqués par un même destin… »

Tremper ses lèvres dans l'élixir du grand amour, sans jamais pouvoir s'enivrer. Se conforter dans la certitude qu'il existe, alors que tant d'autres en doutent. Fermer les yeux et ressusciter ces instants d'extase, quand la réalité se fait trop dure. Voilà de quoi était fait ce destin que Marius a affronté, au cours des derniers mois, avec une lucidité troublante. Sa chair stigmatisée, son cœur lézardé, ses mains souvent tendues dans le vide le lui ont défini.

Le visage niché au creux de ses mains, dans un état second, Oscar ne sent plus que l'effritement autour de lui. Ses peurs, sa honte et sa culpabilité perdent de leur sens. L'envahit la conviction qu'une puissance indescriptible mais palpable transcende son existence. Lui redonne sa mesure humaine. Mise à nue, la vérité, la sienne, celle de sa mère, celle de son frère, lui rend sa liberté.

Une étincelle dans les yeux, Marius reconsidère le plan dont il a amorcé l'explication. Il attendait que son frère manifeste de nouveau son intérêt avant de poursuivre.

« De prendre conscience de tout ça m'a inspiré l'idée d'acquérir pour nos familles tous ces lots sur la côte, le long de la rue Sherbrooke, à proximité du futur parc de Maisonneuve. J'aimerais faire construire, pour toi, moi, nos épouses, un grand manoir en béton armé, en pleine verdure, juste ici.

– Un manoir ?

– Un manoir jumelé, oui. Une porte au sous-sol, par le garage intérieur, nous permettrait de circuler d'une partie à l'autre du manoir. »

Marius enroule le plan, sans plus d'explications. Oscar s'en étonne, mais à voir le regard attendri de son frère, il comprend que le moment se prête mal aux considérations cartésiennes. L'émotion a pris toute la place et les deux hommes s'y abandonnent.

« Depuis que j'ai fait une relecture de ma vie, mes valeurs ont changé. Mes projets d'avenir aussi, confie Marius.

– Je vois », dit Oscar, non moins remué.

Jamais il n'aurait imaginé que la mission dont Marie-Ange l'avait chargé aurait un pareil dénouement. Le temps a joué en leur faveur, croit-il. Leur perception de la défaillance de Victoire et de Georges-Noël a changé, et une ouverture s'est créée dans leur échelle de valeurs. De replacer les événements dans leur contexte les incite à une plus grande tolérance. Plus que son frère, Oscar peut en témoigner. Les avis de Colombe à ce sujet et la nuit d'amour qu'elle lui a offerte à Paris ont ébranlé ses certitudes morales, bien sûr, mais il en est sorti grandi, plus souple et plus enclin à l'indulgence. Et puis, le droit qu'il s'est donné tout récemment d'exprimer sa colère a étoffé sa virilité.

Quant aux aveux touchants de son frère, ils ont un accent particulier. Après avoir appris que la mort lui arracherait Jasmine avant qu'il ait pu l'épouser, à l'instar de Victoire, faisant fi de la même morale, Marius a aimé sa fiancée jusqu'à l'ivresse. Après seulement, il a pu laisser monter en lui le souvenir de cette soirée de janvier où sa mère, en pleurs auprès de Georges-Noël agonisant, avait pris sa petite main et l'avait placée dans celle du mourant : « C'est Marius, monsieur Dufresne », avait-elle dit à travers ses sanglots. Dans un ultime effort, Georges-Noël avait porté la main de son enfant sur son cœur.

La lettre adressée à Victoire de la part de son frère André-Rémi a permis à Marius de connaître de l'intérieur ce mal d'aimer qui avait torturé Georges-Noël et Victoire pendant plus de vingt ans. Les jugements ont fait place à la compassion. Il se plaît à croire que Thomas a été épargné de tout doute. « À moins qu'il les ait étouffés, dit Oscar.

– Faute de ne pouvoir les assumer, ajoute Marius. Il l'aimait tellement, sa Victoire. »

Oscar va prévenir Cécile avant qu'elle quitte le bureau : « On soupe ensemble, ce soir, Marius et moi. Dis à Alexandrine que je ne rentrerai pas tard. Merci encore une fois d'être là, petite sœur. »

~

Le 29 mai 1914, à quatre jours de son mariage, Marius est consterné en lisant le journal. Un navire du Canadien Pacifique a fait naufrage, la veille, au large de

Rimouski. Par un soir de brume, l'*Empress of Ireland*, parti de Québec à destination de Liverpool, a sombré après qu'un charbonnier norvégien, faisant marche arrière sur le fleuve, lui eut défoncé le flanc gauche. Malgré l'empressement de trois navires à leur porter secours, seulement quatre cent soixante-dix-sept des quelque treize cent quatre-vingts passagers ont eu la vie sauve. Comme dans le cas du *Titanic*, les canots de sauvetage étaient en nombre insuffisant.

Secoué par la nouvelle, Marius annule aussitôt son voyage de noces. « On ira du côté de la Floride un peu plus tard », annonce-t-il à Edna. Il en cause avec Oscar qu'il est venu rejoindre avant la réunion du conseil de ville. Ce dernier lui fait part de son inquiétude. Colombe et Marie-Ange devraient être en mer à cette heure-ci, a-t-il appris de Cécile qui en parlait avec Alexandrine.

« Je sais que ce n'est pas parce qu'un navire coule que les autres sont en danger, mais j'ai le sentiment que la mer se révolte, confie-t-il à son frère.

– Je t'avoue qu'en ce qui nous concerne, Edna et moi, on ne se voit pas prendre un bateau pour l'Angleterre la semaine prochaine. À tout considérer, ça fait mon affaire de rester ici en juin. Je vais mettre mes projets en chantier et après, si on en a encore le goût, on pourra partir l'esprit tranquille.

– Vers quelle direction ?

– Chicago, probablement. Tu sais que c'est à compter d'aujourd'hui qu'on peut se rendre directement de Montréal à Chicago par train.

– Ta future n'est pas trop déçue ?

– J'ai rarement vu une femme s'accommoder aussi facilement des contretemps.

– Je suis bien content pour toi, Marius. Dommage qu'elle ne parle pas plus français. On la connaîtrait mieux.

– Laissez-lui le temps », plaide Marius.

Les deux frères se dirigent vers la table du conseil où le maire et les échevins les attendent.

« C'est à huit heures, le train pour Cornwall ? » lui demande Oscar.

Marius sort un papier de sa serviette et le glisse dans la main de son frère. « Tout est là. L'horaire du train et l'adresse de l'église où sera célébré le mariage. »

~

Le 1^er^ juin au matin, Marius prend le train pour Saint-Colomban de Cornwall en compagnie de Thomas, d'Oscar et de Cécile. Son mariage avec Edna Sauriol, de sept ans sa cadette, a lieu le lendemain et le banquet de noces est servi dans un des hôtels les plus luxueux de Cornwall. L'événement est célébré avec faste, au goût de Joseph Sauriol et de son épouse Marie Mulcoly. Joseph, seul descendant de Guillaume Sauriol à vivre à l'extérieur du Québec, ne parle plus en français devant la parenté. Pour se faire remarquer, prétend-on. Joseph n'a rien en commun avec son frère Henri, journaliste et époux en secondes noces d'Émeline Du Sault. À Thomas qui lui fait remarquer les particularités de Joseph Sauriol, Marius répond : « Je m'en fiche. C'est Edna que je marie, pas son père. »

Une réception d'envergure attend les nouveaux mariés à leur arrivée à Montréal, le 3 juin, en début d'après-midi. Dans le nouvel hôtel de ville de Maisonneuve, une centaine d'invités, parents, amis et collègues de travail, sont rassemblés pour partager le banquet. La joyeuse cohorte est priée de se rendre ensuite à l'hôtel Windsor pour le bal de clôture. Cette fois, les Dufresne ont le cœur à la fête. Thomas en profite pour annoncer officiellement qu'à l'automne prochain il épousera celle qui l'accompagne, Marie-Louise Normand Dorval. Son bonheur est décuplé quand il voit Cécile, un large sourire aux lèvres, applaudir avec frénésie. Du fond du cœur, il souhaite que sa jovialité ne soit pas attribuable qu'à la présence de Gaspard Renaud, le jeune homme qui l'accompagne.

Alexandrine ne partage pas du tout l'enthousiasme des autres invités. Raoul Normandin capte toute son attention chaque fois qu'il approche Laurette. Oscar exprime à sa femme sa déception. Il comptait sur cette soirée de bal à l'hôtel Windsor pour la voir heureuse de danser dans ses bras. Elle consent à danser à deux reprises, mais Oscar n'insiste plus lorsqu'il aperçoit Marie-Ange parmi les invités. Est-elle seule ? Viendra-t-elle le saluer ? Devrait-il faire les premiers pas ? Il est à peine onze heures quand elle vient vers eux, accompagnée de Régina qui, ayant accouché de son quatrième enfant à la fin de janvier, souhaite rentrer chez elle.

« Je veux, dit la cousine, que Donat en profite tandis qu'il peut s'amuser un peu avec sa parenté. Moi, j'aime mieux retourner auprès de mon petit Alfred.

– Vous partez vous aussi, Marie-Ange ? demande Alexandrine.

– Eh, oui ! Je vais laisser la jeunesse danser à son aise, dit-elle.

– Nous allions en faire autant, n'est-ce pas Oscar ? La petite commence à être fatiguée », allègue Alexandrine.

Oscar atteste d'un signe de la tête et lance à brûle-pourpoint :

« Vous avez fait bon voyage ?

– C'était très, très intéressant, mais il fait toujours bon de rentrer chez soi », répond Marie-Ange, pressée de quitter la salle.

À peine les deux femmes ont-elles tourné le dos qu'Alexandrine se lève, prend la main de Laurette, prête à partir. Oscar lui offre d'aller saluer les mariés en son nom. « Tu vas revenir, toi ? présume-t-elle.

– Peut-être, oui. Je n'aurais pas détesté fermer la soirée avec les nouveaux mariés. Ça te déplairait ?

– Non, non. »

Oscar hésite. Pendant le trajet entre l'hôtel et la maison, il s'ingénie à trouver les questions qui lui révéleraient les véritables sentiments de son épouse, mais il n'ose les formuler.

« Ne t'en fais pas pour moi, le prie-t-elle. J'ai tellement envie de dormir. »

« Et moi, j'ai tellement envie de festoyer », riposterait Oscar s'il ne craignait de l'angoisser.

Laurette s'est endormie sur le siège arrière de l'automobile. Avec une infinie tendresse, Oscar la transporte dans son lit. Il passe ensuite à sa chambre et s'attarde auprès d'Alexandrine. « Tu peux repartir, mon chéri », dit-elle, visiblement disposée au sommeil.

Oscar l'embrasse et, sur la pointe des pieds, descend au rez-de-chaussée. Un coup d'œil dans le miroir de l'entrée et le voilà prêt à retourner à la fête.

La salle de bal chatoie sous les lustres fastueux qui l'éclairent. Au bras de danseurs particulièrement gracieux, les dames semblent aussi légères que leurs robes à crinoline. Comme si les murs de cette somptueuse salle donnaient le ton aux danseurs. Pure magie qu'Oscar n'a pas perçue au début de la soirée. D'un pas rythmé, il se présente devant la mariée, lui offre son bras et l'entraîne au centre de la piste pour la grande valse. Abandonné à cette ambiance féerique, il en oublie avec qui il danse. Aucune importance. L'ivresse l'a gagné. Mais voilà qu'en une fraction de seconde tout bascule. Oscar manque de rythme, ses mains deviennent moites, ses jambes veulent l'abandonner. Le plus subtilement possible, il reconduit la mariée à son époux : « Je te rends ta bien-aimée », dit-il, s'efforçant de paraître naturel. Au fond de la salle, une femme qu'il a cru reconnaître danse dans les bras d'un homme d'une grande élégance. Il doit s'en approcher un peu pour être sûr de n'avoir pas rêvé. Il glisse le long du mur, caché par les danseurs… C'est elle. Plus belle que jamais. Gracieuse comme une gazelle au bras de celui qui est sans doute son mari. Elle est radieuse. Il reste là, envoûté par son sourire. Par son allégresse. Soudain, son regard, semble-t-il, croise le sien. Une deuxième fois, la même impression. Complètement chamboulé, d'un pas pressé et les yeux rivés au plancher, Oscar file vers les toilettes. Une main se pose sur son épaule. « Un peu trop fêté, mon ami ? dit l'échevin Bélanger.

– La fatigue aidant… », trouve-t-il à répondre avant de se terrer derrière une porte qu'il peut enfin verrouiller.

Les paupières closes, la tête dans les mains, Oscar s'applique à respirer normalement. À reprendre la maîtrise de lui-même. À concevoir froidement que Colombe est dans cette salle. Qu'elle sait qu'il s'y trouve aussi. Qu'elle s'est exposée à le rencontrer. Qu'elle le souhaite peut-être. « Non, impossible, se dit-il. Quand Marie-Ange est venue nous saluer, Alexandrine l'a informée de notre départ imminent. À moins que Marie-Ange soit allée remplacer Colombe auprès du bambin ?... N'a-t-elle pas dit qu'elle voulait laisser la jeunesse danser à son aise ? » D'un état euphorique Oscar plonge abruptement dans la tourmente. La tentation est grande de se mettre sur le chemin de Colombe. « Juste pour voir si elle m'ignorera. Si elle me saluera. Comment elle me regardera. Qu'est-ce qu'elle me dira. L'inviterai-je à danser ? Son corps sur le mien, j'en deviendrais fou. Il ne faut pas, Oscar Dufresne. Il ne faut pas. Partir maintenant ? Non. Je veux voir. Je veux savoir. Je vais aller vers qui bon me semble, sans me préoccuper d'elle. Abandonné au... au hasard ou au destin, je m'en fous. »

Oscar sort de sa cachette, s'arrête devant une glace, lisse sa coiffure, replace le col amidonné de sa chemise, son nœud papillon, son veston, roule les épaules vers l'arrière, il est prêt à affronter... l'inconnu. Dans l'embrasure de la porte, là, déjà, il lui fait face. L'homme qui dansait avec Colombe le contourne pour se précipiter à son tour vers les toilettes. « Je me croirais dans un cirque », se dit Oscar, étourdi. D'abord l'envie de faire demi-tour lui vient, puis le temps de reprendre son souffle, il pense : « Ou Colombe est seule, ou elle danse dans les bras d'un autre... De qui ? » La curiosité l'emporte sur ses résolutions. Chose sûre, elle n'est plus à l'endroit où il l'a vue, il y a une dizaine de minutes. Il va en sens opposé, est surpris par un autre échevin de Maisonneuve :

« Bonsoir, Oscar ! As-tu vu avec qui le marié danse, toi ? Le plus beau pétard en ville, regarde. Tu la connais ?

– Je ne pense pas, non, laisse-t-il croire, le souffle coupé.

– Il en a de la chance, le beau Marius ! »

Oscar le salue d'un geste de la main et, se faufilant parmi les invités, se rend à l'autre extrémité de la salle. Là où il peut observer sans être remarqué, pense-t-il. Miracle, une dame à la stature imposante quitte la piste, dégageant son champ de vision. Marius et Colombe se sourient, se parlent, s'écartent, se tiennent à bout de bras et reviennent s'enlacer au rythme de la danse. Leur plaisir est manifeste. La cadence ralentit. Toujours dans les bras de Marius, Colombe détache son regard de son partenaire et le promène dans la salle. Cette fois, il en est sûr, elle l'a aperçu. Elle lui adresse même un sourire… qu'il lui rend. Oscar quitte aussitôt la salle et sort dans la rue, indigné. Contre lui et contre le sort. Une nausée qu'il sait n'être pas due à l'alcool qu'il a bu lui monte à la gorge. « Ridicule, mon attitude. Ridicule, cette situation », se dit Oscar. Et pourtant, quel bonheur que celui de la revoir, cette femme, après trois années passées à l'imaginer morte ou en détresse, à entendre parler d'elle sans jamais lui adresser la parole, à la savoir en même temps si près et si loin de lui. « Est-ce de ne pas avoir su accueillir dignement son regard et son sourire qui me donne cette nausée ? Est-ce le sentiment que Marius s'est arrogé un privilège qui me revenait ? » se demande-t-il, chemin faisant vers sa demeure. Oscar compte sur un peu de sommeil et de recul pour sortir de cette confusion qui s'intensifie à force de questionnement.

Adulé et entouré de mille petits soins, attendu et accueilli chaque soir comme un roi, Marius vit à la limite de l'euphorie.

Même bonheur au travail. Au lendemain de son mariage, le conseil de ville l'autorise à produire les plans du poste de police et de pompiers et, deux semaines plus tard, il les accepte tels que proposés. Il touchera des honoraires équivalant à deux et demi pour cent du coût total des travaux.

Maître d'œuvre de trois grands chantiers de construction, soit la caserne de pompiers, le marché public et le boulevard Pie-IX, Marius doit renoncer à faire le voyage de noces promis. Edna, nullement contrariée, lui déclare qu'il lui suffit d'être son épouse pour être heureuse. Elle n'exige rien d'autre. Elle ne se plaint pas davantage qu'il soit obligé, à partir du milieu de l'été, à la suite de l'autorisation de construire la première partie du gymnase et du bain public, de consacrer de soixante à soixante-dix heures par semaine à son travail. La compagnie de sa tante Éméline, à qui elle offre souvent ses services comme gardienne, entre autres choses, l'occupe agréablement. En outre, Alexandrine s'amuse à lui apprendre le français et s'exerce avec elle à perfectionner son anglais. Marius encourage d'autant plus cette bonne camaraderie que les deux femmes sont appelées à vivre dans le grand manoir dont il peaufine le plan.

Accaparé par tant de projets et plutôt satisfait de son sort, Marius n'accorde guère plus de temps à Oscar qu'aux autres membres de sa famille. Or, depuis le soir du bal, un malaise persiste chez Oscar à l'égard de son frère. Un malaise inavouable, au parfum de jalousie. Et ce qui l'offense par-dessus tout, c'est le peu d'importance que Marius semble accorder au fait d'avoir dansé avec Colombe, d'avoir posé les mains sur ses hanches, d'avoir senti son corps vibrer sur le sien, abandonné, ne serait-ce que le temps d'une valse. Qu'il ne lui en souffle mot, alors qu'il doit bien savoir que lui, Oscar, crevait d'envie de prendre sa place, l'exaspère. Il n'a pas l'intention de lui faire sentir sa colère, mais il ne peut résister lorsque l'occasion lui en est donnée ce dernier dimanche de juillet, alors que, sur les instances de son père, toute la famille, enfants et petits-enfants, est réunie dans le jardin pour le pique-nique annuel. « J'offre le dîner et le souper. Et je ne veux voir personne chercher un prétexte pour nous fausser compagnie », avait déclaré Thomas. À ceux qui se montraient plus hésitants, il avait annoncé : « Quelques surprises vous attendent… »

La première surprise est l'absence de Marie-Louise et de sa fille Brigitte qui ont pris soin de tout préparer pour la réception. Avant le repas, Thomas, guilleret, prend la parole :

« Vous ne pouvez savoir comme je suis content de vous voir tous là. Même le p'tit Jésus s'est mis de la partie : regardez cette belle température ! Je pense que nous allons passer une magnifique journée. J'aimerais justement qu'on célèbre aujourd'hui la mémoire de celle qu'on souhaiterait tous voir avec nous… et qui y est peut-être, même si on ne la voit pas. Je veux profiter de l'absence de Brigitte et de sa mère, parties pour une tournée dans la parenté, pour vous dire certaines choses. »

Les fils Dufresne étirent le cou, leurs épouses salivent de curiosité. Cécile, collée à son frère Oscar, appréhende la suite.

« Qu'est-ce qu'il y a encore ? chuchote-t-elle à son oreille.

– Rien de mauvais, j'en suis sûr », réplique-t-il, croisant en même temps le regard de Marius.

Et Thomas de poursuivre :

« Aux noces de Marius, je vous ai annoncé mon mariage pour l'automne. J'ai choisi le mois d'octobre, encore une fois, le 5. J'ai bon espoir que ce mariage m'apporte presque autant de bonheur que le premier. Je dis bien, presque autant, parce que votre mère occupera toujours la première place dans mon cœur. C'était une femme courageuse, généreuse, exemplaire, quoi. Nous avons vécu, elle et moi, trente-cinq belles années de complicité et de fidélité. Je souhaite à chacun de vous de connaître ce bonheur. »

Émus de cet hommage à Victoire, tous, à l'exception d'Oscar et de Marius, écoutent Thomas avec une admiration belle à voir. Fuyant le regard de son frère aîné, Marius fixe l'allée de géraniums, impatient de voir son père en finir avec son discours. Pour dissimuler son embarras, Oscar accorde à Laurette une attention qu'elle ne réclamait pas. Témoin, Alexandrine s'en étonne.

« Qu'est-ce qu'elle a ? demande-t-elle à voix basse.

– Rien de grave. Juste un peu faim », trouve-t-il à répondre.

Et Thomas de poursuivre :

« Je pense que vous me comprenez de ne pas vouloir finir ma vie dans la solitude. Je pense aussi que votre mère est heureuse de la décision que j'ai prise… »

Cécile, Candide et Romulus, le front crispé, se questionnent. Les belles-sœurs manifestent leur approbation d'un large sourire. Oscar et Marius demeurent placides.

« Par respect pour elle et pour vous, ses enfants, enchaîne Thomas, j'ai décidé de vous offrir un certain nombre de biens qui lui appartenaient et dont j'accepte maintenant de me dépouiller. Avant que Marie-Louise revienne, en fin de semaine prochaine, je compte bien que vous aurez pris les objets et meubles qui portent votre nom. Je sais que vous serez très heureux de les posséder et moi, je ne le serai pas moins de les revoir chez vous. En ce qui te concerne, Cécile, tu peux, tant que tu le voudras, laisser ici les choses que je t'ai réservées.

« Il y a une autre raison qui m'a amené à vouloir m'entourer de vous tous aujourd'hui, ajoute Thomas, l'air grave. Les journaux soulignent la possibilité d'une guerre mondiale. Il y a trois jours, l'Autriche déclarait la guerre à la Serbie, comme vous le savez. On apprend ce matin que la Russie s'est mobilisée et que l'Angleterre offre sa médiation pour régler le conflit. Si elle n'y parvient pas, ce sera la guerre, et l'Angleterre pourrait bien exiger que ses sujets combattent pour elle. Profitons de ce temps de paix pour nous retrouver et fraterniser. Maintenant, je souhaite à tous bon appétit et beaucoup de plaisir. Des plateaux vous attendent dans le solarium. »

Les enfants et leurs mamans s'y précipitent. Cécile murmure à l'oreille d'Oscar : « Ça fait du bien de voir papa comme ça. De pouvoir refaire sa vie y est sûrement pour quelque chose.

– Voilà que tu parles comme une femme mature, petite sœur. Ça me fait chaud au cœur.

– Je vais voir quels souvenirs de maman papa m'a réservés. Tu viens ?

– Plus tard.

– Tu n'es pas curieux, toi ?

– J'ai surtout hâte de manger et Laurette aussi », répond-il, incapable d'inventer une meilleure excuse.

Discrètement, il se dirige vers Marius. Leurs regards sont éloquents.

« Il faudrait bien trouver l'occasion de nous esquiver quelques minutes..., suggère Oscar.

– On le pourra quand ma femme sera en bonne compagnie », lui promet Marius.

Oscar se distrait auprès de ses neveux et nièces, alors que Marius joue à l'interprète une bonne partie de l'après-midi. Lorsque Alexandrine prend la relève, juste après le souper, les deux hommes, sous prétexte de vouloir faire une petite marche de santé, s'éclipsent.

D'un commun accord, ils se dirigent vers la rue Sherbrooke jusqu'au terrain où ils envisagent de construire leur manoir. Ils en causent, le temps de créer le climat qui favorisera une conversation plus intime.

« Le temps passe vite et, en même temps, certains mois me semblent une éternité », lance Oscar sur un ton qui intrigue son frère.

Marius l'interroge du regard.

« Je pense que ce sont les silences qui nous paraissent les plus longs, ajoute-t-il.

– Lesquels te font languir, ces temps-ci ? »

À la limite de l'indignation, Oscar dévisage son frère.

« Pourquoi fais-tu comme si tu ne lui avais pas parlé à tes noces ?

– Parlé à qui ?

– Marius ! T'as dansé avec elle à ton mariage !

– Ah ! Je vois ! Quelqu'un a commméré ?

– Je vous ai vus, de mes yeux vus. »

Marius est stupéfait.

« Tu n'étais donc pas parti en même temps que ta femme ?

– Que j'aie été là ou non, tu savais que je cherchais à avoir de ses nouvelles et tu es resté muet comme une carpe.

– Mais ça te donnerait quoi d'en savoir plus que ce que Marie-Ange nous a appris ?

– Tu ne comprends pas, Marius.

– Je comprends que tu ne guériras jamais de Colombe, c'est ça que je comprends.

– Vous n'avez quand même pas causé que de banalités en dansant ? insiste Oscar.

– Que de banalités, oui. Sois réaliste, Oscar. Penses-tu qu'une soirée de noces se prête aux grandes confidences ? Surtout pas entre le marié et les invités... »

Les deux hommes marchent en silence. Oscar est visiblement torturé.

« Tu sais, reprend Marius, j'ai déjà claironné que la vérité était le bien le plus précieux dans la vie d'une personne et que c'était un sacrilège que de l'en priver. Aujourd'hui, je mettrais des nuances. Depuis ce midi, surtout. Regarde notre père. C'est parce qu'il ne connaît pas certaines vérités qu'il a pu vivre heureux et qu'il le peut encore.

– D'une certaine façon, c'est déshonorant...

– Pour nous deux qui savons, oui. On a presque envie de le prendre en pitié. Mais n'oublie pas, en plus, qu'on n'aurait pas eu la chance de vivre dans une famille heureuse si papa avait su. »

Jamais Oscar n'aurait imaginé qu'un jour son frère lui tiendrait de tels propos. « Serait-ce sa lune de miel qui lui enjolive ainsi une réalité que d'aucuns jugeraient scandaleuse et combien malhonnête ? se demande Oscar. Serait-il plus amoureux que je ne le pensais de cette femme que les belles-sœurs, sauf Alexandrine, regardent de loin, saluent du bout des doigts et observent avec un plaisir malicieux ? »

Les deux hommes marchent maintenant sur un des lots que Marius compte négocier à l'automne. « Tu vois, notre terrain comprendrait les lots 14-761 à 14-765, compris entre Jeanne-d'Arc et Pie-IX, ce qui donnerait une largeur d'à peu près deux cent cinquante pieds sur cent pieds de profondeur. On aurait suffisamment d'espace pour y construire un manoir jumelé de plus de cent pieds de façade et d'une soixantaine de pieds de profond, en plus de grands jardins à l'anglaise et d'un terrain de tennis.

– Quel style lui donnerais-tu ? demande Oscar, résigné à ne plus questionner son frère au sujet de Colombe.

– Semblable au Petit Trianon de Versailles pour ce qui est de l'extérieur. On en a vu aussi quand on est passés dans le Connecticut, tu te souviens ?

– Et comment ! Le style beaux-arts a de la classe sans être trop prestigieux, à mon avis.

– Sur deux étages, ça nous donnerait une vingtaine de pièces chacun. »

Tout en revenant vers la résidence de Thomas, les frères Dufresne poursuivent leur conversation sur ce sujet, la tête pleine d'idées pour leur future résidence.

« Je ne sais pas où tu en es dans ton plan, Marius, mais j'imagine que tu as prévu des salles de jeux pour les enfants…

– Tu crois que c'est nécessaire ? Laurette s'en va sur sept ans. Ça va être une grande fille dans quelques années.

– Puis les tiens, tes enfants, ils ne vont pas arriver au monde à six ans !

– Je n'en aurai pas, d'enfants », riposte Marius sur un ton d'acier.

Oscar est sidéré.

« Tu blagues ! Tu parlais d'en avoir quatre ou cinq avec Jasmine.

– Justement, c'était du temps de Jasmine.

– Tu as marié Edna tout en sachant qu'elle ne pourrait pas te donner d'enfants ?

– Ça n'a rien à voir avec le fait qu'Edna puisse avoir des enfants ou non. C'est une décision personnelle et elle l'accepte de bon gré.

– Mais je ne comprends pas.

– Du temps de Jasmine, j'ignorais tout de ma naissance. Maintenant que je sais, ce n'est plus pareil. Je ne veux pas perpétuer ce que j'appellerais une tare familiale.

– Mais c'est horrible, ce que tu dis là, Marius ! Il faut vraiment qu'on en reparle.

– Je ne changerai pas d'avis. »

Plus un mot. Que des soupirs et le frottement des semelles sur la chaussée.

Après quelques remerciements adressés à son père, Oscar le quitte, emportant avec lui les objets qui lui étaient destinés, dont quelques vases précieux, une lampe et les trois volumes illustrés sur la mythologie grecque, cadeaux qu'il avait rapportés d'Europe pour sa mère. Alexandrine ne se sent pas pressée de le suivre et Laurette encore moins. La compagnie des enfants de Candide et de Romulus lui est fort agréable.

Oscar rentre chez lui, heureux des moments de solitude qu'il peut s'accorder. L'attitude de Marius l'inquiète et le chagrine. Le choc d'apprendre qu'il serait le fils de Georges-Noël a été aussi profond que Marie-Ange l'appréhendait. Loin de juger, lui-même, banale cette errance de Victoire, il souhaiterait toutefois que Marius la dédramatise. Et pour ce faire, replacer l'événement dans son contexte. Qui d'autre pourrait mieux l'y amener sinon Régina, ou Colombe qu'il ne peut malheureusement joindre et qui refuserait probablement de le faire. Oscar se donne quelques jours de réflexion avant de faire appel à Régina. En attendant qu'Alexandrine rentre pour mettre Laurette au lit, quoi de mieux pour tromper son désarroi que de plonger dans la lecture des livres de mythologie. Son regard se pose sur la mention qu'il avait écrite sur la première page du tome un :

*À Victoire Du Sault, la femme la plus exceptionnelle que la terre ait portée. Vous avez toute mon admiration, maman.*

*Votre fils affectueux,*
*Oscar*

À la moitié du livre, en guise de signet, une photo de Victoire. Oscar la place au bas de sa dédicace. « Que pensez-vous de nous, du haut du ciel, maman ? Je ne doute pas, malgré ce que je sais aujourd'hui, que vous y soyez. Dieu est miséricorde, nous a-t-on appris. J'ai confiance en son pardon. Pour vous, mais pour moi aussi. Vous savez combien je serais mal placé pour vous lancer la pierre. Vous aviez probablement plus d'excuses que moi, si j'en crois Régina. Moi, je n'ai pas été forcé de vivre sous le même toit que la personne que j'aimais. Même si je me suis donné une bonne raison pour céder à mes désirs, je ne suis pas moins coupable que vous. Est-ce d'avoir tant aimé et admiré mon grand-père Dufresne qui me rend la chose moins odieuse qu'à Marius ? D'imaginer les tourments que vous avez dû vivre me rend incapable du moindre blâme à votre égard. Mais telle n'est pas la situation de Marius. Aidez-le, je vous en supplie. »

À la faveur d'une accalmie, Oscar tourne tranquillement les pages de ce premier livre sans s'attarder à aucune. Soudain, une illustration retient son attention, le fascine. C'est Orphée, poète et musicien grec, qui aurait reçu de sa mère le don de charmer tout être et de faire chanter les animaux, les forêts et les rochers. Orphée épouse Eurydice, une nymphe qu'il aime passionnément. Mais voilà que la nouvelle épousée meurt le jour même de son mariage d'une morsure de serpent et descend aux Enfers. Fou de chagrin et d'amour, Orphée traverse le fleuve qui conduit aux Enfers pour délivrer sa bien-aimée. Il lui faut convaincre le maître des Enfers de libérer Eurydice de ses chaînes. Grâce au don de charmer reçu de sa mère, Orphée y parvient, mais il doit respecter une condition : sur le chemin du retour, sa bien-aimée doit marcher derrière lui et il ne doit pas se retourner une seule fois pour la regarder. Orphée l'accepte, mais, sur le point de revenir sur terre, n'entendant plus les pas d'Eurydice derrière lui, il se retourne. Sa belle nymphe lui est ravie pour toujours.

« On dirait que cette légende a été écrite pour moi, pense Oscar. Les dieux ont raison. Marius et Colombe aussi. Je ne dois plus regarder en arrière. Mais comment déloger cette femme de ma pensée, de mon cœur, de ma chair ? Je vois bien que le travail ne suffit pas. Qu'est-ce qui pourrait m'exorciser ? » L'idée lui vient de s'investir davantage avec Alexandrine, d'essayer de retrouver les désirs physiques qu'elle lui inspirait quand il l'a rencontrée sur le navire, à son premier voyage en Europe.

Lorsqu'elle entre, trente minutes plus tard, rayonnante, portant à son cou un des plus beaux pendentifs de Victoire, Oscar est statufié. Trop de souvenirs en une fraction de seconde affluent dans sa mémoire.

« Tu ne le savais pas ? » demande Alexandrine.

Oscar fait signe que non.

« Je comprends que ça ne doit pas toujours être facile pour toi… Aimerais-tu mieux que je ne le porte pas pour un bout de temps ?

– Non, non. C'est l'effet de surprise.

– J'ai pensé que tu aurais préféré qu'il aille à ta sœur. Je lui ai même offert de le prendre, tantôt. Elle m'a dit que ce n'était pas le genre de bijou qu'elle préfère.

– J'aurais cru que la pierre de lune ne se démodait pas… Mais je suis content que tu l'apprécies. Il te va à ravir, Alexandrine. »

Rassurée, Alexandrine souhaiterait que son mari aille au lit en même temps qu'elle. Oscar hésite.

« Je vais lire encore un peu. C'est tellement captivant…

– Qu'est-ce que c'est ? » demande-t-elle en ouvrant un des trois livres, au hasard.

Oscar n'a pas le temps de répondre qu'elle s'offusque de l'illustration qui lui tombe sous les yeux.

« Quelles obscénités ! C'est comme ça tout le long ?

– C'est de l'art, Alexandrine. Pas de la pornographie ! »

Si Oscar était parvenu à reconstruire un peu de magie dans son couple, Alexandrine venait de la dissiper.

~

Devant l'édifice de *La Patrie*, pas moins de cinq cents personnes manifestent, révoltées d'apprendre la capture, par les Français, d'un convoi d'or de dix millions. À peine a-t-on le temps de démentir la rumeur qu'un autre bulletin annonce que trois mille Allemands ont été capturés. Les manifestants, ravis de la nouvelle, entonnent les uns *La Marseillaise*, les autres le *God Save the King* ou l'*Ô Canada*, en défilant vers le consulat de France. Ils se rendent ensuite au pied du monument d'Édouard VII, puis vont s'arrêter devant un club allemand en scandant « Conspuez Guillaume ! »

Les citoyens qui prenaient l'événement à la légère sont, à leur tour, fortement ébranlés à l'annonce que tous les Français et tous les Allemands en âge de porter les armes doivent d'urgence quitter le Canada. Pour les habitants de Montréal, les effets de la guerre se font encore plus sentir lorsque, le 3 août, les commissaires ordonnent la fermeture du port de Montréal et que deux cents policiers sont sommés de surveiller les navires et les élévateurs à grain. Aucun paquebot ne pourra entrer dans le port de Montréal ou en sortir sans un ordre signé du président de la Commission du port.

La population rurale est, elle aussi, frappée de stupeur lorsque le ministère de la Voirie du Québec ordonne l'arrêt immédiat de tous les travaux en cours et congédie tous les employés. Quand, le lendemain, une dépêche diffuse que le gouvernement de Sa Majesté a déclaré la guerre à l'Allemagne parce qu'elle ne veut pas respecter la neutralité de la Belgique, le peuple n'est pas surpris. Il ne l'est pas plus de lire, dans tous les journaux, le message du roi George V : *Je désire exprimer à mes sujets outre-mer combien je suis touché et fier des messages que j'ai reçus de leurs gouvernements respectifs durant ces derniers jours. L'assurance spontanée de leur entier soutien me rappelle les généreux sacrifices qu'ils ont faits dans le passé pour aider la mère patrie. La croyance inébranlable à un empire uni, calme, résolu, confiant en Dieu, me rendra moins lourde ma responsabilité à cette heure critique.*

Oscar ne peut concevoir que nombre de Canadiens anglais et français approuvent cette déclaration de guerre. Les quelques retombées économiques lui semblent méprisables au regard des vies humaines sacrifiées, des familles morcelées, des pays saccagés. Il ne cache pas qu'il se range du côté des nationalistes qui refusent tout engagement des Canadiens français dans cette guerre. Il ne peut désapprouver le recrutement des volontaires, mais il est indigné d'apprendre que, déjà, des miliciens sont postés à tous les endroits jugés stratégiques et que leur supérieur a donné l'ordre de tirer pour tuer, au premier indice de révolte. Oscar voudrait bien soustraire son épouse de toutes ces informations, mais en vain. À la moindre nouvelle, elle s'angoisse au point d'interdire à Laurette de mettre un pied dehors sans la présence d'un adulte. Aussi, elle se tient loin de tout rassemblement public. Elle refuse donc d'assister avec son mari à l'ouverture du premier Festival de Maisonneuve.

« Des sentinelles pas de tête pourraient tirer n'importe où et sur n'importe qui », allègue-t-elle.

Dans la même semaine, un événement malheureux vient lui donner raison : une dizaine de Français, sur le point de partir pour l'Europe, attendaient devant le manège militaire de la rue Craig que leurs photos leur soient remises avant de se diriger vers le port. La sentinelle Hooter leur ordonne, en anglais, de circuler, mais comme ils n'ont pas encore reçu leurs photographies, ils ne bougent pas. Hooter répète son ordre, sans succès, fait feu, tue un Français et blesse le cigarier Corbeil. La population est en colère. Alexandrine est au bord de la panique en apprenant la nouvelle. Oscar tente de la rassurer : « C'est un incident qui a peu de chance de se répéter. Hooter a été condamné et les autres soldats ont eu leur leçon. On peut leur faire confiance.

– Leur faire confiance ? Quand on sait que plusieurs parmi eux ne sont rien de moins que des restants de prison. Qu'ils sont souvent saouls. Comment croire que ces soldats puissent nous protéger ? Ce sont des bandits. »

Oscar ne peut nier ces faits.

À la crainte se mêle une indignation contre certains représentants de l'Église. À l'instar des Dufresne et d'Henri Bourassa, nombre de citoyens, même catholiques, désapprouvent M$^{gr}$ Bruchési qui a déclaré, après avoir béni trois cents volontaires avant leur départ pour l'Europe : « Le peuple canadien-français a fait son devoir. Nous avons donné à l'Angleterre des vivres et de l'or et nous lui donnerons des hommes. Nous prouverons à l'Angleterre que nous sommes loyaux, non pas seulement en paroles. » D'autres membres du clergé, chargés de constituer un fonds patriotique à même les aumônes des fidèles, se plaignent du manque de générosité de ces derniers. Henri Bourassa utilise *Le Devoir* pour clamer sa réprobation :

> *J'en viens, de l'Europe. J'ai vu des millions de livres de fromage pourrir sur les quais de Liverpool parce que les Anglais ne savent qu'en faire, alors que des millions de Belges crèvent de faim et que des millions de Canadiens ont à peine de quoi manger.*

Oscar tient à lui exprimer son appui et le joint par téléphone :

« C'est une bonne gestion des envois qui manque, considère-t-il.

– Vous devriez l'assumer, cette fonction, mon cher Oscar. Je vais vous proposer à notre premier ministre.

– Je me demande si j'en trouverais le temps. Je siège déjà à plus de quinze conseils d'administration.

– Quitte à en délaisser quelques-uns..., mais pas celui de la librairie Beauchemin. Des hommes intègres comme vous, monsieur Dufresne, ça ne court pas les rues. Puis, pensez à tout ce que vous pourriez faire économiser à nos gouvernements. Tout ce qui pourrait être versé à nos familles pauvres. »

Une corde sensible chez Oscar que celle de la pauvreté.

« Si on me le demande, j'en assumerai la charge, monsieur Bourassa. »

En entrant chez lui, Oscar trouve son épouse dans un véritable état d'affolement.

« Si l'enrôlement devenait obligatoire, Raoul pourrait être forcé de se joindre à l'armée, dit-elle, en larmes.

– Pourquoi t'en faire comme ça ? Tu ne sais même pas s'il sera jugé suffisamment en santé pour être recruté.

– Quelque chose me dit qu'il va s'organiser pour rester ici.

– Qu'il le fasse, ça ne concerne que lui.

– Tu crois ça ? T'as pas pensé qu'il pourrait exiger de prendre ses enfants pour être exempté de l'armée ? »

Oscar propose de rencontrer Raoul et d'en discuter.

« Il ne faut surtout pas faire ça, riposte Alexandrine. Tout à coup qu'il n'y a pas encore pensé… »

Désemparé, Oscar présente alors une autre solution : « Pourquoi ne pas attendre que Raoul se manifeste ? À ce moment-là, on en discutera honnêtement avec lui.

– C'est un trop grand risque.

– Qu'est-ce que tu souhaites, d'abord ? »

Alexandrine se mord les lèvres, retenant des paroles qui risquent de lui attirer la désapprobation de son mari.

« Je ne sais pas très bien. Je vais y repenser », répond-elle.

À compter de ce jour, Alexandrine s'impose de reconduire sa fille à l'école et d'aller l'y chercher, matin, midi et soir. Il lui arrive même de se rendre tout près du couvent pendant les récréations, au cas où Raoul rôderait dans les alentours. Elle trouve toujours un prétexte pour se soustraire à tout rassemblement public, en privant du même coup sa fillette de six ans. Oscar se montre généralement tolérant, mais, pour l'ouverture prochaine du marché de Maisonneuve, il décide d'emmener Laurette et rien ni personne ne l'en empêchera.

« Toute ma famille viendra célébrer cette formidable réalisation et je tiens à ce que ma fille en ait un beau souvenir.

– C'est dangereux, Oscar...

– Pas du tout. C'est dans ta tête que ça se passe. Pas ailleurs. Alors, si tu préfères te morfondre, reste ici. Je ne te forcerai pas à venir. Mais tu ne m'empêcheras pas d'emmener Laurette.

– Qui va la surveiller ? Tu ne pourras pas toujours être à côté d'elle.

– Cécile s'en occupera quand je prendrai la parole. »

Sur ces mots, Oscar quitte la maison et ne revient qu'à l'heure du souper. Il n'a pas à se rendre à la cuisine pour constater que quelque chose d'inhabituel se passe. « Edna ? Bonjour ! Mais qu'est-ce que tu fais ici ? » Appelée au téléphone par Alexandrine, Edna est accourue, croyant sa belle-sœur en grand danger. Oscar apprend qu'elle ne cesse de pleurer et de vomir. Elle refuse de voir le médecin et, à plus forte raison, de se rendre à l'hôpital. Avant de monter dans la chambre de son épouse, Oscar sort un flacon d'une armoire et dit à sa belle-sœur : « Si ça arrive encore, donne-lui un de ces comprimés. J'en cache toujours dans le fond de cette armoire.

– *What's that ?*

– Des calmants. Elle s'endort avec ça et ça va mieux le lendemain.

– OK.

– Merci, Edna. Vous pouvez retourner chez vous. On a une belle journée qui nous attend demain, vous savez ?

– *Yes, sir !* » s'exclame Edna, avant de quitter le domicile d'Oscar, le pas allègre, roulant son imposant fessier dans sa robe de jersey gris.

Parenthèse bienfaisante en cette période trouble, l'ouverture officielle du marché de Maisonneuve se déroule dans l'euphorie. Sous un ciel des plus cléments, dignitaires, invités d'honneur et citoyens rassemblés devant ce majestueux édifice tout de pierres grises, dont ils ont déjà pu admirer son portail massif, son dôme central et ses quatre tourelles, y pénètrent et ils ne sont pas moins impressionnés en visitant l'intérieur. Les hommes d'affaires et les politiciens sont charmés d'y trouver d'immenses salles de réunion meublées de fauteuils confortables et dont la décoration est digne de la Chambre d'assemblée. Il faut voir l'émerveillement des agriculteurs et des marchands devant la vingtaine d'étals munis de réfrigérateurs. Jamais encore le public n'a vu ces appareils qui remplaceraient les glacières. Tous les visiteurs, sans exception, s'exclament devant tant d'équipements ultramodernes, à commencer par la rampe pour handicapés.

Le maire Michaud et les frères Dufresne sont chaudement applaudis. Les acclamations deviennent plus retentissantes encore lorsque le magistrat annonce : « Nous avons confié à Alfred Laliberté, un sculpteur de grand talent, un artiste de chez nous, né à Sainte-Élisabeth-de-Warwick, la réalisation d'une fontaine allégorique, toute en bronze, de plus de vingt pieds de hauteur. » Et, déployant devant l'assistance le croquis grandeur nature dessiné par le sculpteur, le maire s'écrie : « Voici notre fermière ! » L'assemblée est ravie devant cette femme robuste cachée sous un large chapeau et qui porte à son bras un panier de légumes ; elle est entourée de trois enfants qui tiennent respectivement un dindon, un poisson et un veau. « Des jets d'eau devraient jaillir de la bouche des animaux », précise le maire Michaud.

Oscar souhaite que personne ne demande, séance tenante, le prix de cette sculpture et le coût final de la construction de ce marché. Et pour cause. Aux cent cinquante mille dollars prévus il a fallu ajouter cent dix mille dollars. Qu'en sera-t-il de la fontaine dont il aurait souhaité retarder la réalisation d'au moins cinq ans ? Oscar appréhende la question au cours du banquet d'honneur offert aux dignitaires, aux administrateurs et aux artisans du marché de Maisonneuve. En l'absence d'Alexandrine, c'est Cécile qui l'accompagne. Quelle chance pour Edna que Marius a placée entre elle et Laurette ! Des gens viennent saluer M$^{me}$ Marius Dufresne et sont surpris de l'entendre ne s'exprimer qu'en anglais après être parvenue à dire « Bonjour, monsieur ! » dans un français fort acceptable. Une dame bienfaitrice, apprenant qu'Edna est infirmière, lui propose de se joindre à son équipe de bénévoles pour aller dans les foyers enseigner l'hygiène et les soins de santé aux mères de famille. « *Maybe. If I have the time* », répond Edna.

La bonne dame fronce les sourcils. Cécile se porte au secours de sa belle-sœur.

« C'est que M$^{me}$ Dufresne se dévoue déjà beaucoup auprès de mes belles-sœurs et de sa parenté, les Sauriol.

– Les Sauriol ! Mais j'en connais plusieurs. »

La seconde épouse d'Henri Sauriol, Émeline, compte parmi ces connaissances : « C'est cette dame qui a pris en élève une de ses nièces née Normandin, si je ne me trompe pas… »

En entendant ces mots, Oscar s'alarme. Heureusement, Laurette s'amuse un peu plus loin avec deux autres fillettes de son âge. Il s'avance et prête l'oreille. La dame poursuit, s'adressant toujours à Cécile : « Qu'est-ce qui arrive de la plus jeune ? Il paraît que sa famille adoptive présenterait des problèmes… »

Oscar se braque devant elle, tend la main et dit : « Je suis Oscar Dufresne.

– Vous n'avez pas besoin de présentation, monsieur Dufresne. Vous êtes très populaire à Montréal.

– Merci, madame. Je voulais simplement vous faire savoir que je suis le père adoptif de la plus jeune, comme vous dites, et que je ne vois pas de quel problème vous parlez.

– Ce sont des mauvaises langues, probablement, qui répandent leurs ragots, répond-elle, embarrassée.

– Vous leur direz de venir me voir », conseille Oscar, ironique.

La dame tourne les talons, laissant dans le vide la main qu'Edna lui tendait. Oscar la regarde s'éloigner, plus convaincu que jamais de l'urgence de rencontrer Raoul.

À son retour à la maison, il trouve son épouse dans la salle à manger, penchée sur la table recouverte de photographies. Alexandrine est si concentrée qu'elle ne l'a pas entendu entrer avec Laurette.

« T'as réussi à te désennuyer ? lui demande Oscar en s'approchant de la table.

– Je ne m'ennuyais pas du tout. Ça fait longtemps que je voulais classer les photos de la petite pour les placer dans un bel album », dit-elle sans se tourner vers son mari.

À l'enfant qui vient l'embrasser, elle ouvre grands les bras.

« Regarde, ma chérie, comme tu étais belle ! dit-elle en montrant un portrait de Laurette âgée de moins de deux ans.

– Elle l'est encore », corrige Oscar.

Faisant fi de sa remarque, Alexandrine enchaîne :

« J'ai noté que tu n'apparais pas souvent sur les photos…

– J'ai noté, réplique Oscar, que c'est souvent toi qui réclames d'être photographiée avec Laurette. »

Le ton montant entre les époux, de bon cœur, Oscar autorise la fillette à jouer quelques minutes dans le jardin. Alexandrine a quitté la table et, de la fenêtre, elle surveille Laurette, se limitant à jeter de brefs coups d'œil sur les photos.

« C'est important que les gens sachent qu'elle est bien avec nous et que nous l'aimons comme…

– Quelles gens ? » l'interrompt Oscar.

Elle se tourne vers lui et répond, les yeux baissés :

« Bien, tout le monde.

– Raoul et tous ceux qu'il pourrait faire intervenir dans le dossier de Laurette pour la reprendre, n'est-ce pas ? C'est à ceux-là surtout que tu penses ? »

Portant les mains sur son cœur, elle demande :

« Toi aussi, tu crois qu'il pourrait faire ça ?

– Pas moi, Alexandrine. Toi.

– Mon Dieu, s'il fallait ! » dit-elle, affligée.

Puis, revenant à la fenêtre, elle crie, prise de panique : « Je ne la vois plus, Oscar ! »

Il s'approche et aperçoit la fillette sortant de derrière un arbuste avec sa poupée. Livide, Alexandrine explique :

« On ne sait tellement pas ce qui peut lui arriver… Si on avait un chien, au moins. Un bon chien de garde.

– J'entends bien ? Tu t'es toujours opposée à ce qu'on en ait un et maintenant, c'est toi qui le demandes ?

– Je n'aime pas vraiment les chiens, mais pour que la petite soit bien protégée, je suis prête à faire ce sacrifice, répond-elle.

– Je m'en occupe dès ce soir », promet Oscar, heureux de rassurer Alexandrine, mais plus encore de procurer à Laurette un merveilleux compagnon de jeu.

Le lendemain, dernier dimanche de septembre, Marius et Edna, chargés d'une mission par Oscar, se présentent à son domicile en début d'après-midi. Alexandrine les accueille avec exubérance.

« Malheureusement, on ne fait que passer, on repart dans quelques minutes, dit Marius.

– Vous reviendrez souper avec nous, d'abord, suggère Alexandrine.

– On a mieux à faire, répond Marius. Une surprise pour Laurette. À la condition que tu nous la laisses pour l'après-midi, et un peu plus, peut-être. »

Alexandrine pince les lèvres, hausse les épaules, jette un regard vers son mari qui explique : « J'ai parlé à Marius, hier soir, du gardien que tu souhaites pour la petite. Edna connaît un bon éleveur tout près de la frontière ontarienne.

– À Alexandria », précise Edna, la bouche fendue jusqu'aux oreilles.

Alexandrine sourit à peine. Oscar s'empresse d'aller chercher Laurette chez Thomas où elle jouait avec les filles de Candide.

« Vous vous rendez si loin que ça avec la petite ? demande Alexandrine.

– Ne crains pas. Je conduirai prudemment pendant qu'Edna l'amusera.

– Je n'aurais pas détesté vous accompagner...

– Puis le chien, on le mettrait sur tes genoux ? » propose Marius qui ne ménage aucun argument pour la dérider un peu.

Alexandrine se désiste, mais elle leur recommande :

« Assurez-vous de choisir un bon chien.

– *The best* », répond Edna.

Laurette se présente, frétillante de joie. Marius et Edna savent qu'ils gagnent à ne pas retarder leur départ. À peine ont-ils laissé le temps à Alexandrine de faire ses recommandations à la fillette que la voiture se met en route.

Les sachant partis pour la journée, Oscar invite son épouse à le suivre au salon. Il sent la main d'Alexandrine se crisper dans la sienne. « Il faut en profiter, dit-il. C'est rare qu'on peut prendre du temps rien que pour nous deux.

– Ça me fait tout drôle de penser que la petite est partie loin comme ça.

– Ce n'est pas si loin, puis elle n'est quand même pas avec des étrangers », dit-il d'une voix si tendre qu'Alexandrine vient se blottir tout contre lui.

Oscar l'enlace avec bonheur. Pas un mot entre eux. Qu'une lueur d'abandon chez Alexandrine. Que l'étrange impression, chez Oscar, de tenir dans ses bras une enfant. Plus fragile que Laurette. Plus apeurée que les trente-deux mille hommes qui s'apprêtent à quitter la baie de Gaspé pour risquer leur vie sur un champ de bataille. Quels mots, quels gestes pourraient la disposer à parler sereinement de ses angoisses ? À écouter les avis de son mari ? À approuver ses intentions au sujet de Raoul ? Oscar se croit soudain inspiré. « Laquelle, parmi tes croyances, t'apporte le plus de réconfort ? lui demande-t-il à mi-voix.

– Mes croyances ? Réconfortantes ? Je me demande si je ne les ai pas toutes perdues, répond-elle sans broncher.

– Dieu... ?

– Non. Peut-être un peu de confiance en la Vierge Marie. Il m'arrive de croire qu'elle me comprend, elle. Son enfant qu'on lui a arraché... Qu'on a assassiné... »

Oscar est stupéfait, mais n'en doit rien laisser paraître. Pour qu'Alexandrine parle en ces termes, c'est qu'elle souffre beaucoup plus qu'il ne l'aurait cru. « Qu'en sera-t-il lorsque, devenue jeune femme, Laurette voudra vivre comme les autres filles de son âge ? S'accorder les mêmes libertés, ne plus être dans les jupes de sa mère ? » se dit Oscar.

Prolongeant un silence dont il a besoin pour comprendre une telle détresse, il couvre Alexandrine de caresses. Un baume sur leur souffrance.

« Qu'est-ce que je pourrais faire pour te rendre la vie plus agréable ? » lui demande-t-il.

Alexandrine se dégage de son étreinte, se recroqueville sur elle-même, se balance comme un enfant qu'on berce, hésitant à s'exprimer.

« Dis, Alexandrine. Je ne demande pas mieux que de le savoir.

– Tu le sais déjà, répond-elle en se dérobant à son regard.

– Dis quand même.

– M'approuver.

– T'approuver dans quoi, Alexandrine ?

– Quand je demanderai à Raoul de nous faire la promesse de ne pas reprendre Laurette si je jure de lui dire la vérité quand elle aura quatorze ou quinze ans », lance-t-elle comme un aveu longtemps retenu.

Plus navré que surpris, Oscar ne sait que répondre. Alexandrine lui révèle alors qu'elle est disposée à faire une concession : « S'il arrivait que Raoul soit menacé de mort ou qu'il parte à la guerre, j'accepterais qu'on le lui dise… », ajoute-t-elle.

Oscar constate que son silence, plus que toute autre arme, a eu raison de l'entêtement d'Alexandrine.

« Cette fois, dit-il avec une fermeté à ne pas défier, tu me laisses régler ça avec Raoul. Tu ne t'en mêles pas, on s'entend ? »

Mi-satisfaite, mi-résignée, Alexandrine quitte le salon pour reprendre le classement des photographies commencé la veille.

« Si on allait faire une petite balade, propose Oscar, dans l'espoir de retenir le peu de magie qu'il vient de goûter en ce début d'après-midi.

– J'aime mieux ne pas m'éloigner. Tout à coup que, pour une raison ou une autre, ils rebrousseraient chemin…

– Je voulais t'emmener tout près de la rue Sherbrooke, mais on peut rester aux alentours. Au pire, si on n'est pas là, Marius déposera Laurette chez son grand-père.

– Pas aujourd'hui, Oscar.

– Dommage, je te réservais une surprise », soupire-t-il, sans lui parler de son intention de lui montrer les terrains sur lesquels Marius et lui projettent de construire leur future résidence.

Comme Alexandrine ne manifeste pas la moindre curiosité, il part seul vers la côte verdoyante, puis il décide de rendre visite à son ami Bourassa. Il est sûr de le trouver à la nouvelle adresse du *Devoir*, dans une ancienne maison de prostitution, au 43 de la rue Saint-Vincent. De la fenêtre ouverte sur la rue, Oscar entend quelqu'un fredonner un air connu, non sans fausses notes. « C'est lui », pense-t-il, se rappelant ce que Louis Dupire, l'un de ses collaborateurs, a déjà dit de Bourassa : « C'est l'homme du Canada qui parle le mieux, mais qui chante le plus mal. »

Venu aux bureaux du *Devoir* pour prendre connaissance des lettres des lecteurs, Bourassa accueille Oscar avec un plaisir évident. « Pas trop de mauvaises pensées entre ces murs ? lui demande Oscar, le sourire narquois.

– Vous riez ? Je vous avoue, mon cher ami, avoir fait bénir les lieux avant de m'y installer.

– Pourquoi ?

– Pour éloigner du travail quotidien toutes les tentations du passé…

– La bénédiction a porté ses fruits ?

– Je le croirais, répond le journaliste, à voir la qualité du travail qui sort de ces murs.

– Vous n'êtes pas plus intéressé à venir écrire ici que dans l'ancien bureau ? présume Oscar.

– Non. Je ne connais pas de meilleur endroit que chez moi et de meilleurs moments que la nuit pour écrire. Chaque soir, vers onze heures et demie, Alexandre Thérien vient à mon domicile me porter les épreuves de mes textes et il passe les reprendre le lendemain matin, avant sept heures, pour que les corrections à la linotype soient faites pendant la journée.

– Ce n'est pas seulement la correspondance d'une semaine que vous avez là ? s'étonne Oscar.

– Oui, mon cher ami. Vous savez que nous avons des correspondants non seulement au Canada, mais aussi aux États-Unis et en Europe. C'est une nécessité que d'entretenir cette correspondance pour que le journaliste ne devienne pas une haridelle d'omnibus traînant toujours le même coche et suivant toujours la même ornière. »

Fasciné par l'éloquence et l'humour parfois acerbe de son ami, Oscar ne se lasse pas de l'écouter. Bourassa lui annonce qu'il compte ajouter une nouvelle brochure à celles qui ont été publiées au cours de l'année. « Le titre, déjà arrêté, devrait piquer la curiosité des lecteurs.

– Vous le gardez encore secret, je suppose. »

Bourassa expose devant Oscar une brochure d'au moins cinquante pages titrée *La politique de l'Angleterre avant et après la guerre.*

« Qu'est-ce que vous pensez de ça ? » lui demande-t-il, l'œil fier.

Oscar prend quelques secondes pour feuilleter l'ouvrage avant de prévenir Bourassa :

« Le cinquième anniversaire du *Devoir* s'en vient. Il faudrait peut-être éviter de se faire trop d'ennemis si on veut garder nos soutiens financiers.

– Mon cher ami, *Le Devoir* n'a jamais sacrifié son indépendance et ses principes. Il continuera de combattre sans jamais accepter ni aumône ni prix de trahison.

Toujours, nous défendrons les droits des minorités, qu'il s'agisse de Canadiens français ou de Canadiens anglais, clame Bourassa avec une verve digne du plus grand auditoire.

– J'admire votre intégrité, monsieur Bourassa. Loin de moi l'idée de vous la reprocher. Je veux seulement m'assurer, en tant qu'administrateur, que nous pourrons terminer cette année 1914 non seulement sans déficit, mais avec un léger surplus.

– Je comprends, je comprends, fait le journaliste en bourrant sa pipe de tabac Montcalm. Pendant que vous êtes là, il y a un autre point sur lequel j'aimerais avoir votre sage avis. Je suis débordé, depuis le début de la guerre, par une multitude de conférences à donner, par des brochures à publier tant sur ce sujet que sur celui de la sauvegarde de la langue française. J'ai pensé déléguer un peu plus de mes responsabilités pour quelque temps. »

Oscar attend la suite, intimidé à la pensée de conseiller un homme de si grand talent.

« Omer Héroux est mon bras droit depuis toujours, nos philosophies se rencontrent, puis il travaille bien avec le jeune Pelletier, Georges. Vous me voyez venir ?

– Si vous leur faites confiance, il n'y a pas de raison pour que les administrateurs doutent de votre choix », juge Oscar, s'appuyant sur le fait qu'Omer Héroux, reconnu pour son dévouement et sa fidélité, est considéré comme le double de son patron et que Georges Pelletier s'est toujours valu la confiance des employés, recevant leurs doléances pour ensuite intervenir auprès du chef.

« Merci, cher ami. Une dernière question : vous savez combien je tiens à ce que *Le Devoir* reste libre et indépendant des partis politiques et des organismes financiers. Qu'est-ce que vous proposeriez comme mode de financement pour les cinq prochaines années ?

– Quelques amis et moi envisageons de fonder une société sous le nom des Amis du *Devoir*, lui apprend Oscar. Nous travaillons actuellement à en bien définir les objectifs. Tout ce que je peux vous garantir pour l'instant, c'est que cette société sera totalement indépendante de l'Imprimerie populaire et du journal *Le Devoir.* Elle s'administrera elle-même sous l'égide des lois du Canada. Ce sera une œuvre amie, mais absolument autonome.

– Je savais que je pouvais vous faire confiance », dit Bourassa, ravi.

Oscar consulte sa montre et, après quelques politesses, prend congé.

Aux abords du 444 du boulevard Pie-IX, rien n'indique que Laurette est revenue avec son chien, si jamais elle en a choisi un. Oscar pousse la porte d'entrée et est accueilli par une femme affolée.

« Va donc savoir ce qui leur est arrivé ! s'écrie-t-elle. Il sera bientôt cinq heures.

– Aurais-tu oublié que la route est longue ? Sans compter le temps qu'ils ont pris au chenil. Tu comprendras qu'ils ne soient pas ici avant sept heures. »

Alexandrine retrouve un peu de calme.

« Avoir su que ça aurait été si long, je serais sorti avec toi, avoue-t-elle.

– T'as fini de classer tes photographies ?

– Non. J'ai dû arrêter, ça me faisait trop m'ennuyer. »

Encore sous le charme de sa rencontre avec son ami Bourassa, Oscar résiste plus facilement à la tentation d'inciter son épouse à tirer leçon de cette expérience. Bien plus, il lui offre de s'occuper du souper et même de faire le service. « Je vais t'aider, propose-t-elle.

– Non, non. Je te sers un petit verre de cherry et tu relaxes en attendant que la rafale arrive.

– La rafale ?

– Tu ne t'imagines pas ce qui t'attend, toi, avec un chien dans la maison.

– Oh, mais je ne le veux pas dans la maison. Mes planchers, mes meubles, mes bibelots…

– Comment veux-tu qu'il s'habitue à Laurette s'il vit dehors et la petite en dedans ? Il faudra que tu le laisses entrer au moins quand elle est là. »

Alexandrine est catastrophée.

« Je mets le rôti au four et je vais lui aménager un espace au sous-sol », annonce Oscar, frétillant à la seule pensée du plaisir que pourra leur apporter cet animal.

Dans une pièce ouverte au bas de l'escalier, il étend sur le plancher de ciment une vieille peau d'ours. « Il va se sentir en bonne compagnie, couché là-dessus », se dit-il, amusé. Il ne trouve de jouet à lui offrir pour l'instant qu'une paire de savates. « Elles sont tellement usées que grand-père Desaulniers ne les aurait même pas réparées », pense-t-il. Il ne manque plus qu'une barrière au bas de l'escalier pour empêcher l'animal de monter et d'aller gratter à la porte. « Est-ce que je devrais en installer une en bois ou en fer », se demande-t-il, lorsque des cris de panique d'Alexandrine lui font grimper l'escalier quatre à quatre. Il n'a pas besoin de poser de questions : une masse poilue à tête noire, d'environ deux pieds de hauteur, avec une flamme blanche partant d'entre les oreilles et descendant vers le museau, avance tranquillement dans le corridor. N'ayant pas prévu la réaction affolée d'Alexandrine, Laurette, son oncle et sa tante sont demeurés cachés dans le portique. Oscar s'accroupit, frappe sur sa cuisse, prêt à accueillir ce qu'il croit être un terre-neuve. « Viens, mon beau chien, viens », dit-il. En entendant sa voix, Laurette sort la première de sa cachette, s'élance vers Oscar, passe un bras autour de son cou et l'autre autour du cou du chien qui semble déjà familier. « Quelle belle bête ! Comme t'as du goût, ma jolie ! s'exclame Oscar, pressé de témoigner sa gratitude à Marius et Edna.

– C'est une descendante des croisements qui ont été faits entre les terre-neuve et les saint-bernard, il y a une soixantaine d'années, explique Marius.

– Maman ! Où est maman ? demande Laurette.

– Alexandrine, tu viens ? » crie Oscar, tendant le cou vers l'escalier menant aux chambres.

Un grincement se fait entendre de la cuisine, et voilà qu'Alexandrine pointe son nez dans l'entrebâillement de la porte du garde-manger. « Viens, la prie Oscar. C'est une bonne bête, tu verras. »

Laurette va chercher sa mère, la tire vers Gipsy. « Faites-lui sentir votre main, maman », dit la fillette, qui approche la sienne du museau de la chienne.

Pour convaincre Alexandrine, Edna se prête au jeu, puis Marius, qui reçoivent à tour de rôle quelques coups de langue de Gipsy.

« Vous voyez qu'elle ne mord pas, maman. Venez, si vous voulez qu'elle soit votre amie », la supplie Laurette.

Au prix d'efforts suprêmes, Alexandrine laisse sa fille saisir sa main et la porter devant le museau de Gipsy. D'un coup de langue, la bête la fait reculer. Laurette rit de bon cœur, comblant de caresses sa nouvelle amie de deux fois son poids. « C'est le plus beau cadeau de ma vie ! s'exclame l'enfant.

– C'est à ta maman et à ton oncle Marius qu'il faut dire un gros merci », lui apprend Oscar.

Laurette fronce les sourcils, fixe son père, l'air tout étonnée, puis interroge sa mère : « C'est vous, maman, qui avez voulu me donner ce beau chien là ? »

Alexandrine se ressaisit, esquisse un sourire et, fuyant le regard des adultes qui entourent l'animal, elle le lui confirme d'un signe de la tête. Laurette scrute le visage de son père, puis celui de son oncle et attend de l'un d'eux un commentaire qui lui expliquerait l'apparente hostilité de sa mère pour Gipsy. Alexandrine les devance. « Je ne m'attendais pas, ma chérie, à ce que tu le choisisses si gros, ton chien. »

La fillette avale son souper en vitesse, puis va se blottir contre Gipsy sur le tapis de l'entrée, la tête posée sur son cou musclé. C'est là que, dix minutes plus tard, Oscar la trouve endormie. Il s'illusionnait en croyant qu'il pourrait la porter dans son lit sans qu'elle se réveille et exige en pleurant que Gipsy dorme près d'elle. Même la chienne semble vouloir insister pour suivre Laurette. Oscar accède finalement à leurs désirs et monte la peau d'ours dans la chambre de sa fille, ce qui lui vaut de foudroyantes protestations de la part de son épouse.

« Ce n'est pas une gardienne fidèle comme ça que tu voulais pour Laurette ? » demande Oscar, outré.

Marius intervient.

« Écoute, Alexandrine. Elle a deux ans, cette chienne. Elle a été dressée pour protéger les enfants et elle est habituée à les suivre partout dans la maison.

– Au pire, je la descendrai au sous-sol avant de partir le matin, concède Oscar.

– Il faudra aussi que tu voies à augmenter les heures de la femme de ménage. Je n'ai pas envie de trouver des poils partout dans la maison, réplique Alexandrine.

– Il est encore temps de revenir sur ta décision, tandis que Laurette n'a pas eu le temps de trop s'attacher à Gipsy, l'avise Oscar.

– Si jamais tu décidais de ne pas la garder, reprend Marius, avertis-moi. On va l'adopter avec plaisir. »

Edna l'approuve d'un large sourire. Alexandrine quitte la salle à manger, visiblement offusquée.

En cet automne 1914, on n'a pas attendu au 2 novembre pour sonner le glas.

Le clergé et l'État multiplient les exhortations à prendre les armes. Le 15 octobre, ils sont nombreux, les citoyens rassemblés au parc Sohmer, pour entendre Laurier sonner l'appel historique. Thomas, nouvellement marié, ses fils, Donat et plusieurs amis forment peloton dans l'assemblée. Charles Bélanger rugit en entendant le chef de l'opposition dire : « Si, dans les veines des Canadiens qui composent cette assemblée, il coule encore quelques gouttes du sang de Dollard et de ses compagnons, vous vous enrôlerez en masse, car la cause est aussi sacrée que celle pour laquelle Dollard et ses compagnons ont sacrifié leur vie. »

Cherchant l'opinion d'Oscar, Bélanger commente :

« Je ne pense pas qu'il parlerait de même s'il était obligé de prendre les armes lui-même ou s'il avait des frères qui devaient se rendre sur les champs de bataille. »

Avant qu'Oscar réplique, quelqu'un derrière eux se porte à la défense de Laurier :

« Si c'était les États-Unis qui nous avaient déclaré la guerre, on serait bien contents que l'Angleterre vienne à notre secours », dit Raoul Normandin.

Oscar sursaute en reconnaissant sa voix.

« T'es occupé après la réunion ? lui demande Oscar.

– Non, et puis je ne me sens pas obligé d'y assister jusqu'à la fin, précise-t-il.

– J'aurais à te parler, on y va ? »

Les deux hommes quittent l'assemblée, trouvent un banc dans un coin du parc et s'y assoient. « Comment va ma fille ? demande Raoul, d'entrée de jeu.

– Bien. Très bien, même. Plus encore depuis deux semaines, ajoute Oscar.

– Il s'est passé quelque chose de spécial ?

– De très spécial. Imagine que Laurette n'est plus seule avec des adultes à la maison.

– Tu ne me dis pas que vous avez pris un autre enfant chez vous ! »

Raoul semble si heureux de cette idée qu'Oscar craint de lui avoir ouvert la porte toute grande pour récupérer Laurette. Aussi s'empresse-t-il de l'informer de l'achat de Gipsy et de décrire, avec amples détails, le bonheur que cette chienne procure à la fillette.

« Y a-t-il quelque chose que vous ayez refusé à cette enfant-là ? demande Raoul sur un ton qui sent le reproche.

– Ça arrive, oui, mais cette fois ce n'est pas elle qui a demandé d'avoir un chien. C'est Alexandrine qui a jugé que ce serait bon pour elle.

– Pourquoi ? »

Oscar hésite, puis répond :

« C'est une bonne chose dans la vie d'un enfant que d'avoir un animal. Je me souviens encore de notre beau montagnard des Pyrénées quand j'étais tout petit.

– Sincèrement, Oscar, je n'ai jamais douté de ta parole, mais j'ai bien de la misère à croire que ça vient d'Alexandrine. Elle est tellement dédaigneuse..., puis nerveuse.

– Je vais être franc avec toi, Raoul. C'est vrai que l'idée vient d'Alexandrine, mais c'est pour protéger la petite quand elle joue dehors.

– Protéger de qui, de quoi ?

– Tu sais, la guerre inspire toutes sortes de peurs aux personnes de santé fragile... De mon côté, je me suis dit que la présence de ce chien à la maison ne peut être que positive. Tu viendras voir Gipsy. Ça plaira à Laurette. Mais toi, comment vas-tu ?

– J'ai une grande décision à prendre. Ou je reprends un de mes enfants ou je m'enrôle. »

Oscar tremble pour Alexandrine qui a visé assez juste, une fois de plus.

« Qu'est-ce qui te fera opter pour l'un plutôt que l'autre ? lui demande-t-il.

– Les résultats de mes examens médicaux, entre autres. Je t'appellerai quand j'aurai pris ma décision », dit-il, soudain désireux de retourner écouter le discours de Laurier.

Oscar n'a pas à poser de questions pour comprendre que la garde de Laurette ne leur est pas encore acquise.

## CHAPITRE IX

Oscar n'aurait jamais cru éprouver autant de plaisir à posséder une automobile neuve et ultrapuissante. Celle dont il rêvait. L'Atlas de modèle G, construite à Brockville, en Ontario.

« C'est la voiture qu'il nous fallait depuis que notre famille s'est agrandie, dit-il à Thomas venu admirer sa nouvelle acquisition.

– Pour être belle, elle est belle », admet ce dernier, salivant d'envie.

Autour d'eux, Laurette et son chien font des gambades.

« Pas rien que belle. Spacieuse, puis vaillante, à part ça. Regardez l'espace pour Gipsy derrière la deuxième banquette », fait remarquer Oscar.

Puis, il s'empresse d'ouvrir le capot pour lui montrer le moteur :

« C'est un quatre cylindres, vous savez.

– Beaucoup de puissance ?

– Ça ne se compare pas. Trente HP ! Montez ! On va faire un tour, vous allez voir la différence d'avec mon ancienne. Attendez-moi une minute, je vais chercher Alexandrine. »

Oscar revient seul, son épouse refusant de s'asseoir sur la banquette arrière. « Je ne pourrais pas endurer que la chienne laisse des poils ou de la salive sur mon manteau », a-t-elle allégué. Mais Laurette et Gipsy s'y installent avec plaisir.

L'Atlas s'engage dans la rue Sherbrooke en direction du mont Royal, là où elle pourra donner sa pleine mesure. Au coin de la rue Saint-Hubert, Oscar prend soin de regarder à droite, ensuite à gauche, pour s'assurer que la voie est libre. Le cou tendu vers la gauche, il s'attarde. Quand il décide de redémarrer, la voie n'est plus libre et il évite de justesse deux dames âgées qui traversaient. « Elle n'a pas vraiment changé, cette rue, depuis qu'on est partis, dit Thomas, croyant deviner les préoccupations d'Oscar.

– Très peu », répond ce dernier, évasif, hanté par la presque certitude d'avoir aperçu Colombe avec un bambin, remontant la côte vers la rue Sherbrooke.

Près de cinq mois se sont écoulés depuis la soirée du bal. Cinq mois sans qu'il lui ait été donné de croiser Colombe. Comme il regrette de ne pas être seul. De ne pouvoir faire demi-tour pour s'approcher, la saluer, lui offrir de monter, la reconduire à destination, tout simplement. Comme avant Paris. « Mais pourquoi ne pas descendre la rue Berri et revenir vers le nord par la rue Saint-Hubert ? Prendre le temps de vérifier de près et dépasser la dame, incognito, pour filer ensuite vers le mont Royal ? » Oscar n'hésite plus.

« Tu tournes déjà de bord ? lui demande Thomas.

– On va essayer une petite côte avant d'attaquer le mont Royal.

– Tu ne lui fais pas plus confiance que ça, à ton superbolide ?

– C'est pas la raison : vous m'avez fait penser de montrer notre ancienne maison à Laurette », trouve-t-il à répondre.

Oscar passe devant le 32 de la rue Saint-Hubert, s'y attarde peu, toutefois, prétextant que Laurette est plus intéressée à jouer avec Gipsy qu'à l'écouter. À la croisée de la rue Ontario, il distingue suffisamment bien la promeneuse pour reconnaître une démarche et une coiffure familières. Le bambin qu'elle tient par la main pourrait avoir tout près de trois ans. Des bouclettes rousses s'échappent de son bonnet. Au moment de les dépasser, l'Atlas ralentit. C'est Colombe. Oscar en est sûr. Elle a remarqué la voiture. A-t-elle reconnu les passagers ? À peine ont-ils gagné quelques dizaines de pieds d'avance sur Colombe et son fils que Laurette s'écrie : « Papa, y a une madame qui m'a envoyé la main.

– Rien qu'à toi ? Pas à Gipsy ? demande Thomas.

– Je peux lui répondre, papa ?

– Bien sûr que tu le peux.

– Elle demande une permission même pour ça ? » s'étonne Thomas.

Oscar lui apprend qu'Alexandrine a interdit à sa fille de répondre à un inconnu, ne serait-ce que de la main. Les explications qu'il lui en donne à voix basse le distraient un peu de la vision qui vient de lui chambouler le cœur. Comment ne pas être tenté de revenir dans ce quartier, seul, au volant de sa rutilante voiture noire ?

Alors qu'Oscar est sur le point de s'engager dans l'avenue du Parc, Laurette manifeste le désir de retourner à la maison pour jouer plus à l'aise avec Gipsy. Au grand déplaisir de Thomas, Oscar y consent immédiatement. Depuis qu'il a revu Colombe, il ne souhaite qu'une chose : se retrouver seul, à l'abri de tout intrus, pour accueillir et vivre intensément les émotions qui l'habitent. Il doit se faire violence pour ne pas laisser son père soliloquer sur les perspectives de guerre et les élections municipales prévues pour février prochain.

Sitôt ses trois passagers déposés à leur domicile, Oscar fait demi-tour et se rend au bureau de Marius. Il est des plus heureux d'y trouver son frère.

« Je ne veux pas te retarder dans ton travail. Je voulais savoir si tu as un engagement ce soir ?

– Rien qu'à te voir l'air, j'en aurais un que je le reporterais, répond Marius.

– Edna t'attend pour souper ?

– Comme toujours, mais si je lui donne congé, elle n'en sera pas fâchée. Elle n'aime pas tellement cuisiner, et elle apprécie ce que sa tante Éméline concocte. »

Les deux hommes en rient.

Marius regarde sa montre, jette un coup d'œil sur le plan qu'il était à tracer et décide de revenir travailler en soirée. « On y va, dit-il.

– Je t'emmène quelque part avant de manger, dit Oscar.

– Où ça ?

– Sur nos futures terres.

– Bonne idée. C'est une de nos dernières belles journées d'automne. Il faut en profiter. »

En apercevant la voiture neuve devant la porte, Marius s'exclame : « C'est à qui, cette belle bagnole là ? »

Oscar se frappe la poitrine, l'allure fière.

« Depuis quand ?

– Elle est arrivée hier d'Ontario. À toi l'honneur !

– Wow, le bel achat !

– C'était devenu nécessaire, avec Gipsy qu'on emmène souvent avec nous.

– Vous allez la garder, finalement ?

– Tant que je serai là, elle y sera, c'est moi qui te le dis !

– On dirait qu'il y a eu du brasse-camarade chez vous… »

Les deux hommes montent dans la voiture.

« Rien de grave, mais cette chienne apporte tellement plus d'agréments que d'embarras dans la famille… Même si Alexandrine s'en plaint souvent, je suis sûr qu'elle l'aime et qu'elle irait moins bien si Gipsy n'était pas là.

– C'est son souffre-douleur, présume Marius.

– À peu près, oui. Mais elle ne se rend pas compte que cette bête la distrait de ses petits bobos.

– Puis Laurette ?

– Elle change à vue d'œil : plus détendue, plus rieuse. Tu devrais la voir agir avec sa mère : elle réussit même à la faire asseoir sur le plancher pour jouer avec elle et Gipsy. »

Oscar lui décrit les gentillesses de l'animal, lui fait part des plaisirs qu'elle leur procure et des espoirs qu'elle lui inspire quant à la guérison d'Alexandrine. La voiture s'est immobilisée en bordure d'un des terrains boisés longeant la rue Sherbrooke. Oscar ne semble pas vouloir descendre de la voiture. Pas tout de suite, en tout cas. Marius ne s'en plaint pas, le confort de l'Atlas lui rendant la chose agréable.

« Donc, Oscar, ça ne va pas si mal à la maison, conclut-il.

– L'atmosphère est beaucoup plus agréable.

– Qu'est-ce qui t'a mis à l'envers comme ça, d'abord ?

– Je l'ai vue, Marius. De près. Je suis passé à côté d'elle.

– Tu lui as parlé ?

– Non, j'étais en voiture. Elle, à pied... avec le petit. »

Marius penche la tête. Il ne dit mot, le temps de comprendre et de partager l'émotion de son frère.

« Ça t'a fait quoi ? ose-t-il demander.

– Chavirer. Un fou. J'aurais été prêt à faire un fou de moi. Une chance que papa et la petite étaient dans l'auto.

– Puis maintenant ?

– Pas diable mieux. Elle m'obsède, Marius. Je voudrais la voir face à face, lui parler. Lui...

– ... toucher ?

– Ouais... Qu'on s'explique, au moins.

– Tu veux dire : qu'elle s'explique.

– T'as raison. Moi, je n'ai rien à lui apprendre, admet Oscar, les yeux rivés sur le tableau de bord de sa voiture.

– Tu penses que ce serait une bonne chose que tu la rencontres ?

– J'ai longtemps pensé le contraire, mais plus ça va, plus je sens qu'il faudrait que je le fasse. Une façon de sortir les fantômes de mes armoires. »

Les coudes appuyés sur le volant, Oscar reste silencieux. Marius, qui comprend son désarroi, ne le force pas à s'expliquer davantage.

« À bien y penser, dit Marius, je crois que c'est bon, peut-être même essentiel, de les exorciser, ces fantômes, comme tu dis. J'en ai quelques-uns dans mes tiroirs, moi aussi. »

Oscar lève enfin les yeux sur lui et sourit.

« Tu veux que je te trouve son numéro de téléphone ou son adresse ? offre Marius.

– Les deux, si possible.

– Pour toi, je peux faire ça. »

Oscar tapote l'épaule de son frère et lui avoue, d'une voix chaude : « Ma vie ne serait vraiment pas la même sans toi. »

Marius hausse les sourcils, esquisse un sourire et dit : « C'est peut-être parce que je suis un peu plus que ton frère. »

Les deux hommes éclatent de rire.

« T'as pris de l'avance sur moi, dit Oscar. T'as sorti un gros fantôme de ton tiroir.

– De ma garde-robe, je dirais », réplique Marius pour cacher l'émoi qui fait trembler ses mains.

Oscar descend de la voiture. Marius le suit. Sans un mot, tous deux marchent le long du boisé. Oscar se sent plein d'espoir et Marius, plus léger. Celui-ci rompt le silence qu'il estime avoir assez duré pour révéler à Oscar la dernière de ses inspirations : « Depuis que la guerre est commencée, je sens davantage le besoin de me rapprocher de la famille. »

D'un sourire, Oscar lui signifie sa satisfaction.

« J'ai regardé dans les archives de la ville. Si on achetait tous les lots compris entre la rue Jeanne-d'Arc et le boulevard Pie-IX, de la rue Sherbrooke à la rue Boyce, on aurait assez de terrain pour construire deux ou trois autres résidences.

– Pour la famille ?

– Pour Candide, Cécile, notre père, s'ils le souhaitent.

– Puis Romulus, lui ?

– Ce serait mieux pour sa santé qu'il reste à Saint-Hilaire, je pense.

– Tu ne peux pas savoir comme tu me fais plaisir, Marius ! Je n'ai rien souhaité de plus au monde, puis notre mère aussi, que de nous voir près les uns des autres. Sur tous les plans.

– Si la guerre est désastreuse, elle aura eu, au moins, le mérite de nous ouvrir les yeux sur des valeurs essentielles. »

Tous deux retournent s'asseoir dans la voiture, nullement pressés de regagner leurs domiciles respectifs. Au tour de Marius de se montrer fort troublé. Oscar espère qu'il se confiera. Son regard l'y invite. Marius secoue la tête, soupire longuement et avoue : « Pour être bien franc avec moi-même et avec toi, il y a une chose que je regrette profondément. »

Oscar sent que la confidence est difficile. Qu'il doit donner à son frère le temps de choisir les mots qui diront ce grand regret. « C'est que Georges-Noël ne l'ait pas mariée, ma mère. »

L'émotion les laisse sans voix. À son tour, Oscar y va d'une confidence non moins délicate. « J'ai toujours eu beaucoup d'admiration pour toi, Marius, tu le sais. Imagine-toi donc que, après que j'ai su le secret, il m'est arrivé de t'envier plus encore…, tellement je le trouvais extraordinaire, grand-père Georges-Noël. Que je comprenais notre mère de l'avoir tant aimé. Puis, quand je vois tous les talents que tu as, cette espèce de noblesse que tu portes en toi, je ne peux faire autrement que de penser que tout ça vient de lui… en grande partie. »

Marius a fermé les yeux. Les interdits qu'il avait imposés à sa mémoire semblent s'estomper un à un. Des souvenirs refluent, lui ramenant tantôt le sourire paternel de Georges-Noël, tantôt son regard songeur posé sur le garçonnet qu'il était. Certaines paroles ambiguës de sa mère prennent leur sens. Pour la première fois, il accueille l'impression laissée dans sa chair par la dernière poignée de main de son père agonisant. Jaillit en même temps le sentiment d'avoir repoussé, méprisé un privilège. « Et si cet amour paternel de Georges-Noël m'était doux à vivre ? Si je lui ouvrais les bras pour de bon ? Si je me réconciliais avec… mon père ? »

Comme en écho à la pensée de son frère, Oscar réfléchit tout haut : « Quand j'essaie de mettre de côté tous mes préjugés, j'en viens à considérer que c'est un cadeau de la vie que d'être né d'un si grand amour. »

Marius tourne son visage vers la portière. Oscar comprend qu'il souhaite rentrer chez lui et il renonce à leur souper en tête-à-tête.

~

Le climat de morosité qui s'étend sur Montréal et sur le monde a gagné le cœur d'Oscar. De voir les camps d'internement se multiplier, l'un rue Saint-Antoine, l'autre à Beauport, un troisième à Valcartier et un quatrième, en construction, en Abitibi le désole. La période préélectorale y étant propice, la tension et les crispations s'insinuent dans le conseil municipal de Maisonneuve et des clans se forment. Bien qu'Oscar s'y soit attendu, ni lui, ni son frère, ni le maire Michaud n'ont pressenti, à la dernière assemblée de novembre, l'arrivée en force d'un parti déterminé à renverser l'administration en place. Pour avoir déjà appuyé le Club ouvrier de Maisonneuve dans sa quête de justice, Oscar se sent trahi. Non seulement par le principal organisateur de ce nouveau mouvement, appelé Parti de la réforme municipale, mais plus encore par Lévie Tremblay, un ancien collègue qui a siégé au conseil de 1911 à 1913. Oscar ne voit pas qu'une soif de pouvoir dans cette rébellion de cent trente-sept citoyens, mais aussi « la manifestation d'un mécontentement général de la population », affirme-t-il. Le choc est si grand qu'aux échevins convoqués à une assemblée spéciale, ce 4 novembre 1914, il annonce : « Une qualité de vie lui était promise, des édifices ont été mis en place pour lui apporter services et mieux-être, des projets grandioses, comme celui de l'Exposition universelle prévue pour 1917, devaient propulser l'économie de la ville. La menace d'une guerre mondiale vient saboter la base même de leur édification. Mais la population ne le voit pas ainsi. Impuissante à intervenir auprès des autorités responsables de la guerre, elle s'en prend à ceux qui ont travaillé pour lui donner une ville prospère où il fait bon vivre. Pour ces raisons et pour d'autres plus personnelles, je remets ma démission au conseil de ville de Maisonneuve. »

C'est la consternation au sein du conseil. Bien qu'il ne l'approuve pas, Marius comprend le geste de son frère. Il refuse donc de se joindre à la délégation qui se rend au bureau d'Oscar le lendemain pour le supplier, non seulement de reprendre son siège, mais de présenter sa candidature à la mairie. « Toi et ton frère êtes les principaux artisans de cette ville enviée de par toute l'Amérique, dit Michaud. Vous avez élaboré des projets grandioses qui ont transformé Maisonneuve, vous devez les conduire à bonne fin. Ce n'est pas parce qu'un petit groupe de grincheux vient faire du tapage au conseil qu'on va se laisser intimider. »

Les six conseillers qui accompagnent Michaud y vont de leurs arguments dans l'espoir de convaincre leur collègue. Oscar prend le temps de les écouter, puis explique, des trémolos dans la voix : « Il faut être réalistes, mes amis. L'an dernier, déjà, nous commencions à éprouver des difficultés dans le commerce de l'immeuble. Or c'est le levier de notre prospérité. Dans plusieurs entreprises, la production commençait à tourner au ralenti. Avec l'arrivée de la guerre, c'est finie l'expansion industrielle, c'est finie l'implantation massive de nouvelles entreprises chez nous. La guerre ne profitera à aucune d'elles, à l'exception, peut-être, de la Canadian Vickers parce qu'elle produit des armements. En plus de ça, je ne serais pas étonné qu'avant longtemps le maire de Montréal déclare qu'il ne croit plus possible de tenir l'Exposition universelle prévue pour 1917. Nos manufactures vont se vider de leur main-d'œuvre masculine. Nos familles vont s'appauvrir. Plus rien ne sera pareil. »

Michaud se tourne vers ses complices qui ont écouté, non sans émotion, le plaidoyer d'Oscar.

« Nous feras-tu au moins la faveur de terminer ton mandat ? lui demande Charles Bélanger.

– J'essaierai. »

Lorsque Marius se présente au bureau de la Dufresne & Locke en début d'après-midi, Cécile le prévient : « Oscar n'est pas de très bonne humeur aujourd'hui.

– Je m'y attendais, répond-il, avant de lui appliquer un gros baiser sur la joue.

– Wow ! Ce n'est pas ton cas, lui fait-elle remarquer.

– C'est la lumière de tes yeux qui m'a ébloui. Je jurerais que tu es en amour. »

Le rouge au visage, Cécile ne nie pas.

« Tu me donnes envie de te garder avec moi tellement tu es agréable, lance-t-elle.

– Ton amoureux n'aimerait pas ça ! réplique-t-il, moqueur. Puis ton patron, non plus. Tu le préviens ou je vais frapper à sa porte ?

– Je le préviens, monsieur Dufresne. »

Marius trouve, assis derrière sa table de travail, un homme visiblement préoccupé. D'un geste de la main, Oscar lui désigne un fauteuil.

« Nos ventes de chaussures commencent à baisser. Il est temps que j'y vois de plus près. Mais, dis-moi, comment ça va, toi ?

– Sûrement mieux que toi…

– Malgré ce qu'on puisse en penser et en dire, je vais bien. Je suis content de ma décision, puis je suis en train de faire des choix intéressants. »

Marius en est agréablement surpris.

« T'as l'intention de quitter d'autres conseils d'administration ?

– Pas nécessairement, mais je voudrais m'investir plus dans certains d'entre eux, surtout ceux qui concernent les arts et des œuvres humanitaires comme l'hôpital Notre-Dame. Puis, il y a la fondation des Amis du *Devoir* qui me tient à cœur, en plus des intérêts de notre famille.

– Tu abandonnes vraiment, à la ville de Maisonneuve ? demande Marius, de toute évidence affecté.

– Je ne t'abandonne pas, Marius. Je vais toujours te soutenir dans tes projets, t'aider aussi, mais à titre personnel. »

Marius garde la tête baissée.

« Aurais-tu l'intention de te retirer, toi aussi, Marius ?

– Oh, non ! Je me sens l'énergie et le goût de continuer malgré tout ce qui arrive. Peut-être plus, même.

– Je t'admire, Marius. Tu es vraiment un batailleur, comme notre mère.

– J'aime me mesurer à l'obstacle. Il reste des choses à bâtir dans notre cité et je veux qu'on puisse compter sur moi.

– La guerre, ça ne t'inquiète pas ? demande Oscar.

– Comme tout le monde, oui, mais pas au point de renoncer à nos projets.

– As-tu pensé à ce qui pourrait t'arriver si l'enrôlement devenait obligatoire ?

– Ce n'est pas demain la veille, Oscar. Mais j'accomplirai mon devoir de sujet britannique…

– Tu irais sur les champs de bataille ? Risquer ta vie ?

– Le pire qu'il puisse m'arriver, c'est que je meure. Puis que j'aille retrouver des personnes qui me sont chères.

– Tu viens de me donner une autre raison de t'admirer, Marius.

– C'est à Jasmine que je dois cette sérénité face à la mort. C'est elle qui m'a convaincu de l'existence d'un au-delà. Je t'avoue qu'il m'arrive même des fois d'anticiper la mort avec une certaine impatience. Non pas que je sois déprimé, mais j'ai hâte d'être débarrassé de mes limites. »

Les avant-bras appuyés sur sa table de travail, Oscar est médusé.

« Je ne te pensais pas si croyant, dit-il, enfin.

– Tout dépend de la façon qu'on interprète le mot. Ce qui est sûr, c'est que je crois en une autre vie après la mort. Une belle vie. Avec que du bon monde.

– Tu vas t'ennuyer des défis ! lance Oscar, taquin.

– Je ne pense pas. Je n'aurai pas le temps, je vais être occupé à aimer jour et nuit.

– Avoue, Marius, que tu l'as encore dans la peau, ta belle Jasmine.

– On ne peut pas oublier un ange. Il ne le faut pas, même. »

Les deux hommes échangent un regard qui en dit long sur leurs premières amours.

« Je suis venu te montrer les résultats de mes recherches concernant les lots qu'on veut acheter, reprend Marius. Les cinq principaux sont à François-Xavier Saint-Onge. Les autres, ceux qui portent le numéro 765, appartiennent presque tous aux veuves Desjardins. »

Les deux frères s'entendent pour des offres d'achat qu'ils qualifient de raisonnables. Avant de quitter le bureau, Marius se tourne vers son frère. « Je devrais pouvoir t'apporter les informations que tu m'as demandées ... au sujet de Colombe. »

D'un battement de cils, Oscar lui manifeste sa reconnaissance et il prend soin de l'accompagner jusqu'à la porte. Allait entrer un grand jeune homme portant une enveloppe sous son bras. Celui-ci s'arrête, l'air ravi :

« Messieurs Dufresne ! Mais quelle chance de pouvoir vous saluer tous les deux ! dit-il avec un accent chantant difficile à identifier. Je me présente, Guido Nincheri. »

Oscar et Marius s'interrogent du regard.

« Mais entrez, monsieur », répond Oscar.

Marius les suit.

« J'ai eu la chance, explique l'étranger, d'assister à l'ouverture officielle du grand marché que vous avez fait construire, rue Morgan. Un bijou, messieurs. Mes félicitations. »

« Où veut-il en venir ? » se demande Marius.

« J'ai appris de M. le maire que vous aviez de nombreux autres édifices à construire.

– Vous êtes dans les métiers de la construction ? » présume Oscar.

M. Nincheri sourit avec une condescendance qui intimide Oscar.

« Indirectement, oui. Je passe quand tout est construit et qu'il ne reste plus que la décoration à faire.

– Vous êtes peintre en bâtiment ? » avance Marius.

Avec une modestie exemplaire, le visiteur leur révèle avoir étudié pendant douze ans à l'Académie des beaux-arts de Florence pour en sortir diplômé en dessin, peinture et architecture. Son maître, Adolfo De Carolis, lui aurait également enseigné la technique de la fresque. « La Bible demeure ma principale source d'inspiration », ajoute-t-il, plaisant à Oscar, intriguant son frère.

Marius, un sourire conquis sur le visage, demande :

« Vous êtes originaire de…

– De Toscane, plus précisément de Prato.

– La ville renommée pour ses textiles ? fait Oscar.

– Exactement.

– Qu'est-ce qui peut bien vous amener chez nous, vous qui jouissiez d'un si beau climat ? rétorque Marius.

– C'est la Providence, je crois. »

L'artiste aux doigts effilés et au visage oblong leur raconte qu'il s'était d'abord embarqué pour l'Argentine avec sa nouvelle épouse Giulia et que le déclenchement de la guerre les a forcés à séjourner à Boston, où il a gagné leur subsistance en créant des décors pour l'opéra de cette ville. Il en sort aussitôt de l'enveloppe les croquis, qu'il a apportés avec lui, et les étale sur le bureau d'Oscar. Les frères Dufresne sont en extase. Conforté par leurs éloges, Nincheri explique :

« Mon épouse et moi rêvions de venir au Québec. Nous avions appris qu'ici vous étiez en pleine prospérité et que tous les quinze milles, environ, on pouvait trouver une église à décorer.

– Il me fera plaisir de regarder ça avec vous, monsieur... Quel est votre nom déjà ? demande Oscar.

– Nincheri, Guido Nincheri.

– Je peux vous joindre à quelle adresse, monsieur Nincheri ?

– Nous logeons à l'hôtel tant que je n'aurai pas trouvé un appartement assez grand pour y monter un studio de peinture.

– Je pense que je peux vous accommoder, monsieur Nincheri. On a justement, ici, une grande pièce très éclairée qu'on peut facilement dégager.

– Vous me la loueriez à quel prix ?

– Je vous propose un échange, monsieur Nincheri. Je vous offre mon local gratuitement et, quand notre manoir sera construit, rue Sherbrooke, je vous en confierai la décoration. En attendant, je vais vous aider à décrocher des contrats dans nos églises.

– Vous prévoyez le faire décorer quand, votre manoir ?

– Dans trois ou quatre ans », répond Oscar.

Marius l'approuve d'un geste de la tête.

En laissant ses coordonnées à Oscar, Guido confesse : « Vous êtes un envoyé de la Providence. »

Marius attend le départ de M. Nincheri pour exprimer son étonnement à Oscar :

« Je n'en reviens pas ! Tu décides hier de consacrer ton temps à autre chose que la politique et voilà qu'aujourd'hui tu t'associes à un artiste peintre !

– Si tu savais l'impression qu'il m'a faite… Je considère que c'est lui, l'envoyé de la Providence, pas moi. »

Oscar prend son manteau.

« Tu quittes déjà le bureau ? Il n'est pas encore quatre heures, lui fait remarquer Marius.

– Pour une fois que j'ai une bonne nouvelle à annoncer à Alexandrine ! Tu me permets de lui montrer les dessins de notre future maison ? »

Marius lui donne son accord, mais il n'est pas moins contrarié par l'empressement de son frère à rentrer chez lui.

L'arrivée d'Oscar à la maison de si bonne heure ennuie quelque peu Alexandrine.

« Je voulais te faire une surprise, explique-t-elle. J'ai invité ton père et sa femme à venir souper avec nous, ce soir. Ça fait plus d'un mois qu'ils sont mariés et je ne les ai pas encore reçus à manger.

– C'est une bonne idée. Mais imagine-toi donc que moi aussi, je te réservais quelque chose de spécial.

– Quoi donc ? s'écrie Alexandrine, déjà ravie.

– Tu as dix minutes ? »

Oscar invite son épouse à le suivre dans le salon. Sur le canapé, il étale les dessins du manoir et dit :

« Dans deux ou trois ans, ce sera notre chez-nous. En pleine verdure. Une vingtaine de pièces pour nous et autant pour Marius et sa femme.

– Puis cette maison-ci ?

– Tu la vendras ou la loueras. Comme tu veux.

– Comme je veux ? »

Le regard lumineux, Alexandrine se permet de rêver.

« On achètera de nouveaux meubles pour cette maison ?

– Que des meubles de style. Et la décoration ira avec.

– Mais qu'est-ce qui t'arrive, mon chéri ? Tu me sembles si mystérieux... »

Oscar lui fait part de sa décision de quitter la politique et de se consacrer davantage à sa famille et aux œuvres humanitaires. Alexandrine se jette à son cou.

« Tu ne me dis pas que je vais retrouver mon mari ? Après quinze ans !... Quelle bonne nouvelle ! Tu viens m'aider à la cuisine ?

– Oui, mais j'aimerais d'abord aller chercher Laurette à l'école. Je n'ai tellement pas souvent l'occasion de le faire.

– Il n'y a que toi qui puisses me faire renoncer à ce privilège », dit Alexandrine avant de déposer un gros baiser sur les joues de son mari.

Lorsqu'il revient avec la fillette, Thomas et Marie-Louise sont déjà là. Laurette est si heureuse de les trouver chez elle qu'elle en oublie d'embrasser Alexandrine. Une remarquable affinité s'est développée entre cette enfant et Marie-Louise, un peu débonnaire, rieuse et très affectueuse. « J'en ai rien qu'une, grand-maman, moi ! » s'exclame Laurette, généreuse dans ses câlins comme jamais Alexandrine ne l'a vue.

« Vous n'êtes pas obligée de l'endurer, madame Dufresne. Quand elle jette son dévolu sur quelqu'un, celle-là, elle n'est plus contrôlable. C'est comme avec son chien », dit Alexandrine.

Oscar est vexé des propos entendus. Que son épouse parle de Laurette en ces termes le chagrine. Il n'écarte pas la possibilité qu'elle conçoive quelque jalousie à l'égard de Marie-Louise et de Gipsy. « Moi qui la croyais en voie de guérison », se dit-il, accablé.

Décembre à peine commencé, Thomas entreprend sa tournée de la famille. « Je vous réserve bien des surprises pour le jour de l'An », annonce-t-il avec une jovialité remarquable.

L'accueil est froid de la part de Candide et de Nativa, son épouse. Les finances de la famille ne les incitent pas à la réjouissance. L'entrepôt de chaussures de Candide est plein à craquer depuis que l'Angleterre passe ses commandes aux États-Unis. « Après ça, ils accusent les Canadiens de manquer de sens patriotique… Je serais célibataire, en pleine santé, que je préférerais mourir plutôt que d'aller combattre pour le Dominion, clame Candide.

– Mon mari a raison. Que l'Angleterre la fasse, sa guerre, contre qui elle voudra, mais qu'elle ne vienne pas toucher à nos familles, dit Nativa.

– Mais tu ne seras jamais appelé, toi, Candide, fait remarquer Thomas.

– Je le sais, mais ça ne m'empêche pas de penser à toutes les mères qui vont pleurer leurs fils le reste de leur vie. À tous les bras dont on a tant besoin pour construire ici et qu'on vient sauvagement nous arracher.

– Comment ça, nous arracher ? Ceux qui partent y vont librement, riposte Thomas.

– Pas tout le temps, monsieur Dufresne, pas tout le temps, affirme Nativa. Bien des jeunes s'enrôlent parce qu'on leur a tordu la conscience. Il suffit d'écouter certains politiciens et même nos curés pour s'en rendre compte. Encore dimanche dernier, le prône de Mgr Bruchési…

– Ma femme a raison. C'est pour ça qu'on n'avait pas l'intention de fêter cette année, déclare Candide.

– Bien voyons ! Ça ne va pas empêcher la guerre de continuer que vous vous enfermiez à bouder la vie, dit Thomas. Il ne faut pas se priver du petit peu de bonheur qu'on peut s'apporter entre nous. C'est une semence d'espoirs, ça. »

Candide et Nativa se regardent, hochent la tête et conviennent d'y réfléchir.

« Pensez à vos enfants aussi, renchérit Thomas. Ça me ferait mal au cœur de voir qu'ils sont privés de la fête et des cadeaux qui leur sont réservés.

– C'est vrai, les enfants…, admet Nativa.

– Puis leur grand-père. Vous aurez tout le temps après de les sensibiliser, vos enfants, aux causes humanitaires. La guerre est loin d'être finie. »

Thomas les quitte sur ces mots, confiant de les gagner à ses considérations. Sa prochaine visite ne lui inspire aucune inquiétude. Il trouve Romulus en contemplation devant une toile que Laura vient de peindre, représentant une scène d'hiver où parents et enfants dévalent une côte en traîneau. « J'aurais encore de petites retouches à faire, dit-elle à Thomas qui la complimente généreusement.

– Mais tu as tous les talents, Laura !

– C'est pour ça que je l'ai mariée ! Ça compense le peu que j'ai reçu », réplique Romulus, rieur.

Thomas n'apprécie pas ce genre de blague et il ne le cache pas. Tentant de se reprendre, Romulus lui demande : « Puis, comment trouvez-vous ça, des amours de seconde main ? »

Vexé, Thomas opte toutefois pour la tolérance.

« Veux-tu me dire, Laura, qu'est-ce qu'il a avalé, ce matin, ton mari ? Par chance qu'il se trouve drôle.

– Faut pas mal le prendre, monsieur Dufresne. Il fait ça pour taquiner.

– Excusez-moi, le père, je n'ai vraiment pas voulu vous insulter », dit Romulus.

Pressé de tourner la page, Thomas leur présente son invitation pour un « jour de l'An spécial ». Leur enthousiasme lui est spontanément acquis. « La petite sœur ne nous préparerait pas une grande nouvelle, par hasard ?

– Il y a ça, mais bien d'autres choses. Pourquoi ne pas venir dès l'après-midi du 31 : ça nous donnerait le temps de fêter amplement. Vous aurez tous une place pour dormir à la maison », leur promet Thomas.

Invités, Donat et Régina acceptent avec plaisir d'amener leur petite famille fêter avec les Dufresne.

« Tu imagines la belle surprise quand ils vont te revoir dans la cuisine », dit Thomas à son ancienne servante qu'il a encouragée à revenir vivre chez lui. Plus d'une raison s'y prêtait. Entre autres choses, Brigitte doit se fiancer à Noël et elle quittera ses fonctions le 20 décembre. Le principal motif sera révélé à Oscar de la manière la plus inattendue.

~

En ce deuxième vendredi de décembre, au beau milieu de l'après-midi, Oscar est demandé au téléphone. Cette voix dans le récepteur, il la reconnaît. Ses mains se mettent à trembler, son cœur bat la chamade.

« Oui, c'est bien moi, parvient-il à confirmer dans un filet de voix.

– J'ai bien réfléchi avant de t'appeler, dit Colombe, et je pense ne pas faire d'erreur... »

Elle parle lentement, marque une pause qui affole Oscar. Le mot « erreur » lui donne le vertige. S'entrechoquent dans son esprit et dans sa chair souvenirs de plaisirs charnels, remords et désirs réprimés. « Ne t'en va pas », la supplierait-il avant même qu'elle fasse connaître le but de son appel.

« J'aimerais qu'on se parle, Oscar. »

Transi, il voudrait enregistrer ces mots tant il craint que l'émotion ne lui en fasse perdre la mémoire.

« Moi aussi, Colombe. Quand penses-tu qu'on pourrait se voir en toute discrétion ? »

Il sent qu'elle hésite. Il ne faut pas.

« Je connais un endroit très approprié. Dis-moi où et quand, et je passerai te prendre », propose-t-il.

La réponse se fait attendre.

« Un soir, dit-elle enfin, d'ici trois jours.

– Pourquoi pas ce soir ?

– Un instant, je te reviens. »

Au bout du fil, Oscar n'est qu'offrande.

« Oscar, tu es là ? » demande-t-elle de sa voix caressante.

« Comment en douter, voudrait lui répondre Oscar. Je marcherais sur les genoux pour te prendre dans mes bras. »

Mais il se ressaisit. La moindre parole malencontreuse pourrait faire avorter cette rencontre tant souhaitée.

« Oui, oui, je t'écoute, Colombe.

– À sept heures et demie. Au coin de Saint-Hubert et de Sherbrooke.

– Je serai là. Tu surveilleras une automobile…

– … noire. Atlas modèle G.

– C'est bien ça », confirme Oscar, impressionné.

« Ou elle l'a bien remarquée quand je l'ai dépassée rue Saint-Hubert, ou elle l'a aperçue plus d'une fois, ou quelqu'un lui en a parlé… », se dit-il. Il préfère la deuxième hypothèse. D'imaginer qu'elle le cherchait, qu'elle l'observait, qu'il lui manquait lui fait goûter l'extase. Celle d'un premier amour. Celle, non moins délicieuse, de la nuit d'hôtel à Paris…

« Je ne voudrais pas être dérangé dans la demi-heure qui vient », avise-t-il Cécile.

La porte de son bureau discrètement verrouillée, Oscar s'affale dans un des fauteuils réservés aux invités, ferme les yeux pour mieux orchestrer ce précieux rendez-vous. Les fantasmes les plus inavouables affluent. Faire monter Colombe dans sa voiture, filer loin des réverbères. Découvrir son corps nu sous son manteau de fourrure. L'emmener au summum de la jouissance et s'y engouffrer avec elle. Mourir à cet instant. Pour l'aimer sans remords. Sans fin. Indescriptible félicité. Ivresse incomparable. Incommensurable volupté. Peu à peu, la raison reprend ses droits. La conscience, son emprise. Oscar ouvre les yeux, pousse un long soupir, boude la réalité qui le rattrape. « Tu fabules, bonhomme, se dit-il. Ça ne se passera pas comme ça. Il ne le faut pas. Tu ne vas pas gâcher le reste de ta vie pour quelques moments de plaisir ? Ta paix, ton honneur, ça n'a plus de prix, Oscar Dufresne ? Mais tu déraisonnes ! »

Titubant comme un homme ivre, Oscar quitte le fauteuil, marche d'un mur à l'autre de son bureau, puis attrape l'écouteur. « Marius ! Je suis content de te trouver là. Merci, merci mille fois pour ce service. »

Marius veut l'interrompre, mais Oscar insiste : « Non, laisse-moi finir. Je sais que tu veux me recommander d'agir avec ma tête... de penser aux lendemains, les miens et ceux de mon couple. Je sais que tu...

– Oscar ! Oscar Dufresne, veux-tu t'arrêter un instant et me dire d'abord de quoi tu veux me remercier.

– Pour avoir parlé à Colombe. »

Marius lui avoue n'y être pour rien.

« C'est encore plus merveilleux comme ça, dit Oscar.

– Je sens que tu pourrais faire une gaffe, Oscar Dufresne. Attends-moi. J'arrive. »

Le temps que Marius se rende à son bureau, Oscar retrouve sa chaise d'homme d'affaires, se dicte à haute voix la conduite à tenir en soirée, imaginant les conseils qu'il recevra de son frère. Quelques minutes plus tard, il constate qu'il ne s'est guère trompé.

« Tout ce qui t'est utile de savoir, c'est la vérité sur ta prétendue paternité, puis encore. Pour ce que ça changerait aujourd'hui… Sa vie est organisée, puis la tienne aussi, à ce que je sache. »

Oscar écoute son frère, enclin à se laisser convaincre.

« Tu dois sortir de cette rencontre fier de toi et l'âme en paix, lui rappelle Marius.

– Tu as raison. Mais je me demande vraiment ce qui l'a amenée à faire ce pas vers moi…

– Un besoin d'apaiser sa conscience, peut-être.

– Elle ? Apaiser sa conscience ? Mais à quoi penses-tu ?

– Aux mensonges qu'elle aurait pu te dire.

– Ah ! J'oubliais.

– Mais tu oublies bien ce que tu veux, Oscar Dufresne ! »

Les deux hommes se quittent en riant de bon cœur. L'atmosphère de son domicile familial ne pourrait mieux répondre aux espoirs d'Oscar. Sa nervosité s'amalgame à merveille avec l'excitation de Laurette à qui Alexandrine fait essayer de nouveaux vêtements et des bottines raffinées, dernières créations de la Dufresne & Locke. Tout comme sa fille qui ingurgite sa soupe et une tranche de pain en toute hâte pour aller jouer avec Gipsy, Oscar se dit sans appétit. Alexandrine est plus loquace qu'à l'ordinaire, ne pouvant résister à la tentation de divulguer à l'oreille d'Oscar les cadeaux qu'elle a achetés à Laurette.

« Je me demande où je pourrais les cacher. Elle fouille partout aussitôt que j'ai le dos tourné.

– Chez mon père, peut-être ?

– Quelle bonne idée ! Le temps qu'elle sera dans la baignoire, tu pourras les transporter.

– J'ai oublié de te le dire, mais je dois partir vers sept heures. C'est un peu tôt pour elle… Demain matin, avant qu'elle se lève, j'irai.

– Depuis quand, une réunion le vendredi soir ? » dit Alexandrine, contrariée.

Oscar se voit dans l'obligation de mentir.

« C'est exceptionnel, j'avoue. Mais dès que les préparatifs du cinquième anniversaire du *Devoir* seront terminés, je vais être ici presque tous les soirs. »

Alexandrine se pend au cou de son mari, le fixe dans les yeux et lui fait promettre de tenir parole.

Un brin de toilette, des vêtements propres, un peu de lotion après-rasage et voilà Oscar Dufresne tout paré pour sortir. « À te voir ainsi pomponné, on croirait qu'il y a des femmes dans ce comité-là, fait remarquer Alexandrine, un tantinet narquoise.

– Même s'il y en avait, celles que j'aime sont ici », dit Oscar pour s'en convaincre lui-même.

« T'es chanceux qu'il n'y ait pas de neige accumulée au sol », pense-t-il en montant dans sa rutilante Atlas. À peine a-t-il le temps de mettre le moteur en marche qu'il entend Alexandrine crier : « Oscar ! Oscar ! T'as oublié ta mallette. »

Il s'empresse de la lui prendre des mains.

« Où j'avais la tête, donc ?

– Bien oui. Où avais-tu la tête ?

– Je te remercie, Alexandrine. Bonne nuit, ajoute-t-il en l'embrassant.

– Tu penses donc rentrer tard…

– Ça pourrait arriver, mais peut-être que non. Quand il n'y a pas d'opposition, ça va vite », argue-t-il, pressé de se dérober aux questions de son épouse.

Le double sens qu'il donne à ses propres paroles, les faux-fuyants qu'il invente, les mensonges qui se multiplient lui renvoient l'image d'un homme fourbe, indigne tant de la femme qu'il va rencontrer que de celle qu'il vient d'embrasser. « Je m'étais pourtant promis de ne plus m'embarquer dans des histoires semblables », se dit-il, se souvenant de sa confession à la chapelle du frère André et des résolutions qu'il avait prises alors. Mais plus il approche de la rue Saint-Hubert, plus la honte et la culpabilité font place à la fébrilité.

La visibilité est quelque peu atténuée par l'arrivée subite d'une neige folâtre. De gros flocons dansent devant son pare-brise, certains s'évanouissent dans leur chute, d'autres le frôlent et repartent plus fringants. « Ils se moquent de moi », se dit-il, avec la soudaine impression que l'univers entier, vivants et morts, le regarde aller, l'épie, l'attend. « Tu hallucines, Oscar Dufresne », pense-t-il juste à l'instant où, au coin de la rue Sherbrooke, apparaît cette jolie femme portant élégamment un manteau de mouton rasé et un chapeau assorti. Oscar immobilise sa voiture, en descend et se précipite vers Colombe.

« Bonsoir, Oscar ! »

« J'aurais dû la saluer le premier », se dit-il.

« Où allons-nous ? demande-t-elle.

– Tu me fais confiance ?

– Et pourquoi pas ? répond-elle, souriante, l'air aussi sereine qu'Oscar peut être nerveux.

– Accrochez-vous à mon bras, madame, l'invite-t-il, sentant une onde de quiétude lui revenir.

– Toujours aussi galant, Oscar Dufresne ?

– Il ne faut pas perdre ça », dit-il, une fois la portière ouverte et ses mains posées sur la taille de Colombe pour la hisser sur le marchepied de la voiture.

Ce premier contact le trouble. Heureusement, avant que la fièvre ne s'empare de tout son corps, Colombe s'intéresse à sa voiture.

« Elle sent encore le neuf. Tu l'as achetée récemment ?

– Je l'ai depuis la fin d'octobre. C'est surtout à cause de Gipsy.

– Gipsy ?

– Oui, le chien de Laurette.

– Ah, oui. Je vous ai vus passer avec un chien, il n'y a pas longtemps. »

Assis dans la voiture, les ex-fiancés se fuient du regard. Ils doivent toutefois causer de l'endroit où ils se rendront. Oscar explique :

« J'ai pensé au bureau de Marius. J'ai la clé et il ne viendra pas y travailler ce soir. »

Colombe manifeste un certain désaccord. « Est-ce la crainte de déranger ou qu'on soit dérangés », se demande Oscar.

« Tant qu'à ça, je ne vois pas pourquoi on n'irait pas chez moi », riposte Colombe.

Oscar se tourne brusquement vers elle, en quête d'un signe révélateur de ses intentions.

« On serait tranquilles pour parler ? demande-t-il, sceptique.

– Mon mari est en voyage et Marie-Ange se couche presque aussi tôt que Sam. »

Sam. L'évocation de cet enfant qui pourrait être le sien a raison du calme qu'Oscar a jusque-là démontré.

Supplier Colombe de lui en parler dès maintenant s'avère prématuré. Il ne doit rien précipiter. Connaissant maintenant leur destination, Oscar démarre. Conducteur habile et prudent, il aime habituellement le sentiment de liberté et de maîtrise que tenir un volant lui procure. Mais ce soir, conduire ne le calme pas. Les quelques voitures croisées en chemin font pourtant diversion et lui permettent de retrouver un peu de sérénité.

« J'aurais aimé te montrer les terrains où Marius et moi avons l'intention de bâtir quelques maisons pour notre famille », dit-il, désireux de donner à Marie-Ange le temps de se mettre au lit avant qu'ils arrivent chez Colombe.

L'idée plaît à Colombe, qui se montre toujours aussi digne et mystérieuse. Oscar s'apprête à faire demi-tour.

« Je vais mettre un peu de chaleur, dit-il.

– T'as du chauffage là-dedans ?

– C'est l'avantage d'acheter une automobile fabriquée au Canada. Elle est adaptée à notre climat.

– Parle-moi de Laurette. Elle va bien ?

– Un amour d'enfant. Intelligente, de bon caractère et de plus en plus enjouée.

– Alexandrine est moins exigeante envers elle, je suppose ?

– Peut-être, mais je pense que c'est l'école et son chien qui ont eu le plus d'influence sur son caractère.

– Puis Raoul, lui ?

– Ça, c'est une autre histoire ! Ce n'est pas encore réglé. »

Colombe se tourne vers lui pour l'écouter. Elle ne pose plus de questions. Oscar le déplore. Il tente de meubler ce silence de remarques banales sur ce qu'il voit le long de la rue Sherbrooke. Mais comme elle ne semble pas s'y intéresser, il se tait.

« Tu ne t'informes pas de nous ? lui demande-t-elle abruptement.

– Excuse-moi, Colombe. On dirait que je n'ai pas d'éducation, ce soir !

– Pourtant, je sais que tu te meurs de... de savoir ce qui est arrivé depuis mai 1911 », affirme-t-elle, ouvrant son manteau tant il fait chaud maintenant dans la voiture.

Oscar semble momifié alors qu'en lui, c'est la tourmente.

Près de la rue Jeanne-d'Arc, une ruelle est en construction juste au sud de la rue Sherbrooke. Il l'emprunte, puis immobilise sa voiture dans le cul-de-sac, sous le boisé. « C'est sur ces lots que Marius et moi allons d'abord bâtir un manoir pour nos deux familles.

– Tu y seras heureux ?

– Pas plus et pas moins qu'ailleurs, je pense.

– L'es-tu maintenant ?

– Pour autant que je peux oublier certains pans de mon passé, oui.

– Et si tu les connaissais dans leur totalité, ces pans, ça t'aiderait, penses-tu ?

– Je l'espère.

– Alors, regarde-moi », dit Colombe en saisissant les mains d'Oscar, qu'elle enveloppe dans les siennes.

La nervosité d'Oscar est mise à nu. Peut-être même ses désirs. Ceux de sa chair, surtout. La pénombre lui rend Colombe plus jolie, plus séduisante encore. Son manteau ouvert laisse deviner des formes non moins affriolantes qu'en mai 1911. Le combat intérieur est terrible.

« Tu sais, Oscar, je ne t'ai jamais menti et je ne le ferai pas plus ce soir. Tu m'avais fait un enfant. Je l'ai perdu après quatre semaines de grossesse. J'en ai eu beaucoup de peine…, même si je me disais que c'était peut-être mieux ainsi. Même si l'homme qui est devenu mon mari était prêt à le prendre pour sien. Ç'aurait été un grand privilège pour moi que d'avoir un enfant de toi. Je le prenais aussi comme une compensation que la vie nous offrait en retour du mal qu'elle nous a fait en nous empêchant de vivre notre grand amour. »

Plus un mot.

Oscar n'a pas à regarder Colombe pour savoir qu'elle pleure. Quelques larmes tombent sur ses mains. Il ne peut rester là, impassible. Ses bras se tendent vers elle, elle s'y abandonne. Comme à ses lèvres aussi. À la fièvre des mains qui cherchent sa poitrine. Une dernière fois.

« Je m'en vais, Oscar. Pour ne plus revenir, cette fois. C'est mieux pour toi et pour moi. Nous aurons moins mal. »

Déchiré à la pensée de ne plus revoir Colombe, Oscar l'étreint comme un naufragé.

« Je pars avec mon petit Sam. La guerre force son papa à rester en Europe. Nous allons le rejoindre. La vie de famille est essentielle au bonheur d'un enfant. Nous voulons qu'il soit heureux.

– Je comprends », dit Oscar d'une voix faible.

Colombe se libère de son étreinte, place les mains sur ses épaules pour le mieux convaincre de ce qu'elle se prépare à lui dire.

« Ma place est près de cet homme, maintenant. Et la tienne, près d'Alexandrine. »

Oscar acquiesce d'un signe de la tête, mais le cœur n'y est pas.

« Partons d'ici, ordonne-t-elle.

– Je te dépose chez toi ? présume Oscar qui tient pour un adieu les dernières paroles de Colombe.

– S'il te plaît. Et je t'invite à entrer. »

On ne peut plus confus, Oscar hésite, puis démarre aussitôt pour cacher son malaise. S'il pouvait connaître les intentions de Colombe…

« Il y a encore une chose à laquelle tu as droit… », dit-elle avant de s'interrompre brusquement.

Devant une résidence de la rue Saint-Hubert, un peu au nord d'Ontario, Colombe demande à son compagnon de s'arrêter. Une lampe est allumée derrière les rideaux. Une fébrilité presque incontrôlable envahit Oscar. Pour se calmer, il prend quelques respirations profondes et se rappelle les conseils de Marius.

Du portique, il voit qu'au bout du corridor une autre pièce aussi est éclairée. Ils entrent à pas feutrés. Colombe prend le manteau d'Oscar et le prie de s'installer au salon.

« Tu me donnes deux petites minutes ? demande-t-elle. Je vais embrasser mon fiston.

– J'aimerais le voir… »

D'abord surprise, Colombe accepte finalement.

Sur la pointe des pieds, elle précède son invité, pousse délicatement une porte, s'approche du petit lit, découvre légèrement l'enfant, juste assez pour dégager son front. Tendrement, elle l'embrasse. « À ne pas s'en rassasier », croirait Oscar qui, à la lueur de la veilleuse, peut reconnaître les traits de Colombe sur le visage du bambin.

« Il est beau comme sa maman, chuchote-t-il.

– Il a les cheveux de son papa », réplique-t-elle, visiblement touchée.

« Pourquoi ne seraient-ce pas les miens ? » pense Oscar, déplorant que le destin lui ait refusé ce grand bonheur.

« Puisqu'on se parle vraiment pour la dernière fois, il y a une autre chose que j'aimerais te dire, Oscar. »

Au ton solennel de la voix de Colombe se mêlent des accents d'un trouble profond. Un instant, elle couvre son visage de ses mains, puis les pose sur les épaules d'Oscar. Et comme si elle prenait son fils à témoin, elle le regarde longuement avant de se tourner vers Oscar pour lui révéler :

« Si tu avais été à bord du *Titanic* quand il a fait naufrage, j'aurais laissé ma place à quelqu'un d'autre dans les chaloupes de sauvetage…

– Tu souhaitais mourir ? chuchote Oscar, affolé.

– Pas de détresse, mais dans l'espoir que l'éternité nous accueille, tous deux, unis à jamais. »

Leurs corps s'enlacent…

« Nous étions faits l'un pour l'autre », murmure Oscar.

Des pas se font entendre. Colombe et Oscar abandonnent leur étreinte et sortent dans le corridor. Sous une autre porte, un ruban doré se dessine.

« Marie-Ange ne dort pas encore, explique Colombe. Elle doit se faire du souci pour nous, chuchote-t-elle en filant vers le salon.

– De nous ?

– Oui, de nous. Elle sait tout de nous deux.

– Mais pourquoi lui avoir tout dit ?

– Tu verras, c'est mieux pour toi. S'il arrive que tu aies besoin de te confier. »

Oscar penche la tête, de désapprobation et d'embarras.

« Il y a une autre chose que tu devrais savoir… »

Devant la réaction d'Oscar, elle s'empresse de préciser :

« Ne crains pas… C'est une bonne nouvelle, je crois. Mais tu devras la garder secrète pour quelques semaines. Tu me permets d'aller chercher Marie-Ange ? »

Avant qu'il ait le temps de répondre, Colombe s'éloigne. Quelques minutes plus tard, elle revient avec Marie-Ange qui le serre dans ses bras avec la ferveur d'une mère. Curieusement, Oscar ressent son affection comme s'il avait encore dix ans.

« Tout ira mieux, maintenant, pour toi, Oscar. Tu sauras me le dire. La vérité, même celle qui fait mal, est libératrice. »

Oscar se sent sur le point de craquer.

« Colombe tient à ce que je t'annonce moi-même que ton père m'a offert de retourner vivre dans sa maison. Je serai avec vous pour le jour de l'An. »

Interloqué, Oscar ne sait comment réagir.

« Ça vous fait plaisir ? lui demande-t-il.

– Beaucoup, Oscar. Je l'ai toujours dit et je le répète, vous êtes ma famille.

– Je suis content pour vous et pour nous tous, Marie-Ange. »

Avec une spontanéité qui lui est peu habituelle, Oscar l'embrasse chaleureusement.

Le moment est venu, juge-t-il, de faire ses adieux à Colombe. Sa poitrine se serre. Les mots restent pris dans sa gorge. Colombe le devine.

« Ce pourrait être un adieu, ce soir, Oscar. Il en dépend de toi. De toi seul.

– Je ne comprends pas.

– Ton père a été prévenu hier de mon départ définitif et il nous a invités, mon fils et moi, à fêter la nouvelle année avec vous. Seulement, si tu préfères que je n'y sois pas, je comprendrai et je trouverai facilement un prétexte pour décliner l'invitation. »

Oscar détourne la tête. Ses mains sont moites, tremblantes du désir de revoir cette femme le plus souvent possible… Mais il y a la raison. Les blessures, aussi. Et l'œil de lynx d'Alexandrine.

« Tu me donnes le temps d'y penser ? »

D'un battement de paupières, Colombe exauce son désir.

Marie-Ange assiste, le cœur gros, à ce qui pourrait être leur dernier baiser.

~

Le vendredi suivant, Oscar se rend au bureau d'Henri Bourassa.

« La fondation de la société des Amis du *Devoir* me tient vivement à cœur, lui avoue le directeur du *Devoir*.

– Vous n'avez pas à vous tourmenter, Henri, nous avons une équipe des plus dynamiques. Même si nous sommes en temps de guerre, nous avons déjà trouvé plusieurs actionnaires intéressés. »

Bourassa s'en réconforte, mais ne manifeste pas moins une certaine mélancolie.

« Je ne sais pas si vous me comprendrez, Oscar, mais je vous avouerai que ce journal, c'est un peu comme les enfants que j'ai mis au monde. Il porte dans son âme et sur sa physionomie plusieurs de mes traits. Puis, grâce à ceux qui m'aident à faire son éducation, il a acquis des qualités que je n'aurais su lui donner. Je dois ajouter qu'il s'est affranchi de maints défauts dont le père a dû renoncer à se corriger », dit-il dans un grand éclat de rire.

Oscar écoute, médusé. Ces mots lui vont droit au cœur. Depuis sa dernière rencontre avec Colombe, il vibre comme une peau de tambour à la moindre émotion. D'un geste de la tête, il signifie sa compréhension et son intérêt. Bourassa reprend :

« J'aime bien comparer mon journal à un être humain pour les raisons que je viens de vous exposer. *Le Devoir* a longtemps parlé seul ; il a essuyé toutes les injures et tous les outrages ; il n'a pas désarmé. Et si, aujourd'hui, les hommes les plus respectés de la province peuvent parler et se faire entendre, c'est parce qu'il a déblayé le terrain autour d'eux, abattu la brousse, comblé les fossés et subi les coups de ses ennemis sans battre en retraite.

– Je vous l'accorde, cher ami. »

Bourassa se penche vers Oscar, les mains croisées sur ses genoux, et lui déclare, comme un testament spirituel : « Je ne sais pas si je serai encore de ce monde demain. C'est Dieu qui en décidera. Mais quoi qu'il arrive, je vous fais une promesse en cette fin d'année 1914. Tant que je vivrai, *Le Devoir* et ses œuvres ne déchoiront pas. Avant qu'il défaille ou trahisse la mission que je lui ai tracée, dussé-je y voir la fin de toutes mes ambitions, de toutes mes espérances, je le tuerai de ma main », jure-t-il, le regard flamboyant.

Bourassa se redresse, s'adosse à son fauteuil et marque une pause. Un sourire se dessine sur ses lèvres. Il a pris l'allure d'un visionnaire.

« Mais non, poursuit-il. Grâce à vous, mes amis, et par vous, il vivra. Son œuvre aussi vivra longtemps après que les humbles ouvriers de la première heure auront rendu leurs comptes à Dieu et aux hommes.

– Que le ciel vous entende et exauce vos vœux ! »

Oscar se lève, surpris de voir que son ami ne le retient pas davantage. Il lui réitère donc ses promesses de dévouement et de fidélité et il file à son bureau de la Dufresne & Locke. Quelqu'un l'y attend. Le regard sombre, le teint blafard, Raoul s'excuse de ne pas avoir pris rendez-vous. « C'est que ça ne peut pas attendre », précise-t-il, suppliant.

La gorge nouée d'appréhension, Oscar lui désigne un fauteuil près de la fenêtre et prend place non pas derrière sa table de travail, mais dans le fauteuil voisin de celui de Raoul. Là où il reçoit ses amis.

« Ce n'est pas de gaieté de cœur que je viens te…

– C'est au sujet de Laurette ?

– J'ai bien mûri ma décision et je sais que je suis dans mon droit. Je ne vous laisse plus le choix. Il vous reste trois jours pour préparer ma fille.

– Mais c'est trop court, Raoul ! Je n'ai pas que Laurette à préparer, tu le sais.

– Je ne pourrais t'en donner plus même si je le voulais.

– Tu quittes Montréal ? présume Oscar.

– C'est ça.

– Je comprends. »

Oscar reste sans voix, catastrophé. Dans trois jours, c'est un autre monde qui s'écroulera. C'en est trop pour celui qui vient d'assister à l'effondrement de ses premières amours. C'en est trop aussi pour Alexandrine qu'il voit sombrer dans le désespoir. Toute la famille Dufresne ne pourra rester indifférente à leur deuil. Et que deviendra cette enfant qui semblait si douée pour le bonheur ? D'imaginer la petite Laurette malheureuse fait monter dans sa poitrine un sanglot qu'il ravale aussitôt.

« Il n'est pas dit que je ne reviendrai pas. Les soldats ne meurent pas tous au combat », reprend Raoul.

Oscar relève la tête, ébahi.

« Qu'est-ce que tu dis ?

– Mes résultats médicaux sont bons. Je pense que de me donner à une grande cause m'aidera à retrouver un sens à la vie. À ma vie.

– Tu as toute mon admiration », dit Oscar, impuissant à cacher son soulagement.

Oscar veut comprendre pourquoi Raoul ne s'est pas expliqué au sujet de Laurette. À ses questions, ce dernier répond :

« Premièrement, je tiens à ce qu'elle sache avant mon départ que je suis son père. Deuxièmement, je veux que vous lui laissiez la liberté de venir vivre avec moi à mon retour de la guerre.

– Ah, c'est ça ! Pauvre Alexandrine ! marmonne Oscar.

– Je sais que ce sera difficile pour elle, mais peux-tu me dire pour qui la vie est facile, ces temps-ci ? »

Oscar hoche la tête et lui donne raison.

« J'exige aussi de la rencontrer quand elle le saura. De l'embrasser comme ma fille et de l'entendre me dire "papa". Pour la première fois. Pas pour la dernière, si Dieu veut bien me protéger. »

Nul mieux qu'Oscar ne peut comprendre les revendications de Raoul. Mais c'est si peu trois jours pour trouver les mots, la manière et le moment d'en informer Alexandrine et Laurette.

« Je te promets de faire ce qu'il faut, Raoul. J'aimerais, par contre, que tu implores l'aide du ciel avec moi, pour nous quatre et… »

Les mots sont restés dans sa gorge.

Raoul se lève et lui tend les bras. « J'attends ton appel, dit-il après une longue accolade.

– Il ne faudra pas te surprendre si Alexandrine ne se présente pas, ce jour-là », le prévient Oscar.

Après le départ de Raoul, Oscar ne parvient pas à se concentrer sur aucun dossier, si important soit-il. À sa sœur il demande de faire venir Marius à son bureau. Cécile saisit la gravité de l'événement. Aussi en prévient-elle Marius qui ne tarde pas à se présenter.

« Reste, Cécile », demande Oscar en accueillant son frère.

Des trémolos dans la voix, il les informe de la visite de Raoul et de ses volontés. Il leur fait part aussi de ses appréhensions par rapport à Alexandrine. Marius réfléchit et propose :

« Cécile et moi, nous irons à la maison avec toi, tout de suite, pendant que Laurette est à l'école. Et nous commencerons à préparer Alexandrine, tranquillement… Une information à la fois. »

Oscar hésite, argumente et accepte finalement la proposition de Marius.

En les voyant arriver tous les trois au beau milieu de l'après-midi, Alexandrine s'affole. Le front crispé de son mari et le regard triste de Cécile n'ont pas de quoi la calmer.

« Il est arrivé un malheur ? demande-t-elle, blafarde.

– Le pire a été évité, répond Marius.

– C'est Laurette ?

– Elle va bien, dit Oscar. Viens dans la salle à manger, on va tout t'expliquer.

– À quel hôpital est-elle ? demande Alexandrine avec un calme imprévisible.

– Laurette n'a rien, intervient Cécile, qui se veut rassurante.

– Raoul ? C'est Raoul qui veut nous la prendre ! s'écrie-t-elle au bord de la panique.

– Tu n'as pas à t'inquiéter pour ça, lui annonce Marius.

– Il nous la laisse ! » s'exclame-t-elle, pleurant maintenant de joie.

Tous trois lui laissent vivre cet instant de bonheur avant de l'informer de la décision de Raoul de s'enrôler et de l'exigence qu'il pose avant son départ. Entre des accès de larmes et des accès de révolte, Alexandrine clame son refus de parler à Laurette et d'assister à la rencontre avec Raoul. Elle demande qu'on la laisse seule, mais Cécile insiste pour passer le reste de la journée avec elle, au grand soulagement d'Oscar.

Les deux hommes optent pour une marche au grand air. Le temps est gris mais doux pour cette période de l'année. Propice à la réflexion. À l'élaboration d'une stratégie. Celle qui serait la moins dommageable à l'enfant.

La veille de son départ pour l'Europe, planté devant le miroir de sa chambre, Raoul tente d'imaginer sa fille s'élançant à son cou, l'embrassant avec la même ardeur qu'il le ferait lui-même. L'émotion le gagne, mais la raison reprend vite ses droits. « Il ne faut pas te préparer de déceptions, Raoul Normandin. Tu as assez de ton lot de souffrances. »

Des pas sur le perron le ramènent au salon.

Heureuse de faire une sortie en compagnie de son père et de son oncle, Laurette jubile. De plus, rendre visite au papa de Madeleine lui fait toujours plaisir. Raoul n'a qu'entrouvert la porte qu'elle demande si Madeleine est arrivée.

« Ce n'est pas sûr qu'elle vienne aujourd'hui, répond Raoul, se montrant aussi serein que d'habitude.

– Papa m'a dit que vous m'aviez acheté un cadeau pour mes sept ans, c'est vrai ?

– Oui, c'est vrai. Il t'a dit aussi que tu l'aurais peut-être aujourd'hui ? »

Laurette se tourne vers Oscar à qui elle adresse un sourire radieux. Les deux hommes qui l'ont conduite ici se tiennent en retrait, ne s'autorisant à intervenir que si la situation l'impose.

Raoul prend place sur le divan et invite Laurette à s'asseoir tout près de lui. Avec un calme exemplaire il la prévient : « Aujourd'hui, j'ai des choses importantes à te dire, Laurette. »

La fillette le regarde, visiblement curieuse de savoir.

« Avant de te donner ton cadeau de fête, il faut que je t'explique pourquoi je veux te l'offrir aujourd'hui, même si tu auras tes sept ans seulement dans douze jours. Demain, je partirai pour un long voyage.

– À la guerre ?
– Oui, à la guerre.
– Pour combattre les méchants ?
– Qui t'en a parlé ?
– La religieuse, à l'école.
– Ah, bon. Puis, comme je ne sais pas quand je reviendrai, je vais remettre ton cadeau aux grandes personnes qui sont avec toi, en attendant le jour de ta fête.
– Je ne pourrai pas l'ouvrir aujourd'hui ?
– Je pense que tu es assez grande pour attendre le 3 janvier… »

Elle se tourne vers Oscar qui, d'un battement de paupières, lui suggère la réponse. Raoul reprend :

« Je savais que tu étais une petite fille très raisonnable. J'ai une autre chose à te dire aussi. Plus importante que la première. »

Laurette écarquille les yeux.

« Connais-tu des petits enfants qui n'ont pas de papa ?
– Oui. Dans ma classe, j'ai deux amies qui n'en ont pas. »

Oscar et Marius se regardent, se demandant comment Raoul aboutira à la révélation qu'il lui prépare.

« Crois-tu que c'est possible que d'autres enfants aient deux papas ? »

De nouveau, Laurette se tourne vers Oscar et Marius pour connaître leur avis. Les deux hommes restent muets. Ils se contentent d'esquisser un sourire. Elle offre la même réponse à Raoul.

« Je vais te raconter l'histoire d'une petite fille qui en a eu deux », continue-t-il.

Laurette se montre très intéressée.

« Dans une petite maison vivaient des parents qui avaient deux enfants, un garçon et une fille. Mais ils en voulaient beaucoup d'autres. Ils étaient donc très contents d'attendre leur troisième bébé pour le jour de l'An.

– Le jour de l'An !

– Moi aussi, je trouve que c'est une belle journée pour venir au monde. Mais le bébé retardait à naître et la maman commençait à avoir très mal à son ventre. Tellement que le médecin qui la soignait n'a pu la guérir. Le bébé est venu au monde, mais la maman est morte. »

La tristesse de Raoul trouve un écho dans le cœur de Laurette. Elle baisse les yeux, attendant patiemment la fin de l'histoire. Raoul poursuit, ému :

« Le papa a eu beaucoup de peine. Il a pleuré très longtemps parce qu'il l'aimait beaucoup, son épouse. Il a eu encore plus de peine quand il a vu qu'il ne pourrait pas prendre soin du petit bébé et de ses deux autres enfants en même temps. Il fallait qu'il trouve un autre papa et une maman pour s'occuper de la plus jeune et l'aimer comme si elle était leur propre fille.

– Il en a trouvé ? demande Laurette, visiblement chagrinée.

– Oui. Même s'il avait beaucoup de peine de ne pas pouvoir garder sa petite fille avec lui, le papa a été soulagé quand il a appris qu'un papa et une maman très, très gentils souhaitaient justement prendre un enfant avec eux. Pour être plus heureux. »

Laurette sourit, satisfaite. Raoul lève les yeux vers les deux hommes pour la première fois. Son regard semble implorer leur aide. Marius quitte son fauteuil et va s'accroupir devant la fillette. « Raoul t'a raconté une belle histoire, hein ? »

Laurette l'approuve d'un geste de la tête.

« Bien moi, je te dis que c'est arrivé pour de vrai. »

Laurette ouvre grands les yeux.

« Plus que ça, je te dirai que tu les connais, ces gens-là. »

La surprise de l'enfant est manifeste.

« Regarde, dit Marius en désignant Oscar. Lui, c'est ton deuxième papa. »

Un silence troublant dans la pièce. Une indéfinissable émotion sur le visage de l'enfant. L'un après l'autre, la surprise, le bonheur et l'inquiétude passent dans le regard de la fillette. Pas un mot, pas un geste de la part d'Oscar. Un simple regard débordant de mansuétude.

Ensuite, Marius prend la main de Laurette et la place dans celle de Raoul. Simplement charmée, l'enfant pose ensuite un regard inquisiteur sur Raoul. Retenant les larmes qui emplissent ses yeux, il lui sourit. Immuable, Laurette le fixe en silence, regarde Oscar, puis revient vers Raoul, une étincelle de joie dans les yeux. Elle a compris. Un silence parfait règne dans la pièce. Les soupirs, les regards, quelques larmes vite épongées tiennent lieu de paroles. Vient à la mémoire de Marius la fulgurante vision de Victoire faisant le même geste. Sa petite main dans celle de Georges-Noël, son père agonisant. « J'avais sept ans, moi aussi », se souvient-il, bouleversé.

De ses yeux plongés dans ceux de Raoul, l'enfant l'interroge. Comme si elle prenait le temps de se réapproprier l'histoire qu'elle vient d'entendre. De saisir que c'est lui, l'homme qui a pleuré, que c'est lui, son premier papa.

D'une voix à peine plus audible qu'un murmure, Raoul lui rappelle que demain il partira pour un long voyage. Laurette se tourne vers Oscar, suppliante. « Je peux rester avec lui aujourd'hui ?

– Bien sûr, ma chérie.

– Vous me la laissez aussi pour le souper ? » implore Raoul.

Laurette se lance dans les bras de son père. Elle le prononce, le mot attendu. Ce mot qui le porte à l'extase. Ce mot à jamais gravé dans son oreille, dans son cœur, dans sa mémoire.

Oscar et Marius les quittent sur cette étreinte qui lie Raoul à sa fille pour la première fois. Peut-être aussi pour la dernière.

Sitôt la porte refermée derrière eux, Oscar et Marius doivent envisager une façon d'informer Alexandrine de ce qui s'est passé. « J'entrerai le premier, suggère Marius. Tu attendras un peu dehors. »

Étonnamment, c'est une femme souriante, hilare même, qui lui ouvre. « Ça s'est bien passé ? » demande-t-elle.

Une odeur d'alcool vient tout expliquer.

« On ne pouvait pas souhaiter mieux.

– Où est mon mari ?

– Il a accepté de rester à souper chez Raoul avec la petite.

– Bien, entre, que je te serve un verre, dit Alexandrine, qui file vers la salle à manger.

– Volontiers ! dit Marius, qui s'empresse d'avertir Oscar et de lui ordonner d'aller au bureau de la Dufresne & Locke attendre son coup de fil.

– Qu'est-ce qui se passe ?

– Je t'expliquerai. Disparais », dit Marius, refermant vite la porte derrière lui.

Dans la salle à manger, Alexandrine examine l'état de la coupe à cherry qu'elle vient de sortir du vaisselier. « Je veux être sûre qu'elle est bien propre, explique-t-elle, avant d'y verser la boisson pour son invité.

– Tu aurais des petites bouchées avec ça ? Du fromage ou des biscottes ? demande Marius, dans l'intention d'atténuer l'effet de l'alcool chez son hôtesse.

– J'ai les deux. Que veux-tu ?

– Je vais prendre les deux. »

Surprise, Alexandrine rit à gorge déployée.

« Je ne te pensais pas aussi coquin, dit-elle. Faut-il que je te les serve sur un plateau d'argent ?

– Si tu en as un, oui. »

Amusée, Alexandrine sort de son vaisselier deux jolis plateaux d'argent dans lesquels elle se mire pour se convaincre, finalement, de leur impeccable propreté.

« On aura tout entendu, dit-elle sur un ton allègre. Monsieur l'ingénieur architecte veut du fromage et des biscottes. Aimerait-il quelques noix avec ça ?

– Je vous en prie, ma chère dame, ne me gâtez pas trop, je pourrais m'y habituer et...

– ... venir m'en redemander trop souvent ? Mais vous serez toujours le bienvenu, dit-elle, accompagnant son service d'une gracieuse révérence avant de prendre place devant Marius.

– Oscar t'a parlé du manoir qu'on veut se faire construire dans les boisés de la rue Sherbrooke, commence-t-il, sachant le sujet capable d'occuper deux heures de conversation.

– Vaguement, oui.

– Tu vas adorer vivre là-dedans, Alexandrine. Apporte-moi du papier et des crayons de couleur.

– Avec plaisir, monsieur l'architecte », répond Alexandrine, qui se dirige aussitôt vers la salle de jeux de Laurette, à l'étage des chambres.

Marius en profite pour verser quelques gouttes de cherry et trois onces d'eau dans la coupe de sa belle-sœur.

« Tu m'excuseras, mais c'est ce que j'ai pu trouver de mieux », dit-elle, quelques minutes plus tard, en déposant sur la table les feuilles de papier et les crayons de couleur demandés.

Sitôt assise, elle trempe ses lèvres dans son verre, grimace, va jeter le contenu dans l'évier de la cuisine et se sert de nouveau.

« Ça presse que je l'intéresse à autre chose », se dit Marius en traçant le plan sommaire de la bâtisse.

« Regarde, Alexandrine. Nous aurons chacun une moitié du manoir. Vous, le long du boulevard Pie-IX et nous, du côté de la rue Jeanne-d'Arc. Mesdames auront leur petit salon et nous, les hommes, le nôtre, en plus du grand salon familial. »

Que d'ivresse dans les yeux d'Alexandrine !

« Une grande salle à manger aussi ?

– Une grande salle à manger aux murs garnis de vaisseliers encastrés, vitrés et éclairés de l'intérieur. Tu vois briller ta porcelaine et ton argenterie là-dedans, toi ? Puis tes bibelots à l'abri de la poussière…

– C'est toi qui as pensé à ça ! Mais tu es un génie, mon petit beau-frère, dit-elle, caressant la main de Marius.

– Puis vos servantes, madame, seront équipées d'un aspirateur central. Elles n'auront qu'à visser le boyau dans le mur de chaque pièce pour nettoyer le plancher.

– À l'étage, combien y aura-t-il de chambres ? demande-t-elle, en remplissant les deux coupes à ras bord.

– Une bonne dizaine. T'as une idée du mobilier qu'il te plairait de voir dans ta nouvelle maison ?

– Du Louis ! N'importe lequel, mais du Louis, répond-elle. Levons nos verres à tous ces beaux Louis qui ont gouverné la France. »

Marius lève son verre, prenant plaisir à l'euphorie de sa belle-sœur. Mais encore faut-il qu'il limite sa consommation sans en avoir l'air.

« Leur arrivait-il de prendre un bon repas avant d'aller dormir, pensez-vous, madame la comtesse ?

– Voyons voir ce que nos chefs nous ont préparé. »

Elle se dirige vers le solarium où des plats cuisinés ont été rangés pour les célébrations des fêtes. Marius l'y rejoint.

« À vous de choisir », lui dit-elle en désignant les casseroles étiquetées.

Marius prend un pâté à la viande, le jugeant plus rapide à réchauffer.

« Il te reste sûrement du potage ? demande-t-il.

– Tu aimes mes potages ?

– Tu les réussis si bien ! »

Alexandrine s'approche de Marius, passe un bras sur ses épaules et, le regard plongé dans le sien, elle dit sur un ton de confidence : « Tu es le premier homme qui me complimente pour mes talents culinaires, Marius Dufresne. Le savais-tu ?

– Tu as dû oublier les autres », répond-il en se dégageant tout doucement du bras d'Alexandrine.

Marius la ramène dans la salle à manger et doit l'aider à s'asseoir tant elle titube. Elle remarque immédiatement que la bouteille a disparu. Marius se félicite de l'avoir dissimulée derrière un meuble.

« Mais où est passée ma bouteille de cherry ?

– On l'a vidée ! répond Marius dans un grand éclat de rire pour cacher son mensonge.

– On l'a vidée ? Nous deux, Marius ? On a vidé ma bouteille ? répète-t-elle, se tordant de rire.

– J'ai une idée. Un bouillon de poulet, ça serait bon en attendant le pâté, tu ne penses pas, Alexandrine ? Je les prépare, reste assise. »

Lorsque Marius revient dans la salle à manger, il trouve sa belle-sœur endormie, la tête retombée sur la table. À pas de souris, il court vers le salon, décroche l'écouteur et ordonne à Oscar : « Va chercher Laurette. Ta femme s'est endormie avant que je lui serve à manger.

– Elle a bu, c'est ça ? présume Oscar, dépité.

– Ce n'est pas grave. Rien de déplacé. Elle a juste cherché à soulager son angoisse, tu comprends ? Avertis Laurette que sa maman a eu une grosse journée… au cas où elle dormirait encore quand vous rentrerez. »

Le cœur meurtri, Oscar n'a pas trop du temps qu'il met à se rendre chez Raoul pour digérer sa déception. « Comment ai-je pu croire qu'elle ne toucherait plus à l'alcool ? Pourvu que Laurette ne la voie jamais dans un tel état…, pense Oscar. Peut-être qu'il vaut mieux qu'Alexandrine soit dépendante de ses médicaments plutôt que de sombrer dans l'alcoolisme. Ayant décidé d'en informer son médecin dès le lendemain, il retrouve son calme.

Lorsqu'il arrive chez Raoul, vers les sept heures, Laurette accourt aussitôt, heureuse de lui montrer la photo de son premier papa. « Je vais la garder toujours avec moi pour qu'il revienne bientôt », dit-elle. Avant de partir, elle glisse un bras au cou de chacun des deux hommes, les embrassant à tour de rôle et leur promettant de les aimer toute sa vie. Oscar donne à Raoul une poignée de main qui rend toute parole superflue.

Marius les attendait déjà depuis quelque temps, le nez collé à la fenêtre, quand il aperçoit Oscar et l'enfant. « Chut, Laurette ! Ta maman s'est endormie dans la salle à manger, murmure-t-il, en leur ouvrant la porte. Il ne faut pas la réveiller tout de suite. »

Hélas ! Gipsy n'a pas été avertie et l'arrivée de Laurette la fait bondir du sous-sol à toute allure.

« Mais si c'est pas ma petite princesse qui arrive ! s'exclame Alexandrine, brusquement éveillée, mais la tête encore alourdie. Viens embrasser ta maman, ma chérie. »

Oscar se présente le premier, embrasse son épouse et prie sa fille de se laver les mains. « Avec un peu de chance, Laurette ne s'apercevra de rien », se dit-il.

« On allait commencer à manger, annonce Marius, qui s'empresse de servir une pointe de pâté à Alexandrine. Tu en veux ? demande-t-il à Oscar.

– Je ne peux jamais résister aux bons pâtés de ma femme. Ce sont les meilleurs. »

Alexandrine lui adresse un regard langoureux et demande : « Laurette ne vient pas manger ?

– Elle n'a plus faim. Puis, elle avait tellement hâte de retrouver sa Gipsy », explique Oscar.

Alexandrine exige que Laurette vienne l'embrasser, après quoi elle pourra retourner jouer avec son chien.

« Qu'est-ce que t'as mis dans ta robe ? lui demande-t-elle, sentant la présence d'un carton sur sa poitrine.

– Ah ! C'est la photo de mon premier papa. Pour qu'il revienne vite. »

D'un signe de la tête, visiblement dégrisée, Alexandrine signifie qu'elle comprend.

« Mais je n'en ai qu'une maman, par exemple. C'est vous, ma maman », dit Laurette, croyant avoir peiné sa mère.

Après une affectueuse embrassade, la fillette retourne au sous-sol avec Gipsy, laissant les adultes manger en toute tranquillité.

~

Alexandrine n'a pas encore ouvert les yeux, le lendemain matin, qu'Oscar lui souffle à l'oreille : « Tu peux te reposer en paix. Il est parti à six heures et demie, ce matin. »

Elle se tourne vers son mari, soulève les paupières et gémit.

« Mon Dieu que j'ai mal à la tête !

– Ce n'est qu'un accident. C'était tellement énervant pour toi, hier…

– Hier…

– Oui. Laurette avec Raoul. Il s'est conduit de façon exemplaire. Si exemplaire que Laurette a appris la nouvelle comme si on lui disait qu'elle n'a pas seulement une amie, mais deux. »

Oscar lui relate la rencontre en choisissant ses mots, attentif à la moindre réaction de son épouse.

« Raoul m'a dit que, s'il revenait sain et sauf de la guerre, il épouserait une jeune veuve, mère de deux enfants en bas âge, qui a promis de l'attendre. »

Alexandrine lui ouvre ses bras. Des larmes glissent sur son oreiller. « Pardonne-moi, mon chéri. J'ai fait tant de bêtises. Je me demande comment tu peux m'aimer encore.

– On a fait chacun les nôtres », échappe-t-il, attendri.

Heureusement pour lui, Alexandrine dit ne pas le croire et ne pose aucune question.

« Si on allait réveiller notre fille, maintenant ? » suggère Oscar.

~

Guido Nincheri et Oscar ont rendez-vous au bureau de Marius, ce 31 décembre au matin. Sa table est couverte de croquis. Un plan de grande dimension est épinglé au mur qui fait face à la fenêtre. C'est d'abord sur ce mur qu'il attire l'attention de son frère et de l'artiste peintre. On discute du style de la maison, de l'atmosphère que les propriétaires veulent créer dans chacune des pièces. Oscar n'a pas oublié l'impression que lui avait laissée sa première visite à Lord George Stephen alors qu'il livrait des colis dans sa somptueuse résidence. « Je voudrais, dit-il en s'adressant au jeune Nincheri, que mon vestibule d'entrée dégage la même chaleur : des escaliers de marbre, oui, mais beaucoup de bois. J'ai apporté aussi des illustrations des motifs que j'ai choisis pour les deux salons et pour mon bureau. Pour le solarium, j'y repenserai. »

Oscar n'a pas renoncé à la représentation de scènes inspirées du mythe d'Orphée et d'Eurydice pour le grand salon. Dans le plus petit, destiné à son épouse, il souhaite des motifs illustrant la beauté féminine au plafond, et d'autres évoquant les saisons, les grands moments de la vie et la mort. « Sur le tableau du mariage, par exemple, j'aimerais que vous insériez, comme ça, six petits landaus, à la mémoire de mes frères et sœurs décédés en bas âge. »

Attentif aux commentaires d'Oscar, l'artiste italien prend des notes.

« Pour mon cabinet de travail, poursuit Oscar, les thèmes sont choisis, déclare-t-il, l'œil vif et le sourire fier. Je veux que soient représentées les principales disciplines intellectuelles, principalement la musique, la philosophie, la création littéraire, sans oublier les sciences physiques. Pour les autres pièces j'attends vos suggestions, mon cher Nincheri.

– J'y travaille, monsieur Dufresne. »

Marius s'avance et, s'adressant à l'artiste, il annonce : « Moi aussi, j'aimerais vous confier la décoration de mon hall d'entrée. Je veux qu'il donne le ton au reste de la maison. Qu'aussitôt le seuil franchi, les gens voient la disposition de toutes les pièces du rez-de-chaussée. J'ai imaginé un plafond en forme de coupole pour symboliser l'univers. Au centre de la coupole, vous verriez quoi ?

– Une femme à l'escarpolette, peut-être. »

Marius demande des précisions. Satisfait, il exprime son intention d'installer, au centre du hall, une table Napoléon dont l'original est à Malmaison et sur laquelle on retrouve, peint sur céramique, le portrait de l'Empereur, entouré de ses douze maréchaux. « Cette table servirait à recevoir les chapeaux et les gants de mes visiteurs. Qu'en pensez-vous ?

– À votre goût, monsieur Dufresne.

– De grâce, ne m'appelez pas monsieur ! le prie Marius. Nous avons le même âge…

– Il nous restera à discuter des vitraux, dit Oscar. Marius et moi aimerions y voir des portraits d'artistes qui se sont démarqués… »

Les trois hommes causent ensuite de choses et d'autres, puis Nincheri prend congé.

« Vous et votre épouse serez des nôtres, demain, c'est promis ? demande Oscar en l'accompagnant jusqu'à la sortie.

– C'est très généreux de votre part. Même si mon épouse et moi en sommes intimidés, nous apprécions d'être accueillis par une famille comme la vôtre pour célébrer la nouvelle année. »

Après le départ de Guido Nincheri, Oscar s'intéresse aux projets de décoration de son frère. Marius veut s'en tenir à l'architecture beaux-arts où l'harmonie domine. « Je confierai la décoration du salon des dames à notre ami Alfred Faniel. Edna aime la musique et la danse. Je voudrais que, pour elle, il peigne au plafond une scène de danse à l'Amour et qu'il décore les murs de peintures sur soie représentant des instruments de musique… Quelque chose de ce genre. Je veux exposer, dans le petit salon réservé aux hommes, des souvenirs de mes voyages, créer une atmosphère exotique. Et pourquoi pas des décors dédiés à Bacchus ?

– Pourquoi pas ? reprend Oscar, amusé. À chacun ses plaisirs ! »

Il va partir quand son frère le retient :

« Je veux bien croire que nous célébrerons la nouvelle année chez notre père demain, mais je tiens à ce qu'on trinque tous les deux à nos combats passés et à notre foi en l'avenir. »

Marius sert un verre à son frère, s'en verse un et tous deux prennent place dans les fauteuils réservés aux visiteurs de marque.

« Quelle année que celle qui se termine ! s'exclame Oscar.

– Quel mot la résumerait le mieux, selon toi ? » demande Marius.

Promenant son index sur son menton, Oscar réfléchit. Une gamme d'émotions, de la détresse à l'exaltation, passe dans son regard.

« Je pense que c'est VICTOIRE dans tous ses sens. »

Marius le regarde, stupéfait, souhaitant qu'il s'explique.

« C'est comme si, chacun de son côté, à coup de lucidité, d'humilité et de renoncement, nous avions enfin accepté notre destinée.

– Nous avons réussi à sortir tous nos fantômes de nos placards », dit Marius.

L'émotion lui casse la voix.

Quand Oscar reprend la parole, c'est pour rendre hommage à Victoire :

« Buvons à la mémoire de notre mère ! »

Les deux hommes se lèvent, tendent leurs coupes vers le ciel avant d'y tremper leurs lèvres.

« Buvons à mon père ! suggère Marius.

– Au grand amour qu'il a vécu avec notre mère, ajoute Oscar.

– Buvons à notre amitié !
– Aux victoires du destin ! »

# ÉPILOGUE

La Première Guerre mondiale aura des répercussions désastreuses sur la cité de Maisonneuve et sur ses bâtisseurs. Elle sera la cause de la faillite de cette ville en rendant impossible la tenue de l'Exposition universelle de 1917. Les administrateurs de Maisonneuve, misant sur les retombées économiques de cet événement, et avec l'aval de la ville de Montréal qui avait choisi leur cité comme hôte de cette exposition, avaient engagé de grandes dépenses pour l'aménagement d'infrastructures coûteuses et la construction d'édifices prestigieux. De ce fait, les frères Oscar et Marius Dufresne, ainsi que le maire Alexandre Michaud, seront, pendant des décennies, tenus pour responsables de la faillite de la cité de Maisonneuve et de son annexion à la ville de Montréal.

Oscar, remarquablement humble et discret, en souffrira dans le silence. Marius, sans emploi, fondera deux entreprises, la Dufresne Construction Company et la Dufresne Engineering Company, auxquelles seront confiés plusieurs travaux d'importance : pont de Sainte-Anne, pont de Vaudreuil, pont Viau et pont du Bout-de-l'Île, pont de Gaspé, sous-structure du pont Jacques-Cartier, tunnels de la rue Ontario, de la rue Wellington et du boulevard Pie-IX, centrale électrique de Candiac, barrage des Passes-Dangereuses, dans la région du Lac-Saint-Jean, barrage du lac Morin et celui de la rivière Métis. Privé des joies et des responsabilités de la paternité, Marius consacrera une grande part de son temps et de ses talents soit à la direction d'entreprises telle la Sun Trust, soit à la vice-présidence de la librairie Beauchemin ltée et de l'Imprimerie populaire ltée. Il remplira la fonction de gouverneur de l'hôpital Notre-Dame et de la clinique B.C.S. de Montréal. En juillet 1945, à l'âge de soixante-deux ans, il trouvera la mort sur les chantiers du pont de Sainte-Rose, où il s'était rendu pour surveiller les travaux ; il aurait été atteint à la tête par un pilot qu'on venait d'extraire du lit de la rivière. Edna, qui lui survivra pendant plus de trente ans, quittera la résidence de la rue Sherbrooke deux ans après le décès de son mari. Elle jouira d'une allocation de mille dollars par mois, en plus des assurances sur la vie de Marius et de la part de sa fortune divisée également entre elle, Candide, Romulus, Cécile et Laurette.

À partir de 1920, Marius et Oscar habiteront leur résidence de la rue Sherbrooke, évaluée cette année-là à tout près de cent mille dollars, le terrain y compris. Oscar, Alexandrine et Laurette vivront dans la partie est. La décoration sera confiée à Guido Nincheri et s'étalera sur plusieurs années. La partie ouest, réservée à Marius et à son épouse, sera en grande partie décorée par un peintre belge, Alfred Faniel. Cependant, la coupole du hall d'entrée et les verrières seront l'œuvre de Nincheri. Après la mort d'Oscar, Candide et sa famille s'installeront dans le manoir et y demeureront jusqu'au décès de ce dernier, en 1947. Par la suite, plus aucun des descendants Dufresne n'habitera cette somptueuse résidence.

Si la guerre a profité aux fabricants de bottes d'armée, il n'empêche que la plupart des manufacturiers de chaussures verront leurs affaires péricliter, et ce en raison de la compétition farouche des produits importés et de la crise économique. Dans l'espoir de redresser la situation, Oscar achètera des commerces de chaussures en difficulté et ajoutera à son personnel trois membres de sa famille : son frère Candide, à titre de surintendant de la Dufresne & Locke, ainsi que ses fils Georges et Bernard. Les exportations de chaussures étant chose du passé, le seul marché intérieur ne suffira pas à absorber la production, et Oscar aura du mal à payer les salaires de ses cinq cents employés. Pour ne pas les condamner au chômage, jusqu'à sa mort, il supportera l'entreprise de ses propres deniers. Lorsque Candide lui succédera, il ne pourra éviter la faillite, et la Dufresne & Locke fermera ses portes onze ans plus tard, peu avant la mort de son dernier directeur, en 1947.

Philanthrope, mécène et patriote, Oscar Dufresne sera fort sollicité. Il assumera la direction non seulement de ses propres entreprises, mais aussi de la Slater Shoe Company, de la Dufresne & Galipeau et de la Paint Product Co. of Canada. Il siégera à la présidence de la librairie Beauchemin, de l'Imprimerie populaire et du conseil d'administration de l'hôpital Notre-Dame. Sept autres entreprises, dont la Banque Nationale et *Le Devoir*, bénéficieront de ses talents d'administrateur. Il sera également membre de la Commission administrative de l'Université de Montréal et président de la Société canadienne d'opérette, qu'il soutiendra par ses nombreux dons. De plus, un journaliste révélera qu'Oscar, occupant un poste de haute responsabilité pendant la guerre, aurait fait économiser des millions au gouvernement canadien.

Après avoir perdu son père en 1923, Oscar perd son épouse. Alexandrine meurt subitement le 28 février 1935, dix jours après leur arrivée à Miami où ils devaient passer leurs vacances avec Laurette. Oscar mourra lui aussi subitement, le soir du vendredi 1er mai 1936, après avoir récité le chapelet en compagnie de sa fille adoptive. Il n'aura qu'anticipé la joie d'assister au mariage de Laurette avec le docteur Roland Bélanger, fils de son ami et ancien conseiller de Maisonneuve Charles Bélanger.

Les funérailles d'Oscar Dufresne seront exceptionnelles, *dignes d'un prince*, écrira Paul Anger, ajoutant qu'elles convenaient au *prince de la charité* qu'avait été Oscar Dufresne. Tous les quotidiens feront mention *des treize landaus de fleurs, remplis de couronnes, de croix et de gerbes* qui précédaient le corbillard. Ils souligneront qu'une heure avant le service funèbre la population de Maisonneuve s'était massée sur les trottoirs tout le long du boulevard Pie-IX, de la rue Sherbrooke à la rue Hochelaga, jusqu'aux abords de l'église Saint-Jean-Baptiste-de-la-Salle. Il y aura, dans le long cortège, à côté des pauvres de Maisonneuve et des employés endimanchés de la manufacture Dufresne & Locke, des banquiers, des financiers, des industriels, des dignitaires, des politiciens et nombre de personnes d'origines diverses. Plus de vingt-cinq ministres du culte prendront place dans le chœur de l'église, dont Mgr Deschamps, évêque auxiliaire de Montréal.

On comprendra alors que *la mort libère les lèvres muettes*, comme l'écrira Omer Héroux dans *Le Devoir*. On saluera *le prestigieux travailleur, l'homme aux larges horizons, dont la carrière fut un si bel exemple et qui fit tant pour les siens*. On honorera surtout *le grand homme de cœur, dont personne ne saura jamais tous les actes de discrète charité*. L'Institut national canadien, créé pour venir en aide aux aveugles, révélera qu'Oscar Dufresne avait non seulement prêté son nom à l'organisme, mais qu'il avait aussi donné de son or. Le frère Marie-Victorin fera lui aussi son éloge dans un article publié dans *Le Devoir* : *Oscar Dufresne est dans son éternité, et les journaux ont rappelé à l'envi sa grande charité et l'intérêt qu'il portait à tout ce qui pouvait agrandir le domaine culturel des Canadiens français. M. Louis Dupire, qui fut son ami et son confident, a dévoilé le secret qui liait le nom d'Oscar Dufresne à la genèse des Cercles des Jeunes Naturalistes. Au mois de mai 1930, Oscar Dufresne offrait spontanément la somme de cinquante dollars au journal* Le Devoir *pour organiser un concours de botanique parmi les enfants des écoles.* Le Devoir *s'adressa, pour l'organisation de ce concours, à l'Institut botanique. [...] Le succès dépassa les espérances et tellement que l'on décida de faire une exposition publique des travaux recueillis. [...] Bientôt, ce fut une traînée de poudre. Il y a aujourd'hui plus de cinq cents cercles. Oscar Dufresne, de sa maison, voyait le pavillon du Jardin botanique. Il est mort quelques jours avant la réalisation définitive de cette entreprise qui lui tenait tant à cœur. L'histoire ne devra pas oublier que ce fut l'industriel Oscar Dufresne qui, derrière le voile de l'anonymat, alluma la petite flamme qui aujourd'hui, multipliée sur tous les points du pays laurentien, illumine l'esprit, réjouit le cœur de milliers d'enfants, les hommes et les femmes de demain. Les dix mille membres des Cercles des Jeunes Naturalistes s'inclinent respectueusement sur la tombe de celui dont la discrète intervention fut à l'origine de ce grand mouvement éducationnel.*

« Gardez-moi l'anonymat », réclamait Oscar Dufresne. *Le Devoir* divulguera qu'il avait tenu secrète une large part de son œuvre, dont son rôle dans la survie du journal en 1924. *Sans lui, sans sa vive et pénétrante intelligence, sans son froid courage, sans son extraordinaire entente des affaires et sa large générosité, il est à peu près certain que* Le Devoir*, depuis douze ans, serait chose du passé.*

Georges Pelletier écrivait : *On juge l'homme, sa carrière close, aux regrets qui se manifestent de son départ, à ce qui subsiste de lui dans le cœur de ses amis, à la place qui, lui parti, reste libre. Et seulement de cette façon il est possible de se faire une idée de ce que l'on a perdu en perdant Oscar Dufresne.*

« Pour les risques, pour le danger, il était toujours là ; pour les honneurs, jamais ! » dira Omer Héroux pour résumer la collaboration d'Oscar Dufresne au *Devoir.*

AUTRES TITRES PARUS
DANS LA MÊME COLLECTION

Barcelo, François, *J'enterre mon lapin*
Barcelo, François, *Tant pis*
Borgognon, Alain, *Dérapages*
Borgognon, Alain, *L'explosion*
Boulanger, René, *Les feux de Yamachiche*
Breault, Nathalie, *Opus erotica*
Cliff, Fabienne, *Kiki*
Cliff, Fabienne, *Le royaume de mon père. T. I : Mademoiselle Marianne*
Cliff, Fabienne, *Le royaume de mon père. T. II : Miss Mary Ann Windsor*
Cliff, Fabienne, *Le royaume de mon père. T. III : Lady Belvédère*
Collectif, *Histoires d'écoles et de passions*
Côté, Jacques, *Les montagnes russes*
Désautels, Michel, *La semaine prochaine, je veux mourir*
Désautels, Michel, *Smiley* (Prix Robert-Cliche 1998)
Dupuis, Gilbert, *Les cendres de Correlieu*
Dupuis, Gilbert, *La chambre morte*
Dupuis, Gilbert, *L'étoile noire*
Dussault, Danielle, *Camille ou la fibre de l'amiante*
Fauteux, Nicolas, *Comment trouver l'emploi idéal ?*
Fauteux, Nicolas, *Trente-six petits cigares*
Fortin, Arlette, *C'est la faute au bonheur* (Prix Robert-Cliche 2001)
Fournier, Roger, *Les miroirs de mes nuits*
Fournier, Roger, *Le stomboat*
Gagné, Suzanne, *Léna et la société des petits hommes*
Gagnon, Madeleine, *Lueur*

Gagnon, Madeleine, *Le vent majeur*
Gagnon, Marie, *Les héroïnes de Montréal*
Gagnon, Marie, *Lettres de prison*
Gélinas, Marc F., *Chien vivant*
Gevrey, Chantal, *Immobile au centre de la danse*
(Prix Robert-Cliche 2000)
Gilbert-Dumas, Mylène, *Les dames de Beauchêne*
(Prix Robert-Cliche 2002)
Gill, Pauline, *La cordonnière*
Gill, Pauline, *Et pourtant elle chantait*
Gill, Pauline, *La jeunesse de la cordonnière*
Gill, Pauline, *Le testament de la cordonnière*
Girard, André, *Chemin de traverse*
Girard, André, *Zone portuaire*
Grelet, Nadine, *La belle Angélique*
Grelet, Nadine, *La fille du Cardinal*
Gulliver, Lili, *Confidences d'une entremetteuse*
Gulliver, Lili, *L'univers Gulliver 1. Paris*
Gulliver, Lili, *L'univers Gulliver 2. La Grèce*
Gulliver, Lili, *L'univers Gulliver 3. Bangkok, chaud et humide*
Gulliver, Lili, *L'univers Gulliver 4. L'Australie sans dessous dessus*
Hétu, Richard, *La route de l'Ouest*
Jobin, François, *Une vie de toutes pièces*
Lacombe, Diane, *La châtelaine de Mallaig*
Laferrière, Dany, *Cette grenade dans la main du jeune Nègre est-elle une arme ou un fruit ?*
Laferrière, Dany, *Comment faire l'amour avec un Nègre sans se fatiguer*
Laferrière, Dany, *Eroshima*
Laferrière, Dany, *Le goût des jeunes filles*
Laferrière, Dany, *L'odeur du café*
Lalancette, Guy, *Il ne faudra pas tuer Madeleine encore une fois*
Lalancette, Guy, *Les yeux du père*
Lamothe, Raymonde, *L'ange tatoué* (Prix Robert-Cliche 1997)
Lamoureux, Henri, *Le passé intérieur*
Lamoureux, Henri, *Squeegee*
Landry, Pierre, *Prescriptions*
Lapointe, Dominic, *Les ruses du poursuivant*
Lavigne, Nicole, *Les noces rouges*

Maxime, Lili, *Éther et musc*
Messier, Claude, *Confessions d'un paquet d'os*
Moreau, Guy, *L'Amour Mallarmé* (Prix Robert-Cliche 1999)
Nicol, Patrick, *Paul Martin est un homme mort*
Robitaille, Marc, *Des histoires d'hiver, avec des rues, des écoles et du hockey*
Roy, Danielle, *Un cœur farouche* (Prix Robert-Cliche 1996)
Saint-Cyr, Romain, *L'impératrice d'Irlande*
St-Amour, Geneviève, *Passions tropicales*
Tremblay, Françoise, *L'office des ténèbres*
Turchet, Philippe, *Les êtres rares*
Vaillancourt, Isabel, *Les mauvaises fréquentations*
Vignes, François, *Les compagnons du Verre à Soif*
Villeneuve, Marie-Paule, *L'enfant cigarier*

CET OUVRAGE
COMPOSÉ EN GARAMOND CORPS 14 SUR 16
A ÉTÉ ACHEVÉ D'IMPRIMER
LE DIX AVRIL DEUX MILLE TROIS
SUR LES PRESSES DE TRANSCONTINENTAL
DIVISION IMPRIMERIE GAGNÉ
À LOUISEVILLE
POUR LE COMPTE
DE VLB ÉDITEUR.

IMPRIMÉ AU QUÉBEC (CANADA)